江湖惊风录

王劲 著

新世界出版社
NEW WORLD PRESS

图书在版编目（CIP）数据

江湖惊风录 / 王动著 . -- 北京 : 新世界出版社，2018.3

ISBN 978-7-5104-6455-3

Ⅰ . ①江… Ⅱ . ①王… Ⅲ . ①传记文学－中国－当代 Ⅳ . ① I25

中国版本图书馆 CIP 数据核字 (2017) 第 290773 号

江湖惊风录

作　　者：王　动
策划编辑：张铁成
责任编辑：佟　萌
责任印制：王宝根
出版发行：新世界出版社
社　址：北京西城区百万庄大街 24 号 (100037)
发行部：(010)6899 5968　(010)6899 8705（传真）
总编室：(010)6899 5424　(010)6832 6679（传真）
http://www.nwp.cn
http://www.nwp.com.cn
版权部：+8610 6899 6306
版权部电子信箱：nwpcd@sina.com
印　刷：三河市骏杰印刷有限公司
经　销：新华书店
开　本：710mm×1000mm　1/16
字　数：512 千字　印张：26.25
版　次：2018 年 4 月第 1 版　2018 年 4 月第 1 次印刷
书　号：ISBN 978-7-5104-6455-3
定　价：59.80 元

目　录

CONTENTS

第一章　摸手大会

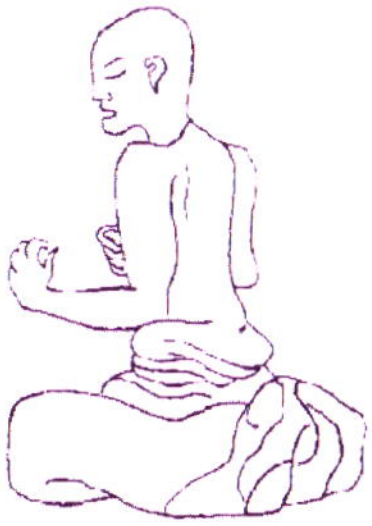

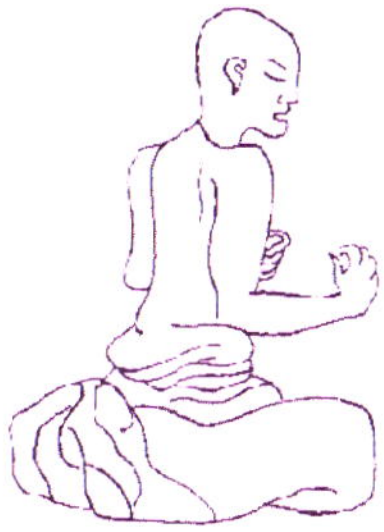

1. 羽生

1954 年 1 月 17 日，香港《新晚报》一版刊登了一则驻澳门记者发回的《擂台比武》快讯：

> 当读者看到这篇快讯的时候，也许正是澳门擂台上打得难解难分的时候！这次太极派拳师吴公仪，白鹤派拳师陈克夫，自隔江骂战演至正式登台，街谈巷议，议论纷纷。有的买陈克夫必胜，理由是陈克夫年少力壮，而吴公仪则已英雄垂暮；有的则买吴公仪必胜，理由是太极拳讲的是借力打力，四两拨千斤，并非是以力服人的，吴公仪有几十年的功夫，已经炉火纯青，又哪怕你少年力壮？两派议论，各有理由，好在谁是谁非，自会有事实答复……

吴公仪对阵陈克夫，比武地点原本定在香港，为何最后改在了澳门呢？原来，吴陈二拳师不仅立下了生死文书，还到公证机构进行了公证——无论双方谁被打死或打伤，后果自负。

这便是传说中的"生死擂"。

香港人的兴奋点一下子被引燃了。市民百姓万众翘首，拭目以待，武林人士更是个个两眼冒光，亢奋异常，都被这"两个人的战争"勾魂摄魄。"生死擂"实在唬人，若真打出人命，是按"生死文书"和"公证"来，还是按"法治律条"来？港英当局斟酌研究再三，借口以"可能损害香港文明形象"为由，禁止举行这场比赛。

热闹不怕大的看客们，当然大失所望。还好，终于跳出来若干好事者，不怕麻烦，排除万难，成功地把比赛搬到了澳门。好事者不仅好事这么简单，要知道组织这么一场轰动四方的真人裸拳比武赛，挑战与机遇并存，虽则弄不好会搞出人命，或者演成闹剧、传出丑闻，但万一弄得好呢，便可名利双收！

据说，那两天香港到澳门的客轮一票难求。其中自然有运气好的，比如在《新晚报》主持副刊《下午茶座》栏目的小编辑陈文统。他不但拿到了票，而且票款还能到报社报销。

何止是船票难求，比赛的入场券，业已被黄牛党炒到原价的十倍以上。这可喜煞了那帮澳门人力车夫，一天挣的钱，比平时一个月挣的还多。

这种状况，让涉世未深的小编辑陈文统，连连拍案惊奇。

张爱玲说出名要趁早，但对于一名作家，特别是男作家来说，三十岁出名委实不能算晚。在此之前，陈文统总觉得自己满腹经纶、怀才不遇，也无数次憧憬出门跟文曲星或财神爷撞个满怀，但万万没想到，他的好运气竟然来自于一场擂台比武，而且这个好运气一来就不走了，居然陪伴了他一辈子。

万幸中也有不幸，比如"陈文统"这个名字，它就没有搭上陈文统的好运气。因为伴随着好运的降临，陈文统开始使用一个后来天下人如雷贯耳的笔名——梁羽生！

梁羽生吃过午餐，忍不住提前来到澳门花园。擂台已经摆好，迎面是一副巨幅对联：

生死同台太极白鹤两对垒

开天辟地濠江比武第一家

梁羽生是个文人，平日也不怎么爱瞧热闹，坐在座位上，他仍然没搞明白主编为什么安排他公款到澳门潇洒走一遭。《新晚报》是个穷报社，最稀奇的是，主编没给他安排任何任务，只说让他好好欣赏比赛，至于新闻稿的任务，则另派新闻版同事去完成。

莫非是主编想让我写一篇擂台赛观感?

梁羽生想着，突然被一个甜美的叫声吸引："哇，总督！总督夫人！"

梁羽生这才注意到，身边已经坐了三个孩子，坐在右首的像李小龙，坐在左首的像成龙和邓丽君。像邓丽君的女孩这一叫，大家便一齐循声望去。主宾座席上果然来了大群贵宾。胖的瘦的，高的矮的，带花的带刺的带枪的带棒的，什么人都有。

梁羽生很吃惊，思忖道："连总督大人都来了，看来这场擂台比武大有国际影响啊，嘿嘿，澳门这弹丸之地，终于找到机会露个大脸啦。"

管乐齐鸣，擂台上垫场节目已经开始。梁羽生定了定神，决定去解个手，回来认真观看节目。刚站起来就又坐下了：现场人山人海，满坑满谷，密密麻麻，他已经走不出去了。

组织者还是蛮费心的，垫场节目不少。名伶演戏，明星唱曲，还有鉴泉太极社、泰山健身学院的武术表演，值得一提的是杨氏太极拳传人董英杰老先生，亲自上台表演了一套董家太极拳，不过没怎么引起观众的反响——对于大多数来看热闹的观众来说，慢吞吞的太极拳令人感到陌生而费解。

三时四十分，随着擂台司仪的激情主持，全场轰然骚动。生死擂，二人比武即将登场！

太极拳师吴公仪首先上台，五十七岁的他，形象不错，颜值很高，板寸头很精神，上唇留着横胡子，像鲁迅，又像贺龙，深灰色长衫，标志着太极拳师的老派传统。

上台后，他脸带微笑，四面拱手，一副胸有成竹的大家风范。至于身处这开天辟地、万众瞩目的西式擂台，其内心是否紧张、是否惊慌、是否恐惧，那就只有天知地知自己知了。

紧接着是白鹤拳师陈克夫上台，三十五岁的他，头发不是很长，脸型类似鸭蛋，一米八三的身高。身穿白色蓝边大袍，腰上拢着宽带子，上台后鞠躬施礼，颇有西洋拳师的派头风格，台下也是一阵掌声。

刺耳的铃声响起，第一回合开始。

吴公仪、陈克夫早已双双脱下了长衫大袍，都穿着白色短袖功夫汗衫，下穿宽松黑裤，紧了裤脚。

随着铃声停止，二人龙行虎步，虎视眈眈，眨眼间同时出手。

梁羽生和其他人一样，早已屏住呼吸，咬着牙，张着嘴，眼珠子睁得圆圆的，直勾勾地看着台上。

时间仿佛已经失常，因为梁羽生只觉得还没看清楚怎么回事，电铃急响，选手被叫停，总裁判大声宣布——比赛结束！

梁羽生喃喃道：“什么？有没有搞错？比赛结束了？这就结束了？”

像邓丽君的女孩一脸不解地尖声叫嚷：“谁赢了？到底谁赢了？”

像成龙的孩子说：“那个赢了，爱拼的那个！”

像李小龙的那个大孩子不屑地说：“你俩懂个屁，爱拼不一定赢，不戴头盔，不戴拳套，你俩试试，一拳打你个稀巴烂！”

第二天，1月18日，梁羽生一进香港中环的《新晚报》编辑部，就被同事包围了。第一句问话便将梁羽生给惊着了：“听说陈克夫被打死了？”

梁羽生挣脱同事，一头钻进主编办公室，主编罗孚笑呵呵地看着他。

梁羽生急问：“陈克夫被打死了？”

罗孚：“你问我？”

梁羽生不好意思起来。

罗孚：“知道厉害了吧，满香港都在编故事，一千个人一千个版本。”

看来陈克夫“被打死”纯属讹传，梁羽生舒了口气。

罗孚：“放你两天假。”

梁羽生又愣了。罗孚把一张便笺推了过来，梁羽生接在手里，只见上面写着：

连载启事

自陈吴拳赛以来，港澳人士莫不议论纷纷，街头巷尾，一片拳经。本报明天起将连载梁羽生所著武侠小说《龙虎斗京华》……

梁羽生脑袋嗡地大了，血压一下子升到了一百八。

罗孚装出很平静的样子：“这个连载启事，我后天——也就是20日见报。你的稿子呢，20日上午八时必须交我过目。去吧，恭喜你，还有两天的时间呢。”

两天后，1954年1月20日，《新晚报》隆重刊出梁羽生的武侠小说《龙虎斗京华》。

这部小说，与传统武侠小说有颇多不同，首先是故事巧妙地揉进了历史的真实背景，其次是人物之间爱恨情仇分外炽烈和决绝，再次，通篇小说充斥着强烈的文化气息，开篇一阕《踏莎行》，标志着它的不同凡响：

弱水萍飘，莲台叶聚，卅年心事凭谁诉？剑光刀影烛摇红，禅心未许沾泥絮！绛草凝珠，昙花隔雾，江湖儿女缘多误。前尘回首不胜情，龙争虎斗京华暮。

几天的忐忑总算过去，《新晚报》的销量悄然之间节节攀升，最后竟然一度超过竞争大对手《大公报》。罗孚喜上眉梢，梁羽生骤然成了报社里的大宠物。

要问梁羽生和罗孚是什么关系，罗既不是他大舅，也不是他二舅，不过就是小编辑与大主编的关系。但小编辑想的是版面，大主编想的却是发行量。与梁羽生一不沾亲二不带故的罗孚，只是看上了他的才华而已。事实证明，趁着擂台赛的热浪，推出并连载武侠小说，罗孚赌对了。选中梁羽生执笔，更是赌对了。

世之英雄，往往是逼出来的。被赶鸭子上架，其实是人生幸运的一种。上了架的梁羽生，从此一飞冲天。不过，一个人的风光岁月，只持续了一年，新派武侠小说就变成了“两个人的舞蹈”。

有个同梁羽生一般才华横溢，却比梁羽生多出几分商人头脑的文人，敏感地发现了武侠小说的巨大市场。于是他点灯熬夜，悄悄整出了一部《书剑恩仇录》。这部武侠名著，1955年一面世，立刻轰动香江。你想对了，这个人笔名叫作金庸。

又过了五年，1960年，台湾的古龙（熊耀华）突然一举推出《苍穹神剑》《月异星邪》两部武侠小说。于是，金庸、梁羽生、古龙“新武侠小说三大家”，一跃成为华人文坛的三颗耀眼巨星。

当时的台湾文坛，一直流行武侠小说“老三剑客”——诸葛青云、卧龙生、司马翎。话说有一天，他们曾经的跟班，“枪手小弟”熊耀华，惴惴不安、略带羞涩地来到“武侠沙龙”，捧着署有“古龙”大名的新书，面呈三位大哥。

三位大哥埋头只看了几章，便个个面容凝重，慢慢抬起头来，神情沮丧地互相看了一眼：糟了，晚风轻拂澎湖湾，古龙抢了咱的碗。

数年后，梁羽生一次答读者问——“是否真的有武功高手”：

> 古有油翁酌油、庖丁游刃，皆为当时绝技。武人专事武道，多有浸淫其中数十年者，若无绝世高手出现，反倒是比较奇怪的事了。

2. 生死擂

慢镜头回放：

1954 年 1 月 17 日下午四时十五分，擂台比武总评判长何贤，引导陈克夫、吴公仪两位拳师，互相握手为礼。

随后，当值裁判彦光大手一挥，电铃一响，这场无护具、无头盔、无拳击手套的三无生死擂台赛，第一回合开始。至于二位高手有没有穿戴护裆用具，由于裤子罩着，无从得知。

没有找到此次比赛规则的详细资料，但从比赛看，双方的进攻点多集中在头部，也出现了踢裆脚。可见，规则并没有特别限制击打部位。

年轻力壮的白鹤拳师陈克夫，在快速的小跳步中，率先出拳，吴公仪马上隔挡还击。

正应了一句话，说时迟那时快，未及一分钟，吴公仪嘴边似乎先中了一拳，但是没有显现出击中的效果。而老吴几乎同时飞出的快拳，也击中了小陈的鼻子。

这个有效果，陈克夫鼻血喷出。

电铃立响，交手停止。随从们马上对陈克夫进行救护，无奈鼻血不断，本定两分钟的暂停时间，延长到足有五六分钟。

总评判长何贤瞅瞅这个，瞧瞧那个，又与另外几位评判交谈。看来，他是既担心继续比赛会闹出人命或伤残，又下不了决心刚开始就叫停比赛。

其他几个评判员倒是不太着急，因为天塌下来有评判长顶着。

评判长何贤有些犹豫不决。

趁他犹豫，插播一段花絮。这位何贤何许人也？他有个儿子，大伙儿一定知道。是的，前澳门特区行政长官何厚铧，正是这位何贤评判长的五公子。如此说来，这何贤显然并非等闲之辈，又对了，他有个外号叫作“澳门王”。

正是他，在得知香港禁止陈吴生死擂时，建议把比赛搬到澳门进行。据说当时澳门总督也犹豫，但当何贤塞给总督大人一颗“定心丸”后，总督大人果然兴致勃勃地带着夫人莅临现场亲自捧场了。

这颗定心丸，外层包裹了“糖衣”，糖衣就是把比赛定义为“慈善比赛”。后来报纸刊登的慈善数目是——共募得善款二十七万元。另外，何贤告诉总督，我已与陈克夫私下约好，绝对不能打死吴公仪，而万一打不过吴公仪，自己则跳下擂台认输。

花絮不能太长，比赛正在节骨眼上。

那陈克夫拳师的鼻子，终于止血成功。于是，电铃一响，第二回合开始。

两拳师围成一圈，进步，撤步，出拳，挥掌，拳掌交加，陈克夫肩部、头部被击中，吴公仪胸部也被击中。当然，没有出现观众喜欢的那种击倒或重拳击倒的场面，或许是因为双方躲闪得快速，也可能是因为双方抗击打能力超强。

二人愈战愈凶，吴公仪一扑，用力过猛，差点扑出擂台，幸被绳索拦住。此时陈克夫如果从后打击，吴公仪必被打下擂台，可惜陈没有抓住机会——可能是他没有擂台赛的经验，也可能是一闪之间来不及扑上，当然也不排除顾及“风度”的可能。

太极拳师吴公仪虽然露出过破绽，但也展现了惊艳的霹雳手段，竟然能够在一秒钟不到的须臾之间，在对方伸出的小臂骨上连敲数掌。

互搏一分钟左右，双方突起飞脚，场面恶化，特别是陈克夫的鼻血，又不可遏制地空中飞溅——电铃大响，比赛又被终止了。

资料显示，这次打擂还是有一两条限制规则的，比如脚不过膝。这二位打急了，早忘了限制，陈克夫率先出脚，所以已经犯规。

怎么办?

必须当机立断了。紧急之下，评判们采取了不记名投票的方法，六位武林名宿梁昌、梁国荣、彦光、刘法孟、李剑琴、董英杰，各自行使了评判权。四票判定应该立即停赛，一票判定应暂时停赛，还有一票判定吴公仪获胜。

球又被踢到了总评判长何贤的面前，何贤不再犹豫，大声宣布比赛结束。

至于谁胜谁负，何贤表现出高超的临场应变能力以及和稀泥能力：比赛结果，不胜，不负，不和。

不胜、不负、不和。

绝了，这神奇的结局，让陈吴擂台赛一直占据港澳“家谈巷议排行榜”前列。至于两位拳师，似乎都很喜欢这个结局。输什么不能输气势，陈克夫一方认为自己胜，吴公仪一方也认为自己胜，证据是双方都举行了盛大热烈的庆功活动。

吴公仪，吴氏太极拳创始人吴鉴泉长子。近水楼台先得月，1919 年，二十岁的吴公仪就已被山东省长聘为武术总教习，后来还在霍元甲的上海精武体育会、蒋中正当校长的黄埔军校等处做过太极拳教官。1948 年来到香港主持鉴泉太极拳社，到 1954 年，拳社在香港渐渐走红，弟子、学员众多。

当时，中华人民共和国成立伊始，香港和澳门还在英国和葡萄牙控制中。原先港澳地区和东南亚，比较流行的是南拳类武术，对北方南迁的太极拳，颇多陌生和好奇。1953 年秋，有记者采访鉴泉拳社，对太极拳如何“以柔克刚、以弱胜强”表示怀疑，主持吴公仪郑重表示：

本人深知太极拳之妙用，本社不论何时何地，都可与中西拳师研究。

这话一经报纸刊登，一般读者可能无所谓，但对香港武林，却如巨石击水，反响甚大，被认为是公然挑战。

白鹤拳师、兼练拳击术的陈克夫，不由得心中大怒，拍案而起。白鹤拳，南拳优秀拳种，素以凶猛与灵活并称，拳名虽然优雅，拳法却要求“进如猛虎出林，退如老猫伺鼠”，技法上“见力生力，见力化力，见力得力，见力弃力”。他当着记者和大庭广众昂然表态，大意是：

陈某不才，愿与吴先生研究研究。你太极拳不是厉害吗？打死打伤后果自担，本人愿立生死状。如果太极拳吹牛放炮，名不副实，就请吴先生还是收拾包袱回北方去吧。

顶牛顶到这一步，谁也不肯退缩了。因为退缩已经没有余地。

3. 廖八步

转眼之间，吴公仪、陈克夫的擂台比赛已过去了半个多世纪。

吴拳师已于1968年去世，享年七十一岁。不知道陈拳师是否还健在，如果健在的话，已近百岁高龄。

这二位勇敢的拳师，可能谁也料想不到四十多年后，2002年3月的某一天，他们交手的影像资料，还会被一个人费劲巴拉地东查西找，并且独自一看就是半天。要知道，那场比赛不过是几分钟的事。

这个人的名字叫廖白。江湖人都说他是“台湾第一武林高手”。廖白有个外号叫“廖大嘴”，意思是什么话都敢说，现在我们不妨领教一下：

> 吴公仪与陈克夫的录影，实在没什么东西，比现在的散打还没有内容。确实谈不上输赢。这几年吴家的人猛吹这件事，这不是不打自招说自己没东西吗？

若说吴陈比武“没东西”“难看”，出自一心要瞧热闹的外行之口，尚情有可原，但作为行家里手，廖白如此肆意妄言，则让人有些莫名惊诧。

陈氏太极拳名手陈小旺，有个大师级的爷爷，他就是第一个把陈氏太极拳在北京城叫响的陈发科。陈发科有个故事，或许可以告诉我们一些东西。

1929年间，北平体育研究社副社长许禹生，在社里举办比武大会，邀请陈发科做裁判。陈发科说我只懂陈氏太极，别的拳种不懂，做不来裁判。许禹生便安排他做大会顾问。众裁判议论比赛时间以十五分钟为度。陈发科却发言说——十五分钟时间太长，三分钟就够了。众人怀疑，陈发科笑道：“这还是迁就大家，如按照我的意思，一二三，甚至只说出一字，胜负立判，那才叫武艺。”

时在北平的东北大学武术教练李剑华道：“一二三，完事？真开玩笑。”

陈发科：“不信你试试。”

李剑华双掌一实一虚，推拍上来，陈发科右臂半个肘子迎上，旋即便将身又高、体又重的李剑华弹出“四尺许”——换算为一丈开外，直撞在别人身上。

陈发科笑道：“一，完事了吧。”

可见，武术技击的真实面目，或许同“武打设计”出来的影视奇观，正好截然相反。电光石火一瞬间，一片汪洋都不见。

真实打斗，除掉时间上的“短”，还有场面上的“丑”，不信你去找《法治进行时》参个考，真实生活里的每场打架斗殴，不管肇事者会不会武术，都十分对得起“难看”二字。

陈吴生死擂，实质上就是打架斗殴，绝非武术对打表演。而即将闪亮登场的廖白、陈小旺推手，如果你有兴趣看看其录影，结论恐怕同样难逃“难看”二字。

尽管认为陈吴生死擂“没内容”，廖白面对陈吴比武录影，仍然一盯就是大半天。这是怎么了呢，也许，他并没有真的在看比武，也许他的思绪已经不在屏幕上，甚至已飘出很远。飘出很远的意思，有可能是漂洋过海。

小时候，
乡愁是一枚小小的邮票，
我在这头，
母亲在那头。

长大后，
乡愁是一张窄窄的船票，
我在这头，
新娘在那头。

后来啊，
乡愁是一方矮矮的坟墓，
我在外头，
母亲在里头。

而现在，
乡愁是一湾浅浅的海峡，
我在这头，
大陆在那头。

不敢断定这首余光中的《乡愁》，对廖白先生的心境是否完全合适，敢于断定的是最后一句必须合适——我在这头，大陆在那头。

此时此刻，大陆有个叫“陈小旺”的人，正在赶往台湾省的路上。

陈小旺，河南温县陈家沟人。陈家沟是什么沟？别急，你会慢慢熟悉起来的。陈家沟有陈氏太极拳，陈氏太极拳第十九代传人，陈家沟“四大金刚”之一，便是陈小旺的常用商标。

至于“陈氏太极拳第一高手”的说法，同前文“台湾第一高手”的称谓一样，信则有，不信则无。

廖白第一次听到陈小旺将被邀请来台湾，简直不敢相信这是真的。他心脏狂跳，面红血热。仿佛独孤求败撞上东方不败。这实属正常健康心理，因为任何有理想、有抱负的人，做了台湾第一，都不会只满足于做台湾第一。

台湾第一算什么，中国第一，那才叫真的第一。千载难逢，机会来了。不需要做得太多，只要击败陈小旺，就万事大吉了。

廖白的信心来自哪里？首先，来自对自己实力的高度自信。廖白是孙氏太极拳创始人孙禄堂的再传弟子。这台湾第一的名号不能随便说，容易江湖树敌，所以他更喜欢另一个别号——“廖八步”。

你瞅准喽——八步之内，对手必倒。

李白有诗《侠客行》：

> 十步杀一人，千里不留行。
> 事了拂衣去，深藏身与名。

显然，廖白比李白诗里的侠客还厉害——这个比较容易推算，八步比十步少了两步。

其次，廖白认为大陆因为“武术去技击化”的政策错误和“文革”破坏之故，在实战武技上已经落后于台湾。这其次一点，廖白的对手陈小旺一定会举双手同意，因为他和他的太极拳，都是去技击化和“文革”运动的受害者。

什么？大陆武技实战落后于台湾？此言一出，顿时惹恼了陈家沟的一位老先生，说是要派出陈氏太极四大金刚出面和那廖白小子来个生死相搏——江湖段子如是说，真假莫辨。

事实上，陈小旺是应邀前往台湾访问的。对于他来说，到祖国宝岛旅游观光，外加传播陈氏太极拳，还多了个“为两岸文化交流作贡献”的好彩头，何乐而不为乎？

陈小旺并不熟悉廖白，甚至连廖白的名字都没有听说过。

要说廖白一点也没有把陈小旺放在眼里，恐怕不符合事实。爱拼未必赢，不拼永远不会赢。凭借自己四十年积累的深厚功力，丰富的交手经验，即使八步之内不能击倒陈小旺，不输总能保住吧。只要不输，便是莫大的荣耀——当年吴公仪和陈克夫比赛后，双方的武馆都名声大振、求学者蜂拥而至。

廖白静静地等待着比武的到来。多年的太极修为，他知道没有什么好准备的，或者说，平常心就是最好的准备。

2002 年 3 月 16 日，是廖白与陈小旺推手的日子。

高雄市左营少林武馆演武大厅正中，悬挂着大字横幅：

欢迎陈氏太极拳第十九代传人陈小旺大师莅临指导

推手，也叫打手、摸手、揉手、撬手，武林行话又叫“摸摸劲儿”“试试手”，是太极拳双人对练或二人较量的一种“安全”形式。

由此可见，廖白、陈小旺比武切磋的形式，属于“文雅”“文明”一路，没有像“陈吴生死擂”那样签什么生死状，也没有大张旗鼓、广而告之，甚至很有些“这里的黎明静悄悄”的意思。所以，知道这次交手消息的人很少，以至于推手结束后，消息被当作“内幕新闻”快速扩散。

当然，也不能因为推手不是散打，而肆意贬低“推手”的“实战”功用。推手有“定步推手”“活步推手”，宗旨是运用太极拳各种技术方法，一方面保持己方平衡，一方面寻找对方破绽，并以推出、发出、抛出、拉倒、甩倒、摺倒的方式，迫使对方失衡而获得胜利。所以，推手较量的是虚实柔刚的太极功劲和功劲的运用技巧，戳眼睛、下绊子之类的旁门外招，那是绝对禁止使用的。

如果仅仅把“推手”当作太极拳的一种对练方式，其实小看了推手。上纲上线地说，“推手”的出现，是太极拳乃至中国武术史上一件里程碑式的伟大发明，因为它解决了拳术的对练问题——找到了拳术与实战的“文明对接”方式，说不定还是最佳方式。

而其他类型的拳术，都没有很好地解决“练习与实战”的衔接问题。欧美人对此也想到了解决办法，那就是练习时穿戴头盔、拳套、甲胄。

无形之中，廖白与陈小旺的推手尽管没有公开宣布，到场观众也不算庞大，但仍然被大家视为“大陆与台湾的比武”。

早七时十一分，推手开始了。

中原汉子陈小旺，五十七岁，白衬衣、灰裤子；宝岛高手廖白，五十一岁，白衬衣、黑裤子。都是白衬衣，只不过陈小旺是长袖，廖白是短袖。

推手必先搭手，双方都是前后腿小步岔开，前腿微曲，后腿亦曲。尚未移步，甫一搭手，廖白双手爆发而出。看来，廖先生早有预谋，要先发制人，或者说“廖八步”妄想通过此役改名为“廖一步”。

陈小旺似乎有些意外，又似乎早有准备，或许是本能反应，又或许是素养积累，反正除了身体后倾了一下外，没有异常。而试图先声夺人、先下手为强、甚至一击而成的发力者廖白，反被弹出两步。

观者一阵“啊”“啊”之声。

陈小旺甚至还笑了一下。接下来，两个人都高度警觉、谨慎起来。逡巡，伺机，试探。推来推去，循环往复。步法变换，手法争夺，互不相让。廖白似乎感到正面攻不进，想绕到陈小旺侧面，陈小旺当然也不会让别人对着自己侧面。两人绕了一阵，廖白几次试图出手。

围观者却感觉二人一直在试探，特别是廖白，一直在寻找机会。奇怪的是陈小旺给人的感觉是压根儿没有进攻的意图，一心一意只是防守。

绕啊绕，缠啊缠。

廖白终于出手，绕到一个有力的接触点时，其双手瞬间发力，或许是爆力超乎寻常，陈小旺没有完全化开，退后半步。双方一愣神，这一击算是收到了效果。

陈小旺可能认为二人“友谊推手”差不多可以结束了，开始收腿直身，下放双臂，空当一露，廖白突然踮步窜上，双掌直击陈小旺胸部。陈小旺本能地下意识地抬双手上迎，但已被廖白击中胸部——其实并未击实，廖白的劲大部分被卸到上面去了。

被击中的陈小旺，重心没动，廖白自己的眼镜，却在发力接触时脱脸而飞。

“STOP！”

——并非作者拽英文，而是主持推手的白发老者如是高声断喝。

4. 陈小旺

廖白说得不错，大陆的武术已经“不行了”。其实，大陆的武术不行了，基本上就是中国的武术不行了。不行了怎么办，电影是这么安排的：……师父不行了，记住，去崆峒山找空明道长，替师父报仇！

于是徒弟去找空明道长，艺成后，手刃仇敌秃鹰疤瘌眼。

言归正传。夫武术者，击败对手之策略与方法也。

军事武术、战阵武术、甚至马上武术除外，我们讨论的技击武术，首先是一门“打架”的技术，打得漂亮，也可以叫“打架的艺术”。至于大多数人把“健体养生”放在首要的位置，并不能倚靠人多而改变武术的根本性质。

如同“不战而屈人之兵”的高级战争哲学一样，中国武术的“武”字，本意却是“止戈为武”，让中国武术翻出一层曼妙和高级。即使是把中国武术看作是“停止战斗的技术”，那又如何用“停止战斗的技术”来停止战斗？显然，比狠的说法是，对付野蛮只有比它更野蛮。

用战争结束战争，确实不高级，让外星人笑话，但却是地球上几千年来不断重复上演的文明尴尬，或许它真的是人类的宿命。用“体育”来替代和转移战争，是地球人试图让家园变得更加美好的最佳选择，或最佳选择之一。但所有的体育项目，仍然以竞争和胜败的方式，来体现它的打斗含义。

“体育”发端于西洋国家，这让后来的中国武术不太好办，因为武术已经被某些先入为主的国家肢解为摔跤、拳击、柔道、跆拳道什么的了。不好办也得办，可惜我们办得不理想。日本的“空手”，最初叫“唐手”。日本的“相扑”，在中国秦汉时期称“角抵”。大约都是中国古代武术的开花散叶。

散手互搏，自由搏击，现在统统叫“散打”。散打显然不是中国武术的全部，但它仍然可以作为中国武术的临街窗口和前沿阵地，仍具备鲜活生动、生猛刺激的超级魅力。

遗憾的是，中华人民共和国建立四十年后，直到 1989 年“现代散打”才正式成为中国竞技的比赛项目，在全运会、锦标赛上陆续开始见到散打选手。荣耀的光环终归再次罩在了“把对方打趴下”的勇士身上。而传说中惊心动魄的“打擂台”盛况，则要等到2000年的“首届中国武术散打王争霸赛”，荣膺首届“散打王”的。来自盛产栖霞苹果的那个地方，姓名叫柳海龙。

由不行到行，必须经历失败和青黄不接。新牙幼齿的武术再次扬帆起航，必须面对羞辱，经历尴尬，甚至自己窝里人的讥讽和不满——确实多有武术界人士，并不认为散打与中国武术有什么关系，顶多算个远房亲戚。

争议多是好事，说明中国武术又从阴暗的角落来到了光明堂皇之地，引人注意了，自然评论也就多起来。果不其然，随着首届散打王柳海龙电视上获胜后的疯狂庆祝，让江湖武林平静的水面，荡起串串涟漪。

不久，江湖达人百晓生便在网上放出一颗燃烧弹，名曰《武林英雄榜》，说的是他心目中的武林大腕——注意，其时间段大约概括1990年后的数几十年，其文曰：

> 根据百晓生掌握的详细资料，排出现今出世十大武林高手。
>
> 张礼义：大成拳研究会会长，大成拳第一高手。绝技：浑圆整变。
>
> 廖　白：孙氏内家拳传人，台湾第一高手。绝技：二抹眉。
>
> 张志俊：陈氏太极拳第一高手。绝技：梢节领劲，两头卷曲。
>
> 杜振高：中国武警总教练，大内第一高手。绝技：过桥摔。
>
> 牛胜先：孙氏内家拳传人，推手第一高手。绝技：中和虚变。
>
> 姚承荣：意拳传人，北京意拳第一高手。绝技：高频振颤。
>
> 邓志祥：武林中的独孤求败，在武术杂志发出只求一败的豪语。绝技：螺旋卷变。
>
> 陈守孚：心意拳传人，上海心意第一高手。绝技：灵劲翻天。
>
> 卢正文：卢氏结构创始人，对桩功研究达到无人能及的顶峰地步。绝技：提重心出体外。
>
> 柳海龙：三届中国武术擂台赛散打王，中国散打第一高手。绝技：柳挂劈腿。

显然，对于廖白、陈小旺之战，百晓生认为是廖占了上风。十大榜单一发布，便在网上引起无数围观，并迅速传出百晓生“离奇失踪”的消息，有人说他被人打了，有人说他被唾沫淹了，有人说他学习范蠡好榜样——五湖荡舟去了，至于舟上有没有西施，不得而知。

面对互联网，很多人不得不学会一笑置之，陈小旺也不例外。在台湾的那些日子里，两分钟的推手曾让陈小旺彻夜难眠。他当然觉得比赛没玩好，颇有一脑子的马后炮，一脑子的后悔——假如这么着、那么着就好了，一定能赢得精彩、胜得漂亮。

可惜这个世界从来不给“假如”实现的机会。陈小旺在无眠中开始翻开同行刚送到他手里的一本资料，上面有廖白的一则语录，大约可见廖白武功的师承：

吾师张其至，得师祖孙禄堂氏晚年真传，虽以时代窘迫及个人环境故，未能以拳术名显，只隐于世。同时间复得八卦宫保田氏嫡系王明渠师于高雄寿山传法。经数载依师传修行，传内家孙氏拳技于廖白。

廖白时年二五，前后期间得遇各方前辈高人指点，如家兄自小授以王剑峰系螳螂拳基础，何朝仪师授以柔道，印度尼西亚陈老于台北新公园示以纵鹤精义，形意八卦前辈张占魁嫡系王树金先生于台中公园示以张系形意八卦精义，及王芗斋氏意拳桩功，马国陈兄示以查拳高手张英健查拳精义，鞠鸿滨师及黄性贤师示以郑子太极拳精义，全真教李老道示以全真功法，施师兄示以秘门螳螂拳精义，北简兄示以尚云祥氏形意拳技，潘岳兄示以程派高氏八卦拳技，郭师示以王树金氏五拳心得，廖白则多报之以孙氏、宫保氏精义……二十多年来诸多师友互参，不及举名。

廖白以孙禄堂氏内家三拳为本，孙氏技击为用。由此更融合参证百家，终得内家技击最上乘真义。二三十载，由形击之能，上晋气打之能，终于气打之能已近功毕，现试修第三层——神击之能。若有所得，定请诸武友代为印证，廖白所学，主体为孙禄堂师祖功法技击，故本师祖三拳本一之训示。师传诀云：

形意加八卦，神仙一把抓。

龙虎官神鬼，虚灵化太极。

事前思考是智慧，事后没完常愚昧。放下资料，陈小旺开始下床，摄心，凝神，静气，安然，懒扎衣，金刚捣碓，白鹤亮翅，玉女穿梭……

1946年出生的陈小旺，跟爷爷陈发科、父亲陈照旭学拳的缘分不足，因为他们去世的都比较早，陈小旺的功夫主要是得自伯父陈照丕、叔父陈照奎。

师父领进门，修行在个人。小旺在个人拳艺的修行上，那是一路不易，一路汗水，他曾在家中墙上写下大字“一天拳打三十遍”，其练拳之刻苦，可见一斑。

沾粘挨连随，春种接秋收，付出了汗水最怕没收获，有了收获呢，又最怕卖不出去。陈小旺的运气比父亲、叔伯父们显然要好得多。1980至1983年，陈小旺连获丰收，他连续四次在全国性推手比赛中摘金夺魁，一时声名鹊起，如日中天，一举奠定了他陈氏太极拳顶尖高手的地位。

陈小旺一人推倒十多人的影像视频，经常被武友和武术爱好者挂在嘴边。进入二十一世纪后，中央电视台有个《天涯共此时》节目，曾经录制播放了一段对陈小旺的专访。威严沉峻的中年男人陈小旺，俨然已颇具大家风范。主持人当然要问打太极的好处，陈小旺答了句让主持人有些意外的话：“练太极，防强盗。”

防强盗？

陈小旺笑答：“风寒湿热干，喜怒恐悲惊，病伤滑跌撞，都是强盗。太极防强盗，——心里的强盗，身体上的强盗，外来的强盗。”

却说推手比赛后，台湾宾馆里的陈小旺睡不着觉，对手廖白呢，那一夜其实也是辗转反侧。如果说陈小旺是一脑子的后悔没打好，廖白则半脑子的后悔、半脑子的兴奋。面对朋友们包括记者的询问，廖白多次表扬陈小旺，表示没有想到陈小旺的功力和定力如此厉害。不过，据说廖白也言称自己“手下留情”了，没有使出“震身力混元炸劲”，因为此劲一旦力发，则非血肉之躯所能承受——这种话，私下里开个玩笑可以，如在大庭广众之前说出来，廖先生心里可能真的住进了强盗。

当天应邀参与“高雄武集”的，还有二十多位武林同道，其中有长年精研“八卦太极拳”的武林名宿赵福林老先生，还有特别引人注目的武学老前辈傅淑云。

八十八岁的傅淑云回到家里，同样被全家人围着问个不休。还接了几个电话，问的同样是廖陈推手之事：“是大陆赢了还是台湾赢了？”有个记者还再三追问傅淑云：“你真的见过孙氏太极拳创始人孙禄堂？”

傅淑云没有今夜无眠，甚至倒下就入睡了。但人一老，觉就少，傅淑云一觉醒来之后，开始浮想联翩，少女时代学武的经历，上海、天津、南京、武士会、国术馆、奥运会……如同一帧帧泛黄的老照片，片片浮现，吉光掠影。

往事如烟。

往事并不如烟。

第二章　国术馆

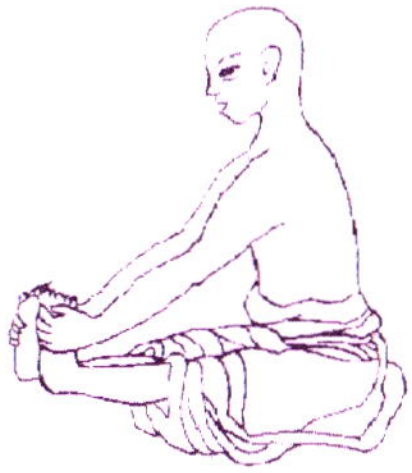

1. 奥运

傅淑云之所以被请出来参观陈小旺、廖白的推手，那是因为傅淑云的传奇资历。资历就是影响力。关于她老人家的资历，随便说一个便能吓人一哆嗦。比如她参加过 1936 年的柏林奥运会。那年的她二十一岁。

1915 年，傅淑云出生在上海，老家是津门，所以有说她是上海人的，有说她是天津人的，都对。十二岁那年她随父到天津，开始习武。那个年代，很多女孩子还在为是否“裹小脚”踌躇不定，这位女娃娃却已经开始使武习棒、飞拳踢腿了，这绝对是让老封建、老古董们痛心疾首的事情。

虽然父亲安排她学习的是太极拳，但她最开始更喜欢八卦连环腿。练了五年，就赶上好事了。什么好事，相当于范进中举吧。1933 年，武术最高学府中央国术馆招考，傅淑云竟然被录取了。想想也不奇怪，基础那么好，能文能武，英姿飒爽，不录取才怪。学长、师哥们高兴了，谁不喜欢有个漂亮的小学妹呢？

事实上，傅淑云在中央国术馆见过孙氏太极拳创始人孙禄堂的可能性不大，因为她进馆时，孙不仅已经不在国术馆，而且正蜗居在河北老家，等待“成仙而去”。倘若二人真见过，一定是傅小时候在上海或者天津，天津是孙禄堂常来常往的根据地之一，而上海对孙禄堂来说也不陌生。

傅淑云在国术馆学习期间，慢慢开始悟到了太极拳的奥妙。于是她暂且放下八卦连环腿，一股脑儿地把杨、武、陈、孙各式太极拳学了个遍。年轻就是任性。

要说这“陈氏”“杨氏”“吴氏”“孙氏”“武氏”的分类名称，其实是 1949 年以后才正式出现的，此前的叫法比较乱。傅姑娘把能找到的太极拳学了个遍——学了个遍也没用，因为奥运会根本不设这个项目。

很难想象“奥运先生”与“太极先生”第一次晤面的场景，想必奥先生会当场晕倒，饶是它见多识广，却从未见过如此古怪稀奇、挑战人类智商的运动——到底是谁发明的这玩意儿？明摆着要气死顾拜旦呀——顾大大“更高、更快、更强”，太极拳“更慢、更柔、更悠哉”。

众所周知，1932年的洛杉矶奥运会，中国只有刘长春一名运动员参加比赛。刘长春一百米跑了十一秒，二百米跑了二十一秒，预赛即被淘汰。

到1936年柏林奥运会的时候，情况就大不同了。虽然国家依然孱弱，政府依旧贫穷，老百姓还是倍儿苦，黄河仍然泛滥。但民国政府貌似很重视这次参奥活动，奥委、体委、国术馆、精武体育会等，都积极冒头、跃跃欲试。这些组织当时要么是刚成立，要么是刚兴盛起来，都想去全球盛会上露个大脸、挣个小名什么的。

上下支持，确实管用。最后竟然组织起一百零三人的庞大代表团出席第十一届柏林奥运会。一百零三人中运动员有六十九人。

看似容易的结果，过程却是艰辛，处于当时的历史条件下，组起这个团来，背后必然大费周章。参加奥运会对于中国人来说，好比新媳妇上花轿——真的不知道怎么办，却又很想办得好一点儿。这个官员不支持，可以找那个官员。银子不够，可以募捐，也可以拉赞助。唯独运动水平不够——谁也没有立竿见影的办法。组织者们对着奥运会比赛项目单发了愁。那些比赛项目——本国人水平怎么样，大家都大体清楚。因为有“短跑王”刘长春孤身参加上届奥运会的成绩做参照，因此，这是秃头上的虱子。

不去，心有不甘。抱团去吧——人多是好事，如果跟人家差距太大，好事会变成坏事，人多目标大，成为人家笑料的可能性也大。官员们仔细掂量，倒底哪个项目有点希望呢？最后，他们的目光落到了足球上。

你没看错，是足球。而且还是中国男足。

除了足球，还有别的。中央国术馆馆长张之江是代表团主要负责人之一，他的一个建议让体育官员们顿时眉开眼笑。张之江的建议是：此路难通走彼路，干吗老盯着比赛项目？扬长避短，我们不妨成立个精干的奥运国术队，表演武术！

大佬们立马高兴起来：对呀，武术！

也只有武术一科，让大家心里有点踏实。相信只要武术一去，只要逮着机会表演，就一定会为中国代表团找回面子。面子的另一个说法，叫民族荣誉感。于是，七名武术运动员被选拔进了奥运代表团，他们是张文广、温敬铭、金石生、郑怀贤、傅淑云、刘玉华、翟连源。

果不其然，一到柏林，面对欢迎的人群，表演的机会说来就来。武术队员们当仁不让，首先一起上场，集体表演太极操。接着，单人、双人、多人表演了少林拳、刀枪剑、对枪、对拳、飞叉、踢毽术等。在场的中国人笑逐颜开，扬眉吐气，以德国民众为主的世界各国观众，眼睛放光，赞叹不绝。

武术队员成了最受欢迎的中国人，被热情邀请到多个城市巡回表演。据说有一次希特勒还亲自观看了表演，演出结束，希特勒特地要过“飞叉王”郑怀贤的飞叉，认真地掂了掂，研究了一番，并亲切地与郑怀贤握手以示祝贺。注意，三年后的1939年，希特勒露出了法西斯的黑面獠牙，挥兵闪击波兰，揭开了第二次世界大战的战幕，成为战争的罪魁。而在之前的 1936 年，各国运动员无不以能跟希特勒握手为荣。

中国奥运代表团的出现，真的让西方人大跌眼镜。在此之前，他们对中国的印象是——五品天青褂，六味地黄丸，没落古国任人瓜分，东亚病夫随意宰割。而对中国人的印象呢——男的抽大烟留辫子，女的没有胸还裹小脚，弱不禁风，打个喷嚏先得找棵树扶住。

而面前的中国人，虽无欧美人那般块头硕大，却也新西服挺括、黑皮鞋锃亮，个个面带微笑、礼貌得体，腰板挺直、精神抖擞，拿放大镜找，也找不到传说中的辫子男和小脚女。

在奥运会正式比赛中，中国代表团除撑杆跳高，全部在预赛中被淘汰。撑杆跳高运动员符保卢，以三点九米的成绩通过了预选及格赛。可惜他只比别的同胞多走了一步，第二轮即被淘汰，获得第十七名。奥运成绩不理想，实属正常，事实上即使到了今天，中国——甚至所有黄种人——在奥运会田径、三大球之类的项目中，除了偶尔露峥嵘外，仍然很难打破欧美强国和个别国家黑人选手的垄断。

当时世界各大媒体，对中国运动员的精神风貌和拼搏精神，大都给予了正面报道。如果说 2008 年北京奥运会是中华民族伟大复兴的标志之一，那么 1936 年中国奥运队的集体出镜，则是中国人甩掉“东亚病夫”帽子的宣言之一。

傅淑云在奥运代表团里特别惹人注目，她人长得不仅漂亮，而且衣服也帅气，外加武功高强。据说因水土不服、旅途劳顿、吃住艰苦，傅淑云夜里睡不着觉，于是就起来打太极拳，第二天总是精神头十足。

一种拳打起来竟然如同休息，这不奇怪，陈小旺年轻时经常一打一夜，也把打拳当成休息。德国人完全不懂太极拳是个什么幺蛾子，他们更喜欢傅淑云的八卦连环腿。这也不奇怪，中国人最神奇的另类四大发明——围棋、麻将、豆腐、太极拳，个个都能让外国人摸不着头脑，只能摸一头雾水。

关于竞赛项目中唯一获得名次的符宝卢，需要追加介绍一下。因为此人不仅是体育英雄，还是我们的抗日英雄。符保卢原名符保陆，字宝卢，1914 年生于哈尔滨。从柏林回国之后的第二年，他考入了南京国体专校进修，不久抗日战争爆发，符保卢义愤填膺，转而报考航空学校，经过短期培训，很快被编入轰炸机大队，参加抗日战争。

在奥运会撑杆跳赛场上，由于没有杆子，每次上场，符宝卢都要对一名日本运动员鞠躬施礼，借人家杆子一用。此一时，彼一时，面对日寇军机，他送上的不再是鞠躬微笑，而是吐着火舌的机关炮和大窝瓜一般的黑炸弹。符宝卢曾击落三架敌机，立下赫赫战功。不幸的是，1944 年因为一次试飞失事，符宝卢壮烈捐躯。

2. 馆长张之江

一路坎坷走来，跨入二十一世纪的傅淑云前辈，顺理成章地成为台湾作者界的人瑞。可惜，现在已经没有多少人知道她曾经是中央国术馆的巾帼英雄。而中央国术馆的成立，堪称中国武术史上的丰碑。

除了“老奥运”资历，“中央国术馆毕业”的招牌，同样足以让傅淑云笑傲江湖。牌子够硬，架子够高，但随着国术馆的昙花一现，后来者想参加已再无可能。

一楼之上有二楼，二楼之上有三楼。笑傲江湖分层次，跟创建国术馆的张之江、李景林比起来，傅淑云的地位，差不多又可忽略不计了。

如果说国术馆馆长张之江，副馆长李景林，都曾经是叱咤风云的将军，你或许百度一下后选择相信。如果说这二位将军率队冲锋的对象不是别人而是彼此呢？

相信还是不相信？

也就是说，他们曾经是仇敌，是殚精竭虑要置对方于死地的生死对头。战场上是敌人，战场下也不客气。张之江曾遣使多名神枪手，潜伏于李景林公馆外，随时准备请李景林吃“花生米”——子弹。

张之江，清光绪八年（1882 年）生于河北省盐山县，今属黄骅市。八岁时随祖父习武读书，打的拳叫六合八法。1903 年，清政府施行征兵制，给各村硬派指标。很不幸，张之江的父亲恰好在村里担任村正，为了起到带头作用，不得不送儿子张之江应征入伍。

张之江不但勇猛，而且识文断字，在军队升迁较快。1910 年，张之江遇到了带头大哥冯玉祥，受其影响，逐渐萌发反清革命思想。跟着大哥有饭吃，有官做，这好事的前提，是必须让大哥看上你。冯玉祥有眼光，张之江有脑子有能力，看上和被看上，各得其所。

当然，世上没有绝对的好事，挥刀骑马固然风光，却也相应地享受了被刀枪子弹随时中伤的危险。一路反清、反袁、击溃张勋辫子军，张之江基本上站在进步、正义的行列里，并且成为冯玉祥分外仰仗的“西北军五虎将”之首。后来冯军主动或被动地陷入了直皖、直奉军阀混战的泥沼，不过他们一直顶着“国民革命军”的旗号，而冯玉祥将军也一直受到正面评价，张之江的历史位置自然也多在正面。

话说1925年，奉军“京榆驻军副司令”郭松龄去日本考察，竟然发现奉系大帅张作霖正大量购置军火。郭松龄对张作霖穷兵黩武、野心勃勃、准备向南方革命军开战的反革命行为无比反感，于是暗下决心，筹备反奉大事。郭松龄为何有这样的胆子？一则他认为正义在自己一边，二则他手里掌握着大半奉军精锐。他唯一顾忌的是——害怕有人背后捅刀子，因为奉军在关内还有一支有生力量——直隶督军李景林。

没想到李景林对于造张作霖的反并不反对。于是，郭松龄、李景林与冯玉祥组成了反奉三角联盟。郭松龄以四个军的兵力挥师北上，势如破竹，击溃张作霖四万奉军防线，直逼奉天。奉天城风雨飘摇，此时张作霖一面暗中勾结日本关东军，一面准备溜之乎也。

眼见东北大地要变天，日本关东军坐不住了。他们想瞧瞧郭松龄占领东北后，会给日本人什么待遇。郭松龄或许是被胜利冲昏了头脑，或许是没有意识到日本人的危险性，又或许是压不住对日本人的痛恨，拍案叱责对方使者：“岂有此理！这是中国内政！我不懂什么是日本特殊权利！”

日本人一看，这郭松龄是个硬茬，那张大帅虽然也不是什么好鸟，但毕竟已经许下了诸多优厚条件。于是，在郭军乘胜进攻奉天时，日本关东军突然调来大批兵力，切断郭军后方，焚烧郭军弹药库，日军飞机也狂轰滥炸，郭军终因实力相差悬殊，一败涂地。

1925年12月25日，郭松龄被俘后被张作霖枪杀。郭松龄一死，反奉三角也就不存在了。事实上李景林一直按兵不动，静观其变。冯玉祥认为郭松龄的死与李景林有关，再加上冯玉祥正好想找机会除掉李景林这支奉系势力，所以冯玉祥命令第一军军长张之江攻打京津地区。

当然，在郭松龄没死之前，冯玉祥部与李景林部已经多有交火，可见结盟不力。

1926年年初，张之江和李景林作为对手，在廊坊杨村展开了生死大战。结果李景林部大败。直隶全省落入冯玉祥手中。

胜利后的张之江并不满足，因为没有捉住督军李景林。但他并不沮丧，因为李景林似乎已经成了瓮中之鳖。捉住这只鳖多少有点麻烦，麻烦在于此刻的李景林，躲进了天津日租界。张之江不怕麻烦，他派出十来个枪法出众、武艺超群的部下，死死盯住日租界里的李公馆。好吧，有本事你一辈子别出来，要么乖乖投降，要么有本事你跑——立马让你变成蜂窝煤。显然，那时候蜂窝炉已经被发明了。

张之江还真小看李景林了。

一天凌晨四时左右，黑森森的天，黑森森的地，黑森森的一辆小轿车，过路车一般，从李公馆家门前的大路上快速驶过，始终没有引起张之江手下——特务、密探、枪手们的真正注意。

轻轻地，它走了，挥挥手，没带走一片云彩。

它确实没带走云彩，它带走了李景林。

这就奇怪了，李景林会变魔术？不，他不会变魔术，他会武术。

在小轿车路过门口的一瞬间，会武术的李景林纵身跳起，钻进了车内。成功逃脱张之江魔爪的他，先走海路，又跑陆路，终于到了山东济南府。后来听说张作霖正联合吴佩孚南北夹击，报复冯玉祥，李景林大喜，报仇的机会呀，于是他召集旧部，同张宗昌组成直鲁联军，三面夹击冯玉祥。结果，冯玉祥、张之江的国民军顶不住了，为避免更大的损失，决定放弃仅占领了三个月的天津卫，败退西北。

打跑了张之江，李景林多少找到了一丝复仇成功的感觉，对张作霖过往的重用提拔，也算有了个交代。好，该做的都做了，李景林突然宣布下野，决定离开尔虞我诈的官场倾轧，到上海练武论道，过逍遥日子去了。

李景林这个选择，不是偶然的。因为除了当官梦，他从小还揣着一个参天大梦——武术梦、大侠梦。

仿佛有心灵感应，事实上是偶然巧合。国民革命军陆军上将张之江，在李景林脱下军装后不久，1927 年，放着国民政府军政部长的高位不就，也突然宣布“下野”，离开军界，只保留了一个国民政府委员的头衔，似乎要两耳不闻窗外事、一心只耍太极拳了。

当时的军界将士，其实大都多少会点武术。张之江小时候也练过，后来由于工作太忙也就顾不上什么武术了。他对此倒不像李景林那么痴迷，可有可无而已。但他最终为何选择了“国术”作为“事业”呢？

冤有头债有主，指挥南口大战时，因为日夜紧张、过度操劳，张之江中风了。病来如山倒，吃嘛嘛不香，玩啥啥不灵，时不时地还脸皮抽抽、脖子扭扭、上半身不遂、下半身晃悠。

宝剑锋从磨砺出，人生感悟劫难来。张之江身体的劫难，让他感悟到身体果然是革命的本钱，将军衔，黄金杖，身体一垮全无光。

病去如抽丝，抽丝虽然烦难，只要坚持抽，总能抽出个三五斤来。在中医、西医都无效的情况下，张之江跟自己的保镖余国栋学起了太极拳。起，呼，吸，开，合，大开，大合……松而不懈，柔而不软，走，继续。

一个月后奇迹出现了，脖子不扭扭了，脸皮不抽抽了，上半身遂了，下半身稳了——各位看官谁要以此得出结论——有病去打太极拳，后果自负。

张之江的奇迹，在于他的病症恰好适合打太极。还有，张将军打仗狠、治军狠，对自己也狠，练起拳来心无旁骛，一打就是大半天，汗流裤脚。另外，人家手里不差钱，吃穿用度，都有人伺候着呢。

奇迹般的恢复，重返健康的喜悦，让张之江好像哥伦布发现了新大陆。干过大事的人，眼界、手段自然不同，张之江激情澎拜地忽悠起一大堆名流显要，郑重地向中央政府申请把武术改称为“国术”，以提高国粹的位置和高度。

一份《关于改武术为国术之倡议书》在多番斟酌下终于拟成，可以说是头头是道，句句在理，还不忘把国父孙中山先生的"强国强种"抬出来，可谓高瞻远瞩。

总之，张之江们的目的，就是要把武术这个下九流，由民间推向上层、推向官方。显然，这事难度极大——要说咱们的大中国，好大的一个家，"重文轻武"委实不是一天两天造成的。

万般皆下品，唯有读书高。

君不见，鸦片战争、军阀混战、民国革命、抗日战争，国家都乱到那份儿上了，无数骚人墨客们，还在故纸堆里苦寻黄金屋，不信你去看《民国文人那些事》，还不信，再去看岳南先生的《南渡北归》。

没错，不上品，下九流，"武术"这个东西嘛，历来都是跟北京天桥底下那些玩九连环的、卖狗皮膏药的、捏太妃糖人的号称难兄难弟。劳心者治人，劳力者治于人。这涉及思想观念的问题，可不是一纸倡议书说改就改的。私下里，文人政客们果然把张之江们的倡议当成笑谈——武夫所为，可笑乎？可笑哉！

"武术"改"国术"，一个词语的改变，解决不了实际问题。张之江们决定既打雷也下雨，于是开始筹办"国术研究馆"。初拟的建馆宗旨，除行政管理和编审教材书刊外，另设武术训练队培养武术师资，推广武术教育。看起来这属于学术教育机构，张之江向教育部申请备案。

教育部觉得这不是捣乱也是添乱，神圣的教育殿堂岂容耍枪弄棒？于是百般推诿，不予支持。

张之江可不是轻易会打退堂鼓的主儿，此路不通走彼路。他找到国民党元老、辛亥革命时曾一起参加云南起义的老战友、时任国民政府常务委员的李烈钧。李烈钧觉得这个国术馆功在当代、利在千秋，当即拍板：教育部既然不承认，那么就由国民政府直接领导，经费由国库开支。

除了李烈钧，政府要员冯玉祥、邵力子、吴稚晖、钮永建、蔡元培等人，也都出面表示支持。如此一来，张之江雄心大振，好，你教育部不搭理我，我还不搭理你呢，老子要跟你平起平坐！既然属国民政府直接领导，那咱就不叫"国术研究馆"了，直接叫"中央国术馆"！

形势不错，但皮球最后进不进门，还得看最后一关——国民政府主席蒋介石放不放手。其实，张之江早就跟蒋介石写过信，蒋介石收到信后有些发愣，改武术为国术？什么意思？没看错吧我，改个字有意义吗？文字游戏而已，把"武术"改成"地球术"岂不更牛？

蒋介石认为这是鸡毛蒜皮，根本上不了他的要事备忘录。直到张之江们要组建国术馆的消息传来，蒋介石才恍然大悟，哦，原来是舆论先行，跟着后续手段呢。蒋介石到底怎么想的，不得而知，反正最后他签字同意了：

批准中央国术馆筹备处备案，由钮永建、蔡元培、孔祥熙、何应钦、于右任、张之江发起组织筹备事宜。

1928 年 3 月 15 日，国民政府颁布了《国术馆组织大纲》，政府公报第四十一期刊载了第一七四号公文批准备案，成立中央国术馆，张之江出任馆长，李景林担任副馆长。3 月 24 日，中央国术馆正式成立。馆址位于南京西华门头条巷。

3 月的南京，春天的气息已经来到，武术——国术的春天也来到了。

国术馆的组织名单上，董事、顾问一大堆，都是张之江拉出来为国术馆站台的，虽然个顶个都是大人物，因为跟武术、跟国术馆具体关系不大，略过不提。现在的问题是，副馆长怎么成了李景林？如前文所述，他可是张之江的活冤家、死对头！

且慢——谁规定活冤家、死对头不能变成哥俩好、好哥俩？须知这个世界上唯一不变的事情，就是变。

莫非是蒋介石的政治手腕？让这二人一起互相掣肘、相互监督？无根无据的话不能瞎说。有一个说法是，蒋介石认为张之江还有其他大用处，就派邵力子去请李景林出山做馆长，李景林出身张作霖奉系军阀，长期跟国民革命军作对，他担心进入民国政府官场后，被蒋介石摆上一刀两刀，岂不丢人现眼、晚节不保？所以他委婉拒绝。

另一个版本，叫作“张之江三请李景林”。

第一请，写信，被回信拒绝。

第二请，亲自登门，被当面拒绝。

第三请，是写了幅书法“武魂”，请孙禄堂先生带着书法去请。

事不过三，李景林终于被打动——不过，所谓“三请李景林”很可能与“李瑞东三请霍元甲”故事成色相仿，跟“三顾茅庐”一样，有艺术加工的成分。

有的资料很简单，张之江、李景林一拍即合，从国术馆筹建时期，李就在南京韩家巷担任国术馆筹建处执行部主任了。

不管二人是如何走到一起的，有一条是肯定的，二人不但走到一起了，还你牵着马我挑着担，一块化缘，一起遭难，风雨兼程，取经西天。

古来成大事者，谁拘小节？

在商言商，在武言武。张之江在武术方面不过是个爱好者、发烧友而已，离高手、泰斗、宗师之类的词语距离太远。所以张之江扒拉来扒拉去，必须选一个既这个、又那个的人，“这个”是江湖武林，“那个”是政界军界，两边都有影响、都有威望。扒拉来，扒拉去，不妙，军政大员中，武艺能进入一流人物的，首推李景林，次推，三推，推不到人，空缺。于是张之江放弃了个人恩怨，要与李景林一起，携手创建国术大业。

3. 副馆长李景林

李景林是军阀——至少曾经是，而且是“反动军阀”。他比张之江小三岁，直隶省——即河北省枣强县人，光绪十一年（1885年）出生在一个武术世家。

小时候他学的功夫是燕青门、二郎门。十四岁时李景林凭借文武童子功，考入清政府奉天军校“育字军”。两年后，八国联军入侵，育字军解散。他来到河北永年，求师太极杨家，其时太极宗师杨露禅已去世，杨露禅的三子杨健侯收了李景林为弟子。

跟杨健侯一起学拳的，少不了杨健侯的小儿子杨澄甫。杨澄甫厚道老实脾气好，最早学拳纯属应付老爹——家里拥有的反而不知道珍惜。李景林经常用燕青门的迷踪拳花招耍他，他还很高兴——真是无知青年欢乐多啊。

虽然追随杨家学习时间不长，但李景林功底不错，再加上悟性奇高，被杨健侯认为能举一反三，学得进，学得出，已得真传。

年轻人即使是家里有钱，也不能光花不挣。李景林是有事业抱负的人，抓住机会，又考上了保定陆军军官学校。这所军校是近代中国第一所正规的陆军军校，民国军界不少重要人物都出身于此。

毕业后，李景林进入北洋陆军第四镇见习，在此期间遇到了陈世钧。要说这世间缘分，哪有什么天生的，缘分都是闯出来、撞出来的，有的缘分还需要“药引子”。李、陈的缘分药引子，就是对武术的共同兴趣。

陈世钧身藏武当嫡系剑法，见李景林身具太极内家拳法，气质不俗，不仅倾囊而授，还把李景林发展成为“武当对剑”第十四代传人。

剑是兵器，又不是一般的兵器。它是中国兵器中的“兵魂”，又是文人心目中的“文胆”。从这个意义上讲，佩剑和佩刀，舞剑和耍刀，那区别可真是差老鼻子了。不信你把《书剑恩仇录》改成《书刀恩仇录》感觉会如何呢？

一剑在手，心神俱安。李景林总算是找到了心目中的最爱，从此他的人生变了，手不离剑，剑不离手，连睡觉的床头，也放着一把三尺七星剑。

李景林很善于把自己的特长在行伍里发扬光大，他训练的队伍以“行军快”和“出手快”著称，并在直皖战争中显露锋芒。锋芒一露，就容易被人盯上。果然，李景林一不小心被张作霖看上了。这军队干部，和平年代加官进爵，不太好掌握标准，战争年代就容易多了，谁能打胜仗，谁就得以加官进爵。

跟着张作霖只干了两三年，1922 年，三十七岁的李景林进入将军行列，升任奉天陆军整编第一师师长。东半球人都知道，要当官，除了有本事，还得会来事。李景林属下有个营长丁奇锐，就属于目光敏锐会来事的。丁营长率部驻扎在东北名山之首——医巫闾山下，偶然听士兵讲，有个武林高手隐居于此。

丁营长眼睛一亮：“武林高手？怎么个高法？”

士兵：“反正听老百姓说，能用剑削蚊子——叮你身上的蚊子。”

真的假的？丁营长便亲自上门寻访确认，虽然那位高手一点表演削蚊子的意思都没有，但丁营长仍然感觉出对方浑身散发的高手气质。他立即发电报向李景林汇报。李景林接电大喜，军国大事也不顾了，连忙赶来，欲找高手切磋武艺。

一切磋，李景林不是对手，立马扑通跪倒，叩头拜师。

这位隐居高手，名叫宋唯一，十多岁时拜闾山道人张野鹤为师，修习“下乘丹派剑法”，有“飞丹九”的外号，系此剑法第九代传人。宋唯一曾任清军武技教习，后来在内蒙奈曼旗王府施教，晚年归乡，正在为找不到剑术的合适传人大发其愁——唉，世人都说找师父难，谁又晓得找徒儿更难！

这话若是孙禄堂听到，绝对会流着眼泪使劲点头。因为孙禄堂寻找了一辈子，都没找到一个“中意”的徒弟。怎么个中意法，就是能青出于蓝胜于蓝的那种，学到最后把师父打翻在地的那种。

宋唯一比孙禄堂运气好，李景林一来，宋唯一的隐居生活，一下子热闹和富裕起来。下乘丹剑派的第十代传人有了。仿佛天作之合，李景林早已得到了陈世钧武当对剑的真传，这对于同出于武当一流的下乘丹剑术来说，正好可以相互参照、印证，比翼双飞，合二为一。

更让李景林喜出望外的是，宋唯一在草原和高山之上，自行悟出了内丹气功和花样剑法的融合之术。融合得好了，气便是剑，剑便是气，气剑不分，刺人为剑，制人为气。

李景林一点就通，一学就会，只需假以时日，超过师父不是梦。宋唯一高兴得流了泪，正式把象征下乘丹派第十代传人的一把木剑，传给了李景林，还把自己所著的心血之作——《武当剑谱》和《剑形八卦掌谱》传给了他。宋唯一确实不是一般的剑客，也有人将其所传剑法称为“昆吾剑法”。

上有所好，下必随焉，翻译过来，就是上梁正了、下梁不歪。

李景林成了武痴，奔着“剑仙”的目标奋勇前进。在他的队伍中，练武的热潮经久不衰。李景林越走越极端，在他的治下，军、师、团、营，均设武术队，全班武艺最高的是班长，全排武艺最高的是排长，以此类推。

靠着这个简单至极的治军方法，李景林一路顺风顺水，干到了奉军的方面军司令。直到败于张之江，又纠结队伍赶走张之江。小小复仇之后，大侠梦最终超越将军梦，李景林潇洒地辞去军职，去上海滩仗剑去做自己爱做的事了。

直到昔日仇敌张之江突然找他提议共建国术馆大业。

柳暗花明又一村，人生又有了大奔头！

1928 年 3 月 24 日，中央国术馆正式成立。那时节南京的春天已经来到，武术——国术的春天也来到了。

必须告诉历史，催生这个春天的，头功当属张之江。借国术馆蓬勃兴起的东风，1934 年张之江又创办了国立国术体育专科学校（简称国术体专）。1936 年柏林奥运会，傅淑云所在的武术队的领队就是张之江。中国武术表演轰动世界体坛，张之江为此获得了奥委会的“五环”纪念章，享有了“中国国术走向国际第一人”的美誉。

不知道与这些功劳有没有关系，同年 9 月 26 日，张之江接受了国民革命军陆军上将军衔的晋封。1937 年 7 月，卢沟桥事变爆发，日本侵略者开始了全面侵华战争。1938 年，张之江以战区高级顾问的身份，参与指挥了台儿庄战役。

1941 年 3 月，作为第二届国民参政会参政员，张之江在参政会上大谈国术，被引为笑柄，舆论界批评他为“时代的落伍者”。端的令人无限感慨，国土沦陷，国术也沦落至斯。

国术馆和国术体专，在战争硝烟的风雨飘摇中名存实亡，抗战胜利后，虽然也有过短暂恢复，但又在解放战争的战火中悄然消弭。

中华人民共和国成立后，张之江担任中国国民党革命委员会中央委员，多次参加政协会议，也受过毛泽东的特别关照。1969 年 5 月 12 日，八十五岁的张之江，逝世于上海华东医院。

比起张之江的死，李景林之死就显得大不幸了。

张之江、李景林都是经历过大阵仗、见过大场面的人。中央国术馆成立后，第一年搞了首届国术考试，这届“国考”虽然很轰动，但多少还属于内部式的热闹。张、李二人又开始酝酿搞个影响更大的“全国打擂比赛”。哥俩一合计，这事政府肯定不会支持——顶多是口头支持而已，绝不会出钱的，不过，若是咱们自己筹措到比赛经费，政府恐怕也不好阻拦。

李景林：“文武之道，一张一弛，这一年多，张兄您太辛苦，此次全国打擂比赛，你就看兄弟我的吧。”

不就是没钱吗？这能难倒当过兵的？没有？抢啊！抢银行？一边待着去！李景林不抢银行，他抢黑社会。于是，他郑重邀请青帮大佬、黑社会头子黄金荣、杜月笙吃饭，一人送支小手枪，然后直接请他们各自出资五万大洋，“襄助”全国打擂比赛。

李景林不是青帮中人，但他结交的朋友却不少是帮中的元老、前辈，黄金荣、杜月笙跟那些人比，还是小字辈。这还在其次，首要的是李景林的军政背景不能不让黄、杜嘀咕，这二人看着小手枪，脸上皮笑肉不笑，面面相觑：“好说，好说，待兄弟我想想办法。”

李景林话既然出了口，就不能收回。

黄金荣、杜月笙既然说了想办法，也是不敢风过耳、爱谁谁的。

僵持中，国民政府建设委员会委员长兼浙江省政府主席张静江出面了。他拉住张之江、李景林商量，比赛由浙江省政府来协助承办，黄金荣、杜月笙每人赞助二万大洋，商界大亨王晓籁自愿出资二万大洋。

谈过生意的都知道，李景林虽然开口五万，心理接受价大约也就是二万。李景林告别官场以后（他根本没把国术馆副馆长当成官场），最不乐意跟官场打交道。于是，他顺水推舟，把组织擂台大赛的外围工作，都推给了浙江省长张静江。这张静江也是个特殊人物，不仅是蒋介石的盟兄弟、赞助人，还是孙中山先生的赞助人。蒋介石是一定要给他面子的，很痛快地同意浙江省政府和南京中央国术馆共同主办这场全国大赛。

“全国擂台大赛”的名称太过“古旧”、太过“野蛮”、太过“刺激”，浙江省政府会议决定改名为“国术游艺大会”，大会筹备主任李景林，副主任褚民谊、孙禄堂。

1929 年 11 月 16 日，大会在杭州逸园开幕。盛况空前，据说光参观券就卖了近四十万大洋。一时间，出世僧人、云游道士、隐居侠士、金发碧眼纷纷现身杭州大会。

同年 12 月，寒流大雪，南方受灾。连年动乱，苦难的老百姓冬天无衣服，路有冻死骨。李景林认为国术也可以做慈善，于是准备在有钱人聚集的大上海，搞一次“上海国术大赛”，这次情况不一样了，提议一出，黑帮大佬杜月笙、张啸林态度十分积极，或许是他们眼馋“杭州国术游艺大会”的热闹和红火吧。

国家在用人之际，蒋介石又邀请李景林进政府，但他仍旧拒绝——实际上他也没有完全离开政府体系，因为他准备到山东筹建山东国术馆。

1930 年年初，李景林担任了山东国术馆馆长，还请来了“神枪”李书文。二李合作，李景林的武当剑、太极拳，李书文的八极拳、六合枪，标志着山东国术馆国术水平的登峰造极。当时，山东国术馆与河北武术馆，当然还有中央国术馆，成为几家影响较大的国术馆。

李景林甚至还编出了一套“李架太极拳”，定为山东国术馆学员的必学项目。“李架”的意思是，他把杨式太极拳和自己武当剑法的招法、步法、手法、身法结合起来了。

1931 年 12 月 3 日，突然一病不起的李景林，以四十六岁的年龄告别了国术馆，临终把自己收藏的几把宝剑赠给了几位身边的弟子。

四十六岁正壮年，不该“一病不起”呀。是的，一般的推测是，因为多次忤逆蒋介石，他终于遭到了杀身之祸。最早他就不与蒋介石在一条船上，蒋为了拉拢他让他做中央国术馆馆长，被他拒绝——最后同意做了副馆长；浙江国术游艺大会后，蒋又邀请他担任国民政府建设委员会军事委员会委员，他又拒绝。

1931 年夏，山东省国民政府主席韩复榘，拿着蒋介石的电报逼迫李景林去庐山。到了庐山后，蒋介石以中将军衔和军委委员的许诺，安排李景林带兵去苏区打红军，李景林还是不答应。蒋介石不能强迫，便送了李景林一本书，让他在庐山别墅中好好学习，仔细思考后再作回答。李景林最后的回答，还是愿意回山东国术馆。

蒋介石表面放他下山，心里恐怕已经骂了一万句娘希匹。

在回济南的火车上，李景林肚子里开始翻江倒海。传说一是蒋介石在李景林读的书里浸了慢性毒药，二是蒋介石指使特务乘其不备投毒，三是李景林服用了某道人赠送的丹药。

独裁大法第一条——顺我者昌，逆我者亡。到底蒋介石背后做了什么，或者没做什么，也许永远是一个谜。

四十六岁的李景林含恨而亡，从此世间再无剑仙，世间再无削蚊子的剑术。

4. 国术

“练武要像谈恋爱！”

八卦名师程廷华对弟子孙禄堂说出这句话后，年轻的孙禄堂练武的感觉一下子全变了。

时隔四十年后，孙禄堂在中央国术馆第一堂课的第一句话，就照搬了师父这句惊人之言。当时的旁听者朱国福回忆：孙先生一句话，掌声雷动，把大家说笑了。后来班上那些小伙子做发挥，什么单练就是单恋，对练就是双恋，什么推手摸手、交手拉手的，越来越不正经，比武如相亲，打人像接吻……

一句话引发“不正经”，那是以后的事了。当时武当门长孙禄堂公开授课大获成功，旁听的副馆长李景林也很高兴，当晚就约了孙禄堂一同去其紫金山别墅。

在车上，李景林还在表扬孙禄堂：“在天津我就晓得你很会讲课。”

孙禄堂：“不过啰唆些皮毛道理而已。”

李景林：“我发现，很多练了多年的，皮毛道理不一定清楚。”

李景林的高兴，更多的是因为国术馆隆重成立，国术事业势头向好，使他大遂平生之快。

至于孙禄堂、李景林二人的交谊，其实十年前便有了交往。李景林龟缩日租界李公馆躲避张之江追杀时，为给张之江制造错觉和麻烦，经常邀请各路名流前往李公馆聚会。命在一线之间，金钱也就无所谓了。李景林出手阔绰，好菜好酒招待贵宾，外带赠送玉石金表。来客中有八卦好手贾凤鸣，形意八卦太极三合一的孙禄堂，自然也少不了天津中华武士会的一干高手。只是这帮客人并不知道，不远处某些角落里，暗藏有张之江狙击手的黑洞洞枪口。虽说是切磋武术，明眼人却已看出当时的李景林常常心不在焉。

十年过去了，年近古稀的孙禄堂早已以《形意拳学》《八卦拳学》《太极拳学》皇皇三学，折服天下武林，所以寻找武当门长的时候，李景林毫不犹豫地对张之江说——非禄堂先生莫属。

钟山夏夜，凉风习习。走廊里挂了不少书法作品。在最显眼的位置，是李景林的自书贾岛诗：

十年磨一剑，霜刃未曾试。
今日把示君，谁有不平事？

李、孙二人，对坐啜饮，青花小碗里是又香又热的绍兴烧。谈起这弘扬国术一题，也是孙禄堂平生夙愿，所以他心情极好。这黄酒烧得浑身一热，两位武术家的心神便有些痒痒。

李景林意兴大浓："老五，老六，把你俩的对剑请孙先生指点指点。"

老五老六是两个孩子，说练就练，一套武当对剑使出来，倒也好看得紧。十来分钟后，老五老六作势收剑，微微喘息，闪着两双明亮的眸子，等着前辈教诲。

李景林："着实是笨得很了，先生不妨说说？"

孙禄堂兴致很好，站起来："端的不错，气力我就不说了，你小哥俩有个共同的毛病。"

孙禄堂接过一剑，缓慢比画着："一剑，两剑，一虚一实，是不是？习惯了，固定了，不好，容易被对方摸见程式，不妨二虚一实，三虚一实，虚虚实实没有程式，最好。"

李景林接过另一把剑："这一句便够你们俩吃一年两年的。孙先生，一直没个好机会，你也给我指点一二？"

时年六十八岁的孙禄堂，比李景林大了两轮，这次一反常态，毫不推辞，一扬手中之剑，笑道："请！"

电光石火，秋风落叶。

净潭清风，盘龙邀凤。

一个纯剑，一个杂家。一个九宫，一个八卦。一个杀得兴起，剑花诡谲。一个柔若无骨，闪展腾挪。李景林顺心顺手，灵光频现，自觉有如神助，定要把那孙老夫子赶到逼仄境地，最好是缴械投降。

不过，他想错了，少时便有"孙猴子"外号的孙禄堂，想的却是领略神剑绝技，有意烘托逗引。也就是说，他把自己变成了说相声的捧哏，任凭你逗哏的李景林嘚啵嘚啵嘚。

老五老六看得下巴都要掉到地上了。

技击是武术，武术不是技击。其实二人若是生死比武，三招必出输赢。但二人此番先是技击，打着打着便超越了技击——兴起而发，兴尽而止，不知不觉间，三百招已过。突然二剑相交，二人互视对方，哈哈大笑。

大笑间，心有灵犀，双双抖飞手中剑。

李景林一屁股坐在藤椅上，大气已泄，便觉四肢百骸清空一瘫，只剩无限快慰，无限满足。

孙禄堂也是塌在椅子里，说不出半句话来。

那一夜，李景林呼呼大睡。拂晓醒来，却越想越是后怕。这世间之事，让自己舒服不难，让别人舒服却难。显然，自己昨夜耍得如此舒服，是那孙先生禄堂剑法伺候得太好。可怕的是自己平生精华使尽，却也未奈孙先生何。

从此，武学一道，李景林有了真正口服心服之人，经常赞叹孙氏的武学修为，也不管听者信与不信，反正自个是发自肺腑。比如，山东国术馆文书刘子明曾记述：

> 余知李将军向不轻许于人，惟每提及孙禄堂先生之武艺时，无不钦服备至。
>
> 一日，省主席韩复榘来访，谓：将军纵横武林数十年，以将军之见闻，何门功夫最称上乘？
>
> 李将军曰：进有武当、少林、峨眉、形意、八卦、太极诸多名拳，皆可臻功夫之上乘。然，最上乘者当存乎其人，乃集大成浑然为一者也。
>
> 韩主席问曰：何人至是？
>
> 李将军：余遍顾宇内，能集拳术之大成而独造其极者，唯孙禄堂先生技与道合，一人而已。

李景林对孙禄堂的吹捧近乎肉麻，但肉麻出自真心，也就无可指责了。以李景林的地位，若非挚爱武术，跟孙禄堂走不到一条船上。孙禄堂毕竟一介武林中人，类似武术改国术、全民国术化之类“国家大事”，他一介武夫是连想也不敢想的。

中国最早出现“国术”一词，大约是在 1918 年。上海第一公共体育场设有“国术部”。1919 年，四川出现了“重庆冀蜀国术馆”。1920 年，大东书局出版了一本吴志清著的《科学化的国术》。但这些“国术”字眼，还属散兵游勇，并没有产生什么社会影响。

中央国术馆成立的一声春雷，国术一词开始迅速热播，成为庙堂、江湖出嘴率颇高的热门词汇。至 1930 年左右，全国省、市、县各级国术馆，已经出现近三十家，俱榜样中央国术馆，规格高，盘口大，多为省长、市长、县长亲自挂名馆长，知名武术家担任副馆长或教务主任等职。

武术从江湖挺进都市，武馆从民间走向官方。武术人士摇身一变，从下九流变成了有地位、有薪金、有前途的政府公职。谈国术、干国术的一多，水涨船高，爱国术、学国术、练国术的群众，人数自然成倍增加。

以武术改国术、中央国术馆成立为标志，1928 年至 1937 年被称为中国武术的“黄金十年”。

据统计，十年之间仅中央国术馆就前后招收了六期学员，共五百多名。据说第一次招生时，有五千多人报名应考，导致考试那几天南京城瞬间变为一座超级武术城，大街上随便扔一块砖头，就能砸到九个令狐冲、两个左冷禅、一个岳不群。

或许谁也没有料到，这黄金十年，竟然是中国武术的最后巅峰，也是中华武林的“最后的疯狂”。从此以后武术开始无可挽回地走上了下坡路。“黄金十年”戛然而止的原因，是 1937 年鬼子进了中原，抗战爆发。“武术无可挽回地走上下坡路”的根本原因，是冷兵器时代的结束，热兵器时代的到来。

是的，火器。

也就是说，火器大量涌现，彻底瓦解了武术的实用价值。而实用价值的瓦解、弱化和矮化，让武术像唐诗、宋词、元曲、京剧、剪纸和泥人一样，被一双无情的手推向历史。

尚可自慰的是，冷兵器虽彻底冷了，但还没有冷死，就算武术的实用价值只剩下一条——强身延命，却已足够让它功德无量、寿与天齐了。

或许，没有盐的日子糖还是有用的。

民国初年“国术黄金十年”的出现并非偶然，国际、国内、文化、社会，都存在着深刻的原因，分析起来又是一篇大文章——这等费力不讨好的工作，还是留给社会学家们去做吧。

反正国术和国术馆，并非如想象中张之江振臂一呼、天下群起响应那么简单。设想时间向前推一百年，张之江若是启奏乾隆皇帝——建议“武术改国术”“全民国术化”，估计乾隆爷心里第一句话是——丫不想活了！嘴上第一句话是 ——敢问爱卿是何居心？

刀能杀人，亦能制止杀人。

李景林论剑有曰：

> 练剑之要，身如游龙，切忌停滞，习之日久，身与剑合，剑与神合，于无剑处处处皆剑，能知此义，则进道矣。

第三章　少林武当

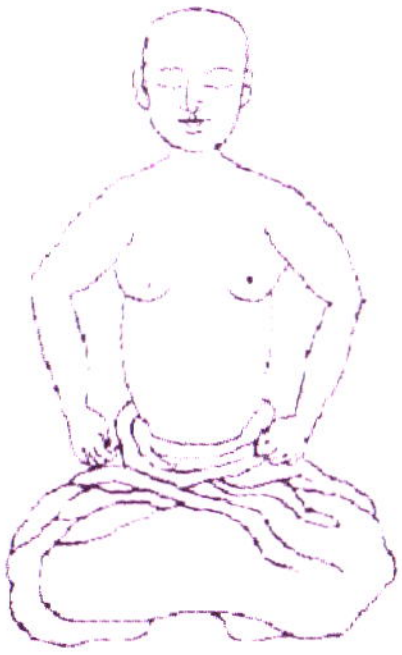

1. 二门

少林功夫是中国标志性名片之一，那是地球人都知道的。其实少林功夫也是个模糊概念——有人把少林寺传承的功夫叫少林功夫，有人把外家功夫叫少林功夫，有人把北派功夫叫少林功夫。

无论如何界定，少林功夫源远流长、雄浑博大，自然也是无人敢持异议的。有人总结少林功夫有七十二绝艺，这七十二绝艺也有几个版本，其中的一个版本是德虔、素法、勤炎所著的《少林正宗七十二艺》，绝艺内容如下：

铁臂功、排打功、铁扫帚功、足射功、腿踢功、蛇形术、提千斤、罗汉功、铁头功、四段功、铁布衫功、双锁功、上罐功、石锁功、铁珠袋、千斤闸、鞭劲法、分水功、玉带功、鹰翼功、跳跃法、霸王肘、一指金刚法、拔钉功、一指禅功、石桩功、金钟罩、铁牛功、旋风掌、卧虎功、拔山功、合盘掌、推山掌、踢桩功、鹰爪功、斩魔剑、玄空拳、金砂掌、铜砂掌、铁砂掌、飞行功、枪刀不入法、五毒手、飞檐走壁法、一线穿、蹿纵术、金铲指、揭谛功、梅花桩、拈花功、螳螂爪、跑板功、闪战法、金刀换掌功、轻身术、铁膝功、陆地飞行术、穿窗功、泅水术、点石功、琵琶功、柔骨功、壁虎游墙术、门裆功、翻腾术、布袋功、蛤蟆功、千层纸功、弹子功、锁指功、追风掌功、软玄功。

金庸版本的少林七十二绝艺，看来也不是凭空杜撰，各个名称里都有些名堂：

日月鞭法、燃木刀法、韦陀杵、降龙伏象功、拈花指、散花掌、鹰爪手、普渡杖、千叶手、醉棍、达摩剑、龙爪功、罗汉拳、伏魔剑、修罗刀、韦陀杖、大金刚拳、无常杖、一指禅、如影随形腿、如来千手法、韦陀掌、少林弹腿、寂灭抓、摩诃指、慈悲刀、大力金刚指、定珠降魔无上神功、虎爪手、伏魔杖、多罗叶指、菩提心法、达摩掌、无相劫指、大智无定指、去烦恼指、因陀罗抓、如意缩骨功、摩诃掌、少林擒拿十八打、袖里乾坤、大力金刚掌、金刚狮子吼、金刚不坏体神功、须弥山掌、袈裟伏魔功、擒龙功、一零八路疯魔杖、铁布衫、达摩剑法、金刚般若掌、杂阿含功、易筋经、金钟罩、普门杖法、大慈大悲千手式、阿罗汉神功、破衲功、少林长拳、罗汉剑法、心意气混元功、澄静指、光明拳、偏花七星拳、左右穿花手、洗髓经、大摔碑手、菩提刀法、破戒刀法、大文殊杖法、达摩闭息功、达摩八法神禅杖法。

如果把少林外家拳比作中华武馆的“前大堂”，那么武当内家功则类似中华武馆的“后花园”。

后花园里的绝艺也很多，能不能凑够七十二绝艺，或许要等待有心人了。

总之，少林前大堂，武当后花园，虽都可作为中国武术的独立庭院，但似乎只有二者兼具，这座武术大堂才称得上是深宅大院、华庭豪门。

却说国术馆成立之初，政府拨款三十万元，也有不少热心人士鼎力襄助。创业艰苦，创业也快乐。中央国术馆于是风风火火地上路，楼堂馆所、吃住行保，乃至办报办刊、招生录取等自不必说，都按惯常施为。唯独这如何设系立班、如何运教作训，颇费了张之江、李景林一干主办人的脑筋。

莫非要开设铁布衫系？地趟拳系？轻功系？刀枪系？暗器系？八卦系？迷踪系？呜呼，九十九系恐怕系不住。

李景林自有主张：“没那么复杂，先设二门就可以了，一内家门，一外家门。”

张之江：“内家门？外家门？那就叫了少林门、武当门如何？”

李景林：“甚妙。不过，两个门会不会打起来？”

张之江：“好哇，不打能进步吗？有教习和规矩框着，别出伤残就行。”

李景林：“两个门长，少林门，王子平如何？”

张之江：“很好。”

李景林：“武当门长，孙禄堂，杨澄甫——”

张之江：“孙先生是否廉颇老矣？”

李景林：“嗯，孙先生六十八岁，杨澄甫——四十多，那就杨澄甫。”

后人有马后炮云：国术馆分武当少林二门，甚为愚蠢，明摆着是要两门掐架。

甭管是不是马后炮，事实证明还真说着了。张、李这中央国术馆两尊门神，或许真把事情想简单了。少林武当，忽聚一堂，眼对眼、门对门，若不乒乒乓乓打将起来，也对不起达摩、张三丰。又如两个棋手住一起，岂有不分输赢的道理？

盼打架的不能兴奋太早，代表天下武术两大门派的少林门长王子平、武当门长孙禄堂，并没有按照众位好事者的殷切期望开打，至少是没有立刻开打。王子平孙禄堂没打，有多种原因，当时四十六岁的王子平，把六十八岁的孙禄堂当成前辈先生，一向礼貌有加。再说了，小痛快常带大麻烦，有些东西真不是挥拳开打便能解决的。

且说武当门长不是内定杨澄甫了吗？怎么一转眼成了孙禄堂？有个说法是，杨澄甫接到通知，不改慢性子本色，磨磨叽叽，一个星期了还没从上海到南京。张之江和李景林急了，国家大事反应还如此迟钝！那就请孙先生出马吧，老有老的好处，德高望重。

后来杨澄甫姗姗来迟，门长办公室有人坐了，只好进入教练团队。

杨氏弟子有人说：是杨澄甫风格高，推荐孙做了武当门长，孙禄堂知道内幕后不好意思，就辞职去江苏国术馆做教务长了。

这说法颇有点为杨澄甫脸上贴金的意思。事实上，杨澄甫虽然比孙禄堂年轻二十多岁，但二人关系至好久矣，早在北京就已是换过帖子的盟兄弟。

人事纷争只是表象，或许还有更深层的原因。孙禄堂在与张之江一起讨论办学思路时，双方的国术思想产生了矛盾。孙禄堂发现他讲述的国术学术、术德拳道之类，听得馆长张之江昏昏欲睡，而张之江的办学思路和办学目的很简单，一句话，为军队培养武打战士。

孙禄堂做武当门长只做了个把月，便以年老为由辞职，并推荐了高振东接替武当门长。

孙禄堂可是武林的一面旗帜！张之江不想放走孙禄堂，便拉了李烈钧、钮永建、李景林一起挽留孙禄堂。

张之江："孙先生，您不能走！"

孙禄堂大笑："国术，吾之愿也，回老家国术馆当个小小教习，此愿足矣。"

张之江："不行，不能让您离开南京。这么着，我们正筹备江苏国术馆，先生到那去如何？反正彼此不远，两边可以兼顾。"

孙禄堂盛情难却，便到江苏省政府主席钮永建担任馆长的江苏国术馆，担任副馆长兼教务长。鉴于没有确凿的资料考证，这些说法也可能是给孙禄堂脸上贴金。

无论如何，孙禄堂一走，高振东一上任，大家期待的少林大战武当终于发生了。

中央国术馆少林门和武当门的比武，选在某天主教堂内。全院教职员工做观众。据说是学员和学员比，教员和教员比，科长和科长比，门长和门长比。裁判长先讲了几句，不外乎切磋、交流，不许踢裆扎眼之类。张之江、李景林，黄埔军校的武术总教练杨松山，都来现场看热闹。关于这次二门大战，没照片没真相，接下来发生的事情就众说纷纭了，若干个哈姆雷特，就看你信哪个。少林门弟子回忆说：

> 王子平连连攻击，高振东左躲右避，十几个回合难解难分，双方大有不分雌雄不罢休的架势，裁判一看不妙，连忙鸣哨终止了比赛。接着是少林门马科

长与武当门柳科长切磋，这俩人年轻气壮，严肃有余，要拼命的架势，因为不能在同学们面前丢人，担负了少林武当二门的名誉。旁观的黄埔军校总教练杨松山提醒张之江，如此下去，两派非集体搏斗，最后难以收场。张之江立刻下令：不比了，收队。

由武当门长弟子记录下来的《高振东口述》，则是这样的：

民国十七年（1928年）六月的一天，孙（禄堂）师伯的儿子孙存周和弟子李玉琳忽然从南京来上海找我，手里拿着孙先生的信，叫我到南京说有事情商量。我因为在上海七个地方教武，工作很忙离不开身，叫他们回复师伯，替我说明原因。第二天两师弟急急匆匆又来，在我家等着我，我问师弟什么事情这么急？师弟拿出督办（李景林）的信和名片，还有孙先生的名片，因为我不识字，就叫他们念给我听，信的内容大概是王子平要和孙先生比武，请你速来南京商议此事。

师弟说：老师和督办要你立刻起身和我们一起回南京。

我即刻简单安排了一下手里的事情，就随他们上了路。

……

一天我早上刚刚起床，子平来到了我的房间，寒暄着：大哥刚起啊？我忙给他沏茶，子平坐下后说：大哥，今天上午我们两个人要在大客厅比武了，你准备一下吧。

我说：我是来代理师伯的，怎么敢和你比武呢？

子平又说：大哥，你想想，下边的人每天起早贪黑，每月不过挣个几十元，咱们拿的多，人家会不服气啊，咱们怎么也得叫人家看看啊。

说完起身就走了，约莫一袋烟的工夫，子平又掀开门帘进来了，说：大哥我们走吧，人家都等着呢。

我随子平来到了大客厅，到了客厅我看到客厅里的人很多，大家起来给我让座，我谢了大家，然后向大家说明了我的来意：我是代理我师伯工作的，不是来比武的，既然子平要试试手，我得先说明，我们两虎相争必有一伤，子平先生要是伤了我，那是我经师不到，学艺不高，不会恼恨子平先生。万一我伤了子平先生，可不许寻短见，在座的如果哪位不服，咱们在大家面前较量，不许暗箭伤人。

大家都赞成我的说法，这时我问子平怎么比？王摆了个劈拳式向我进招，我用掌勾卦封闭，王无招架之功，被我打中一拳退至墙下，于是王急忙挥手示意停止，我正要罢手，待我转身时，王突然过来追打，我回身一掌，将王的衣服豁开一个大口子，李督办见事不利，上来劝解。子平知道艺不能敌，合手认输。

第二天，他在清真饭店请了我和其他教师，自此子平和我结拜，我长子平一岁，子平亲书兰谱，余亦愿与子平共同互相学习，取长补短。后来，子平去了上海。

事后我就急于想返回上海，经过几次申请，张之江就是不同意，并且说：子平去了上海，你若再走的话，我的国术馆怎么办？从此张之江就秘密交代手下，凡是我的来信一律不叫我知道，他叫人秘密伪造了以我名义写的回信邮寄往上海，又伪造了上海来的信念给我听，我不识字，大致是说上海那边因为我走的时间比较长又请了教师。当时我不知道是假信，就信以为真。张、李馆长借此机会把我留下，叫我担任了中央国术馆武当门长一职。

看来，孙禄堂推荐高振东有内因，起因是王子平翻看孙禄堂新出版的《形意拳学》，脑袋看大，颇多不耐，忍不住道："拳是打的，不是书的，你把形意拳写得如此悬乎，要不咱们比试比试？"

练武的互相比试，原本再也正常不过，只是这刚进中央国术馆的少林、武当的二巨头之间比，即使是随意谈笑，其意义也会立马变得非同寻常。孙禄堂显然不想比试，积极的理解是，他极其讨厌国术馆刚开始就惹起二门纷争，当然也可以理解为他对击败正值壮年的王子平没有把握。于是孙禄堂辞职门长，并推荐形意门人高振东接班。

高振东为什么听孙禄堂的招呼呢？须知孙禄堂最早正是出于形意门内，他与高振东的形意师父马玉堂、另一位形意高手尚云祥拜过三兄弟。马玉堂拜在形意大家李存义门下，正是孙禄堂介绍的。也就是说，从马玉堂这边算的话，高振东该称呼孙禄堂为师伯。

其实听招呼也不算什么。又不是来分果果。招呼你来，不是让你来打酱油，而是让你撑起武当门荣耀的。或许，孙禄堂判定高振东的功夫足与王子平颉颃，至少应不坠形意门威名，否则叫个不靠谱的来，输了他一个，丢人一大窝。

看来，王子平不敌高振东的可能性还是比较大的。否则如何解释王很快便辞去了少林门长之位？当然，或有其他原因也未可知。换一个角度，连字都不识的高振东，如一来便败掉的话，应当不会出现张之江执意挽留、正式任命他担任武当门长的后话。再者，高振东若败，大可把此行当作国术馆一游，哪里会还好意思留下当门长？立马打道回沪，才符合正常心理。

当然，高手切磋技艺，过招比试，见红见伤、大呼胜败之事毕竟少见，更多的情况是几招过后，内心互知，表面上哈哈一笑，彼此不伤和气，方为大家气象，更有日后绝不轻易臧否者，谦谦武者风范也。

而旁观者未必能看出其中轻重上下，日后各说各话，也在所难免。事实上，高振东王子平不打不相交，自此以后长期称兄道弟，相互颇为亲近。可见，身为门长任职辞职是一回事，互较互长是一回事，称兄道弟交朋友又是另一回事。

国术馆领导终于悟过味儿来了，少林门，武当门，这二门的设置太过刺激武人神经，门长俨然就是官封的少林、武当掌门人。

江湖最大门派的一代掌门，那是何等的荣耀，又是如何巨大的责任！

本来人家真正的掌门人一个嵩山，一个武当山，君住长江头，我住长江尾，远着哩。因为中央国术馆的出现，被重整河山了。

一边高喊“破除门户之见”，一边按着潜意识不知不觉地设了二门，可见张之江、李景林之流仍难逃时代痕迹，未能做个“纯粹的人”。或许真的都是二门惹的祸？张李两位馆长研究了一下，便取消了少林门和武当门，改设教育处，实行统一教学。

其实，设立二门也未必就是错。

经是好经，念歪者仍是无数。

天下道理一般黑，只在乎前提条件和运用法则。老话有讲，分门别类、格物致知。分出少林、武当、内家、外家，亦合格物致知的道理。

故歪诗有曰：“设也好，撤也好，少林就在那里，不喜不悲；撤也罢，设也罢，武当就在那里，不痛不痒。”

自从撤销了二门，国术馆里形成了能教啥教啥、爱学啥学啥的和谐新局面，武当门和少林门，出现了“你侬我侬，忒煞情多，将咱两个打碎，再捻一个你，再塑一个我，我泥中有你，你泥中有我”的感人情景——你信吗？呵呵，事实上互相打来打去的情况，照样天天发生。不打何以叫武校？不比何以称练武？不过，国术馆提倡的风气叫“打是亲、比是爱”，练功大厅墙壁上，也赫然刷着大字口号——天下武术一家亲。

2. 神力王

既然当仁不让地当了少林门长，广大群众还意见不多，王子平老师的行状，就值得说道说道。

1881 年，王子平出生在沧州义和街，他与同为沧州人的大刀王五同属回族。家有尚武遗风，祖父外号“翻杠子王”，父亲外号“粗胳膊王”，都是善摔跤、精拳术的主儿。

胳膊再粗也不能当饭吃，父亲经常做些贩鱼卖虾的生意，并认为武术不能改变人的命运，能改变人命运的是知识，于是让王子平读书。读书归读书，命运归命运，王子平对练武非常眼馋，父亲也没办法，非要玩就玩吧。

于是小王晚上“北斗功”、凌晨“露水功”、中午“蜻蜓功”地练了起来，待身体素质逐渐增强，开始试着玩些费劲的功夫，拿大顶、举石锁、打沙袋、站马桩，当然家务活也要干的，而且排在第一位，只能是干完家务活再练，或者边干边练。

沧州也称沧县，东望渤海，相临有一望无际的盐碱荒滩。这盐碱荒滩，正是历来朝廷官府流放罪犯、发配沧州“劳改”的好地方。这种地方盛行武术是自然而然的。习武之风又似传染病，喜欢近亲繁殖，所以沧州拳手多、武师多、花样多。互相之间呢，摽着、较着的，传着、学着的，爱着、恨着的，都多。

十六七岁的王子平，感觉拥有了十八般武艺，生命力旺盛得如同一团欲裂的火球，见牛跟牛较劲，见马跟马赛跑，见土地爷都想免费送两拳头。

这号人才正是义和团渴望得到的红人，所以他参加了义和团，风风火火地去烧教堂、打洋鬼子。义和团被镇压后，担心被官府和洋鬼子追究的他，跑到山东德州一座清真寺避风头。一位见多识广的阿訇，帮助他寻到了查拳高手杨鸿修。至此，王子平的武艺好似进入了研究生阶段，三四年下来，硕士证书算是拿到了。

义和团后八国联军蹂躏北京，德国人也“租借”了胶州湾以及胶济铁路沿线。有一次，王子平路过青州车站，有德国佬闲得无聊，跟一个磨盘较劲，却搬之不动，怒冲冲地对围观者咕噜：“笑什么笑？你们东亚病夫更举不动！”

谁说中国人举不动？

王子平艺高胆大，站出来挑战，德国佬大笑："你能举动石磨盘？别逗了，真能举起，这一百大洋，你的！"

王子平有没有举起磨盘？答案不言而喻，他口袋里赢来的一百大洋可以作证。

1918 年，王子平在北京听说有个康泰尔在中山公园五色土摆擂台，便想露个大脸。本来想先探个究竟再上台，没想到李存义、张占魁领军的天津中华武士会人多势众，特别是一个叫韩慕侠的后生，火爆出击，抢走了头功。

失去露脸机会的王子平，因为在山东结识了不少朋友，留下名声，不久即应邀前往青岛冀德会馆教拳。

青岛美国人办的学堂里，有个体育教员阿拉曼，身手不错，打心眼里瞧不起中国人。看到会馆那厢中国人比画拳脚，觉得新鲜，便挑衅性地向王子平挑战。两人一握手，阿拉曼便较上力来，心想先把你小子手骨握碎，登时使出吃奶之劲，就等着王子平龇牙咧嘴、哭爹喊娘了。

王子平一看对方无理，就势一拉一送，阿拉曼失去重心，仰面摔倒。龇牙咧嘴、哭爹喊娘的，变成了阿拉曼本人，他不相信自己真的这么差，以为出现了幻觉，整顿身手，又扑了上来。王子平稀里哗啦，在阿拉曼的前胸、前脸，玩了几个花拳，把阿拉曼整迷糊了，迷糊间，胸口被王子平一拍，又一个仰面朝天。

吃了苦头的美国人阿拉曼，搞不清楚这个苦头是怎么吃的，便想找个高人来与之对垒，自己好看个究竟。他请来了一名德国摔跤大力士，叫克林兹曼。克林兹曼与王子平飙起膀子来，王子平不含糊啊，莫忘了摔跤是王家的家传功夫。被撂了几个跟头后，德国人服了，德国人认真，愿意每月拿三百大洋拜师，王子平拒绝了。能不拒绝吗？当时中国人没有不恨洋人的，刚刚发生的八国联军马踏中华，多大的国耻！

一战结束，德国败了，不幸的青岛没有回归祖国，1919 年又被日本接管。大批日本人移民青岛，日本浪人在大街上不可一世。青岛街头巷尾，经常出现血腥殴斗。在中国人备受欺侮的状态下，也起伏着若干反抗的逆流。王子平和弟子们也经常趁着夜色或偏僻地形，把日本人揍个鼻青脸肿——日本人好认，和服的，趿拉板的，腰插长短两把刀的。

一个叫宫本的柔道教官，听到王子平的名气，专程上门来挑战，还带来了警察维持秩序。王子平一上手，便察觉对方不好对付，捉拿推搡间，故意卖了个破绽，兵行险招，当宫本使出大背跨摔王子平时，王子平把准备好的一肘，顶中宫本后心窝，宫本扑在院内石台上，满嘴是血。

宫本弟子和王子平弟子开始是互骂，然后变成群殴。

警察控制不了局面，害怕得罪日本人，便要抓王子平。王子平见形势不妙，打倒警察，打伤数名日本人，跳墙逃跑。北洋当局竟然还发出了通缉令，要抓王子平。

北洋政府和日本人当时在北方耀武扬威，对南方上海的控制就不怎么灵了。王子平悄悄跑到上海，开了家小药店，卖起了中草药。

1921 年，美国人沙利文、乔治，德国人彼得，英国人丁克尔，若干个洋混混喝饱了威士忌，没事找刺激，嫌互相玩不过瘾，便挂了幅大广告，号称举行“万国擂台赛”。

不要以为一有擂台，就万众瞩目、全国关心，这可能和时势有关，和组织方、宣传方、赞助方都有关。老百姓更关心的是柴米油盐，政治人物更关心的是争权夺利。

尽管如此，这万国擂台赛至少在上海武林中传开了。说者无心，听者有意。王子平没有按捺住爆米花性子，打拳有瘾，打架有瘾，打洋人更有瘾。当着那伙人的面，王子平龙飞凤舞地签字立约。其自信满满的姿态，让那伙洋人有些发怵，连忙招呼一个小徒弟，让小徒弟试试王子平的身手。小徒弟在王子平背后跟了几步，大吼一声，挥拳就上，眨眼之间，被王子平反身一脚踢翻，踩在脚下。

第二天，大幅广告不见了，沙利文一伙也不出来了，原来这几位也是外强中干的外国鳖犊子，一看不妙，收摊不比了。有资料说，听到事迹受了鼓舞的齐白石，还亲题“南山搏猛虎，深潭驱长蛟”十个大字赠给王子平呢。齐白石，当时不过是刚脱离木匠行的画坛新秀而已。

王子平有个绰号“千斤神力王”，在他未曾南下时就被命名了。在苦练查拳的那几年，有次游历济南府，大明湖是当地最有名的景致。

大明湖畔，在一座茶肆前喝茶的王子平，同大家一起欣赏着面前的一道激流，激流上有个精致的石机关，一尊磅礴巨大的石头水碾，在水流作用下，运转不停。有个调皮的孩子把一根竹竿插在了水碾下，嘎吱吱，竹竿压成了片片。王子平盯着水碾，突然动了个念头——这玩意能停止转动吗?

心动不如行动，脱鞋下水，众目睽睽，双手既出，必有一输——输的当然是石碾子。人群哄然叫好，纷纷问询王子平何许人也，从哪里来，到哪里去。也有人说，正是此事发生时，被查拳高手杨鸿修抓了个现行：好神力！来跟我当徒弟吧。

武术谚语云“一力降十会”，说的是练武人假若没有力气，其他全都白扯。

武术谚语又云“一巧破千斤”，只是这一力降十会容易，一巧破千斤难——很多人一辈子未曾见过。

武术谚语还云：练武不练功，到老一场空；练武不练力，逢场在做戏；力大是个宝，谁也受不了。大象何曾惧怕过猴子武艺高强?

所以，神力王王子平，输的机会真的不多。

于是，千斤神力王王子平，在沧州、天津、胶州、济南、上海等地，一路打开声名，这份靠实力闯荡出来的标识，直接保送他坐上了中央国术馆少林门门长的位置。至于他去没去过少林寺，登没登过中岳嵩山，已经无所谓了。

雄鸡一唱天下白、祖国山河一片红以后，王子平先后担任中国武协副主席、上海市政协委员、上海伊斯兰教协会副主任等职，一直保持着老武术家的超高精气神。喜剧电影《小李大李和老李》的导演还特地请王子平在其中客串舞剑老人，估计是相中了老先生的大胡子。

1973 年，九十二岁的王子平老人去世。在喜剧电影里不过是跑了几个龙套，其实在现实生活中，他较好地上演了一出人生喜剧。据说老年时他得了一种强迫症，不开收音机睡不着觉，家人和邻居们为此同他进行了艰苦卓绝的斗争，而斗争的结果是王子平胜，家人和邻居们全都患上了同样的强迫症。

3. 武当

武当者，非真武不足以当之之地也。

虽然道教发源于鹤鸣山，但道教名山中影响最大的却是武当山。武当山位于湖北北部丹江口，也叫太和山。它西接秦岭，南临大神农架，屹立于群峰之巅，主峰叫天柱峰，海拔一千六百一十二米。

道教神仙里有真武大帝，据说原为净乐国王太子玄元，十四岁诚心修道，经过四十二年磨炼，在武当山修成正果、得道飞升。历代皇帝对武当山——准确地说应该是对真武大帝、真武道场的持续追捧，到明朝达到顶峰。

这主要归功于永乐帝朱棣的热心。朱棣燕王位上起事，以“靖难之役”“篡夺”帝位，定都北京。因为起事在北方，而真武帝又主管北方，所以朱棣把自己美化成真武大帝的化身，特地把武当山封为“大岳”“玄岳”，地位在五岳之上，从而开启了武当山风光无限的辉煌篇章。

道教是中国土产，虽然作为宗教，其教义欠明晰、教理欠严谨、教体欠精密，但却实实在在地渗透于中国文化的方方面面，直与中国人的起立坐卧息息相关。更广泛意义上的“道家”“道人”“道士”“道众”“道心”“道理”，简直达到了无所不容、无所不包的程度。

历史上，官员修道、文人修道、甚至皇帝修道，从来都不乏其人。修道内容也极其广泛，参天问地、寻矿采药、经国治世乃至辖兵习武等等。怎么还有辖兵习武？云梦山老道鬼谷子听说过吧，他是苏秦、张仪、毛遂、孙膑、庞涓们的老师。

大家知道，普通道士一般追求的最高目标是“得道升仙”。这“得道”二字学问可大了。如何算得道，得了什么道，那是一段有一段的道，二段有二段的道，九段有九段的道，有个莫须有真人，讲过入道“四楼层”：

> 四楼：道法自然，乘物游心。
>
> 三楼：经天纬地，洞穿世事。

二楼：勘破红尘，逍遥世外。

一楼：迷迷糊糊，知足常乐。

地下室其实也有道，但通常住的都是没得道的。道可道，非常道，还是直接上男主角吧，男主角大家都熟——张三丰。

单“张三丰”这个名号，便已隐藏了一个惊人的“易经密码”。请仔细瞩目“三丰”二字，“三”——乾三连，“丰”——坤六断，这不正是八卦图上的乾卦、坤卦嘛！

乾也，坤也，天也，地也，阴也，阳也。

也就是说，张三丰的名号并非随便所取。早已隐在名号里的乾坤阴阳的密码，让张三丰仅凭名号，就已经实现了与“太极拳”的亲密无缝对接。

关于老道张三丰，《明史·张三丰》说：

张三丰，辽东懿州人，名全一，一名君宝，三丰其号也。以其不饰边幅，又号张邋遢。颀而伟，龟形鹤背，大耳圆目，须髯如戟。寒暑惟一衲一蓑，所啖，升斗辄尽，或数日一食，或数月不食。尽经目不忘，游处无恒，或云能一日千里。

善嬉谐，旁若无人。尝游武当诸岩壑，语人曰：“此山异日必大兴。”时五龙、南岩、紫霄俱毁于兵，三丰与其徒去荆榛，辟瓦砾，创草庐居之，已而舍去。

太祖故闻其名，洪武二十四年遣使觅之，不得。

后居宝鸡之金台观。一日自言当死，留颂而逝，县人共棺殓之。及葬，闻棺内有声，启视则复活。乃游四川，见蜀献王。复入武当，历襄、汉，踪迹益奇幻。

永乐中，成祖遣给事中胡濙，偕内侍朱祥赍玺书香币往访，遍历荒徼，积数年不遇。乃命工部侍郎郭琎、隆平侯张信等，督丁夫三十余万人，大营武当宫观，费以百万计。既成，赐名太和太岳山，设官铸印以守，竟符三丰言。或言三丰金时人，元初与刘秉忠同师，后学道于鹿邑之太清宫，然皆不可考。

天顺三年，英宗赐诰，赠为通微显化真人，终莫测其存亡也。

黄宗羲《王征南墓志铭》中记载：

有所谓内家者，以静制动，犯者应手即仆，故别少林为外家，盖起于宋之张三丰，三丰为武当丹士，徽宗召之。

身为历史学大家的黄宗羲，胡言乱语可能性极小。而《明史》中出现的“永乐帝派胡濙寻找张三丰之事”，据说并非真要寻找传说中的张三丰，而是以寻张三丰为幌子寻找“失踪的建文帝”。

无论如何，各种资料说明，历史上一定有过张三丰，可能还有过张三峰，或者二人本系一人。而张三丰生活的时代，或宋、或元、或明——宋的可能性最大。

至于张三丰与武当山关系密切，身份之一为道家丹士，这都是比较小的问题——尽管是比较小的问题，却可能与张三丰发明太极拳有着极大关系。

话说这“丹士炼丹”，绝对是道人的看家本领。道家“炼丹”，不好简单地等同于“巫术”“方术”等“迷信”活动，因为这些东西往往包含了古代“科学”，它们与早期的医学、药学、生理学、化学甚至天文学、地理学紧密纠缠在一起。“丹鼎圣手”抱朴子葛洪的事迹就很有说服力，因为他同时也是历史上著名的化学家、天文学家、地理学家、神医、药王、气功师、刀杖手。

道人炼丹，有“外丹”“内丹”之分。外丹就是“保健药物”。现代人多对古代人为求长生不老费尽心机——比如炼制外丹——嘲笑不已，其实这嘲笑有些狂妄——除非你一粒也没嚼过补气丸，一口也没喝过人参汤。当今市场上琳琅满目的活络丹、健力宝、脑白金之类，都与早年的“外丹”有异曲同工之妙。这种补养的调调，古今无有不同。

那么，“内丹”是什么呢？丹田之气耳。

练内丹，就是练气功。

气功不是张三丰发明的，但气功对于张三丰那简直就是生活方式。你看他老人家——沉肩坠肘，松静圆柔，正端坐于半山无人之洞穴，呼吸天地，纳新吐故，津润喉舌，气流百骸，摩挲脏腑，抚慰血肌，流经活络，炼精还神……

静坐久了，便站起身来，摇头晃脑，踢腿伸脚，五禽之戏，八段之锦，恍兮惚兮，飘飘欲仙，舞之蹈之，云蒸霞蔚，巍巍乎高山，汩汩乎流水。掘内气，畅四肢。发四肢，弥内气。集气成丹，化丹为气。散入百骸为神气，流注四肢为矢箭。

气功静里动，太极动里静。

至阳傍至阴，至阴生至阳。

为缓而致快，修柔以图刚。

于是，从自发至自觉，从招熟至懂劲，从懂劲至神明。于是，神奇的太极拳，曼妙的太极拳，修身的太极拳，养性的太极拳，无为的太极拳，大用的太极拳，原始雏形出现了。

世上至少有两种人，一种俗人，一种仙人。真正的道人企求绝俗成仙、超凡入圣，他们练拳，顶多面对狼虫虎豹的骚扰时拿武术一用，既无目的打人，也未想过打擂——

红尘世界俗煞人也。

雷之声、阳之光、花之香、火之热，不可方物。

内之丹，内之气，内之劲，内之精，难以言传。

虽则不可方物、难以言传，却都是地道的好东西。

因为它们俱为听着玄、看着空、玩着虚，从而给骗子们提供了可乘之机——历代不乏冒充内丹大师、气功大师、太极大师的积极分子，故曰——不要看见山羊胡子就当作是老中医，不要看见白鹤亮翅就以为是张三丰——江湖行走，时时注意防火、防盗、防“大师”也。

其实，即便张三丰稳稳坐了太极拳祖师爷的神坛，他也很可能并非发明太极拳第一人，就像唐玄宗之前有戏子、鲁班之前有木匠一个道理。

但这已经不重要了。张三丰逍遥一去，若是在天有灵，看见自己被后世人塑胎成像、顶礼膜拜，大约会指着自己大笑——瞧牛鼻子老道，一不留神被当成图腾了！

4. 内家外家

形意名手尚云祥，曾启发弟子说：“内家得有内家样儿，打喷嚏为什么痛快，放响屁为什么痛快，想想！”

这名弟子不大成器，把尚师父的话总结为“形意如行屁”。

台湾高手廖白标榜的“太极混元炸劲”，据说是看到“爆米花炸出炉膛”开的悟。生活在中原内陆的太极名手陈小旺，据说得道开悟是在面对大海时——“潮汐的秘密”让他豁然开朗，自此气血双旺，内息生长。

李景林剑人合一，也曾经因为一句话醍醐灌顶，那句话来自宋唯一师父：“那不是剑，你就当胳膊长了一截。”

李玉琳随孙禄堂习练八卦掌，拿捏不准抖掌发力，孙禄堂将一只狗踢进水池——看了！那狗爬出水池，抖了一个大大的激灵，毛发耸然，水花四溅——李玉琳心中突然开了一扇天窗，透亮。

——内家拳法，奥妙不容易说清楚，结果就憋出以上如是许多奇形怪状的比喻。

少林派武术，脑袋上本来没有“外家拳”这顶高帽，这顶高帽是伴随着“内家拳”的出现而被戴上的。从现有记录看，“内家拳”的名称首见于明末清初大学者黄宗羲撰写的《王征南墓志铭》，节选如下：

少林以拳勇名天下。然主搏于人，人亦得以乘之。有所谓内家者，以静制动，犯者应手即仆。故别少林为外家。

盖起于宋之张三丰。三丰为武当丹士，徽宗召之，道梗不得进。夜梦玄帝授之拳法，厥明以单丁杀贼百余。三丰之术，百年之后流传于陕西。而王宗为最著。温州陈州同，从王宗受之，以此教其乡人，由是流传于温州。嘉靖间张松溪为最著。松溪之徒三四人，而四明叶继美近泉为之魁。由是流传于四明。四明得近泉之传者，为吴昆山、周云泉、单思南、陈贞石、孙继槎，皆各有授受。昆山传李天目、徐岱岳。天目传余波仲、吴七郎、陈茂弘。云泉传卢绍岐。

贞石传董扶舆、夏枝溪。继槎传柴玄明、姚石门、僧耳、僧尾。而思南之传，则为王征南。

大名鼎鼎、名头极响的黄宗羲，为什么会有心情为一个玩拳技、副总兵级的王征南写墓志铭呢？很简单，因为黄的儿子黄百家，是随从王征南学武的徒弟。

黄宗羲的见解是，外家少林拳“主搏于人，人亦得以乘之”，内家武当拳，擅“以静制动，犯者应手即仆”。

黄宗羲的儿子黄百家，也写了一篇《王征南先生传》，其中有句话说：

张三丰既精于少林，复从而翻之，是名内家，得其一二者，已足胜少林。

怪不得金庸笔下的张三丰，最早也是出自少林门内呢。原来张三丰“精于少林”后不满足，开始反着来、倒着来、翻着来，于勇猛凶狠快速直取中“从而翻之”，缓慢，内在，圆柔，巧取。

诚如是，这张三丰的逆向思维，堪称绝顶聪明。他发明的“内家拳”，实在是世界级的重大发明。如果说内家拳之前的拳术，是试图把豆子变成干豆、亮豆、辣豆、脆豆、钢豆、飞豆——内家拳则是把豆子变成豆腐。

物理反应和化学反应的区别呀！

撰写王征南墓志铭的黄宗羲——包括其子黄百家，熟悉王征南其人是没有问题的，而王征南上面师承的那一串人，他们就未必真正熟悉了。所以一辈一辈上推到张三丰的说法是否靠谱，张三丰是不是真的发明了内家拳或者太极拳，都是疑问——而且找不见答疑的确切史料。

显然，黄宗羲父子对自己学练的武当内家拳颇为自豪，自豪之间，不免会贬低了外家少林拳。事实上，所有少林派的武者都不喜欢这个分法，特别痛恨“内家拳出于外家而胜于外家”的言论。

问题的症结出在民间关于外家等于少林、内家等于武当的认识上，这个认识虽然错误，但貌似约定俗成，任谁也平反不了。

事实上，绝对不是这样简单的，内家、外家，阴阳一体，互补互生。

外练筋骨皮，内练一口气，练武不练功，到老一场空——这都是少林门武术的常用口号，足见少林功夫从来都讲究内外兼修、刚柔并济的。达摩老祖著名的《易筋》《洗髓》二经，都是禅拳合一的内功秘典。哼，倒是你们武当内家派的，见天价神龙见首不见尾，有本事出来比画比画！得，又要掐架。

自从国术馆出现了武当门和少林门比武的事情，国术馆内外经常出现内家、外家出处来由、孰优孰劣的辩论。张之江有时候也打着官腔参与辩论——争什么争？内家外家是一家！不管你是内家还是外家，我只录取赢家！

李景林也发表了意见：外家内家好比一张弓，外家是弓背，内家是弓弦，弓强弦弱，弦强弓弱，都不成体统，必是强弓韧弦，箭矢方能力而远。偏则废，不偏则立，内家外家，岂能舍一留一？

时在江苏国术馆的孙禄堂，经过长时间的思考，于国术刊物上发表了一篇《论内家外家拳术之别》的文章，内容如下：

今之谈拳术者，每每有内家、外家之分。或称少林为外家，武当为内家；或以在释为外家，在道为内家。其实皆皮相之见也。名则有少林、武当之分，实则无内家、外家之别。少林，寺也；武当，山也。拳以地名，并无轩轾。

至竟言少林而不言武当者，亦自有故。按少林派之拳；门类甚多；名目亦广；辗转相传；耳熟能详。武当派则不然，练者既少，社会上且有不知武当属于何省者，此非余之过言也。

浙之张松溪，非武当派之嫡传乎？迨今浙人士承张之绪者，何以未之前闻也？！近十年来，人始稍稍知武当之可贵矣。

少林武当之一隐一现者，其故在此，安得遽分内外耶？

或谓拳术既无内外之分，何以形势有刚柔之判？不知一则自柔练而致刚，一则自刚练而致柔，刚柔虽分，成功则一。夫武术以和为用，和中智勇备焉。

余练拳术，亦数十年矣。初亦蒙世俗之见，每日积气于丹田，小腹坚硬如石，鼓动腹内之气，能仆人于寻丈外，行止坐卧，无时不然。

自谓积气下沉，庶几得拳中之内劲矣，彼不能沉气于丹田小腹者，皆外家也。

一日，山西宋世荣辈以函来约，余因袱被往晋。寒暄之后，因问内外之判，宋先生曰："呼吸有内外之分，拳术无内外之别。善养气者即内家，不善养气者即外家。"

故善养浩然之气一语，实道破内家之奥义。拳术之功用，以动而求静；坐功之作用，由静而求动。其动中静、静中动，本系一体，不可歧而二之。

由是言之，所谓静极而动，动极而静。

动静既系相生，若以为有内外之分，岂不失之毫厘，差以千里？

我所云呼吸有内外者，先求其通而已。通与不通，于何分之？彼未知练拳与初练拳者，其呼吸往往至中部而止，行返回，气浮于上，是谓之呼吸不通。极其弊则血气用事，好勇斗狠，实火气太刚过燥之故也。

若呼吸练至下行，直达丹田，久而久之，心肾相交，水火既济，火气不至炎上，呼吸可以自然，不至中部而返。如此方谓之内外相通、上下相通，气自和顺，故呼吸能达下部。气本一也，误以为两个，其弊亦与不通等。

子舆氏曰“求其放心，放心收而后道心生”，亦即道家收视返听之理。

余曰：“然则鄙人可谓得拳术中之内劲乎？盖气已下沉，小腹亦坚硬如石矣。”

宋先生曰：“否！否！汝虽气通小腹，若不化坚，终必为累，非上乘也。”

余又问，何以化之？

先生曰：“有若无，实若虚。腹之坚，非真道也。《中庸》极论‘中和’之功用，须知古人所言皆有体用。拳术中亦重中和，亦重仁义。若不明此理，即练至捷如飞鸟、力举千钧，不过匹夫之勇，总不离乎外家。若练至中和，善讲仁义，动作以礼，见义必为，其人虽无百斤之力，即可谓之内家。迨养气功深，贯内外，评有无，至大至刚，直养无害，无处不有，无时不然，卷之放之，用广体微，昔人云‘物物一太极，物物一阴阳’，吾人本具天地中和之气，非一太极乎？《易经》云近取诸身，远取诸物。心在内而理周乎物，物在外而理具于心，内外一理而已矣。”

余敬聆之下，始知拳道即天道，天道即人道。

又知拳之形势名称虽异，而理则一。向之以为有内外之分者，实所见之不透，认理之未明也。

由是推之，言语要和平，动作要自然。吾人立身涉世，处处皆是诚中形外，拳术何独不然。试观古来名将如关壮缪、岳忠武等，皆以识春秋大义，说礼乐而敦诗书，故千秋后使人生敬仰崇拜之心。若田开疆、古冶子辈，不过得勇士之名而已。盖一则内外一致，表里精粗无不到。一则客气乘之，自丧其所守，良可慨也。

宋先生又云：“拳术可以变化人之气质。”余自审尚未能见身体力行，有负前辈之教训。今值江苏省国术馆有十八年度年刊之发行，余服务馆中，亦即两载，才识浅陋，尸位贻讥，故以闻之前人者略一言之，以志吾愧。

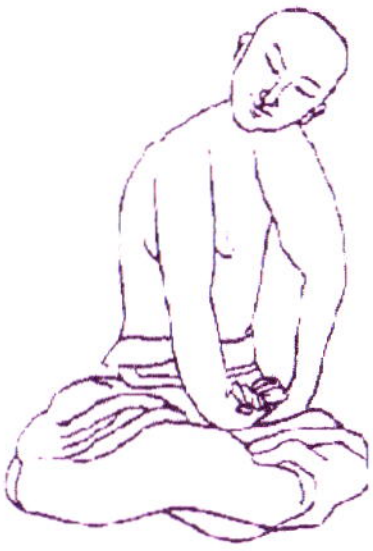

第四章　自然门

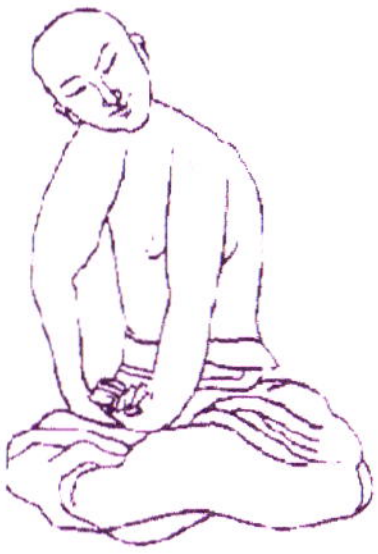

1. 老炮

前文讲到，张之江为国术馆挑选副馆长，欲选在军政、武林两边“一担挑”的人物，推来推去，除了李景林外，别无其二。事实上并非无人，至少有一个人是很容易想到的。只是张之江不想选此人，或者说潜意识里排斥此人。

正所谓天下之大，无奇不有。此人身份、资历俱属特殊，且不好掌握；更要命的是此人疑似“疯癫症患者”，嘻嘻哈哈，无法无天。此人正是国民党前身同盟会的会员，在青帮、袍哥、东北胡子里都挂有名号，也就是说，他黑道、白道、红道、蓝道通吃。

这尊老炮年近六十，姓杜，名心五，号称“民国第一保镖”“南北大侠”“自然门唯一传人”。国民政府成立，他自然也被延至南京。鉴于他在政府和江湖中的双重地位，即使是走个过场，张之江也不得不前往拜访。

张：“杜先生，国术馆之事有所闻否？”

杜：“久闻。”

张：“鄙人敢请杜先生出任国术馆馆长，尊意如何？”

杜：“闭嘴。”

张：“若嫌馆长杂事缠身，或请屈尊挂名副馆长如何？诸事有芳辰将军（李景林）操理，唯借先生光明盛威，以助我国术之大业！”

杜：“哼，我说张将军，甭费吐沫了你，吾村夫老朽，漫说馆长副馆长之职，便是你那少林武当门长，也是做不来的。”

张：“莫非先生认为少林武当二门设置不妥？先生的自然门固然是好——”

杜：“休提自然门！全民国术化，之江兄你讲得极好，利族利种，功德无量，杜某自当尽心效力，可惜吾老矣，掌无心，教无力，放心，凡有摇旗擂鼓之类的外围勾当，吩咐便是！”

张之江心里一块石头落地，抱拳大喜：“杜先生高标大义，张某钦佩至极。”

杜：“你是不是很失望——老朽突然正经如此？”

二人相视大笑。旁人笑我太疯癫，我笑旁人看不穿。

同治八年（1869年）腊月初三，杜心五满月庆祝活动，正在湖南慈利江垭乡岩坂田村热闹举行。其父杜佳珍，官至正四品，曾任大清绿营都司，1860年英法联军登陆天津大沽口，率兵迎战，腿部中枪。作为伤转军人，无奈归乡，却还能生儿子。杜佳珍风格挺高，感谢老婆生娃辛苦，特以儿子取名权相赠。看来杜佳珍老婆肚子里有些文墨，给孩儿取名杜慎愧，别字心五——可能取的是佛家“五心俱愧”之意，总之主要意思是——别再跟你爹那样打打杀杀了。

湖南慈利这地方，地处湘西张家界，属湘、黔、川交界之处，就有了“三不管”的意思，给匪盗横行、民风彪悍创造了便利条件。凡是这男娃娃，几乎都喜欢舞枪弄棒、踢狗踹鸡。杜心五也不例外，《慈利县志》记载：

（心五）七岁，随管家王云清找到武士石彪，向石学会了飞蝗石，投击无不中。

就是说杜心五七岁就能玩“飞蝗石”这类能伤人伤鸟的暗器勾当了。很不幸，八岁时父亲去世。家里没了顶梁柱，自然被人轻视，小杜开始变得沉默。性情虽然有变，手脚闲不住的毛病却有增无减。一天在去私塾读书的路上，前边一个人磨磨蹭蹭，让杜心五着急：“借光，走快点好不？”

小路建在水田田塍上，实在窄的厉害，无法并行二人。那人回头看了看小杜，没说话，却突然伸手抓住小杜，噗地一把，嗖地一声，抡了个圈，然后将小小杜心五轻放于地。小杜跌跌撞撞走了两步，突然意识到什么，回头趴在地上大磕其头：“师父！”

此人名叫严克，南拳高手。小杜跟他勤勤恳恳学了三年洪拳硬功，三年后严克把他推给了盖子山上的道士于虎。于虎接着教了两年内家拳，丢下徒弟出外云游去了。小杜又失去了好老师，怎么办，到哪里才能找到高手？高手脑门上也没写字。杜心五人小鬼大，他到市镇上发帖子，张榜寻师：

寻师榜

小子不才，诚心求师

惟须比试，能胜余者，重金礼聘

决不食言

江垭杜心五

这哪是找老师，分明是比武纳师。十五岁的杜心五因此事，名噪故乡，也被当地引为笑谈。树大招风，风大也招树。寻师帖还真引出人来了。一见来人，小杜大吃一惊，还以为是要饭的呢，因为这个人身高那是相当的矮，比卖炊饼的武大郎还矮。

矮子哥甚是礼貌，连小孩也不放过，拱拳弯腰施礼："是心五同学吧？鄙人，江湖人称徐矮师。"

杜心五打量着矮子："徐矮师？没听说过呀？"

矮子："不是要比武寻师父吗？请出手！"

杜心五不好意思出手，直到徐矮师点了他肚脐眼一指。这一指，让杜心五五内触电——虽然那时候他并不太知道"触电"是什么，但触电感觉确是有的。小杜三次出手，杜心五三次倒地——只可惜，小杜就是杜心五，一个人。

说起这徐矮师，武林中也有一号，因为人家开创了新门派。可惜这一门派人少势孤，人丁不旺，所以知名度极低。徐矮师系四川雅安人，富家子弟，喜欢武术。最大遗憾是人长得丑陋，个子又奇矮。若不是手里趁俩钱，恐怕一个老师也求不到——老师也嫌他寒碜呀。所以徐矮师的学武经历，那是一部血泪史，受够了师父师兄、师妹师弟的欺负和嘲弄，这边说你不适合练少林，给达摩老祖丢人，那边说你不适合练武当，让三丰师祖生气。

三天可以不说一句话的徐矮师，除了练武，便是读书，除了读书，便是生气。生自己的气，也生别人的气。自卑、内向、敏感的性格，促使他练功出奇刻苦——因为老是想着要打倒那些个高的人、打倒那些嘲笑他的人。

歧视我个小，歧视我丑陋，哼，龟儿子该打！打，打倒他们，再踏上一万只脚，让他们永世不得翻身！

粮食憋久了出好酒，人憋久了除粉刺外也能憋出东西。徐矮师憋出来的，是一门新武功，而且是脚踢武当、手缚少林的新武功。这新武功憋龄十年，功夫不负有心人，十年后他悟出了"内圈手"奇功，合庄子之道，取名"自然门"——动静无始，变化无端，虚虚实实，自然而然。

有理论，有方法，还不行，必须有实效。徐矮师开始游历八方练手。直到把他认识的人——主要是那些曾经嘲笑、曾经歧视、曾经欺负过他的人个个击败。心结终于解开，解开就成了正常人，也就有了教授杜心五的心情。这对师徒都不爱说话，或者说话的方式是拳打脚踢。杜心五挨打越来越少，说明打得越来越对。对了，就笑，错了，继续打。经旁观者鉴定，此二人确系一对疯子，大疯子和小疯子。

两年过后，大疯子回四川去了，小疯子不再寻找新的老师，因为大疯子教给他的东西有太多道道，如想条条练出成绩，一辈子的时光未必够用。

练武的孩子往往不爱读书，杜心五算是优生良品，身上同具了父亲的练武基因和母亲的文学基因。他先后考入渔浦书院、常德高等学堂，还与"中共五老"之一的林伯渠成了同窗好友。

光绪十三年（1887年），十八岁的杜心五离家出走，想给外面的世界说一声——我来了！外面的世界似乎并不热情，苍茫大地的答复是——你爱来不来。

杜心五不管外面的世界欢不欢迎他，这一来，就来到了三峡之上。抵达重庆时，盘缠花光，对策是先挣点钱再说，干点啥挣钱呢？

开个火锅店？成本太高。

搞个丽春院？实在没经验。

嗯，好像那个镖局挺威风，去试试。

金龙镖局四五个生猛伙计，半袋烟的工夫，被杜心五分别打倒在地。老板无奈地放下水烟袋："兔崽子别打了，收下你。"

几趟镖下来，"神腿杜"名声大震。杜心五结交了不少大哥，还兴奋地加入了哥老会，也叫袍哥，是洪门天地会的四川一支。

外面的世界果然精彩，杜心五跟着大哥小弟，少不了吃个花酒、赌个小钱什么的，还吸起了腾云驾雾、欲死欲仙的大烟。某天凌晨，醉酒的杜心五被脸上的露珠滴醒，发现自己正躺在大烟馆的门口，脸上滴答滴答，蕉叶上落下来的清凉露水。

二十岁的杜心五跳了起来，他要回家！

在老家读书、戒烟，过了一段，又想出门了。这次目标大了些，想去瞧瞧京城。

在京城，身负自然门绝艺，应聘个工作还是比较容易的。很快他就找个了巡逻警的工作，也可能是非正式的，相当于协警。具体工作就是步行大街，维持治安。某天一伙人欺负一个青年，推来搡去，杜心五工作责任心还是有的："不许殴斗，有话说，有理讲！"

仗着人多，那伙人不服管教，杜协警几个擒拿推送，几个人吱吱哇哇地滚了。被欺负的青年是湖南老乡宋教仁。二人都是南方蛮子话，聊得投机，便义结金兰，杜心五成了宋教仁的大哥。

实际上杜心五要是恪守职责，应把宋教仁送进监狱，因为宋教仁做的是反清勾当。台湾演员张艾嘉有句台词："不熟悉道路，人生也可能走对。"

杜心五不熟悉道路，但他走对了。在清末民初的武林高手中，老早就走上"反清革命道路"的并不多。当然，不熟悉道路，未必意味着瞎走，最好有个星星点灯。宋教仁星星点灯，为杜心五照亮了前行之路，路标上写着——此路直达孙中山先生。

这对于杜心五的未来，具有重要的现实意义和深远的历史意义。

山东德州永庆寺，出过一个大和尚，一年四季只穿一身单薄僧衣，曾以其过人武功，令流寇匪徒不敢踏入德州地界，和尚名叫妙熙法师。德州武林至今传诵，妙熙法师擅功力拳，曾留有与杜心五的交手记录，不清楚何时何地，交手结果是不相上下。

2. 名徒

自然门与其他拳种最大的不同，是没有固定的套路。天下成名的拳种，无不是左一套右一套，不胜枚举。自然门注重的不是拳，而是功。

当然，自然拳，自然功，虽然讲究单式单练，也不拒绝套路爱好者，你愿意串起来成套，怎么串都成，随个人喜好和条件。比较关键之处，在于自然门所有的式、所有的功、所有的法，都是为了练气。练气既是为了护体，又是为了打人。自然门打人技法的主要名目，叫“鸦雀步”“内圈手”和“追魂夺命脚”。

前文提到，杜心五与人较技，三步上树，显然用上了本门绝技“鸦雀步”，至于更厉害的“内圈手”和“夺命脚”绝技，那是不可能轻易使的。除了打人技法，自然门著名的功法有：大力神功、伏虎桩功、铁豹护体功、金蝉阴裆功。

为使大家比较那么深入地体会一下中国武术的奥秘，此处不妨说得详细一点。比如自然门功法之一的“大力神功”，起式：

> 正面站立，两脚距离与肩同宽，头颈端正似有千斤之物压顶，下颏微压，两肩稍上托，如有大山压肩的感觉。怒目圆睁，直视前方，咬紧牙齿，含胸拔肚，收腹提裆，夹紧双胯，双手握拳稍上提，脚站直，绷紧小腿，十趾扎地，似一尊金刚。

站好了，上述只是起式，正式练功开始。首先是腹部功：

> 以鼻吸气，用意送至腹部，稍定气后，用波浪式呼气将气呼出。波浪式呼气，即将一口气做两次呼出，第一次短促、快速意想气化做一道闪电从腹部射出；第二次要缓慢，时间越长越好，意想内气好像一盏灯光，从腹部向外照射直到无穷远处。久而久之，使腹部形成一种顶力，以抵抗外界打击。

练毕腹部功，别急，老鼠拉木锨，大头在后边。

二、腰部功；
三、胸部功；
四、颈部功；
五、头部功；
六、上背部功；
七、下背部功；
八、裆部功；
九、腿部功；
十、手部功。

练完从一到十之大力功，最后要收功。收功的方式是：

叩齿；
咽津；
摩腹；
揉命门；
浴面；
六、全身拍打。

大力神功不过是自然门基础功夫的一种，其他还有……怕了吧？要不为什么自然门收弟子难呢，一是有没有天赋资质，二是能不能吃苦中苦。

为做人上人，你豁上八年。好，就算八年后你成了高手，还有一句话，又得让你唰唰流泪：一日练，一日功，一日不练十日空，一月不练一年松。

也就是说，成了高手还得练。不进则退。当然，好消息是，大多数高手练到后来，已经不再觉得练武是受罪，而是莫大的享受、不练不行了，其中还有意想不到或者说“谁练谁知道”的那种超人级别的享受。

人体薄弱之处，一是头，一是裆，一上一下，顾此失彼，实为技击大患。头部五官，窍窍精巧机密，个个都有实用功能，实在不宜捶打修炼，唯赖双手保护或自行躲闪。既然五官不宜练，那么裆部可练否？好消息是可，坏消息是练坏了不可逆。

自然门有秘功曰“金蝉阴裆功”，练成后，裆部就不用特别保护了，也就说，裆部挨上一般人的一脚两脚无所谓，倒是对方的脚趾头值得担一下心。

杜心五答应张之江的话，果然都做到了。国术馆成立前后的大场合，他都出现了，而且不计较待遇，不计较座次，好像是真心弘扬国术。武术改国术，武人改干部，一夕巨变，一朝出新，杜心五作为自然门掌门，一代武术大家，不高兴也说不过去。

至于教学训练，杜心五一开始也曾背着手、捻着胡子转悠、巡视、观摩过，也想找个机会露两手绝学。这一观摩，多少让他有点泄气，他发现自己掰腕子——掰不过少林门长王子平，讲拳学——讲不过三拳合一的孙禄堂，不由得颇有些失落，所以也就收了开门讲学之心，比较少来国术馆了。

直到有一天，万籁声来拜见杜师。

原来，万籁声是率领河北代表队来参加国术考核的。老婆是别人的好，孩子是自己的强——包括徒弟。杜心五见爱徒来了，高兴极了：走，师父带你参观国术馆。

万籁声十分兴奋："听说国内高手都在馆里？"

万籁声进了国术馆，顾不得跟师父去喝茶聊天了，兴冲冲地来到动静最大的演武厅。万籁声冷眼观瞧，武当门若干学员正围观二人演武。

演武的两个人，比较谨慎，都不出手，围着转。万籁声急了："嘿！毛驴磨豆腐，干转圈，上啊！"

那两人停了手，瞪着万籁声。

万籁声："看我干甚，你！出拳打我？"

那人真不客气，一拳打出。万籁声等的就是这个，对方拳到处，万籁声后发先至，啪啪呼，一拳打在对方鼻子上。好在他不是真打，那钵子大小的拳头，稳、准、轻，停在了对方的鼻尖上。

万籁声一笑，走了。

"回来！小子回来！"

万籁声置若罔闻，拐过木制屏风，那边正是少林门弟子在练拳，动静更大——呼！哈！嘿！

万籁声看见墙边兵器架上有挂铜钟，伸手一拉，当！一声钟鸣，练拳的都住了手。

万籁声："你们这伙人谁厉害？"

没人吭声。万籁声走到中间一个光膀子拳手身边："是你吧？"

光膀子大喜："踢场子是不？"

万籁声："你出拳打我。"

光膀子："接拳！"

啪啪呼，一拳，正中胸口，光膀子叫都没叫，仰面摔倒在垫子上，好像是被打岔了气。

万籁声："都好好练着！我是杜师心五自然门下弟子万籁声。"

二十五岁的万籁声志得意满，腆着肚子走了。试图扬名立万的万籁声，这“啪、啪、呼”果然厉害。一拍，再拍，再呼地一拳——快如闪电，三手合计在一秒之内完成。一拍、再拍是假手、掩手，最后一击才是实质，所以三手可称一招，称作自然门里“插打法”。身形微闪，右手一拍，为的是拍对方的出手，左手又一拍，为的是晃对方的身体，两拍又是蓄势，只为最后一拳的直击，要么命中对方头部，要么命中对方胸部。

啪啪呼，道理就这么简单。

且说，在国术馆的古松林小花园里，杜心五、杨澄甫、孙禄堂几个人正在品茶。茶是李景林送的西湖新龙井。

万籁声兴奋地走来：“晚辈万籁声，拜见各位师父。”

几个人只是笑笑，点头。因为万籁声是晚辈弟子，也就未加特别注意。继续谈话。好像正在谈论太极。万籁声听了一耳朵，忍不住插嘴：“杨老师，太极拳那玩意能打人吗？”

这话实在犯忌，杨澄甫却不以为意，笑：“太极拳不能打人。”

万籁声一愣。

杨澄甫：“不过，能让对方自己打自己。”

万籁声听说过杨澄甫的名头，突然起了挑战之心：“杨老师，晚生思来想去，总也没想明白太极拳怎么个以柔克刚，可否指点一二？”

这明摆着是要以小犯大，杨澄甫看看杜心五，杜心五脸上毫无动静，还是笑嘻嘻的，孙禄堂也在微笑。

杨澄甫无奈，喝了口茶，笑道：“这以柔克刚吗？其实我也不会。”

万籁声心气尤高：“敢请杨师，指点一二如何？”

杨澄甫脾气原本就是极好，笑着站了起来：“如何指点？”

啪啪呼，万籁声还是用的这招，只不过两拍变两晃，一拳击出：“杨师接招！”

杨澄甫仿佛出手很慢，左手却接住了万籁声的腕子，右手又接住了万籁声的后手一肘，万籁声想撤身起脚，然而杨澄甫紧贴上来，让他没有了起脚的空间，万籁声想撤回两手，杨澄甫的两手粘连而随，像麻花一般，万籁声两臂竟然抽不回去。

万籁声浑身一抖，欲发力抖脱，没想到发出之力又仿佛碰在弹簧上，自己反被弹出两步，双臂、胸内，一阵说不出的别扭和难受。

杨澄甫赞道：“不错。”

万籁声不服气，扩胸展臂，想换个路子再行进攻。这时，有人说话了：“住手！万籁声，国术馆是什么地方，岂容你来撒野！”

万籁声见来人威风凛凛，也不知什么来头。此人是谁呢，乃是上海来的罗汉拳名家刘百川。刘百川跟杨澄甫的关系那是相当好。刘百川并不礼让杜心五，叱道：“杜先生，你这徒弟不对呀，杨先生脾气好，不与他计较，你这师父不能看着不管。”

杜心五大笑：“却要如何管呢？”

刘百川：“万籁声刚才捣乱课堂，拳打少林武当，你还不知道吧？”

几个人也是一愣。

刘百川要代表国术馆收拾一下这个狂妄之徒：“万籁声你不是厉害吗？你也教我刘百川两招！”

万籁声想打，又担心打出乱子。但杜心五却断定万籁声不是对手。万籁声要是当众出丑，他老杜的面子自然也挂不住。

于是，老杜站了起来：“慢着，刘大师，你是有身份的人，小徒哪配跟你交手？再说了，你一脚踢断碗口粗的大树，万一不小心踢断小徒，小徒还没娶媳妇呢，我自然门可就绝后了。哈哈，这么着，咱俩比画比画如何？”

刘百川没想到杜心五要出手，心中大怒：“好！”

一刘一杜，于是开打。

罗汉门明八打、暗八打，内八锤、外八锤，内八腿、外八腿，被那刘百川使将开来，拳拳生风，腿腿起尘。杜心五转来转去，抽空就占个便宜。刘百川不是白给的，把杜心五逼到了长条石案前，一个左扫堂，一个右扫堂，让杜心五连蹦带跳，刘百川趁其立足未稳，双臂环击，风车一样抡圆了，要么你就上来挨打，要么你就撞在石案上！

就在刘百川以为得计时，突然发现双拳抡空，突然找不到杜心五了。

抬头一看，杜心五蹲在树枝上笑呢。刘百川心下佩服，也笑了。大家都笑了。

三四米高的树，杜心五如何上去的呢，有人说他是借助了树下那个一米多高的荷花缸。

杜心五轻飘飘地落地：“籁声，给刘师、杨师磕头认错。”

万籁声不敢忤逆，只得跪下磕头：“刘师，杨师，弟子错了。”

不打不成交。万籁声、杜心五后来都同刘百川成了好朋友。

须要说明的是，在此次“央国英雄会”之前，有资料证实，万籁声至少与杨澄甫在北平就见过面，还属于“不友好”的那种见面——因为见面的目的就是“交手”。1927年，大约是在10月，好奇好强的万籁声曾跑到北平中央公园行健会，去找太极杨澄甫切磋。

切磋的结果，万籁声一方，后来的说法是——当场给了杨澄甫一个下马威。而杨澄甫的说法是——本人正在中央公园教拳，突然来了个二十多岁的学生，要求搭手，一搭手竟使出“绝手”，本人化了他的手段，但并没有出手伤他，因为考虑到一不知对方来历，二对方是个年青学生。1928年5月，上海《申报》有篇介绍武术家万籁声的文章，提到了万、杨中央公园交手一事，读到报纸的陈微明立刻询问杨澄甫，并把杨澄甫的回函登于《申报》，算是“肇事双方”都有了说辞。有趣的是，不久，《申报》上竟然刊登了署名“万籁天”的一篇替弟弟万籁声道歉的文章。

由此也可见，武者的交手，电光石火一瞬间，莫说是观者，往往连交手者自己也是莫衷一是，一人一重天。

且说中央国术馆内，众人话题怎能离得了武术？一不留神，万籁声又流露出对“以柔克刚”的怀疑来，杜心五骂道：“笨蛋！亏你学了若干年自然门，以柔克刚之理也是自然门的最高法则，古已有之，有何难解？”

万籁声：“是，可是——”

杜心五：“可是个屁！”

孙禄堂心情不错，想和个稀泥，劝道：“杜先生不必动怒。”

又对万籁声：“万同学，适才尊师与百川兄演技，尊师所使是以柔克刚吗？”

万籁声：“这个——这个——”

孙禄堂：“我国术馆近日新设手球、脚球一课，脚球也称足球，这个足球，任你用铁榔头未必敲得烂，敲不好，铁榔头反弹，反而伤及自己。皮球者柔，榔头者刚，刚奈何不得柔，什么道理？是因为球内已充满混元一气。澄甫先生的太极拳，练的便是这混元一气。”

万籁声似乎听进去了。

孙禄堂继续道：“世上本没有他是刚、你是柔，也没有你是刚，他是柔，你，我，他，个个兼具柔刚，或者说刚者柔者，实乃一体两端，两端一体，互克，也互生，彼此无论高低，深浅可修，存乎一用而已。”

3. 斗米观

闹义和团的时候，杜心五不认可义和团的所作所为，所以没有参加。1904 年，他考取了清室的公费留学生，入东京帝国大学学习农业。

提到武人事迹，总是与“打架”有关。东京帝大附近，有一个日比谷公园，同学们都喜欢去。至于日本同学嘲笑和戏弄留着辫子的中国留学生，那是经常发生的。所以就发生了杜心五修理对方的事。被修理的自然要报复，请来了学校柔道队的学长。柔道队几个学长替同胞报复杜心五，结果被三下五除二。学长还不行，于是教练出面了。这个教练有出处，曾获全日本柔道冠军，叫“相扑师”斋藤一郎。

斋藤一郎与杜心五过了几招，竟然被杜心五兜出一跤。这就算是输了。斋藤鞠躬敬礼，表示佩服，十分惊奇地问杜心五使的是什么功夫。

杜心五用不熟练的日语说：“中国自然门”。

斋藤自然没有听说过。

杜心五所谓“公费留学生”的公费，是由清政府出的。可惜杜心五学着学着，就学到清朝帝制的掘墓人事业去了。1905 年，杜心五参加“东京各界华人庆祝同盟会成立大会”，演讲的竟然是宋教仁。宋教仁并没有注意到“老朋友”杜心五。东京片警来了，还跟来了清廷外交官。警察围抓宋教仁，杜心五打倒警察，拽着宋教仁跑掉了。于是宋教仁把他介绍给了孙中山。从此，杜心五与“长沙拳王”王润生，一起担任中山先生的保镖。这就是杜心五“民国第一保镖”的来历。

杜心五虽然很敬慕孙中山，但当时绝对没有想到他保护的这个人，将把“皇帝”这个威武了两千多年的天下一人，扫进中国历史的垃圾桶。垂死的大清朝廷，垂死不挣扎不符合运动规律。于是，他们经常派出枪手、杀手、大内高手，做梦都想除掉孙中山等革命党。讨厌的是，杀手们已经不太喜欢使刀了，他们更喜欢枪，还有喜欢炸弹的。这就注定了杜心五的保镖生涯叫作“提着脑袋干革命”，还好，孙中山总算一直安然无恙。

有一次，线人传来情报，慈禧派太监张某，明里访问，暗里不惜代价要干掉孙中山。大家开始担心起来，但又不知道张太监会在什么时间、场合，用什么方式动手。

杜心五急了："八嘎！咱干嘛要等对方下手，先把丫干掉，岂不结了！"

对呀，干等着不如主动出击呀。第二天，张太监莫名其妙地被割走了脑袋。慈禧老佛爷气得浑身冒烟，还对日本政府提出了严正抗议。

1908 年，杜心五回国，在上海加入青帮，排"大"字辈，比黄金荣高一辈。其实他回国有秘密任务，任务就是去东北联络绿林，包括策反张作霖——共同反清反帝。红胡子土匪就不说了，却说这同样是土匪起家的东北王张作霖，身边的猛人勇士自是不少，却没有一个是杜心五的对手。打趴下猛人勇士，虽然让张作霖刮目相看，但还没有达到吓他一跳的效果——这大人物见多识广啊。杜心五眼见院内墙边有口大锅，也不知道是煮过猪肉炖粉条的，还是熬过腊八粥的，便径直将大锅拎将出来，放在地上，纵身一跳，嘿，人家在锅沿上打起自然拳来了。

马踏飞燕，雪泥鸿爪。

张作霖眼珠子掉到了地上，土匪作风发作了："俺要拜师！"

拜师是不可能的，杜心五在奉天盘桓多日，还真跟张作霖处出"感情"来了。有感情便有了影响力，临走时代表同盟会与张作霖约法三章：一、不为清政府效命；二、不加害东北革命党人；三、不受日本人摆布。

万籁声在回忆录中，还记述了一件杜心五的英雄事迹。说的是杜心五在去日本以前，认识了一位江湖中人，姓李，听说此人在深山路边开了"黑店"。不知道怎么个"黑法"，便去看个新鲜。李贼待杜如上宾，将门关好，出女乐数人，皆殊色。杜问李贼："美女何处来？"

李贼答："四乡物色得来的。"

杜问："不从怎么办？"

李贼指大条桌下："请看这里。"

移动桌下覆锅，露出一洞。

李贼说："不从者与年老色衰者，都被推入此洞，人不知，鬼不觉。"

杜心五心中大怒，强装谈笑自若。过了几天，又去拜访，二人在木榻上抽大烟闲谈，杜心五感觉时机已到，下榻对李贼说："前次对你所说利剑，今天已带来，想看一看吗？"

李贼欣然坐起，杜拔出短剑，剑尖直刺李贼颈部。

在逃离时，杜必五曾失足滚落山崖，幸无大碍。回到日本，孙中山先生对杜的工作表示满意。1912 年，民国建立，杜心五一不留神混进了"创国之臣"的队列，可惜，北洋军阀势力太大，孙中山不得不把总统权力让给袁世凯。大约在此前后，担任过农林部长的宋教仁，还送给杜心五一个"佥事"官阶，大概算是农林部的职员吧。

武功高，架子大，民国第一保镖的名号惹人，自然经常有人找上门来比武，输了无所谓，赢了那就有的吹了。杜心五一概不理。不理会武林，又不屑官场，所以里里外外不少人称杜心五为“疯子”“癫五”“杜神经”。宋教仁见杜心五同志不开心，就说你去河南农场去吧，官办试验田。

正中下怀，杜心五很高兴，他出身乡下，在日本学的又是农业，便去河南农场做起副场长来——注意，场长空缺。

到了河南，杜心五自然少不了要去少林寺，那里有他的老熟人静空法师。二人多年不见，手脚痒痒，便在月下演武。据说法师僧衣湿透，无奈其何，只得罢手，叹气连连。杜在少林寺研习武功、佛法数月。又有资料讲，当时尚六岁的中共开国上将许世友，也在少林寺习武，还得到过杜心五的指点。

接下来闹笑话了，杜心五探知农场会计准备贪污，直接将此人绑到了农林部。宋教仁部长很是头疼：律条里有贪污罪，没有准备贪污罪。

杜心五很生气，胡言乱语道：“不想贪污的会计不是好会计。”

会计开始倒打一耙：“不好好种田的农场长不是好农民。”

会计被开除，杜心五也没回河南农场，被安排到北京西郊第一农事试验场农事传习所（农业大学前身）任教授。这个教授干得如何，不得而知，倒是收了个著名弟子万籁声。老杜不以武师自居，也不授徒，可想而知，万同学为了拜师，费了多大周折。据说除了鞍前马后伺候着，还得空就在杜心五面前打拳，终于把老杜打烦了，跳起来指教道：“拳不能那么打，你得这么打。”

1913 年，“宪政教父”宋教仁在上海车站遇刺，杜心五悲痛万分，后悔没有一直跟着宋教仁。1920 年，杜心五住进北京西直门酱房大院，可能是张作霖请他来的，张一直挺尊敬他。北京的日子很悠闲，杜心五迷上了看戏。梅兰芳、程砚秋、马连良等，都成了朋友，程砚秋还拜杜为师。

1922 年直奉战争爆发，北京大乱。有个名叫赵金彪的武林高手，不知是受人怂恿，还是自己扬名心切，某次饭局上，赵金彪借敬酒之际，突发重拳，击中杜心五前胸，杜心五强忍痛楚，没事人一样笑了一下。这一笑，赵金彪直犯迷糊。杜心五说：“来而不往非礼也，老杜咱也敬你一杯。”杜心五一指点到，点了赵金彪天突穴。赵金彪当场吐血，第二天身亡。

其实杜心五也受伤不轻，调养了一个多月，常常与名医气功师刘神仙讨论医术和气功，再就是练习书法。肋骨受伤不敢运动，对静坐气功的研究，倒是进展不小。这位刘神医，曾经与杜心五比试气功，围着北京城——估计是现在的二环——走了三圈，不分上下。

话说万籁声一时骄傲，戏耍国术馆学员，那帮聪明顽皮的年轻学员，并不好惹，以后提到万籁声，他们异口同声地称其为“民国第一个保镖的弟子”，把“民国第一”后加了一个“个”字，连累得杜心五都成了“民国第一个保镖”。

后来还有人用数学方法，推论比杜心五武功高强的人不只一位。所谓数学方法，推论过程是：小 S > 小 Z，小 Z > 小 D，故小 S > 小 D。

小 Z 名周玉祥。1925 年，中华武士会李存义的弟子周玉祥和师弟韩慕侠赴京办事，恒寿山设宴“砂锅居”，赵鑫洲、杜心五也参加了宴会。席间，赵鑫洲盛赞自然门功夫，周玉祥提出与杜心五切磋武技。恒寿山提出用筷子切磋，点到为止。周玉祥、杜心五几乎同时起动，身法俱快，几个回合后，各归原位。对不起，这次杜心五没赢，虽然他哈哈大笑，却是拱手称服。原来是他的筷子已经到了周玉祥的手里。小 D 自然是杜心五，所以小 Z 大于了小 D。

小 S 呢，是孙禄堂。恰巧，赢过杜心五的小 Z 周玉祥，与小 S 孙禄堂也留下了交手记录，时间也是 1925 年左右。虽同出形意门下，周、孙二人过去尚未谋面，彼此大名却都晓得。孙禄堂路过河北大名县，听朋友说周玉祥正好也在客栈，特去造访，见面道：“孙福全前来拜访。”

周玉祥只知道孙禄堂，并不知道孙福全就是孙禄堂，有些诧异：“你来访我，必是武术中人，不知君所习何门何派？”

孙说：“形意拳。”

周玉祥纳闷，未曾听说过形意孙福全之名啊。周玉祥便伸手道：“那就试试吧。”

一看孙福全的手臂，干巴巴的，柔弱瘦削，以为只一捋可矣。没成想孙福全反躬一转，以“鬼探头”法将周掷出身外。周玉祥大惊，再次出手，复被一击而扑于墙。周玉祥突然愣过神来：“你莫非是孙禄堂孙师兄？”

孙禄堂道：“是。”

周玉祥大喜：“怪不得！”

所以，小 S > 小 Z > 小 D。以周玉祥为坐标看，杜心五武学技艺显然不如孙禄堂。难怪同时代的平江不肖生向恺然，在《江湖异人传》中收孙而弃杜，湖南人向恺然与同乡杜心五素有交往，必然了解杜的武功修为。

1926 年南京国民政府成立，五十七岁的杜心五也来到了南京。不过，他对蒋介石清除异己诸般行为不甚满意，暗地还帮了不少共产党员脱险。这倒未必是他政治觉悟高，更多的可能是个人习气和江湖仗义。一般来说，蒋介石还是比较给他面子的，至少在同盟会或者青帮里，杜心五比蒋介石的资格老，也比蒋会的语言多，南方话，北方话，黑道话，门儿清，日本话、英国话都凑合几句。

1931 年，湖南政府主席何键邀请杜心五担任湖南国术馆馆长，杜心五推荐弟子万籁声上任。1935 年，日军入侵华北，国民党妥协，被迫同意华北五省自治。日本特务头子土肥原贤二曾派几名黑龙会人员，携带日本正金银行的二百万元支票，到天津拜访杜心五，邀请杜心五担任“华北自治政府主席”。杜心五感觉受了莫大侮辱，严词拒绝，撕毁了支票。黑龙会来的有高手，想挑战，被万籁声、朱国祯给打得满地找牙。

天津不可久留，杜心五偷偷又跑到上海。1937年，抗战全面爆发，六十八岁的杜心五毕竟年近古稀，踟蹰再三，还是回了老家。面对国仇家难，他开设山堂，发展青红帮，目的是“保家卫国”，至于以武会友，那就更是寻常了。通背拳名家王之和回忆说：

杜心五回湖南来了，他个子不高，瘦瘦的，当时年事已高。当天李丽久和我二十多人去江边接他。饭店下榻处，李丽久对杜介绍我说：王之和拳不错。

杜说：看看。

我就把通背拳“紧发五手”比画一通，末了一个撩阴腿。

杜说：你眼法不对。

说着站起来，又说：别看你年壮，我要踢你，你看不到。

说完，眼一斜，我的眼神随着他一斜，他轻轻一脚已经上来了。

他说，这叫领神，被领的人眼一闪，腹就软了，一踢就伤。

我经他这么一点，终生难忘。高人就是高人啊！

1940年，有份《中国海内外帮会联合通电》发表在各大报纸上。

海内外帮会于民国二十九年五月十八日通电海内外我五千万同道兄弟：拥护抗战，申讨叛逆。领导人为杜心五、李福林、杜月笙、杨虎……

1941年，七十二岁的杜心五参加了蒋介石授意杜月笙等人成立的“中国抗日群众动员委员会”，所谓国难当头、匹夫有责，杜心五在重庆当上了主任委员，主要工作由副主任委员杜月笙主持。杜月笙，杜心五,二杜有颇多相似之处，反而因此互相别扭，小辈分的杜月笙表面礼貌，心里却憋着要出杜心五的丑。四川有个公认的高手蓝伯熙，被怂恿出来跟杜心五比武。

好在蓝伯熙不希望被别人当枪使，但又不好推辞，否则落下个胆小之名。便在杜心五面前表演功夫，请杜老师指教。杜心五赞扬了他的功夫，也表演了两下功夫。两腿一并，腾空而起，然后自众人身边钻来钻去，迅速回到座位上。只是彼此表演和吹捧了一下，然后二人就没有了比武的意思。别人当然也无话可说。

在重庆待了一年，杜心五觉得没意思，又回老家了——人老了，总是想家。他让富商门人出钱，在慈利饭甑山上建了个“斗米观”，从此隐居山上。斗米观一般人还上不去，因为只有一条小道可以进。斗米观客厅有副对联：

始知养生主
曾无及第心

斗米观大门有副“字谜式”对联：

十二天上坐
二七地下生

4. 万籁声

白衣公子黑衣侠。

有时候像白衣公子，有时候像黑衣侠客，有时候是翩翩讲师，有时候是凌厉武者。这种人不多，杜心五弟子万籁声是其中的一个。

1903 年，万籁声出生于湖北省武昌县葛仙镇，本名万常青。万常青十七岁考入国立大学森林系，毕业后留校任教。其人自幼爱好武术，在校期间曾拜沧州神枪手刘德宽高足赵鑫洲为师，习练少林六合拳。后拜师杜心五，主练自然门内功。

如只是埋头苦练，对不起大学讲师的光荣称号。1927 年后，万老师发奋撰写数篇武术文章，刊布于《北京晨报》等报刊，并改用“万籁声”一名，让“万常青”这个名字提前退休。不要小看报纸上的“豆腐块”，“豆腐块”至少每天有几万甚至几十万人阅读。你练武才有多少人看？即使站于房顶练武，吸引几百人也就不错了。再加上当时练武人多，写武人寡，所以“万籁声”之名不胫而走。连文化不低的师父杜心五，都拿着报纸感觉脸上有光。

中央国术馆举办的南京国术考试和杭州国术游艺大会，万籁声都是热心参加者。他代表的可能是北京团，也可能是河北团，还可能是北京河北原本一团。名师之徒，大学讲师，当红写手，更兼气宇轩昂，仪表堂堂，搁到时下，既是文武实力派，也是青春偶像派。所以二十五岁的青年才俊万籁声，想不走红也难。

杭州游艺大会，实属武林史上规模空前的盛会，那有头有脸、位高望重者进了评判组，各地领队和名手进了监察组。万籁声名列监察委员——属于其中最年轻者。出类拔萃，自然招蜂引蝶，广东省政府主席李济深考察再三，郑重选聘万籁声出任两广国术馆馆长，这份颇具分量的聘书，让万籁声顿时红光满面。

性格决定命运，后有某人叙述说万籁声性格“骁野凌厉、头角峥嵘”，可见其青年得志状态之一斑。青春不狂妄，怎对得起匆匆那些年？因此万师傅在各地选手中极其活跃，特别喜欢指点江山，更喜欢比武较技。

稀奇的是，游艺大会最热闹的擂台大赛上，竟没有出现他的身影。虽然名列大会监察委员，但按照规则，他是有资格登台的。也或许，他觉得自己已经成名，还是把扬名的机会让给其他年轻人吧。

另有资料说，万籁声在杭州街头被一个坠落的广告牌砸中，猝然间虽然震走了广告牌，却也挫伤骨肉，所以不便上擂台大战群雄。当然，也有不利于万籁声的说法，那就是他的技击实战经验不足，而擂台上全凭实战肉搏，所以他选择了谨慎。

1929 年 3 月，两广国术馆成立，万籁声出任馆长。国术馆很快发展到二十个班五百余名学员，可见红火之至。可惜好景不长，几个月的工夫，随着李济深的下野，国术馆便告断炊。断炊归断炊，余音袅袅还是有的。广州热心武术的人士，热情挽留了与万同来的顾汝章等人，组建了新的国术社，又有三百余人参与，工人、农民、军人、公务员、商人、学生都有。

1931 年，听从师父的召唤，万籁声移兵长沙，担任湖南国术训练所所长。1933 年，湖南国术训练所也散了伙，万籁声开始辗转各地。

万师杜心五，膝下有两男两女，一女夭折，二男不喜欢练武，唯有长女杜月莹，美貌绝伦，并得父亲自然门真传。杜月莹弟子曾小平回忆：自然门武功排第一的是郭凤岐，第二杜月莹，第三万籁声、李丽久。

万籁声没有排第一，有个原因是他根本没有学完自然门功夫就离开了杜心五。为什么离开呢？一个说法是，在重庆杜心五与蓝伯熙卿卿我我，把比武变成了二人表演。或有人说年老的杜心五不敢比了，万籁声年轻气盛，偷偷找到蓝伯熙打了一场。杜心五获悉后大怒，师徒生隙。另一个说法，算是桃色新闻，说万籁声年少扬名，一表人才，本来和小师妹杜月莹关系很好，但中间杀出个何键的女儿何小姐，何小姐与其他小姐一样，都有个大侠梦——武功高强的大帅哥——骑着七彩云霞来找她。

陷入“脚踩两只船”困境的万籁声，一边是师父杜心五，一边是湖南省主席何键，俩“岳父”都不敢得罪，于是只有跑路。前后算来，万籁声追随杜心五七年，自己曾写道：

> 追随杖履，倏已七稔。余之得窥内家藩篱，兼聆听禅解，杜师之赐也。

万籁声开始了另一番闯荡，先后在上海、河南、武汉、广西等地从事武术或教学活动，还担任过重庆中央训练团武术总教官、广西大学体育部主任、永安体育师范学校校长、福建省等地学院体育教授等职。据传万籁声本来可以去台湾，但他认为国民党被共产党打败，说明共产党本事大，本事大的政党一定会用本事大的人，而他认为自己正是本事大的人。

中华人民共和国成立后，他也担任过不少这委员、那顾问的，但“性格决定命运”的话，已经显得格局太小，任是你什么性格，也逃脱不了被历史潮流滚来滚去。众所周知，大陆在很长时间内武术运动几欲销声匿迹，而真正轰轰烈烈的是一波又一波的政治运动。曾经与国民党政府和官员有很深瓜葛的万籁声，倒霉是必然的。他曾经三次被抓进公安局，其中一次还是缘于门下弟子的检举。

“我父亲一生只怕杜师爷和公安局”，万籁声的儿子万枝鸣如是说。老万在号子里总是一人独坐，埋头无语，好在狱霸之类人物识趣，晓得这家伙会武术，不敢招惹他。据传有次政法部门已经决定对万籁声实行枪决，关键时刻幸亏早有渊源的李济深出面，担保此人一贯反蒋爱国，总算救了他一命。

不在监狱的日子，万籁声主要是靠行医过活，当然也靠弟子们暗地里交的“学费”。私行医术其实也属违法，无奈万籁声早有“正骨神医”之名，任你是什么人，任你是什么形势下，伤病之人总会千方百计寻求名医。“文革”武斗成风时，万籁声反而救了不少武斗受伤的青年，并以此在福州名声大噪。除了正骨，万籁声还自配有秘方“还命汤”，还真有被医院拒收的危重伤员病人，喝罢此汤从奈何桥上掉头回来的。

既然能救下人命，总有收到大钱的时候，这时候万籁声又会暴露慷慨本色，花钱如流水。1953 年湖南传来杜心五归山的消息，万籁声设立牌位，磕头祭拜，有消息称他经常给杜师后人寄钱资助生活。

说话间，改革开放了，被平反昭雪的万籁声俨然变身“民间国宝”，其传承发展的自然门功夫，也成了当地宝贵的文化遗产。1992 年 8 月 8 日，九十岁的万籁声，躺在福州乡下的竹榻上，气若游丝，他可能有些累了，终于决定回归比自然门更加阔大的大自然。

往事前尘一幕幕，仿佛就在昨天，那位鲜衣怒马、扬威耀武的黑衣少年，正骑着高头大马向他飞奔而来……啪嗒，一本泛黄的笔记本掉在地上，竟然是他儿童时代工整抄写下来的唱词，出自元代的金仁杰杂剧《追韩信》：

> 不觉得皓首苍颜，就月朗，回头把剑看。忽然伤感，默上心来，百忙里揾不干我英雄泪眼。

5. 湖南国术训练所

1983 年《长沙文史》第十四期，刊有肖英杰先生撰写的一篇文章，题目是《湖南省国术馆始末——解放前的湖南武术界》，文中提到了万籁声，还可帮助读者领略一下地方国术馆的情状，节录如下：

1931 年，国民党湖南省主席何健举办湖南国术训练所（设在皇仓湾武圣宫内）。由于聘请的教官均系外省籍人，因而引起湖南武术界的不满，曾发生顾汝章（江苏武进人）、柳森严相约比武的事件。

后虽未比成，但当时街头巷尾，三五成群的人们，无不谈论顾、柳要比武的事。我当时已有十六岁，也喜欢去听人们的议论。有的说，如果比的话，柳会战胜顾，因为柳有飞檐走壁的功能，还能来无影去无踪。说有一次何健派兵包围柳的住房，四处搜索不见，说柳有隐身法。还有人说，一次，顾汝章追赶柳，来到一条河边，柳不见了，于是说柳是借水遁走了。

也有人说柳打不过顾，因为顾有一身硬功夫，刀枪不入，并有千斤之力，能用手扳弯拉直扁铁钢条。我也看见过顾汝章在远东戏院台上表演过，两手将一根扁铁折弯又拉直的硬功夫。

顾身高一米七八，身材魁伟，在第二届湖南全省国术散手比赛时，他用一只手抓住另一位选手的口腔，将其摔倒在台上。在同一天，我还看到柳森严和宁德生比武，在第一次的三分钟内未分胜负，第二回一开始交手，宁德生将柳打倒于台上，二人扭在一团，柳先倒地，已经输了。这时裁判员吹哨要双方停止搏斗，但柳不听裁判的指挥，于是裁判打了柳两拳。这下引起观众的不满，发出了两个打一个人的吼声，喧闹达数分钟之久，最后由当时警备司令部的的警卫将裁判员捆起来带到警备司令部，才平息了这场风波。

继续比赛，柳森严与宁德生同胜，但以后再不见柳宁二人比赛了。柳森严的名声在这次比赛中确实受到大损伤，有人说柳并没有什么了不起的功夫；但有人不同意，说并不是柳的功夫不好，而是因为两个打一个，根据当时的比赛规则，散打中只要有一方击中对方身上任何一处就算得一分，如果二人同时倒下去，先落地的一方就输一分，裁判员吹了哨子，双方就应停止纠打，不论输与赢的一方都应停止一切动作。但柳宁二人不听裁判员的指挥，以至闹出一场风波。当时是押签决定比赛的双方，但柳森严换好比赛服装在台上等了二十分钟，宁德生才上台。赛后，有人说，真的宁德生不敢上台，是技术大队的一个学员代替的；还有人说是小宁德生。据我们了解，并没有什么小宁德生，确是技术大队一个叫唐某某的学员，冒名顶替和柳比赛的。

当时我还是业余武术学习者，拜浏阳一位理发业的李福生为师，学了一些基本功和金刚大令。当时，我们有二十个同学，每人每月交五元光洋，还要轮流招待老师。后来我参加了第四路军军事训练处技术大队业余青年组学习。学习期间进行过一次测验，我被取录为第二名，得了一个铜质墨盒、一支钢笔，一个日记本和一张奖状。

湖南国术训练所是1931年成立的，由杜心五向何健介绍其徒弟万籁声当所长。万系湖北武昌荔镇人，年不足三十岁，北京农大毕业，能文能武。代理秘书为曹伯清，总务科长万籁鸣，教务科长兼总教官为顾汝章，教官为万国铭、王成章、张永清、李树甫、时汉章、刘朝美、赵荣林、郭嵩山、徐瑞英、刘景春、邱信文、左振英等，均系外省人。

湖南全省第一届武术比赛,1931年9月举行，第一名唐辉典，第二名陆占山。

国术训练所成立后，首先开办第一期男子师范班，招收了五十名学生，进行国术训练，培养国术教员。接着又开办了女子师范班，招收了四十多名女学生入所训练（原系初中或高中毕业女生），培养女子国术教员。男女师范班，都系两年毕业。但都只办了三期就没有办了。此外还办了妇女班、儿童班等，义务教授国术。男师范第一期只一年毕业。

万籁声因对何健有意见，于1933年7月即离开长沙。所长由何健亲自兼任，并聘请写武侠小说的平江不肖生（向恺然）担任秘书，负实际责任。顾汝章改任教官（自开伤科诊所）。派刘清武（别号洪杰）担任教务主任，加聘湖南武术家范庆熙、范志良等为教官，并增聘李肖聃为国文教员、柳午亭为生理卫生学教员。

所内面貌一新，随之又从北京请来纪绶卿担任摔跤教官。纪绶卿是摔跤专家，当时六十八岁，系清朝的供奉，慈禧太后每次宴请外宾，都指定纪当场做摔跤表演，甚受慈禧的青睐。湖南人的摔跤技术都是纪绶卿与常冬生（也是北京人）传授的。

同时还聘请太极专家吴子镇、吴公藻兄弟教吴氏太极拳，搏击专家白镇东教西洋拳式。此时的国术训练所，可算是阵容最整齐的时期。所谓南北之争，也云消雾散了。

1934 年 1 月，何健又聘请竺永华担任所长。竺建议在又一村成立了一国术俱乐部，由何健担任董事长，竺为总干事长，向恺然为秘书，杜传之为总务处股长，李丽久为游艺股长，万天石为宣传股代股长。此一时期，国训所与俱乐部水乳交融，国术教官互相交换，未分彼此。

1936 年起，何健将国训所改为湖南省国术馆，派李丽久兼任馆长、张响武为教务主任，指定竺永华、向恺然专门负责国术俱乐部的工作，改为专任。这样一来，李丽久和张响武占了上风，而竺、向与李就更加不和，一直闹到何健离湘时为止。

国术馆在 1937 年何健离湘后，由张治中主席继续主持。李丽久到上海，后去世。国术馆俱乐部由杜传之负责，到 1939 年后才交出去。竺永华、向恺然在解放后都担任了政协委员，于五十年代先后去世。国术训练所课目有：国文、生理卫生、体育、内家拳、外家拳、搏击、摔跤、刀、枪、剑、棍等。

1933 年 10 月 20 日至 30 日，南京公共体育场，举行了第二界国术国考，参加这届国考的有来自湖南、河南、山东、江西、浙江、山西、河北、安徽、福建、湖北、四川、绥远、陕西、贵州、南京、上海、青岛、天津、北平、汉口、重庆等二十一个省市的四百二十七名男女运动员（男四百一十七、女十），其中湖南运动员一百零二名，总领队吴公藻，副领队宋瑞峰。

至 1939 年年初，因抗日经费困难，省国术馆和各县国术馆全部奉命结束，人员由各县自行安排，省国术馆除自找出路外，均由省主席张治中介绍至中央军校即黄埔军校长沙分校受军官教育三个月。入学考试成绩不好的不录取，结业时还要考试，考试不合格的发给路费，遣散回家。取录的按成绩好歹安排在湖南省保安团队任排、连、营长等职。

第五章　南拳

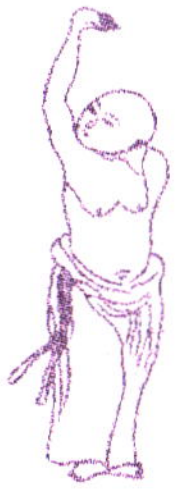

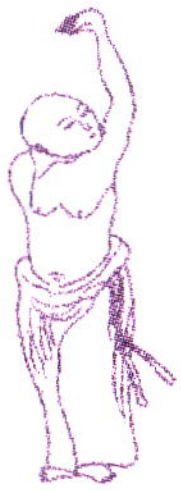

1. 广东十虎

有人在报纸上发表过一篇“豆腐块”文章，题目叫《打太极与谈恋爱》，中心意思是号召大家把太极拳法用之于谈恋爱，比如不丢不顶、无过不及、舍己从人、随曲就伸、因敌而变等等。此说看似有理，实则乏味的紧。君不见电影中美女爱英雄——有一个英雄是打太极拳的么——想必你还在野马分鬃、海底捞月，人家姑娘早跑了——很可能跟哪个飞哥看电影去了，看什么电影呢，香港武打片啊：

《龙争虎斗》
《精武英雄》
《醉拳》
《少林三十六房》
《少林寺》
《黄飞鸿》
《新龙门客栈》
《东邪西毒》
《英雄本色》
《太极张三丰》
《功夫》
《一代宗师》
……

香港武打电影，一直是具有世界影响的“类型电影”。二十世纪八十年代，刚改革开放不久的中国大陆，被两个片子给点了百会、涌泉二穴，一是电视连续剧《霍元甲》，一是彩色宽银幕《少林寺》，这俩片子风行一时，让大陆中国人陡然想起——哦！咱大中华还有个好玩意儿叫武术。

从这个意义上说，中国武术要感谢香港电影。当然，香港电影也要感恩中国武术这个“药匣子李宝库”。王宝强也应该感谢中国武术，如果不是受了《少林寺》蛊惑而学武，很可能宝强君现在尚在希望的田野上奋斗呢。

必须承认，香港武侠电影的“地方主义情结”也是有的，韩慕侠、李存义、孙禄堂、燕子李三、大刀王五这些北方大侠，他们经常视而不见，却玩命似的跟方世玉、黄飞鸿、叶问纠缠不清，果不其然，后者都是操粤语的广东土产武林英雄。

一般认为，太极、八卦、形意、洪拳、通臂、八极、戳脚、咏春，称中国武术“八大名门”。但老百姓喜欢说的词叫作“南拳北腿”，其中之意比较含糊不清。在说南拳之前，顺便多一嘴北腿。北腿广义上指北方武术，狭义上并没有确指某某拳种，也并不单指“腿法”。当然，北腿类武术中，以“腿法”专名的也有，比如戳脚、谭腿等。

戳脚与翻子拳的合作产品——“戳脚翻子”，号称“北腿之杰”。武松醉打蒋门神，其“玉环步”“九转连环鸳鸯脚”，都是戳脚里的招数。俗语有言——手是两扇门，全凭脚打人，很多年轻人迷恋花里胡哨的腿法，忽略了“手是两扇门”的前提和功用，那是相当危险的。

说到“弹腿”，也叫“谭腿”——因为祖师姓谭，所以叫谭腿；还叫“潭腿”——因为出自龙潭寺，所以叫潭腿；只有“弹腿”这个名字，来历在于腿法本身。

弹腿也分流派，有临清潭腿，少林潭腿，精武潭腿，戳脚弹腿，形意弹腿，沧州教门弹腿，查拳弹腿。据说查拳的开手拳就是十路弹腿，腿法多变，有弹、踢、踹、扫、勾、挂、缠、点、擦、拐、扑、踩等。

查拳是中国武术大拳种之一，值得介绍几句。有句歌诀，一听便能解决查拳创始人和发源地的疑问——

查拳创始是查密，
鲁西冠邑有故居，
流传民间数百载，
拳脚刀枪皆绝技。

“查密”是新疆回族人氏，又叫查密尔、查尚义，明末因为抗倭来到山东。

清末著名勇士，山东临清人马永贞，便是查拳传人。此人恃拳托大，横行无忌，最后遭到上海滩群氓的杀害。不过，流氓头子万万没想到，杀了马永贞，自己的小命也到头了。原来，马永贞的妹妹马素贞，比哥哥武艺还要高强，听到噩耗，妹妹怒冲冲地到上海手刃仇敌。

中央国术馆首届国术考试第五名张英振，也是一名查拳大家，据说他刚开始练查拳时，光弹腿就练了三年，且每天不少于三百腿，三年合计下来，总腿数不少于三十二万八千五百腿。

广东拳基本属南拳系，你熟悉的洪刘蔡李莫，咏春无影脚，罗汉铁线拳……都可以划进去。南拳狭义上一般指“南少林寺”所传拳术。广义上则指所有南方拳，这一广义麻烦了，没法建花名册了，广东南拳、广西南拳、福建南拳、浙江南拳、湖南南拳、湖北南拳、江西南拳、四川南拳等等，这是以地域分的。以门派分呢，又有广东咏春拳、蔡李佛拳、周家拳，福建少林桥手、五祖拳、鹤拳、罗汉拳，广西屠龙拳、小策打，浙江洪家拳、黑虎拳、金刚拳，湖北洪门拳、鱼门拳、孔门拳，湖南巫家拳、洪家拳、薛家拳等等。不可尽数，捋清楚不是一件容易事。就说那亦南亦北的洪拳吧，便有南洪拳、北洪拳、老洪拳、大洪拳、小洪拳、洪门洪拳、宋太祖洪拳、洪熙官洪拳……

电影是艺术，被艺术骗了还得叫好，否则就是你不懂艺术，这就叫艺术魅力。武侠片中的武术，类似婚纱照里的新娘，其真实面目还得等姑娘卸了妆、洗干净脸才能看清。各位看官想必都看过《功夫》，其中一招“如来神掌”希望大家都要学会，至少春天秋天做梦的时候有用，呵呵，其基本动作有三步：

第一步，太空挥掌，头朝下冲向地球；
第二步，冲入大气层，烈焰中金刚怒目；
第三步，驾火御风，挥掌拍中地球。

话说1928年，广东省政府主席李济深，响应中央国术馆号召，邀请万籁声赴广州筹建两广国术馆。万籁声不是一个人去的，还带了几个兄弟，李先五、傅振嵩、顾汝章、王少周，五人连手，雄心勃勃，其势汹汹，气焰万丈，人称“五虎下江南”。

如果用联想法，这就有些奇怪了。那两广之地高手如云、藏龙卧虎，李济深为何要请个外地人来主持国术馆？莫非是外来的和尚好念经？

李主席如何想，不得而知。两广武术界怎么想，倒是比较好推测——那当然是对万籁声等五虎将不服甚至嗤之以鼻啦。不服就较量，据万氏弟子讲，万籁声施展六和门、自然门神打绝技，两手如绳索，五指似钢钩，来如疾风暴雨，去如奔洪汇江，几天内打败了数十名前来挑战的高手，名声大震，竟然惹得不少广东姑娘蒙了面——来偷看英雄模样。

李济深也很高兴，他佩服自己的眼力，一高兴便送了万籁声一个“少将军衔”，还从蒋介石那里申请来一把“中正剑”配给他。必须承认，这个少将军衔是真的，但又不要太当真，来也匆匆去也匆匆，斯衔斯职，还不就是李济深一句话或一个电话吗？

被海风吹佛了五千年的老广们，心胸果然大气，一月内便有数百武术爱好者云集两广国术馆。看来，万籁声不仅在广州站住了脚，而且站得还很不错，问题是——我们熟悉的大英雄黄飞鸿、叶问老师去哪儿了？洪熙官、方世玉、铁桥三又去哪儿了？

去哪儿了呢，待我细细为看官查来——哦，洪熙官、方世玉，清早期的英雄好汉俱已作古，遗憾，生早了。铁桥三，“广东十虎”之一，光绪十二年即1886年去世，也生早了些。

所谓“广东十虎”，指的是清代末期广东一带崛起的十名身怀绝技的武林强人：

侠家拳王隐林
九龙拳黄澄可
铁沙掌苏黑虎
无影脚黄麒英
软绵掌周泰
七伤拳黎仁超
鹤阳拳潭济筠
鹰爪王陈铁志
醉拳苏灿苏乞儿
铁桥三梁坤

不止是铁桥三梁坤，以上“十虎”都去世在民国建立前，不具备挑战万籁声们的时间条件。请注意，十虎之中的第四位号称“无影脚黄麒英”，此人你可能不太熟悉，但你一定熟悉他的儿子——黄飞鸿。

不妙，黄飞鸿1925年4月17日去世——离两广国术馆成立的1929年，早走了四年。也就是说，连这位十虎之子都失去了教训万籁声的机会。

其实细究起来，万籁声的武艺也属“南拳系”，他是湖北人，学的又是蜀地徐矮师的自然门功夫，所以不应该把他看作是“北人南下”，他的称王称霸更不是什么“华北虎”欺负“华南虎”。

且慢，似乎还剩一个人没出场。此人出场时，通常要摆一个姿势，咏春桩手，二字钳羊马，面无表情，一对小黑眼睛盯着你，微启双唇道：“咏春，叶问。”

2. 黄飞鸿

关于黄飞鸿与人比武的记载和传说，在粤港民间非常之多。比如十二岁随父在佛山、广州、顺德一带卖武，以“四象标龙棍”胜武师郑大雄“左手钓鱼棍法”，因此被赞为“少年英雄”。十九岁时在西樵官山墟一当铺夜宿，遭遇贼人打劫，一人击退数十人。同年，一个洋人在香港携大狼狗向华人邀斗，黄飞鸿不忿华人受辱，赴港以“猴形拐脚”击毙恶犬，扬名香江。俗话说得好，是狼就练好牙，是狗就练好腿。

飞鸿老师既然擅长“佛山无影脚”，肯定与佛山有渊源，没错，1847 年 8 月 19 日（农历七月九日），小飞鸿生于佛山镇。其父黄麒英，清末广东“十虎”之一，职业复杂，主要是耍把式卖艺混江湖，搁现在其实也叫“艺术工作者”。这马戏团的小演员，从来都是一大噱头，所以黄飞鸿五岁被父亲带在身边，辗转佛山、广州街头卖艺。几式虎拳、鹤拳，打得观众乐不可支。

初生小虎不怕人，你敢教咱就敢学，后来又拜“铁桥三”传人林福成为师，学得铁线拳，从宋辉镗处学得无影脚。无影脚法如其名，花活颇多，速度奇快。

闯江湖卖手艺，跟开菜馆差不多，不能只靠一道“香妃鸭”招揽顾客，还得有“土匪鸡”“东坡肉”“麻婆豆腐”，所以黄飞鸿手里的绝活很多：双飞铊、子母双刀、五郎八卦棍、罗汉袍、无影脚、铁线拳、单双虎爪、工字伏虎拳、虎鹤双形拳、五形拳、罗汉金钱镖、四象标龙棍等等，当然在老广那地方混，还少不了武和艺的结合、单与群组织的狮子舞——所以黄飞鸿也有“广州狮王”之誉。

1863 年，十七岁的黄飞鸿已经摇身一变做了武术小教头，弟子大多是比他年龄还大的铜行、铁行工人，以及果栏、菜栏、鱼栏“三栏工”。光负责打人不够圆满，还得负责救人才好，1868 年黄家在广州西关回澜桥附近开设黄氏“跌打医馆”。有时候他也应聘带领弟子们充当一些大型活动的治安保卫，比如春节庙会、元宵灯会、斗蟋蟀大会之类。

1886 年，父亲黄麒英去世，近四十岁的黄飞鸿成了全家的顶梁柱，在广州仁安里开设了有名的“宝芝林医馆”，负责悬壶济世。

正如卷烟厂也卖禁烟枪一般，这练武之人多有从事医药行业的，历史上不乏此例。

1919 年广州精武体育会成立，古稀之年的黄飞鸿被邀请表演武术。1924 年 8 月，广州商团总长陈廉伯在英帝国主义支持下，乘孙中山北伐，在广州发动武装暴乱，纵火劫掠。黄飞鸿与其妾莫桂兰苦心经营数十年的宝芝林医馆，连同刘永福写给他的牌匾等宝贵资产一并毁于战火。沉重打击下的黄飞鸿忧郁成疾，是年 12 月不治而去。

黄飞鸿结过四次婚，有四个儿子，不幸的是前三个妻子都是早逝，所以黄飞鸿认为自己“克妻”，决心不再续娶。但感情这个东西说来就来，后来他很中意一个女子叫莫桂兰的，就换了个花样，不叫“妻子”了，定其为“妾”，理论依据是“克妻”未必“克妾”，果然莫桂兰并未重蹈早逝覆辙，直到 1982 年方逝世于香港。黄飞鸿系列电影里经常安排一个美貌的“十三姨”跟他曲里拐弯，有人认为莫桂兰便是十三姨的原型。

在清末相当鲜见的大清国战胜列强的实例中，刘永福黑旗军在越南数次击败法国侵略者，显得很是突出。有传闻说黄飞鸿曾在黑旗军中教授武技和救治伤员，但资料匮乏，疑为后人附会。

最后，友情奉送一个涉及黄飞鸿的绕口令：花粉凤凰花凤凰，房飞飞鸿黄飞鸿，门口吊刀，刀倒吊着。

3. 叶问

在历时十年开外的国术馆及国术运动期间，南拳和南拳人物，表现未见突出，除中华武士会在天津举办的“天下英雄会”上，有广东高手卢杰之以铁线拳表演获第一名外，露脸扬威者，鲜有他人。

平江不肖生向恺然对此发表过意见，大约总结了三条：一是北人先天体魄较之南人有优势；二是北人朴实，更肯下苦笨功夫；三是国家首都长期在北方。所以，北方武术家的实力一向优于南方。

那么，一代咏春宗师叶问，在国术运动期间有什么表现呢。还得从头道来，叶问出生于1893年，那年黄飞鸿已四十六岁。两位佛山人或许见过面，也可能无缘，因为黄飞鸿走南闯北，根据地主要在佛山以外，比如广州。

叶问是佛山富家子弟，在家族中排行第二，佛山福贤路的“桑园”是叶家祖产，占地甚广，连绵数条街道。佛山是清代岭南一带武学重地，咏春拳王梁赞即出于此。七岁的叶问开始拜咏春拳王梁赞的高足陈华顺习练咏春拳。陈华顺人称“找钱华”——因为陈华顺另一个工作是“钱银找换业”。

老年人往往分外喜欢孩子，年事已高的陈华顺极为疼爱小叶问。陈华顺临终前着意嘱咐大弟子吴仲素，继续教授十三岁的叶问，于是叶问又跟着吴师兄苦练了三年。因为家里不差钱，十六岁那年，叶问前往香港读书。同学中有趾高气扬的英美学生看不起黄种人，五六年的武术不能白练，叶问收拾那帮英美学生并不费劲，所以叶问的咏春功夫在学生时代便有了“国际”影响。

一日，有位老者找到叶问要求“讲手”，叶问毫不犹豫地应战。无奈他使尽浑身解数，却都被老者轻描淡写地一一化解，而他竟然连对方的招式也无法看清。叶问沮丧地坐在地上。老者开口问道：“你是找钱华的徒弟？”

叶问大张了嘴，只顾吃惊了。

老者说：“我叫梁壁。”

叶问如梦方醒，原来他是师公咏春拳王梁赞的儿子——人称“壁先生”的梁壁。从此，叶问便在香港跟随师叔梁壁，继续深造咏春功夫。1913 年，二十岁的叶问告别梁壁，回佛山继承祖业。佛山当时有不少武馆相继开业，叶问家境好，不需要这份辛苦，但他时常去看人家练武，温文尔雅，不善言谈，不爱显山露水，更不贬低任何同行，所以叶问在佛山武术界很有口碑。

1929 年 3 月，国术兴旺如火，三十五岁的叶问在哪里、在干什么，找不见任何资料记载。既然同时间内成立的两广国术馆没有与叶问发生关系，那 1928 年的南京中央国术馆和杭州国术游艺大会，应该与叶问也没有关系。

万籁声领队“五虎下江南”和两广国术馆的建立，曾经引起广泛关注，并引发拳术的南北之争、南北之斗、南北之融。电影《一代宗师》一开始，王庆祥扮演的宫羽田，章子怡扮演的宫二小姐，父女俩对阵梁朝伟扮演的叶问，其内容所表现的正是这么一场“南北争斗”，片中王庆祥有句台词掷地有声：“拳有南北，国有南北吗？”

叶问具有与国术馆发生关系的时间和空间，却没有发生关系，引人遐想。或许他不愿出头露面，或许他当时病了，又或许他正在闭关，还或许他根本没有得到有关消息，当然，自忖实力不逮，甘愿退避三舍，亦未可知。

抗日战争胜利后，叶问做上了新工作——佛山警察，还做到了警察局刑警队队长、督察长、代理局长的职位，曾在升平路升平戏院内亲手擒拿劫匪，因为其间有搜查逮捕中共地下党的行为，所以 1949 年前跑到了香港。跑到香港的叶问，结识了又一个姓梁的人，是香港饭店公会理事长，叫梁相。梁理事长也是武术爱好者，拜了叶问为师学拳，并请叶问在九龙饭店公会公开授拳。

叶问的拳师事业开始了，没想到求学者会如此之多，简直是男女老少总动员。其实这也不稀奇，学会拳术既能健身长寿，又能自保不受欺负，还能增加见义勇为的本钱，只要有闲有钱，大约都会学的，区别在于有的学员三天打鱼、两天晒网，有的三天打鱼、三年晒网，有的能坚持原地踏步一辈子，有的则晒网不误打鱼、日新月异。

在香港，叶问是个好拳师，教导大家健身守家。叶问也是个好市民，热心维护街道治安，以教训流氓地痞为己任，曾获“优秀市民”称号。

以叶问武功实力，算不算绝顶高手，不敢贸然断定，但叶问是个好教授，是没有疑问的。

他的后半生，让咏春拳不但在港澳台地区发扬光大，更因香港的国际都市地位而将咏春之种撒落到世界多个角落。梁相、李小龙、黄惇梁、王家卫、周星驰、梁朝伟、狄龙……都自称是叶问的咏春拳门生。

跟练肌肉的大不相同，叶先生举止斯文大方、潇洒倜傥，表面上看不出是武林高手。沉默寡言的他，自己也承认“口才不大好”，若要他在大庭广众之下讲几句，他便会感到“口干舌燥”。

其实，“少说话”是中国武术的一个小小秘诀，形意名手尚云祥曾怒加呵斥弟子李仲轩练完武唱京剧，原理是说话“泄气”，唱京剧“耗内”。

除练武之外，与多数南人习惯一般，叶问喜欢和三五弟子、好友在茶楼吃茶悠哉，此外偶尔会打几圈麻将。仲夏之时，叶问喜欢看斗蟋蟀，广式蟋蟀勇猛善战，两蟋蟀可以大战数十回合，有的蟋蟀跟南拳勇士好有一比，腿都被打断了，仍然勇猛搏杀。看斗狗是叶问的另一爱好。叶问看斗狗，多是与另一武林高手同去，那人是蛇形刁手梁家芳，梁与叶同乡，可说是至交。

梁赞将咏春拳艺传给其子梁壁与徒弟陈华顺，据说陈华顺一生所传弟子十六人，叶问是其关门弟子。而叶问门下，则以李小龙最为出类拔萃。叶问生前未必想得到，因为李小龙，因为香港武打片，他的名字会被后人一次次提起。

1972 年，叶问病逝于香港。咏春门人一致推崇他为咏春派一代宗师。其子叶准、叶正继承父业，致力于向海外推广咏春拳术。弟子梁挺还创办了“国际咏春总会”，目前弟子门徒遍布全球。

关于咏春拳的来历，确实始自一名女性，其名严咏春，清末人氏，自幼与父亲严二在广西大凉山下经营豆腐买卖，并随从大凉山白鹤观的五枚大师习技。五枚大师来自南少林，据说此拳的灵感得自蛇鹤相斗。严咏春请五枚大师为拳命名，大师答曰：“你既名咏春，将咏春命名此拳可也。”

咏春是“女人拳”又如何呢？《一代宗师》告诉我们拳不分南北，咏春拳告诉我们拳也不分男女。管你是金刚爷们拳，还是豆腐西施拳，能打出名堂，打出成绩，便是好拳。

严咏春婚后，将武艺传于夫婿梁博俦，梁博俦又传给侄子梁兰桂，梁兰桂再传给黄华宝与梁二娣。之后，梁二娣传技于广东佛山名医梁赞，梁赞朝夕研练，创出名号“佛山赞先生”，自此咏春拳声名远播。是故，总体上可以认为，咏春拳起于严咏春，衍于梁赞，传于叶问，盛于梁挺。

4. 李小龙

李小龙是一朵奇葩，大家都知道他是功夫巨星，却没有人知道他还偶尔写诗。不过，有一首诗绝对不是他写的。前些年中学流行一首歪诗，他被嫁祸为诗的作者，纯属躺着中枪。这首歪诗是：人生在世能几何，何必苦苦学几何。学了几何值几何，不学几何又几何。

最近这些年，“混世界”的都知道“中国三件宝”——厨子，拳师和外教。早年也有一说:“印度三件宝”——佛祖、瑜伽、神油膏。

有好事者比较“瑜伽”和“太极拳”，认为其中妙处异曲同工，瑜伽有的，太极拳有，瑜伽没有的，太极拳还有——比如太极拳的内丹功能和技击功能。大家知道，中国女人只进瑜伽馆，却不去太极院。据专家分析，白骨精、白富美们舍太极而赴瑜伽，理由很简单——只学贵的，不学免费的。

中国女青年瑜伽了，男青年该太极了吧，也不，人家正胡吃海喝长身体，一脑子更高、更快、更强，突然你让他更低、更慢、更柔，这个一百八十度脑筋急转弯，他们拐不动。好不容易智慧了，拐动了，大半辈子过去了。可惜，六七十岁老一辈已经失去了“出功夫”的机会，只能是照猫画虎瞎比画，结果还糟践了太极拳的名声。

阿里巴巴的马云算是悟性高、拐弯快的，大家淘他的宝，他淘别人的宝，终于赶上在能出功夫的年龄，拉着黄飞鸿钻进“太极禅社”玩太极去了。二人推手，马云细看对方，哟，原来不是黄飞鸿，是李连杰，杰仔。

作为奇葩的李小龙，无论其功夫有多少舶来成分，无论其传奇有多少水分，都不能抹杀他存在的重大意义。他几乎是唯一一个可以大幅延长中国武术横坐标、从而让讨论中国武术在国际武术体系中的地位成为可能。

李小龙小时候也打过太极拳，跟大多数男孩子一样，一打就烦了。李小龙生在美国，但儿时大多时光在香港度过。父亲为了让他身体强壮，教他打太极拳，他却东一榔头西一棒子，各种拳脚器械，都喜欢舞弄几下。

1954 年，十四岁的李小龙拜入叶问门下。当时李小龙已是颇有名气的小明星，他第一次来到达利街叶问武馆时，打扮非同一般：穿格子西装，戴墨镜，头发抹得锃亮。最初由师兄黄惇梁负责教授，黄惇梁原系拳击高手，上叶问武馆“踢馆”被叶问击败，遂拜入咏春门下。黄一开始见到李，便认定此人坚持不了多久，果然一个多星期后，李小龙就对枯燥乏味的扎马步和单式操练不耐烦了，不辞而别。

奇怪的是，半个月后李小龙又回来了。经黄惇梁细问方知，几天前李小龙在外边跟人比武，一开头就被对方打得晕头转向，情急之下李小龙想起刚从黄师父那里学到的咏春“日字连环冲拳”——这个拳式甄子丹在电影里暴揍东洋鬼子时有精彩展示，疾风暴雨一样的快拳。须要注意的是，拳和臂略微有个弧度，中国武术认为直拳伤后脑，弧拳有弹性，最短的弧线才是最佳的拳法。

李小龙施展日字连环冲拳，反败为胜，让对手叫苦不迭。他似乎忽然悟到了咏春拳的厉害，所以他去而复返。此后他全身心投入，从不缺课，达到痴迷的地步，甚至行走在街头也是边打边走，令路人侧目。

事实上，在武馆期间，叶问大概没看上这个走路没正形、一步一颠、还时常在外边惹是生非的好斗青年，特别是李小龙经常毫不客气地发表对咏春拳的评论，认为这个没道理、那个有问题，逆耳之言让叶问气得直想骂人——你这个“短命种”！后来有人说叶问一语成谶，其实叶问不可能具有预测未来的特异功能，单挑出一句话来前后联系那是瞎联系。

李小龙回美国发展后，继续钻研功夫，创立“截拳道”。虽然他没有系统完整地学完咏春拳法，但其武学体系里确实有咏春拳的一份贡献。成名以后的李小龙，回香港时又曾专程拜见请教叶问。尽管生命只存在了短暂的三十三年，李小龙却成就了一个足够饱满丰富的传奇人生，简略介绍如下：

李小龙原名李振藩，1940 年出生于美国加州旧金山，祖籍中国广东顺德均安镇。1941 年，三个月大的李小龙出演其人生第一部电影《金门女》。

1946 年入嘉诺撒圣玛丽书院读书。

1947 年，七岁，练习太极拳。

1954 年后，拜入叶问武馆，学习咏春拳，并在家中架设木桩，每天对着木桩勤练不辍，此外兼练螳螂拳、洪拳、少林拳、戳脚、节拳、白鹤拳等。

1957 年，十七岁，在圣芳济书院击败校际西洋拳少年组“三连冠”得主查理·欧文。

1958 年，入香港圣芳济书院高中部，获全香港“恰恰舞”公开赛冠军。注意，是舞蹈冠军，不是武术。

1959 年，入美国西雅图爱迪生技术学校补习。在学校里组织了“中国功夫队”，潜修苦练成就了绝技“李三脚”“寸拳”“勾漏手”，并研习长短棍、双节棍等各种器械，以及气功、硬功等。

1960年，在学校租了一个停车场角落，挂起“振藩国术馆”的招牌。从此边教边练，教学互长。同年入华盛顿大学主修戏剧，兼修哲学、心理学等课程，击败世界柔道冠军木村政彦。

1961年，在大学校园设“振藩功夫道场”，击败世界空手道冠军山本冈夫。开始系统研究西洋拳法。

1962年，完胜黑市拳王桑德尼姆。为提高技艺，扩大影响，经常到各处参加武术比赛。

1963年，自费出版首部著作《基本中国拳法》。8月因体检不合格，免服兵役。注意，体检不合格，颇为古怪。

1964年8月2日，出席“国际空手道锦标大赛”，荣登冠军宝座。8月12日，与爱尔兰籍美国人琳达在金郡法院办理结婚手续，17日在罗尔教堂举行婚礼。婚后，夫妇双双辍学，合力经营武术馆。

1965年，接受黄泽民挑战并获得胜利，降伏巴柔高手杰尼勒贝尔，获世界柔术冠军。同年击败“棍王”伊鲁山度。9月21日与好莱坞电影公司正式签订演员合约。

1966年，在洛杉矶拍摄《青蜂侠》。

1967年，客串《蝙蝠侠》，并自创武术新门派“截拳道”。

1968年，击败世界跆拳道冠军李俊九。

1969年，击败拳王约翰·弗拉泽。

1970年，参加世界搏击大会，施展截拳道，横扫各国功夫高手，获得第一。4月携子返港省亲，与邵氏影业未达成协议。同年夏，腰椎受伤，卧床休息，并在泰国度假时秒杀前来挑战的泰拳拳王乃佛。同年，李小龙曾在一张纸上写下李小龙版的《我的奋斗》：

> 我的明确目标是，成为全美国最高薪酬的超级东方巨星。从1970年开始，我将会赢得世界性声誉。到一千五百年，我将会拥有一千五百万美元的财富，那时候我和我的家人将过上幸福的生活。

1971年，在泰国曼谷《唐山大兄》片场，查尔·甫挑战李小龙，被李“连环三脚”击中腹部、面部、太阳穴，查尔倒地不起。10月，携妻儿回港拍摄《精武门》。同年以“截拳道宗师”身份，入选国际权威武术杂志《黑带》名人堂，标志着李小龙及其截拳道获得国外武术界权威的认可。

1973年，拍摄《死亡的游戏》，7月20日在香港猝死，时年三十三岁。

李小龙猝死的经过，版本无数，而死亡的原因，香港法庭调查后判定为“死因不明”。李小龙之死在香港、美国、日本掀起轩然大波。为什么还有日本呢？截拳道双杀柔道和空手道冠军，让他们刻骨铭心。一代巨星的死因谜团，至今未有定论，令人感慨。神探们都去哪儿了？

李小龙之妻琳达·埃莫瑞，是李小龙华盛顿大学同学，因加入“振藩国术馆”，成为李小龙早期女弟子之一。1965 年，琳达为李小龙诞下一子，取名李国豪。1969 年 4 月，李小龙爱女李香凝出生。李小龙死后十五年，1988 年琳达与作家汤姆·布里克再婚，1991 年，琳达再嫁给股票经纪人布鲁斯·卡德威尔。琳达、李小龙的儿子李国豪之死，比其父之死更加诡异，1993 年，李国豪在美国北卡罗莱那州拍摄影片《乌鸦》，被道具枪射出的一颗子弹击中身亡，年仅二十八岁。

截拳道是李小龙依据中国武术、结合世界各种武术精华而创立的自由搏击术。从名字可以看出，它的要义很简单，通过强有力、高技巧的截击、阻击，击败对手，高度自由，放纵本能，与对手的接触方式，李小龙强调从咏春拳而来的寸拳，寸劲，即短促、干脆的爆发力。

李小龙腾空前踢，高度约二至三米，可以踢碎天花板上的灯泡，助跑后腾空侧踢，高度约两米开外，可以凌空踢到球星姚明的头部，而侧踢的力量，可以把一只四十五公斤的沙袋踢破，李小龙一拳能打出四百公斤力量，与拳王阿里相同，阿里的体重是一百三十公斤，而李小龙的体重只有六十五公斤。

李小龙一直认为自己还有很长的路要走，他还有更多的事要做。对于中国人来说，他们要向世界所展示的也只刚刚开始而已。他为自己是一名中国人而感到自豪，他希望通过电影向世界展示中国的部分文化。（琳达）

李小龙是个伟大的人。他是那一领域中最为杰出的。我希望我能遇到他，因为我的确喜欢他的武术。他超越了他的时代。（穆罕默德·阿里）

李小龙有很棒的关于生命的哲学理念，让我心服口服。李小龙是个厉害的武术家，当他给以你一个你无法承受的大量伤害时，你就被打飞了。当我受到伤害时，这些伤害里有一些可能是终生的。当我谈起李小龙，给我印象最深的就是他的哲学理念。（迈克·泰森）

李小龙是我的偶像，小时候在戏院里看的平生第一部电影就是他主演的，接连又看过几部他主演的电影后，我立志做一个武术家或是一个演员。如今我努力为之奋斗的一切都是因为他。他在香港电影的历史上是一个特例，是万中无一的人，他有武功天分，又有天时地利人和。对我来说他不仅是武术家，还是创意人，他对武功的想法与之前任何一个门派都不一样，总与别人不同，很多地方都是开创历史性。还有就是他的远大眼光，想想看，在他之前，功夫除了本土市场，其他地方并不知道，但是因为李小龙，让中国功夫和功夫电影风靡全世界，他是第一个看到功夫未来发展趋势的人，一个真正的先行者。（周星驰）

截拳有理，唯快不破。李小龙的截拳道有些像他的“半截”人生，又有些像中国乒乓球的“无敌前三板”，流星激彩，惊心赫目，却未见圆满，总觉得还缺点什么，很难想象假如李小龙有老年——老年的李小龙再使双节棍时——是个什么模样。

李小龙下葬于华盛顿州西雅图湖景墓地，墓碑呈绛红色，上有照片、中文名字和英文名字，并注明他是截拳道创始人。墓碑下方是一块黑色石雕，雕成了一本翻开的书，左面一页刻着道家的黑白太极图，太极图两侧刻有两句中文：

以无法为有法
以无限为有限

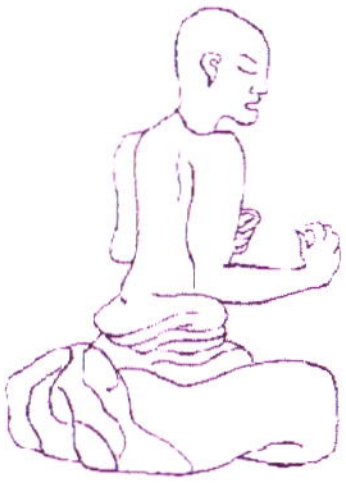

第六章　国术游艺大会

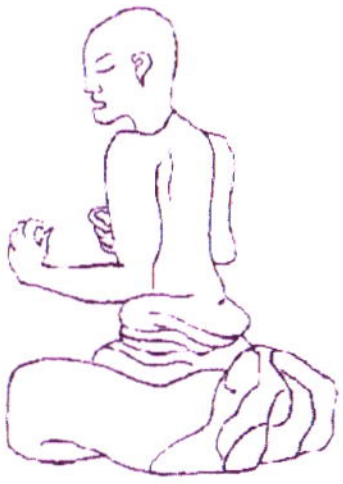

1. 杭城

这里不是江湖，而是民国政府举办的有组织、有章程、有秩序的盛会，处处洋溢着移风易俗、新事新办的新鲜气息。说它不是江湖，却还是有些像江湖。一大堆，一小撮，东张西望，转来晃去，个个都像秃子打伞——无法无天、舍我其谁的主儿，有的是洞穴出头，有的是道士下山，有似蛟龙出海的，有如草莽现身的。挎着刀，插着剑，挂着拐子流星痒痒挠——怎么还有痒痒挠？没错，痒痒挠照样能做兵器，只不过它是铁质的。最吓人的兵器是大锤，个头超大，显然是空心铁锤。而最有文化气息的兵器，则是判官笔、铁扇子之类。

1929年11月10日，来自全国十三个省——滇、蜀、鄂、湘、闽、浙、苏、皖、鲁、冀、晋、陕、豫，四个特别市——南京、上海、天津、青岛的国术代表团，被指引到杭州清华旅馆、清泰第二旅馆等三家旅社。旅馆大门扎了彩楼，悬挂着“国术游艺大会招待所”的丝绸横幅。

据不完全统计，有五百余人参加了比赛和表演，十五万人次临场观看。代表团团员囊括了工、农、商、学、医、军、警、政党、僧侣各色人等。选手中年纪最大的为六十八岁的奉化代表阮增辉，最小的为七岁的温州代表林标。

美丽的杭州霎时热闹异常，东西南北中、各色装束的人招摇过市，各种口音充斥其间。西湖、断桥、灵隐寺、雷峰塔游人如织。小照相馆里一拨拨合影留念的人开始排队。杭州小笼包一屉屉供不应求。戴着鸭舌帽、手拿小本本的记者，跳蚤一样到处采访拍照……而有志于比赛的选手们，则三三两两聚集在公园、旅馆或秘密小房间里，一遍遍地演练自己的绝招，以期在大会上惊艳亮相、一鸣惊人。

西湖贝庄是大赛筹委会所在地。全国各地打来的贺电、贺词以及送来的贺幅，不断被张贴在广告墙上。李景林坐镇指挥，一帮年轻的办事员手忙脚乱，连咳嗽的时间都腾不出来。几名武术专家组成小组，不停地给代表和选手们讲解大会程序和比赛规则，并现场要求参赛选手做简要表演，发现武艺极差或功力太次的，直接劝其退赛——软的不吃就来硬的，直接把其人姓名从参赛名单上抹掉。

大会顾问：钮永建、张群、程振均。

大会会长：浙江省府主席张静江。

评判委员会：委员长李景林，副委员长孙禄堂、褚民谊。委员刘崇峻、杨澄甫、杜心五、吴鉴泉、刘百川、蒋馨山、张兆东、王渊生、张绍贤、刘协生、王宇僧、蒋桂枝、高风岭、尚云祥、张秀林、邓云峰、马玉堂、许禹生、韩化臣、黄柏年、刘彩臣、杨季子、王茂斋、刘恩寿、吴恩候、金佳福。

监察委员会：孙存周、高振东、左振英、佟忠义、刘高升、田兆麟、褚桂亭、李星阶、肖品山、李书文、叶大密、陈微明、刘丕显、任鹤山、汤鹏超、姚馥春、万籁声、李丽久、张思庆、耿霞光、朱霞天、朱邵英、李子杨、傅剑秋、侯秉瑞、韩其昌、赵道新、武汇川、程有功、窦来庚、谌祖安、杨明齐、朱国福、施一峰、刘善青、任虎臣、陈明证。

大会下设总会处、交际处、秘书处、场务处等，会场设于杭州镇东楼旧抚署的大空地上，面积约三十亩，有刚整修一新的演武大擂台。擂台前有新架设的长凳数百条，大门口设售券处，每座卖一元，此外还有标面为四元可分十次观看的通票，票面上有号码，最后举行抽奖，也就是说购票者还有中奖希望。入场口扎有松柏牌楼两座，上书“提倡国术，发扬民气”的标语。擂台为正方形，高四尺，长六十尺，宽五十六尺。台上悬大横额，横额上的六个巨型大字是：

全民皆国术化

擂台左右是一副大对子：

一台聚国术英雄，虎跃龙骧，表演毕身功力，历来运动会中无此盛举。
百世树富强基础，顽廉懦立，转移千载颓风，民众体育史上应有余思。

擂台背景墙上悬巨幅中山先生像，肖像两侧又配一联：

五州互竞，万国争雄，丁斯一发千钧，愿同胞见贤思齐，他日供邦家驱策。
一夫善射，百人抉拾，当今万方多难，请诸君以身作则，此时且民众观摩。

台前设评判及监察委员席，左手是军乐队乐池，右手是记者摄影席，后台有换装休息处。围绕会场，自然有一番布置，无非是招风的旗帜、醒目的标语之类。比较引人注目的，还有荷枪实弹的士兵巡逻。

在门口售券处，为激发路人购票的欲望，李景林还派出两名国术馆“文艺骨干”，一鼓书哥、一快板弟制造热闹。

鼓书哥唱的是：

一人一马一杆枪，二人马上磨刀枪，三气周瑜芦花荡，四郎探母回家乡，武松打虎景阳冈，陆文龙双枪是虎将，七仙女下凡嫁中郎，八仙过海李成良，九九归一唐三藏，十面埋伏楚霸王……

快板弟使的是贯口活：

刮散了天生星，刮平了地上坑，刮化了坑里冰，刮倒了坑外松，刮飞了松上鹰，刮走了松下僧，刮乱了僧前经，刮灭了经前灯……

买票的虽然谈不上踊跃，但围了儿童一大群，跟快板弟熟了，都嚷嚷着要“学国术”，一个杭州娃费了老大劲，才让快板弟明白其土话——意思是父母不让练武，说他不是练武的料。

快板弟一瞪眼，打板唱道：“回去告你爹，速速醒过来，只要你吐痰不挂嘴，撒尿不湿鞋，绝对是练武好奇才，练武好奇才！”

2. 表演

做人可以低调些，做事不妨高调些。

在万人注目的擂台上表演，是一份荣耀，也是一份成就，更是一份足可留藏的人生珍奇。

1929 年 11 月 16 日至 20 日的前五天时间里，除去一天放假，四天都是国术表演。

一时异彩纷呈，武士荟萃，南拳北腿，东刀西剑，南帝北丐，东邪西毒中神通，五花八门都有。中央国术馆自然实力雄厚，表演规范，各地代表团也常有奇峰崛起，更有临时申请上台欲抢风头的。

从衣着上看，也还是央国最正规，雪白背心印红字“强国强种”。其他各路选手的衣着大都刻意做了花样，有的黑，有的红，有的短紧，有的长飘，有的民族，有的通俗；打扮上有的烫头，有的秃顶，有的描眉画眼，有的环佩叮当……

兴奋型选手自然是人来疯，意气风发，格外出彩。也有紧张型选手，面对万人观众，大脑空白，手脚无措，以至于闹出笑话。比如有的乱了套路，有的翻筋斗失误，有的自己砍伤自己，还有个兄弟大吼一声，腰带崩断——不要以为是牛皮腰带，穷苦子弟一般都是布裤带。

陆续登台表演的，计有张介臣、郑德顺的武当对剑，肖仲清、郑德顺的单刀对叉，田兆麟的太极拳，滕南旋的意形拳，佟忠义的花功拳，马阿章的刘家式，张金山的营门码，上海致柔、武当拳社合演的太极拳，刘文友的玉环步，胡凤山的形意拳，马承智的少林拳，朱国禄的形意拳，僧人拾得的打店拳，闻学桢的罗汉拳，央国初级教授法、集体形意拳、太极群练，张振英、张本源的查拳、面拳、少林拳对练，王裕友、王宝山、盛金贵、秦文才对练的一步三拳，侯骏杰的少林子午拳，谢从勋的太极步，施一峰的地盘拳，壁城的虎战山，张孝才的滑拳，高作霖的五形拳，纪雨人的孙膑二手，高守武的太乙拳，张品山的六角式，谌祖安的少林拆，纪雨人、高作霖的对打三十二手，韩其昌、尚振山、朱国禄、郝家俊、王喜林、朱国桢、胡凤山的形意拳。

还有刘善清的三星炮，张绍清的无极拳，郭德坤的头趟拆，佟忠义的散手形，褚桂亭的形意拳，吴鉴泉的太极拳，田兆麟、孙禄堂的形意拳，刘希彭的形意拳，王玺的棉拳，余先堂的大西川，佟忠义的孙膑拐、梅花双戟，马华甫的燕子，刘英华的金刚圈，赵飞霞、刘振飞的大刀枪，韩庆堂、潘振生的对扎抢、对打三节棍、大刀对单抢，赵飞霞、张长海、朱国祥的空手夺双枪，刘丞显的流星锤，朱国禄的九节鞭，马承智的单刀，朱国福的龙行枪，銮秀美的剑，马金标的枪，宛长胜的双钩，褚桂亭的四门龙行剑、三合刀，吴鉴泉的太极剑，佟忠义的八仙剑，李星阶的形意剑，刘高升的梅花双刀，奚诚甫的少林双飞刀，腾南旋的纯阳剑，李香美的双刀……

四五百名选手，两百余种拳术器械，通臂拳、劈挂拳、翻子、南劈挂、南燕青、缩打、太乙拳、孙膑拳、虎蹲、白鹤拳、脱战、天江、鞭成、十字、巫家拳、六步斩手、梅花分桩、鹤拳、担马、松江单拳、六步拳、七星拳、缩手、缠丝枪、缠丝刀……

资料有限，挂一漏万。有花边新闻价值的表演也很多。比如双胞胎女郎赵云霞、赵飞霞，一个表演南拳，一个表演武松脱铐；短小精悍的徐宝林，竟然穿了套真猴皮表演猴拳；自动要求上台的教师王思庆，梅花拳、三尖刀、王跛一足，令人一新耳目；四十七岁的章选青在表演缩山拳时，竟然在水泥擂台上踩出一串脚印，让人大呼小叫；老的有三位八十老者刘鹤亭、李会亭、陈福有共同上台打拳，一板一眼，老辣敦厚，白须飘飘，全场掌声不绝；小的有七岁的李清涟与其姊十二岁的李清芬，联袂演拳，清新可人。

大会操办者李景林模范带头作用起得好，全家上阵。李表演太极剑，李妻表演八卦掌，李女表演太极拳，李妻李女合演武当对剑。李副馆长家这位千金小姐，着实被不少师兄师弟惦记着呢，有说曹晏海是她男朋友的，有说胡凤山是他男朋友的。这曹、胡二人还真不好选，一会擂台赛上你就会看到二位了，一个第四，一个第五，仿佛一个秦琼一个尉迟恭，一个程咬金一个李逵，起码从武艺上讲难分伯仲，估计只能比别的花招了。

四天表演结束，最后一个节目，主办者别出心裁，没有选择武术，而是选择了杂技——李成斌表演的自行车和独轮车车技。

3. 比武

徐浩峰编剧兼导演的电影《箭士柳白猿》中，“中国最后的剑圣”于承惠先生扮演绝世高手“匡一民”。匡一民有句台词挺有嚼头：

> 现在这个世界都在投机取巧，比武是仅剩的靠实力论输赢的方式了。

1929年11月21日是游艺大会正式擂台比武的第一天。通过数天来的口传、电传、信传、报传，大会已引发全国性关注。外地来杭人数不断增加，21日观众已达六万人之众。杭州城警察全部出动，局长仍抱怨人手不够，结果会方从驻军借来一些军人帮助维持治安。

擂台前贵宾席，今天总算座满。会长、副会长、秘书长、民国政府民政厅长、杭州政府市长、工务局长、公安局长、公路局长等，除到会表示重视和支持外，也都想亲眼瞧瞧传说中的“打擂台”是什么模样。

参加擂台比武者，原报名的有一百二十五人，实际参与的是一百零九人。应该说一百零九人已经够多的了。生手怕熟手，熟手怕高手，高手怕失手，从比武选手心理计，没有把握进前几名的话——就只能做分母、当炮灰，连酱油也打不着——圣人曰不如不上。换句话说，这一百零九人应该都是觉得自己有可能进入前十名、甚至前三名的。

游艺大会宗旨在于推动和弘扬国术，因此各武术馆馆长、副馆长、教练或一些已经武林成名的高手，都没有报名参加擂台赛。报名者主要集中在那些相对无名的年轻高手。尽管如此，擂台赛冠军仍然是所有武林中人翘首以盼的焦点，也是不少渴望成功的年轻武人梦寐以求的终极理想。事实上，很多人即使是花上一辈子、即使是苦练三十年，也注定与它无缘，可喜的是大家都觉得无缘的不是自己。

由于经验不足，加之场面太大，还有比武选手的迟到，原定于上午十一时开幕的比武，推迟到下午一时才开始摇珠分组。当然不能让观众干瞪眼，擂台上的武术表演一直没断。

摇珠分组，是把刻有号码的圆木珠，由监察委员们投入一个大铜球，铜球表面布满圆孔，圆孔比圆木珠略大，摇动铜球，圆木珠便会从圆孔里掉出来，以摇出号码的先后次序，排定比武次序。

全员共分四组，一、二、三组各三十二人，第四组十三人。要求比武者须穿戴大会提供的灰布短装，用红白两种颜色的腰带区分红方白方。比试开始时，双方对立台中粉圈内，评判委员一声鸣笛，二人上前互行鞠躬礼，再鸣笛，即可开始。实时实地进行裁判的是监察委员，台上两名监察委员执红白二旗，随时处理问题并制止犯规。评判委员则坐于台下断定胜负。

比武比打架高尚，是因为比武有规则限制。万事开头难，这比武的规则，一开始订得比较复杂。最早颁布的规则大约有十条之多，其中的几条是：

一、比试员同时按规定组自行抽签，即以各人抽得之数相同者为对手；

二、登台必须用大会备用衣服腰带；

三、三次为限，每次三分钟；

四、三局二胜为胜；

五、如故意逃遁，被对手追击三分钟不敢一较者为完全失败；

六、不准挖眼、不准扼喉和打太阳穴、不准取阴，违者按戡事条例处之；

七、如视之危险或自知功力不到，比与不比听之，如情甘入场，比试如遇重创，本会不负其他责任（这一条有点“生死状”的意思）；

八、外国人要比试，规则另定（此次大会，被吸引来到杭州的外国人士，超过百人之多，但无一入场求试者）。

21日打了两组。第一对闻振飞对王浦，结局和。第二对河北侯秉瑞对山东周化先，结局和。朱国禄、王林喜对打，王林喜因与朱国禄师兄弟，自行退赛判负。

接下来五六对选手都是南北拳对试——形势有些奇怪，或许是南北技击差异太大，习南法者全部败北，而且多数一动手即分胜负。第八对高守武对韩其昌，山东人高守武使猴拳，“沱南侠”韩其昌使“梅花桩”拳法，二人棋逢对手，将遇良才，旗鼓相当，引人入胜，来来往往竟打到了六十多个回合，全场观众被热情激发，多次为之鼓掌嘶喊。比武，难见输赢，最后定了高守武以一腿微弱获胜。不过，这俩人因为半斤对八两，消耗过大，六十多个剧烈的回合，拳头、肌腱、甚至内脏实际上都受到了伤害，接下来的比赛不得不双双弃权。

第十六对为江苏泰县二十七岁的姜尚武对同县四十六岁的闻学桢。第二声笛鸣后，姜选手很有意思，花样颇多，虚招也多，开始后频频甩手，逗弄闻学桢，闻选手瞅着机会，突然出手，将姜瞬间摔倒在地。

22日，因21日的比试双方拳脚往来太速，不易记点，也不易判定胜负。所以组委会把规则又作了几个改动，比如被打倒为负，自认输者为负，四分钟未见胜负准许休息两分钟再打，如仍无胜负则以平手进入下次比试，不听评判笛声指挥者取消资格，选手身上不得带危险物入场，以及选手未分胜负时裁判不得上前分解等。

比试前，褚民谊、金寿峰表演了太极拳、推手等节目。第一对比武的是刘高升对曹晏海，这是行家们比较期待和看好的一对选手。曹左手一扬欲试刘的掌力，刘出手一拍，曹即半身麻木，曹后退两步，刘有些求胜心切，追打中步法散乱，体力浪费。有传闻说，当曹退到李景林座前时，有招待员正为李的茶杯内加水，李即指着桌子对招待员说："把它抹干净！"

莫非是李馆长让我把他抹干净？曹晏海浑身一激灵，精神大振，眼见刘高升一记右掌打出，曹即四十五度上右步，用了一个抹踢，刘应踢而倒。

按照新规则，倒地就算输了。刘高升站起来，叫道："我没输，不算！"

李景林："怎么不算输？"

刘高升："是我自己没注意摔倒了。"

曹晏海气量很好，他已摸到刘高升气力已经不济，即说："刘老师，我们再打好了。"

二人整身形再打，刘上前一掌，曹一拧身，未见何势即将刘再次拍倒。失了平常心，容易被将军，刘高升果然情况不妙，起身后吐出两口鲜血。曹晏海又问了句气死人不犯法的话："刘老师，这回算不算？"

刘高升当即认输。第二天早晨《当代日报》第一版还配了幅漫画，画的是曹宴海用钥匙打开刘的铁门，铁门里是空的——笑话刘高升色厉内荏的意思。

这天先打了八对，后又加入了刘百川表演剑侠刀、风云刀，褚桂亭表演三合刀，孙存周表演八卦剑等。下午三时半，又打了三对。其中，张汉章对马春泉，出招时用力过猛，二人同时跌倒，马春泉站起来表示退出，张获得胜利。当天最奇怪的比武，是南嵩派叶椿才，对天台派谢庚年，二人俱是南法，叶为江湖壮士，谢为军队教官，打了半小时还未分胜负，竟然把台下观众看得不耐烦了，全场骚动，二人也不好意思起来，鼓足余勇，奋力相搏，又交手数十合，各中数十拳，双双血流满面，依然感觉是半斤八两，最后由评委定为平手。

当天比赛结束时，发生了令记者兴奋、让观众抓狂的事件。有一名前来观摩的武林高手郭某某，直接向大会副主席李景林提出挑战。"郭某某"者，有资料说他是北方高手，并且已经较有名气，"与韩李鼎足"。这个"韩李"不知道是不是指中华武士会的韩慕侠或李存义。

郭某某显然处心积虑，要一举成名。当时大江南北，武名最著者以李景林、孙禄堂、杨澄甫为首，孙禄堂虽然早有“天下第一手”的大名，然年已六十九岁，挑战一白胡子老头，即使占得便宜，也会被武林人士耻笑。而对阵四十多岁的李景林和杨澄甫，则不存在造次的问题。但杨澄甫纯粹一太极名家，绝比不上当时李景林一呼百应、执武林牛耳的名望。所以郭某某选中了李景林，或许他觉得，即使与李只打个平手，也可一举惊天下。

李景林精于武当剑术，号称“飞剑”，并精太极拳、太极剑诸法。在高大魁伟、筋骨粗壮的郭某某面前，李景林显得更像一个老秀才，在场人等无不替他捏了一把汗。贵宾席各位大佬有想劝阻的，碍于李景林自己已然答应了对方，也不便开口拦阻了。

郭某某奋拳向李击出，李似乎不招不架，竟然抢身直入，一拳直捣对手喉口，郭某某真是配合得紧，仰面跌出丈外。全场寂静，大家都有点不太相信——须臾之间这一幕已然到了结局。郭某某倒也保持了高手风范，站起来拱手施礼，退下。

大人物产大事件，大挑战生大机遇，大成功邻大失败，郭某某想大成功，结果成了大失败，不幸成为大笑话。其实他的挑战不必加以过分指责，所谓财迷见利心痒，球迷见球脚痒，棋迷见棋手痒，练武的看见练武的——心、手、脚俱痒，忍不住跳出来，这种行为总归正常。只是这留下资料的似乎也太过厚道，大概是考虑到郭某某是成名武者的身份吧，留姓没留名。

李景林的面子是自己的，也是整个大会的，李景林的胜利让杭州城上下内外都跟着高兴。只是这李景林也真是了得，多日操心劳累，竟不加托词地慷慨接受挑战，并从容胜之，突显大将风度与功力莫测。李景林徒手技击的胜利，也可见艺高之人——剑法也是拳法，拳法也是剑法——不管什么法，玩得不好神奇会成腐朽，玩得好腐朽也成神奇。

有人问李景林那一招制敌，使的是什么法？李景林答：“随机而发，无法。”

好一个无法！正如大画家石涛那句老话：“恨古人无我法也！”

23 日，由前两天四组比赛中迟到者和未参加者先比。马金标对黄学乃，马胜。比赛到赵璧成对郝家俊时，出了蹊跷：二人各守门户，互相盘旋，看来都不相信先下手为强，更让人生气的是二人还你一句我一言，聊起大天来，且言且笑，最后赵璧成说了句“算了让你吧”，没真正打，郝便得胜。

王建东对王旭东也有意思。双方都紧紧盯着对方的下路，腾挪击打半天，结局仍是平手。也不是完全没有年纪大的上台。金铭恒对李好学，两个人都是六十以上，金六十二岁，白须飘拂，耍的是心意诸技，李六十岁，玩的是查拳一派。二老互鞠一躬，各使解数，其打击迅猛竟不异于年轻人，终至相互悦服为止，携手同至摄影机前合影，一时观众喝彩不迭。

打过九对之后，乃将前两日两对平手交叉再决，没想到又打成平手。

这一日也有彩头新闻。江西一僧，携二徒前来观摩，二徒看得技痒，摩拳擦掌屡欲出头，老和尚骂道："你们真上台一打，便知自己斤两不足了！"

这个和尚很奇怪，不让弟子上台，自己却忍耐不住，终于挺身上前要求一比。孙禄堂弟子形意高手胡凤山表示愿意与老僧比试。上台后老僧先发制人，出手如连珠炮，胡凤山则候老僧拳至两腿，一个偷梁换柱式，飞出一右手崩拳，击中老僧额上，顿时头骨塌陷，倒地流血，被抬进急救车送了医院。

这个受伤事件一发生，让不少选手都有些害怕。本来大会给此前失败的选手相互之间又安排了比赛，结果三十六人中二十人干脆弃权，只剩下十六人。当日比赛结束后，又有褚桂亭表演龙形剑，田兆先表演太极剑，刘百川表演稍子加盘龙鞭，奚诚甫表演七星四路棍等。

24日开赛前，鉴于昨日有人受伤，增加了规则：不允许打头，不允许在台上说笑，消极比赛拖延时间者，超过十分钟同时取消资格。下午一时四十分，由得胜者四十六人决赛，打至四时结束，最后的优胜者剩到二十六人。事实上，今天比赛的四十六人已经是前五十名了，多少也值得炫耀一下，所以当日的比赛竟有"客套"现象，有让拳行为，有故意打成平手的。

25日，最后的二十六人一度不计成绩进行分队比试，算是表演兼切磋。一队红腰带，一队白腰带，共打了十一对，三对平，八对分出了胜负。第八对曹宴海对章殿卿，曹腿法极佳，里缠外踢，勾挂起落，似乎用脚比手还使得方便，章一快速短拳飞来，曹顺手一托，似乎知道对方接下来必起一腿，遂出左膝迎住了对方右脚脚心，这一迎，章随即后跌丈余倒地。

分队比试完毕，田兆麟、陈唯铭表演了推手，朱霞天表演了混元剑，陈明征表演了虎头钩，吴鉴泉、孙禄堂表演了太极拳，李景林表演了太极剑等。

最终决赛前的杭州城，到处是比赛的大幅海报。26日十二时，二十六人总决赛开始。

已入前二十六名的邱景炎、高守武弃权，余二十四人分为十二对。分出胜负后，负者十二人再进行比试。连续几日的观战，不少不懂武术的观众也瞧出门道来了，台上台下渐入佳境，好的拳脚，美妙的招法出现时，必有鼓掌叫好，而蓄势对峙时刻，台下亦寂静无声。

至下午三时二十分，一路胜利的前六名选手出炉：王子庆、朱国禄、曹晏海、胡凤山、章殿卿、马承智。

27日是大会比武的最后一天，六名选手硕果仅存。

马承智弃权。

胡凤山对朱国禄。二人体魄相当，技艺勇力均称对敌。胡凤山取守势，伺机进攻，不料朱国禄连发快拳空打，把胡凤山的注意力吸引到了左侧，突然一个反劈，胡猝不及防，被打中面部，登时晕倒。朱国禄胜。

曹晏海对章殿卿，交手未及两个回合，曹右手扶地，判负。章殿卿胜。

王子庆对胡凤山，胡接受了与朱国禄对打时失利的教训，连出崩拳，果然有效，两次击中王子庆面部颧骨，可惜不重。与此同时，王子庆的挑踢却很是有用，胡凤山被踢倒，王子庆胜。因二力交接太过生猛，胡的双膝、双肘都在台上跌伤，牙齿也跌落了两颗，还有内伤。胡下台后，与其老师抱头大哭，当即离去——看官也不要过于为胡凤山难过，在此之前，被他打伤、打哭的选手已不下六七个。

章殿卿对朱国禄，章一腿踢去，却被朱接住，章几次想以落地腿法反击，不成，朱用十字腿向章转立一腿踹去，章倒地而负，朱国禄胜。

王子庆对朱国禄，朱忽然专取下路，作逼腿的虚法，不料王就其势直沉下去，用一硬开弓之势将朱打倒，并伤及其左臂左膝，王子庆胜。

章殿卿对王子庆，章自退，王子庆胜。

冠军产生——王子庆。

第二名朱国禄，第三名章殿卿，第四名曹晏海，第五名胡凤山，第六名马承智。

接下来，前三名被请上擂台与观众见面，并发表获奖感言。

季军第三名章殿卿发言：“请全国同胞注意国术！锻炼身体！一雪东亚病夫之耻！”

亚军第二名朱国禄发言：“希望中华民族一致努力国术，民众有了强健的身体和力量，才能打倒帝国主义！中国才有希望！”

冠军第一名王子庆发言：“本人参加比赛，完全是为了提倡国术，决非为图名利，特将大会奖励的五千元，与参加决赛的二十六人平分！”

大会像过节一般热烈，台上台下鼓掌呼号不绝。眼见观众不愿散去，组委会便请出杜心五表演了鬼头手，张绍贤表演了无极拳，以及其他十多个节目。最后仍然有几个顽固型观众舍不得走，一遍遍问：“真的都结束了吗？明天真的没人打架了？”

他们好像遇到了人生最大的悲哀——不知道明天干什么了。

4. 颁奖

浙江国术游艺大会擂台比武，前三十名获奖名单如下：

最优级：
第一名，王子庆，河北保定人，中央国术馆。
第二名，朱国禄，河北定兴人，江苏警官学校。
第三名，章殿卿，河北保定人，李景林保送。
第四名，曹晏海，河北沧县人。
第五名，胡凤山，河北南皮人，江苏国术馆。
第六名，马承智，安徽和邱人，江苏国术馆。
第七名，韩庆堂，山东即墨人，中央国术馆。
第八名，宛长胜，山东历城人，山东省政府。
第九名，祝正林，山东即墨人，青岛国术馆。
第十名，张孝才，山东历城人，山东省政府。

优等级：
第十一名，高作霖，山东淄川人，青岛国术馆。
第十二名，兵侠，天津人，赵尉先保送。
第十三名，赵道新，天津人，李景林保送。
第十四名，李庆澜，河北固城人，江苏国术馆。
第十五名，尚振山，河北深县人，深县国术馆。
第十六名，李孝田，山东历城人，山东省政府。
第十七名，裴显明，浙江天台人，天台县政府。
第十八名，王云鹏，河北保定人，中央国术馆。
第十九名，闻学桢，江苏泰兴人，泰兴县政府。

第二十名，董殿华，河南人，四十九师。

中等级：
第二十一名，袁伟，山东济南人，中央国术馆。
第二十二名，纪雨林，山东胶县人，山东省政府。
第二十三名，马金标，山东济南人，杨松山保送。
第二十四名，邱景炎，山东诸城人，山东省政府。
第二十五名，林定邦，浙江温州人，杭州市国术教练所。
第二十六名，高守武，河北固城人，青岛国术馆。
第二十七名，叶椿才，江苏人，秦根生保送。
第二十八名，郝家俊，河北人，褚桂亭保送。
第二十九名，丁秀溪，浙江天台人，天台县政府。
第三十名，王喜林，河北人，褚桂亭保送。

体育运动，确乎是地球人类活动中最生动、最向上、最积极、最健康、最美好的部分。此次国术游艺大会是具有中国特色的特殊体育运动，它的举行不过是历史进程中的沧海一粟，或许微不足道，但它的举行确然为这个古老萎弱的黄种族群，注入了一剂兴奋剂、强心针，尽管其光、其热、其声、其响，很快便匿迹销声于随之而来的抗日战争和解放战争中。

从大会擂台上的比武表现看，天地人慧能、劈崩钻炮横的形意拳大放异彩，少林派武功也以其万夫不当之威猛阳刚，常有先声夺人、立竿见影之效。亚军获得者朱国禄、除传统武术外，兼练西洋拳击，同样让武林人士大开眼界，见识到他山之石的特别威力。

而太极拳的影子却在擂台的风云雷电中几乎见不到——如果你认为“慢拳缓绕”才是太极拳的话。奇怪的是，一些年轻时“讨厌”太极拳的人，在长些年纪、多些阅历之后，却又亲近起太极拳来，一些霹雳生猛“看不上”太极拳的武学后生，也往往练过多种拳术后，把修习太极拳作为个人武学最后的皈依。

1929 年 11 月 28 日下午，在浙江省政府礼堂举行了国术游艺闭幕大会。与会者一致认为，大会得以圆满成功，最大的两位功臣是浙江省政府主席张静江和中央国术馆副馆长李景林——张主会外，李主会内。当然，再往后数就又要轮到张之江等人了。

遗憾的是，当天下午张静江主席竟然没赶得上参加闭幕大会，他晚上才赶回杭州，据说是又出门为游艺大会筹款去了。因为大会各项经费严重超支，虽然在当时的混乱社会里，经常出现“羊毛出在猪身上狗埋单”的闹剧，但游艺大会最后的埋单者只能是张静江。

穷人烦恼没有钱，富人烦恼钱不够。张静江缺钱是正常的，事实上当时各地政府包括军队，财政没有不困难的。

且说颁奖大会，礼堂主席台上悬挂着孙中山像，旁配一联，据称是马一浮先生手书：

刚柔正奇变化莫测
动静虚实妙悟惟心

中山先生像下，排列着各式奖品。当头头脑脑们讲话结束后，便开始发奖。

第一名，奖五千元，张之江赠送银盾一具，中华体育会的银盾“艺勇超群”一具，还有上海武当社镜架一个，以及黄文叔先生赠手书一联：

读书未必能经世
学武逢时可干城

第二名，奖一千五百元，张之江赠对联一副，中华体育会银盾“有勇知方”一具。第三名，奖一千元，中华体育会银盾“积健为雄”一具。第四名，奖五百五十元，中华体育会“武德可风”银盾一具。第五名，奖四百五十元，中华体育会“自强不息”银盾一具。第六、第七、第八、第九、第十名，分别奖若干奖金和银盾一具。

第十一名至第二十名，各赠龙泉剑一柄。

第二十一名至第三十名，各赠金壳怀表一只。

发奖完毕，为时半月余的“国术游艺大会”闭幕。当晚举行了千人大会餐。低语高谈，杯盏交错，特别是进入前一二十名的新晋高手们，自然是倍受前辈褒扬，甚至受到了饭店女服务员们的青睐。青年才俊们趁着一干大师兴致高，即席兴起了一阵拜师热，比如前六名选手全部拜了孙禄堂为师。在众目睽睽之下，孙先生来者不拒，全然不会说半个不字了。

话说 2013 年 10 月，距游艺大会已经过去八十余年。

杭州地界有伙人正在寻找当年浙江国术游艺大会的“古迹遗踪”。他们是一群太极拳爱好者，分别来自台湾、河北以及杭州当地。台湾中华武学交流会会长李唐从小研习太极拳，其师公系武术名家韩庆堂。查查前文游艺大会获奖名单，韩庆堂名列第七，当然属于了不起的成绩。

韩庆堂是山东人，早年习练少林派拳术，后随孙禄堂等人研习太极，从中央国术馆教授班毕业后，担任浙江国术馆教习……韩系现代台湾武术的推广者之一，在宝岛有数千弟子，李唐便是韩庆堂再传弟子之一。李唐不虚此行，不仅在美丽的杭城找到了韩师公当年学习和战斗过的地方，还找到了韩在杭州教授过的不少弟子，特别有一位百岁老人，竟然是韩当年国术馆的同窗。

第七章　精武门

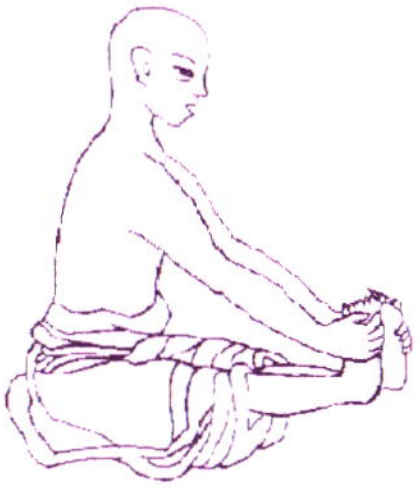

1. 津门大侠

人生如迷宫，上半生找入口，下半生找出口。

霍元甲上半生做得很不错，入口找的尤为出色，即使依靠惯性，他的下半生也差不了哪去，只可惜，他没有下半生。霍元甲本有机会参与国术馆或国术事业，又可惜生得晚却去得早。宣统二年（1910 年），四十二岁的一代天骄英年早逝。

在官办国术馆一统江湖的局面下，各省市原有的一些武术组织、团体、部门，大多被国术馆纳编收容。精武体育会（精武门）则是一个例外。精武会的资格比国术馆老，不但成立的时间早，自身的规模又不容小觑，所以它算是有“本钱”的，因为有本钱，所以在国术馆张开大嘴欲行吞并时，敢于说不。

没想到这个“不”还真说着了，世事变幻，兴衰莫测，国术馆随抗战打响而烟消云散，精武会则一直持续到一百年后的今天仍然健在。当然，精武会“长寿”的另一个原因，是它一直坚持民间组织性质，算是防止了因政坛变动而猝死。

众所周知，精武门的创始人是霍元甲，生于 1868 年十二月初七，字俊卿，天津静海县小南河村人。其家庭出身是镖师，也就是说祖辈们从事的主要工作是保镖护镖走镖。“迷踪拳”系家传武技，老霍家“以拳鸣于时者已七世矣”。

迷踪拳又称燕青拳、秘宗拳、迷踪艺、猊拳等。也有说燕青拳和迷踪拳不是一种拳的。至于其来历出处，那是十分对得起“迷踪”二字的。比较简洁的说法，是把祖师爷定位到少林达摩身上。另有一说，唐代少林寺僧外出至一高山，见到一种猿状动物——狻猊相斗，得到启发发明此拳，名为“猊猔拳”。其实“狻猊”是什么，谁也没见过。

第三种说法是元代红巾军攻打少林寺，众僧不敌，危急时分，烧火僧紧那罗王手持烧火棍，打退了数百红巾军。原来这烧火僧平日头不剃，脸不洗，破衣烂衫，全寺上下没有一个人拿他当盘菜，现在还是不把他当盘菜——当神供起来了。紧那罗王所传的拳法名燕青拳，也有人说燕青拳乃燕青自卢俊义处学来，故名，后来为了忌讳来自“梁山反贼”，常称之为密宗拳、迷踪拳。

还有种说法是，迷踪拳的名称不过是因为其拳行进路线犹如蜘蛛网——错综迷离让对手摸不着头绪而已。那么，老霍家是怎么跟这迷踪拳搭上茬的呢。大约在乾隆年间，被称为“万能手”的山东泰安人孙通，因犯命案北逃，准备去东北避难，路过青县、静海县时，在大屯村、小南河村分别传下了燕青拳。

在大屯村传拳是因为他在此地患病，受到了当地村人的照拂、恩惠。

在小南河村传拳，据说是孙通看见霍氏宅屋环境幽美，风景秀丽，一只喜鹊叫喳喳地迎面盘旋，顿时心情大好，正好这时院里走出一人，笑容可掬：“先生是从外地来的吗？能喝一杯吗？”

这个笑容可掬的人，便是霍元甲祖父的祖父的祖父的儿子，也是第一个学会迷踪拳的霍家拳一代。霍元甲之父名霍恩第。在霍恩第的三个儿子中，霍元甲排行老二，前有大哥霍元卿，后有小弟霍元栋。而在十位叔伯兄弟的大排行中，霍元甲排老四。

霍元甲很小的时候，多次听到本村的孩子们念一句诗——霍家九虎一只羊，羊儿不让进虎场。当小小霍元甲明白诗中之意后，禁不住号啕大哭。原来“九虎一只羊”的那只“羊”，所指的就是他。

并非元甲愿意做羊，而是他天生体弱，要怪首先怪父母。霍恩第却不觉得自己有错，三个儿子淘汰一个无所谓，于是他不让老二习武，省得日后有损霍家拳名声。

世事总是如此奇怪，拥有的不愿意要，没有的却拼命抢。没有得到习武机会的霍元甲，也是非要抢，抢不到便偷，偷不到还抢。体弱未必脑残，霍老二脑子好使得很，新拳招只要看一遍就能记得真真，然后反身苦练于枣林之中。

有一天——要发生故事的时候，一般都要说“有一天”——沧州客人来访，客人善武，并且比较轻易地收拾了大霍和三霍，要是再收拾了老霍，那霍家就会产生光腚上街的感觉。光腚上街的感觉不好描述，想知道梨子的滋味最好亲尝。

这时候，二霍霍元甲出面了，在老霍、大霍、三霍的惊奇和担心下，他面带微笑，四上五去二进一，差点把对方的膀子给卸掉。

现在霍家必须面对一个新的事实了，那就是突然能文能武的霍元甲开始上演“二子当家”的逆袭喜剧。看来“我要学”确实要比“要我学”强上百倍。他从此可以光明正大地跟父亲学拳了。在家中练拳的霍元甲，早已养成了善于自学的习惯，善于自学者，必善于琢磨，善于琢磨者，必容易出新，所以霍元甲按照自己的体会和想法，不断地改进拳艺，于是他的迷踪拳越来越迷宗、迷踪，越来越跟霍家其他人不一样了。

这不是欺师灭祖、离经叛道嘛。但家人还不至于如此糊涂，管你什么师什么祖、什么经什么道，练武，有用才是王道。

“卖儿卖女饿死娘，有女不嫁老东乡。”老东乡者，正是霍元甲家乡也。要想找出路，天津卫是个好地方。差不多二十八岁时，霍元甲到天津卫当上了码头装卸工，后来在农劲荪开设的怀庆药栈当帮工，刚熟悉业务，便升任了“领班”。甭管是装卸工，还是帮工，还是领班，说白了霍元甲基本上还是一个“脚夫”。脚夫也有高级朋友，比如农劲荪，那可不是普通商人，他是革命家！

农劲荪，名竹字劲荪。他从小跟着做官的父亲辗转各地，并留学日本，后奉孙中山之命归国，活动于津京一带。主要工作是以采购药材为掩护，执行推翻帝制的任务。其实农劲荪是满族人，却要推翻满族皇帝，胸襟可谓大矣。

如此，你就明白了霍元甲一个乡下人——怎么思想境界一下子跳跃式飞跃，又反封建，又爱国、还创建新潮的精武体育会了。近朱赤，近墨黑，都是农劲荪的影响。当然，遇见农劲荪的人海了去了，怎么就一个霍元甲能被他选上了呢，没文化的人会说——缘分哪！有文化的人会说——素质！

快使用双节棍，呼呼哈嘿！

2006 年李连杰主演了电影《霍元甲》，因虚构情节问题被霍家后人告上法庭。电影虚构的情节是——年轻霍元甲以“津门第一”自居，恶性膨胀，好勇斗狠，招致家人被仇人屠杀。真实的霍元甲算不上浑球，也就没有了这种“从浑球到大侠”的戏剧性之变。

但他的思想言行一直在变化，却是不假。学哲学的都知道，变化主要来自内因，可见霍元甲一跃成为有培养素质的进步青年，农劲荪不过是外因，还是外因之一，即使农先生思想再先进也还是外因。

光绪二十一年即 1895 年，天津柴市狼麻子横行霸道。霍元甲小时候经常挑柴到柴市，现在他有能力做些事情了，于是找到了狼麻子，传奇的说法是一人打翻二三十人，其实没那么悬乎，只需打倒领头羊，其他羊就闻风而散了。

1896 年，山东景州虎头庄刘振声来找霍元甲，一搭手，不行，便倒地拜师。刘振声成为霍元甲一生最得力的徒弟和跟班。

又到了该说“有一天”的时候了，有一天霍元甲在繁忙的运河边喝茶。运河里浩浩荡荡的皇家运粮船队驶来。大船靠岸，一人纵身跳下甲板，身姿甚俊，惹得不少人叫好。

原来此人乃船上保镖，在众人叫好声中，得意地东西踅摸，他跳上岸来的目的是要打桩停船。打桩要找地，可能是适合打桩之地被小买卖占了，他便耍起横来，把买卖人搭帐篷的桩子一脚踢起。帐篷一塌，帐篷里人喊马叫，油条，麻花，油锅，一片混乱。买卖人当然要破口大骂，骂着骂着住了嘴。原来是保镖正在恶狠狠地瞪着他们，瞪住了人，手上不耽误钉桩，大拳头梆梆梆梆，桩子下地生根。

霍元甲开始打抱不平：“欺负人不成，毁了人家东西，得赔！”

保镖一步步走过来：“赔？”

霍元甲：“赔！”

保镖自己看看自己的大拳头，问霍元甲：“顶瓜不顶瓜？”

“顶瓜”天津话里是“害怕”的意思。

霍元甲还是那个字："赔！"

保镖一伸虎爪手，抓向霍元甲胸前。霍元甲的胸能让你抓吗？于是霍一挥手就把对方的手拨拉开了。

保镖眼睛亮了："嘿，练家子！"

保镖晃了晃膀子，左拳嗖的就上来了。霍元甲一动不动，原来，左拳是个虚晃，右拳才是真的。迷踪拳就是怪，霍元甲左手张开——接住或者说包住了对方拳头，五指借力一拧，对方身体一个趔趄，就在对方从趔趄里挺起身形的时候，霍元甲右手一个劈手雷，劈在对方后背。保镖一个大马趴，仆倒在地，嘴里吐出一口血来。

运粮队不干了，保镖并非一个人，呼啦啦一堆人围上了霍元甲，仗着自己是皇家粮船，要捆他送官惩办。这时候围观人群里走出一人，给官兵亮出了名片——当朝体仁阁大学士徐桐。徐大学士亲眼目睹霍元甲并无过错，便出面保了霍元甲。

敢打皇家粮船的保镖，原来是朝里有人啊。霍元甲在天津名声迅速大了起来。那栽在天津卫的保镖呢？回到北京半壁店"顺源镖局"，添油加醋地说霍元甲如何霸道如何不讲理，自己如何一不留神吃了亏……

你道这顺源镖局是何人所开？此人名气在当时比霍元甲高出老多——他叫王五。

2. 扬名天下

王五大脑门，高鼻子，胳膊粗壮，声音洪亮，回族人，本名王正谊，字子斌，祖籍河北沧州，在李凤岗师父弟子中排行第五，人称“小五子”，又因刀法出众，豪爽仗义，慢慢就有了“大刀王五”的侠名。后来李师父推荐他跟师伯刘仕龙一起押镖，历练江湖。

不想当镖头的镖师不是好镖师。光绪三年（1876 年），王五利用自己的积蓄，加上朋友的资助，创建了顺源镖局，由于规范诚信，镖纪严明，生意很是红火。有了钱便能做出更多的义举，比如设立“文武学堂”，比如护送被清廷发配边地的好官。王五还与谭嗣同互相称兄道弟。戊戌变法失败后，谭嗣同不想出逃，决心用自己的头颅以惊醒民众、表达变法决心。王五心急如焚，买通狱吏见到谭嗣同，表示要倾家荡家营救他，被谭嗣同坚决拒绝。谭嗣同《绝命诗》后两句——我自横刀向天笑，去留肝胆两昆仑，其中的“两昆仑”，王五居其一，另一指的是康有为。

王五痛恨清廷、痛恨洋人，1900 年率众加入义和团大军，杀洋人，攻教堂。10 月 25 日，清兵将顺源镖局团团围住，王五牺牲于八国联军的枪口下，时年五十六岁。他血淋淋的头颅被挂在城门上示众。

半夜时分，神不知鬼不觉，城门上王五的头颅不见了！

你猜对了——果然是霍元甲所为。听说王五大兄身首分离，头颅还在城门上挂着，霍元甲悲愤难当，当天赶往北京城，趁夜色冒着生命危险，施展轻功绝技，取走了王五的头颅，并送至霍家。据传后来还得到了《老残游记》作者刘鹗等人的协助，王五义士最终才得以身首合葬，王五碑文也是刘鹗所撰。现在事情明白了，大约是在 1898 年后，不打不相识，霍元甲与大刀王五结为忘年交。

1901 年，有个跑码头混饭票的外国大力士，在天津卫戏园子使劲嘚瑟，听说霍元甲要上台挑战，打探了一番，越打听心里越害怕，留下一句“黄面虎太厉害”而溜了。

宣统元年，1908 年 3 月，冒出一名叫奥皮音的英国大力士，在上海北四川路阿波罗影戏院表演，举重，拳击，健美，据说还挺受观众欢迎。受了欢迎不夹起尾巴，反而急剧膨胀，得意忘形，露出了内心极度看不起黄种人的心理，当众宣布愿与华人角力：“有人敢上吗？没有吧，很好，有自知之明，嘎嘎嘎。”

戏院一片沉默。

众人虽然愤懑，但既缺实力、又缺胆量的二缺先生比较多。有记者将奥皮音的言论登于报端，沪人哗然。读到报纸的自然有好强不忿之士，其中同盟会的陈其美、农劲荪、陈铁生、陈公哲等人商量——“欲聘请技击名家，登台与赛，以显黄魂”。

农劲荪知道霍元甲厉害呀，就发了电报请霍元甲南下，并通知奥皮音。奥皮音回答说：“演出结束了，我还要去外埠演出捞钱，等哪天回来再比。”

翌年，1909年4月，奥皮音又出现在上海。沪人还记得他蔑视中国人的耻辱呢，于是陈其美、农劲荪等人立即敦促霍元甲赶来。双方开始正式接洽，陈公哲翻译。奥皮音知道貌似软弱可欺的中国人、中国武术中，毕竟还是有高人的，但高傲自大的他出于自尊心，没有推辞。于是他开始设置比武障碍，说必须按西洋拳击比赛规则，戴手套，只能打腰以上，不许用脚。霍元甲一方则主张以中国擂台比赛法，无所限制，如有死伤各安天命。

记者不怕事啊，协商的情况不时见于报纸。最后双方商定，以“摔跤”形式较量胜负。

早在1842年的《南京条约》，让上海成了通商口岸之一，从此，上海成为西方列强掠取和维护其政经利益的前沿阵地，倒也促成了上海滩的畸形繁荣。是时，此地已成天南地北、繁杂人等汇集之地。而这些中国人中，很多人又听闻或经历了1860年英法联军洗劫圆明园的滔天罪行、1900年八国联军攻占北京城的锥骨之痛，无不对洋人痛恨至极，能有个中国人在擂台上击败洋人，不啻也是一种精神充血、愤懑发泄。于是中洋比武之事，上海人都知道了，上海以外的人也关心起来。

奥皮音又出幺蛾子了。他提出双方各以“万元押金”作为胜负赌注。霍元甲没钱，但爱国人士有钱，顺利解决了资金问题，还紧锣密鼓地在上海静安寺路——张氏味莼园内搭建了高四尺、长宽各二十尺的擂台。陈其美、农劲荪等人又趁机普及和宣传革命思想，振奋国人精神，不只用中文、还用英文在报刊登发广告，意思是让天下中国人、外国人都来看一看，瞧一瞧。其中一则广告词还依照霍元甲的口气说话：

世讥我国为病夫国，我即病夫国中一病夫，愿与天下健者从事！

比武的那一天终于到了。擂台前后左右，黑压压的人群左等右等，奥皮音就是没有出现，电话找不到，宾馆已退房，偌大个上海滩，再也不见了奥皮音的踪影。

奥先生被吓跑了！

大家虽然兴高采烈，但有些心有不甘，因为擂台前的观众，都是买票进场的。霍元甲站在台上，对下面高声说道："今天武林高手来了很多，既然来了，不妨上台表演切磋，武艺交流，希望点到为止，不许伤人。"

大眼瞪小眼，没人吱声。半晌，一个眼睛不大不小的武林人士跳上擂台："鄙人无名，东海赵某，请指教。"

霍元甲却没有出手，而是让大弟子刘振声迎战。东海赵某不太高兴，当刘振声把他打倒以后，他就更不高兴了，黑着脸走掉。

底下又有人跳上擂台："海门姓张，特来领教！"

观众都是冲着霍元甲来的，这时也按捺不住了，齐声猛喊："霍师傅！霍师傅！"

看来霍元甲如果不露两手，观众不答应，便亲自上台与张某交手。但霍依旧没有施展杀招，甚至连攻击都很少，他只是立足于打的好看，想给观众展示下中国武术的魅力，张某走了二十多招，知道自己差得很远，突然摆手示意停止比赛，深鞠一躬，然后跪在地上，要求拜师。

观众掌声雷动。

胜利来得似乎太过容易，希望看到"刺刀见红"的看客不过瘾。但霍元甲的胜利毋庸置疑。有谁想过，从听到消息到决心挑战，从决心挑战到登上擂台，此间需要多大的勇气？此间又需要经过如何的思想斗争？如何的身心煎熬？

有多大的胜利之荣耀，必然有多大的失败之痛楚。从天津到上海容易，倘若万一擂台失利，如何面对大家，如何面对自己，如何有脸面回家，如何度过余生——你可以不想，霍元甲不能不想。

——还记得年少时的梦吗？像朵永不凋零的花。

他毅然出头了，在战胜对手之前，首先，他已经战胜了自己，他就是霍元甲。用霍元甲自己的话说：

> 临难而惧，无勇也。弃人于危，不义也。君等以厚望寄于元甲，元甲敢不以身相报乎？

3. 精武会

有句特别令人难受的话，叫作“武林无信史”。

何也?

一则，因“武林”地处“江湖”、地位“低贱下等”，非但正史鲜记，连历代文人笔记类也多不屑一提，可见所谓武林，史已不史，况信史乎;

二则，因门派之见，或因个人之私，胡言乱语，褒己贬人;

三则，武林关天大事，曰比武，曰试手，在裁判缺席的情况下，结论变幻莫测、难察究竟。

在有限的武林史料中，还可发现另一个特点——大都围绕所写的武林高手，刻意掩其劣迹，隐其败绩，而堂堂皇皇、大肆罗列其“英雄事迹”。

本书所记各位武林高手，将陆续出场。其人，其事，恐难逃“罗列英雄事迹”之嫌。红脸之余，聊以自慰的是，本书将比对多方材料，择其靠谱者，或直接出示“正反”多方信息，供看官辩证考量，以此争取向“信史”靠近，再靠近，至于近到什么程度——看官不妨等着看个笑话罢。

说来就来，有关霍元甲的“反方”言论也有不少。比如有人说作为外家拳一种的“迷踪拳”，一向并不起眼，远非那么神奇;比如有人说霍元甲没有真正打倒过洋人，不过就是吓跑了一个而已;比如有人说“鼻子李三请霍元甲”纯属杜撰，“真实”的情况是霍元甲在运河码头打败了一个练家，练家说打败我不算本事，有本事你去打败李侍卫。所以霍元甲去找李瑞东，而且霍不敌李，只是偷偷去偷偷回，没人知道真相罢了。

显然，反方言论并不具备摧毁霍元甲“爱国大侠”形象的当量。

且说清末民初，有“远东巴黎”之称的上海这座销金窟，貌似有些疯狂的繁华。戏园子门口的广告大有不疯狂不要钱的意思，旦角广告——全球南北，极等欢迎，貌赛花月，玉树娉婷，悲喜俱长，色艺双绝。生角广告——妇孺咸知，全球欢迎，调高响逸，韵味隽永，唱做二能，文武兼工。

梅兰芳必须产生于京剧繁荣期，赵本山必须赶上小品昌盛时，王宝强必须碰到《士兵突击》，霍元甲同理。如果没有“上海突击”，他很可能在河北或者天津寂寞地生于斯死于斯，其人生和名声很可能被中华武士会的李存义、李瑞东、张占魁等实力派盖倒。

人生的成功并不在于开头或结尾，而往往在于关键时刻。关键时刻一步迈出，或没有迈出，人生便有了巨大的分野。

当上海突击的机会来临，霍元甲勇敢地冲上了弄浪的潮头，于是他的名字一飞冲天——已经不需要广告，名字便是最好的广告。在擂台赛的大好形势下，通过农劲荪、陈其美、陈公哲等政经界、文化界、武术界朋友的支持帮助，在上海闸北区王家宅，1910 年 7 月 7 日挂起了“中国精武体操会”的牌子。实际上这就是一所民办的“霍元甲武校”，第一批学员暨会员七十三人。

为什么会用上“体操”字样呢：这“体操”二字在当时是个新名词，既表达创办者得风气之先，也有那么一点赶时髦的意思——用以吸引年轻人，告诉他们咱精武门不是一个普通的、老式的武馆。

上海蓬莱路一带是日本人居住区。霍元甲的擂台胜利和精武体操会的建立，被他们视作强烈刺激，心里不爽，便想用日本柔道更中国武术的威风，为此从日本拉来了一个柔道团，请霍元甲到柔道馆比试。

霍元甲担心不去的话，会给日本人吹嘘“霍元甲不敢来”的机会。应霍元甲的要求，比赛请来了公证人。刘振声不愧是霍元甲的高足，稳如泰山，以静制动，诱敌深入，连胜日方五名柔道团成员。日方最厉害的领队表示不愿同刘振声对手，直接向霍元甲挑战。二人走了数个回合，霍元甲还是老一套，不想施展杀手，只想迫使对方认输。哪知对方上了狠劲，竟然宁可受伤也不顾一切地抓住了霍元甲的喉头，霍当场大怒，以猛烈杀招将对方臂骨磕断。

1910 年 9 月 14 日，四十二岁的大侠霍元甲突然病逝的消息震动上海、天津和北京。精武会弟子、上海武术界、各界爱国人士，为霍元甲举行了隆重的葬礼，临时下葬于上海北郊。转年由弟子刘振声扶柩归里，迁葬于小南河村南。刘振声真是个好徒弟，堪称侍师如父，至于全国人民都熟悉的知名弟子“陈真”，却查无此人，顶多有刘振声的影子而已。

当时有精武会员、《七十二行商报》记者陈铁笙，撰写了一副慷慨激昂的挽联悼念霍元甲：

瞻仰昂昂金刚汉，力巨出神，拳精入化，飞龙踞虎，尚武精神，浩气鹏鹏贯牛斗。

讴歌堂堂勇大侠，胆坚铁石，志烈秋霜，爱国忧民，强我民族，大义凛凛满乾坤。

霍元甲的高超武艺，多少有点不可思议。从他的家传、师承，到他的后代、弟子，似乎都欠缺奠定其成就一代宗师的强大支撑。或许只能以“天赋异禀”来解释他“羊群里窜出骆驼”的超拔身姿了。当然，感觉自己是汗血宝马是一回事，拉出来遛遛是另一回事。

自信和自省也不矛盾。霍元甲在上海之行前，也曾征求过授业师父、武士会李存义、特别是具有战胜外国高手经验的孙禄堂的意见，据说他还邀请孙先生一同前往，孙先生肯定地说元甲此去必胜，或许其中有鼓励的成分。但武林朋友的一致鼓劲，没有功劳也有苦劳。

大家的关心是，霍元甲又为何于英壮之年猝然去世呢?

抱歉，这又是一个历史谜团。历史经验告诉我们，凡是说不清楚怎么死的，背后一般隐藏着不可告人的东西。找到这个“东西”很难，因为福尔摩斯和狄仁杰都去上电影了，而满大街安装摄像头，是很久以后的事。

暗杀，下毒，俱为秘密勾当。有人说霍元甲确实有呛咳的毛病，在练武或比武时不慎受伤，也不是稀罕事。当时的日本秋野医院，他不止一次进去过。霍元甲的死，也让其弟子们寝食不安，据说有人拿着师父当时所吃的药找人化验，说是一种慢性烂肺药。“烂肺药”之说，来源于十年后出版的《精武本纪》。

根据精武会实际操办者之一陈公哲在《精武会五十年》的回忆文章，说霍元甲原来患有咯血病，经常会发作，日本人卖药给霍元甲，说是可以医治咯血、治愈肺病。霍元甲相信了，买来服下之后，病情反而严重了起来，导致不治身亡。

霍元甲走了，精武门还在。虽然他没有充分享受到精武会的成功和荣耀，但作为精武门的耀眼旗帜和精神领袖，他永远存在。

1916 年 4 月 6 日，精武体操会易名上海精武体育会。1920 年，精武会成立十周年纪念，孙中山先生亲笔题写“尚武精神”四个大字，惠赠精武体育会，上海精武体育总会成立，仅在上海就设立了三个分会。随后，精武会“五特使”下南洋，东南亚精武分会纷纷建立。1921 年，成立中央精武体育会，姚蟾伯、陈铁笙、陈公哲任会长，对世界各地精武体育会实行统一协调管理。

1922 年 11 月，精武会组建了一个盛大的代表团，北上天津祭拜霍元甲，宣传精武精神，并希望把精武会的旗帜插在“精武始祖”霍元甲的家乡。虽然一时热闹异常，最终却未能如愿以偿，一大原因是天津已经有了“中华武士会”的组织。

1927 年 9 月，精武体育会在上海召开了第一次代表大会。《精武画报》记载，该会有全球分会四十九个，参加过学习的会员超过三十万之众。

同年，陈公哲等人上书南京国民政府，要求成立“国立精武会”，可惜正赶上张之江要求成立中央国术馆。国立精武会，中央国术馆，两块牌子其实玩的都是中国武术。二者冲突，张之江一系来头大，中央政府批准的是中央国术馆。不仅如此，国术馆还雄心勃勃，准备吞并精武会。但精武会毕竟是“老前辈”，自居根深叶茂，而且当时正值事业蓬勃期，遂坚持了自己的独立性。

霍二代最有名的是霍东阁，其武艺虽不及乃父，但他除了拳法出众，也多才多艺，喜国学，能书画，还自己制造过“会飞”的自行车，1956年病逝于印度尼西亚。在精武会前几十年的运作发展中，陈公哲、卢炜昌、姚蟾伯三位很关键，他们都是霍元甲的弟子，重要的是他们都是实业家，有钱，有头脑，有爱国责任感。

其他人比如霍元甲的弟弟霍元卿，儿子霍东阁、霍寿嵩，弟子刘振声、陈铁笙、陈十超、张文达等人，都是精武门业务运作的骨干力量。由于精武会灵活简便的准商业运作模式，长期运用比较先进的管理教学理念，也有傲人的业绩支撑——最早收女学生练武、最早开运动会、最早拍摄武术电影、最早以武术为名组团出国访问、最早在外国办会……

历史总是善于开玩笑。很多年后，陈公哲回忆精武门历史，说假如精武会真成了“国立精武”，恐怕坚持不了几年，一定走上国术馆兴也忽焉、亡也忽焉的老路。而保持了民间组织特色的精武会，一直没有消亡。虽然“文革”期间大陆精武门一度陷入沉寂。但火种未熄。

1990年6月30日，在霍元甲的故乡小南河，“迟到”的天津精武体育会宣告成立，这一天距离霍元甲去世整整八十年。

萧汝霖曾经采访过农劲荪，听他细讲霍元甲其人其事，后撰成《大侠霍元甲传》一文，其中有句曰：

> 宣城农劲荪君，为余道霍公平生。好任侠，重然诺，济人如不及，誉人如不足。有德于人，终身不伐。负绝技二十年，不骄不馁，未尝败衄。之精武会，睹其遗像，质朴如村农老圃。想象其为人，盖笃厚君子也。

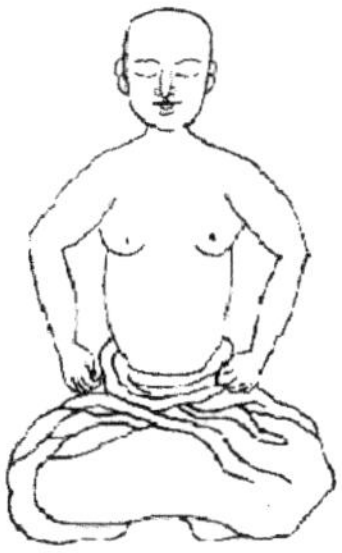

第八章　中华武士会

1. 土洋之争

现在有句话叫“文化搭台、经济唱戏”，这一举糟蹋了两个好东西。

在介绍中华武士会之前，插播一段文化新闻。1932 年 8 月刘长春“单刀赴会”洛杉矶，预赛即遭淘汰。因为这是中国人在奥运会上的“处女秀”，颇引起了一些文化人的思想涟漪。刘长春的惨败，便有人开始讽刺正在被国人积极引进的西方“体育运动”，未必适合中国国情，中国也未必样样东西唯西方马首是瞻。

《大公报》是份名报，1902 年创刊于天津，以标榜“不党、不私、不卖、不盲”的“四不主义”，而成为敢于主持正义、为民立言、报格高尚、严于律己的口碑之报。当时的“天津三件宝”指的就是永久、南开、《大公报》，“老三件宝”则指鼓楼、炮台、铃铛阁。刘长春失利消息传来，报社立刻出台了社评《今后之国民体育问题》，内容很是慷慨激昂：“请使刘长春为最初的，同时为最后的参加奥林匹克者。”“脱离洋体育，提倡土体育！”“请自中国文化之丰富遗产中，觅取中国独有的体育之道。”“一切学校，宜教授拳棒。”“希望体育界变更心理，由土体育求真正出路，使丰富的中国文化，发出灿烂之光。”

这《大公报》的创始人之一。满族人英敛之，原本也是练武之人，后弃武从文。他对这篇社论如何评价不得而知。但社论的论点不似寻常左右逢源的那种，而是干脆直接：我们咱中国有武术，甭拿西方体育当回事！

社论一出，即引发体育史上一场著名的“土洋体育之争”。其后一个星期，热爱中国武术、正力倡全民国术化的中央国术馆馆长张之江，马上站出来支持社论观点，并亲自撰写了《致天津大公报社函》，函中写道：

> 国术之用，不仅健身强种，且可拒寇御侮，既合生理卫生，又极经济便利，不拘性别老幼，不限时间空间，富美感，饶兴趣，锻炼甚便，普及亦易。

张之江的观点，就是中国学校一定要设立国术课，这还不够，最好是普及全民，以国术为全民体育运动的中心内容。北平师范大学体育教授、“海归”谢似颜，跳出来指责社论内容“闭门造车”“一塌糊涂”，并讥讽“丹田还气、太阴少阴一派儿话”，嘲笑所谓国术“至今多数操在一帮没受过科学洗礼、甚至目不识丁的人手里”。

南京中央大学体育系主任吴蕴瑞，则持“中和”之论，分析土体育和洋体育各有优点，闭关主义和开放主义均不可取。

1935 年 1 月，王新命、何炳松、萨孟武等十位教授，联名发表《中国本位的文化建设宣言》。宣言发表后反响甚大，以至于形成了“中国本位文化建设运动”。在这次运动中“土洋体育”又成为论战重要话题之一。教授们的观点是盲目的洋体育化不好，简单的土体育化也有问题，应科学研究后再行取舍。

重庆人程登科首次提出了“发展民族体育”的口号，并得到河北人王健吾的称赞——吾道不孤！复兴中华民族体育，反对体育侵略！

随着 1937 年日本帝国主义大举侵华，这些文化人面对世界巨变、试图厘清的一个个文化命题，似乎都没作出什么完美像样的定论，这一点同当时“新文化运动”差相仿佛。

当时所谓“西方体育”，其实也不是完整一块，主要有德日“体操体系”和欧美“运动体系”。只可惜，中国没有建立起自己的“武术体系”。

又有，在张之江们大兴国术之前，后来做过济南卫戍司令的保定武术家马良，1901 年就开始在军队中推广自己的“新武术”运动，其内容主要指武术公开化、教育学堂化和官方教材化。

另有一位教育家、佛学家、养生家蒋维乔号“因是子”的，1914 年撰成《因是子静坐法》，推广静坐运动。1917 年 4 月 1 日，毛泽东《体育之研究》评论因是子静坐法“是或一道，然予未敢效之也。愚拙之见，天地盖唯有动而已”。有个叫龙毓莹的先生，撰文说“静坐最大的害处，即使人趋于消极”。有趣的是，当时郭沫若因为严重失眠，练习静坐法得以治愈，所以他倒是很赞成静坐。

“大先生”鲁迅，正活跃在那个年代，在《新青年》的《杂感》中，他批判静坐法“现在有一帮好讲鬼话的人，最恨科学”。又批判马良的新武术，“现在那帮教育家，把九天玄女传于轩辕黄帝，轩辕黄帝传于尼姑的老方法，改称新武术，又是中国式体操，叫青年去练习”。

1928 年中央国术馆和武术国考取得成功后，一个叫文辉的人写了《这回是第三次》一文，对国术运动加以嘲讽，可能他知道鲁迅对“武术救国”曾特加讥笑吧，把文章寄给鲁迅的刊物，鲁迅发表此文，并亲笔加了按语。从按语内容看，鲁迅想法有变：

> 在五六年前，我对于中国人之发打拳热，曾确反对过，那是因为恐怕大家忘却了枪炮，以为拳脚可以救国，而后来终于吃亏。现在的意见却有些两样了。用拳来打外国人，我想大家是已经不想的了，所以倒不妨学学。为生存起见，也得会打拳！无论你做的事是文化还是武化。

2. 中华武士会

南有精武门，北有武士会。作为民国时期最著名的两大民间武术组织，精武门成立于1910年，中华武士会成立于1912年。

清末民初，中国面临“三千年未有之变局”，说的是皇帝轮流做的封建制度要玩完，建立一个什么样的新国体、新政体，摆在国人的面前，而在这个节骨眼上，又有成群结队的西方列强张开獠牙巨口，争先恐后地啃噬中国这块肥肉……总之，救国图存、建国强国，成了中国无数仁人志士的热血旋律。

几十年间，各种救国学说、救国运动波澜壮阔：主义救国、革命救国、洋务救国、科学救国、实业救国、教育救国、军事救国……

体育救国，体育强国，算得上是其中的一支副旋律。各地新型体育组织、新式体育活动此起彼伏，体育会、体操会、跑马会、足球联合会、万国象棋会、体育联合会，不一而足。

天津作为京都门户、军事卫所、商业都会、经济中心、漕运码头和开埠城市，在清末民初，成为除北京以外的另一个武术中心。形意、八卦、太极、迷踪、八极、通背……在此汇聚融合、风云际会。仅1912到1945年的三十余年间，就有各种武术团体、会社、馆所等一百多个组织落地开花，你方唱罢我登场，一片繁荣。

比如1912年的中华武士会；1916年韩慕侠任馆长的天津武术社；1923年钱钟玖为主席的天津武术学会、武希臣主持的天津进德武术研究会、窦英堂主持的天津道德武术研究会；1924年李景林、蒋馨山、程廷华长子程有龙等人主持的净业国技研究社，张占魁任部长的天津武术俱乐部；1928年马良、刘丕同任馆长的天津市国术馆，李景林、傅作义、蒋馨山、郭铸山等为董事，商震任馆长、张荫梧为副馆长，孙禄堂、于殿鳌等为顾问的河北省国术馆；1929年高志仁为馆长，任香谷、薛颠任副馆长的天津县国术馆；1930年杜科任总干事的天津特别市国术研究会；1931年张修华和王少三主持的无极国术社；1932年张庆声创办的太极拳研究所，郭寿臣任会长的北宁国术研究会，张殿华创办的翰臣国术通臂研究社，张占魁任总会长的中原国术研究会；1941年吴孟侠任主席的中华国术学会天津分会，1945 年于景任社长的天津第四十九国术社……等等。其中，开风气之先、规模最大、影响最大的，当数中华武士会。

1909 年，李存义、刘文华、张恩绶、杜晓峰等人成立了具有河北“深县同乡会”性质的“军人会”，主要活动是进行武术交流。张恩绶此人曾任北洋法政专门学校校长，是最早把武术引入学堂教育的中国知识分子之一。

或许是霍元甲在上海成立精武体育会的消息，让大家受到了激励和启发，1911 年，李存义联合张占魁、李瑞东等人在天津三条石创办了中华武术会，这可算是当时的“新型武馆”。说它新型，主要是指它是武术家、教育家、政治家的合作产物，同盟会成员张继、王法勤、顾德保、叶云表等人，都参与或支持了武术会的创建。后有人提出“武术会”不如“武士会”恰当，于是武术会修改名称，并于 1912 年 6 月 5 日、6 日、13 日，在天津《大公报》上连续登出《中华武士会公启》《中华武士会简章》《中华武士会传习所简章》等，向北方武林吹响了集结号。

公启中说：

> 今同人创设此会，募集击技名手，广设传习所，以求普及，期我国民自兹以往，变文弱之风而成坚强之习，以负我民国前途之重任。

武士会变“私授弟子”为“开门办学”，只有招收了学员才算有名有实。1912 年 9 月 8 日，同盟会燕支部叶云表、马凤图、武术界人士李存义、李瑞东、张占魁等人各司其位其职，于天津市河北公园举行了中华武士会成立大会兼开学典礼。叶云表任第一任会长，冯国璋任荣誉会长。或许是会长副会长不止一位吧，李瑞东、李存义都有资料说他们是第一任会长的。

为扩大影响，1912 年 10 月 18 日，中华武士会在天津河北公园举办秋季大会，时称“中华武林英雄会”。一时盛况空前，观者数千。一百余名来自全国各地的武林好手，表演了自己的拿手功夫或独门绝活。比如广东来了个卢杰之，说的话北方人听不懂，但其南派风格的铁线拳和长杆子功夫大家没见过，成了最受欢迎的节目之一。

大家知道，后来中央国术馆在杭州举办国术游艺大会，有政府经费和门票收入做保障。而天津这次民间性质的武林英雄会，却没有这么幸运，当局不给钱，募捐来的经费杯水车薪，北方人特别是一群武夫，也缺乏策划和经营头脑，还不敢卖门票——穷苦老百姓怎舍得花钱看你拳脚？怎么办，武士会创办者之一，有“赛孟尝”之称的“鼻子李”李瑞东急了，把自己武清城关的二百亩好地卖掉，总算让大会风风光光地举办成功。李爷李瑞东豪举震武林，当然也被家里人私下扣了顶“败家爷们”的美名。

中华武士会的影响算是有了，远近闻风，分会续起。京津的著名大学为了引入武术教育，都到武士会来请人。比如李子扬、李剑秋受聘进了北洋大学、清华大学。1913 年，叶云表、郝恩光还在日本东京成立了中华武士会分会。1917 年，李瑞东不幸辞世。主持校务的李彬堂被阎锡山请走，七十多岁的李存义急招远在云南军中的弟子李星阶回天津主持校务。

1918 年天津博物馆举办大型博览会，李存义、李星阶组织武士会内外三百多名武林人士献光，同年又大张旗鼓地参加了北京万国赛武会，使得武士会影响波及全国，前来报名习武者络绎不绝。

1922 年 11 月，上海精武门“精武游艺团”三十七人来到天津“省亲”，观摩了武士会的成绩，也就不好意思提成立天津精武会的事了——往大里讲，大家的理想、事业一致嘛。精武团曾三访武士会，并联手组织了大型演出和交手活动，并没有发生邀斗比武的事情。事实上，大家心里都有数，精武代表团的武功实力，并不在武士会众人之上，甚至还略有不如。总之，南北两大武术团体的聚会，堪称武林史上的盛事，亲眼看到南北汇聚场面的武林前辈，都欣喜赞叹：“吾道不孤！”

民国初期，天津是军阀们你来我往、争权夺利的重要战场，武士会的相对非政治性和独立性，保证了它的持续存在。当然，对于来自政府和官方的支持，武士会自然来者不拒。比如李景林做直隶省长时，对武士会就曾多有帮助，李景林、孙禄堂等武术界名人都是武士会、李星阶的常客、武友。

1928 年，国术热潮席卷中国，12 月河北国术馆成立，李星阶担任国术馆教育科主任，武士会成员，有的进了河北国术馆，有的进了天津国术馆，有的南下进了中央国术馆，有的进了其他馆。也就是说，随着国术馆的成立，中华武士会被兼并，使命结束。

不安分、却守己的中华武士会，前后持续了一十六年，十六年辉煌，十六年荣耀，一枝独秀于北方大地。

2012 年的时候，天津、济南、台北等地，都发起了中华武士会百年诞辰纪念活动。让我们点一批名字，以资纪念：

李存义、李瑞东、张占魁、孙禄堂、尚云祥、高振东、李星阶、韩慕侠、郝恩光、程海亭、李书文、黄伯年、霍殿阁、李景林、蒋馨山、傅淑云、阎道生、褚桂亭、马凤图、李玉琳、陈泮岭、郝铭、朱国福、赵道新等武术家，张继、王法勤、叶云表、张荫梧、傅作义、卞白眉、卞月亭、冯国璋等著名人士，都对中华武士会的创建、发展、壮大，有或大或小的贡献。

3. 李存义

中华武士会的领袖人物李存义，字忠元，道光二十七年（1847 年），生于河北深州南小营村。他出身贫寒，自幼好武。二十岁时向刘奇兰、郭云深学形意拳，还从董海川学过八卦掌，与大刀王五、八卦程廷华等过从甚密，与“闪电手”张占魁（兆东），更是情同手足、携手创业的一对好兄弟。

1890 年，李存义曾在湘军宿将刘坤一帐下教授士兵练武。后到保定开设万通镖局，一把单刀，所向披靡，无人敢劫他的镖，赢得了“单刀李”的美名。据说，李存义很喜欢“三”，在镖局里大力推行“三”式管理：一个叫“三分保平安”——待人接物带三分笑、让三分理、饮三分酒；一个叫“三不离”——武器不离身，车马不离院，睡觉不脱衣服；还有一个“三不住”——不住新开之店，不住易主之店，不住娼盛之店；有时候还追求镖局的“三硬”——官府有硬靠山，绿林有硬关系，个人有硬功夫。

镖局一度做的甚是红火，但是人无全年好，花无百日红，虽然李镖头费了很多心思，甚至还提出了“以义为利”的镖局广告语，最后却也没把企业做大做强。随着经济形式的改变，镖局事业日薄西山，新式银行业悄然兴起，或许还有其他原因，镖局最终倒闭。

1900 年，五十三岁的李存义不仅参加了义和团，还当上了团里的头目，八国联军攻北京期间，他率领尚云祥等弟子，夜袭天津老龙头火车站，痛杀守站洋鬼子。李存义在《形意真诠》序言中写道：

> 余自学形意拳以后，入镖业谋生，兼授门徒。于庚子之役，亲率门人参加张德成、刘十九等人所组之义和团，抗拒洋鬼子侵略军于天津老龙头火车站。

义和团被镇压，李存义“畏罪”潜逃了。潜逃也不闲着，比如其间曾前往形意拳老家山西太谷，与形意拳大师宋世荣侄子宋铁麟切磋形意拳技理。数年后，他高兴地发现清廷已经自顾不暇了，对他的通缉令也早成废纸一张。1912 年，李存义在天津主创中华武士会。武士会规模之大、影响之广，一点也不逊于上海精武会。成立之初，武士会人才荟萃，教练团队里的李书文、张占魁、阎道生、张景星、王中泉、霍殿阁、郝恩光等，俱为高手中的高手。似乎也只有形意泰斗、艺高望重的李存义能坐镇中堂，一呼百应。

作为武士会的"带头大爷"，李存义武功之高，也非常人所能想象。据说沧州"大杆子刘"，曾用大杆子指着他挑战，李存义不含糊，以腹部顶住大杆子，腹力弹发，把刘某连杆子带人弹出去七八米。又在涿州路遇强盗，以一根柳树枝把使齐眉棍的盗头耍得磕头求饶。还曾在武强县坐在大车上，将拦路抢劫犯一干人等打得满地找牙。

武士会被国术馆"招安"后，李存义曾经接受过一次记者访问，说了一句很猛的话，大意是——什么是国术，形意拳就是国术。既然李存义说国术就是形意拳，练其他拳种的人就不高兴了，于是找上门来——你看看我这玩意叫国术不？既然说了大话，就必须负责到底，李存义只好代表形意拳，一次次打到让对方服气，还好，没听说发生难堪，当然，大多挑战者还没打到李存义座前，已提前趴在武士会一大堆形意高手拳下了。

武士会的看家功夫，首推内外双修、气力同长、仿生集长、蓄用兼备、灵捷骁猛、"一年打死人"的形意拳。形意门占了武士会的半壁江山，八卦掌勉强占了另半壁，还可以把李瑞东派的太极拳、李书文派的八极拳挤进去。

后来的研究者认为，形意拳能成为近现代中国四大名拳之一，贡献最大的稍远是李洛能、郭云深、刘奇兰，稍近是李存义、孙禄堂，李存义的贡献主要体现在联络各界、发展组织和培养出大量人才上，孙禄堂的贡献主要体现在对形意拳的理论研究、技术完善和个人造诣上。

李存义的弟子包括受过其亲传的徒孙著名者甚众，如"定兴三李"李文亭（字星阶）、李彩亭、李耀亭，还有黄柏年、郝恩光、周玉祥、马玉堂、王俊臣、马振玉、傅剑秋、陈泮岭、田鸿业、尚云祥、薛颠、韩慕侠、李玉琳等。

李存义的"哥俩好"张占魁，融合两拳，成就形意八卦，李、张二人同为刘奇兰弟子，张占魁还是刘奇兰的女婿。张最有名的弟子是韩慕侠和姜容樵。

存义老矣，却尚能饭、不服老，真是太不爱惜自己的"大师金身"了，他不止在武士会对挑战者来者不拒，还有心思远道"走穴"。有位名叫顾坚的武林中人记述说，李存义年过七十还到济南比武，结果失利于查拳高手杨鸿修。不过，这次"失利"又被很多人认为是讹传，连台湾的廖白都说，李存义去济南，到的是山东军阀马良的部队，他出手击败了一名本地教头，发现众人瞪眼"排外"，李存义便拱手称"我输了"，实际上手上得胜，嘴下留情而已。这个被击败的"本地教头"是谁呢？杨鸿修有百分之五十的可能性中选。

如是老有所为，终于有一天吃不消了，李存义于 1920 年左右回了老家，一段晚年的悠闲静度，偶尔指导下数几乡间子弟，1921 年，享年七十四岁逝世。

有人问为什么霍元甲没有进入武士会，事实是擦肩而过，没有发生交集，霍一去上海病逝未归，武士会一年后才成立。还有人挑事说，创建武士会没孙禄堂什么事，可见孙的地位和武功排不上号。事实是，武士会成立那几年，孙禄堂的事业主要在北京，一是北京有武馆，二是有肩负徐世昌的一份官差，在武士会之前，孙禄堂见没见过李存义都是个问题。大约正是有了武士会，二人才相互结识，并有了往来，在形意门辈分里孙比李低一辈，所以孙对李很是恭敬。李存义从来不拿孙禄堂当外人，孙禄堂也从来都视自己为中华武士会的一分子，在孙的著作《拳意述真》中有《李存义先生小传》。至于孙禄堂与李存义的武功修为，平江不肖生向恺然认为：孙禄堂先生在拳术界的声名不减于李存义，论班辈，却比李存义晚一辈，论本领，据一班深知二公的拳术家评论，火候还在李存义之上。

李存义喜欢听“万人迷”的相声，偶尔也听京戏，但都是等人送票，他舍不得自个花钱买票。很有一些戏班的武生，间或来武士会习八卦、学太极，但演员们一般不习形意拳，他们嫌形意拳“难看”。情有独钟于形意拳的李存义，对此也只能呵呵一笑。演戏的练武，重点在好看。练武的练武，重点在打人。

演员们来武士会学拳，每次赠送戏票，第一张肯定是李存义的。据说，李存义看一场戏，必定学会其中一句，这一句可就“倒霉”了，不停地在李存义嘴里滚来滚去，什么时候是个头呢，这要看李存义下次看戏是什么日子了。

4. 李瑞东

要说这“穷文富武”，李瑞东是个典型。因为他家里是地主、土豪，而又练武有瘾，视武术如命。

要说这“因短出长”，李瑞东也是个典型。因为他貌丑人矮，“生而鼻缺、上翻”，鼻子上少一块肉，所以外号“鼻子李”。颜值如此，或许只有极高超的武功，才能弥补他内心的创伤。当年创自然门的徐矮师也是这种遭遇，发奋用功于外人的嘲笑和歧视里。二人俱可谓“丑中真奇才，矬里大丈夫”也。

李瑞东研创的“李派太极拳”，同和式太极一起，与“老五家”——陈、杨、武、吴、孙，一度被列入太极拳“老七式”。瑞东是他的号，他名树勋，字文侯，又号烟霞逸士。他比孙禄堂还早生九年，咸丰元年（1851 年），李瑞东出生于武清城城关东后街，祖上挂过“双千顷牌”，一顷等于一百亩，算去吧。

可惜了，“双千顷”是“祖上”，到了其父李小歧这一代，少多了——还有四十余顷地，加上八十余座房，依然在本县富豪榜上位列三甲。父亲是县衙吏员，精通医术，并办有“济生堂”药店，行医兼做药材生意，声誉也不错，生意兴隆。

衣食富足的李瑞东，还没到为相貌自卑的年龄，便癖好起拳棒来，初练少林外家拳，青少年时代随饶阳李老遂习戳脚翻子。戳脚翻子这种诡谲漂亮、难度系数颇高的拳脚类型，青年人没有不喜欢的。

因为武术结缘，李瑞东与大刀王五老早就认识了，还义结金兰，互换拳脚，因而学到了王五的“山东教门弹腿”和“子龙大枪”。模样笨脑子不笨，李瑞东有过目不忘之能，好强心胜，学不是目的，学到比对方强才是目的。不到三十岁，他已是当地一霸，注意，不是欺男霸女的霸。

光绪六年（1880 年），京城端王府管事官王兰亭经过武清来访。王兰亭五十出头，访的是老李，不是小李。他是太极杨露禅的大弟子，也是把杨家拳领进王公贵族大院的搭桥人。最早王兰亭是“十二连拳”出身，经窗友富仲权介绍，1868 年拜于杨公露禅门下，下了七年苦功。

王兰亭官不算小，应在五品以上，所以才有身份和能力推举杨家，顺便也给万春、凌山、全佑这些旗营小官、王府侍卫提供了学拳的机会。杨露禅自然要感谢王兰亭推举的功劳，所以他学到的是杨门真货。当然，杨家太极也不卖假货，但真货和真货是不一样的。据说王兰亭还拜过八卦拳的董海川，这大有可能。

武清相聚，李瑞东的缘分到了。老王老李闲聊，谈到儿子李瑞东书不读、经不念、医不学、药不卖，倒引起了王兰亭的兴趣，特与李瑞东点灯闲话，说得还挺投缘。光说不练假把式，技痒而起，结果"武清一霸"李瑞东三战皆北。懊丧与兴奋齐飞，小李问老王所学何门，答曰杨家太极。小李问："听说杨家露禅先生已然过世，有个杨班侯的很是那个啥。"

王兰亭笑："杨班侯并非外人，是我师弟。"

李瑞东便要拜王为师。王兰亭不同意，按家庭世交辈分，他与李瑞东同辈分："你要真想学，不妨称俺师哥。"

李瑞东可不是说着玩的，揣上银票，说走就走，也进了京城端王府。李、王二人都是有点来头和势力之人，所以在王府李瑞东还被派了个"田亩总头"的差，算是王府"农业总监"吧，还从五品呢。李总监也就是秋天收租子时忙几天，其他时间就在京城武术圈里游走，主打武艺自然是正如日中天的太极、形意和八卦。

李瑞东不穷，所以留下了穿"钱衣"练拳的掌故。那时节铜钱、铁钱多得很，一串一串的，李瑞东特意制作了一件八十斤的"铁钱褂"，穿着钱褂练八卦。据说练起来时如开屏，时如收尾，噼里啪啦，壮观得厉害，正反还都能穿，最后磨得里外锃亮，每次脱掉铁衣，大呼"痛快"的李瑞东，皮肤上尽是斑斑钱印。

李瑞东、王兰亭还同一位少林禅师结拜过"三兄弟"，互相传了些五花八门，比如什么麻甲功、朱砂掌、易筋经、十三太保横练、蛤蟆功、鹰爪功、金钟罩，也可见李瑞东武痴的程度。

1894 年，慈禧太后六十大寿，跟李瑞东学拳的端王载漪，带李瑞东等人到颐和园，为西太后表演武术节目。西太后一高兴，点了李瑞东清宫二等侍卫兼侍卫教师。

这皇宫高薪请来的侍卫，俗称"大内高手"，个个都有万夫不当之勇，见新人李瑞东一加入便"位高权重"，自然不服不忿，结果被李瑞东一一击败。其中有个卖过包子的"包子张"最为嚣张，公然对李瑞东出言不逊，二人在宗人府交手，"包子张"果然像肉包子，被击出就地十八滚，滚回来就要拜师，李瑞东讨厌他，随意推辞道："叫爷就收你。"

没想到包子张对当儿子还是当孙子并不在意，立刻磕头："爷，小的给爷磕头了！"

众所周知，宫中极高手不是还有什么董海川、宫宝田么、霍殿阁吗？按李瑞东进宫的时间看，董海川已死，宫宝田、霍殿阁还没来。

一辈子全是武术，也叫单调。李瑞东的单调人生也偶尔跑调。在宫里当差那段，他也培养出一个爱好——收藏。那时候古玩店跟现在不一样，确实有真东西。清代富贵人差不多都喜欢瓷器，当然是官窑的。据说李瑞东在购买瓷器时，见到了大侠甘凤池的曾孙甘淡然，从他学到了武当金蟾派太极功，这门功夫据说也是张三丰祖师的分流。

1900 年，清王朝摊上了大事，先是义和拳，后是八国联军。端王这头支持义和拳，开始得意，后来倒霉。李瑞东自然也是反洋派，结果被八国联军包围在大院里，还好，据说他跳进深井，用缩身法贴于井壁，躲过了洋枪子弹，得以生还。比同时期死在洋人枪下的王五、程廷华下场要好。那位端王载漪呢，因支持义和拳被八国联军列入“祸首”名单，终被慈禧发配新疆。

对清廷大失所望的李瑞东，当年就回了老家武清。见过了世面，经历了生死，他不再是谋求什么“当地一霸”了，而成了“赛孟尝”。从 1900 年到 1912 年民国元年，这一阶段李瑞东研拳授徒，开门揖客，对上门者只有一个要求——来时露一手，走时留一手。结果差不多长着两只手的人都来鼎力支持，让他成为远近闻名的超级“败家子”，四十多顷良田最后只剩四顷余，李家药行对于急重病人也经常赊药，呆账坏账一大堆。至于卖掉二百亩赞助武士会，那是接下来的事情。

主动的败家子，是不是败家子中的战斗机呢？李瑞东根本没心思琢磨这些，因为他肚子里塞满了各类色样的武术品种，需要好好消化。

于是，所谓“李派太极拳”就在此时诞生了。他编创的太极拳分天、地、人“三盘”，由低向高，人盘拳一百零八式，地盘拳七十二式，天盘拳三十六式，这还不是全部，还有什么“太极五行捶”“太极白虎十三刀”“太极青龙十三枪”等，因为李瑞东太极拳法吸收了八卦的丰富多变，又有称之为“太极八卦奇门拳”的。

篮子里东西太多，可以考虑扔掉一些。武术亦如人生，做加法重要，做减法更重要。可惜李瑞东正在努力改善消化不良的状况，而老天留给他的时间，竟然不多了。

1912 年，袁世凯就任民国大总统，下帖请李瑞东赴京任拱卫军武术总教长。同年，李瑞东与盟兄弟李存义、张兆东（即张占魁）等人创立中华武士会。李瑞东因为在北京有公务，担任的是武士会“名誉”会长。会址设在天津中心公园一座大四合院，李瑞东占据正房东屋，李存义形意门占正房西屋。厢房是其他门派。平时代表李瑞东常驻武士会的是弟子李进修。

也不要以为类似的“民间”组织就随便可以成立，中华武士会是经过袁世凯点头的。如前所述，创会之初，为扩大影响，曾在中心公园召开了一次全国性的武术比赛，时称“天下英雄会”，为把民办大会打扮漂亮，大会“总裁判长”李瑞东卖掉了两百亩地。这次比赛没有设擂台，担心伤人事件发生，评判机制也欠科学，几个评委按选手的表演印象，开会评选优劣。评委倒也举内不避嫌，把李瑞东、李存义、李书文都评进了前四名。

最后的闭幕典礼上，大家一致请求李瑞东上台表演一把。端的是艺高人胆大，一个二百斤的矮胖子，偏要表演轻功绝技，将一把刀扎进地里，自己站在刀把上，晃晃悠悠的，把大家的心都吊了出来。

1917 年农历腊月二十八日，李瑞东乘私家车从天津城回武清。那年的腊月没有年三十,二十九相当于除夕。一大家子，年夜饭饱饱，茅台酒足足，点完一万响炮仗，李瑞东晕晕乎乎入睡。是夜甚为寒冷，仆人特将黄铜铸造的火炉移至李瑞东床前，并加了不少煤块。要命了，火炉没有烟筒，结果导致李瑞东不幸煤气中毒，大年初一发现时，他已过世，终年六十六岁。

鼻子李瑞东是很有希望成为一代宗师的武学奇才。奈何天公不作美，一座“李氏武学大厦”尚在建筑之中，便告戛然中止。全心向武、所向披靡的李瑞东，一生有两次著名败绩，因其人心胸宽大，磊落大方，从不避讳，不但对人说，还写在《太极拳谱序》里：

余自从兼习各家技艺，便觉怏然自足，高傲之甚，又因屡用屡效，更觉自己已成绝技，从此必无敌手矣。岂不知人外有人乎，细想皆是糊涂不通之故。当初若肯谨慎藏拙，何至后来当众出丑，岂非自满所取耶？

不过，李瑞东到底输给了哪两位高手，后来也是众说纷云了。李门弟子说师父两次输给的人，一是王兰亭，二是甘凤池的后人甘淡然。稍加分析，至少与王兰亭之战算不上李瑞东自述的“当众出丑”，因为二人之战根本没有别人。与甘淡然的试技，从现有资料看似乎也算不上。所以一般认为，李瑞东输的这两人，一是霍元甲，二是孙禄堂，都是百年不遇的武术奇才。百年不遇，李瑞东不但遇了，还都是自己主动找的人家。萧汝霖在 1915 年《新青年》第一卷第五期刊载的《大侠霍元甲传》中记述霍李比武：

武清李瑞东，年且六十矣。尝为清侍卫教师，海内无与敌者。闻元甲名，使其弟子往风之。数往还，元甲乃之武清。瑞东与角，弱焉。富东大喜，厚礼之。元甲归语人曰：李公未驰衣束带耳。

向恺然在 1916 年 12 月出版的《拳术》一书中记述：

元甲至武清，瑞东大喜，款洽备至。与元甲观其徒所习技，元甲皆赞赏不置。越数日，

与较，元甲年三十有五，瑞东且六十矣，衣锦袍，偻即曳地。元甲请驰衣，

瑞东笑而不答。格斗良久，瑞东少却。元甲进抵以肘，瑞东后格于炕，大呼曰：止。

马明达在《李瑞东先生二三事》一文中提到：

李先生又是勇于实践而不以胜败为奇的武术家。据天津《益世报》民国八年一月二十五日载：霍元甲武名最盛时，李瑞东闻之不悦，与先生较已稍弱焉。然而这并没有妨碍他与霍元甲成为挚友。

启功先生在《溥心畬先生南渡前的艺术生涯》一文中提到了李瑞东：

先生臂力很强，兄弟二位幼年都曾从武师李子濂先生习太极拳，子濂先生是大师李瑞东先生的子或侄（记不清了），瑞东先生是硬功一派太极拳的大师，不知由于什么得有“鼻子李”的绰号。心畬、叔明两先生，到中年时还能穿过板凳底下往来打拳，足见腰腿可以下到极低的程度。

李瑞东与孙禄堂的事，至少可见于1930年出版的《北派国术家掌故》一书：

光绪时，有蒲阳孙氏禄堂，以拳勇独步一时，举世无敌。其所精之艺为形意拳、八卦拳、太极拳皆内家绝学，禄堂更旁参外家各派，融会贯通，纯以神行，集有清一代拳技之大成。江湖人称“天下第一手”。时有宫廷侍卫鼻子李者闻其名，欲约以公赛。知者多劝李曰，孙玲珑透体，鬼神难测，不可公赛。李遂私访，时孙随肃王游，知李大名，待李甚殷勤，谦逊如无所能。李疑为浪图虚名辈，再三邀赛，孙乃从之。二人对立，旁者喊号，号声方出，李尚定睛未动，已然跌出，时孙早立于李之身后。观者皆未见孙何时动作，疑为神乎。李羞去，深悔此行。

5. 韩慕侠

二十世纪八十年代，总有一位银发老太，在晨曦或晚霞中的北京陶然亭公园，打打八卦，耍耍太极。有一天，几位园友侃大山侃到周恩来总理，老太太突然说：“周总理是我父亲的学生。”

众人大笑。

见老太太认真，有人问：“你父亲谁呀？”

老太太：“我父亲韩慕侠。”

众人：“韩慕侠谁呀？”

老太太：“我父亲。”

众人：“你父亲谁呀？”

老太太：“韩慕侠。”

众人：“完了，老年痴呆。”

老太太并没有痴呆，她说的都是实话。她叫韩小侠，其父确实叫韩慕侠。在中华武士会范围内，虽然按身份韩慕侠是小字辈，但若按后世的名气，韩慕侠是第一名。

“出名”这件事真不好讲。比如“红杏出墙”，首先你得具有红杏实力，有了实力，那就要看——你挨没挨着墙了，好，恰巧你挨了墙，下一步就要看你出墙时墙外有没有人了。

韩慕侠作为张占魁、李存义的弟子，曾参与中华武士会的创建，并于1915年被南开中学校长张伯苓聘请为武术教员，南开中学在校学生周恩来等众多人士，成为韩慕侠的拳术弟子。

周恩来在学校学习之余，常穿一长布大褂去韩慕侠家中练武，彼此都有自己的理想和抱负，相互投契欣赏，周曾为韩的武馆写下“韩九师堂”四字。1917年周恩来东渡日本后，还专门将他们在武馆的合影照片寄回国内韩家，那时候韩慕侠称呼周恩来为“翔宇同学”。

韩小侠还回忆起一件有关周恩来的小事：“我五岁时，有一次师爷刘金清缺钱，父亲要取下我手上的玉镯子给师爷当钱使，我又哭又闹舍不得，周师哥（周恩来）拉住我问，你爱不爱练武术呀？我说，当然！周师哥说，练武术就不能戴镯子，戴镯子就没法练武术！”一听这话，我这才同意把镯子摘了下来。

侠以武胜，武以侠光。韩慕侠最初的名字叫韩金镛，后来自作主张改名“韩慕侠”。以侠明志，可知其人其愿。光绪二年（1877 年），他出生在天津静海大泊村。家里是农民，跟会武的外公练成童子功，十二三岁时跟父亲去天津柴市，巧了，霍元甲最早也是去柴市，不过霍卖的是木柴，韩卖的是苇子。

有个赵秃子欺负韩父是乡下人，强行低价收购苇子，韩父想委曲求全，韩慕侠坚决不让，赵秃子想吓唬小孩，韩慕侠摆出姿势要打架，赵秃子竟然发了怵。在一片对孩子的赞扬声中，“天津八大家”海张五家的管家和镖师周斌看上了他，让他去海张五家做长工，并教练他八卦掌。

韩慕侠天生胆大包天，海张五为十亩盐田跟大盐商“浪里蛟”发生龃龉，被浪里蛟围在“鸿门宴”上。浪里蛟的打手们以为只要困住海家镖师周斌便万事大吉，不承想没被他们放在眼里的小跟班韩慕侠飞身窜到浪里蛟面前，擒贼擒王，出手而制，胁迫他送海张五和周斌出门。

小韩长工顿时名声大噪。师父周斌乐开了花，为感谢“救命”之恩，海张五特意将一把僧格林沁的“僧王刀”奖给了他。后来，周镖师为韩慕侠前途计，介绍他拜了“闪电手”张占魁。张占魁是形意刘奇兰和八卦董海川的弟子，中华武士会的骨干人物，认识了张占魁，也就能时常见到李存义了，于是韩慕侠跟张占魁习八卦，跟李存义习形意。

新人总有些新鲜思想，韩慕侠喜欢新鲜事物，又加之在南开学堂里待过，所以他的一些言行经常出乎周斌、张占魁、李存义等人的意料，更有意思的是，他还经常“目无尊长”，喜欢同师父争论。不少时候师父们虽然板脸，但心里也不得不承认韩慕侠有韩慕侠的道理。

韩慕侠非常仰慕孙禄堂。孙先生文质彬彬，偶尔有些遗世独立，武功武理深不可测。由仰慕又起模仿之心，想到孙禄堂先生曾趁年轻时游历全国，他也要如法炮制，出去瞧瞧。于是他大约顺着孙先生的足迹，游历访问了河北、山西和广大的南方，果然找到不少刺激，也私自拜了不少名师，后来他在自己家里供过“九大师父”——外祖父、周斌、张占魁、李存义、车毅斋、宋约斋、李广亭、某山西戴家后人、应天文。

这最后一位师父应天文，跟徐矮师一样，算是隐匿很深的不出世高人。在八卦拳界，“北有董海川、南有应天文”。这二位最早据说是师兄弟，但法华山上的应天文似乎专门跟董海川过不去，为表示自己比董聪明，在八卦基础上研究出一套“反八卦”，放射性的奇思异想，展示了道家高人对天地的领悟，对技艺的通透。

初次接触应天文，韩慕侠几乎发疯，因为他的招数处处受制，比死还难受。这一点也不奇怪，因为韩的八卦招数，应天文那是门儿清，而应天文的反八卦招数，韩慕侠做梦都没见过。韩慕侠为此颠三倒四，通灵开窍。

正反阴阳，道理一通，一体多用，多体归一，韩慕侠八卦掌、八卦刀、八卦剑、八卦枪，再玩起来便进入了崭新境界，跟原来不可同日而语，也面目全非。练到这个程度，不膨胀不符合规律。回到天津他决定找一战闻名的霍元甲比试比试，一找才知道，霍元甲刚刚英年而逝，失望之余，韩慕侠只能无限落寞，落寞地回到老东家中华武士会，免不了同样一番吹牛，那帮师兄弟当然不相信了——几年不见你不是你了？

一比画，傻了，师兄弟们差远了。韩慕侠愈发得意："没听说过吧，反八卦！"

冷眼旁观的恩师张占魁生了气："小子！过来！从哪里踅摸来的邪门歪道，有胆跟师父比比？"

韩慕侠："师父，是你要比，弟子哪敢不从。"

张占魁挥拳便上，几个回合下来，张占魁暗自心惊，自己竟然也处处被动。

张师父心里紧张，面上还能坚持住，抖擞精神，继续盘桓。李存义也看出不妙来了，疾言断喝："小崽子还不住手！"

韩慕侠立刻收招。

徒弟收招了，师父呢？可能是太过专心？可能是惯性使然？张占魁却没有收招，一掌拍在韩慕侠后心，韩慕侠当即一口鲜血。李存义赶紧抱住韩慕侠，担心他恼羞成怒。韩慕侠、张占魁，师徒二人从此反目。

张占魁对自己的"失手"也是十分不好意思，多次主动跟韩慕侠套近乎，后来二人关系虽然表面上和好如初，但内心隔阂，应该很难彻底消除。张占魁的八卦师承，名义上师父是董海川，实际上他是跟周玉祥和程廷华学的艺。张占魁也不是老顽固，从此他承认韩慕侠反八卦确有可取之处，并安排自己的弟子多找韩请教呢。

南方游历时，大概是 1911 年，湖南巡抚杨文鼎曾聘请韩慕侠做侦探队长，被韩拒绝。袁世凯长子袁克定，也受到过韩慕侠的指点，袁世凯也提出过要韩慕侠去他的卫队，韩也没去。这说明韩慕侠很有主见。他一开始追随李存义、张占魁，曾经一起上书直隶总督陈夔龙，建议成立武备学堂，陈夔龙不准，于是他们才辗转成立了中华武士会。

霍元甲如果不去上海吓跑奥皮音，李小龙如果不演电影，即使是绝顶高手，照样可能寂寞到死，墙内开花无人嗅。时势造英雄，韩慕侠好像也不例外，他这位英雄出世的机会，要等到 1918 年 9 月 11 日。

这一天，北京《顺天时报》的报道出现了如下字眼：

中央公园万国赛武大会。环球大力士康泰尔，与赛者二十余人。时间九月十四日，十五日，十六日。本会预备小金牌十座、大金牌一座。门票一元。千

载一时，请看鹿死谁手。

关于打败俄国大力士康泰尔，武林内外主要有三种说法：

一是 1916 年春刘百川在上海静安寺打败康泰尔。

二是 1918 年 9 月，王子平在北京中央公园打败康泰尔。

三是 1918 年 9 月，韩慕侠在北京六国饭店打败康泰尔。

这个康泰尔头尾不清，有点复杂，他一会说自己是英国人，一会说自己是俄国人，还说自己是英籍俄国人，弄不好有多国国籍也说不定。他至少是个国际混混，身高接近两米，人高马大，力大无比，自称精通拳击，得过众多国际荣誉。

在当时的中国，只为了一睹"洋人"模样，就有人甘愿掏钱，再加上他还有一套精心编排的表演花样，总是有人捧场。此人喜欢吃中国菜，喜欢把中国小孩吓哭，偶尔还叫几个中国妓女，最喜欢在中国享受"人上人"的感觉，当然最喜欢的还是钱财。

据说，此人 1916 年曾露面上海，在英租界设擂台挑战，横书"天下无敌"，左边写"打中一拳赏大洋五十元"，右边写"足踢一脚赏大洋一百元"。上海武术界推举刘百川迎战，结果刘百川发挥腿法优势，连续击中康泰尔。刘百川的多名弟子，在 1949 年以后的回忆文章里都提到过这次比武。

即使是在中央国术馆，刘百川仍然是知名的好手，他学的是少林拳术、罗汉拳、罗汉神打功。他 1887 年中过武举，黄埔军校武术教官，北伐时当过蒋介石的保镖，有"江南一条腿"之称。他打败康泰尔的事迹即使是真，同两年后的北京之战也应无关，顶多就是他和韩慕侠击败过同一个洋人。

至于神力王王子平呢，他存在地理上的可能性，因为当时他正在北京的陆军部任职，也来到了中央公园，据说准备相机而动、择时上台，与康泰尔较量一番。而擂台的情况发生了戏剧性的变化，已经按当局指示由"比武"变成"演武"了。台上的康泰尔进行了肌肉展示，一发力拉断了铁链子，一声吼举起了带抓手的巨大铁球。

开场的表演一结束，组团而来的中华武士会一些年轻人，就群情激昂地上了台，结果个个都能举起大铁球——原来铁球是空心的。场下大笑。武士会要求主持人把康泰尔请出来，按照最初的报纸广告比武打擂！

据说后台的康泰尔大发雷霆，叽里咕噜大骂中国人没有规矩，没有秩序，骂着骂着人没影了。所以，观众群里的王子平根本没找着上台的机会。

另一则资料显示，当时武氏太极拳传人、吴氏太极拳创始人吴鉴泉看到报纸，也想参加武擂，听说要先报号，吴要求挂号时，警察局的人说只有表演没有比武。

可见这次活动更像是一场商演，而且组织很混乱，毛病出在最初的广告上。广告登出后，警察局出面禁止了比武，只让进行表演，不让生死对打。据说指令来自于当时负责治安的步军统领李长泰、警察总监吴炳湘。

志在必得的中华武士会，总不能气势汹汹来、灰不溜溜去，他们突然决定直接去找康泰尔，当天晚上，李存义、张占魁、韩慕侠、李贵臣等人便去了东交民巷六国饭店，嘿，消息准确，还真找到了康泰尔。

由翻译交涉，三言两语间，韩慕侠先忍不住了，指着洋鬼子怒斥，康泰尔急了，一拳打来，韩慕侠三下五除二，把个康泰尔连摔两跤，看来康泰尔确实是个国际级老江湖，一看要吃亏，立马表示投降，既交出了金牌，还立下了字据。

李大钊当过总编辑的《晨钟》报，有一篇《大力士偃旗息鼓》的报道说：原定三天的赛演，一天就被停止了，因为有中国武士在六国饭店手拍康力士扑地，遂不敢再登台矣。

精英尽出、组团而来的中华武士会浩浩荡荡回到天津，那场面老有面子了。天津北站锣鼓喧天，人声鼎沸。主要原因当然是韩慕侠击败了洋鬼子。

因为韩慕侠教训康泰尔不是在大众瞩目的擂台上，而是在六国饭店的小众场合，所以具体的情节众说纷纭、莫衷一是。后世多知霍元甲不知韩慕侠，除了这个原因外，大的环境或许也是因素，霍大侠出手早，离八国联军侵华近，全国人民对国耻记忆犹新、仇恨正浓，所以迅速被上海报纸炒成全国新闻。这次时间比霍元甲又过去了八九年，当时中国军阀正激烈混战。

热闹已过，生活还在继续。韩慕侠对中华武士会的办会理念自有想法，但武士会讲究论资排辈，师道尊严，排不上他上主桌。再算上与张占魁“一掌隔阂”，渐渐地让他对武士会有所疏远，其标志在于他自己也开了个天津武术馆，后来改名武术专馆。

不当家不知柴米贵，一旦有了自己的事业，才发现世事之艰，更痛切地明白了理想与现实之间的距离。比如理想是建个武备学堂，现实不过是建了个老式武馆，比如理想成为新式董事长，现实不过是个班头——铺砖、拔草、捡树叶，都得亲自干。房子是别人的，水电费是自己的，甚至昨天购进两麻袋土豆，今天发现至少二十个土豆已不翼而飞……

心比天高的韩慕侠，也想写本武学巨著，但孙禄堂的《形意拳学》让他打消了念头，超不过人家有何意义？迷惘中，他又去拜访孙禄堂，希望对方指点迷津。大韩慕侠十七岁的孙禄堂，只是说了句：“逞其所能，达其所用，可也。”

此言太过空洞，未能解除韩慕侠心中的烦恼。其实，孙禄堂自己何尝又不是面对未来困惑常有呢。解不开困惑，那就只能抛开困惑，话题自然又转到武学上来。孙禄堂极力赞扬韩慕侠：“后生可畏！北京城里走一走，该出手时就出手，出息了你！”

孙还特别提到韩慕侠“反八卦”对他的启迪、开塞之功，为此害得孙把自己的武技又都反着鼓捣了一遍。

韩慕侠有些瞧不起太极拳，对孙禄堂新近弃形意八卦、专研什么新太极拳不以为然。孙禄堂并不意外，道：“你着西服礼帽，和我穿长袍布鞋没有区别，适心而已。”

韩慕侠：“老哥你别生气，当今国衰民弱，人心不振，消极如太极拳，最好是先到一边凉快凉快。”

孙禄堂微笑：“君要立竿见影，速成击敌，舍太极而为形意，可也。事有轻重缓急，武有长短高低。君从学应天文，可做反八卦，匪夷所思，然太极之拳可反乎？不可，盖因其负阴抱阳，正反一体，只此一点，便可证其高所在也。”

二人论了个公公婆婆吵不休，一笑而散。

据《内家拳秘闻》记载，1932 年曾有《时报》记者采访韩慕侠，直爽孤傲如韩慕侠，称自己一生在武术上只服膺两个人，一是应天文，一是孙禄堂。

1925 年，张学良来天津，仪表堂堂、身材挺拔的“玉面虎”韩慕侠，与之大谈“尚武救国”，给张少帅留下了深刻的印象。1927 年，张学良专门成立了一千人的武术团，都是从十六军选拔出来的精壮士兵，任命韩慕侠为团长，训练基地设在杨柳青。

韩慕侠总结出一套军队实用武术，枪也好，棍也好，矛也好，刀也好，五个动作解决，刺、拨、挑、崩、劈，似乎是受了形意五行母拳的启发。除了枪支，还每人配发大刀一把，所以武术团又称“大刀队”。大刀队倾注了韩慕侠的全部心血，只可惜军阀混战，国民军北伐时东北军乱成一团，大刀队突然成了没娘的孩子。

失去了“组织”，没人问、没人管，特别是没了军费，连饭都没得吃了，韩慕侠这个团长傻眼了。怎么办？其实韩慕侠也不知道怎么办，但他知道不能对不起这些穷苦青年。于是他变卖家产，每个士兵发了十二个铜板：“对不起了弟兄们，各奔前程吧。”

转眼间，国民政府了，中央国术馆了，中华武士会也被国术馆并了，武术高手们纷纷吃上了政府的高薪，韩慕侠也在滚滚潮流中南下南京了。

李景林大方好客，不以将军自诩，却喜以“武当剑仙”自居。当时在南京，他得到了众多武林人士的崇拜，其中少不了阿谀巴结之徒。一天，中央国术馆大宴宾朋。韩慕侠见李景林在众星捧月中怡然自得，不免有些生气，心下暗道：“你是剑仙，我还是剑圣呢！”

韩慕侠按捺不住火暴性格，突然提出想学学李馆长的剑法。

李景林很高兴：“真识趣，好啊！”

二人开始对剑，李景林使武当剑法，韩慕侠使八卦剑法，闪电般几个回合，韩慕侠竟然挑断了李景林的裤腰带！

裤子掉地，众人一阵大笑，李景林倒也不怒，反而开心大笑：“韩兄手段非常，景林佩服！”

后来，韩慕侠没在南京国术馆任职，回了天津。便有人揣摩说李景林的“报复”来了，为报“裤腰带之仇”，就是不给韩慕侠安排职位。

1931年9月18日，日军悍然侵占沈阳。20日，宋哲元联名七将领通电全国与日作战，表示“宁为战死鬼，不为亡国奴”。1933年3月11日，宋哲元部赵登禹、王治邦旅的大刀队，夜袭喜峰口外潘家口附近日军的一个炮兵中队，大获全胜，15日喜峰口敌军被迫后撤。

“喜峰口大捷”轰动全国，二十九军“大刀队”名扬天下，并催生了《大刀进行曲》。这大刀队的不少军人和刀术，来源正是韩慕侠为张学良训练过的大刀团。当然，除了韩慕侠，当时还有不少武术家参与过军中集训。

长城抗战后，张自忠兼任天津市长，其部队也缺枪乏弹，只好组织训练“大刀敢死队”，又请韩慕侠担任教官。据说大刀敢死队曾把天津所有的磨刀师傅全部招进中山公园，为大刀队磨刀，成为轰动一时的奇景。磨刀要磨到什么程度呢，据说标准是十个铜钱摞起来，一刀砍到底，变成二十个铜钱，不过形状都是半个的。

韩慕侠这次的训练法更为简练，主要是练“韩一刀”，两个动作，一撩一劈，一撩是为了撩开鬼子的刺刀，一劈是为了削下鬼子的脑袋。招法不难，难的是勇气和气力，为此，韩慕侠使用多种方式，训练士兵练胆、练静、练桩功、练发劲。怎么还有练“静”呢？韩慕侠的理论是没有静则动得不准、动得无力。

1937年7月7日，七七事变，驻守芦沟桥的第二十九军第三十七师，打响了抗日战争第一枪，战火硝烟中那些背插大刀、出生入死的勇士和先烈们，是中华民族永远的骄傲。

抗战中韩慕侠关闭了天津武馆，日军占领天津后，多次查找训练大刀队的韩慕侠，韩慕侠玩起了捉迷藏，据说累计搬家十一次，除了躲避日本人，还要躲避汉奸。1947年，七十岁的韩慕侠被一场痢疾带走了生命，他死得虽然还是早了些，但好在两年前他已经亲眼见证过小日本投降了。

韩慕侠给子女起了如下名字：韩幼侠，韩小侠，韩少侠。

其中这位韩少侠，人生也颇有意味。他十几岁时就参加了革命，改名韩琦，还参加过朝鲜战争，从部队转业后，被安排进吉林磐石的国营供销社。三十二岁时与长春姑娘李桂芝结婚。韩琦兢兢业业工作，平平安安持家，同事、邻居、甚至包括老婆家人，都不知道韩琦身怀武功，偶尔见他比画比画，还以为是锻炼身体呢。

低调自有低调的好处，“文革”中韩琦平安无事，二十世纪八十年代，韩少侠偶然看到报纸转载的一篇上海某晚报的文章，写的是某武师一掌打败俄国大力士康泰尔的事迹。韩少侠一看来了火气，郑重地给报社写了一封信，说打败康泰尔的不是某武师，而是韩慕侠，为什么我这么确定，因为我是韩慕侠的儿子韩少侠！我姐姐韩小侠还保存着韩慕侠打败康泰尔得到的大金牌！

一石激起千层浪，韩琦——韩少侠的门庭因为一封信而开始热闹起来。

纸里包不住火，干脆火一把。六十三岁的他开始了退休教拳生涯。某一天有人送给韩琦老人一本小书，小书里记录着抗战时期的一首歌谣，歌谣中的“十二个铜板”，显然与当年他的父亲韩慕侠韩团长变卖家产、送给大刀团士兵“十二个铜板做遣散费”的故事有关：

武术团，
真敢干，
十二个铜板上前线。
大刀队，
真英雄，
十二个铜板打冲锋。

第九章　八极拳

1. 演员张震

念念不忘，必有回响。

经常没有剧本、想到哪拍到哪的导演王家卫，七八年念念不忘，终于在 2013 年推出了武侠巨片《一代宗师》。王家卫为此片可谓煞费苦心，曾持续多年走访各路拳师，比如走沧州、下深县、三入山西、四进山东等等，以求找到“武林之秘”。

主要演员们也开始提前练起武来。先后有四位八卦掌名师教授章子怡。出道于北京舞蹈学院附中，具有深厚舞蹈功底的“国际章”，要打出角色的美感和酷劲，包括打出难度系数来，都没有问题，问题只在于以她固有的轻盈姿态，如何传达八卦高手的味道和功力。为此，她被带到沙滩上、水地中，走沙蹚水，以揣摩步法中的“轻中重”“重中轻”，达到“行步如蹚泥、前行如坐轿”的八卦高手特色。

从观影效果讲，章子怡素身肉掌出战，是很不利的，但她的“宫二小姐”演得好极，“八字练法”——走、转、裹、翻，穿、撩、提、按，每个字都能找到不错的表达，左右掌带领阴阳身，少阳老阳、少阴老阴、中阴中阳，也能如影随形、转换无碍。尤其在气质上先声夺人，一派八卦掌女高手的凛然难犯。

扮演叶问的梁朝伟，王家卫为他请来了叶问最后一个入室弟子梁绍鸿。在习练咏春拳期间，梁朝伟曾受伤入院。梁的咏春拳表现在全片中乏善可陈，但“影帝”的综合水平还是让他的叶问站住了脚。

扮演八极拳高手“一线天”的张震，那才叫邪门。王家卫一提让他去学八极拳，立马兴奋得不得了，仿佛上辈子就跟八极拳有过约定，其实他连“八极拳”的名字都没听说过。

2009 年，张震首次见到八极拳第八代传人、北京八极拳协会会长王世泉老师。

王老师当面问张震：“你是想真练还是为应付电影练个架子？”

张震毫不犹豫、肯定地回答：“真练。”

练到半年，张震进入剧组，《一代宗师》拍毕，他的八极拳却停不下来了。相对论告诉我们，跟着喜欢的人，做着喜欢的事，时间会走得快。掉进八极拳魔爪的张震，突然发现不知不觉练武已过三年。张震自言：

> 因为练习八极拳，我的性格也改变了很多，以前比较一根筋。我现在就比较有自己的一些想法，更能听到自己身体自然的呼喊。练拳之后，吸收、消化了一些新的逻辑，会更主动一些，是照着心里面的，听着身体的呼喊，知道应该怎么做，这个是很大的差别。

明星出门，一般有随从簇拥，之中也会安排保镖。习武之后的张震有了自信，连保镖费也省了。更大的奇迹发生在2012年。是年12月2日，吉林省武协主办“神枪杯”八极拳武术比赛，地点在长春市体育馆。是时，吉林武协、东北三省八极拳研究会、北京八极拳研究会及全国八极拳界同仁，齐聚长春，为八极拳第五代宗师“神枪”李书文诞辰一百五十周年举行纪念大会。

比赛选手里竟然来了个香港明星！张震虽说是奉王老师之命而来，但自己也确实想来见识一下。只想“见识一下”的张震，却让我们大长见识，他竟然一举夺得青年组冠军！

看来，张震应该改名“张励志”了。

随着《一代宗师》中张震的凌厉抢眼，一直默默无闻于社会的“八极拳”，有了些浮出水面、一抢风头的意思。八极拳的第一世称为“邋遢真人”，又名黄绝道长。这高人一到世外，便要成为不见底细的云中隐龙，所以不知道邋遢真人何许人也，也不知道八极拳是其自创还是有所传承。所以八极拳又有说出自宋太祖，又有说出自少林的看山拳，又有说出自武当山道士，又有说出自焦作月山寺张岳山主持，又有说出自清代“癞道人”，又有人说戚继光《纪效新书》里的“巴子拳”就是“八极拳”，等等，不一而足。

后来在河北沧州孟村的丁发祥碑文上，找到了一件实物证据。清初丁发祥遇到一位邋遢道人，得传八极绝技。于是，丁发祥为八极二世，“癞道人”为三世，山东海丰的吴钟为四世，吴钟女儿吴荣为五世。吴荣嫁到了沧州孟村以后，八极拳分为两脉，一脉是吴门本家，另一脉是王四传张克明，张克明传张景星，张景星传李书文，李书文传给了下文将要提到的霍殿阁、刘云樵、李健吾。

为何名叫“八极拳”，也有说法：一说是此拳荟萃了八种拳法的精华；一说是八极讲求“头、肩、肘、手、尾、胯、膝、足”身体八大部位的运用；还有往玄乎里说的，九州之外有八寅，八寅之外有八纮，八纮之外有八极。

正如张震在《一代宗师》里的耀眼表现那样，八极拳给人的印象是招法独特、凶悍刚劲，拳、肘、肩、膝，浑身上下俱为攻击利器，对手的脑袋、鼻子、眼睛、下巴、喉咙、心口、肋骨、裆部，都是不幸的标靶。无怪乎孙禄堂曾当众“表扬”八极拳——八极者，出手非死即伤，实为恶极！

2. 三大侍卫

俗话说：龙生龙，凤生凤，老鼠儿子会打洞。

八极拳李书文，自己做过光绪帝和袁世凯的侍卫，结果他培养的弟子，很是出了一批侍卫最高级。大弟子霍殿阁——注意，不是霍元甲之子霍东阁，做过末代皇帝溥仪的武术教师和警卫官。最后一个弟子刘云樵，做过蒋介石侍卫队教官和侍卫。而与刘云樵同学于李书文的李健吾，则做过毛泽东主席的警卫员。

李健吾，山东人，又名李玉海，曾任毛主席贴身警卫，在毛赴重庆谈判期间，始终不离领袖左右。解放战争中在陈毅部队担任过特务连长，后在菏泽战役中牺牲。

而皇帝保镖霍殿阁就要早一些了，因为他是李书文的开山弟子，沧州小集人，1886年出生，字秀亭。最早随家乡拳师李五爷习飘洒拳。十七岁拜入“神枪”李书文门下。李书文发现孩子是块好材料，忍不住大赞李五爷是个真君子，因为李五爷舍得把孩子推荐给自己，其实李五爷也是忍痛割爱。从此，霍殿阁始习六合大枪和八极拳，兼为李书文做跟班、助理、生活“秘书”，行走于京津一带。

李书文比较冷血，经常把霍殿阁打得橙红柳绿，还美其名曰——老子这是为历练你的反应能力。二十八岁时，李书文告诉霍殿阁：“你出师了。”

跟了师父十二年的霍殿阁如释重负，满身轻松，哼着小曲回到老家，当众表演师父的绝活——大枪扎香头。在大家叹为观止时，霍殿阁得意地说：“香头是死的，再来个大枪扎苍蝇吧。”言下果然把苍蝇钉在了柱子上。这一下可把老家的苍蝇和乡邻们，都吓得不轻。

1910年后，霍殿阁又追随李书文参与了中华武士会的活动。黑龙江驻军师长许兰州，派人持聘书邀请李书文去其军官学校担任武术教官。李书文应邀携霍殿阁北上。1917年，许兰洲投靠张作霖，霍殿阁也跟着去了奉天。因此，在东北一带的齐齐哈尔、哈尔滨、沈阳等地，留下了八极拳的种子。霍殿阁的八极拳自有自家的霍氏风格，虽不及师风凛冽，却自有敦厚气度，这可能跟性格有关。

1925年奉军入关，许兰洲辞职做了天津寓公，帮助霍殿阁在天津开了个八极拳馆。

好武的李景林曾邀请霍殿阁到家里演武切磋，正是因为李书文和霍殿阁的出现，给了孙禄堂们研究八极拳的机会，所以孙禄堂对李景林评论说："八极拳动辄致命伤人，其旨偏离了武学大道。"

孙禄堂的评论，正好反证了八极拳的鲜明特点和巨大的实用价值。

当时，被冯玉祥赶出紫禁城的清逊帝溥仪，正黯然宅居在天津日租界里的张园，身边全是土肥原贤二安排的日本特务保镖。溥仪突然想起一招，假如找个中国镖师，也就有了借口支走日本护卫了。可是，哪个拳师会听从落魄溥仪的召唤呢，想了半天，想到了李书文，李神枪曾做过光绪的保镖，也算跟清室有渊源，于是亲自修书一封。

时过境迁，李书文也觉得这已经不是一件多么光耀的事了，倒也不忍心拒绝前皇帝的请求，便征求了霍殿阁的意见，霍殿阁表示愿意去，李书文于是顺水推舟。

日本武士听说溥仪请来个中国拳师，对自己面临下岗并不担心，反而很是兴奋，迫不及待地要求比武，声称谁赢了谁留下，还请来日本领事馆的人观看。两方各选了两名最厉害的出面交手，这边霍殿阁、霍庆云二人，叔侄俩以迅雷不及掩耳之势，顷刻间便放倒了一对日本武士，其实还是手下留情了——八极出手非死即伤嘛。溥仪乐得拍手叫好，总算有人替他出了口平日被欺负的恶气。

越是虚弱，越会弄些虚头巴脑的东西自我麻醉，溥仪于是封了霍殿阁一个"少将武官"，随从的五名弟子组成所谓"五虎护卫"。当时霍的天津八极拳馆还在继续开办，因为霍殿阁有了个"帝师"的名头，"战胜帝师"就成了扬名武林的捷径，便有不少人上门挑战，也有不少名人喜欢到八极拳馆看拳。比如马占山将军："哎呀，走了恁多武馆，还是看八极拳最过瘾！"

1928 年，武林高手纷纷南下，因为南京要办中央国术馆了。据说李景林曾邀请过霍殿阁，还给了个少林门长的许诺，霍殿阁却说："食君之禄，忠君之事，丢下皇上我不够仗义。"

为报答李景林"知遇"之恩，霍殿阁派侄子霍庆云前往南京教练八极拳，还叮嘱侄儿一定要拜李景林为师学习武当剑。霍庆云南京也去了，八极拳也教了，师也拜了，就是拒绝跟李景林学武当剑，理由是："学你那玩意儿，既耽误工夫，又打不死人，咱只打八极拳！"这可把李景林给气得够呛。霍庆云对"恶评"过八极拳的孙禄堂老头也不客气，当面发过一言："打拳不能打死虎，不如回家卖红薯。"

1932 年，文化程度不高的霍殿阁，在"忠君不贰"思想支撑下，又追随溥仪去了伪满州国，这个行为搁现在的眼光，已经不止是封建忠君思想，简直是反动了。

妄想借日本之力复辟清室的傀儡溥仪，日子过得实在憋屈，霍殿阁倒是为数不多的能给他带来一点快慰的人。因为日本人凡善武的，经常跳出来挑战皇帝跟前这几位中国武师，而霍殿阁总是让日本武士丢尽其脸。为表示亲近，溥仪还"钦赐"霍殿阁娶了二夫人。1937 年 6 月，在“大同公园事件”中，霍殿阁们与日本士兵发生群斗，打伤了十余名日本军人，还踢死了日本巡逻狗，日人迫使溥仪严惩中国保镖。

受到惩处的霍殿阁本来就郁闷，随着日军对中国全境侵略行动的发动，他开始对自己的选择产生出自责和悔恨，于 1942 年“精神失常”“气绝而死”。

也有人说，霍殿阁是抽大烟抽死的。在那种地位和环境里，霍殿阁沾染大烟癖也不算多么稀奇。事实上，深受大烟枪之害的武林名手不乏其人，通臂门臂圣张策，形意门董秀生，八卦门孙振川、宫宝田，戴氏形意门戴魁，都是大烟之友。

霍殿阁的侄子霍庆云，经历也很坎坷。不知为什么，他南下后又“探亲”去了东北，霍殿阁死后，经不住溥仪的苦苦请求，他也在溥仪身边混了一段时间。1949 年以后，霍庆云在某饭店做烧火师傅，后来在长春武术研究会当了主席。1957 年，霍庆云曾率弟子赴北京参加武术比赛，他自以为正宗无敌的八极拳表演仅获三等奖，他对这个奖大不满意，极有意见，有个“跟得上形势”的老师叔告诉他：“你现在跟不上形势啦，要想得高分，你得玩点花哨！”

二十世纪八十年代，中国大陆有个“海灯法师”热，懂武不懂武的，都在谈论“二指禅”。已近八十岁的霍庆云，用食指和中指也把身体支撑着倒立起来，还对着弟子们得意地笑，笑出一脸密密麻麻的小皱纹。

3. 刘云樵

比霍殿阁晚生二十三年的刘云樵，过上的却是天翻地覆的新生活。前者跟着皇上翻老黄历，后者走上潮头辟新世界。刘云樵在八岁时就认识李书文。其实他并不想认识李书文，李书文也不想认识他这个小屁孩。无奈云樵他爹太过望子成龙，还是托了一位大军官刘保沂，才请动了大腕李书文。

云樵他爹有学问，特别是科举要考的那些学问。处在动乱年代的他爹不傻，已经看出科举举不动了，先练练武再说，起码对自保有好处。所以老早就对儿子开始了学前教育，安排家里的长工张耀廷教五岁的刘云樵。五岁开始学迷踪拳，比霍元甲下手年龄还早。本来刘云樵是个病娃，小小年纪就鼓了个大肚子，行路难，难行路。练了迷踪拳后，肚子渐渐不鼓了，饭量也上去了，老爹高兴了，送了张耀廷几亩地，别当长工了，回家自己种田去吧。

迷踪拳走了，“神枪”来了。刘云樵八岁，老爹请来了李书文。李书文对幼儿教育也不在行，但他笃信的是棍棒底下出高徒，对不起，为了对得起你爹的学费，你就给我好好练吧。据说练到三年上，刘云樵仅学会一套“小八极”。刘家老爹当然不满足，思忖李书文有“骗学费”之嫌。一次喝酒提起这话，李书文大怒：“孩子该学什么咱心里有数，你懂个屁！一套小八极，打好了也能那个啥，乾隆爷咋说的？对，文有太极安天下，武有八极定乾坤！”

还好，云樵他爹没有辞退李书文，不过他爹还没糊涂到完全让儿子弃文从武，其间也安排儿子进了族里私塾读书写字。话说棍棒底下不止出高徒，还出孝子，人就是如此奇怪，你越打他越孝顺。刘云樵挨了不少师父的打，却对师父分外依恋。1931 年，二十二岁的刘云樵终于出徒，还有机会考进了朝阳大学法律科，但这孩子练武心野，大学堂里坐不住，偷偷带着学费跟李书文跑了。

也不是瞎跑，而是去了山东国术馆，因为李书文当上了国术总教习。在山东黄县负责治安工作的张骧伍，也是李书文的弟子，刘云樵随师父前往拜访，初生牛犊刘云樵在黄县击败众多社会杂碎，赢得了“小霸王打人机”的绰号。并在张骧伍处待了两年多时间，从他学练昆吾剑、青萍剑法，又逢八卦名手宫宝田来访，刘云樵跟他学了半年多的八卦掌，差不多把“宫家六十四手”都学到了。此间他还同拳师丁子成学过与众不同的螳螂拳，大家知道，螳螂是自然界中残暴好斗的动物模范。

李书文于1934年去世后，刘云樵开始重新思考人生。继续当小霸王，没前途，开武馆做拳师，有前途但不光明。再加上想起了老爹的含泪嘱咐：“儿啊，你长大了，不能再打打杀杀，圣人云修齐治平，爹的意思还是做官更好。”

于是刘云樵想到了从军之路，一考便考进了陕西凤翔黄埔七分校。另有一说，是他在天津击败了日本关东军剑道师太田德三郎，据说双方用的是木剑，刘云樵“一剑化三影”，连续击中德三郎肋部，掉剑的德三郎遂认伤服输。此事引起了国民党情治人员的注意，发展并推送他进了军校。在天津期间，刘云樵还访问过同门师兄霍殿阁，不过两个人话不投机。

在军校，刘云樵打猎时误伤了校长，结果被关进监狱，最后分配到抗日最前线。因作战勇敢，官至团长。1940年因战受伤，被日军俘虏。因为他身怀不俗的武功，日军经常拉他出来当刺刀对象，刘云樵不但屡次击败对方，还赢得过不少日军的肉罐头，并最终凭借武功和机智，瞅个冷子上演胜利大逃亡——应该叫胜利小逃亡，因为只有他一个人。一个人的虎口脱险，据说鼓舞了不少“狱友”，结果那些人越狱时无不死在日寇枪下。

一路向西，刘云樵在河南遭遇开封国术馆馆长马金义，以八极拳把对方打趴在茶几上。在西安，他用六合大枪的“左把枪”，将“西北农民银行”的保镖头头“大枪李”李增树，打至屈服喊停。在西安，刘云樵加入了军统，从事情报、暗杀工作。曾有传言认为他就是特务组织里传说中的“天字第一号”“长江一号”，但秘密身份无从证实。1949年，刘云樵随国军败退台湾，还一度做过伞兵大队长，以上校军阶退伍。

那个年月的台北新公园里，传过一个笑话。说公园里练武者甚多，随国民党败退台湾的人，来自天南地北。某日，一群人谈起武林事迹，有个人讲：“俺们黄县有个刘云樵，号称小霸王什么什么的。”另一个人接话道：“俺们天津也有个刘云樵，曾用木剑打败日本剑道大师什么什么的。”又有个人说话了：“俺们沧州也出过一个刘云樵，会大枪扎苍蝇什么什么的。”坐在人群后的刘云樵，闻言大笑：“你们说的三个刘云樵，都是老子！记住，我的老家在沧州集北头！”

1967年，退休老人刘云樵得以觐见蒋介石，被询问了一下，蒋同意“返聘”他担任总统府侍卫室安全顾问，主要工作是传授侍卫八极拳。之后他还在蒋经国组办的“联指部拳术师资训练班”担任教练，训练了四期学员，使得八极拳在台湾得到广泛传播。

刘云樵教授八极拳，据说有立竿见影的功效，练别种拳效果不明显的人，只需跟他练上几个月，便会面目一新、铿锵有力，这也正是八极拳阳刚的魅力所在。1992年，八十四岁的刘云樵死于台湾。

4. 李书文

听《三国》记下了猛张飞，看《水浒》忘不了黑李逵，走一趟清末民国的武林，李书文也有这种吓人效果。此人与八极拳那是一个德行，见血封喉，出手必杀。

李书文的性格是不记仇，一般有仇当场就报了。

李书文的口头禅是“你想死呢，还是不想活了？”

民国前后国内八极名手，当然不只八极拳第五代传人李书文一人。其师张景星的其他弟子如马英图、韩化臣、张玉衡等，俱不辱师门，将此拳传遍八方。二十世纪八十年代，日本有资料显示，以陈氏太极拳、八极拳最受习拳者欢迎，二拳习练者在日本均达百万之众。

李书文对徒弟严厉，讲究礼法，徒弟的家人都必须同样称他老师才行。他教授的弟子中不乏达官贵人或高级军官。一码归一码，练武就是练武，师徒就是师徒，你不拿我当回事，我也不拿你当回事。当然，李书文自己拜师时也是恭谨超常，像侍奉父亲一样对待师父黄十海、张景星，据说只要师父在，他就永远站着。

李书文，字同臣，1862 年出生在沧州盐山王南良村。他先随张景星习八极三年，后随张景星师兄黄士海习六合枪。赶巧的是，三人都是同村。十二年苦功，李书文双拳一枪，均达造极地步，尤其“神枪”一名来之非易，他能以一枪之身抡起车轱辘转如风车，挑起一头肥猪扔过墙头，至于扎苍蝇之类那是小菜一碟，他还能扎镜子上的苍蝇，苍蝇死而镜面如常，扔铜钱于空中，能用枪尖接入钱孔。玩到这个地步，简直不是武术，而是魔术杂技了。

李书文练武痴狂，对自己狠，对对方也狠，这个对方不一定是谁，有时候一块石头不幸成了对方，最后成了一堆碎石。功夫练成这样，真是“天雨粟、鬼神哭”。以至于李书文把自己折腾得钢筋铁骨、精悍瘦小，身上那些倒霉的肥肉、赘肉，全练成汗水蒸发了。

1882 年，盐山大集，来了芦苇荡里的强盗“阎王”王大海，“狗熊”肖玉雄。这帮土匪吃点啥、拿点啥、装点啥，自然没有一个老百姓敢吭声，大胆些的不过是点头哈腰赔个笑。肖玉雄盯上一个卖鸡蛋的花姑娘，情绪上来了，不摸鸡蛋摸人家脸蛋，姑娘哭着要跑，又被肖玉雄扯掉了裤腰带。

是的，那天显然不是肖玉雄的黄道吉日。这时候李书文出现了，他不说话，只出示了一顿爆拳，让肖玉雄全身骨头断了十几根。

狗熊肖的喽啰狂呼大叫，阎王王大海带人提刀跑来。李书文抄起小贩身后一根三尺三的小扁担，扁担头一点，阎王刀就飞了，扁担绕个半圆，又拍在王大海脑袋上，半个脑袋没了。领教了吧，二十岁的李书文，便是如此凶猛。多年后，弟子刘云樵想起师父行事作风来都替师父害怕，师父性情刚烈，脾气固执，他有个毛病，出掌致残，出拳要命……

李书文也没想到自己的功夫这么厉害，更是感叹肉人不经打，好在这次盐山知县念他为民除害，没有收拾他。随后，李书文又跟披挂拳师黄林彪学了一段时日，竟然发现它跟八极拳简直是绝配，正所谓“八极加披挂、鬼神都害怕”。

1886 年，李书文到北京投奔做镖局的师兄王忠泉。说是师兄，其实没见过面。王忠泉见面就说不能因为你是我师弟就帮你，先试试你手段如何。一试，王赢不了李，大为沮丧，眼不见心不烦，没留他在镖局，而是推荐他去了某王爷处做了侍卫。

李书文在北京混，免不了又要出故事。有个号称“罗成罗家枪”的传人，听说来了个“神枪李”，不得劲了。“自信”这个东西，怎么说呢，罗家枪或许是太过自信了，比武就比武，偷偷比画比画，也就可以了，他不，非冠冕堂皇地给李书文下了战书，并约请大刀王五、包括师兄王忠泉等人观战。李书文的“六合大枪”，号称是岳飞所传，这下好了，比武变成了罗成大战岳鹏举。最后还是岳鹏举找到了机会，一枪点中了罗成的肋部，迅速撤回。为什么迅速撤回呢，李书文有教训啊，再使一点劲，枪尖就碰到心脏了。

立刻，神枪李书文的名声传遍京城武林。

1895 年，在天津小站训练新军的袁世凯，派人请黄士海去教练军队，没想到黄没来，派来的是徒弟李书文。袁世凯当然想瞧瞧李书文有没有实力了：“要做我新军教官，是要考核的，麻烦你演两手？”

李书文马上拉下脸来。可巧，四个日本人跑来“参观”，这几个都是袁世凯聘请来的日籍教官，腰佩日式军刀。一看李书文瘦小，还扛着一杆很不协调的大枪，四个日本人大笑，有个还会中国话：“吆西，东亚病夫！”

完了，李书文恰好能听懂这四个字，腾地一下，杀机顿起。一个日本人害怕别人抢了风头，率先抽刀，示意跟李书文比试。袁世凯点头同意。二人拉开架势，日人左一刀，右一刀，刀刀斜刀，凶险得很，不好躲啊。李书文退了几步，看得心里有了数，就该出招了。大枪一抖，荡开长刀，枪尖不停，顺势扎入对方喉咙。

谁也没想到李书文出手如此之重、杀性如此之大，另外三个日本教官缓过神来，哇哇暴怒，三把刀围住了李书文。

袁世凯倒也没喊停，他想，你杀了人家，人家再杀了你，两边扯平，没我老袁什么事。

一不做，二不休，李书文基本上平均两枪一个，瞬间三人中枪扑地。

人命关天，怎么办呢，袁世凯想了半天，笑了。

袁世凯一笑，李书文知道他有了解决办法。于是，李书文也笑了。

两年后，光绪皇帝听说了李书文的名气，就跟袁世凯要人，袁世凯便把他送给了皇帝。当时皇帝身边已经有了八卦掌宫宝田，二人遂成莫逆。由于当上了皇帝的保镖，李书文的名声再次大振。朋友圈也是今非昔比，经常坐在皇帝不远处，听皇帝跟康有为、梁启超这伙人开会研究变法，又经常与王五、张策、李瑞东等人研究武功。“戊戌变法”失败，光绪帝被慈禧圈禁，李书文便辞职云游江湖去了。转了几年，北方闹了义和团、八国联军，王五、程廷华等人死的死、逃的逃。

1910年，同盟会的叶云表、马凤图在天津倡议成立中华武士会，形意门李存义、张占魁、太极门李瑞东、八极门张景星、王忠泉、李书文等汇聚武士会，阵容强大到自己都不好意思。同年，李书文前往北京，把俄国拳王马洛托夫打得窝心吐血，不能再战。宣统皇帝溥仪为此赏赐他金佛像一尊。

1914年，李书文应许兰洲之邀北上，上文霍殿阁事迹已有介绍。作为徒弟的霍殿阁都很风光，作为师父的李书文在东北能闲着吗？虽然他已经很注意看住手脚了，但打死人的事，还是发生过几起，搁在法治社会，早够判他几个死刑了。据说张作霖曾亲自到许兰洲处，聘请李书文担任奉军三军武术总教官。

1925年，李书文携弟子重回天津，结交李景林，并担任李景林部武术总教官。1928年，应张之江、李景林之邀，与张骧武、马英图等人一起，为中央国术馆编写八极拳教材。还兼任了河北国术馆的顾问。1929年担任杭州国术游艺大会监察委员。

1930年，山东国术馆在济南创办，李景林辞了南京职务去担任馆长。他联络到了李书文，有了这二李坐镇，山东国术馆地位扶摇直上。太极拳、武当剑，八极拳、六合枪，有了这四门主打江山，山东国术馆的弟子们经常在各种比赛中风头强劲，摘金夺银。

李景林只注重成绩了，但忘了一条，有李书文在，容易摊上大事。

国术馆里有个李景林的亲戚，表舅黄之洞，也是枪术名手。不知道是哪个小人，偷偷告诉李书文说黄之洞骂他了，可能这句骂的话比较击中李书文痛处。李书文心下大怒，黑着脸就找上了黄之洞，见面就是两拳，第一拳打在心窝上，黄之洞本能地缩颈低头，第二拳砸在脑瓜顶上，这人的脑袋比西瓜结实不了多少，哪经得住李书文这一气急败坏的狠拳，黄之洞当场七窍流血，气绝身亡。

这一下，李书文不得不离开国术馆了，弟子霍殿阁的弟子李剑秋回忆说：“李师爷离开山东，越想越觉得对不起黄之洞，不久郁郁而亡。”

另一个八极门传人贾志浩的叙述又不太一样，说李书文打伤黄之洞致死后，李景林知道李书文认理不认官，认艺不认人，也不与他理论，说咱俩过过手，谁输谁走人，后来李景林一剑封喉，李书文认输走人。

李书文年龄比李景林大七八岁，武林成名也早，即使是做过将军的李景林，也不好对他怎么着。台湾刘云樵的门人又说，李景林和李书文的矛盾不是一天，因在山东国术馆发生争执，李书文便弃馆走人，并言刘云樵曾当面听见李书文讽刺李景林："穿着大褂练剑，能好到哪里去？"

关于李书文的结局，1934 年在天津小站，注意，这是袁世凯练新军之地，也是李书文“崛起”之地，一座大院前，神枪李懒懒地坐在椅子上，眯着眼睛看小弟子练武。看就看吧，怎么一直不动呢，后来大家才发现，那个曾经“动如绷弓、发若炸雷”的烈人，已无任何气息，时年七十有二。

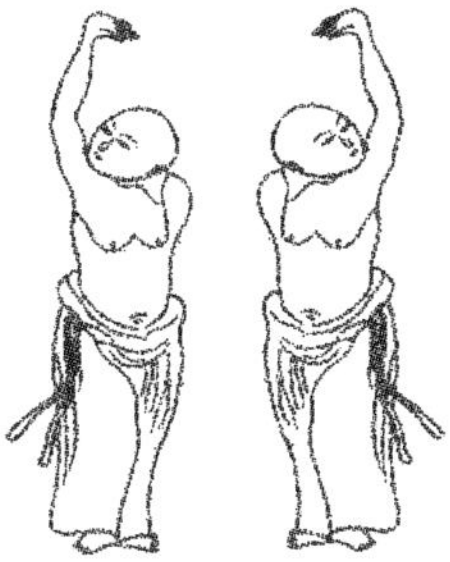

第十章　杨氏太极拳

1. 杨露禅

阴阳谐和，乾坤生机。万物吞吐，一心太极。

本书中出现的“太极”一词，既指太极拳的太极，又指非太极拳的太极。为何如此说呢，那是因为太极之理，并不只在太极拳中，少林拳、八卦拳、形意拳、八极拳之类的中国名拳，也莫不内含太极之理。两仪之母曰太极，阴阳、动静、刚柔、明暗、虚实、速缓、收放，都是太极之象。

一不留神，我们好像已经摸到了太极大城之下，淡定，请从容不迫。陈、杨、武、吴、孙，北杨南吴，西武东孙，中陈氏。先从北门进城如何？北门不是叫“德胜门”吗。来着了，一进德胜门，黑压压一群人，原来是捭阖肆意、气度华贵的杨家杨氏太极一派。

杨氏宗师杨露禅，在太极拳发展史上的地位和重要性，怎么说也不过分。虽然他没有太极拳的发明之功，但没有他，就不可能出现所谓杨氏，也不可能出现后来的武氏、吴氏、孙氏。如果没有他携拳进京，辐射全国，太极拳便不会广为人知、为天下所重。

如果没有杨露禅，今天的太极拳会是什么样子，不堪设想。乐观的说法是，没有杨露禅必定会有牛露禅、马露禅。一个露禅也没有，总还有陈家沟的陈氏。悲观的说法是，如果没有杨露禅，寂寞空庭春欲晚，即使是陈家沟的太极拳，也有可能无疾而终或自生自灭。

既然属太极老干部，那一定出生得比较早一点。是的，这一年太上皇乾隆驾崩。埋葬了乾隆，继任的嘉庆皇帝立刻处死了贪官和珅，说不定和珅就是乾隆预留给嘉庆的大礼。

这一年，是十八世纪的最后一年，1799 年。同年，美国第一任总统华盛顿也“驾崩”了。当清朝皇帝还在封建世袭的时候，美国人已经开始依据选举法，选举产生了新总统亚当斯。其中昭示的意味很明显，大清王朝蒙受资本主义列强肆意撕裂的日子已经不远了。所以杨露禅死后四十年，大清王朝覆灭。

杨露禅，直隶广平府永年县人，世居县城南关，自小好动，父亲做小买卖，他做跟屁虫，跟丢了的时候，他一般是在大树底下正跟练武的人呼呼哈哈。杨露禅是杨家拳一代，这是肯定的，是杨家穷几代，不肯定。祖父、父亲这两代，穷得可以肯定。卖煤球，糊烟筒，摆粮摊，摊煎饼，饥一顿，饱一顿，肥一顿，瘦一顿。

永年习武风气浓厚，杨露禅虽然不能算练了童子功，但启蒙作用还是有的。看热闹是孩子们的共性，看啊，果然有人打架，加油！

西大街道北是太和堂药店，但见掌柜王旭初三掌两手，俩寻衅滋事的人被甩出店门，跌于大街。哇，王掌柜好厉害！眼力改变命运，十来岁的杨露禅认准了王掌柜，就跟人家套近乎："师父！你是下凡的神仙吗？"

喜欢恭维乃人类通病，王掌柜一高兴："小家伙要是没事干，到我这打杂吧，试用期仨月，五险一金没有。"

杨露禅乐坏了，仿佛捡到了一只金饭碗。王掌柜见优秀小员工杨露禅是真心喜欢武术，就告诉他，你要不嫌河南远，可以去伺候咱太和堂大东家，他家里有好拳师，浑厉害呢。

从河北永年，到河南怀庆府温县陈家沟，搁现在看其实很近，二百公里出头，坐高铁顶多一站地，但在当时，对绝大多数人来说，属一辈子跨不出的距离。事实上杨露禅也不知道陈家沟到底有多远，反正他跟着伙计上路了。如果你认为坐无马车、骑无毛驴、实属悲惨的话，那你就落伍了，因为杨露禅比你认为的悲惨还悲惨。他有车，但不是坐的，而是推的。

推车的不是老汉，是少年，少年不是别人，是杨露禅。车是独轮车，独轮车也不是空的，是永年王掌柜送给东家的货物和礼物。太和堂的河南大东家，住温县陈家沟，名叫陈德瑚，陈氏族谱里他排在第十五世。他本人并不练拳，但他有可能在家里开了拳场，并聘请了陈长兴教授族人子弟，也有可能是陈长兴租用了他的场地开拳场，也可能既没聘，也没租，大家都是义务。

陈长兴有个外号"牌位先生"，就是说随便往哪里一戳，就雷打风吹不动摇了。当时一半以上的中国人，所谓文化娱乐顶多就是听场大戏而已。可以想见，农村一场大戏，那会是多么的人山人海。陈大拳师也来看戏，两腿一戳，腰杆一挺，连看戏带练功，人潮人海中，有你有我，这无所谓，主要是有陈长兴。当时郑板桥已经死了，听到陈长兴事迹还忍不住赞叹道："千磨万击还坚劲，任尔东西南北风。"

要说起来，太极拳历史真的应该给陈长兴立个大牌位。说不定，他才是太极拳的真正创始人。

陈家沟的练拳点，据说有南院、北院之分。陈长兴没有资格去更"正宗"的北院，好像是因为他不守规矩，肆意篡改祖宗拳法。陈长兴不守"家法""祖制"的第二个证据，是收"外姓人"为徒，杨露禅就是一例。所以叛逆的陈长兴，叛逆篡改而出的拳，说不定真是太极拳。而把太极拳传播出去的人，也正是陈长兴传授的"外姓人"杨露禅。

杨露禅在陈家沟的日子，既不是激情燃烧的岁月，也不是阳光灿烂的日子，既不像小说《偷拳》那么精彩，也没有电影《太极之从零开始》那么浪漫。主要原因嘛，首先还是归功于穷。穷小子杨露禅没有能力给陈德瑚或陈长兴一个拒绝不了的价钱，所以，他只能是陈德瑚家的一个打杂小长工，也只能在陈姓弟子们练拳的时候偷偷学两招了。如果这算“偷拳”的话，他这顶“偷拳贼”的帽子也不算太冤枉。

偷偷看，偷偷打，总有被发现的时候。当陈长兴发现杨露禅打拳的时候，从那似是而非的一招一式、一步一动，感觉出这个孩子似乎是冥冥中自己要找的那个。

学拳之路其修远兮，杨露禅在陈家沟的时间，有说二十年的，有说十八年的，有说十三年的，有说十年的。有说十多年一直在陈家沟的，有说中途走了又回来的，有说“三进三出”的。三进三出，是因为前两次回到永年，发现还是打不过武家武禹襄，就不得不又玩起消失来，悄悄返回陈家沟，找陈长兴师父继续卧薪尝胆。

杨露禅的超一流耐力和定力，值得我们呈上最大的敬意。吃糠咽菜，当牛做马，十几年如一日，不容易。当然，杨露禅持久坚挺的原因，可能我们都想错了，或许他根本就不觉得苦——万一他有自虐症，或者以练拳为人生最大乐事呢。

常人不甘于寂寞，伟人在寂寞中诞生。

握有金刚钻，不惧瓷器活。人，只要在一个方面成了第一，差不多就能一俊遮百丑了，成家立业，当然更不会是大问题。杨露禅武功成了永年第一的时候，老婆也有了，娃娃也有了，家也有了。四十岁，他的第三个儿子杨健侯出生。跟他学拳的有穷人也有富人，武禹襄算是富人之一，武禹襄不但积极踊跃地给杨家送学拳费，还免费让杨家的孩子到武家学堂学文化。

如果这样下去，太极拳的未来会怎么样，还是不好说。阴差的时候，还得阳错配合。这时候该着太极拳兴旺的另一个功臣，也开始发力。其实也不算发力，甚至完全是偶然为之。武禹襄二哥武汝清进士，在刑部做员外郎，这员外郎当然经常接触一些满清贵胄、朝廷大员、京官地主之类人物，聊大天总有涉及武术、教练、护院、保镖之类，而官员中习拳健身者不在少数。武汝清不是书呆子，亦称拳术强手，虽然不能与痴拳弟弟武禹襄比。武汝清作为行家里手，琢磨着杨露禅到北京绝对不会给永年、给杨家、给武家丢人，于是推荐杨露禅到北京教拳。

其实武汝清也会太极拳，但他自诩身份堂堂，传拳卖艺这类事，万万干不得，掉价。

角度不一样，看到的远远不同。能有机会到北京天子脚下，杨露禅当然很高兴，有传拳卖艺的机会，那也叫人生机遇。

杨露禅出现在北京城的时间，大约是1860年前，一说是1856年。1856年他五十七岁，这个年龄出山，似乎有点太晚，好在这个年龄的他，正好把太极拳理琢磨得差不多了，功力和手段正在“山高人为峰”的峰值阶段，另有俩大男孩左右辅佐，还真不错。

班侯、健侯，十八九岁未及弱冠，早成永年的知名拳手。一老带二小，三驾马车，锵锵三人行。

也有说杨露禅最早来的不是王府，而是一个叫“天义顺”的张家酱菜园子。酱菜园子规模不小，张家酱菜的客户，主打皇宫和王公。杨露禅在张家横扫千钧，远近不挡，张家的老板和把式头，就都跟了杨学拳。三打两打，“杨无敌”的名号逐渐响亮，也就有了更多机会接触大人物、进入王府和旗营做教练。还引出了“董杨英雄会”。董乃大内第一高手、八卦宗师董海川也。二人一交流二切磋三成密友，这是没办法的事，人以群分，物以类聚，总统级别出门，总统级别接见，大师陪宗师，三脚猫陪四门斗。

关于太极杨露禅、八卦董海川交往的故事，资料并不算多。据说俩老头经常围着北京城遛弯，那时候连比五环少一环的四环都没有，估计也就是围着二环转圈，于是才有了散步途中董海川揉身抓雀、杨露禅掌雀不飞的著名传闻。

除王府、酱菜园子，杨露禅可能还被请入清军大营做过教头。这个清军大营，应是皇宫卫队或驻京部队之类。最早拜了杨露禅的，至少有王府管家王兰亭、时贝勒之子时绍南、武状元出身的将军岳柱臣。因为这些人身份较高，同时向杨露禅学拳的旗营下级军官凌山、万春、全佑，不便同上级领导成为师兄师弟，便名义上拜了杨露禅之子杨班侯为师。

后来，时绍南因天花丧命，岳柱臣在中俄边境战争中阵亡。反而是凌山、万春、全佑三个下级人物，浑水摸到大鱼——成就了杨门真功：凌山善发劲，万春善刚劲，全佑则善柔化。

去过永年的都知道，那里古城墙现在还保存完好。据说杨露禅也喜欢在城墙上遛弯，站得高看得远心情舒畅。有一次在城墙上给人试拳，对手被杨露禅一发而飞，在掉下城墙的瞬间被杨露禅飞身抓了回来。又传闻说，杨露禅在永年救火，一根大杆子竟阻挡了火势蔓延。还有故事讲杨露禅在护城河边钓鱼，偷袭者想看他的笑话，结果杨稳坐不动，而偷袭者已经鱼跃入水。

到了北京，传说也少不了。比如有清德僧闯上门来叫阵杨露禅，结果僧人技不能胜，十分奇怪，问：“吾在出其不意，为何不能得逞？”

杨：“是谓刻刻留心也。”

僧问：“本是我先手，你何以如此快？”

杨：“发劲如放箭也。”

僧：“技何其神也？”

杨：“何以言神？行功日久，通体清灵，一羽不能加，蝇虫不能落，能略如是状耳。”

和尚留下研究了三天，方才离去。又有传闻，有著名点穴师傅上门，几番试手，却不能施展点穴秘手，原来是杨露禅根本就不给他点穴的时间和空间。

事物发展，循序渐进，杨露禅尽管人称杨无敌，照样不可能在北京一手遮天。当时八卦拳董海川在肃王府教授弟子，形意拳郭云深在毓王府主持教练。这都是影响要超过太极杨家的人物和势力。而当时的太极拳，漫说是影响了，连拳名都还没有确定呢。最早杨露禅到北京教拳，此拳尚未命名“太极拳”，他告诉别人叫“沾绵拳”或“化拳”什么的。这几个拳名，可能是他自己取的，也可能来自陈家沟的陈长兴。

太极拳名这事不好说，因为陈家沟的传统拳术叫“炮捶”，六十年后陈发科到北京，还坚持称自己的太极拳叫炮捶，但杨露禅从来不说自己从陈家沟学来的拳叫“炮捶”。大概是在随后的几十年里，永年武禹襄那边传出了“太极拳”的称呼，包括杨家，大家都觉得好，才慢慢定了“太极拳”之名。

1799 年出生的杨露禅，1874 年逝世。光绪皇帝的老师翁同龢大学士，曾仔细观摩过杨的拳法和理法，赞叹道：

杨进退神速、虚实莫测、身似猿猴、手如运球，犹太极浑圆一体也！

杨露禅过世后，太极拳传子杨班侯、杨健侯弘扬发展，最后由其孙杨澄甫廓定杨家太极大概规模。京城太极由于滥觞于杨，根深叶茂，从学者众，衍生出许多支派，如李瑞东李派太极、董英杰董家太极、王壮弘王氏太极、郑曼青郑子太极、熊养和熊氏太极、田兆麟田氏太极，以及府内派、老六路等。

台湾还有一派叫“王府皇家太极拳”的，其来历是，杨露禅大弟子王兰亭将“六十四式”——后来被称为“老架”六十四式——传给李瑞东、周玉祥，周玉祥为纪念王兰亭遁入深山道门，改名为“王道人太极拳六十四式”，传吴锦园，吴锦园迁台后，传叶金山。

除亲传的“徒孙”凌山、万春、全佑外，杨露禅其他比较著名的弟子还有王茂斋、牛连元、教莲灯、冀老福、陈秀峰、张信义、李连芳、张印堂、李万成等。

如果这些弟子全部到齐，杨露禅门前的规模、声势和实力，会完全超过杨继业的“七郎八虎”。只可惜弟子毕竟是弟子，弟子主要是别人的儿子，杨露禅自己的三个儿子，虽数量不及葫芦娃兄弟，质量却超过了省优部优。民国时期的鼓书唱词里，有这么一句话，草草概括了杨家太极拳的初期发展之路：“杨露禅闯天下，杨班侯打天下，杨健侯杨澄甫传天下。”

2. 杨班侯

杨露禅育有三个儿子：凤侯、班侯、健侯。长子杨凤侯早亡，所以杨家拳二代主要指的是老二老三。老大杨凤侯也练了拳，而且练得很好，可惜二十岁左右就去世了。

由于杨露禅望子成龙之心太迫切，老二老三小时候都有逃拳的经历，懂得事理后还是坚持学了，所谓“事理”，也不过就是世道艰辛，放弃老爹的顺风车，另选出路实在太难。老二杨班侯，道光十七年（1837）年生，本名钰，相貌清矍，富有臂力，喜欢一个人琢磨。其人原地纵跳——跳远特别吓人，又精通太极大杆子，所以跳远和撑杆跳高都厉害，可惜那时候没有运动会，更谈不上什么专业运动员。

杨班侯少年英雄，性格刚硬。一次爷俩对枪，班侯一枪顶在父亲杨露禅胸口，得意地说：“我比你强。”

杨露禅大笑：“看看你衣服再说。”

原来班侯的衣服上已经留下了很多白色的“枪印”，那时候他们的枪都不装枪头，有时候包块布，沾上石灰，一刺一个白点。班侯有个表弟名叫教莲灯，因为喜好拳术，往杨露禅家跑得很勤。有次表兄弟对枪，教莲灯竟然玩了把脱手技法，大枪飞出，直刺班侯，这个动作无比凶险，还好，杨班侯及时把大杆子打飞。教莲灯再三解释“意外”脱手，但愤怒的杨班侯大发雷霆，吓得表弟两个月没敢上门。

大约在 1856 年即咸丰六年，杨班侯进京随父传拳。到了光绪年间，杨班侯也能单飞、自己独立做教练了。有个富家子弟以每月“四十金”的报酬请他进府教授。当时有位“雄县刘”，后人考证此人不是擅长岳氏散手的刘仕俊，便是擅鹰爪手的刘腾蛟，曾用手捏碎石头、捏断铜钱，有人挑拨雄县刘说：“杨家杨班侯说你不是对手。”

雄县刘不忿，约杨班侯较技，当时观战者数百。雄县刘一上手就抓住了杨的胳膊，以为得计，不承想杨班侯毫不在意，任你抓来任你扣，突然一个力抖，刘某被发出老远，滚倒在地，狼狈得很。

又有专练腿功的北京某铁腿与杨比武。其人拳脚并用，被杨班侯左右倒撵猴化解，其人又使二踢双飞脚，杨使如封似闭，铁腿被弹出，黯然认输。

那时还少见自行车，杨班侯攒够了私房钱，首先买了一匹高头大马，他要让北京城的人看看，做拳师的也是人，也能拥有“私家车”。每次比武得胜，杨班侯骑在马上高昂着头颅大笑着回家。虽然必定迎来杨露禅的一顿臭骂，但他还是忍不住对杨露禅大讲自己是如何如何把对方打趴下的。

杨班侯不善交际，不喜委曲做人，也不愿费口舌教育弟子，所以他经常郁郁寡欢，还粘上了“阿芙蓉”癖。终于有一天他突然决定回永年，而且说走就走，父亲和弟弟都拦不住。反正谁也不知道他受了什么刺激，于是由此猜测肯定是输给谁没脸了，这实属正常，武功高强也肯定有输掉比武的时候。当然，大社会不似小擂台，社会上不会武的欺负人多了去了，在京城有“资格”欺负老百姓的高官显贵，比狗还多。

杨班侯在永年老家，也零零碎碎收了些徒弟。大概是五十五岁的时候，光绪十八年（1892 年），脾气刚烈暴躁的杨班侯病死于永年。

也有传闻说，杨班侯曾在 1860 年杀死过英法联军的士兵，这种事情也成立，他有作案的时间、空间和能力。1860 年那时候，他很有可能在清军中任着职呢，因为做过万字队神虎营的武术教习，所以身上还挂了个御赐的“武德骑尉赏戴蓝翎”的虚衔。不过，即使他真的参与过抵御外寇，收获的恐怕也只能是一腔愤懑——愤懑于清廷清军的腐败无能，愤懑于洋枪洋炮的蛮横霸道。

孤阴不生，孤阳不长，这最简单的太极道理，杨班侯似乎理解的有所欠缺，他在北京的日子，总结报告八个字就够了：挑战群雄、唯我独尊。

虽然有着为杨家“打天下”的美名，但太钢易折，所以他的人生之路到头也没宽敞过。

3. 杨健侯

比起杨班侯的东征西讨，老三杨健侯为太极拳立下的汗马功劳更大。比起杨班侯的孤僻高傲，杨健侯也要谦和优雅得多。

杨健侯成了优秀的拳二代，所谓遗传都是扯淡，苦练才是真经。父亲杨露禅没有遗传，却天生叫的武学天才。当杨露禅一身积聚了四五十年的功夫后，竟然开始异想天开，想让儿子神功速成，这可就要了儿子们的命。练完内功练外功，练完拳术练刀枪，还不让睡觉，说练功得法就是最好的睡觉。据说杨健侯小时候实在受不了其中苦楚，上吊的绳子都系到了房梁上，胁迫杨露禅不得不对他放松要求。

小孩最喜欢的是糖块。

直到有一天，杨班侯不知不觉过了筋骨皮肉关，松开了两胯双肩，拳打三遍后感觉丹田气满，与老爹推手也能发出弹球整劲来了。杨露禅才终于喜悦起来，半夜里告诉儿子如何把这整劲发得重如泰山，轻若幽灵，发得循环往复，绵绵不绝。杨健侯总算回心转意，开始嚼到浑身得劲儿的甜头了。可见，太极拳练到好处，比得了糖块的感觉半点不差。

杨健侯比杨班侯小了两岁，1839 年出生。在永年的时候，杨健侯还喜欢玩弹弓，而且玩得出神入化，能击打空中飞翔的小鸟。这还不算，赶上鸟群，能同时发出数弹，一举击落好几只。后来进了北京，弹弓这种乡野绝技，表演的机会就不太多了。

有个京官是西安人，叫季四，喜好武术，请杨健侯教练了个把多月，多少理解了太极拳“以静胜、以柔克”的妙理。当时有个在陕西特别有名的王拳师，能日行三百里、手举五百斤，在老家收徒超过半千之众。此人进京，老乡见老乡，季四就提到了杨健侯太极拳的事。王拳师自认走南闯北，见多识广，对此坚决不信，非要约杨健侯来见识见识。

见面寒暄后，二人在季四的院子里比枪法。王拳师大枪一抖，连刺两枪，都被杨健侯让虚了，第三枪被杨健侯的枪杆粘住，王感觉枪杆顿时沉重无比，撤抢时被杨顺势一铲，王拳师的枪竟然回弹，正弹中自己额头，一时满脑子金星飞舞，幸亏功力不弱，没成重伤，不过额头外皮有伤而已。

一代宗师杨露禅于 1874 年逝世后，二儿子杨班侯依旧独往独来、我行我素，三十五岁的杨健侯便成了杨家的撑门面人物。他秉性温和，宽厚仁慈，其拳从容不迫，含而不露，反对争强好胜、恃拳傲人，所以颇具人缘，口碑极好。

杨门著名传人李雅轩，曾将武功劲力分为五种，即硬劲、僵柔劲、松沉劲、轻灵劲、虚无劲。无疑，这也是太极劲力修为的五个台阶。事实上只是一个太极“整劲”，就把绝大多数学拳人挡在了门外。万事开头难，一旦练出太极整劲，前路也就豁然开朗。

杨健侯说过这样的话：如果你能把太极的轻灵之劲熟练使用，打死你也不会去练别的拳，因为再打其他拳，你会无比难受。这话在他的儿子杨澄甫身上得到了验证，后来孙禄堂以形意八卦绝学跟杨澄甫“换拳”，杨澄甫愣是不干：我这辈子只打太极拳。

杨健侯名鉴，号镜湖，最早人呼三先生，晚年人呼老先生。民国六年（1917 年），七十八岁的杨健侯迷糊一觉，梦见了父亲杨露禅。醒来的杨健侯，知道自己将死，便把家人及门徒唤至眼前，一个个做些叮嘱，然后端起素来喜欢的三尺长的旱烟袋，吸罢最后一袋烟，沐浴，更衣，一卧而去。

说到吸旱烟，事实上当时不少拳师都好这口。“上茶奉烟”也是长期以来中国人表达礼貌的惯常行为。门人弟子欲求前辈欢心，这类营生自然也是抢着干，而不喝茶、不吸烟的师父，还真让徒弟不知如何伺候和孝敬。君不见甄子丹扮演的咏春拳大师叶问，看徒弟练拳时，通常跷个二郎腿，夹支烟屁股，倒也不啻为一种打发枯燥、放松身心的方式。

五个厨子炒出的麻辣豆腐，虽然都有辣椒和豆腐，但五个味必定有所区别。杨健侯的太极拳，跟杨露禅和杨班侯却有微妙的差别。其对太极拳承前启后的作用巨大，后来杨澄甫广为传播的杨家八十五式大架，以及定步推手、杨式大捋、活步四正手等等，都是承接杨健侯的创制而加以定型的。

健侯弟子、后来主持北平体育研究会的许禹生，有文记杨健侯师：

> 师相貌魁梧，龟背隆准，面若狮形。道家形容有道者之行动有四状，曰坐如洪钟、站如孤松、行走如风、睡觉如弓，师诚兼而有之。
>
> 其每一举手一投足，常表现其太极拳之妙意。至表演拳路之际，其动也自然，若行云流水，其静也幽闲，若山岳孤松。动无所动，静无所静，动静互根，刚柔相济，有如初写《黄庭》，洽到好处。其运劲也，内似钢铁，外似柔棉，人偶以手触抵，毫不觉手中有物，然力已为引去，欲离不得，及增力深入，则如触金刚石弹，屹然莫能动，外柔内刚，有似棉里裹针。其掷人也，若箭离弦，若弹去窝，被掷者竟不觉其劲力之何自来也。

当中年时，与全佑先生出教万字队团体练习之枪法，并太极十三刀法，不三日而成军，端王等颇异之，以为何神速若是也。

拳术外，并善枪术，其最长之技，名“朝天一炷香”，谓能令敌杆还击敌之鼻端，直竖若一炷香云。

4. 杨少侯

这说着说着，便说到了杨家拳三代。二代大哥杨凤侯虽然死在二十岁左右，但仍留有一子，名兆林，字振远。苦命的杨兆林得到了二叔班侯、三叔健侯的亲授，一辈子主要在永年附近传拳，让永年、邢台、邯郸等地保留下了为数不少的“杨架”太极人。

二代老二杨班侯，有二女一子，一子 1892 年生，是年班侯去世，是“遗腹子”，名杨兆鹏。这位生下来就没有父亲、同样命苦的小哥，小时候随父亲的弟子陈秀峰习拳，后来从永年去上海投奔堂兄杨澄甫，跟杨澄甫学练数年，再后来先后去了浙江绍兴、广西等地传拳，最后客死广西。

老三杨健侯跟父亲杨露禅一样，生育有三个儿子：老大兆熊，老二兆元，老三兆清。后来又跟杨露禅一样，三兄弟渐渐“三缺一”了，老二杨兆元“早亡”，可能是活了三十来岁吧，据说死因是没生儿子心情郁闷。杨兆元留有二女，长女杨聪，次女杨敏。谁说女儿不如男？这杨聪、杨敏的儿子和闺女女婿，也就是杨兆元的外孙和外孙女婿，一个赵斌，一个傅钟文，都是后来的太极名手。

旧社会的人名比较复杂，小名、乳名，大名，学名，有名有字有号。名字一般都是拜老辈所赐，非本人做主。本主长大后，对此或有意见，便有自己做主改了名字的，最多的情况是给自己加个号、甚至几个号的，至于道号、法名、笔名、艺名等，都是名字的一种延伸。

本书为方便计，多取一名而贯之。大家知道，有人以名名，有人以字名，有人以道号名，比如崆峒派武术历代掌门人飞虹子、飞绥子、云离子、飞云子、眉姑、飞尘子、陆尘子、袁一飞、胡飞子、燕飞霞，有人以外号名，比如“三环十三少”，等等。

本书涉及人物，大多有名有字也有号，这给阅读、记忆和传播带来麻烦，所以尽量省去一些。杨健侯大儿子杨兆熊，字梦祥，号少侯，以后我们就叫他杨少侯。三儿子杨兆清，兆清是名，澄甫是字，以后我们就叫他杨澄甫。

杨少侯小时候很幸福，因为有爷爷、伯伯、父亲、奶奶、婶婶、母亲等人的百般宠爱。杨少侯小时候也很不幸，因为有爷爷杨露禅、伯伯杨班侯、父亲杨健侯的轮番轰炸：

“该练拳啦，杨家未来就看你了！”

杨少侯七岁练拳，虽然父亲是健侯，但却跟伯伯班侯投脾气。这伯侄一大一小，杨班侯脾气不好，杨少侯脾气也不怎么样。所谓天赋异禀者，往往脾气较大，少侯和伯伯班侯一样，都是学武天才，不爱说话，总觉得别人笨，一说话非打即骂，既然爷俩都是著名的脾气差，徒弟自然都不会多，因为很少有人愿意跟他们学拳。

或许你还记得跟杨露禅学拳、因为身份低拜在杨班侯门下的那三位低级军官、王府护卫万春、凌山、全佑，此三位可都是最早得到杨门精髓的人物。杨少侯十九岁的时候，与万春比手，把万春发了出去，直接撞在门上，门框都撞坏了。不得了，万春这一撞，撞出了少年杨少侯的名气。

得了伯父杨班侯的太极小架，手法多变，刁钻古怪，又得了父亲杨健侯的亲传，关键是从小推手的对象，都是杨门大腕儿，所以杨少侯技艺、功力、实战经验、自信心——四款“登顶”要素，一款不缺。过了 1900 年，随着杨健侯们的渐渐老朽，杨少侯高深莫测的功夫俨然成为北京的“太极第一人”，有了“千手观音”的美名和“大先生”的尊称。

遗憾的是，杨少侯并没有对杨门太极拳的发扬光大作出多少贡献。当时尽管有北平体育研究会，他在其中不过是一个孤傲的高手。在经营和教授方面，不是他在行不在行的问题，而是缺乏兴趣的问题。另外时运不济也是原因，清朝灭亡，杨家拳前两代赖以生存的王公贵族们，已经无力扶植和参与太极拳了。

军阀混战的年代，学拳的环境和土壤虽说是分外贫瘠，但北京毕竟是北京，一代高手想养活自己和家人，问题还是不大。

1928 年，南京中央国术馆一声春雷，给武术界吹来了强劲的春风，可惜这时候杨少侯已经六十七岁，日薄西山。风水轮流转，开始轮到比他小二十一岁的三弟杨澄甫如日中天了，正在壮年的杨澄甫流年有利，赶上了国术黄金十年，不止是赶上了，还亲身参与了，这是一种幸运，更是一种幸福。

与不幸者谈幸福，是不道德的。杨澄甫当然不会当着老哥面大谈自己的辉煌，但杨少侯仍然心里不怎么得劲，因为他顽固地认为自己的拳比杨澄甫强得多。

其实，杨少侯获得的名气、地位、收入，也算不上“不幸”，或许只是他自己的心理出了毛病，或许是对自己要求太高了。随着高手南下的热潮，老年杨少侯也来到了南京，但倍感失落的是，他并没有受到特别推崇。中央国术馆似乎只把他的弟弟杨澄甫放在眼里，根本没他什么事。

即使已经过气，杨少侯毕竟成名已久，国民政府行政院交通部聘请他教练太极拳，尊其年老，称为“主任”。

1930 年年初，不幸事件突然发生了，六十九岁的杨少侯在中山陵挥刀自杀，鼓楼医院抢救无效。

关于其“自裁”的原因，至今未有答案。有一说是中央国术馆众高手慕杨少侯“千手观音”之名，推李景林副馆长约请杨少侯到国术馆切磋交流，生来骄傲的杨少侯极其要面子，把国术馆的约请当作“下战书”。

一生好酒的他，以请酒的名义，与几个高手试验性推手后，估摸自己到聚集了全国精英的中央国术馆去占便宜的把握不大，不能赢，那便是输，而“输”对于他比死还难以接受，所以他宁愿选择死。性格刚烈的他，便以死一了百了。

假如事情真是这样，可继而妄测一下。杨少侯先生当时的思想心胸，显得有些过于守旧狭仄了，越是狭仄，就越觉得比武非赢不可，这不是自己把自己往绝路上逼吗？中央国术馆里也不是没有老头子，比如孙禄堂，论年龄比杨少侯还大了两岁，然老者不以筋骨为能，人家以传道、授业、解惑为己任，君不见，运动场或拳击台，奥运会或世锦赛，竞技场上不都是年轻力壮者的天下？任你是三冠王、五连霸、大满贯，你也不可能赢一辈子，而少壮派们又会有几个人糊涂到以打倒某某老头为荣？

5. 杨澄甫

先胖不算胖，后胖压塌炕。

杨露禅“从地方到中央”，把太极拳带入北京。他的孙子杨澄甫则是“从中央到地方”，把太极拳又推广到长江南北。拳二代杨健侯可能没有想到，原本指望儿子中的老大杨少侯保证杨门声名不堕，结果却是那个让他原本有些失望的温吞小儿杨澄甫，实现了后起直追，光大门楣的逆袭。

杨澄甫一度看见太极拳就想吐，这不是他的毛病，也不是太极拳的毛病，谁要说好吃不过饺子——有本事你一天三顿、十天三十顿天天吃饺子。杨澄甫天天吃饺子不吐不行了——人家天真烂漫的孩童之年，你偏偏告诉他世界是由太极拳组成的，早也打，晚也打，饭前打，饭后打，打好了给你糖吃，打好了给你买新衣服，打好了给你压岁钱。

“不想打是吧？偷懒是吧？看我揍死你小子！”

说这话的是大哥杨少侯，小小杨澄甫也不是怂包，对付大哥也有杀手锏，杀手锏就是哭。扯开嗓子嗷嗷一哭，这少侯老侯就都拿他没了办法——其实父亲杨健侯十分理解儿子的逆反心理，因为他自己小时候也曾如此这般望拳思逃。

杨健侯四十四岁时才生的杨澄甫，那时候杨露禅已经去世。杨澄甫见到的只有爷爷的木制牌位。有杨露禅的家底和杨健侯支撑的家业，杨澄甫吃穿不愁，还能混个私塾上上，以上学的名义还能少练不少拳，所以儿时的杨澄甫满北京乱跑，东游西逛，看看书，听听曲，追追马戏、滚个铁环什么的。

环境使然，拳终归还是要打的。杨澄甫的太极拳也不是真不行，只是离父亲的期望有距离，与大哥这种奇才比不行，跟一般人比，他杨小三还是可以的。年过二十，他也能跟着父亲做个小教练了，教个入门级、小学级的学拳者，够用了，再加上他那温和开朗、宽容厚道、讨人喜爱的小夫子模样，还是很受客户欢迎的。当然，学员都是父亲安排给他的，根本不用他出门发小广告拉学员。

1918 年，七十九岁的杨健侯逝世前，拉着杨澄甫的手：“三啊，臭小子，为父的要走了，以后不能再从后面挺你了。日后若有高手前来比试，就找你大哥，你千万别出手，万一杨家威名扫地，真是不孝至极。”

父亲的临终之言，像一把锋利的小刀，当时就戳中了杨澄甫的心口。以后在很长一段时间里，只要想起父亲，这小刀子就发挥作用，让杨澄甫疼得泪流满面。流泪是手段，要是把流泪当成目的就坏了。杨澄甫流泪的目的，即使是为了告慰父亲的在天之灵，也要把太极拳运动搞上去。

有了觉悟的杨澄甫，除了维持教学外，开始天天闭门练功，除空手练拳，还练杨家大杆子，杆子由细到粗，由短到长，又由粗到细，把白蜡杆一会使成面条、一会使成钢筋，一个人练总是短了半截，于是他出钱聘请强壮大汉，定期来家当“人桩”。

功夫不负有心人，这老话老道理，真是历久而弥新。五六年倏忽而过，杨澄甫愈来愈感觉天空明亮、内力通灵、大道通畅了。

三十没立，四十立也不晚。1923 年，四十岁的杨澄甫找不见大哥杨少侯——他好像是南下杭州游历教拳去了，对自己的实力虽有信心，却还不太踏实，想来想去，想到了全佑之子吴鉴泉。

当时五十出头的吴鉴泉，属于京城不多的太极顶尖人物之一，正在开创吴氏太极拳的初期。如果把全佑的师父看作是杨班侯的话，吴鉴泉和杨澄甫可以算是同门师兄弟。吴鉴泉一见杨澄甫来到天坛拳点，很是高兴，虽然比杨大十多岁，但对杨家人保持尊敬，这是必须的礼仪，让座上茶，促膝谈心。

杨澄甫直言：“小弟我最近有些心得，请师兄指点指点。”

于是二人推了两圈。有说法是杨澄甫手进至吴的腹部时，手背轻托三下，吴“跳了三跳”，碍于周围弟子不少，二人笑着收手，互相赞扬。

杨澄甫踏实了，对吴鉴泉高超的柔化功夫他早有领教，这次对方没粘住他，没化掉他，说明自己精进了——如果证实了二不能比你大，则证实你大于等于二。

回到中山公园，杨澄甫对学员宣布：“我准备正式收徒。”这一嘚瑟不要紧，不少高手半开玩笑半当真地请教起来，杨澄甫也半开玩笑半当真地把对方发出去，发出去一个排后，他的名字已经被大家挂在了嘴上，用句成语叫作“名声大噪”。

名声大噪具有引蛇出洞的功能，两条大蛇果然出洞切磋来了：一条大蛇是通臂拳名家人称“臂圣”的张策张秀林，一条大蛇是形意八卦名手孙禄堂。

有人打成仇敌，有人则打成密友。这三个人比武交手后，互相递上生辰八字，然后开始称兄道弟。一般而言，当时北平有四大名拳，形意、八卦、太极、通背（臂），杨澄甫、张秀林、孙禄堂这一桃园三结义，俨然搭建起了一座震惊北平武术界的霸王山。这样，杨家拳三代的三先生杨澄甫，这位性格好好、打拳好好、交友好好的三好先生，慢慢慢慢，不知不觉，其地位声名，如同他的身材，忽然间浑圆胖大起来。

地位和声名的重要性，在于它能换来事业的兴旺和家庭的幸福。杨澄甫的弟子门生逐渐增多，三教九流无奇不有。弟子多了出现意外的可能性就大，翰林弟子陈微明就给了师父一个意外，准确地讲是意外之喜。

清史馆倒闭后，失业的陈微明南下上海，为杨澄甫编著出版了《太极拳术》，还创办了致柔拳社，邀请杨老师南下支撑门面。有书、有社、有人请，一时间大器晚成的杨澄甫，仿佛身披金光，南巡照射。到了 1928 年中央国术馆成立时，张之江李景林第一批网罗的高手名单中，就有他的大名。

杨澄甫在上海立足未定，又应邀到了南京中央国术馆，据说张之江为了留住这位杨家嫡传，许给他月薪五百大洋的高薪，比孙禄堂还多二百大洋，不过杨澄甫拿没拿到五百大洋是个问题，因为他在“央国”待的时间可能不足一月。

有人说杨澄甫担任过中央国术馆教务长，这恐怕不能成立。最初央国并无教务长一职，后来二门取消，朱国福担任了首任教务长。所以杨澄甫在央国的任教时间，与孙禄堂同样短暂，大概都是个把月。据说杨澄甫对央国最初的比武风气，大不适应。虽然他功力强大、内道深厚，但实事求是地讲，在“技击”方面他不能算是超一流，一则杨澄甫从小就没有在“技击术”方面下特别的功夫，二则杨澄甫本人不爱“打架”，推崇的是太极拳养性健身之道，推手神奇，并不直接等于技击神奇，那种认为打好太极拳就能打好架的认识，太过天真。当然，一般的技击高手，已经绝不可能占得杨澄甫的半点便宜了，毕竟老杨已经大球混元，足以让你无从下手，贸然下手的结果一般都是弹回来自我受伤。

后来，杨澄甫被孙禄堂主持的“苏国”——江苏国术馆聘为顾问、一等教习。杭州国术游艺大会前，据说由于黄元秀的推荐，杨澄甫转到了浙江国术馆做教务长，算是做上了一方大省的国术领班，时间是 1929 年年初。黄元秀是浙江国术馆的董事之一，曾通过习练杨家太极，治愈了肺结核。张静江接受了他的推荐，因为杨澄甫确系当时武林中的旗帜人物之一。据说在上任的接风宴上，张静江特意赠送四把龙泉宝剑给杨澄甫的四个儿子。

同年底，杨澄甫以半个东道主的身份，参与组织了杭州国术游艺大会，担任评判员。

杭州三年算是杨澄甫比较得意的日子。浙江国术馆同样聚集了一堆教授，而且个个都觉得自己水平最高。太乙拳教习高守武，见杨门弟子在国术馆呼啸成群，有些不满，又自负绝艺，轻视太极，对杨教务长一点尊敬也没有表示出来，见杨澄甫并不生气，依旧随和，更不拿他当回事了。有天当着杨澄甫的面，他大坐在杨的椅子上，拉开杨的抽屉看着玩。杨澄甫轻易不怒，一怒也不好收拾。二人一人从兵器架上扯了把大枪，径直出了办公室。

功力大了，技击术可以不要。只一招，高教习的大枪就脱手而飞，不由得面红耳赤，无地自容，开始满地找缝。

1931 年的某一天，南拳名师萧聘三教学员学习黑虎拳。萧老师打得兴起，每一跺脚，水泥地上便出现一个脚印。同学们大呼小叫，请求萧老师再露个绝活。萧聘三一高兴，叫同学拿来砖头和水泥板放在厅内地上，然后他开始打拳，哈一声，蹬一脚，砖头和水泥板都在其脚下应声而碎。这一下掀起了教学高潮，同学们大声喝彩。

动静太大，或许影响到了杨澄甫，杨教务长披衣露出窗口：“吵什么！吵什么！”

萧老师笑：“我正在教同学们打黑虎拳。”

杨澄甫随口一句：“这种拳有什么用？”

一句话惹恼了萧老师。萧聘三：“你说我的拳没用？！那你敢不敢跟我比！”

杨澄甫可能是还没睡醒，这次表现了少有的托大：“好，你就在我肚皮上打三拳吧。”

萧聘三怒火中烧，太不拿俺老萧当回事了。于是萧老师一拳就打在杨澄甫的肚皮上，杨澄甫面露痛苦之色，脖子一挺，意思是：第二拳。

萧聘三又是一拳。观看的同学们都吓傻了，唯恐他们平时敬爱的杨教务长七窍流血、拳下暴毙。既然杨澄甫表面上还在若无其事，萧聘三的第三拳也就如约而至了。就在第三拳打中杨澄甫的时候，杨澄甫的右掌拍在了萧聘三的心窝——萧倒在两米开外，口吐鲜血。杨澄甫也捂着肚子，不发一言地走了。

两位高手或许都受了内伤，甚至是很重的内伤，但都不承认。甭管有没有联系，反正不幸的是，两年后萧老师去世、五年后杨老师去世。

或许是因了此次事件的影响，杨澄甫 1932 年把浙国教务长的位置给了刘百川，自己又应陈济棠之邀到广州授拳。在广州杨澄甫出没往来的地方都是“高大上”之地，受到的待遇也很高。所有的教学工作，身边那几个出息的弟子已足够胜任。

或许是南方湿热气候所导致，杨澄甫罹患疝疾，1935 年返回上海，据说有亲友奉送一个民间秘方，按秘方治疗后，患处突然红肿爆发，感染中毒。1936 年农历二月初十，抢救无效，杨澄甫辞世沪上，时年仅五十三岁。

逝者已逝，家人悲痛难言，外人自然多嘴多舌。也有医生说杨澄甫的死因是过于肥胖导致“三高”，也有说因为练功太勤、体力消耗过大，因此狂吃海喝造成恶性循环的。这话也不是胡说，杨澄甫一顿饭吃十几个馒头一只鸡稀松平常，最胖时体重接近三百斤。

逝者已逝，说什么也晚了。是年农历四月初七，上海国术界在功德林为杨澄甫举行追悼会，沪上内外人士数百人参加，大师骤离，海内武林莫不扼腕痛惜。

巧言令色，鲜矣仁，刚毅木讷，近乎仁。尽管一半来自天性，杨澄甫的仁义敦厚大师之风仍然博得广泛口碑。比如在北平武术界后来居上而不恃能倨傲，比如与老大哥孙禄堂的互谅互重，比如与吴鉴泉吴氏在上海传拳的互帮互助，比如每收别派弟子必征得对方师门同意的规矩，更加重要的，或许是英年早逝的他仍然培养出一大批名家弟子，大大保证了杨家太极绝学的传承不失。

1931 年、1933 年、1936 年，李景林、孙禄堂、杨澄甫三位国术巨星相继殒落，其中两人还属于非正常死亡。这等不幸，似乎为风风火火的国术普及运动蒙上了一层不祥的阴影。果然，1937 年淞沪会战爆发，国术馆和国术事业迅速七零八落，直至偃旗息鼓。

6. 杨门弟子

杨家拳四代、五代乃至后代，均不乏善拳之人，不待细言。且跳出家门，说说杨门众多杰出的弟子。杨露禅所传家外弟子，数量并不算多。其女婿夏国勋，或许不应算作“家外”之人。夏国勋与程廷华、刘德宽、李奎垣、张占魁等人友善，这些人还互通有无，串联功夫，形成了一种强强联合式的“八卦太极拳”。

清朝皇上一代只有一个，王爷却并存很多，不要以为只有皇宫里有太监，王府里也有。礼王府有个太监名叫刘进宝，也从杨露禅处学得了杨拳老架。旗人富周，把杨露禅的真传又传于富英，富英传给了官至东北军中将旅长的萧公卓，萧公卓在保定也多有传人。据说富周一脉的杨家太极，属于原汁原味的老拳。成年的杨班侯为杨家“千秋饭碗”计，反对杨露禅教拳毫无保留。杨班侯改造了杨家拳，不再轻易倾囊相授，这也符合历代拳师的思维逻辑，教会徒弟、饿死师傅嘛。

所以当得知富英跟杨班侯练拳的时候，其父富周因为知道杨班侯有保留，干脆找个“家传摔跤、丢掉不孝”的理由让儿子退学，表面上是不再学杨家太极了，暗地里却偷练杨露禅老拳。再传弟子萧公卓的拳法，证明了富家确实在瞒天过海，一直偷练杨家太极。

把杨露禅请进王府的王府大管家王兰亭，也是清末著名高手。王兰亭得了杨露禅的拳艺，又传给了李瑞东、李宾甫、司星三等人，其中这位“鼻子李”李瑞东，是天津中华武士会的支柱性人物，经他之手甚至还延续出一脉“李派太极拳”。

早期追随杨露禅学拳，因身份低级列在杨班侯名下的万春、凌山、全佑，证明了练拳跟出身没有关系，身份低下，也能打出高级名拳。全佑和他的传人“北王南吴”——王茂斋、吴鉴泉，合力开拓出吴式太极拳的另一片天空。

从杨健侯学拳的最著名的弟子，是主持北平体育研究会的许禹生和主持中央国术馆的李景林。杨健侯的弟子还有个叫张钦霖的，曾在杨家打过杂，后被安排进杨澄甫门下。此人晚年传拳于山西、河北等地，其弟子有名王延年者，1949 年把杨家拳带到了台湾，并传至英、美。

有个同样在杨家打过杂工的旗营吹鼓手田兆麟，本来从杨少侯学拳，少侯性子暴烈时时打人，父亲杨健侯就把田兆麟拉倒跟前亲自教授。在国术馆热闹起来之前，1917 年，田兆麟已经远赴杭州，在公立工业大学传授太极拳了，属于最早南传太极拳的先锋之一。

至于杨少侯的弟子传承，吴图南记载主要有东润芳、马润之、尤志学、田兆麟、吴图南，还有得过杨少侯一鳞半爪的刘希哲、顾履平、张虎臣、顾丽生、李寿籛等。

当时，或者说 1949 年以前的杨氏太极拳，弟子正式入门还是颇有一些规矩的。首先要经过师父的反复考验，得到认可，还得本人写拜师帖，最好还要有介绍人，至少是有证明人。在拜师仪式上不仅要拜师，对师伯、师叔等人同样也要磕头。未经上述程序，一般不叫门内弟子、嫡系弟子，未经程序但经过了师父点头认可，一般只称记名弟子。只在课堂上、拳社里、拳班中跟着师父泛泛而学者，没磕过头，师父未必记得你名字的，一般只称为学员、学生或学徒。这师徒、师生关系，可认真，又不必太过认真。比如梅兰芳曾亲自请教过杨澄甫拳法，也自称是杨门弟子，一方面梅大师有成人之美之德，一方面杨澄甫不可能顺竿爬——到处宣扬自己是梅兰芳之师。

跟随杨健侯学过拳的弟子，杨健侯逝世前大部分都安排到了杨澄甫门下。大哥杨少侯的学员，也有不少自愿转投到杨澄甫门下的。所以杨澄甫师徒一系，兵强马壮，硕果累累。

在 1931 年出版的《太极拳使用法》里，杨澄甫列出过一个名单，算是对自己当时弟子的一次小“阅兵”，名单中比较著名的有：

武汇川　田兆麟　董英杰　王旭东　阎月川　牛镜轩　田作林　徐岱山　褚桂亭　刘论山　李得芳　李雅轩　陈微明　杨凤歧　张钦霖　郑佐平　王其和　崔毅士　王镜清　姜廷选　陈光恺　王保还　邢玉臣　刘尽臣　匡克明　杨鸿志　于化行　濮玉　滕南璇　奚诚甫　朱纫芝　郭荫棠　李万程　张种交

进入二十一世纪后，永年太极拳志编纂委员会历经两年多的努力，编纂出一部七十五万字的《永年太极拳志》，又在杨澄甫传人名单里补入了一批著名弟子，其中有：

吕殿臣　郭清杰　傅仲文　赵斌　傅宗元　郑曼青　陈月坡　蒋玉堃　叶大密　吴志清　汪永泉　曾如柏

7. 杨门三轩

杨澄甫传人名单中可见“三轩”：牛春明牛镜轩、田兆麟田绍轩、李椿年李雅轩。有牛，有田，还有犁（李），倒是可以凑成一个小地主之家。可惜三轩并没有联手干什么大事，放在一起写，完全是沾了“轩”的光。

三轩三人都跟澄甫老爹健侯学过拳，连“三轩”的名号，亦拜健侯先生所赐。杨健侯慧眼识三轩，健侯、少侯、澄甫贴身培养，果然把三小灵童造就成了杨门弟子中的三大名片式人物。

北京人牛镜轩，学医出身。行医、行拳，多有殊途同道之意，所以他与杨健侯学得不错，能空手开罐头——那时候还没有易拉罐，后来还到中央公园与杨澄甫一起当教练。1920 年牛镜轩南下辗转教拳，闯荡十来年，终于在 1929 年在杭州浙江国术馆与杨澄甫会合。此时牛镜轩已经在杭州有了自己的小小地盘和事业，医馆和拳馆，也有了自己的小传奇，比如击败武举人某某、拳霸某某、白鹤拳师柯凤元什么的。

牛医生早年还跟杨健侯学过点穴，杨健侯不仅用指头点，还能用铜烟袋锅子点。可惜杨健侯死的时候，尚未来得及传授解穴的方法。所以牛镜轩一直不太敢施法点穴，一旦点重了解不了，那就惨了。这一点一解，阴阳两面，合则成圆，偏则成废。

师父杨澄甫离开杭城后，除抗战时期有些东躲西藏的遭遇，牛镜轩一直定居在美丽的西湖之畔，先后维持着牛镜轩太极拳社和牛镜轩推拿诊所。1949 年以后，有点“大隐隐于市”模样的牛镜轩，并不确定自己已成为杨式太极拳为数不多的功夫精湛者，一不留神成了杭州乃至浙江武术界的泰斗级前辈。1961 年，八十岁的牛镜轩因癌症去世，去世的十天前，他还每周乘公交车去浙江大学教授“牛氏”太极拳。

田绍轩，以“田兆麟”之名鸣世，比牛镜轩小十岁。1891 年生于北京，兄妹四人，他排行第二，幼年丧父，长兄走失。穷人的孩子早当家，八岁时要为母亲分忧，在家门口摆起了水果摊子，年少懂事，引起了购买水果的杨健侯的注意。数次接触后，杨健侯觉得这孩子是个练武的好坯子。穷就穷吧，杨家养得起，就让田兆麟吃住在杨家，与杨少侯、杨澄甫一起学拳练功。

既然是亲自选中，杨健侯对田兆麟分外严厉。田后来回忆说，刚开始的半年，几乎把他练傻了，只一个无极站桩和一个太极起势就练了半年！

果然不负伯乐之望，二十岁的田兆麟证明了自己确实是千里驹，在民国元年北京城的武林擂台上，他连续击败三十余人，一举成名。从此以后，健侯、少侯不论是出近门还是出远门，都愿意带着他一起去。

1921 年，田兆麟随少侯先生南下“苏杭天堂”。与现在出租车经常欺负“外地人”的情况一样，杭州人力车夫也不省油，一听田是北方口音，就索要双倍车费。田兆麟不给，车夫扯住田的衣服想吓唬吓唬他，可惜认错人了，田兆麟随便一扒拉，车夫便跌了一个筋斗。又与现在某些情况类似，车夫胆子大，是因为人多势众，十多个车夫不干了，一拥而上，田兆麟虽然听不懂对方的“杭骂”，但拳头不饶人，几声哼哈之后，放倒一片。最后的结果是田兆麟抬着下巴壳，扬长而去。还有一次田兆麟在西湖边品龙井，一群军人仗势压人，要他让座，他又如法炮制，放倒一片。围观的车夫这次不骂他了，还添油加醋，吹得田兆麟名震杭城。

1923 年，随杨少侯闯荡江湖的田兆麟回到北京，听说原本不是对手的杨澄甫突然功夫暴长，实在不敢相信，急不可耐想试验一把。没想到一出手就被杨澄甫粘住，原想把对方发出去，结果自己被发。嗜武的田兆麟当然也梦想功夫暴长，所以甘心情愿地出具拜帖，成为杨澄甫的弟子，好在他比杨澄甫小五六岁，不算以大拜小。

1928 年，田兆麟被聘入江苏国术馆主教内家拳。杭州国术游艺大会，田兆麟名列监察委员名单。1929 年，随杨澄甫成为浙江国术馆的骨干教练。从一帧留存的老照片上可以看出，田兆麟在浙国的地位已不容忽视，因为他能同李景林、孙禄堂、杨澄甫、黄元秀等人“坐”在一起合影里了，要知道在那张合影中，有不少人是“站”在大人物身后的。

田兆麟身兼杨门拳两代所传的老架、大中小三架，以及推手、大捋、散手、刀、剑、枪、棍，外加杨门秘术八段锦、大杆子、闭身撇身捶、错骨分筋、点穴诸技。田兆麟推手手法奇妙、出劲深沉，找他挑战的人，经常被“自己的力伤着自己”，以彼之道、还彼之身也，所以田兆麟经常送给对手一句话是：“你的劲还给你了，去找医生吧。”

二十世纪三十年代后，田兆麟定居沪上，常在外滩公园等地授拳。五十年代初，有一南拳拳手吕飞龙，常见田兆麟被人簇拥，心想这个玩太极的很会忽悠人啊，某日发现田兆麟一人在公园，遂起挑战之心，两拳飞出，俱被拍歪，骨头剧痛。田兆麟笑：“我要直着来，你骨头断了。”

1956 年，田兆麟还担任过全国第一届武术大赛的裁判。1960 年，七十岁的田兆麟过世。在外滩公园随田兆麟学拳的，还有个姓季的徒弟，他家中柜子里一直挂着一件白上衣，上衣左胸口有个“田兆麟脚印”，老季一直把这个四十三码的脚印，当作师父的“遗存”。时间一长，脚印会挥发，老季着急，找支笔把脚印重重地描在了上衣上，以资永久纪念。

三轩说过两轩，还剩一轩。

李雅轩，比之田兆麟又小了三岁，1894 年出生于直隶交河县。1914 年，二十岁的李雅轩应邀去好友张某某家陪客，要陪的客人名叫傅海田。座上几人好武，免不了一番盘拳论技。受了感染的李雅轩，第二天便找到傅要求从学太极。学了几个月，傅海田对李雅轩说：“我这点本事当不了你老师了，我的老师广平府杨澄甫，你去找他吧。”

李雅轩刚来到北京中央公园，便赢得了杨健侯的赏识，并拜了杨澄甫。从此掉入太极魔境，这一着魔持续了十四之久，十四年不是个小数，是能把许多根铁杵磨成针的，资质超群的李雅轩，自然已被磨成了大高手。

1928 年，李雅轩接到杨澄甫的信要他去南京中央国术馆会合，共同创业。李雅轩激动得无以言表，打量自己太过寒碜，竟然破釜沉舟，变卖家产，置办了一套出门的衣物，其他用作路费。到了南京，发现杨澄甫辞职不在国术馆了。找不到师父，“家产”也花得八九不离十了，慌张为难之际，发现中央国术馆正在招考教授班学员。进了“教授班”，不但吃和住的问题都可以就地解决，毕业后文凭过硬，还“包分配”，直接到各地国术馆当教头。

这么好的“鲤鱼跳龙门”的机会，当然令人趋之若鹜。几十个人的录取名额，二百多人参考。你说二百多人不算多呀，且慢，这些人都是经过各级选拔筛出来的，不是高手也是候补高手。招考人只试了一下李雅轩的手段，便知深浅，同意让他进入正式考试。

台上一分钟，台下十年功，做过台下十四年功的李雅轩，背后受罪已完成，该人前显贵了。最终，他荣获总分第二名，连张之江馆长都对他青眼有加了。

1929 年，李雅轩听说杨澄甫在浙江国术馆担任教务长，便毅然南下杭州。也不知道他的教授班毕没毕业，这已经不重要了，要说学习，自然是跟着杨澄甫更好，要说毕业去当教习，跟着杨也能直接达成心愿。

果然，李雅轩在浙国朝夕随同杨师，并以主任教员的身份教练太极拳。李雅轩一进浙江国术馆，就曾把手能开砖碎石的同事。少林拳拳师周声洪打岔了气，害得杨澄甫亲自提着橘子香蕉去看望周病号。李雅轩回忆说：

在杭州民权路大礼堂，我与周声洪打手，用的反掌打，以右手向其面部虚扬一下，他以右臂往上猛架时，其右肋已露出，我便以右手由上往下一翻，向其右胁间轻脆的一弹。一弹不行了，他便两臂抱胸蹲地，说不出话来，以手示意要回宿舍。我扶他起来，送他到宿舍，修养了七天，连吃了几剂七厘散而愈。盖因我去之劲虽是不大，但正在他呼吸的时候，于不知不觉之中被弹了一下，打隔了气，并非是打伤他。

也有关于李雅轩武艺的不利记录，真假难辨，比如在《内家拳旧闻》中便有一则记述说：

李雅轩在杨家太极的传人里算是够胆的，他参加了杭州的国术游艺大会，虽然连输了两场被淘汰，但敢上去已属不易。至于很多人为什么最后练到太极拳上来，并不是因为太极拳有多么突出的技击作用，而是因为太极拳是个研究道理的拳，不要过分迷信它。

1933年杨澄甫应邀去了广东，浙国的太极拳便由李雅轩全权负责。第二年李雅轩又应邀去了南京。在南京任教几年后，抗战爆发，他随着流浪大军流浪大西南，在重庆打到了某国军骑兵师长徐俊，徐师长于是请客，在酒席上拜李为师。流浪到成都的时候，恰逢公园里有个武会，耍拳不如弄刀目标大，于是李雅轩借别人的刀，耍了一趟太极刀。

刀之所以无辜，是因为它有时候惹祸，有时候也添福。一趟太极刀，改变了李雅轩的人生轨迹。一个北方人后半生能留在四川、留在成都，是需要一定理由的。川菜好吃，川妹子漂亮，这些理由都不够，首要的理由，应该是在此有事业可为，然后才轮到吃川菜、娶川妹。

一趟太极刀，本来就是让人看的，若是恰巧被贵人看到，那就等于中奖。贵人是山东人，名刘仲桥，当然也是受小日本所迫流浪到了四川。但流浪和流浪不同，刘仲桥流浪到成都，手里有金条，手下有纺织厂，关键是还有武术，一瞧那位的太极刀，刘仲桥知道真正的高手来了！

迎上，请茶，一问是流浪的闲人兼穷人，立刻送上四百大洋，外加一百大洋衣帽费。本来就器宇轩昂的帅哥李雅轩，搓了澡、理了发、穿了新衣服，简直就帅立方了。但你不能因此武断地说李雅轩凭什么就幸运？其一，如俗话所说机会总给有准备之人，其二，李雅轩从东流浪到西，天天都会使几趟拳脚，看见过的人不计其数，在不计其数的观众中遇到一个有实力、有眼力的贵人，符合中奖概率。

刘仲桥拜师李雅轩后，李雅轩水涨船高，算是走上了高端路线，随后结识的大多是高官、贵人、老板，其中也有不少人拜师练拳。

说话间到了1946年，李雅轩在重庆陆军大学任教官，肩膀上竟然也挂着晶灿灿的少将军衔，少将军衔也不算什么，关键看跟谁比了，比如跟他的太极拳学员比——黄维、卫立煌、黄伯韬等，少将算个毛？据说有高级将领戏弄李雅轩，他就在推手时把对方摔个乌龟朝天，因此得了个“目无长官”的荣誉，并受到校方处分。

李雅轩的少将军衔，跟早些时候的万籁声有些类似，不能太过认真，但又不算完全没用。因为这个少将的另一面是“高等拳师”，所以大抵算身份清白。1949年以后，因为此等特殊资历，李雅轩进入了成都政协。当然，其中有四川体委副主任郭勋祺的帮助，郭勋祺是起义的原国民党“川军名将”，也是李雅轩的正式弟子。

谁若是预测李雅轩“文革”中一定会倒霉，答案是错了。那时候要做造反派头头也是需要“战斗力”的，成都工人造反派的头头不是别人，竟然还是李雅轩的弟子。所以，李雅轩仍然可以在成都这座休闲城市的某座竹楼上，喝喝早茶，遛遛拳套子，与几个老拳师摆摆龙门阵。直到1976年八十三岁去世，四十余年的蜀地生涯，李雅轩可谓一拳在手、人生安适。

8. 杨门五虎

杨传弟子，特别是杨澄甫门下，拳星璀璨，武杰辈出，数有三轩、五虎、十杰等，但都不是多么正式的法定称谓，而且其中多有人员相互参差。

褚桂亭、武汇川、张钦霖、陈微明、郑曼青、王其和、崔毅士、董英杰、姜廷选、阎月川、徐岱山、尤志学、汪永泉……这些人都可列入十杰榜，个个名头不弱，只是在不同时间、不同地点或不同事功中，各露峥嵘罢了。另外，有把十杰中的陈微明、褚桂亭、田兆麟、武汇川、董英杰合称“杨门五虎”的。鉴于“十杰”篇幅过大，我们就挑这个“五虎”以点带面介绍一下吧。

五虎之一的褚桂亭，1892 年出生于直隶任丘南关村，家里是个小商户。七岁时半天读书、半天练功，他的气功师、拳师是“李半仙”李铁斋，八岁适逢义和拳兴起、八国联军入侵，天下大乱，褚桂亭练武强身的报国之心愈见迫切。十三岁随形意高手“单刀”李存义、姜玉和，八卦名手陈德路、梁振圃求艺，后来还得到了中华武士会“鼻子李”李瑞东、“神枪”李书文的授教。

李书文神枪之能，曾深深打动了十八岁的褚桂亭。为此他苦修臂力，一杆大枪，先挑一二十斤小沙包，后挑五六十斤中沙包，再挑百斤以上大沙包。练完重，又返回轻。用大枪扎石头、扎墙洞、扎兔子、扎小鸡，最后是扎蝴蝶、扎苍蝇，直到能扎中窗户上的苍蝇而窗纸不破，耍大枪比使筷子还灵便，俨然已臻李书文的神枪境界。

光学不行，还缺历练，李存义让二十岁的褚桂亭进入万通镖局做镖师，工作就是“在路上”。镖师走多了，都善于苦中作乐，客栈里弄个水煮花生米、凉拌白菜心什么的，喝完小酒，褚桂亭还跟于炳忠镖师学练醉八仙。

眼看着镖局被银行业摧毁，褚桂亭开始跟着巡演的戏班子做保安。1914 年从武汉回到任丘，为送别东渡日本的师叔郝恩光，别的兄弟乘船去天津，他非要步行，一是为了省钱，二是为了一路行功。从大清河一直走到天津，边走边打形意崩、钻二拳。即将东渡的郝恩光，在油灯下递过一把柳叶刀：“你不是暗恋我的三合对刀吗？现在就传给你。”

1917 年褚桂亭南下闯荡江湖，1925 年当上了五省总督孙传芳的总督府侍卫队武术教官。孙传芳骑马外出的时候，身边常有两个骑马护卫，其一就是褚桂亭。褚桂亭好学，见到好功夫就想翻个底透，听说李景林离开军界南下，立刻前往投拜。因为身上有形意六合剑和八卦龙形剑做底子，不到两年，就将李景林的武当剑吸到精髓，形神俱似，李景林大为高兴。那是因为李景林虽弟子众多，但真正练出名堂的却也寥寥。

受到李景林、孙禄堂等人的影响，褚桂亭逐渐悟到自己离武学大师还有一个短板：文化。于是他开始读书，灯下临池，以毛笔为兵器“文练”。1929 年举行杭州国术游艺大会，褚桂亭名列监察委员之一。

杨少侯、田兆麟、褚桂亭这几位，属于提前南下的杨门英豪，而 1929 年左右才南下的杨澄甫等人，是赶国术馆的热闹晚来的。同门相聚，免不了置酒言欢，大家三句话不离本行。杨少侯、杨澄甫兄弟性情并不投契，或许是杨澄甫后来居上的名声让大哥不太自在，杨少侯就点名让褚桂亭和董英杰“比画比画”。

褚桂亭因为董英杰一直随从杨澄甫，故有所礼让。董一发劲，褚就一退，退了三步，都到墙根了，董以为自己胜券在握，没想到褚桂亭突然反攻，猝不及防，倒退不迭，撞到桌子之前被杨澄甫一把托住。杨少侯对褚桂亭跷起大拇指说：“随起随落，起落皆宜势，晚上来我房间，我给你讲讲。”

褚桂亭随后也担任了浙国教师，并正式拜了杨澄甫。1930 年江南水灾，孙禄堂等名家发起义演，褚桂亭在义演中表演醉八仙，成为最受欢迎的节目。然后又接任了金陵警官学校以及国民政府侍卫队的国术总教官。第一次到侍卫队，侍卫队长一看被上司请来的这个总教官虽然也算高大，但土里土气的像个庄稼汉。队长虽无把握赢，但自信不会输，更不会输得很难看，便牛皮哄哄地对褚桂亭道：“胜了我这个队长，你就是南京第一。”

堂堂侍卫队长，在有名的“快手褚”面前，也是一招即被弹出，又被褚单腿压在地上。这下侍卫队全体拜服。其中几个人担心上班时间褚桂亭教得不真，还私下里磕头拜师要学秘籍绝招。在南京的四五年里，政府要员陈诚、李士贞、吴思远、陈璧君、董健吾、吴恩豫，商务会长李福海，大明星荀慧生、袁美云，还有蒋介石、汪精卫的警卫金尧、吴正祥等，都在褚桂亭的学生名单上。

1936 年，褚桂亭率人将已故的杨少侯灵柩，从南京陵园运至浦口码头，与上海运来的杨澄甫灵柩会合，一同北运。在浦口码头，国术界数百人设起灵台，祭奠太极二杨。褚桂亭为了这次活动，花费巨额私人存款，极尽弟子之心。要说孝敬活人总还有些好处，人死茶凉，还能如此作为，褚桂亭真正的仁心侠义，令人扪心赞叹。

实际上，杨澄甫和褚桂亭的关系远非想象中那么亲密，甚至师徒关系很是朴素，杨澄甫真正喜欢的弟子大约是陈微明、武汇川、董英杰几位。拉不近师徒关系的一个原因，是褚桂亭“不会说话”“不会捧场”，师父行走江湖，没有带着他一起走的意思，是因为感觉他“用处不大”。

不善言辞的褚桂亭最后用自己的行动证明，尊师也罢，义气也罢，有的人在表面、有的人在内心，当然不排除表面和内心兼美的。

《蒋介石日记》里记有一事，1937 年 8 月 9 日，江苏保安队干掉了日军中尉大山勇夫。此前，该日军中尉因当街射杀一名保安队员，引发众怒。当时的江苏保安队队员奋起发威，除掉了大山勇夫，而保安队员们素日练习的刺枪术和劈刀术，正是褚桂亭和傅剑秋创编并督练的。南京沦陷后，褚桂亭虽然认识汪精卫并曾教拳于汪妻陈璧君，但他深明大义，下决心远离汉奸阵营，逃难昆明。

抗战胜利后褚桂亭回到南京。某日，听说上海滩的师兄田兆麟跟斧头帮结下了梁子，褚桂亭执意前往，单身赤手进入斧头帮帮会，竟然把事情给“摆平”了。解放战争后期，师弟郑曼青劝他同去台湾，被他断然拒绝。

1949 年以后，褚桂亭定居上海，曾因小有名气而被聘入文史馆，却被他以文化不够拒绝了。褚先后在复兴公园、人民公园等地教拳。据传七十五岁时吃核桃还能用手指捏碎。1977 年 3 月 16 日褚桂亭逝世，享年八十五岁。

褚桂亭身怀多般武艺，可谓一身凝聚多位顶尖高手的绝艺，可惜天时不遇，有大师之材而无大师之命，当然欠缺武理建树，也是他的一个弱点。

再说五虎之一的武汇川，名振海，1890 年出生。1912 年在北京中央公园以少林拳挑战牛镜轩失利，立刻拜入杨澄甫门下。此人自视甚高、性格莽直，一个例子可以证明：1935 年在上海成立汇川太极拳社，公然号称“杨氏首徒”，表明自己资历特老，标榜自己杨门弟子中武功第一。

按照常理，杨澄甫身边的一帮人应该与乃师一般仁义道德、温和敦厚。偏偏这个武汇川锋芒毕露，先声夺人。此种“刺猬型人才”应该不符合杨澄甫的审美要求的，奇怪的是，杨澄甫真的很喜欢武汇川在他面前恣意放肆，甚至像宝一样把他带在身边，或许这就叫缺啥补啥吧。

武汇川身材魁梧、敢冲敢撞，从学徒起便被杨澄甫选作了“人靶子”，相当于杨为刀俎、武为鱼肉。人靶子每天的遭遇，好一似刚出绞肉机又入和面机，被千百回撕扯揉搓。当然，这遭遇的结局，意外的却是双赢。武汇川赢到的是，从绞肉机余出弹性牛丸，从和面机揉出筋道呛面大馒头。

当“人靶子”得了甜头，武汇川自己收徒弟也喜欢胖大硕伟的，这样可以像师父那样如法炮制，哈哈，完全把圣人“己所不欲勿施于人”的教导当蒲公英吹了。徒弟做了人靶子，竟然也有喜欢受虐的，大呼过瘾。师徒推手，武汇川气势凶猛、入内透里，徒弟落地时地动山摇、哐当作响，师徒大呼：“真人生一大乐事也！”

在灯红酒绿的上海滩，武汇川经常头戴礼帽，身披黑色斗篷，偶尔也会出现在吴鉴泉、叶大密等人的拳社，去了就说："谁敢跟我比一比？"

还真没多少人敢比，遇到个别不知好歹的，差不多都被武汇川给当了"肉靶子"。所以大家一般公认在上海除了师父杨澄甫，那就是武汇川功力深厚了，所以他与三轩中的田兆麟被称作沪上杨门"哼哈二将"。

武汇川曾去山东国术馆短暂任职。也曾做过发财梦，投资股票结果打了水漂。一次把资本家打伤，资本家武功不行，脑子行，人家有汽车，暗地里开车将武汇川撞伤，还肇事逃逸。

1936 年杨澄甫意外病逝，四十七岁的武汇川也在同年暴病而亡。

据说海上闻人张啸林曾聘请武汇川为武术教师，专门给他包了一辆豪华人力车，并赠送他一块手牌，手牌的作用是在张啸林的娱乐场所——多座青楼内享受贵宾待遇，免费畅行，武汇川因此一度夜夜笙歌，乐在其中。

不能因此把武汇川当成"流氓混混"，他教授弟子不乏精心，名下高徒不少，武功实力都不容小觑。而且武汇川也很会作诗，比如：一片二片三四片，五片六片七八片，九片十片十一片，化入太极都不见。

9. 任县帮

"廖大嘴"廖白先生曾评论过杨氏太极拳的人物，值得一听：

有人说杨氏到了杨澄甫先生时，就没真东西了。这是胡说八道。杨澄甫先生的功夫是非常厉害的。散手、推手都行。当年杨澄甫先生去广州，李济深不仅借给他一幢小洋楼，还送给他两个美女。没真功夫，哪能有这种待遇。这事不是我胡说，广州的朋友马志斌也知道的很清楚。

根据我的体会杨氏太极练的好的还是在上海。比较出色的田兆麟一支，田的徒弟叶大密一支，褚桂亭一支。此外还有位姚师傅，据说是武汇川的徒弟，都有功夫，可以说是藏龙卧虎。但脱俗的高手也没有见到。相比而言，金仁霖的推手功夫确实很高。蔡松芳并没有传说的那么神，与金仁霖相伯仲。褚桂亭的传人葛先生发人的功夫很好，打出去咚咚的响。傅钟文不跟外人推手，不知其底细。田兆麟的徒孙李歌清，触人甚轻，发力生脆，但是得进他的点，应变差一些，也算是好手了。

北京练杨氏的，解放后两大支，崔毅士、汪永泉。说实话与上海练杨氏的比差了一节。两边的练法也不一样。崔毅士是个踮脚，靠在树上跟徒弟玩推手，看着都别扭。汪永泉是说拳的主儿，北京话老头儿拳，老头儿玩玩的玩意儿，离实用远了点。仲浩群说魏树人有功夫，不知是按照什么标准。根据我的体会，基本没什么功夫，推手恐怕还不如白普山，比金仁霖、蔡松芳就差远了。北京人懒，在公园里尽是凑在一起说拳的，上海人讲究实际，在公园里练的多说的少。看来北京人要骂我了。北京练杨氏的还喜欢空谈高境界，什么空啊、意啊。这点倒与上海吴氏的马岳梁一支很相似。

杨门传人，除去五虎、十杰，还有"任县四人帮"之说。说的是河北任县不得了、出了杨门四块宝：王其和、姜廷选、崔毅士、董英杰。

王、姜略过，单说崔、董。其中董英杰也是五虎之一。崔毅士名立志，字毅士，任县大屯村人。董英杰名文科，字质斋，号英杰，任县北关人。从地理位置上讲，两家相距并不远，但董家要优越一点，因为住在城乡结合部。

崔毅士 1892 年出生，比董大了五岁。崔毅士从小就跟着爱武的父亲去找邻村老拳师刘瀛洲，习练三皇炮捶，并由刘瀛洲介绍，又随了“太极圣手”李香远，学武氏郝传开合太极小架。董英杰幼时的求师经历也大致相同，只是不知道俩人是不是在刘瀛洲或李香远处就已经互相认识了。

乡下的崔毅士，家庭经济反而比城关的董家好一些。1909 年，十七岁的小崔进京继承祖上遗产，遗产中还有一份“永聚号”麻刀灰铺子的商号。遗产让小崔进入富二代行列。富二代中也有干正事的，比如崔毅士。在北京他四处打听、八方探访，掂量了数天，最后拜入杨门，成为杨澄甫最早的弟子之一。

无志者常立志，有志者立长志。从此崔毅士就陪伴着杨澄甫一起成长，一直跟到杨澄甫 1936 年谢世，合计二十七年。这份追随，真对得起他本人的名字崔立志——立志打好太极拳，而崔毅士的名字也很好，其毅力果然超常。

董英杰呢，他比崔哥晚了十三年，一直到 1926 年才拜入杨澄甫门下。不过，前边的时间董英杰也没闲着，他把武氏太极已经练入堂奥。一个武氏已经不能满足他了，太极那么多，他想都转转，于是对名气更大的杨氏太极产生了探秘心理，便辞别家人进京寻找杨门正宗。

1928 年，崔毅士、董英杰都作为杨澄甫团队的成员，合伙南下，纵横上海、南京、杭州、汉口、广州等地。也正是因为门前如狼似虎高手如云，才保证了杨澄甫毫无愧色地与李景林、孙禄堂成为国术黄金时期的三巨头。

1932 年，当身在浙国的杨澄甫接受陈济棠、李宗仁邀请前往广州时，不知崔毅士有没有同时前往，董英杰肯定是去了。

杨澄甫 1936 意外病亡，群龙无首，必然分裂。崔毅士也开始单飞，抗战期间一个人授拳于武汉、万县、西安、兰州、蚌埠、合肥等地，并曾在西安成立致强太极拳社。

抗战胜利后，崔毅士回转北京。别忘了人家在北京有产业，就是东华门大街路南的永聚号；也有豪宅，东华门附近数出数进的四合院，用的全是红木家具，摆的全是古董。

1949 年以后，崔毅士当选为北京市政协委员，创立了北京永年太极拳社，从“永年”的名字可见，崔一生不忘师恩，传拳也坚守杨门规矩。

董英杰则一直留在广州，往来于粤、港、澳等地继续传拳，甚至一度下了南洋，传拳东南亚。各位皆知泰拳凌厉，董英杰击败了多少泰拳高手不得而知，反正他的太极拳社在泰国也站住了脚。

1948 年，香港的董英杰太极健身院公开发售董著《太极拳释义》。在 1954 年发生的澳门生死擂吴公仪对陈克夫一战中，五十七岁的董英杰还担任了擂台裁判之一，曾亲自上台表演过“董氏太极拳”。他的董氏杨家拳，练习路线叫“先求开展，后求圆棚，再求紧凑”，当然董英杰一定是超越了“紧凑”的程度。董先生于 1961 年去世，其子董虎岭、其女董茉莉，以及其孙、其曾孙等，都是太极拳知名人士，广泛传播太极拳于海外。

老年的崔毅士达观豪爽，交友广泛，他的拳社很像北京的拳友之家。全国各地只要是杨澄甫弟子来到北京，都会感受到崔毅士热烈的兄长情谊。1963 年，年逾古稀的崔毅士竟然从太极故里广府永年邀请到了侯助清女士进京小住。

侯助清何许人也？杨澄甫夫人！

是时，杨门弟子们与“老师母”，也有弟子应该叫她“老师奶”的，聚集一堂，共话往事。年龄最小的太极儿童，助兴朗诵了一段太极拳发劲歌：

丹田气鼓劲前冲，势如强弩透其胸。
陡然一震五脏碎，一心太极还是松。

童子唱完发劲歌，引起了崔毅士老人的回忆：

说起这发劲啊，不知你们发现过没有，其实每个人发劲时不一样，可能是意识太过于专注，完全忘了自己应该什么表情。班侯师爷发劲时脸上发怒，健侯师爷发劲时脸上反而是一笑，杨少侯发劲时一脸诡异，澄甫师发劲时没有表情，李雅轩发劲时瞪眼，李香远师父发劲时也是笑嘻嘻的样子……

说着，絮叨着，崔毅士不知道自己已经老泪纵横，在场年纪大些的无不泪眼婆娑。侯助清老人吃力地扭头看去，墙上有幅灰暗的画像，画像里的杨澄甫正默默地注视着她。

第十一章　吴氏太极拳

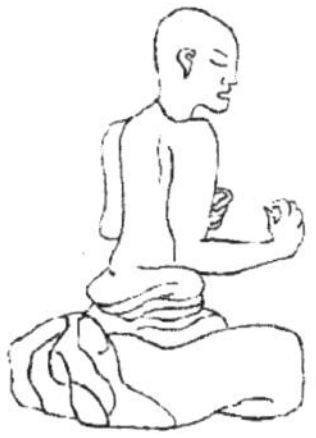

1. 吴全佑

北京人喜欢侃大山，据说受满族人入关的影响较大，因为东北那地方的人能侃，刘能赵四刘大脑袋，大家都知道。东北二人转必是一男一女，一般还是一能一怂，一聪一傻，道理很合阴阳太极之理，一男一女二人抡圆了这么一转，红红火火，圆圆乎乎。

吴全佑很小的时候，就发现了“圆”的超级恐怖——圆是世界的开始，圆是世界的结束，圆是天地间存在状态之最佳。天圆，地圆，太阳、月亮、地球，都是圆的，人类自从发明了车轱辘圆，历史发展立刻进入大幅度提速的时代。人是天地的造化，很大程度上是地球月亮太阳转出来的精灵，太极拳玩的是画弧抡圆，终极目标是把人练成内气充盈的大球，颠扑不破，踢打无伤。所以太极拳不止是武术，更是超越武术的人体修炼，这个道理一点也不悬乎，其实十分简单。

天下之大，一圆而已。

人生之求，圆满而已。

言归正传，吴全佑有个朋友叫许禹生，许禹生在《太极拳势图解》里介绍吴全佑说：

> 当露禅先生充旗营教师时，得其真传盖三人：万春、凌山、全佑是也；一劲刚、一善发人、一善柔化；或谓三人各得先生之一体，有筋骨皮之分。

这位“善柔化”的吴全佑，是吴氏太极拳的开山人物，1834 年生，1902 年卒。按时间算，吴全佑属于最早随杨露禅学拳的弟子之一，因为同学中有王爷家的贝勒、贝子以及旗营的高级军官，担任“神机火器营”小军官的吴全佑，不适合同上述人物互称师兄师弟，所以他被记名于杨露禅的儿子杨班侯名下。另一个说法是，当时的吴全佑担任的是王府侍卫，当然，说不定侍卫、旗营是一回事，一个编制不同工作岗位。

先学杨露禅老派，后学杨班侯初改的新派，吴全佑合二为一，为创立吴家风格太极拳奠定了基础。全佑此人为人忠厚，外柔内刚，对杨露禅执礼甚恭，一片“孝心”。那一年，老迈的杨露禅回永年老家过年，会不会再回北京还很难说。吴全佑徒步送师，一程一程又一程，直到送出卢沟桥，杨露禅命令他返回，并鼓励他回去好好练，站住中定，往开立打。吴全佑还是依依不舍，继续跟着走，杨露禅跳下马车，急了："我全部功夫都教过你了，没有一招留下，就看你以后练的造化了，记住圈内打人、圈外推人便是。"

全佑的家室，安在城南大兴，乡邻人称"全三爷"。他喜欢养鸽子，曾路见不平拔刀相助，用大杆子击溃十多人，当时，这十多个打手正围殴三个使长枪的回人，没承想这十多个打手是"抬黄杠"的，其背后主使乃是某太监。

太监想出的办法总是阴毒，命人在全三爷玩鸽子的地方埋伏，打手们个个戴了防灰的风镜，先是用石灰迷了全佑的双眼，然后一顿乱打，多亏全佑运气护体，否则非死即残。全佑也不是普通布衣，是旗人出身，还担任九门提督惠五爷家里的武把式，也就是武术教练。惠五爷一出面，太监赶紧大摆筵席、赔礼道歉。

全佑靠着一身太极柔化之功，曾经在旗营里降服烈马。烈马碰上他实在是运气不好，冲刺，急刹，狂抖，尥蹶子，十八般武艺都用上了，马背上这个汉子却浑若无事，两脚还夹得烈马极不舒服，最终烈马决定投降：大爷唉，爱骑就骑吧，老子认命啦。

三十年河东，三十年河西。辛亥革命后，王爷跌落为平头百姓，全佑这些跟班当差的，失去了待遇优裕的工作岗位，大批满人随行就市，改了汉姓，比如有些"爱新觉罗"姓就改了"金"，"爱新"的原意本来就是"金子"，"叶赫那拉"改了"佟"等。全佑的本名应该是乌佳哈拉·全佑，之所以改成"吴"姓，据说是因为"吴"与"乌"谐音的缘故。

王爷贝勒们失去了特权和公俸，不少人靠变卖家产度日，全佑虽然家产不怎么样，但他不像某些满族纨绔，只会盘核桃、遛鸟、斗蛐蛐。他会太极拳，于是开设武馆，教学成绩颇为可圈可点，著名的有九大弟子：王茂斋、郭松亭、夏公甫、齐阁臣、刘恩绶、刘彩臣、常远亭、英杰臣，当然还有全佑的儿子"老九"吴鉴泉，一个赛一个，均身手不俗。

九大弟子够多，随意点一个吧，比如排行老七的"七大爷"常远亭。

这常家比全佑家出身还要"高贵"。常门祖先曾跟随清太祖入关有功，被封"多罗亲王"。所以常远亭年轻时就在皇宫大内混，担任四品带刀侍卫，又带着一身的武艺跟随全佑习练太极拳。

常远亭的儿子常云阶，自幼随父开练，几十年持之以恒。经父子两代研磨，常家太极拳逐渐形成了所谓"龙身蛇形、低沉婉转、内含折叠"的特色。1970 年去世的常云阶，在世时着手成立了"常氏太极拳研究会"，并编写了《常氏太极拳大全》。目前全国各地常氏弟子也有数万之众，影响不大却也不小。二十世纪八十年代上海武协主席顾留馨曾评价说：

常拳既有别于吴氏又不同于杨氏，其架式低沉，劲走螺旋、内意丰富、起伏自如，具有浓郁的古典太极拳色彩。经研究，一致认为这是吴氏的老架子、杨氏的大架子，经常家父子二代人学而后化，独具一格的太极拳。

常拳实系吴氏一脉，要说在吴全佑九大弟子中推广传播吴氏太极成绩最为卓著者，当属“北王南吴”，北王，叫作王茂斋，南吴，则是吴鉴泉。甚至很有一些人舍弃全佑，把吴鉴泉和王茂斋定位为吴氏太极拳的创始人。

2. 北王王茂斋

吴鉴泉南下，北京乃至北方的吴氏太极拳，多传自在全佑九大弟子中排在老大的王茂斋。注意，意拳有个王芗斋，跟太极拳这个王茂斋名字相似，但不是一回事。吴氏太极的王茂斋，1862 年出生于山东掖县大武官村，少时进京，在砖瓦铺学徒，砖瓦铺位于东四钱粮胡同，名叫同盛福。这个建材铺子很可能是王家祖业，否则王茂斋一个掖县娃很难进京，更不太可能三十多岁就做上大掌柜。

同盛福前店后宅，虽难称大富大贵，但黄花梨柜子里银元和余粮都是不缺的。所以王茂斋一方面是全佑弟子，另一方面也是全佑家的“贵人”。作为来自孔孟之乡的山东客，在尊师重教方面王茂斋表现优异。全佑之所以认识他，完全是因为店主和顾客的关系。王茂斋送货到吴家，看见了太极拳，他早就想学这个东西了，一开始全佑没有心思教授他这八竿子打不着的外姓人，架不住王茂斋整天缠着他，还前门午门哈德门地聊天套近乎。

随着清朝灭亡，民国建立，吴家逐渐陷入困境，王茂斋多次予以救济。当比王茂斋小八岁的吴鉴泉师弟也失去工作、丢了俸禄时，王茂斋干脆请全佑举家住进了同盛福后宅，担心吴家不好意思，还恭恭敬敬地说：“请你们住过来是为了帮我尽快提高拳艺。”

同盛福后宅，二楼有演拳厅，楼下有练拳场。环境很重要，住在一起，朝夕研磨，确实对提高拳艺大有裨益。王茂斋，吴鉴泉，还有另外几个师兄弟聚集此处，切磋较量、相促互长，不到十年工夫，“北王南吴”修炼成型。在政府南迁、国术振兴的年月，吴鉴泉也奋勇出山，告别亲爱的茂斋大哥，1928 年到上海淘金去了。

能掌管一大摊子买卖，还多年不倒，说明王茂斋脑子比较好使，这也符合吴氏太极内刚外柔的品质。作为山东人，王茂斋跟清朝王公贵族没有任何关系，而一些跟随杨露禅学过拳的“贵族”徒子徒孙，却经常有人在王或王门弟子面前大摆其谱，一副师叔师伯的架势，按事实讲，首先追随杨露禅学艺的全佑，只是因为出身低微，才被压低身份排进杨班侯门下。王茂斋认为现在是民国了，应该恢复事情的本来面目，所以他一再告诉弟子，我师父是全佑，师爷是杨露禅，让那些拳打得不怎样却喜欢扯大旗、充大辈的妄人们一边待着去。

众所周知，拳练到一定程度会遇见瓶颈，山重水复疑无路，只有悟性奇高或机缘凑巧的，才能柳暗花明，进入又一村的更高境界。后来吴鉴泉在南方曾对人说，王茂斋有一次遇到一位推手能人，数次都推之不过，心下大为懊恼，因为对方练拳的年头和功力并不比自己强到哪里，于是王茂斋茶不思、饭不想，不停地钻牛角尖，却百思不得其解，偶然看到一伙石匠在凿石头，一手钎子一手锤，接触石头的钎子完全是放松的，却在锤子砸到钎子上的瞬间，准确恰当地凿掉了坚硬的目标。

松其手，力在身，发力瞬间点到魂，这不正是太极发力的奥妙所在吗。王茂斋仿佛一下子开悟了，高兴得像过年的孩子。再练拳的时候，果然感觉一下子找到了动静虚实、松柔推击的核心点和发力法，自如开放，身心融洽，内心的喜悦无以复加。

1916 年，民国太极奇人宋书铭的突然显露，曾经是近代太极拳的一大谜团。一既不杨氏、也不陈氏的古稀老叟，自言太极拳传自他的远祖——“武当七侠”宋远桥，一出手竟然让京城所有太极高手颠三倒四，不得不一起前往拜谒请益。王茂斋、吴鉴泉也在请益的队列之中，所以说二人后传的吴氏太极拳，确实比老杨家的太极有了不少的不同和新意——比如吴全佑的柔劲，宋氏的手法。

同盛福的伙计们在学拳方面，属于近水楼台先得月，所以店里不用雇保安，而且对建材经营这种重活、累活极有帮助。王茂斋掌柜在这方面也属带头大哥，据说很多客户喜欢到他这里买建材，竟是因为这里有效率奇高的免费装卸工。一百斤石灰袋子，王茂斋一手一袋，嗖嗖地往马车上扔，马车上的伙计也不示弱，接的稳，码的齐，假若不以太极手法和柔运臂力做底子，一是接不住，二是接坏麻袋。

1930 年左右，王茂斋和吴鉴泉已跨入北平太极名家第一方队。王茂斋因为有生意，在武林南下潮中，是少数留在北平的一员，所以在旧都愈加显得出类拔萃。1933 年，民国政府第四任北平市长袁良请北平体育研究社的许禹生帮自己请个名师。许禹生可能不太清楚袁市长的深浅，也不清楚他喜欢什么拳种，便推荐了几个人让市长自己选，没想到袁市长竟然跟被推荐的都过了几招，而且还多占上风。

许禹生笑着解释：“不是没有高手，我是怕伤着市长。”

市长：“谁能赢我，我必拜他为师。”

许禹生就把王茂斋介绍给了袁良，二人试手几次，袁良都被发放于地，这一次袁市长满意了。做了市长的老师，王茂斋一下子在北平炙手可热。中国官场上历来不乏“有眼力价”的跟屁虫，立刻便有警察局长等官绅巨贾，纷纷拜了王茂斋为师，也不知是真心学拳，还是想借此靠近市长大人。

当时有名的北平体育组织，除许禹生主持的北平体育研究社，还有北平太庙太极拳研究会。二十世纪三十年代，王茂斋是太庙研究会的主要主持人之一，由于生意太忙，平时在太庙教拳的主要是他的弟子杨禹廷。袁市长学了几年后，才正式拜师，那是在 1937 年 1 月 8 日，在灯市口同和馆饭庄举行拜师仪式，袁良、李文杰等七人拜倒在七十五岁的王茂斋面前，同时还有赵安祥、王培生、吴练祯等七人拜师杨禹廷。

太庙在今天叫劳动人民文化宫，绝对是一个风水宝地。据说当时王茂斋一到，还是很有气派的，有专用的大藤椅，有专人沏茶。王茂斋不轻易教，主要是看，看谁练得好或看谁练得不顺眼，就说上几句。最红火时，研究会会员有三百多人。

十五岁的王培生当时已随杨禹廷学拳三年，小小年纪竟然推败了好几个成年人，王茂斋高兴了："孺子可教！"

当晚杨禹廷就安排王培生住进了同盛福，在王茂斋的监督下，练拳练累了，就一遍遍地抄写拳谱。王培生十八岁成了北平第三民众教育馆的武术教练，日后还出版了多部武学著作。

王茂斋的名弟子有杨禹廷、王子英、李文杰、张继之、修丕勋、赵铁庵、刘光斗等，再传弟子有刘晚苍、王培生、李经梧、温铭三等。威仪够范，规模够大，弟子够众，于是有人劝王茂斋打出旗帜，比如王门、王派、王氏，王茂斋完全没有这个意思，自始至终把自己的太极拳定姓为"吴"。

正是王茂斋和吴鉴泉的合力推举，从而保证了"吴氏太极拳"位列太极五大名门之座。

王茂斋身在北平，为老家山东掖县也做下了不小的功德。1936 年，掖县县长兼掖县国术馆馆长刘国斌请客。席间，大家谈到了董海川飞身抓飞雀、杨露禅单掌"雀不飞"的传奇故事，王茂斋即兴请人抓来一只麻雀，把麻雀放在手掌上，一松手，那麻雀光扑棱翅膀，却飞不起来。原来王茂斋也能将麻雀脚上的蹬劲化掉，麻雀无以借力，飞不起来。

掖县国术馆教务长修丕勋，1918 年时已经学了三年尹振八卦掌，王茂斋回乡省亲，想收他为徒，修丕勋年轻气盛，说大爷你这摸鱼的拳法灵吗？一老一少一比画，修丕勋无论什么招，每进必被粘发。最终服气的修丕勋，索性跟随王茂斋到北京学拳八年。一般徒弟五年出徒，修丕勋感觉不够，多练了三年。时间一长必有故事，修丕勋曾替王茂斋收拾过两个海归青年拳击手，还把逞能的某高丽跤手压倒地上起不来。

掖县这一支吴氏太极，一直传到今天，修丕勋的儿子修魁一以其武艺还成为"山东省非物质文化遗产传承人"呢。二十世纪七十年代，父亲修丕勋年事已高，他晚年所收徒弟很多是由修占代替父亲教的，父亲离世后，修占开始正式收徒。他并不保守，提倡修拳先修心，修心先修德。

莱州崮山道士胡万祥，因身体条件差，练罗汉功不得力，做不到像道兄们那样在掌门招呼下，手插沙子、脚踢老松、腿绑沙袋爬山挑水扫山路。他偷偷下山拜了王茂斋为师。这种行为被道观视为无组织无纪律、偷学门外之技，主持于万东、道兄张万秋很生气，把胡万祥打了个东倒西歪、痛哭流涕，打就打呗，还骂胡万祥不识货，放着山上的罗汉拳不学，偏去学那些俗人俗技。王茂斋听说情况后不太高兴："谁说我的太极拳俗人俗技了？"

第二天老王就带着弟子修丕勋、外甥张式聚，以进香名义来到道观。这老王本来不差钱，回到老家更注重面子，所以他布施的钱物不在小数。于万东道长很高兴，听说王茂斋请求演武，便派出张万秋表演拿手绝技。王茂斋嘴叼长杆烟袋，坐在凳子上，不阴不阳地说："你的罗汉功练到了家，不简单，但是中看不中用，跟老头子我比，恐怕一招也使不上。"

或许是因为地处偏僻，于道长也好，张道长也罢，不止是没见过太极拳、连听都没听说过。张道长当然不服，请求较技。于是切磋开始，王茂斋并不进攻，只是轻描淡写地化解对方的招数，数招已过，道长左支右绌，只剩狼狈的分儿。

于是喝茶，两盏茶过后，道长的元气又充沛起来，仍心有不甘："王老先生，你一辈子的功力当然厉害，未必是你这什么太极拳了得。"

王茂斋指着修丕勋："这小子练太极不过几年，你教导教导他？"

一教导不要紧，这修丕勋真不客气，接连给了张万秋好几个倒，一边发招，还一边叫："你往右倒，你往左倒，你往后倒！"要命的是张道长完全"听话"。从此以后，道观里也开始向张三丰的太极拳积极靠拢了，道士们竞相向大武官村跑。

3. 南吴吴鉴泉

有言说吴鉴泉或王茂斋，曾拒绝担任中央国术馆馆长的邀请，这话恐怕是出自吴门弟子的一厢情愿。中央国术馆首任馆长张之江、副馆长李景林、武当门长孙禄堂，单就资历和名望讲，吴鉴泉也好，王茂斋也好，还差了那么一大截子。

吴鉴泉是满族人，其骑马射箭的本领应在师兄王茂斋之上。父亲全佑对他的言传身教，也应该超过王茂斋。但他与王茂斋共同成长，一起切磋的时间太久，反而不好说谁比谁强了。吴氏太极拳的真正创立，吴鉴泉还是要排在首位的——也许因为他姓吴吧。

通过对家传杨氏太极拳的修改、删节和充实，形成了吴氏柔化紧凑、手法轻灵、连绵自然的特点，对于推手，吴氏也要求立身中正安静、严密细腻，宁静而不妄动。吴氏拳最终成型，除吴、王之功，还要算上偶然遭遇的宋书铭宋派之助，另外师弟郭松亭的贡献也不小，王、吴、郭同门三兄弟，同聚同盛福后院，揣摩拳法的次数和时间相当之多。

1915 年，北京体育研究社来了一个叫威廉的美国大力士，社长许禹生请吴鉴泉和威廉较量。吴鉴泉果然以柔克刚，连化带拧，扔了大力士数跤。大开眼界的威廉，报名参加了学习班，还如期拿到了毕业证书。

平江不肖生向恺然记述，当时北平说起专攻太极拳的人，杨澄甫、吴鉴泉算是其中的佼佼者，有人如是评价二人之艺：杨澄甫善于发人而不善于化人，吴鉴泉善于化人而不善于发人。向恺然自己却并不这么认为，他认为这是“表面现象”，表面现象只说明杨澄甫喜欢把人发出去，而吴鉴泉却更喜欢化而不发，从内里讲，“发”和“化”似二实一，会发必会化，会化必会发。吴鉴泉不喜欢发人，向恺然认为是他惯常“温文尔雅的做派”使然。

另一则传闻，好像印证了向恺然的判断，褚民谊 1925 年由广州到北京，出于健身长寿的目的，便寻了杨澄甫学拳。杨澄甫貌似也以性情敦厚著称，可能“发人”属于其职业习惯和教学乐趣吧，他不顾褚民谊的“官面”，依旧经常发褚于丈外。当褚民谊接触到吴鉴泉的教授时，发现吴出手不发人，这样好啊，于是不再找杨澄甫了。褚学了吴家太极，因专心致志，病象大改，精气神强了不少，感觉好极了，所以后来到上海担任中法工业学校校长时，盛情邀请吴鉴泉到上海授拳。

1928 年，已经五十八岁的吴鉴泉来到上海，除了自己收徒，还在精武会和国术馆兼职教练，终于算是比较好地创立了个人事业和较为富裕的家庭生活。1929 年，中央国术馆与浙江省政府联合举办杭州国术游艺大会，吴鉴泉、王茂斋双双被指定为大会二十六名评判委员之一，算是对他们一流实力的高度肯定。

谁要说一辈子没“难堪”过，绝对让绝大多数人难堪至极。高手如吴鉴泉者，同样也遭遇过难堪，而且越是高手，难堪的吨位越大。据《内家拳旧闻》记载，民国十八年，杭州国术游艺大会期间，吴鉴泉曾作为评委表演太极拳，还对擂台选手朱国禄的“拳击术”提出异议，认为“不合国技”。祸从口出，吴鉴泉马上就要为他这句错误言论付出代价，果然朱国禄的胞弟朱国祯，闻言大为不高兴，一抱拳道：“吴老师，能否上台一较？”

老吴犹豫不决。

朱国祯：“我只用国术，不用拳击，看我能不能赢你。”

朱国祯纵身跳上擂台，再次邀吴，吴鉴泉还是有定力的，反正他坚决不肯上台，僵局中，李景林与陈微明出面“调解”，朱国祯才算作罢。

吴鉴泉宁可做“背锅侠”，也拒不上台，或许真的是个上选，毕竟自己年近花甲，贸然上台，万一被年轻人打个外焦里嫩，一世英名毁于光天化日之下不说，受个伤、顶个肺都是十分危险的。看官或许不知，那朱国福、朱国禄、朱国祯仨虎崽子可不是一般人物！在杭州游艺大会之前的南京国术考核比武中，三兄弟携手进入前十，轰动武林，早已是令人闻风丧胆的“朱门三虎”。此次杭州擂台，三兄弟上了一个朱国禄打擂，最后荣登亚军宝座。

1930 年，吴鉴泉在兼任精武体育会教师的同时，又被聘为上海国术馆董事兼武当门主任。1931 年在褚民谊的安排下，他首次“触电”，上海明星公司拍摄了吴的拳架以及同弟子推手的纪录片。

1934 年秋，吴鉴泉前往湖南游历，主题是到长沙看望儿子吴公藻、吴公仪，以及亦友亦徒的王润生。请吴家两个儿子到湖南国术馆任职，是向恺然向何键提的建议，吴公藻不负众望，率湖南代表队参加第一届国术考试，有九名选手进入了甲等，甲等共三十四人，占了四分之一强。好成绩让何键很高兴，一听说二吴的老爹、吴氏掌门人驾临，便安排手下在长沙车站铺了条红地毯，礼仪规格之高，让吴鉴泉十分意外。

这个“高级”礼遇，自然让某些人不太服气。1931 年曾获湖南首届国术比赛冠军的唐徽典就是其中之一。唐早在 1931 年就参加了湘潭的精武体育分会，国术馆成立后，他对省主席何健仅给他一个“名誉教官”的虚名不满，认为何键“重北轻南”，为此唐徽典曾通过柳森严约请国术训练所总教练顾汝章比武，意图为“南方”争光，由于何健出面制止，比武未成。

1932 年，国术训练所改组，唐徽典为首的几名湖南武术家终于被请进了国术馆，这才心气渐平。吴鉴泉的到来，特别是红地毯待遇，又刺激起了唐的好胜之心。唐徽典逮着机会，郑重要求："请吴大师指教！"

吴是北京人，听不懂湖南话，还热情地让唐同学就座呢，唐徽典双手叉腰一动不动。那吴公藻听得懂地方话，便告诉父亲说这位是湖南国术考试的冠军、巫家拳高手唐徽典，他想跟你试试手。

吴鉴泉当时六十四岁，唐徽典五十岁，二人商定推推手。推了大约三分钟，唐徽典两次栽倒在地。这次唐徽典终于承认太极拳"有东西"了，就要求拜师，吴鉴泉没同意，只是鼓励了几句。以后唐徽典也开始练习太极拳，再提到吴鉴泉时赞叹说："吴老头名不虚传，松软如棉，转动如旋，吐气如泉，触人如电。"

或许是受了师兄王茂斋搞经营、做老板的影响，1933 年开始谋划，1935 年春鉴泉太极拳社正式成立，地点设在上海福煦路慈惠南里。后来众多吴拳弟子一起集资，1939 年在西藏路青年会楼顶和楼外分别建立了室内和室外练功场所，鼎盛时期，据说每天早、中、晚都有学习班在开班。上海不少名人政要如章乃器、陈布雷、熊式辉、褚民谊、屈映光、黄金荣、杜月笙、张啸林、王晓籁、顾孟余、焦易堂、王甲宝、彭养光、吴思预、谷正伦、褚辅成等，或参加过鉴泉拳社的培训，或直接把拳师请进府内传授。

吴鉴泉和王茂斋，都没有看到抗日战争的胜利，前者于 1942 年去世，享年七十二岁，后者于 1940 年去世，享年七十八岁。

据说褚民谊邀请吴鉴泉到上海开馆，把前边的工作都替师父做得很好了。吴鉴泉一到上海武馆门前，发现武馆门联上题"神拳太极吴鉴泉"，下题"打遍天下无敌手"，可把吴鉴泉吓得够呛，坚持把"打遍天下无敌手"撤掉，才同意进门。

尽管如此，上午进门，下午就有人来访，有位威震江南七省的道人黄道子打上门来。吴鉴泉推辞不过，只好奉陪，几个回合之后，黄欺身一掌向吴打来，吴乘势将其拿起，一掌发出丈外，黄道子当时口吐鲜血，两个时辰后一命呜呼。吴鉴泉出资厚葬，还痛哭一场。也是怪了，人命一出，比武的竟然不再出现了。鉴泉太极拳社作为吴氏太极拳的一面旗帜，被吴家人至今一直传承。

4. 鉴泉弟子

吴式太极拳教拳有因人而异的优良传统，所以有“千人千面”之说，加之每式拳架，多有不同的走法，便形成了某传某架的百花繁荣的局面。其实不同的拳架，只说明不同的传承路线而已。而得其真者，万变不离纲举目张，目标是功夫上身，自如运发，太纠结于拳招拳架，就是舍本逐末了。

事实上凡师父带学生，你会发现似乎大部分时间是在纠正拳架，不是刚说了“舍本逐末”么，呵呵，作者自己打脸呀。答案是，“本”有用，“末”也有用。“舍本”当然不对，“逐末”大错是没有的。但“本”的东西，往往反而特别简单，第一课就说过了；另外“本”的东西往往“说不得”，要靠学员体悟；第三，有时候“本”需要在长期“逐末”后才能摸到，如同追求姑娘不能直接入洞房而要从花言巧语开始的道理一样。

吴鉴泉的传人，首先是子女亲友，儿子吴公仪、吴公藻，女儿吴英华、吴俊华，女婿马岳梁、李立荪，侄子吴耀宗、外甥赵寿邨。两位公子吴公仪和吴公藻，学拳有成后，并不喜欢大树底下好乘凉，父亲在上海打天下，哥俩就出外闯荡，一个辗转山东、广州，一个往来浙江、湖南。1937 年，哥俩在香港和澳门成立了鉴泉太极拳社分社，抗战期间二人一度回到上海，1948 年重返香港。1954 年，吴公仪还一手炮制出与白鹤拳师陈克夫“澳门打擂”的轰动事件。吴氏太极在港澳、东南亚、加拿大、美国等地广泛传播。

吴公仪小时候被吴鉴泉责骂甚多，可能是父亲认为自己的儿子理所应当比别人强，这恨铁不成钢的心理不时发作，反正吴公仪怎么练拳都不对，被对手打跌不对，打跌对手也不对，搞得小吴特烦恼，多次离家出走。

邻居杨澄甫的大哥杨少侯，却很喜欢逆反少年吴公仪，特地拉着吴公仪亲自讲解、示范和对练，让吴公仪终于对太极拳的乐趣有所提高。吴公仪渐渐对父亲的责骂“无动于衷”起来，经常一个人偷偷练习杨少侯教授的拳。吴鉴泉后来发现儿子当面一套吴氏，背后还有一套杨家式，细问之下，大喜，原来是心高气傲的杨少侯看上自己的儿子了。

赵寿邨是吴鉴泉的外甥，吴耀宗是吴鉴泉的侄子，二人都得到了真传。赵寿邨也是吴家拳社的教练之一。吴耀宗二胡拉得不错，曾经用“太极乾坤剑”帮助梅兰芳修改《霸王别姬》中的舞剑动作。这二人在吴鉴泉去世后一直在上海主持拳社。赵寿邨六十出头，在“文革”中去世。吴耀宗则在1980年恢复拳社时担任副会长，在一次接待日本太极拳访问团时，七十四岁的他拄着拐棍与日方多名团员推手。老年的吴耀宗非常焦虑太极拳后继无人，在生命的最后十年，坚持收了二三十名弟子，直到1990年去世。

吴鉴泉的女儿吴英华，也自幼随父习拳。她的拳柔和大方，风度沉稳，气质内秀，十七岁被请进北京同仁堂药行做拳术教练。吴姑娘比父亲到上海还要早，她1921年就应邀南下，在西门子洋行总经理的府邸授拳，并在中南银行、金城银行等多处任教。丈夫马岳梁，满洲贵族出身，十几岁时学医，1929年参与创办上海中山医院。他小时候练过摔跤、三皇炮捶、通背拳、少林拳等，一度打得虎虎生风，几年过后，打拳还有老样子。马家和吴全佑早有交情，所以马岳梁经常能见到吴鉴泉，只要是跟吴鉴泉比画，必败无疑。吴鉴泉劝他专心学习太极拳，直到有一天他终于下定决心。马岳梁比吴鉴泉女儿吴英华大六岁，小时候经常见面，有些青梅竹马的意思。后来大家在上海再次聚首，男有情，女有意，金寿峰师兄做媒，二人于1930年成婚。结婚以后，这一女一婿都成了鉴泉拳社的主力队员，天天早晚学习、切磋、传授，马岳梁的太极功夫慢慢地也追了上来。

1939年上海沦陷以后，褚民谊这个吴鉴泉的学生，做上了汪伪政府的行政院长，成了大汉奸。褚汉奸还特地为马岳梁安排过一个南京市卫生局长的缺，马岳梁不想背上汉奸的骂名，连夜逃跑，步行六个月到达陪都重庆。

重庆中医学院院长、名中医张锡君，跟马试了试手，便请他住进府内，担当私家教练。名医门前病人多，病人之中有钱人多，有钱人之中大人物多，于是都知道了张府有个私人教练马岳梁。张群、李济深、黄炎培、卫立煌、李明扬、何键等，都多少跟马岳梁学过几次拳；蒋介石办公厅主任刘斐，身体很差，一段时间为了练拳天天派专车来接马岳梁，刘斐还跟蒋介石推荐过马岳梁，蒋介石口头表示几次要学，却总是没有时间。

抗战胜利后，马岳梁终于可以回到上海了。刚胜利的上海大街上，有不少“盟军”美国兵吃喝玩乐。有个美国大兵可能吃饱了撑得难受，在一条窄弄堂里伸出一臂，结果过路的男男女女要么掉头回转，要么从大兵胳肢窝下走过，每过一人，大兵就咧嘴大笑。这不是侮辱中国人吗？路过的马岳梁用英文命令对方停止这种戏弄人的无聊行为，大兵抬手一个大耳光，马岳梁早有防备，一个撤步大捋，美国大兵被捋倒在地，大兵急了，跳起来猛踢牛皮靴，心说踢死你个中国佬，马岳梁却近身迎了上去，玉女穿梭，后发先至，又把美国大兵梭到墙上去了。美国人也是欺软怕硬的货，倚靠墙上，对马岳梁露出大牙谄媚地笑，还伸出了大拇指。

1953年马岳梁被以“天道传道师”的莫须有的罪名判刑三年，1955年被法院提前判决释放。1966 年“文革”开始，马岳梁被列为“上海十大反动拳术权威”，惨遭抄家、批斗。1980 年，上海鉴泉拳社复社，睽违多年的吴家兄弟重新扎堆，力图振兴祖业，吴英华任社长，马岳梁、吴耀宗任副社长。随着改革开放的脚步，吴氏太极拳慢慢地得到了复兴。历经坎坷老来乐的吴英华、马岳梁夫妇，都活到了九十多岁高龄。

5. 茂斋弟子

打小只接触太极拳，未免自陷牢笼，不利全面发展，王茂斋的儿子王杰王子英，除随王茂斋、吴鉴泉学拳，还得到过形意拳名家尚云祥、八卦掌名家兴福的教授。十八岁的王子英得了“太极劲”，推手令人称道，无形无相，变化无穷，经常把学拳早的师哥们推出丈外。杨禹廷有个刘姓的弟子，老年时常回忆自己被王子英一发坐上立柜顶的古怪之事。

修丕勋最盼望两姨兄弟王子英来掖县走亲戚，那样就可从王子英那里索取推手真经。掖县附近与王子英推过手的，大都惦念不忘：“跟谁推也别跟王子英推，那手，活老虎！那劲，炸雷呀！”

王子英性子耿直，跟老爹王茂斋搞不好父子关系，跟徒弟搞不好师徒关系，所以亲爹就一个，徒弟也不多。1949 年以后，大将罗瑞卿曾邀请王子英教拳，还推荐他去北戴河高级干部疗养院授拳。王子英说自己脾气急躁，伺候不好领导，推荐了李经梧。王子英若是去了北戴河，“文革”中或许就不会大倒其霉了，因为受了“跳楼自杀未死”的“罗瑞卿事件”的刺激，对某部门又来邀其给领导人授拳的人说：“不去，谁知道你们机关的哪个是真的，哪个是假的。”

这话便成了王子英争当“牛鬼蛇神”的如山铁证，他被遣返回乡，接受大队民兵的严密看管，不幸病后又被赤脚医生用错了药，“文革”开始后的第二年病逝，时年六十五岁。

北京城里的平民子弟杨禹廷，比王子英大十五岁，九岁习武，1916 年左右，二十七八岁时找王茂斋求学太极拳。王茂斋不同意，说：“不用跟我学，你武已经练得不错了。”杨禹廷没办法，只好请出自己的八卦掌师父高子明来亲自拜访王门，才得偿所愿。自此，每天早晨五点到十点——再早点来进不了王门——因为同盛福开门时间就是凌晨五点。杨禹廷五点进门，入同盛福后院拳场练拳，有时候王茂斋来点拨一下，有时候吴鉴泉也来指教一下。

如此这般十年时光悄悄溜走，日积月累，终成大器。二十世纪三十年代，在王茂斋主持的北平太庙太极拳研究会，杨禹廷成了常务主持和驻场教练。杨禹廷此人比较一根筋，终生以授拳为业，拳好，教得也好，人生“机会”总是很多的，比如有资本家重金请他南下，他不去，有显贵帮他谋了个盐务总署的位置，他也不去，据说冈村宁次还请过他呢，当然更不去了。哪儿都不去，想去的地方只有太庙训练场，本来还能骑着让丐帮羡慕的自行车，解放战争时期物价飞涨，为给老婆孩子糊口，不得不又当掉了自行车，所以他每天从后海走到太庙。

心无旁骛者，练拳必有大进境，杨禹廷被誉为“松柔大师”不是没有来由的。太庙的太极拳研究会，是很多太极拳爱好者心中的“圣地”，不少拳手在后来的回忆文章里，只要提到当时太庙太极拳的热闹，一定少不得记录杨禹廷的一笔。可喜的是，将近百年后的今天，太庙的太极拳活动依然香火旺盛。杨禹廷 1887 年生，1982 年九十五岁时无疾而终。

授拳一生，弟子满门，他一辈子的努力，对于吴氏太极拳在北方的枝繁叶茂贡献卓著。

王茂斋的名徒还有上文提到的修丕勋。修丕勋能做上掖县国术馆馆长，也是经过竞争上岗的。八卦掌教练“馒头郭”，形意拳教练林占令，都不是吃素的，两人都与修丕勋较量过。先打后交，然后就哥仨好、你好他好我也好了。

刘光斗则是王茂斋的另一位经历比较传奇的弟子。他出生在蓬莱城的一个书香门第，父亲 1916 年考入朝阳大学法科，1919 年把七岁的刘光斗送入弹腿门张玉莲门下，三年后拜王茂斋为师。天资聪颖的刘光斗十七岁也考入朝阳大学法科，这时候他的父亲已经留学三年海归后担任北洋政府外交部的推事了。

上文说王茂斋安排儿子王子英，去找兴福兴三爷求学游身八卦连环掌。其实王茂斋派的是两个人，另一人就是刘光斗，这也可见王茂斋对刘的重视程度。到了 1930 年，十八岁的刘光斗已经博得了“铁胳膊刘”的美名。他的八卦师父兴福，满姓叫唐格拉，所以又名唐兴福。唐兴福老了的时候，把自己得意的宝刀、宝剑都给了刘光斗。

毕业后李光斗的第一份工作，是西安禁烟局。西入长安，先有个崔云祥到处找高手比武，号称已经打趴下十五位了，已把刘光斗排在了第十六位，结果落空。崔云祥趴在地上非要拜师，不同意就不起来，刘光斗没办法，传了崔云祥八卦“老八手”。后来有个西北军首领杨虎城认识了刘光斗，杨将军认为如此俊的身手就不要做什么禁烟局了，1936 年推荐他去了中央国术馆，可惜那一年的国术馆已经是兔子尾巴了。

在国术馆期间，有次当着张之江、邵力子、冯玉祥、李烈钧、吴军山等人，一个练炮捶的拳师，可能是想在大人物面前露露脸，提出与刘光斗切磋切磋。拳师一记重拳击中，砰然有声，刘光斗竟然挺胸接了这一拳，先採后洌，挒中对方肩部，对方一个趔趄，前门大开，刘光斗跟起一脚，在对方鼻子前停下，收回，笑道：“这一脚上去，鼻子没了。”

看得冯玉祥很高兴，特地与刘光斗聊太极拳。刘光斗告诉冯玉祥：“太极功夫，表面至柔，内里至钢，练的是绵里功夫，出的是绵里裹铁。”

抗战爆发，刘光斗挂念老母亲和老婆孩子，偷偷潜回老家蓬莱。1944 年，年仅三十二岁的刘光斗，携妻子儿女离开蓬莱去天津、北京，大约是在五六月份，刘光斗永远消失在人们的视线里。他的消失，据说原因只有妻子知道，而他的妻子则告诉亲友她会在死前说出“真相”，没承想妻子死于突发脑溢血。

有个人比刘光斗早生六年，却做了刘光斗的徒弟。他也姓刘，出生于蓬莱东南东许家沟。他叫刘晚苍，为了谋生，十多岁便到叔祖经营的北京东四十条复兴粮店当学徒。叔祖与刘光斗父亲有交谊，在刘家常见刘光斗有模有样地练拳，便让刘晚仓跟刘光斗学。刘晚苍绝对不乐意啊，跟一个小自己六岁的人当徒弟，真岂有此理。后来他终于明白，学拳不是按年龄来的，按的是谁比谁厉害，厉害的做老师，不行的当徒弟。眨眼十多年过去，1932 年，那刘光斗不是有了个西安任职“禁烟局”的工作吗，刘晚苍也跟着去了，看来这师徒俩“哥们”感情还真不错。

那时节各地大兴国术馆，国术比赛当然会是家常便饭，刘晚苍参加了陕西国术比赛，获大枪第一名，登时闯出了“大枪刘”的绰号，跟师父“铁胳膊刘”相映生辉。刘光斗在西安呆了三年，兼职国术馆教练。三年后，刘光斗去了南京，刘晚苍这次没有跟去，而是回北平当上了恒记米庄的三掌柜。一回北平，拳艺又有机会得到师爷王茂斋、唐兴福的指点。

据说恒记米庄自从来了三掌柜，从此不再请保安。接送银钱的活，经常是刘晚苍亲自担任，根本不用雇用保镖护银。米庄附近出过一个“赵阎王”，当然是被米店三大爷刘晚苍给收拾了；还出过一个推着粪车、天不怕地不怕的“粪霸”，当然也被刘晚苍给收拾了。

后来的日子，刘晚苍和师伯王子英常常一起推手练拳，地点主要在地坛公园松树林。1949 年以后，刘晚苍失去了米庄，只能在地坛练拳散心了。“文革”期间，劳动人民文化宫（太庙）、中山公园、筒子河等著名太极道场纷纷受到冲击，但学拳的人总有比较“鸡贼”的，循声而往，便有不少人“秘密”转移到了地坛，因为地坛有刘晚苍啊。刘晚苍来者不拒，不收费，不收礼，不自私，不保守，一手促成了地坛太极的兴旺景象。刘晚苍重视技击，特别看不上官方推行的“简化太极拳”：练那玩意儿还不如去跳芭蕾！跟我学拳，是要讲打的！

1974 年 6 月，全日本太极拳联盟访华团到达北京，国家体委东查西找，请出了几名高手，其中就有六十八岁的刘晚苍。日本代表团秘书长叫三浦英夫，柔道六段，在同泽园饭庄一次宴会上，三浦按捺不住，终于提出了挑战，说自己有几种手法，想看看中国的朋友能否化解。刘晚苍挺身而出，接了三浦英夫三招，不但一一化解，最后一招还压得三浦英夫一腿着地，出现了半跪的姿势。

三浦英夫特地把自己的手表赠送给刘晚苍。三浦英夫秘书长回日本后，在日本太极拳刊物上撰文，文中称赞了“中国刘”。日太联盟曾邀请刘晚苍赴日讲学，刘以年龄太大为由拒绝。叶剑英元帅听说了这事，便请刘晚苍上门教练，为保密需要，家里人当时对外人说：“刘三爷回山东老家了。”

1984 年，七十八岁的刘晚苍刘三爷当选北京吴氏太极拳研究会首任会长，也出书，也写字，也绘画，多有闲情逸致。1990 年 7 月 5 日，大雨滂沱，刘晚苍老先生告别了家人弟子，魂归天堂。其弟子殷健曾记述了刘老师关于太极拳的十分生动、通俗易懂的讲解：

什么是功夫？拿走道来说吧。平常人两三岁走路，可说是人人都会吧！比方说，前面有条小溪，刚没脚面，水面挺宽，又没有桥，你还不想湿了鞋，怎么办？旁边有一位抬脚问了问溪边的石头，挺悬乎，人家借着劲一窜身过去了，你也抬腿探探路，觉着石头挺扎实，往上一踩，扑通掉水里了。这就是有功夫和没功夫的差别。

有的太极拳架子虽对，就是味差，内行人一看就知道。外部动作可以纠正，可味道只能凭自悟了。例如写字，颜真卿柳公权的字有多好！可你看郑板桥的字，七扭八歪的，也得说好，为什么？劲对，味好。你说他的味好让我拿出来尝一尝——没有。你写出字来一笔一画的，人家一看知道是什么字，可不说它好，就是没味。这味就是神韵，太极拳叫作气势。

内功拳就像培养婴儿，刚满月的小孩不能随便乱跑，须不断哺育，待身体强壮才能行走。

怎么不丢顶呢？比方说一面墙要倒，你要想拿棍子顶着就非得有块木板贴在墙上，再在板上支竿子，要不然竿子在墙上穿个洞，不等你修，照样塌。

搡人犹如推碌子，不能让它把你卷了，只可时时沉下劲来，松沉到底，才能送得出去。发劲仿佛大铁锤砸下去，锤到了——浑身的劲也压到了，落到就是一个整力。一是要有个准点，二是要干净痛快。

王茂斋再传弟子中有个叫李经梧的，值得咱再噜唆两句。廖白在评价吴氏太极拳人物时，曾提到刘晚苍、李经梧：

> 吴氏推手好的是刘晚苍，老头有真功夫。刘晚苍的功夫算得上是俗中佼佼了。大成拳的姚宗勋、王选杰都怕刘晚苍。刘晚苍让给带过话，他们就是不敢来。刘晚苍尤善发人，如果遇到功夫差点的，真能把对方发出去离地一尺多高。刘三爷的手法也多，招熟的很，本力又大，推手、散手都好。现在小马，马长勋还有点三爷的味道，但功夫比三爷差了一截了。练吴氏的功夫好的还有一位北戴河的李经梧，不过李经梧也跟陈发科练陈氏。李经梧的架子不好看，但是推手不错，尤其掤劲好。有人说他能用气发人，没体验过。李经梧推手时喜欢把两手垂在下面，身子微微一转，就把人送出去了。

李经梧比刘晚苍小六岁，1912 年出生，曾受教于杨禹廷和王子英。李经梧也是山东掖县人，但跟掖县老乡王茂斋并无邻里、亲戚关系。他十四岁到哈尔滨谋生，算闯关东一派，学徒工条件艰苦，雪冷风寒，结果小小年纪就得了严重的风湿症，医生也没好办法。于是李经梧十七岁时随哈尔滨拳师刘子源学习迷宗拳，数年寒暑，晨昏不断，风湿病渐告痊愈。

李经梧从此爱上了武术，这阴阳辩证的道理真是无处不在，很多人练武先不是为了强身，竟然是因为身子不行了，太极拳习练者中，不也多见这种类型吗？可见太极求圆，反倒是因了世事不圆、身体多缺。

因病进入迷踪拳、因迷踪拳进入“武林”的李经梧，已经听说了有种叫太极拳的东西，但是哈尔滨根本找不到。二十世纪三十年代，李经梧有机会入关到北京来了，他打听到太庙有人教太极拳，便前往拜了赵铁庵，赵铁庵是王茂斋、吴鉴泉的弟子。

入会后，李经梧便成了钉子户，赵铁庵隐遁，又得杨禹廷、王子英等先生指点，直到抗战时期，李经梧渐渐成为太庙太极团的骨干力量，一方面是学员，一方面做新学员的教练，还与王培生、孙枫秋、赵安祥、李砚之四位，一起被推捧为研究会“太极五虎”呢。

1946 年，在陈发科庆六十岁大寿时，李经梧、田秀臣、宋麟阁、孙枫秋，可能还有刘金声，一起磕头拜师，求学陈氏太极。据说陈发科没举行过收徒的“正式仪式”，还是李经梧搬来了吴门的仪式套路。先吴后陈，李经梧又前后求教于陈发科十三四年。

1953 年，李经梧还正式拜了杨禹廷，因为杨禹廷和赵铁庵的吴氏太极并不完全一样。同时期，他还拜过心意六合拳名家胡耀贞，求学心意拳和气功、医道等。1960 年，山东国术馆馆长李玉琳之子李天池，在哈尔滨遇到了李经梧，二人互换拳术，李天池教练的是孙氏太极。厉害吧，这李经梧端的是求拳若渴，陈杨武吴孙几式太极拳，全被他精心琢磨过了，只要觉得适合自己，就融到自己的拳术和推手里。

1956年，四十四岁的李经梧代表北京参加全国十二单位武术观摩邀请赛，斩获金牌。北京的报纸和电台当然要宣传本市的冠军啦，于是李名声大振。据说邀请赛上，李经梧曾向杭州牛氏太极拳社的牛大力士牛春明老师请教，二人来回演练推手几次，然后牛春明很是生气地决定不玩了。当然，牛老师当时七十五岁，想争金牌，但年龄不饶人啊。

1959年，四十七岁的李经梧调入北戴河疗养院。从此，他过上了“头枕着波涛，睡梦中露出神秘微笑”的水兵式幸福生活。教拳就是工作，工作就是教拳，没事看看海鸥，尝尝海鲜，虽不大富，却也自在。北戴河疗养院是多位太极名手、气功高手各显神通的地方，李经梧好学不倦，果然又从诸位气功师那里学来了气功真经，后结合太极拳，提出了自己的“太极内功”学说。

李经梧自述有云：

> 对于陈、杨、吴、孙四家太极拳，余悉心揣摩了各自的劲路，受益匪浅。有的习武者认为学拳以精于一家为善，这也许有一定道理。然而在本人来说，吴氏的粘随柔化之功、陈氏的缠抖刚发之力、杨氏的舒放洒脱之势、孙氏的灵活紧凑之巧，余均博而采之。尝有友人观余之行拳和推手，谓余身架工整、柔韧、雄浑而潇洒；听劲至灵，应变之速，已臻应物自然之境界。此或过誉之辞，若谓得其一二，则全赖四家拳技之共同滋养也。

> 在五十年代，河北省北戴河气功疗养院住院者均为县团级以上干部。余到任后，除教授住院疗养员学拳外，并办培训班数期，为全国各地培养了一大批普及太极拳的师资和骨干，从余学拳者逾万人，众弟子中，以秦皇岛太极拳协会王大勇和新建村武术队王凤锁出众，他们为河北省的太极拳事业发展做了不小的贡献。
>
> 1960年，由余口述，余的学生张天戈执笔整理了余的《太极内功》。初作为教学用内部资料，后于1986年由人民卫生出版社出版而公诸于世。
>
> 1990年，余八十寿庆之后，勉从所请，编成此集，拟名为《李经梧传陈、吴太极拳集》。

第十二章　形意拳

1. 福全

切入凄凉的背景音。

资料显示，清代中国人男性平均寿命为三十二岁，民国时期则为三十五岁。1840 年鸦片战争，1860 年英法联军火烧圆明园，1900 年八国联军攻占北京……尽管 1860 年对于大清国是个悲惨的年份，但对于天高皇帝远的普通老百姓来说，日子还得过。这年的 11 月 15 日，河北望都县东任疃村，一户姓孙的农民家里，诞下了一个男孩。穷人也有美好愿望的权利，于是这个孩子被起名为“孙福全”。

福全不爱说话，但能叫妈，证明不是哑巴。除了嗓门不爱动，其他都动得厉害，疑为“多动症”，从学会直立行走开始，追鸡撵狗，上树爬墙，什么都来。七岁那年，父亲去世，家中愈发贫困，穷得连叮当响的声音都发不出来。

有一次，母亲去大户人家做活，三天没回，饿得小福全吃掉了半咸菜坛子咸萝卜，导致哮喘，嗓子里整天齁齁作响，晚上睡觉喉咙拉二胡。不过哮喘干不过多动症，一年后不治自愈。七八岁懂事了，孙福全开始给大户人家放羊。大户人家的孩子也很懂事，经常用棍子、鞭子打羊，兼打福全，挨了欺负的孙福全有气无处撒，自然要拿羊撒气，后来明白了羊是无辜的，就拿着棍子砸石头、敲树，后来发现打鸟、打蚂蚱更实惠，因为鸟和蚂蚱打死以后能烧熟了吃，有肉吃那不就是过年吗?

孙福全的棍术，完全是由自发到自觉练成的，这与中华武术的古老起源一个道理。棍不离身，身不离棍，大小换了无数根，体积和重量逐渐提升。母亲本来就喜欢骂他唆猴子，这整天棍不离身，便与花果山那位更名副其实了。有个邻居家藏有《西游记》一书，孙福全魂牵梦绕，心甘情愿地给邻居家孩子一而再、再而三地当马骑，终于借来《西游记》一观。观罢《西游记》，梦想的力量开始发作，梦想就是七十二变，第一变一般是一只香喷喷的大烧鸡。

你说这孙福全怎么会认识字呢，其实他不认识，看完《西游记》以后就认识了，慢慢还能跟村里的穷秀才搭鼓嘴、讨论文学了。你又说孙福全怎么会知道文学呢，其实他不知道文学，他知道文学是讨论完文学之后的事。

有天在山坡上追兔子，福全的左胳膊被摔断，这给左撇子的他带来了极大的不便，那也没办法，他开始用右手穿裤子、使筷子、玩棍子，玩着玩着有了体会，对母亲说你的半身不遂我有办法，换个手干活。原来，母亲常年跟一家染布人家打工，主管拉大风箱烧水，拉的年头多了，一只胳膊粗，一只胳膊细，斜着身子走路、偏头痛、半身不遂。听了福全的话，母亲坚持把大风箱调了个个，开始换手干活，半身不遂于是大大改善。这让孙福全觉得自己活着很有用处，并养成了一个习惯，左右手义务和待遇均等。

李逵在宋公明房里，能坚持半天不随地吐痰，这说明环境确实很重要。当武术出现在孙福全的生活环境里，他立刻被吸引，于是，他也忘了吐痰，痴迷地盯着邻村李哥庄的人家练武。领头的吴拳师看见了他："嗨，追羊屁，把你放羊棍法跟大爷们招呼招呼。"

孙福全："不叫放羊棍法，叫大圣棍法。"

孙福全把他的大圣棍法比画一遭，自以为虎虎生风，却把人家笑了个前仰后合。吴拳师人还是不错的："没钱欠着，先学吧。"

孙福全开始跟吴师父学些内功、轻功、散手、暗器之类。自知没钱交学费，就不停地跟吴家干些糊灶台、脱土坯之类的杂活，掏茅房、拔鸡毛之类的脏活。

努力到十二岁的时候，孙福全上吊了。

没有资料考证出他是如何学会了上吊。虽说缺衣少穿、喝稀汤、吃树叶，但只要把胃塞饱，未成年的孙福全还不觉得苦。突然有一天，母亲躺在床上不做饭了，半身不遂早就好了，现在是全身不遂。孙福全费劲巴拉地烧火熬粥，总算弄出一碗半稀半稠的杂粮粥，还飘上几片野菜。母亲却不吃，说："孩子，等娘死了，不要棺材，你就用这床被子包了娘埋到枣林里。这个院加三棵榆树，送给那边王大爷，跟他要几个钱当路费，去保定找你大姑，大姑要是不要你，要饭也行，娶了媳妇有了孙子，领回来让娘看一眼，娘在地下能看得见。"

福全："娘，你喝饭，我去叫赵瘸子。"

母亲："别，咱还欠人药钱呢，你吃了这饭睡觉，娘想你爹了，也就这两天的事。"

孙福全跑了好几家，一个铜板没借着，去求赵瘸子呢，赵瘸子老婆非要先还账，再出诊。孙福全泪也流干了，腿也走不动了，肚子空空，晕倒在地，醒来不知是何时辰。回到家门不敢进，灵机一动：救不了娘，干脆我也死了算啦！

这一想到死，孙福全觉得全世界都是该死的理由，就从家里扯了条绳子，跪在门口磕个头，撒腿跑到枣林，上了吊。

隔壁老王，老早便撅着粪筐巡视地球，该着他倒霉，路过枣林恰巧看见了孙福全，不得不倒腾半天。吐出一大口血后，小福全竟然缓过气来了。上吊而不死，从物理学角度分析，应该是他皮包骨头、太过瘦小，自身缺乏重量，导致地心引力变小，所以没死干净。

一听说儿子上吊，全身不遂的母亲竟然从床上跳了起来，把院子留给隔壁老王，换了几吊铜钱，母子俩就奔了保定。

这一年是 1872 年。

2. 李奎垣

对穷人讲述富裕，不道德，对富人讲述贫穷，不明智，苦日子留在上一节，本节不再细加描述了。

1873年的雪，比以往来得更早一些，下得黑狗身上白，白狗身上肿。初到保定的孙福全，十三岁的思想能力，十三岁的人生希望，如同小小豆芽，在熙攘的大城市一角，重新慢慢地萌生。当然，他已经有了一点自己的世界观，比如老婆饼里没老婆，牛肉面里没牛肉。是的，人生艰难，雪花啤酒跟勇闯天涯没有半毛钱关系，一切都要靠自己。

保定的亲戚够好的了，没有见死不救。母亲开始跟人做些杂工，孙福全跟着制笔店学制毛笔，不是为了赚钱，只是为了活着，活着为了什么，还是为了活着。

某天大中午的，来了个买笔客，掌柜称呼对方叫“李先生”。

李先生没进门，被门口一个人吸引了，这个人就是孙福全。别的伙计都在饭后无聊，孙伙计却在石板路上写字。李先生从来没见过这么大的毛笔，半米长的笔杆，拳头大的笔头，是孙伙计用店里的废料自制的。他用这支大笔蘸了清水在石板写大字。李先生这一注意，孙伙计有点不好意思了。

李先生:“满江红？欧体？”

孙伙计摇摇头。

李先生接过大笔试了试:“自己弄的？有些意思，古有怀素书芭蕉，今有伙计写石板。你呀，得比着帖写，写坏了就回不来了。”

孙伙计眼睛一亮。

李先生:“我有欧阳询的帖，你要想用的话，我借你。”

第二天，李先生回家，见家门口站着一个后生，一见面就鞠躬。李先生想了半天:“哦，是你！马良笔店的小伙计！”

李先生名殿英，字奎垣，河北涞水店上村人。因为有文化，能写一笔漂亮的小楷，还从易县许拳师处学了弹腿、八极拳，最重要的是，他是形意拳郭云深的弟子，目前在保定一家商号任职。孙福全找上门来，本想借个字帖蹭点学问，没想到李先生不怎么搞学问，主要是教拳。孙福全拿了字帖，从院外的砖墙缝里看李先生教徒弟行拳。

一个月后，孙福全还了字帖，还提了一斤油条表示感谢。然后，站在院里看李先生的学生打拳。李先生一看孙伙计眼神迷离，问：“你还喜欢拳？练过没？给我瞧瞧。”

孙福全吸了一口气，叭叭叭叭，打了一套，跟刚才学生们打的一模一样：阎王三点手，猛虎硬爬山，迎门三不顾，霸王硬折缰，迎风朝阳掌，左右硬开门，黄莺双抱爪，立地通天炮，八式连环，有板有眼。

李先生和他的学生们全愣了，一个学生怒吼：“你小子偷拳！”

李先生板起脸来：“从哪学的？”

孙福全指着砖墙外：“从外头看的。”

如果说是从哪哪学的，指定是撒谎，因为这套八极拳的动作虽然外边也有，但跟李先生自己编排的程式不一样。李先生脸色稍缓：“什么时候看的？”

孙福全不知如何回答。

李先生：“从上次借帖开始吧，一个月？”

孙福全点头。

李先生愣了会：“想学吗？”

孙福全咣叽下跪，三个响头，脑门上起了一块红包。

李先生奎垣：“起来吧，你去练喘气，丁，告诉他怎么喘气。”

丁同学把孙福全带到墙边，告诉了孙喘气的要领。这一喘气，半夜过去了。孙福全最后的感觉是不会喘气了，脑袋成了气球，嗡嗡叫，话也说不出来了，深一脚，浅一脚，怎么回的家不知道。

两年过去了，师兄弟们打的戳脚、八极，李先生一招也没教。一个喘气练俩月，一个跳远练俩月，一个“四脚爬”练俩月，一个翻墙练俩月，最要命的是倒立俩月，倒行俩月，反正俩月一换，全是幺蛾子。怪了，一开始，师兄弟们飞脚连拳，打得孙福全找不到北，慢慢地，打不着孙福全了，因为他能躲开，后来大家都以能打到他一拳一脚为赌注。再后来，孙福全又开始故意挨他们打了，但孙福全挨了打却很享受，对方手疼、脚疼、心也疼，众兄弟不高兴了，怪李先生偏心。李先生就笑：“是你们要速成，不要功非要招，我有什么办法？”

有一天，李奎垣对孙福全说：“福全，我送你个新名字如何？”

孙福全：“谢师父赐名。”

李奎垣：“有福有禄，即为双全，禄堂如何？”

孙福全跪下磕头。从此孙福全改名孙禄堂。

李奎垣：“禄堂，这两年你练的是形意门功夫，不过是入门而已，先筋骨，后关节，再脏腑，我只给你开了筋骨。师父写一封信，你持信去找郭师祖，他会收你。”

孙禄堂感觉不妙，立刻跪下叩头，流下泪来：“师父你不要我了？弟子知错！”

李奎垣不禁一笑：“何错之有？”

李奎垣继续说：“全啊，不是师父不要你，良禽择木，良徒择师，我不能耽误了你。”

孙福全放声大哭：“我不去，我不去。”

李奎垣也流下泪来，说道：“师祖又不是外人，咱还是一家！我不会看错你，以你这秉性、坯子，你师祖定会喜欢你，知道我是怎么拜了你师祖的吗，说来也是笑话。那年我觉得腿功厉害，就找你师祖比画，晃个虚招，一腿弹出，你师祖手一划拉，给我仰出去啦，你师祖抄起板凳，一板凳拍你肉饼！哈哈，我跟你师祖那可是差得远了，学了多年也不成器。来，师父最后教你一术。”

李奎垣拉着孙福全到了院子里，摆了个骑马蹲裆式，微闭双目，缓缓地晃动后脊背：“禄堂，这脊背之骨是人体根本，气血之源，你年轻，精气旺盛，精漏则损，切记！这脊节升降化转，合的是化精为气、为神，虽则姿势不雅，不登大雅之堂，却也有个名字叫升龙术。”

孙福全哭着记下，持了师父的亲笔到信，告别老母到深县寻师祖去了。

至于恩师李奎垣，他活到七十多岁，晚年深藏武艺，以抄写账本书目，做书记工作以终。李奎垣对于孙禄堂的好，不只是对将他引上了“正规、专业”的武术之路，也不只是少儿教育法的极端正确——重视基本功，更重要的是，他是个明白人，且真心为孙禄堂的以后发展考虑。

李奎垣曾指导训练“一身五弓法”，后来孙禄堂在太极拳理论中找到了同样的秘籍，也不知道是谁抄谁的：臂弓二、腿弓二、身弓一，是为“一身五弓”。

古今制弓术有“六材”之说：干、角、筋、胶、丝、漆，就在孙禄堂六材集美、五弓开张之际，李奎垣毫不犹豫地将他射了出去。

中年以后的孙禄堂，也沾染了李恩师喜欢写小楷的习惯。有一副集字联，师父爱写，他也爱写。记得师父曾边写边给他讲故事，讲的是北宋时期隐居武当山、服气辟谷二十载的“扶摇子”陈抟老道与赵匡胤斗法的故事，集字联写的则是：

开张天岸马，

奇逸人中龙。

3. 李老能

形意拳，最早叫“心意六合拳”，也叫“心意拳”。形意祖师爷尊的是岳飞岳武穆。岳家枪法，一般叫“六合枪”。“六合”有“小六合”和“大六合”之说。

小六合又分了内三合和外三合：内三合——心与意合，意与气合，气与力合；外三合——肩与胯合，肘与膝合，手与足合。

大六合指的是六个方位：东、西、南、北、上、下。

小六合解决了身体和枪的关系问题。大六合解决了人枪和外界的关系问题。使枪的高人历代不乏，具体套路、枪法也是争奇斗艳、五花八门。练枪并不是先练六合，因为六合是原则，原则问题必须经过具体实践来体现。也就是说，你只有先把枪的招式和路数学会，使到了符合内外六合原则的程度，便是身体使对了，枪法使对了。身体枪法一对，效果就出来了，六个方向尽在一人一枪控制之中。

拳理亦然。

心意六合拳，有名字的记载是山西人姬际可，此人“意外”得到了岳武穆的拳谱，得以成就拳功。后传山西曹继武，曹继武传戴龙邦、马学礼。于是出现了心意六合拳的两大流：戴氏山西派，马氏河南派。河南一派以马学礼、张志诚、马兴、马三元为代表。山西戴家以戴龙邦、戴文熊、戴良栋、戴逵为代表。

山西戴家在学到心意六合拳之前，本就有家传的“意拳”，得自戴廷轼、傅山、顾炎武等几位“反清复明”的著名人物。这几位史上名人，明末清初曾聚集祁县“丹枫阁”，而丹枫阁正是戴家修建的。

有河北李洛能者，1845 年左右闻名来到山西，从戴氏学艺，后广收门徒，再后创生出河北一派，蔚为壮观。因李洛能一脉甚是旺盛，导致后来的分支，一般分成三支：以李存义为代表的“保守派”，以孙禄堂为代表的“综合派”，以王芗斋为代表的“意拳派”。

那时候学拳没有教科书，靠口口相传，山西话“心”“形”不分，结果弟子们有的说是“形意拳”，有的说是“心意拳”。李老能说俩名都可以，形意拳或许更好，因为心意拳的“心”“意”二字重复。直到后来徒孙孙禄堂出了一本《形意拳学》，便把“形意拳”一名正式传播全国。

李洛能一派大兴其拳，挺进京津，辐射全国。一花独开不是春，百花齐放春满园，所以李洛能堪称“功勋教练”，徒弟一大堆，高徒有八大——山西的车永宏（毅斋）、宋世荣、宋世德、李广亨，河北的郭云深、刘奇兰、刘晓兰、贺运亨。八大弟子中，最为杰出的是郭云深、刘奇兰，创办中华武士会的李存义、张占魁正是郭、刘的弟子。

李存义和张占魁够了不起的吧，还有更厉害的。晚清民初一百年间，公认有“十大超一流高手”——董海川、杨露禅、大刀王五、郭云深、黄飞鸿、霍元甲、孙禄堂、杜心五、王子平、韩慕侠。其中李洛能弟子团队占了三名，即徒弟郭云深、徒孙孙禄堂和韩慕侠。

所以京津形意拳在辈分中大都直接尊了李洛能为第一代。这也说得过去，因为他从山西戴家学的形意六合拳只是其中一部分，在这一部分的基础上，李洛能扩而大之，形成了李派形意体系。

这个体系中有扎桩养气的“三体势”，有被称为“母拳”的五行拳——劈、崩、钻、炮、横。著名的还有“仿生拳”即“十二形拳”——龙、虎、猴、马、蛇、鸡、燕、鹞、鹰、熊、鼍、胎。另外，还有四把、十六把、掩手、杂势捶、鸳鸯脚等，又有专门对练的五花炮、九套环、挨身炮等。

仿生“十二形拳”有意思，企图把大千世界中所有动物的长处全部据为人有，这心思虽然谈不上高明至极，却完全谈得上聪明无比。因为除却大脑，人身其他能力都能在动物中找到理想的模范，这也是尺有所短、寸有所长的道理。

其实，某些动物李老能没有亲眼见过，所以十二形拳非其一人之功，据说弟子车毅斋也作了不少贡献。十二形里的“鼍”“胎”最具想象力。“鼍”者，神兽也，指的是鳖，灵感来自于“龟鹤延年”，千年王八万年鳖，其中隐藏着吐纳气功之秘；“胎”呢，灵感来自老子的“专气致柔，能婴儿乎？”

李洛能又名李飞羽，字能然，世称老能先生，也有叫李洛农、李老农的。他是河北深县人。三十七岁时听说山西太谷戴龙邦善形意拳，便去求学。一开始没学到真东西，两年后，戴龙邦母亲八十岁大寿，老太太喜欢沾些年轻人的阳刚喜庆之气，就点了李洛能打拳，打完了，老太太开始教训儿子：“你教得太不尽力了。”

戴龙邦对技艺看得很重，不轻易传人，传也是有所保留。他是孝子，老娘发话得听，所以托老太太的福，李洛能终于学到了戴家的一些真传。

也有资料说，李老能最早的形意拳老师是郭维翰。李和郭年龄差不多，李在温曲访到了郭维翰，郭是戴二间（戴龙邦之子）的表弟。访到了人家不教啊，于是李老能在离温曲不远的小韩村，买了几亩地种菜，每天推了菜车去郭维翰家门前卖菜。郭家的书童、徒弟吕海根出来买菜，李洛能只给菜不收钱。

时间一长，吕海根告诉郭维翰说：“怪了，卖菜的给菜不要钱。”

郭维翰便亲自出去买菜，李洛能看见他，双手一使劲，连菜带推车一起平举起来，请郭维翰挑菜。郭维翰不动声色，拿了个大萝卜，说“你这萝卜坏了”，李洛能却怎么也抽不出他手里的萝卜。郭维翰一使内功，萝卜爆裂，哈哈，不坏也得坏了。

捏萝卜还不能让李洛能服气，他提出要和郭比试比试。郭维翰把李洛能请进家里，二人就比起武来，郭维翰打得李洛能无比难受，李洛能便跪下问郭维翰用的什么手法，郭维翰说用的是形意蛇形。

李洛能随了郭学拳后，常因郭的差遣去戴家办事，所以与戴家人熟了起来，并深得戴文熊母亲的欣赏。戴文熊因为母亲的要求，特意对李洛能详加指点。

八年后，李洛能的能量已经爆值了：

> 于形意拳之道理无微不至矣。每与人相较，无不随心所欲，手到功成，当时名望甚著，北数省人皆知之。教授门生郭云深、刘奇兰、白西园、李太和、车毅斋、宋世荣诸先生等，于是先生名声愈著，道理愈深。

深县有位武进士，力气超众，拳法生猛，跟李洛能关系还不错。关系不错并不说明服气对方，有天武进士从背后偷袭，欲用两臂之力缚住李老能，没承想被李老能晃腰撅臀，一腚给弹了出去，脑袋撞到房上的纸棚子，又原地落下，并未受伤，也未倒地。不过一招神龙摆尾而已，武进士却以为腚都用上了，必是邪术。李老能笑道：“拳术习至上乘，自有神化之功，所以神妙如此。”

武进士叹道：“真神拳也！”

武进士也是进士，在当地那是大大的名人，说话一句顶六句——管用，也幸亏他说的是“神拳”而不是“神腚”。从此，李老能的名字前面多了俩字：“神拳。”

4. 郭云深

这河北深县早年叫深州，南接衡水，北距北京、天津各二百二十公里，距保定一百三十公里，西距石家庄九十公里，太原三百二十公里，东距济南二百五十公里。

深州的老虎豹子虽然不多见，但绝对是形意拳的旺地、圣地，李洛能、郭云深、刘奇兰、李存义都是本地的“土产大英雄”。

1875 年，十五岁的少年孙禄堂，怀揣着师父李奎垣的介绍信，背着一袋子驴肉火烧，一路向南，步行一百五十公里，到达了深州马庄。不是说一百三十公里吗？多出来的二十公里是冤枉路，走错了。

他要找的是“半步崩拳打天下”的师爷郭云深。

郭云深最早随了孙亭立先生练八极，听刘晓兰（刘晓兰与刘奇兰没有亲戚关系，但都是李洛能的弟子）说山西李洛能甚是厉害，便专程访问，见了面给李老能表演了一套“八极猴拳式”和一套“梨花大枪”，李洛能便欣然收下了他。

除了学形意六合拳，郭云深还帮着李老能锄田种菜，庄稼一枝花，全靠肥当家，郭云深又承包了又臭又脏的掏粪上粪，因此深得李老能的信赖。

十年太极不出门，三年形意打死人——天赋超常者叫“一年形意打死人”。即使按“三年打死人”算，十二年出徒的郭云深，一拳已经可以打死三个人了。呵呵，别太较真，作者数学不好。

一拳是否真的这么厉害，有时候自己并不知道，郭云深搂着搂着没搂住，最终闹出了人命案。大概是 1862 年，同治年间，郭云深在正定知府钱家做幕宾，并教授钱家少爷钱砚堂学武。正定有一个武举人叫窦宪钧，恃强凌弱，喽啰众多，有点“黑社会”老大的意思，连官府都让他三分。听说郭云深骂过他，特邀郭云深比武较量。可惜窦宪钧不是对手，竟然掏出一把手枪，枪一响，郭云深恼了，一肘击断了对方的脖子。

出了人命，郭云深算是法律意识强的，他不躲不藏不跑，镇定自若地前往官府自首。钱知府公子钱砚堂不傻，暗地里联络了大批老百姓，浩浩荡荡地游行，要求知府无罪释放除暴安良的郭大侠，知府大人顺水推舟，以误杀罪判了郭云深三年。

监狱可真是个锻炼人的好地方，而且可遇而不可求。郭云深三年牢狱，武功升华。因为戴着枷锁和链子，舞不开拳，扯不开腿，每次移动都是半步距离，拳也不能完全拉直，反而让他练出了一项独门绝技——半步崩拳。

这就是郭云深“半步崩拳打天下”的来历。

形意门的五行拳号称“母拳”，劈、崩、钻、炮、横，五行勾连金木水火土，其实是锻炼肺、肾、心、肝、脾。

这半步崩拳，别说弟子们不好学，估计连师父李老能也自叹无能，总不能为了练拳先杀个人进号子吧？万一判个无期呢。还真有不杀人而练半步崩拳的新办法，比如自己买套枷锁铁链……

话说孙禄堂来寻郭云深，见面跪下磕头叫“师爷”。郭云深看了李奎垣的推荐信，见李奎垣把个孙禄堂夸得像朵花，十分反感。他相信武艺是练出来的，不是什么老天赋予的，皱着眉头把信一烧，指着院里的一棵苹果树：“能上去吗？”

孙禄堂心想：“师爷太看不起我了。”

将身一纵上了树，一不抓，二不靠，稳稳落在树枝上，连片叶子都没碰到，孙禄堂对自己很满意，看着师爷，等他表扬。

郭云深不屑地：“下来。”

孙禄堂轻飘而下，毫无声息。

郭云深：“挎上篮子，上。”

树下有个荆篮，篮里有两把镰刀。孙禄堂取出镰刀，一想师爷没发话，又把镰刀放了回去，提起篮子，觑个方位，复纵身而上。没承想篮子兜风，凭空增加了不少阻力，孙禄堂刹那一变，抓了把树枝，又稳稳地站在树上。

郭云深一摆手，孙禄堂跳下，郭云深：“放篮，再上。”

孙禄堂第三次上树，郭云深：“打一套拳。”

孙禄堂傻了：“在树上？”

原来是郭云深戴着枷铐练武有成，产生了跟自己找别扭的怪癖，怎么别扭怎么练，直到不再别扭为止：“滚下来，不行吧，差得太远，别坏了我的苹果。”

孙禄堂又被带到一座葫芦架下。葫芦架本是一座练武架，木梁上悬了十几根绳，下端系着方沙袋，圆沙袋，核桃，石头，钢球，刺球，狼牙棒，大小高低，琳琅一片。郭云深走进葫芦架，拳击掌劈，肩撞脚踢，里边霎时东晃西荡，乒乓作响。

突然无声，郭云深若无其事地出来：“这叫阎王阵，你可以来玩，别跟李奎垣说我不教你啊。”

世上没有免费的午餐，武者一样，禀赋再好，与我何干。孙禄堂被郭云深安排到不远的土窑干活，吃住都在土窑，晚上可以去郭家练功。

三天过后，郭云深来到土窑偷看。为什么来偷看，因为起了疑惑。原来只要是没钱弟子来投奔，都会被安排到土窑打工。土窑那活不是人干的，脱坯有些技术含量暂且不提，单说这搬坯运坯，初来乍到的能坚持三天的不多，因为这土坯刚脱出来，要搬出去码好晾干，因为含了水分，每块至少五十斤。

五十斤不算重啊，是的，问题在于你一天至少搬上千块，还得轻走、轻放。土坯易碎，一碎不是一块，往往连锁反应连累一堵坯墙，后果严重。以往弟子即使三天尚能忍，忍住腰酸、臂疼、腿抽筋，不哭着走掉，那也是哭爹喊娘，吃完饭倒头便睡。

孙禄堂一个十五岁少年，三天竟然好似没事一般，晚上还真有闲心来郭家练功。你不问，他一句话不多说，自己一边练功习拳，一边看别人练功，“阎王阵”他倒是没进，因为有人在里边。

这小子怎么三天没累趴下？

带着谜面，郭云深来寻谜底。他站在土窑高窗上偷望，一看他明白了，原来这孙禄堂一不偷懒，二不耍滑，他只是把形意桩功用上了，化原地功为移动功，一起一伏，一呼一吸，着力的胳膊和腿柔而不僵，类似弹簧起落，借力卸力，仿佛进入桩功之境，非但没有痛苦，反而有点享受的模样。放下一坯，返回途中，孙禄堂则边走边双臂缓缓运圈，全身微晃，神情放松专注，全无一丝疲态。只是给人感觉搬坯速度不够快，但他不休息，又把慢给补上了。

郭云深暗暗吃惊：摇龙术！

晚上再见面的时候，郭云深拉过孙禄堂开始端详：“哼，没什么特别吗？”

又摸手摸胳膊摸肋骨，孙禄堂有些诧异，敏感地察觉到师爷的温暖，这个自小失爹的年轻人，双眼一红：“爷爷。”

一声“爷爷”，五十五岁的郭云深差点也掉下泪来。孙禄堂先拜了李奎垣，在形意拳辈分上虽然矮了一辈，倒也不亏，俗话说“隔辈亲”，师爷郭云深一拿他当“孙子”对待，那待遇立马腾飞。对待徒弟，老郭还得板起脸来，对待孙儿，则原形毕露，老小孩一个了。郭云深长的也是个异像，脑袋两头尖，中间粗，嘴大，一笑全是嘴，而且越老越喜欢傻笑。所以孙禄堂后来回忆起郭师爷来，脑海里总是出现一张大嘴的卡通片。

河北正安有个绰号“鬼八卦”的焦罗夫，曾用大杆子战胜大枪刘德宽，遐迩闻名。听说深州回来了个蹲过号子的“前犯人”无人能敌，兴奋着前来较量。半步崩拳果然比炸雷还快还猛，焦罗夫被一崩而出，脸面扫地。

这姓焦的“鬼八卦”果然是个聪明人，聪明人容易得心病，他的心病就是郭云深和他的半步崩拳。过年的时候，鬼八卦看到家里大厨用庖丁刀切脆萝卜，突然一悟，想到了对付崩拳的办法：以拳化掌，以掌喻刀，那崩拳虽然刚猛，但毕竟是肉做的，两刀一划一砍，其拳必裂。

鬼八卦打定主意苦练双掌二刀式，直到能将牛脑袋砍个稀烂，便觉得复仇郭云深的机会到了。可惜，他还是低估了形意拳内功和三年监狱的神修，砍是砍到崩拳上了，但没砍出想象中的效果，自己还是被崩了出去。

一记崩拳，连吃两败，鬼八卦还不死心，过了一段时间又来了。

郭云深咧开大嘴笑："鬼子焦，吃拳有瘾啊。"

鬼八卦："再一再二不再三，你再崩爷一拳试试？"

原来这鬼八卦又琢磨出新办法了，化砍为撩，将崩拳托空，再顺势击胸。还真有效果，崩拳是托开了，但万万没想到，人家郭云深还有半步崩肘，而且是一次性批发，鬼八卦第二招击胸掌还没使老，便被一肘撞开，结果击胸变成了被击胸，瞬间仰翻在地。

郭云深："这就叫形意，形有限，意无限。"

此番彻底一输，鬼八卦心病反而好了，顿觉轻松，此人对郭云深半步崩拳的宣传作用极大。这也符合心理学，只有把郭云深吹成了天下第一，他才能做天下第二。

孙禄堂自从叫了郭师爷一声"爷爷"，便每天只去土窑打半天工了，晌午过后去一家熟食店干点烧火、劈柴之类的杂活，待遇是给吃二两"油吱砬子"，就是"肉渣渣"。原来是郭云深看他太瘦，需要营养。当然，肉渣渣孙禄堂不敢独吞，每次都带回郭家。

郭师奶有次从孙禄堂的床下发现了一摞子草纸，拿给郭云深看。郭云深大惊，原来这是他撕碎扔掉的，孙禄堂不仅一一捡回，还粘在一起。最让郭云深痛苦的是，有几张纸上还把原文誊抄出来，誊抄就誊抄吧，孙禄堂还对原文做了改动！

郭云深三掌拍案惊奇，一惊这小子有文化，二惊这小子明拳理，三惊这小子把自己词不达意的地方竟然给改顺溜了！却原来，郭云深人过五十，名声大振，便起了个野心，想把自己的形意拳付诸文字——那才是宗师气派嘛。但写文章这事，好像比半步崩拳还难伺候，心里想的很多，就是写不出来。

郭云深于是开始把孙禄堂招进了自己的密室，将自己的东西全部一点点教给孙禄堂，然后爷俩再琢磨怎么写出来，甚至画出来。写东西有写东西的好处，不只是把自己知道的写出来，不知道的通过写，竟然也知道了。老郭心情大畅，小孙武艺精进。各得其所。

郭云深的日子不穷不富，不穷是因为他有的是手段，不富是因为他心思不到。他喜欢骑头枣红马访友谈武，孙禄堂是他不二的马弁。马弁可惜没有马，只能用腿。

孙禄堂这腿比苦瓜炒黄连还苦，隔三岔五被枣红马遛远遛近，逢年过节时，两腿还得驮着孙禄堂上半身去保定看望老母和师父李奎垣，虽然来回不到三百公里，土地爷说得好啊：谁家的腿不是肉长的？

五年以后，郭云深再碰到武者，自己不出手了，让二十岁的孙禄堂出手，身高已经一米七、形容文雅整肃的孙禄堂，出口有理，出手有道，一次次带给郭云深"太上皇"的甜蜜滋味。

假使被蚊子咬了包，体重是增加还是减少了？对轻功有好处吗？

郭云深最大的痛苦，就是被孙禄堂问此类问题。一看见孙要张嘴，老郭就有生不如死的感觉。他知道孙禄堂会问：猫为什么跳的恁高，鸡为什么脖子不酸，练功为什么晚上好？有天晚上老郭出房小便，发现孙禄堂正在葫芦架下打坐。老郭盯着他看，孙禄堂闭着眼睛说："爷爷你睡，我还有四个大屁没运出来呢。"

郭云深感觉布袋快空掉的时候，就带孙禄堂出远门。师祖李洛能确实能，即使与郭云深一个层面的师兄弟，起码还有其他七大弟子。于是，老郭带着小孙，一个一个寻访，这七大弟子狗有狗道，猫有猫道，反正孙禄堂磕了不少头，叫了不少师爷、师叔、师伯，晚辈有晚辈的便宜，因此品尝了不少新鲜玩意。形意拳那些人，形意拳那些事，大小周天，已经不算什么，明劲、暗劲，化劲，易骨、易筋、易髓，化气、化神、化虚，或者筋骨、关节、脏腑三步曲，孙禄堂俱已进入中后段，他能将自己的五脏六腑像隔着口袋摸瓜一样，盘放自如，就差拿到肚子外晒晒太阳了。

大家知道，收藏古董，看起来是"藏"，目的其实还是显。很难说郭云深没有这层心理。小媳妇凑一块比老公，老家伙撞一起比孩子，实属身上痒痒必须挠也。孙禄堂在所有同门师兄弟里，畅行无阻，明显高出一大截。而他又虚心谦恭，知书达礼，求教为上，点到为止，不只是郭云深面上有光，那些师爷、师叔们，也都喜欢得不得了。比如车毅斋、刘奇兰、宋世荣等。后来，在宋世荣八十岁时，还觉得生前有话找不到合适的人说，亲自修书邀请孙禄堂前去小住呢。

孙禄堂也跟着郭云深去过北京，比如宫廷御医白西园，曾力劝孙禄堂跟着自己学医。孙禄堂也学了些东西，更加明白武医一家，只是同床异梦罢了。为什么武医一家呢，因为都是以"身体"为对象。

转眼又是八年过去，春花八回放，西瓜八度圆，动里成才，静中成长。如果说随李奎垣三年读完了大专，那么，随郭云深八年，孙禄堂已经研究生毕业。再如果说太极拳是盘踞雄峙的泰山，形意拳则可称挺兀峻极的华山。二十三岁的孙禄堂挺立华山之巅，已达形意大成之境，像猴像鹰又像熊，像雾像雨又像风，虽万千人莫能挡也。

当然，他不是"大师"，大师还要留给老谋深算和岁月包浆。围棋经验告诉我们，十段大师往往敌不过英雄少年，这说的是技击实力。武术虽然没有围棋如此悬乎，但"年轻力壮"同样在技击单项中不容小觑。也就是说，在最好的年华，孙禄堂伫立华山之巅，已初步具备横行江湖的笑傲实力，倘若他还愿意去领略太极的泰山，或者八卦的黄山，通臂的嵩山，戳脚的恒山，那他就是确实有了做"武学大师"的野心。

回到 1882 年，郭云深让李奎垣的"悲剧"重新上演，逐徒出门，挥手送客。郭老头擅长假装没文化大老粗，咧开大嘴就发怒："小崽子你蹭老学老吃老啃老，也该腻了吧，去跟老子挣俩棺材本回来！听说有个董海川，八卦掌称为神技，你不妨去访他的徒弟程廷华看看。”

于是，二十三岁的孙禄堂，揣了爷孙二人尚未完稿的《形意拳谱》，进京寻找八卦门程廷华去了。

至于郭云深其人，大约在 1901 年去世，年纪应该是八十来岁。他的主要弟子有李奎垣、许占鳌、钱砚堂等，徒侄李存义、张占魁，徒孙孙禄堂、马礼堂、田慎则、李汉章等。

形意拳近代分支中，有“意拳”又名“大成拳”的，创始人叫王芗斋。此人以“王宇僧”名，位列杭州游艺大会评判名单，足见其武艺、名望当时已入一流。民国末期特别是 1949 年以后，习练意拳之人规模不小，拳手的表现和成绩在武术界比较惹眼，也可见王芗斋整理组创的形意拳新制，确有独称其妙之处。

当代武林对王芗斋一直争议颇大。王芗斋也是深县人，形意巨匠郭云深的邻村老乡。出道时的王芗斋打的旗号是“郭云深关门弟子”，但熟悉内情的人，指责他不够老实，不够光明磊落，说他的形意拳主要从学于姐夫李豹，而郭云深逝世的时候，他还少不更事，又揭露说，为了从年龄上师徒合理，王故意将自己生年提前。至于另一类批评声音，说王芗斋喜欢逐名向利、吃喝嫖赌什么的，即使属实，放在大局上看也比较无聊。

对于王芗斋最大的争议，来源于有人认为王芗斋“大节”有污点，证据便是他“与汉奸关系密切”。比如他是四存学会的拳师，而四存学会的主持人叫张璧（张玉衡）。注意，四存学会属于民间组织，多有当时的文艺贤达人士参与。

张璧此人身份、经历十分复杂，出身青帮大佬，正反两面的事情都做过，但他 1938 年出任北平公用局局长，有了这个伪政府的职务，叫他“汉奸”不算冤枉。张璧此人也好武术，“大成拳”这个漂亮的拳名，便是他为王芗斋拳法所取之名。在抗战胜利后的“清算”中，张璧死于国民党大牢。

而王芗斋则以武术家的身份，1949 年前后一直安然无恙，直到 1963 年病逝于天津。所以比较客观的说法是，王芗斋虽然曾在“汉奸”阴影中出没过，但本身在“大节”上并无污点。

有趣的是，在 1929 年杭州国术游艺大会时，孙禄堂就拒绝承认王芗斋是自己的形意门“师叔”，表示从未听说郭云深师祖有这么一个“关门弟子”。

5. 逝去的武林

2009年，一本徐皓峰整理、李仲轩口述的《逝去的武林：一代形意拳大师口述历史》，因其翔实生动、真人真言，在沉寂日久的武林内外引起轰动。

书中的李仲轩，退休前的职业是北京西单电器商店看门员。李先生一生未收徒弟，在徐皓峰等年轻人的帮助下，晚年“口述历史”，刊登面世，被誉为“中华武学最后一个高峰期的最后一位见证者”。

李仲轩乃天津宁河县人，1915年出生。其口述内容主要是学练形意拳的经历和“后国术馆”时期京津地区形意门传人的一些往事。李仲轩先后拜过三位师父——唐维禄、尚云祥和薛颠。

这三位师父都是中华武士会会长李存义的高徒。唐维禄是个农民，到天津找李存义拜师，李存义不收，就做了武士会的杂工，做了八九年，李存义发现正式学员没练出来，杂工倒练出来了，便收他为弟子，给了身份，开始撵人了：“我的东西你有了，可以活你自己去了。”

尚云祥，山东乐陵人氏，1864年出生。他年轻时找李存义求指点，练了趟拳，李存义笑道：“你练的是挨打的拳。”

尚云祥当然生气：“谁挨打还说不定呢。”

尚云祥张牙舞爪，伺机进攻，结果李存义没用手，突然迅雷暴起，一个跨步将尚云祥跨倒。尚云祥长拜于地，李存义说：“学很容易，练下去就难了，你能吗？”

“我能。”尚云祥不但能，而且能出了果实，据说还是独自能出来的呢。数年后李存义进北京见到尚云祥，尚云祥赶紧又觍着脸求指导：“那年师父教的，弟子一直没有放下。”

一指导不要紧，指了若干次，谁也没有倒，李存义刮目相看了：“呀，厉害起来了，看来我捡了个宝。”

孙禄堂曾盛赞尚云祥：

> 近于形神俱妙，与道合真之境矣。近日深得此理者，吾友尚云祥。其庶

几乎。

李仲轩小时候仰慕本县名师唐维禄，就把和田玉、鼻烟壶什么的送给了唐门大弟子袁斌，袁斌就把他引荐给了唐师。唐维禄为人厚道，笃诚实在，他告诉李仲轩招式不重要，真正出功夫的是基本功，基本功到了，一个好功架能对付一百个花招。

形意门下，有时把农民出身的唐维禄、孙禄堂合称为“二鹿（禄）”，因为这二人都是著名的“腿先生”，轻松夜行三四百里如同奔鹿一般。

唐维禄有句教育徒弟的“警示箴言”，闪烁着农民式的哲学智慧，不是和为贵、忍为高，而是你凶，我怂，你怂，我比你更怂。

唐维禄、尚云祥、薛颠都是李存义的形意拳弟子，却各有擅长，所以唐维禄后来把李仲轩介绍给尚云祥深造。

尚云祥与八卦程廷华性格相近，生性活络，谈笑风生。从他嘴里出来的形意拳，通常都玄妙有趣。比如练拳要“从大小便入手”——因为大小便时，身体处于完全的“全息蒸腾”状态；再比如打拳“抱桩如抱女”“行拳如亲嘴”、打的不是拳是功、使的不是力是劲，等等。尚云祥曾击败过一名国军的“抗日英雄”，告诉目击者李仲轩：“上过一次战场，可顶练武十年，其胆、其魄、其敏捷，已被战场过了道火，学名叫升华了。”

李仲轩从尚云祥学得高兴，得了“明劲”，便犯了年轻人的青春冲动，想去天津找薛颠切磋。尚云祥担心当“背锅侠”，赶紧把唐维禄叫来，你送来的弟子你自己处理吧。

唐维禄竟然真带着李仲轩去天津找薛颠了。可惜不是切磋，而是拜师，不知道他跟李仲轩施了什么紧箍咒，李仲轩见面便给薛颠磕了一个大头。其实一般的拜师，那时候已经不太流行磕头了。有唐维禄的面子，有年轻人的响头，薛颠无法拒绝，只好收下李仲轩为徒。

薛颠是河北束鹿人，1887 年出生。他算是李存义的晚期弟子，但李存义很喜欢他。不知什么原因，薛颠同师兄傅昌荣发生抵牾，有一次在一家酒楼二楼，二位又顶上了牛，你说你行，我说我行，那就动动手呗。薛颠说这地不是比武的地方，傅昌荣话说得很是嚣张：“打你不用多大的地方。”

结果，傅昌荣一记回身掌，把薛颠打下了二楼。

扑通一声响，看热闹的都以为薛颠要摔坏。哪知薛颠闷声不响地爬起来，回头对二楼窗口深情地望了一眼傅昌荣，意思是：你给我等着。

等你长发及腰，我必君临天下——这不是扯吗？傅昌荣并没有等。

幸亏他没等，因为这一等实在太长，十年过去了。

胜败乃拳家常事，有的人却要为失败付出巨大的代价。薛颠无疑属于后者。心高气傲、年轻气盛的他，失败的耻辱被无限放大，这种耻辱中西医结合都没办法，只有击败傅昌荣，才是让他死而复生的唯一灵丹。

但击败大师兄谈何容易？薛颠选择了消失，他仿佛从人间蒸发。起先，偶尔还有人念叨他几句，渐渐地他开始享受“死人”的待遇，直至完全被从公众记忆中抹去。连傅昌荣似乎都忘了，忘了自己曾经有过那么一个不知天高地厚的小师弟。

走，是为了回来。

重出江湖的薛颠，一口气吃了十五个狗不理包子，为什么是十五个包子呢，因为他吃不下十六个了。现在，他要现身说法，证明一句古老的成语：君子报仇，十年不晚。

他漠然地出现在天津武馆，公开宣布要与傅昌荣比武较技，地点时间由傅昌荣选。一石击起千层浪，京津形意门顿时躁动不安。此时，李存义已经去世。几位形意门大佬，比如唐维禄、尚云祥等紧急会商，最棘手的是据说薛颠已动“杀心”。唐维禄率先找到薛颠说：“你先打败我，就同意你比武。”

薛颠：“师兄，我不跟你打。”

尚云祥带领有分量的形意同门，召开公判大会，与会人员指着薛颠异口同声地说：“小子是要同门相残？！”

尚云祥道：“你傅师兄请我出来与你讲和。”

“明智”的傅昌荣选择了退避三舍，再有了尚云祥安装的台阶，薛颠还能怎么着呢，毕竟不是什么杀父之仇、夺妻之恨，一场拳脚债而已，对方都高挂免战牌了，还能斩尽杀绝不成。薛颠一声长啸，两行热泪——罢了！

薛颠的功夫确已今非昔比，大家都想见见他的功夫到底如何了。据说薛颠玩了一手凌波微步，大家都没看清楚呢，十八个人已经被他十八摸了——倘若手上有刀，十八摸则为十八刀。后来，薛颠被推举为天津县国术馆副馆长，主持和弘扬的正是李存义的形意门老武馆。薛颠也挺有幽默感，据其自述，消失的十年，他在五台山寻到一位绝世高人，叫虚无上人灵空长老，并从他习得武林绝学象形术。

因为尚云祥收李仲轩时嫌他年纪太小，怕乱了弟子辈分，说可以教你但不许你日后收徒，李仲轩信守承诺，一生没收弟子。1949 年以后，他隐居在西单电器商店看守店门，几十年籍籍无名。七十四岁时曾不幸遭遇车祸，全身瘫痪，小脑萎缩，萎缩在门头沟一间老屋里，大家以为在等死的他，竟以惊人的意志运作形意内功，四个月后身体恢复。

尚云祥作为名师李存义的弟子，又有杀洋鬼子的经历，声名一生保持不坠。晚年的他曾对弟子说：“形意拳既是杀人术，又是修道术，杀人容易修道难。”

悟到不一定做到，尚先生晚年“腹大如锅”，肚子大到影响行走的程度。南怀瑾有云“大腹便便不是道”，意思是修道好的人，肚子不可能无节制地膨胀。其实南怀瑾可能忘记了一条，很多大肚子是难以克服的遗传因素。

孙凤麟先生回忆说：尚云祥晚年常去孙禄堂家拜访，孙老先生从不与之谈拳，尚云祥倒是常与孙的弟子肖玉昆、齐公博等过手切磋，已占不得上风了。

6. 形意拳学

据《内家拳旧闻录》载，曾创办《求是》月刊，好访名手，好写文章，好批判名家的三好先生，1930 年代武林风云人物、山东国术馆教务主任形意拳家田镇峰认为：

> 形意拳有史已降，具真实造诣者——姬隆峰、戴龙邦、马学礼、李能然、郭云深、刘奇兰、宋世荣、孙禄堂、尚云祥九人而已。其中，功臻化境者仅戴龙邦、李能然和孙禄堂三人。

孙禄堂从郭云深习武八年，常奔走于保定、深州之间。平江不肖生向恺然对此有所记述：

> ……从来拳术家肯下功夫的，大概要推孙禄堂为最。孙住的地方，离他的师父家中有两百余里旱路。孙在家用功，每遇到疑难之处，自己思索不得，立时动身到他师父家去，决不因路远踌躇。他家清贫，总是带一点干粮在路上充饥，二百余里一气走到，不在路上停歇。见着师父把疑难之处解释明白了，又立时欣然归家，也不在师父家停歇。在他心目中这往返四百多里路，直如平常人看三四里路一般容易。他做功夫并不限时间地点，随时随地都在用功，所以孙禄堂的武艺纯熟自然到了绝境。

郭云深想整出一本规矩的形意拳著作，这个理想由弟子孙禄堂正式完成。在郭云深逝世十四年后，孙禄堂出版了《形意拳学》。书首有三序，又自序，又凡例，然后是正文。

三序之一为清史馆纂修、太极拳家陈微明（曾则）所撰，喜其文短，录之如下：

> 余从禄堂先生学形意拳术，将及四载，始知势简而意精，学易而习难，无

过于形意者矣。夫日月往来而明生，寒暑往来而岁成。造化一阴阳屈伸之理，形意有往体、有来体，于顺中而求逆，一屈一伸，不运气而气充，不加力而力无穷。究其功之所至，合阴阳、参造化，而与太极同体。

故先生是书，首论太极之体昧者。不察乃言形意非太极，岂知拳术精微之理乎？盖能得浑圆一气力之意，则合乎太极式与法。其粗焉者也，世之习太极拳术者，未得浑圆一气力之意，虽能演长拳及十三势之形，又焉得谓之太极耶。先生兼明形意、八卦、太极三家，故能合冶一炉而参论之，好拳术者，虚心研察，其益于身心岂浅鲜哉。

孙禄堂《形意拳学》目录：

上编：形意混沌劈开天地五行学
总纲：形意无极学
第一章：形意劈拳学
第二章：形意崩拳学
第三章：形意钻拳学
第四章：形意炮拳学
第五章：形意横拳学
第六章：五拳合一进退连环学
第七章：五拳生克五行炮学

下编：形意天地化生十二形学
第一章：龙形学
第二章：虎形学
第三章：猴形学
第四章：马形学
第五章：鼍形学
第六章：鸡形学
第七章：鹞形学
第八章：燕形学
第九章：蛇形学
第十章：鸟台形学（“鸟台”合为一字）

第十一章：鹰形学
第十二章：熊形学
第十三章：十二形全体合一学（杂式捶）
第十四章：十二形全体大用学（安身炮拳）

1984年过世的一代治印名手陈巨来，著有《安持人物琐忆》一书，书中专有章节记述他学习形意拳的故事，描写颇为细致，读来不仅趣味盎然，还能让读者了解一些形意拳的修炼方法，现摘抄如下：

在抗战前二三年间，上海来一北方形意名家曰王芗斋。据其自云：乃清同光年间最著名形意权威郭云深之得意及门云云。其时上海一留德皮肤科博士尤彭熙者，为一拳迷，凡闻名家必往求教。尤至王宅一谈后，听王把自己吹得神乎其技，谓虽遇千斤大力士，亦可一弹指之间将之击倒云云。尤不信，特去约了当时上海四大富豪之一吴溥新（贝润生之婿），带了一白俄保镖同至王宅比武了。其时王特将定制的一沙发，沙发四脚都有五寸见方，移至靠窗门向内。王向外立了后，命白俄尽全身之力向之猛扑，该俄人扑及其胸时，王氏只以双手中指向上一弹，俄人跌入沙发上，沙发断了三个脚，全间玻璃全震碎了。

尤氏此时，似《水浒》上九纹龙向王进跪下叩头了。王芗斋乃一老江湖，知尤为当时上海大名医，于是狮子大开口：一，代搬巨屋至大通路；二，向北方接家族入门来住；三，此后全家生活须尤一人负担，如允许，当以郭云深老师处所得者，尽以相传可也云云。尤氏当时有两个门诊所，诊一次须二元，每月有三千元收入之多，以谓王氏所开条件，每月至多四百元足矣，故一口即允之了。

学形意者，开始即为"站桩"，先练气功，然后教以十二形（如虎形、龙形、蛇形等等）。开始半年之间，尤大进步，半年后，王即卖关子了，渐以托买贵昂之物，以作传授秘诀为条件了。尤仍照办，已增至一千以上矣。王又好赌，好嫖，呼朋喝友，至妓院大嫖大赌，赢了钱是他的，输了钱，不问五百一千，即云：彭熙，开一支票付某先生。

二年以后，月非三千以上，不足以填其欲望矣。尤每月至多三千收入，而尽付之还不敷，故不得已去向王氏云：老师，三千元一个月，实在无力负担，以后每月规定一千二百元如何？王氏大怒，说尤忘恩，将尤一掌，受了内伤。即从此分文不给，师徒反目了。只三月，王即无所依靠，全家返乡而去了。

后余至尤之黄河路门诊所中，尤云：王先生教的是初步功夫，本人准以继续教下去可也。余正戒嗜好，体弱不堪，告以实况后，尤云明天你再来，准可恢复健康。次日余去了，尤乃授余以双手向上、向外之式，告余云：此最难之功夫，回去坚持站七分钟，吃勿消两腿可少直云云。哪知余回家一试，二分钟不到，人几昏厥了。余硬挺七分钟，后一星期再去告以情况，尤云甚好甚好，嗣后能坚持至一分一分地加上去即更好了。余究以稍有根底，故一月后即能站十分钟以上了。尤始终未改样子，及一年后，余可立而不动逾一小时以上了。

尤氏所教之气功，纯为形意拳之气功，与和尚打坐不同，但最后仍须经营打坐一关。他教拳亦与王芗斋有一些相同习气，总是要留一手秘密的。忆余练至一年半之后，觉呼吸顺了，能长而细了。尤某日郑重其事告我云：你可立至近二小时之久，根基有了，再隔二星期，可以正式教你进一步功夫了。自今夕起，你站桩时将肚脐眼放松后呼吸，此乃真秘诀了。余回家后试之，果然更舒畅了。

至一年十个月后，余可坚持立二小时半之久了。尤忽而拍桌子一下云：你站桩如此之久，奇迹也。余惊询何故，他云：照例只须站半小时呀。余云：那么，白费功夫了。尤云：我特试试你的毅力呀，自今天起每天减五分钟，至半小时即可了。后余又问之：尤医生，你说气通丹田，我何日可成功呀？他云：尚早尚早，你已四十九岁人了，至少四年后，陶冷月五年半始通气的。在通气前必须上吐气、下放屁。余笑告之云：最近我站时放屁不止。尤云：何不早说？余笑云：连放屁也要报告，真变了笑谈放屁了。尤当时即以手向余小腹一按，只觉一股气直达脐下，尤云：你一向花花太岁之名，无人不知，今日始知你确未犯女色，反则不能二年未满即通气了。尤云：现在气已通了，可以正式练拳了。

第十三章　八卦掌

1. 董海川

八卦掌宗师董海川，是个谜一样的人物。之所以成谜，除时代遥远、资料匮乏外，很大程度上在于他或许根本不想让人知道他是谁，从哪里来，到哪里去。这其中必有不可告人之秘。

不可告人，不一定都是见不得人的龌龊事，也有神圣悲壮的，比如“地下工作者”。

嘉庆二年（1797 年）农历十月十三日，董海川出生，属相是蛇，河北文安朱家坞村人。其父董守业，论文论武都多少有两下子，家有三子，长子德魁，次子明魁，三子武魁，这三魁的含义，翻译过来就是“德智体”，意思很全面、思想很先进，跟现在父母希望自己孩子个个出类拔萃的意思一样。

老二明魁就是董海川。幼时他与堂兄董宪关系甚密，董宪很有正能量，喜文善武，认求真谛，拳术务求研尽。二人臭味相投，嗜武成癖，形影不离，常一起往来雄县与文安，四处寻找技艺之人，在交流中提高，提高中交流，竟也在河朔地区闯出了些名气。河朔者，黄河以北也，主要指河北。

东游西访，以武会友，免不了动手动脚，免不了结怨生隙，再加上董明魁秉性刚直、疾恶如仇、好打抱不平，容易得罪人，得罪人容易给家族、家人带来麻烦，所以明魁改了个“海川”的名字，以“海纳百川”之意警示自己。

警示到底有没有用，看官自行判断。道光五年（1824 年），臂长手大，身材魁梧的董海川二十六岁，因为失手打死了人，便逃跑避祸，也有说没有这事的，他只是想“行万里路”而已。

大山连大江，吴越望巴蜀，中国那么大，他想去看看。

这一看，看了十三载。再次回来时，青梅竹马已成孩儿他妈。年近四十的董海川，不再像年轻时那么任性刚烈了。在家乡人看来，他还是神神秘秘，磨磨道道，经常玩消失，不安分，不好好过日子。但大家都知道皮裤套棉裤、必定有缘故，神神秘秘生男孩，磨磨道道出师傅，不能惹他，人家有武功，还擅长出人命。

族里人也有胆大的，愿意从他学武，他也不拒绝。咸丰、同治年间，董海川流落京师。当他出现在肃王府时，已经是“太监”的身份了。于是发生了肃王府和端王府比武的故事。肃王是清初皇太极长子豪格的封号，八家铁帽子王之一，世袭罔替。董海川进入肃王府的时间，应该是第六代肃亲王敬敏，或第七代肃亲王华丰。

清朝王公素有尚武遗风，肃王府的官人听说端王府请了位“杨无敌”，便把杨露禅请过来，想瞧瞧无敌到什么程度。也有另一个可能是，两府办什么事，偶然有人提出让两边的把式头儿比试武艺，以助酒兴，反正杨露禅连战连胜，把肃王府高手打了个七荤八素。杨露禅打得很尽兴，其中一个拳师被他掷飞。就在这个拳师飞行途中，被一个托盘太监一伸手接住，化掉摔劲，平安落地。

托盘太监手中的果盘安然无恙。这一接，功夫好厉害！

大家再看托盘太监的眼神变了，好似看托塔天王。

杨露禅是什么人，马上知道托盘老太监乃绝世高手，但也不能认输啊。董海川也不想再隐藏自己的盖世武功，以他半辈子的经验，遇到杨露禅这种对手的机会不多。于是，两位绝世奇才，一对武功大师，说火星撞地球有些过分，说篮球碰足球有些不足，反正相斗良久，胜负难分。

与“杨无敌”战成平手，董海川自然也就“董无敌”了，于是杂役变成了教师爷。至于董海川的八卦掌如何而来，有说是他在南下时在安徽九华山得遇“云盘老祖”，传其神技，也有说是他结合天下武艺和《易经》学说，自行创立的。

董海川天生胳膊长，下垂过膝，可以想见这会使他的八卦掌威力加倍。发挥自身优势，又十三年云游各地，搜求研磨，悟出八卦掌这门美妙绝学，也很有可能。至于他为何到王府为奴并甘心做了一名“太监”，有说他天生“肢体有残”的、有说他为了练习高等武艺“奋而自宫”的。

流传最多的一个原因，确实是不同凡响——董海川肩负太平天国的秘密使命。

事实上，他与宫内太监确实有所来往，这可以解释成为了刺探皇帝、慈禧的情报，情报当然是为了有用于太平天国。如果真是这样，他哪来的肥胆参加太平天国起义军呢？其实，太平军百万之众，参加就参加了，未必需要特殊材料的肝胆。另外还有一个说法是，董海川在苏州打抱不平，打死了一名高品大官，没办法，只有逼上梁山造反加入太平军了。

“据说”用得太多，有些八卦，事实或许会更八卦——因为更机密。因为有人讲，董海川甘愿自宫的动力是，只有太监才能寻找到最好的时机——最好的时机干什么，当然是刺杀皇帝或慈禧了！

那么，为什么这些推测后来都没有发生呢？因为随着太平军的失败，董海川的秘密使命已经失去了意义。总之，这个京城“潜伏者”，在义军失败后潜伏意义被消解，摇身一变成了普通市民。

董海川作为“秘密工作者”，或许叫大志未酬，中国武术却因此受益匪浅。因为他毕竟为后人留下了八卦掌这份大礼，这份大礼足够资格登上联合国教科文组织的保护名单。

魅力十足的八卦掌从诞生面世起，便稳坐中国武术百花园奇葩的宝座，迅速传播，广有承继。董老师可能是活了八十五岁，也许是1882年去世的，对不起，只能用“可能”“也许”了，不用它们不能证明本书治学的严谨，呵呵。据说董海川去世前，那双为八卦掌而生的大手，仍不由自主地做着换掌式，他的嘴中仍翻来覆去地念叨：

乾、坤、坎、离、震、艮、巽、兑，
天、地、水、火、雷、山、风、泽……

“易”者，变也，八卦衍生万物万通，因材变学，因人变法，必然也是董海川的传教法门。所以八卦掌一流，跟陈、杨、吴、武、孙之流一般，也陆续分出去至少五六派——尹派、程派、梁派、史派、张派等。多穿点、尚直劲的，是尹福尹派；精龙形散手掌的，是程廷华程派；以正出斜、借力发劲的，是梁振甫梁派；步三角、打四向、踩八方、穿九宫的，是樊志勇樊派。

董海川弟子成群，数量和质量似乎都比杨露禅要多、要好。其著名弟子好多都有“外号”，如“瘦李”尹福、“眼镜程”程廷华、“煤马”马维祺、“翠花刘”刘凤春、“樊十”樊志勇、“估衣梁”梁振甫等。没外号的也不能落下，如史计栋、张占魁、刘德宽、宋长荣、宋永祥、贾凤鸣等，都是著名的八卦高手，或多或少地继承和发展了董海川的绝学真传。

董海川弟子中最有名的除了尹福和程廷华，“大枪刘”刘德宽也不容忽视。可能是因为刘德宽学艺比较繁杂的缘故，八卦门似乎有些装不下他的架势。沧州人刘德宽，最早师从田春奎、李凤岗、徐六，学的是六合门，擅长六合大枪，然后开始从董海川学八卦掌、从杨露禅学太极拳、从刘仕俊学岳氏散手。据戳脚翻子门吴斌楼弟子张大为记述，后来著名的“大枪加大戟”的“六合大枪术”，还有广泛流传的“八卦六十四手”和“岳氏连拳”，都是刘德宽创编而成的。

气行天地，掌运乾坤，龙蛇跳荡，蝴蝶穿翻……

无数人擅长用别人的脑子思考人生，董海川不一样，他开创出了八卦拳的一派大天地。对于他或许真的是无心插柳之举，但这份对得起“卓越”二字的武学成就，也足以让他笑傲九泉，也足以令其百世流芳。

2. 宫宝田

宫宝田，字少滦，清同治九年（1870 年）十二月生于现在山东省乳山市马石店镇青山村。幼时曾入私塾就读，因家境贫寒便想出外谋生，他十三岁经人介绍去北京元亨利碓房学徒。“碓房”就是米店，老板有背景，他的米来自东北，专供宫廷王府豪门。

宫宝田经常往王府送米，得以认识正在王府做看家护院行当的尹福。尹福是“八卦游身连环掌”始祖董海川的得意弟子。宫宝田每次看到王府侍卫练拳，便驻足观看，免不了挨尹福的呵斥：

“看啥呢臭小子！”

宫宝田就笑。

尹福就逗他：“偷拳不成啊，会吗？”

宫宝田还笑。

尹福：“跟爷表个演。”

宫宝田就表演几下王八拳。接触得一多，尹福开始断定这个送米娃不是一般的娃，而是八卦掌难得之才。经考察过家庭背景、工作表现等等之后，便决定收他为徒。收弟子不能偷偷摸摸，于是又带着他去拜见师父董海川。一方面让师父把把关，一方面跟师父打个招呼，以示尊重——弟子我也要收弟子啦。

宫宝田第一次拜见师祖董海川，老董握住他的手上下摩挲，“握手”不是客气，而是摸手的大小、粗细、长短、肌骨、血脉。不是说手不好就不能练八卦，而是说手长得好发展起来更顺溜。何为好呢？十指修长、匀实、齐密，月亮丘、金星丘饱满，当然，手心纹路如正好是八卦图或阴阳鱼的话，那就是天赋神人了；还有须要考察的是骨节腕子是否隐蔽灵活，如果天生胳膊长、手长，那是可遇而不可求的良才。宫宝田的手什么情况呢，我们只知道不是六指，反正董海川连声说难得难得。

尹福在王府挺有影响力，可以让宫宝田辞去米行童工，进入王府当差学徒。接下来不用说，自然又是一番寒窗苦练。先是内气、手劲、腿功，后是绕圈走转，轻重腾挪，穿插劈撩，横扣翻托。据说尹师发给宝田一个木碗，每晚检查，汗水不满木碗不让睡觉。

徒弟找师父，师父也找徒弟，五年后，董海川眼馋了，就把宫宝田留在了自己身边。那时候董海川以艺高望重很是吃得开，偶尔还能带宫宝田到宫里转转。二十三岁的时候，宫宝田已经能跟尹福大战五十回合不落下风了，特别是身份提高了，本来是八卦掌第三代，被提拔为第二代了。1897 年，二十七岁的宫宝田被董海川推荐做了皇帝的侍卫，注意，是侍卫不是太监，还做了小头头、封了四品带刀。

据说有一次慈禧看光绪身边这个宫侍卫很得力，就问宫宝田："姓什么？"

宫宝田："宫，皇宫的宫。"

慈禧："宫？好，不进宫对不起你这姓。"

宫宝田："是。"

慈禧："你师父比你厉害吧？"

宫宝田："当然。"

慈禧："那请你师父来跟我做个保镖吧。"

宫宝田："我师父年纪大了，恐不能胜任，我师叔可以。"

慈禧："你师叔？"

宫宝田："我师叔强我百倍。"

慈禧于是让内务府侍卫处派人随宫宝田去请师叔。宫宝田老高兴了，觉得不只个人光宗耀祖，还弘扬了师门，了不起，能给师叔找工作了。没想到开眼镜店的师叔程廷华，断然拒绝了他的邀请。

宫宝田傻眼了，一晚上没睡好觉，终于想出一个对付慈禧的借口，说我师叔是个大孝子，老母病在床上，不能进宫当差。

西方弃之若敝屣的"忠孝节悌"，却经常出现在慈禧的重要讲话里。面对程廷华的拒绝，慈禧选择了佯装大度，亲自题写了"节孝可风"四字赐给程廷华。据分析这是慈禧的"诛心"之术。

诛心也好、诛族也罢，都晚了，事实证明程廷华不进宫有远见。转眼间，1900 年庚子事变，八国联军疯狂践踏北京城，慈禧、光绪仓皇西逃。其实慈禧四十年前英法联军侵华时，已经随咸丰帝逃过一次热河。那一次逃跑慈禧"因祸得福"，三十一岁的咸丰帝等不到回京就在热河驾崩了，慈禧篡权，回京即开始垂帘听政。

有过逃跑经验的慈禧，这次西逃照样狼狈不堪。最初连吃住都是问题，喝到一碗疙瘩汤都说天下美味莫过于此，后来有了某些地方官的迎接、供应和陪侍，才算缓过阳神。

对于某些人，这是一个机会。临近西安的某个客栈，果然有十来个刺客杀上门来。是劫人、还是劫财、或者劫色，都不确定，因为他们还没来得及暴露任务，已被宫宝田率侍卫奋勇拦截。宫宝田一身当先，几下刀光剑影，砍掉了几个，其余人一看不妙，立马扯呼。事实上，当时一些侍卫已经携带火枪了，但事发突然，根本施展不了。

四野无事，宫宝田对客房内报告：“皇上、老佛爷受惊了，臣宫宝田请安。”

脸色煞白的慈禧、光绪赶紧开门：“宫爱卿！进来说，进来说！”

因护驾立功，宫宝田得赐“黄马褂”一领，外带金银珠宝若干。莫要小瞧这黄马褂，穿上它有“刀枪不入”的功能——只要是在清廷地界，不敬黄马褂就是不敬皇上。

《乳山县志》记载，钦赐黄马褂，在清朝近三百年间，汉人获此殊荣者，仅宫宝田、黄三太二人。这说的应当是在武林范围内，黄三太得的是康熙赐的黄马褂，其人曾帮康熙扫平江湖势力。

恪尽职守归恪尽职守，宫宝田也有自己的脑子。接下来朝廷与列强议和，屈辱赔款，大量捕杀义和团和反清义士，师叔程廷华死在联军枪口下……宫宝田若是再继续保护这腐败的朝廷，不仁不义不孝，只剩愚忠了，于是装病辞职，1905 年回老家去了。

山东乳山马石店东临黄海，当时不像现在这样一片繁荣、“海景房”林立，当时的情况是要多偏僻有多偏僻，要多贫困有多贫困。据老辈人讲，对虾满天飞、螃蟹满地爬，但没人吃。至于北京和皇帝什么的，对于乳山老百姓来说那是另一个世界的事。

回到家乡的宫宝田像个隐士，啥也不说，什么也不做，即使练功都在无人的夜里。当然，他不缺钱，或者有钱也花不出去。三十五岁的他，还真沉得住气，在老家这一晃荡，就是十五六年，年龄一进五十，在当时就等于进入了晚年，当然也不能说如此数年宫宝田就一点故事也没有了。

乳山虽然不高，但也被土匪确定为宜居。土匪来自东北，头领叫龙四爷，有盒子炮。龙四爷一来，地方官员和老百姓大为紧张，过上了提心吊胆的生活。龙四爷有龙四爷的工作方式，他派人给各处送信，意思是我奉天意特来保护你们，你们只要按时交够保护费，万事大吉，保护费数量嘛——按各村大小、贫富程度不等来定。

锣鼓点到了，宫宝田该出场了。据说他单身匹马，去了趟土匪山头。不知道跟龙四爷发生了什么，反正第二天龙四爷带着手下走掉了。到底发生了什么呢？一个说宫宝田让龙四爷打他三枪，打不死龙四爷就得走，结果当然是打不死了。另一个说，宫宝田施展绝技，把土匪全部打得跪地叫爷。还一个说，宫宝田拿出了皇帝的金牌，吓跑了龙四爷。最后还剩一个“和平解决”的说法，宫宝田与龙四爷一亮八卦门辈分，宫宝田高，龙四爷低。

另一个故事，是两伙村民发生械斗，宫宝田飞马赶到，露了一手，就把双方劝开了。露了一手什么呢？宫宝田在马背上纵身抓住了两只飞鸟，这个动作的正作用，是停住了武斗，负作用呢，则是破坏了一对比翼双飞。

1922 年，东北军阀张作霖派来专人，终于把刚过五十岁的宫宝田又请出了山。张作霖此人跟袁世凯异床同梦，都是“皇帝梦”。张作霖听说宫宝田做过皇帝和慈禧的大内侍卫，也想享受一下皇上的待遇。

宫宝田认真负责的工作劲头又被调动起来。还别说，他至少救过张作霖两次命。张作霖杀人无数，被杀的机会也就无数。一次在路边，张作霖被宫宝田一把推开，麦秸垛里果然跳出个暗杀的枪手。还有一次一辆人力车靠近张作霖，宫宝田一鞭子把张作霖坐骑抽跑，人力车随后爆炸。

宫宝田的命还算比较大，张作霖乘火车被炸死在皇姑屯那次，他恰巧被张作霖留在北京保护张学良了。等到张学良东北军“易帜”，北洋时代结束，宫宝田二次下定了决心——回老家，这次谁来请也不行了，坚决不出远门。

意识到自己老了，思想反而开放了些。老年的宫宝田，先后在海阳、牟平、烟台等地培育了一批八卦掌传人。八极门的刘云樵，就是这一段时间从学八卦掌的，其他著名的弟子还有王壮飞、姜胜伍等。

宫宝田的家，是全村唯一的一座二层楼。他的二楼不让别人上，后来干脆把楼梯封死，宫宝田自己每次都是跳上二楼。大家都以为老头是躲在二楼偷偷练功，其实除了练功，他还在上边过大烟瘾，须知当时政府有禁烟令，吸大烟违法。

众所周知，胶东地区人民参加抗日战争、解放战争的人，为数巨多，其中有不少是练过宫家八卦掌的弟子或再传弟子。1941 年，胶东军区游击队司令员许世友，曾专程拜访宫宝田。二人一个少林罗汉拳，一个八卦神掌，聊天加切磋，很是高兴。说是许世友当场演了一路刀法给宫宝田看。

1943 年 6 月 27 日，宫宝田在青山村病逝，终年七十二岁。

六十年以后，电影《一代宗师》问世，电影中主持中华武士会的宫羽田，原型即来自于宫宝田和李存义。电影中章子怡扮演的八卦掌传人“宫二小姐”，似乎也不是完全虚构，因为宫宝田三个孩子中，老二还真是个女儿。据说这个女儿出嫁时，闹洞房涌进一大堆人，被她“六十四手”三掌两掌，全嗷嗷叫着跑出了洞房。

3. 程廷华

宫宝田在八卦门的辈分，由三代升为二代，那是董海川临死时发生的事。在他随董海川习拳时，一直称老董为师爷。既然得了老董头的亲教真传，升入第二代也是合辙押韵，合情合理。但宫宝田仍不敢托大，见到尹福还是叫师父，见到程廷华还是叫师叔。武林号称“规矩社会”，称呼是不能随便改的。

所以，董海川四大弟子中没有宫宝田，而是尹福、程廷华、马维祺、刘凤春。

程廷华经营眼镜业，人称“眼镜程”，最后因对抗八国联军牺牲，同门人引以为豪。八卦门作为武林大派，又有人闯出节义之名，全门之人与有荣焉。

眼镜程字应芳，河北深县程村人。看来“武术之乡”河北深县不只是形意大户，跟八卦的渊源也不含糊。程廷华 1848 年生，自幼入京学徒，后在崇文门外火神庙旁开设了一家眼镜店。

说到这“眼镜”，最早为中国人发明，据说发明灵感来自某些晶体物质里包裹的昆虫遗体。因为昆虫实际大小与看到的大小不一样，证明晶体有放大或缩小的功能。马可·波罗把眼镜带给了西方。到了程廷华的时代，西方眼镜业已经反超东方，并且随外商回流，开始赚中国人的银子了。

有家业，又有一技之长，程廷华在当时可算是小康人家，所以他有条件练武。清朝贵族最早崇尚的武术，是他们祖上的东西，比如摔跤。从康熙开始就一直设立“善扑营”，归内务府支派，负责宫廷安全，重大活动治安，有时候还作为仪仗队威慑外国来宾呢。程廷华也练过摔跤。摔跤不仅能练出力气、技巧和勇气，还能积累宝贵的实战经验，因为摔跤至少两个人才能完成。

八卦掌并不主要靠手，靠手就坏醋了，手法是身法、步法、腿法、腰法的末端，神龙摆尾厉害，那是因为腰肢强大，穿叶摧花杀人，那是因为内劲凌厉。

在京城，董海川戴的眼镜奢华低调，绝对一流，那都是弟子程廷华的亲手杰作。程廷华二十八岁才被董海川确定为门内弟子。除机缘因素，还因为董海川对自己的绝艺相当保守，而且传艺经常用嘴不用手，不轻易表演，全靠对方悟性和勤奋。跟他学艺的王公贵族多了去了，不是缺悟性，就是欠勤奋，差不多都蜻蜓点水、竹篮打水了。而尹福和程廷华据说是董海川既动口也动手的弟子。

程廷华陷入九宫八卦，就出不来了，或者说他根本就不想出来。至于眼镜店，自有家人打理。因为出身商人，眼界和心胸要超过一般人，所以程廷华喜欢对外开放，喜欢解放思想，喜欢聚众论武，其广博见闻，奇思怪想，常常让师父董海川听着哈哈大笑。哈哈大笑其实是有钱难买的奢侈品，董海川意识到了，所以他对程廷华“不吝赐教”，程廷华于是苦练加巧干，成绩噌噌往上窜。

1882 年董海川逝世。第二年，南拳某武师北上云游，欲京城留名，听说八卦掌崛起，却发现董海川已经死了，便按照指点来寻眼镜程。

拳师口出狂言：“自古都是打拳，没听说打掌能打出名堂，还拿什么《易经》八卦吓唬人。”

程廷华道：“掌就是拳、拳就是掌，拳是死的，掌却是活的。”

活不投机半句多，二人比试。拳师一记搜狐猫扑，程廷华吸胸一抖，只一抖，南拳师被抖了出去，内脏翻滚，胳膊感觉已经断了，这一抖号称阴阳炸、混元抖，都是绕八卦绕出来的丈八蛇矛劲。此时，程廷华已经练了五年八卦。

也就在这一年，孙禄堂找上门来。大家知道，他从郭云深处形意拳研究生毕业，被师爷推荐来寻程廷华读博士。郭云深还是比较老谋深算的，他环顾海内，或许也就只有八卦掌能对形意拳形成托举和护持了。

第一次见程廷华的时候，孙禄堂其实已经在北京待了一个多月。他知道甭管读博士，还是读双学位，本质上都是北漂，要想不被漂走，先得有吃有住。所以他先寻了个戏院杂役的工作，晚上上班，白天无事，吃伙饭，睡地铺，晚上上班看场子、做保安，免费听戏，早晨把场子拾掇利索了事。

那时候程廷华刚开武场。想交流技艺，最好的方式是开个场子，还能敛点学费，一举两得。武场地点在崇文门外大树林。所以孙禄堂一有时间就去大树林。

武场果然吸引人，首先吸引的当然是各路把式。有个八斩刀的弟子看了半天，撇嘴道：“懒驴拉磨，这就是八卦掌啊，老天，我怎么看着是抻面条，面汤活呢。”

话音未落，程廷华拍了拍他肩膀：“小伙子小心舌头。”

八斩刀掌门人叶师傅听说了厉害，提刀赶来，程廷华爱开玩笑：“八斩刀，八卦掌，咱都是八字门，亲戚呀。”

叶师傅冷笑：“就是不知道俺这刀认不认亲戚。”

前一刀，后一刀，上一刀，下一刀，中一刀，叶师傅上一辈干的一定是刀削面。冒着变成刀削面的风险，程廷华觑准机会，足尖踢中叶师傅腿弯，叶师傅如同中了诛魔咒，定在原地，几秒钟后，方持刀抱拳，满脸含笑：“是亲戚，是亲戚！”

孙禄堂看着程廷华大战八斩刀，不动声色。

程廷华："禄堂，如何？"

孙禄堂："师父了得。"

程廷华不让孙禄堂叫"师父"，按照郭云深称自己与程廷华"同辈"的说法，孙禄堂应该叫他师爷。但程廷华不仅不同意"师爷"的称呼，连"师父"也不愿意接受。程廷华时年三十五岁，他让二十三岁的孙禄堂称呼自己师兄、大哥都行。

孙禄堂要拜师，坚持称其师父。作为形意高手，孙禄堂已经可以从程廷华与八斩刀之类的比武中看出门道，甚至看出其中的败象或胜机。虽然孙禄堂没有师命，不敢贸然出手，但他却没有一般新弟子的诚惶诚恐和唯唯诺诺，也就是说，刚来北京的孙禄堂，给人的印象是不易接近，自负外露。

不过，程廷华并不刻意改变什么，轻描淡写之间，孙禄堂将会被他改变。

独角兽对比目鱼，孙行者对胡适之，程廷华对孙禄堂，都是世间好对子。不久后，孙禄堂即将明白，八卦拳小鸟或小，但它玩的却是整个天空。

4. 二人转

八极加披挂，神鬼都害怕。这说的是八极拳与披挂拳的结合。

当形意遇到八卦会如何呢，孙禄堂告诉我们：形意加八卦，按摩带放假。

什么意思呢，孙禄堂的感觉是一个字，舒服。“按摩”能不舒服吗？不过这不是异性按摩，当然也不是同性按摩，而是自我按摩。运气旋转，翻飞穿插，内摩五脏六腑、四肢百骸，外摩风霜雨雪、山水人畜，所以孙禄堂一进入八卦拳，便觉得浑身上下舒服得紧，一舒服就放松，一放松就如放假。

不能因此受到误导，普通人想成八卦高手，照样需要多年浸淫汗水。孙禄堂的“舒服”，那是因为他已经把苦吃在了前头，人家曾经十几年形意拳功夫，现在是苦海无边看见岸了。

程廷华得机会把孙禄堂叫到家里，孙同学第一次上师父家门，特意买了大西瓜。程廷华左手托瓜，右手一拍。

总之，西瓜难受得心都碎了，表面上还若无其事，这一拍，体现着程廷华毕生的内功修为。

孙禄堂一脸欣喜：“师父，这便是传说中的隔山打牛？”

程廷华：“一点透劲罢了。禄堂，尽你最大能耐，咱俩比一比。”

孙禄堂：“不敢。”

程廷华递过一支毛笔：“不知你学了什么，我能教你什么，全力！”

二人走武演技，各执一笔，孙禄堂客气，程廷华却不客气，不断进招，孙禄堂渐入佳境，有机会便反击一招。程如飞絮，孙似灵猴，还真对上路子了，一场武斗下来，二人的情感迅速被拉近。

衣服上，红笔九点，黑笔也是九点。

程廷华哈哈大笑：“云深先生没有妄言，禄堂奇儿也！”

程廷华的私人练功房是一座杂物仓库，惹眼的是有十二柱木桩。

程廷华：“这些天你练得挺得劲是吧，得劲不过是因为你提前把形意苦功吃饱了。梅花桩，走过没？”

孙禄堂：“走过，打拳不行。”

程廷华：“你师娘怎么煨酱，小火咕嘟一晚上，你别得意太早，差着火候呢。”

程廷华低头依着双脚，画好俩脚印，突然腾身而起，空中一个旋风腿，并顺势来个二摆莲，然后落地。

吓死个人的程哥哥，两脚落地时，刚好落入刚画的脚印模子里，微米不差！

孙禄堂内心敬服，跪倒磕头。

程廷华撒了一地黄豆加钢珠：“把你五行拳打一遍。”

纵使孙禄堂武艺已高，打起五行拳来，仍不免在黄豆钢珠上摔了几跤。

程廷华：“摔打摔打，不会摔，打个屁，先练摔，再练打。”

孙禄堂再吃二茬罪，重受二番苦，又因年智增长，再加上与生性通透的程廷华亦师、亦兄、亦友，自然而然地暴露出活泼泼的天性来，一帮一,一对红，一起游览“博士大观园”。

可惜，程廷华还是孙禄堂生命中的过客，客观点说，叫互相过客。

且说程廷华把董海川的八卦掌带入了市井大众眼中，因其与众不同的面貌和丰富的文化特征，与杨露禅的太极拳一样，迅速崛起为最受欢迎的北方大派。

从北京城到济南府是一条旺路，也是一条著名的“镖路”。现在私家车五六个小时，当年骑马一天一夜，走镖主要是马车或推车，至少三天。程廷华的弟子不少以镖师为业，某弟子接了趟肥镖，特地求程师父客串一班。喜新厌旧的程廷华，也想出门耍耍。两百多公里路虽然不长，但京东、沧州、德州这些地方，强人却不少。

程廷华跟别的镖师心理大致相同，他竟然似乎是在盼着强人出现。总算没让他失望，河北山东交界处，十几个抹花了脸的抢劫团伙，如约而至。一般的强盗和镖师，开始都要礼貌地谈一谈，看看能扯上关系不，万一碰到“他大师父是你二师伯”之类，大都也就握手言欢了。但这伙强人“抹花了脸”就点不正了，证明他们不要脸了。果然笑容没反射，“春点”也对不上。不要怕，即使到了这一步，肇事双方一般还是不想杀人。

强盗头儿：“行个好，人走，东西留下。”

镖师首脑：“行个好，各位劫别人去吧，都不容易，赏碗饭吃，这两只烤鸭几位别嫌少。”

程廷华也知道不能轻易伤人，那样一时痛快，后患无穷，便取过一把刀，执刀笑道：“既然说不开，那就见个高低呗，赢了我东西全归你们。”

那伙人就都盯了他，仿佛怕他说话不算数。

程廷华：“招呼起呀！你们不上，我可先上啦，一人一刀。”

柔刀，游身，转瞬之间，十来个人，一人身上一刀口子，都没受伤，一半人裤带断了，一半人上衣开了。

强盗头儿问:“师傅说个名行不?”

程廷华:“程廷华。”

上文提到，清末时局动荡，慈禧因宫宝田的缘故，盯上了宫的师叔程廷华，派了宫宝田和太监二总管崔玉贵请程廷华入宫当差。程廷华拒绝了。

1900 年八国联军侵入北京城，皇帝和慈禧西逃，又请过程廷华保驾。程廷华一笑置之：你们可以不要紫禁城，爷我还得要眼镜店。

眼看洋人在北京横冲直撞，程廷华恨得牙根痒痒，五内流血。但一个平头百姓又能如何，一身武艺又能如何，不过他没有选择江湖险恶不行就撤，同其他大胆义士一样，靠着熟悉地形，找机会收拾一个两个落单的洋鬼子。这一夜，他又出来踅摸机会，赶上了一队德、法洋鬼子，他没有躲，而是大大方方地迎面走去。

嘿，这个中国人胆子够大呀，莫非是梦游?那时候老百姓没人敢出门，洋鬼子果然拦住了程廷华，要搜身。搜身本来也没什么，程廷华感觉被搜身是个侮辱，或者面对面不喜欢洋鬼子身上的味道，总之，他血气一涌，出手拍倒了两个洋鬼子，撒腿就跑。

洋鬼子那是高度戒备，立刻开枪。程廷华纵身上房，猫身前行。邪了门了，辫子被房顶瓦片卡住，乱枪中，程廷华不幸身亡。

这事几乎无人目击，所以众说纷纭。但程廷华中弹身亡不是假的。那洋鬼子纵然凶残，也不能满北京鸡犬不留啊，所以推测程廷华一定是有反抗行为，导致中枪被杀。

一代八卦名师，时年五十二岁，死于河泊厂四十六号房顶。

5. 八卦拳学

八卦玲珑、脑子活络的程廷华，曾提出过一个拳术“灵感”，让孙禄堂脑洞大开。灵感的来源，说是1894年程廷华与形意门刘伟祥、耿继书，与太极门名家刘德宽三派聚会，程眼前一亮，说若合太极、八卦、形意三门为一家，不知可否？

几人都眼前一亮，纷纷说着不错，但没有了下文。

惊起却回头，有恨无人省。

在程师灵感的影响下，后来的孙禄堂甚至推行过外加通臂拳的“四门合一”，结局也以通臂拳张策的“出走”和杨澄甫的不合作政策，以落空告终。到最后只有孙禄堂自己，一个人实践了形意八卦太极的三门合一。

1923年，孙禄堂出版了《拳意述真》一书，其中有专章《述程廷华先生言》。程廷华语录至为精彩，节录如下：

> 练八卦拳之道，先得明师传授，晓拳中之意义，并先后之次序。其实八卦，本是一气变化之分（一气者即太极也），一气仍是八卦四象两仪之合。是故太极之外无八卦，八卦两仪四象之外亦无太极也。
>
> 所以一气八卦为其体，六十四变，以及七十二暗足，互为其用。体亦谓之用，用亦谓之体，体用一源，动静一道，远在六合以外，近在一合身中，一动一静，一言一默，莫不有卦象焉，莫不有体用焉，亦莫不有八卦之道焉。
>
> 其道至大，而无不包，其用至神，而无不存。
>
> 若是言练，先晓伸缩旋转圆研之理。先以伸缩而言之。缩者是由高而缩于矮，由前而缩于后。从高而缩于矮之情形，身子如缩至于深渊。从前而缩于后之意思，身体如同缩至于深窟。
>
> 若是论身体伸长而言之，伸者自身体缩至极矮极微处，再往上伸去，如同手扪于天，往远伸去，又同手探于海角，此是拳中开合抽长之精意。
>
> 古人云：“其大无外，其小无内，放之则弥六合，卷之则退藏于密。”所以

八卦拳之道，无内外也。研者身转如同几微的螺丝细轴一般，身体有研转之形，而内中之轴，无离此地之意也。旋转者，是放开步法，迈足望着圆圈一旋转，如身体转九万里之地球一圈之意也。

至于身体刚柔，如玲珑透体，活活泼泼，流行无滞，又内中规矩，的的确确不易。

胳膊百练之纯钢，化为绕指之柔。

两足动作，皆勾股三角。两手之运用，又合弧切八线，所以数不离理，理不离数，理数兼该，乃得万全也。

将此道得之于身心，可以独善其身，亦可以兼善天下，身之所行，是孝悌忠信。

无事口中常可以念阿弥陀佛，行动不离圣贤之道，心中亦不离仙佛之门，非知此不足以言练八卦拳术也。亦非如此不能得着八卦拳之妙道也。

在《拳意述真》出版前七年，1916年，孙禄堂出版了《八卦拳学》，目次如下：

第一章：八卦拳形体名称
第二章：入门三害
第三章：入门练习九要
第四章：四德八能四情
第五章：左右旋转与往左右穿掌之分别
第六章：无极学
第七章：太极学
第八章：两仪学
第九章：四象学
第十章：乾卦狮形学
第十一章：坤卦麟形掌
第十二章：坎卦蛇形学
第十三章：离卦鹞形学
第十四章：震卦龙形学
第十五章：艮卦熊形学
第十六章：巽卦凤形学
第十七章：兑卦猴形学
第十八章：先天后天合一式说

第十四章　武氏太极拳

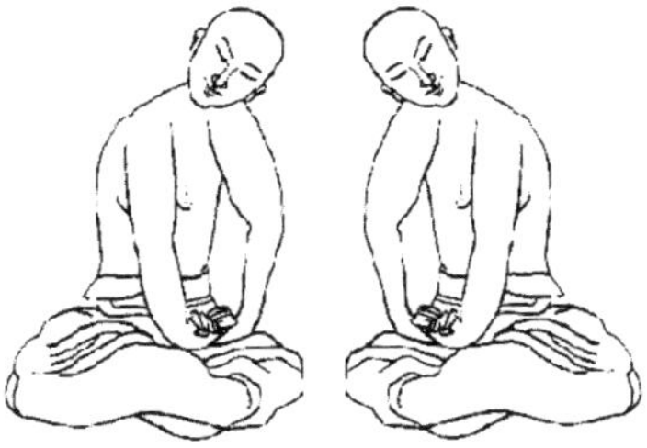

1. 五脉争流

陈、杨、武、吴、孙，太极拳开枝散叶，一门五脉，五子登科，五朵金花，五气朝元。如分开来描述五派的异同，反而不如列在一起做个比较，容易留下印象。其实一门五脉并非太极拳必须的规律使然，而是一种偶然。偶然不是坏事，罗素说：“参差多态乃幸福本源。”

金杨，木武，水吴火陈土行孙。陈梅，杨松，吴竹孙柳武幽兰。

杨行云、武戏风、孙弄电、吴击水、陈布雷五派花样，五脉争流，是幸福，也是美。杨氏松间使风，吴氏水中摸鱼，武氏花前弄蝶，陈氏金刚捣碓，孙氏月下放萤……

但是百变不离其宗，五派俱遵循“翻外家、出内家”、太极出一、阴阳万象、气蓄息涌、内机外运、和地谐天、中正安舒、静心用意、松静圆柔的太极拳原理。

陈氏以“缠丝劲、震发”为亮点，杨式以“高贵、舒展”为标签，吴式以“柔化、轻灵”为特征，武氏以“开合、安逸”为格调，孙氏以“活步、开合”为风采。

各运本分，殊途同向。

河北师大仲崇福同学的硕士论文《五种流派太极拳的文化认同研究》，可以给我们提供另一个视角，须要注意其中 2014 年的“时代性”：

> 五派练习者一致形成的认同，是各派在当前所具有养生价值文化居于首位。
>
> 陈氏太极拳练习者形成的文化认同：陈氏认同的文化特征是以技击文化特征为主，体现一种谦逊、舍己从人的美德，一种精神气势美，知己知彼的战术思想，猛烈的技击美和“侠”的文化气势。
>
> 杨氏太极拳练习者形成的文化认同：杨氏认同的文化特征是养生、审美、高雅化的气质文化特征为主，体现一种贵族范的高雅气质美，谦逊、舍己从人的美德，一种精神气势美。
>
> 武氏太极拳练习者形成的文化认同：武氏认同的文化特征是养生、育人文化为主，这种中规中矩的文人含蓄委婉的气质文化和高尚的道德情操，体现在练

习者认为武氏是一种文人拳，体现着浓郁的儒家文化思想，良好的道德情操和谦逊、舍己从人的美德。

吴氏太极拳练习者形成的文化认同：吴氏认同的文化特征是以养生、育人、休闲文化为主，注重"斜中寓正、柔化细腻"所体现的主练"心"的育人文化，以及严谨、细致的办事风格，斜中寓正、修身养性，柔化、细腻主练内心的文化思想特征。

孙氏太极拳练习者形成的文化认同：孙氏认同的文化特征是养生、育人、技击文化特征为主，体现一种三拳合一的技击理念，事事求中的"中和"思想，道法自然的气质文化，顺其自然的心态。

2. 郝月如

孙禄堂辞职中央国术馆，就任江苏国术馆副馆长兼教务长之后，由于参办杭州国术游艺大会、上海国术大赛等众多活动，在国术馆亲自执教的时间寥寥。

为充实国术馆师资，孙禄堂曾邀请永年县国术馆馆长郝月如南下教拳。郝月如与孙禄堂可算是郝为真门下的同门师兄弟。虽然郝比孙小了十七岁，如按进入师门的时间算，反而是孙禄堂的师哥。这事不奇怪，因为郝月如近水楼台、得天独厚，他是师父郝为真的亲生儿子。

出生在永年县火神庙街的郝月如，不知是“胎里坏”还是接生婆手段问题，三岁时还是一个歪脖子婴儿。为此，老爹郝为真甚是着急，这歪脖子要是长大了，如何给咱老郝家娶媳妇？如何传宗接代延续香火？

郝为真没别的办法，只能从老本行入手，给儿子量身定做了几个矫正脖子的太极拳动作，强迫他练，练不好就打，练得好有糖豆吃。糖豆的作用果然不容置疑，歪脖子渐渐渐渐地就正了起来，而且似乎比谁都正，即所谓矫枉过正。

都说隔辈亲，郝为真师父李亦畬也很喜欢郝月如，不但教他学拳，也教他念书。长大后，郝月如一边经商，一边教拳，当过账房先生，当过中学拳术老师。1928 年被聘为永年县国术馆馆长，尽管是第二任，也足以说明郝月如的武艺在永年已经是相当拔萃了。当听到父亲郝为真最得意的徒弟孙禄堂先生召唤时，郝月如高高兴兴地赶往镇江。

江苏国术馆本来在南京，因为南京成了民国首府，省机关便从南京迁到了镇江。郝月如来到镇江，结果比较遗憾，他在江苏国术馆只教了一年左右便辞职了。辞职的原因，据传是受到了同事的嫉妒排挤，不开心，离开镇江去南京了。

去南京也是有缘故的，原来郝为真另一个著名弟子李香远时在南京，在李香远邀请和推荐下，郝月如也来到了六朝古都。至于他的工作，可能是就教于中央国术馆，也可能是就教于中央大学，也可能是两边都兼了课。

郝月如刚来南京，一般人没听说过他的名头，也不晓得世上还有个“武氏太极拳”，好在中央大学教授张士一、南京政府审计署官员冯卓，因为跟李香远学拳有得，能看出郝月如太极拳的内蕴来。在这两人的宣传下，郝月如很快在南京站住了脚。

郝月如不太会处理人际关系，但为人认真，教拳较真，讲究师道尊严，擅长和推崇安静圆柔的太极风格。他每教一式，务求规范，学者稍有不对，从头重来，常常四五天只教一式，因其严，因其苦，因其枯燥，不少从学者学着学着就逃跑了。但郝月如却不改本色，不为外界所动，安之若素，一派名门之后的风范，也可以说“不随行就市”“不活络”。居住南京五年多，他前后教授过的弟子超过三百人，真正成才的不多。

与张士一同为中央大学教授的徐震，字哲东，乃章太炎弟子，国学教授。他也是个武术迷，身怀杜心五自然门武功的底子。在张士一教授介绍下从师郝月如。不过徐震也进入了中途逃跑的行列，不同的是他逃而复返。

追随郝月如学习两个月后，徐震把郝的一套太极套路学毕，就觉得武氏太极拳也没有什么特别的呀，便不再找郝师学了。半年多以后，张士一问他为什么半途而废了，徐震直率地说我要学的是打法，他那里没有。张士一拉着徐震去见郝月如。既然想见识打法，徐震就不再客气，使用从杜心五那里练就的一套打法，胆气颇壮地出拳进攻，没想到：

一举手就好像落到了电网上一样，于是想抽手拗步，只微微一动，身子便摇摇欲坠，郝师把手轻轻一送，秋风飘落叶，我就翻到在大约五尺距离的床上。从此我才信服他，诚心诚意从他学习。因为我对张士一师兄是十分感激的，要不是他第二次来找我，我会错过最好的机会，到今天还是好龙的叶公。

这都是徐震书信里的原话。于是徐震二进宫，又开始重新钻研郝月如的武氏拳。时间长了，他对郝月如的情况也就比较了解了，日记中有记录老师状况的文字：

然独居京中久，生事日迫，见售伪者颇能致多金，亦不能无愤慨。

意思是郝月如在南京教拳的生涯并不光鲜，日子过得甚至越来越紧巴，见到外面教授“伪太极拳”反而赚了不少钱的人，实在有些愤愤不平。

看来教育办班界和养生保健界骗子巨多，古今无有不同。

1935 年 11 月，五十九岁的郝月如意外病逝在南京，几个弟子帮他经纪了丧事，从上海赶来的子侄们扶柩北归。

至于徐震先生，虽然“文革”中遭了大殃，仍留下了不少国学论著，与太极拳有关的也不少，比如《太极拳考信录》《太极拳发微》《太极拳根源》等。徐震有个弟子叫宋今人，曾回忆郝月如师爷的风采说：

老先生高高胖胖，面貌苍古，黑中透紫红，须髯疏落，纯系北人气派。两手叉腰，随立室中央，不丁不八，频曰："来！来！"

几个弟子轮流出击，不论任何部位，均可用劲推击，每着即被弹出，可一人高。老先生始终两手叉腰，并不出手，胸腹肩背均可弹人，亦不见其借势用劲。

3. 武禹襄

邢台南，邯郸北，坐落着一座古色古香的历史文化名城，它就是永年古城，也称广平府，广府，广府镇，广府城，它还有“太极之乡”“太极名城”“太极圣地”等诸多称谓。武氏、杨氏两大太极拳流派创始人杨露禅、武禹襄，都诞生在这里，二人的故居都能找得到。

在城内迎春街道西的武禹襄故居有副著名的楹联：

立定脚跟竖起脊

脱开眼界放平心

这副对子的创作者是清代的姚元之，姚元之还有副对联更为有名：

发上等愿结中等缘享下等福

择高处立就平处坐向宽处行

武禹襄和他的两位大哥，都是优生儿，天资高，学业好。武禹襄本来也有可能像哥哥们一样弄个举人进士过把瘾，可惜正在他参加考试的当口，恰逢祖坟被盗，于是在府衙大堂上与当地领导吵了起来，还大哭大闹，“奋争于堂，继以号泣”，结果得罪了领导，后果很严重。他的名字被果断地从考生成绩单里勾掉了。

这事不能怪武禹襄不冷静，祖坟被盗，那可是天字第一号的家门不幸。唉，富人有富人的烦恼，死了就死了吧，还老被盗墓哥惦记。

历史上的“看破红尘”，绝大多数属被动型看破。武禹襄被勾掉名字后，意识形态也发生了这种变化，突然一天顿悟了：老子再也不考了，有拳有钱有美女，有吃有喝有书读，夫复何求？

于是形成了武家三兄弟“一人在朝，一人外放，一人在家”的局面。据广大群众反映，这个情况反而是最好的家庭和谐景象——朝廷有人做官，地方也有人做官，家里还有人操持家业、孝敬高堂。“三”的确是个好组合，三国，三笑，三足鼎立什么的。

强调“德智体”全面发展，古今无有不同。武家崇文，但也不忘宣武，家里书多，也有几套拳脚套路相传。年轻人好动，永年人尚武，武家兄弟免不了东一棒、西一脚地学些流行武术，而且使得也很好，一般人不敌。

有一天，消失十多年的太和堂药店小伙计杨露禅，突然回乡——突然了不得了。了不得的意思是没人打得过他了。永年武林朋友一传二,二传四，自我感觉不错的镇西关、麻花脚、老虎拳、铁疙瘩王，都跑来跟杨露禅斗手，不到一个月的时间，杨露禅发现自己已经一览众山小了。

杨露禅童年记忆中的卖煤球、卖红薯、当小伙计的卑微生活，总算已成为历史，有人请他吃饭了，有人送钱找他拜师来了，更重要的是，走在大街上，那种“天大、地大、我也大”的感觉，让他有时候想流泪——不流泪对不起“苦尽甘来”四个字。

是的，他有本钱流泪。为了太极拳，为了成为永年第一高手，他远走外地，卖的是牛马力，吃的是猪狗食。十几年处心积虑，付出了常人万难忍受的辛苦，外带着被写手写成“偷拳贼”……

本来介绍的是武禹襄，怎么跟杨露禅抒起情来了，总之杨露禅一浮出水面，武禹襄如获至宝!

人是宝，拳更是宝。小伙计杨露禅武功高强了，这也实在正常，武家人并没有必成永年第一的野心。关键是杨露禅的新鲜拳法，虽然连个理想拳名都没有——“绵拳，粘拳，化拳，沾绵拳”，但这样以慢图快、以柔煅刚的奇异拳法，一经试手感觉，武氏兄弟便有了身心俱醉、妙趣无穷的化学反应。特别是武禹襄，不问仕途总得问点什么，众所周知，闲着要闲出毛病来的。

武禹襄于是“折节相交”，与杨露禅越走越近，彼此来来往往，至少在表面上不再存在身份区别——穷富的区别，文人老粗的区别。武禹襄还把杨家的孩子请到家族私塾里免费读书。武家兄弟聪明，很快学会了杨露禅的大多招式，但功夫不是一天练成的，还须仔细揣摩其理，明其所指。武禹襄很快上道，仿佛患了魔怔，把原则性的东西写成大字，贴在墙上——心静，身灵，气敛，劲整，神聚。

杨露禅不识字，但懂道理，跟武家关系再好，也不能指望靠人家给房给车给资金，所以虽然他对武家并无什么保留，但心思却始终在家中的稻粱谋上。

1852 年，武禹襄大哥武澄清得中进士，两年后补河南舞阳县县令。大哥一与河南挂上钩，武禹襄顿起探访陈家沟之心。杨露禅从那个陌生之地带回这么好的拳术，武禹襄也想去探个究竟，那是再正常不过的心理。于是，武禹襄告诉母亲我要去探望大哥，然后开始了一场说走就走的旅行。

另一个说法是，武禹襄是应河南怀庆府知府大人之邀去做幕宾。

反正武禹襄先是去了舞阳县，大哥给了他一个意外之喜，那就是王宗岳的《太极拳论》，这份堪称太极拳圣经的太极拳论，是怎么到的武澄清手里没有成说，后人只知其“从舞阳盐店所获”。

告别舞阳县，来到温县陈家沟，实话讲，兴致勃勃的武禹襄有些失望，村子不大黄土大，想找个干净的酒店吃碗烩面，得跑到十多里外的温县县城。

“牌位先生”陈长兴倒是好找，可惜找到后发现陈大师已经八十二岁，差不多只会说四个字——我不中了，我不中了。

听说武禹襄带来了杨露禅对师父的亲切问候，陈长兴终于笑了起来：“哦，那小子现在该成才了。”

一提杨露禅，二人的关系迅速靠近，陈长兴决定帮一下武禹襄：“要学拳啊，你只能去赵堡找陈清平了，学上学不上，看你造化。”

于是，武禹襄找到离陈家沟不远的赵堡镇，见了陈清平。资料说，武禹襄在陈清平处“研究月余，奥妙尽得”，这“研究”二字，说明武禹襄没有像杨露禅陈长兴那样正式拜师，“月余”说明武禹襄在赵堡镇滞留的时间不长，“奥妙尽得”说明想搞明白的都搞明白了，或者说陈清平的东西被挖掘得差不多了。

现在可以看出武氏太极拳的出处了，一是杨露禅的东西，二是陈清平的东西，三是王宗岳《太极拳论》激发的东西，四是武禹襄自己琢磨出来的东西，四个东西合成武氏太极拳，那它还是不是东西？

另有一说，武禹襄与陈清平素昧平生，外来客，陌生人，但武禹襄一开始利用了他与官府的关系，帮助陈清平了结了一桩官司，让怀有报恩之心的陈清平短期内便喜而传之。

等武禹襄返回永年，我们可以欣喜地看到，永年城的天空开始盘旋起两个太极拳的不明飞行物，永年城的大地正逐渐有两棵青葱小苗长成粗壮的大树，一棵是武家三兄弟闭门演拳、养气修炼，一棵是杨家露禅公开传武、弟子成群。

而沉浸于晚清暮气中的中国大地，对此一无所知，仿佛也没有任何期盼。

十年后，杨露禅父子携拳进京，太极拳正式登上中国历史的大舞台，并由杨氏衍生吴氏。武家兄弟呢，虽孤芳自赏，渗漏慢了些，但也由“拳三代”郝为真进京传孙禄堂，衍生孙氏。至此，太极拳之树终得横枝舒蔓、茂叶繁花。

有人作过如下比喻，武禹襄手有三宝——杨露禅所传一宝、陈清平所传二宝、王宗岳太极拳论三宝，武禹襄融会三宝，专心致志，潜心琢磨，调和自己的“三宝口服液”，不知不觉间悄然已成“寂寞高手”。

武禹襄捉笔著述的十余篇言简意赅的太极拳论文，被家人和外甥李亦畲们奉为“武功秘籍”，并不轻易示人。尽管有限的嫡传弟子中无人达到其高度，但自成一家的“武氏太极”，空谷幽兰，未出而名重，在“太极老三门”里与陈、杨两家分庭抗礼。

永年城古城四周有护城河，因连接有大面积的水泊，所以常年有水。杨露禅曾临水钓鱼，武禹襄也曾临水钓鱼。杨露禅钓鱼时，看的是水里的鱼，武禹襄钓鱼时，看的却是水里的水。

老子说：天下莫柔弱于水，而攻坚强者莫能之先。

老子以后是孔子，《论语》说，过犹不及，不偏不倚，吾道一以贯之，仰之弥高、钻之弥坚、瞻之在前、忽焉在后……

与孔子同时的是孙子，孙子说，兵无常势，水无常形，以弱胜强，以柔克刚，不战而屈人之兵……

所以说，武禹襄的太极拳是想着练出来的；杨露禅的太极拳是练着想出来的。

武禹襄的一生似乎一直在寻找平衡：进与退的平衡，仕与隐的平衡，文与武的平衡。终于，他在太极世界里找到了平衡，甚至最终忘掉了平衡——因为太极拳的真谛，并非是找到阴阳动静、缓急刚柔的“平衡”，而是在摩挲一个若有若无、恍然有像的“圆点”，在靠近和摩挲圆点的过程里，他隐约体会和享受到了精神的丰满和身心的圆满。太极拳须要感谢他的卓越建树，他何尝不在感恩太极拳的慷慨赐予？

极高明而道广大，尽精微而道中庸。

他用太极拳感受自己，他用太极拳感受世界。有人说武禹襄用古代哲学和中国书法参悟拳理，这不但说得过去，而且很说得通。

武禹襄也不是一点不务窗外事，他曾经作为古城城墙的“监修”巡视于工地。在北京传拳的杨班侯回乡探亲时，曾特地到工地去看望他。两人下马，老话题自然还是三句不离拳术。

武禹襄笑问：“别来技进如何？”

杨班侯当然不好说自己如何如何，但从他自信的表情上武禹襄应当看得出来。

武禹襄：“让我试试。”

结果一连三试，武禹襄三次摇头。杨班侯尚有些不解，武禹襄说你来我家。

是晚，杨班侯来到府上，工地上大庭广众，武禹襄不便出他的洋相，在家里见面就不客气了，又如法演示了三次，杨班侯三次被放倒在地。在京城桀骜不驯的杨班侯，内心里却只敬服武禹襄一个。小时候杨班侯在武家读书，父亲杨露禅还打听过孩子学习的情况，武禹襄答道：“奇了，这孩子读书不甚聪敏，拳式偏领悟极快。”杨露禅笑道：“看来我的娃还是随我，那你就多教他拳法。”

武禹襄 1880 年去世，终年六十八岁。

水越深，水流越平稳。

4. 李亦畬

李亦畬怎么成了武氏第二代嫡系传人呢，这不奇怪，外甥打灯笼，照见的是舅舅，李外甥的舅舅不是别人，正是武禹襄。

如果讲究门当户对，武、李联姻再正常不过，两家都是永年望族嘛。科举入仕，一贯被望族子弟视为正途。武家三兄弟有俩进士，老大武澄清、老二武汝清。李家三兄弟有俩举人：老大李经纶（李亦畬）、老二李承纶（李启轩）。

武门二进士，李家双举人，这在当地俱属开天辟地、坟头冒烟的盛事。

前文已说过，武家不是进士的武禹襄打拳去了，李家不是举人的李曾纶没打拳而是行医去了。可惜，我们只介绍打拳的，武禹襄介绍过了，本节的主角是李家兄弟的老大李亦畬。

李亦畬中举后，后来没有考中进士，便安心侍弄家业，修习太极拳。书法是中国人的基本功，李亦畬书法在当地很有名气，经常有求字的。

李大先生亦畬和李二先生启轩，都从母舅武禹襄习拳，俱有成就。李启轩与清末众多学者一样，好考据之学，其太极拳成就，次于哥哥李亦畬。大约是 1853 年，李亦畬二十二岁时开始学拳：

> 予自咸丰癸丑，时年二十余，始从母舅学习此技。口授指示，不遗余力。奈愚质最鲁，二十年余年来，仅得皮毛。

文人就是喜欢做谦虚状，武禹襄的孙子曾记述道：

> 惟公（李亦畬）来，则（武禹襄）有无弗传，传无弗尽，口诏之，颐指之，身形容之，手足提引之，神授而气予之。

意思是武禹襄只在外甥李亦畬来的时候，才倾囊而传，有时候口说，有时候呵斥，有时候以身表演，有时候直接动手动脚。

李亦畲是个好学生，喜欢把舅舅的话儿记在纸上，贴到墙上，揣摩研究，格物致知，并精心保存，最后整理加工成文。五十岁时，他将王宗岳、武禹襄和自己的论述合成一编，手抄三本，一本自存，一本交弟弟李启轩，一本交门人郝为真，成为近世太极拳理论史上著名的“老三本”。

李先生亦畲，躯干短小（一米六左右），目近视，而数十年纯功，始于守中，中于行气，归于凝神致虚。以虚灵为体，以因循为用，比手时变脸变色，静以待动，当之者辄腾空而出。

相传有位大镖师路过永年，闻李亦畲之名，请人引见，想请李先生表演一下太极拳的妙处。李先生并不表演，说：“你恐怕看不到妙处，因为没有什么硬功跟你表演，而太极拳的奇妙在于因敌而变化。你不妨出手打我，太极拳的长处立刻就能看见了。”

当时，李先生站立屋中，大镖师鼓勇奋击，李先生借力发力，把大镖师给顺了出去，直接撞到墙上。大镖师给撞晕了，半天才回过神来，拱手谢道：“吾今乃知太极拳另有神妙处也。”

又有一故事，说一名僧人专门来会李先生，正赶上李家子弟举办婚礼，僧人于是带着份子钱，上门以示祝贺。李先生还以为他是家里哪位的朋友呢，寒暄之际，僧人突然扣住了李先生的双手，李先生略一推让，僧人已经打着趔趄退出门外。僧人站在门外愣怔半天，颤悠着到路边喝茶去了，还对茶店老板感叹说：“你们永年李大先生的拳法诚妙，不是虚传。”

李亦畲有个表弟叫苗兰圃，武生，对自己臂力尤其自信。一日两人饮酒论拳，苗兰圃带着酒意把李亦畲按在椅上，调笑道：“你不是厉害吗，发发我？”

李亦畲猛然发力于肩部，苗兰圃被弹回自己的椅上。看来，郝为真喜欢发人入椅的功夫，还是从师父李亦畲这里批发过去的呢。

李家老三李曾纶，不像俩兄长那样迷恋太极拳艺，而是一辈子行医，在永年功德无量；李亦畲也跟着他研究过“种牛痘”，还救活了很多患儿呢，也可谓功德不小。

5. 郝为真

李香远、郝月如、孙禄堂三位，有同一个太极恩师，名叫郝和郝为真。

郝和字为真，武氏太极拳第三代嫡传。应该说，武氏太极拳是从郝为真开始传播于天下的。为什么如此说，因为第一代武禹襄，第二代李亦畬都是读书人，而且是比较富有的读书人。人家研究拳技，属于业余爱好，后花园修身养性用的，没工夫收徒，更没心思设馆传播。

郝为真最初在亲戚的米行里打工，经常外出“宅急送”，送米到客户李亦畬家。一来二去，看见李亦畬打拳便挪不动脚。痴迷的眼神发乎内心，打动了李老师，于是李亦畬就同意这位小伙计跟他比画。

兴趣是最好的师父。郝为真每次比画都有进步，对得起“日新月异”四个字。李老师于是就爱在了心里，慷慨资助郝为真开了家米店，立业成家。

后来经营不善，米店歇业，改为糖果店。这些主要由家里人去做，郝为真自己则另谋生计，比如去永年中学和小学教授太极拳。七八年勤学苦练，终于结出硕果，郝的名声在永年已渐渐响亮。

郝为真有个绝活，令人发笑。他喜欢靠墙或靠树放一把椅子，你不是想体验一下鄙人的功夫吗？来，试试。于是双手一发，那人哎呀一声，腾云驾雾，稀里糊涂地坐在椅子上了。

郝为真还喜欢跟壮汉开玩笑，一搭其手，然后说：“你有劲是吧，走啊，走啊。”

壮汉却总是怎么走也走不了，被粘住了。有清河人葛老泰，精八方捶，据说授徒千余，听闻李亦畬大名，想拜师学艺。李亦畬不教，说你要真想学武家太极，就跟我的徒弟郝为真学吧。葛老泰一看郝为真年纪比自己还小，很不情愿。李亦畬看出他的意思，就说你俩比画比画再说。

为真以推手中擒拿法进擎泰膊，泰臂不能脱，足不能移，身不能转，呼曰：“释我！释我！”为真曰：“能动乎？”曰：“不能矣。”

为真乃释之。泰自此心服，而且还让自己的儿子顺成来就学。为真胜人差不多都是这样，不使负者受创伤。

这郝为真除了得武氏真传，拳艺精湛，天生神力也是他成名迅速的条件之一。因为有劲，所以亲戚才愿意让他来米店干活，米店的米袋子重达百斤，郝为真一手一袋，还平举，就像少林寺和尚举水桶上山一样。几年米行下来，先天加后天，力大无穷。又通过习练太极拳，大力浑圆，蓄发提放，普通人连他的中指一弹都禁受不起。

在永年中学、小学，因为学生众多，为适应大队人马操练，郝为真把师父教的太极拳作了修改，特别是增加了一些大幅度的开合动作，以便可以站在操场上随一、二、三、四的号子统一开练。

这一“开合”，倒得到了一些意想不到的体验。其弟子孙禄堂创立的孙氏太极，也被某些人叫作“开合太极拳”，其中便衣钵了郝为真创制的开合大阵。

不过，教授大批学生和教授入室弟子，肯定有不一样的地方，郝为真弟子回忆：

> 郝先生体貌魁伟，在学校里是站着教学，在家里教我们可不这样，常有蹲身下势，还脱了长衫，有时候甚至光膀子，为的是让我们看见内功的轨迹。

民国初年，郝为真不死心终老永年，他告诉家人亲朋说自己走亲访友去了。其实他有意去北京、天津闯闯名号。总的来说，郝为真算是生性淡泊之人，但武功练到一定程度，希望得到社会的认可倒也无可厚非。

京津地区好手云集，形意、八卦、通臂、八极、燕青，外加已形成气候的杨氏太极，至于武氏太极拳郝为真——你是谁？你从哪里来？你要到哪儿去？

郝为真的闯荡并不顺利，甚至有些悲惨。相当于周瑜出门碰到诸葛亮，金兀术南下撞上岳鹏举。概率本来都不高，偏偏运气奇佳，都撞上了。

本以为到北京不久，会像永年老乡杨露禅当年那样，迅速传响“郝无敌”的名号。残酷的现实给了郝为真当头两棒。在北京，他不敌孙禄堂，在天津中华武士会，他遇到了对手李玉琳，自信心和自尊心登时霜打茄子、风吹蒲公英。

这不是一句“天外有天”就能安慰得了的事，郝先生原本以为自己就是那个天外天呢。

事实上以郝为真的功夫实力，在当时已属当之无愧的一流角色了。只是他出门没选好黄道吉日，若是赶上孙禄堂闹肚子，或者李玉琳相亲去了，他不就一飞冲天了嘛。这遭遇让我们想起邓亚萍打乒乓球的年代，好多乒乓女孩哀叹，你再优秀，与邓亚萍同时代也是悲哀。

没有荡平京津地区，倒也并不影响郝为真的名声，反而是孙禄堂拜其为师学习太极拳的事，让郝先生的名望急骤攀升，没有郝的进京和传授，孙氏太极拳就不能催生出来。

郝为真的师爷武禹襄、师父李亦畬，都是当地的望族儒家，不轻易传拳外人，虽然武、李都写过不少拳论，但学过武的都知道，指望照着书练出真本事来，比登天的难度容易不了多少。

因为李亦畬先生的口授身传，得到武氏太极窍要的郝为真，绝对对得起恩师李亦畬的知遇之恩，他和他的儿子、弟子们一起，成了武氏太极拳传播四海的桥梁人物。

郝为真经常回忆师父李亦畬：

> 亦畬先生，短小而弱，吾终不能敌，知此术之妙，不在禀质强弱也。
>
> 亦畬先生卒未几时，吾即追及之，知有生之日，固有进无止也。

郝为真自己虽理论建树不多，但仍然给门下弟子留下了不少经典语录，如：

> 方走架，必精神专一，若有敌当前也；及遇敌，又当行所无事，如未尝有人也。

> 自初发悟，至于有成，走架之境凡三变：初若身立水中，随水波之推荡；稍进，则如善游者与水相忘，故走架时有足不履地，任意浮沉之概；又进，则步愈轻灵，若自忘其身，直如行于水面，飘然为凌云之游也。

郝为真的生活年代，大约是1849年至1920年。

时光穿越到他身后的七十年后，1991年10月25日，堪称太极拳历史上第一次大规模聚会的“首届永年国际太极拳联谊会”，于广府古城隆重举行。杨、武、陈、吴、孙、赵堡六氏太极拳家，齐聚一堂。孙氏太极拳孙禄堂的女儿，七十七岁的孙剑云女士，紧紧握住了郝为真的五世孙，三十三岁的郝平顺的大手。

然后，众人赶往永年城外东南两公里处，那里有郝为真先生的墓。

在郝为真墓前，孙剑云燃香恭拜，泪眼湿润：“师爷，孙女来看您老了。”

在孙剑云的久远的记忆中，她八九岁的时候，在北京的家里见过师爷郝为真。依稀记得郝师爷衣裳虽不富丽，却总干净整洁，没有一个污点。记忆中盛夏的一天，炎热过后大雨滂沱，郝为真和孙禄堂对坐，小酌听雨，母亲从厨房端出小菜，踩着院内石板进入正房，石板啪啪作响，溅起朵朵雨花，小剑云便同孙禄堂、郝为真一起哈哈大笑……

6. 李香远

介绍郝月如到南京去的师兄李香远，是离永年不远的邢台人。他幼时随镖师刘瀛洲学习三皇炮捶。刘瀛洲与杨振远素为至交，刘瀛洲便安排自己的儿子和李香远一起，跟杨振远学习杨氏太极。杨振远是杨露禅的孙子，他的杨家拳主要得自叔父杨班侯。

邢台富商申老板，探得永年郝为真拳艺出众，便重金邀请他到邢台教授两个儿子申文魁和申武魁。正在开磨坊的李香远，听到郝为真来到邢台的消息，也送上银子拜入门下。李香远不安心磨香油，身在磨坊心在拳，先后学习炮捶、杨氏太极、武氏太极，可见此人也是武痴的病症，据说模样虽文弱，却十二分好胜，一出手若迅风疾雷，判若两人。

1923 年，驻军邢台的陕军第一师师长胡景翼，听说李香远太极拳了得，便寻他较技。乍见李香远身穿长衫，文质彬彬，跟个教书先生相仿，看不出一点拳家的样子，便有些失望。胡景翼让李香远进攻，李香远再三推辞："您是师座，谁敢打您呀。"

胡景翼一看，你不打我打。一拳挥来，李香远竟然不退，反而一个"截拳道"，把胡师长的拳挡在了路上，顺手"懒扎衣"，胡师长很配合，咣当，仰面着地，大笑着起来："好家伙！真有两下子。"

二人成了朋友。第二年胡师长移师，请求李香远参军同行，李拒绝了。后来南京政府成立，北方拳师纷纷南下。1928 年，昔日的弟子董英杰邀请李香远去苏州。

北方人谁不想去苏州耍耍呢，皇帝不例外，李香远也不例外，一开始他在苏州名医吴大夫家里教拳，同时学拳的还有张士一，所以前文提到张士一很了解郝家的武氏太极拳。

苏州古来富庶，学练太极拳之人还是很多的。李香远很快在苏州站住了脚，还抢了不少同行的学员。这练拳之人经常凑在公园里互通有无，凡是跟李香远推过手的，大都起了拜师之心。因为一推手就终生难忘，有的像触电弹出，有的像被旋涡吸进，有的像被巨石压顶，要多难受有多难受。自己一难受，就想学，幻想有一天一出手也让别人难受。

后来李香远也去了南京，可能是受了中央大学或中央国术馆的邀请。这国术馆和中央大学都是新式教育，起立问好，备课讲课，考试评估，自然也少不了钩心斗角、争名夺利。性情狷介的李香远对此也不太适应，重要的是他根本不想适应，于是他介绍了同门师兄郝月如前来任教，自己却回邢台老家去了。

无论如何，李香远算得上是武氏太极拳第四代传人中一把硬手，名声超过了郝为真师父的亲生儿子郝月如。多年以后，苏州一位李香远的再传弟子、古琴大家吴兆基先生回忆道：

> 郝月如先生教拳法严理明，造诣颇深，唯技击实战经验稍逊，未能在国术馆立住脚。而李香远先师则不仅法严理明，而且善于实战。

7. 三重境界

道家修行有三重境界之谓：

一谓道法自然，二谓乘物游心，三谓天人合一。

佛门参禅也有三重境界，唐代禅师青原行思云：

参禅之初，看山是山，看水是水；禅有悟时，看山不是山，看水不是水；禅中彻悟，看山仍是山，看水仍是水。

近代学者王国维认为，诗有三重境界：

昨夜西风凋碧树，独上高楼，望尽天涯路。此为第一重境界。衣带渐宽终不悔，为伊消得人憔悴。此为第二重境界。众里寻他千百度，蓦然回首，那人却在灯火阑珊处。此为第三重境界。

中国画也不例外，也有三重境界之说：

一曰写实写形，谓之能品。二曰写妙写神，谓之神品。三曰写心写意，谓之逸品。

无独有偶，款曲暗通，意理互同，王宗岳的《太极拳论》明示了太极拳修炼的“招熟、懂劲、神明”三重境界：

由招熟而渐悟懂劲，由懂劲而阶及神明。然非用力之久不能豁然贯通焉。

太极拳以外的其他拳种，也能找到类似三重境界的提法。比如形意拳修炼三境界，第一重炼精化气，第二重炼气化神，第三重炼神还虚。八卦掌修炼三境界，一为运化初始，二为翻转精炼，三为返璞归真。还有，苌乃周苌家武技三境界，一曰炼形合气，二曰炼气归神，三曰炼神还虚。吴殳枪法三境界，一为重实，二为轻虚，三为脱化。洪拳、白鹤拳等诸多少林拳法，皆指示以下三般拳境，一刚劲（明劲），二至柔劲（暗劲），三达化劲。

也有把武术分为“术境，能境，道境”三境的说法。喜欢看武打电影的，一定听说过不少——眼中有敌，眼中无敌，心中有我，心中无我，手中有剑，心中无剑，手中无剑，心中有剑……等玄之又玄一类的台词。

武林最常用的谚语叫“天外有天”，它揭示的正是所谓“境界”的多层次和无止境。面对境界类命题的不食烟火，有人干脆武断地说，武术练的就是精神和肉体的最大功能释放，还有人比较老实地说，练武就是多练多想——练得有进步，想得有收获，便是境界的提高。

诚然，境界也好，阶段也好，永恒也好，动态也好，内中道理奥妙大约一致，万变不远其宗，正常智商其实都能想明白。洞悉内情、明白其理自然是好，但它并非什么了不起的武术标尺。因为尽人皆知，言行言行，言易行难，明白和践行之间，想到和达到之间，有人生最长的距离要走。

武境一道，非苦练无以抵达。不明白要练，拳打万遍，其理自见。明白也要练，光说不练嘴把式。武禹襄本人的太极拳修为虽已臻“阶及神明”之境，但他在给儿童时代的杨班侯、李亦畬等人讲拳时，却并不卖弄其高深理论，因为孩子们听不懂，也没兴趣。

武禹襄通常是先给弟子表演绝技，孩子们有了兴趣，再讲一遍欧阳修的《卖油翁》，告诉孩子们，只要你们坚持打下去，便能像卖油翁和我一样，拥有别人做不到的超级手段。

《卖油翁》是个好故事，好就好在“化神奇为腐朽”，转录如下：

康肃公陈尧咨，擅长射箭，无人可比，自己也甚是骄傲自豪。有天他正在挽弓射箭，一卖油老头放下油葫芦担子，斜着眼看他。康肃公一箭射穿靶心，得意地对卖油翁道：“你也懂得射箭？”

老翁道：“无他，唯手熟耳！”

康肃公大怒。

老翁不紧不慢地说：“凭我倒油的经验，早就知道这个道理。”

于是老头拿出一个葫芦放在地上，用一枚铜钱盖在葫芦口上，漫不经心地抄起油勺，舀油注入葫芦，油从钱孔注入，但钱币却未被打湿。

卖油翁笑道：“看见了吗？老头俺并没有别的本事，只不过是手法熟练罢了。”

武禹襄，包括其武家兄弟，除开宗立派，还为太极拳作出过一个意外的贡献，那就是他们发现并公布了王宗岳的“圭臬式”太极拳论，上面提到的太极“三境界”——“由招熟而渐悟懂劲，由懂劲而阶及神明”的出处，正是来自于王宗岳的这篇不朽之作：

太极者，无极而生，动静之机，阴阳之母也。动之则分，静之则合。无过不及，随曲就伸。人刚我柔谓之走，我顺人背谓之粘。动急则急应，动缓则缓随。虽变化万端，而理为一贯。由着（招）熟而渐悟懂劲，由懂劲而阶及神明。然，非用力之久，不能豁然贯通焉！

虚领顶劲，气沉丹田。不偏不倚，忽隐忽现。左重则左虚，右重则右杳。仰之则弥高，俯之则弥深。进之则愈长，退之则愈促。一羽不能加，蝇虫不能落。人不知我，我独知人。英雄所向无敌，盖皆由此而及也！

斯技旁门甚多，虽势有区别，概不外乎壮欺弱、快欺慢耳。有力打无力，手慢让手快，是皆先天自然之能，非关学力而有为也。察四两拨千斤之句，显非力胜；观耄耋能御众之形，快何能为？

立如平准，活似车轮。偏沉则随，双重则滞。每见数年纯功不能运化者，率皆自为人制，双重之病未悟耳！欲避此病，须知阴阳。粘即是走，走即是粘；阴不离阳，阳不离阴；阴阳相济，方为懂劲。懂劲后，愈练愈精，默识揣摩，渐至从心所欲。本是舍己从人，多误舍近求远。所谓差之毫厘谬之千里，学者不可不详辨焉！是为论。

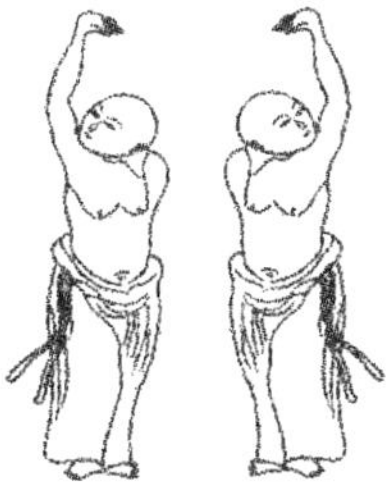

第十五章　陈氏太极拳

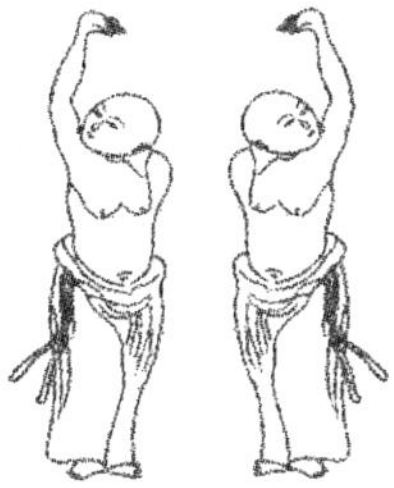

1. 赵堡太极拳

把“赵堡太极拳”一节放入“陈氏太极拳”一章，希望赵堡太极人不会有意见。

众所周知，唱出来的一定是好歌手，但好歌手不一定都唱出来。赵堡太极拳是好拳，可惜在关键时刻，它没有涌现杨露禅、杨澄甫、陈发科那样的旗手式人物，没有将赵堡太极的旗帜插上北平、南京、上海，也就未能与其他老哥几个太极拳一样地名满天下了。

这玩意儿，老百姓一般称之为“命运”。

命运不可逆。

在行政上，赵堡镇是陈家沟村的直属上级，村与镇相距不过三四公里。但在太极拳迷的视野里，陈家沟比之赵堡镇，要多出不少的名气。可见这某个地方要想扬名，一靠天然佳境胜迹，二靠名人名事，最不济也得跟名人名事扯上关系。

与陈家沟大有关系的名人，比如陈王廷、陈长兴、杨露禅、陈发科、陈鑫、唐豪等人，综合名气盖过了与赵堡大有关系的陈清平、和兆元、张彦、邢喜槐等。

当杨露禅学拳陈家沟陈长兴的故事广为人知，广大人民群众就有了一个习惯性思维，最早的太极拳应该姓陈，姓陈的应该住在陈家沟。“先入为主”害死人哪，“赵堡”为什么姓赵？和兆元为什么不姓陈？至今仍有很多人把赵堡的陈清平当作陈家沟人看，把武禹襄去赵堡学拳当成去陈家沟学拳。有趣吧？地名和人姓，竟然无形之中都成了误导的因素，结果是陈家沟沾光、赵堡吃亏。

特别的特别是 1949 年以后陈家沟斩获了“太极拳发源地”和“太极拳发明人”两座镀金奖杯，从此名声扶摇直上，相对寂寞的赵堡镇则更加寂寞，除本地人外，全国人民知道赵堡镇的还真不多。

太极拳有个古老的称呼叫“十三势”，一般也认为是从张三丰那头源远流长来的。赵堡镇有民谚叫作“软十三，不敢粘”，一个“软”字，也侧证了十三势正是太极拳。在正式出版物中，第一个记载和提出“赵堡太极拳”称谓的，是原河南省国术馆馆长陈泮岭，他于 1935 年为杜元化的《太极拳正宗》一书所写的序中说：

> 世传太极拳精微奥妙，名同实异者是繁有，徒令尚有湮没弗彰河南温县赵堡镇之太极也。

这句话有一丁点佶屈聱牙，不知是原文如此，还是有所误传。赵堡太极拳现在又分出若干个叫法，或者叫若干流派，愈加让外来人特别是太极拳局外人厘不清头绪了。比如有叫“赵堡太极拳”的，有叫“和氏太极拳”的，有叫“忽雷架”的，还有叫“武当赵堡太极拳”的。从现代营销学上讲，这名堂一多，真的不利于形成拳头产品。

其实又何止是赵堡镇的拳头产品没做得够好呢，一个“太极拳产业”，陈家沟要发展，赵堡镇要发展，温县要发展……倒是符合共同富裕了，至于谁先谁后谁正点呢，都觉得自己正点，都希望是自己先。

赵堡太极拳从来历到规模、从手段到理法，并不输给陈家沟太极拳。两地相距如此之近，交流不频繁也得频繁。那么两家太极拳是不是一回事呢，有说一回事的，有说不一回事的，有说半是一回事、半是不一回事的。

一般认为，赵堡太极拳的传承脉络是：张三丰——云游道人——王林祯（一说是王宗岳，也有说王林祯和王宗岳本系一人的）——蒋发——邢喜槐——张楚臣——陈敬柏——张宗禹——张彦——陈清平。

这一脉也上溯到张三丰祖师爷那里去了。《武魂》杂志曾经刊登过一篇钟国华先生的《武当武术探秘》一文，文中写道：

> 据不完全统计，以张三丰为祖师的有一百多个门派，五百多种套路……

无量天尊！看来张三丰大师如印名片，能印成一本书的规模。

赵堡太极在陈清平以前，因时间久远，传承关系，大多属于口传。陈清平以后比较近世，所以也就比较清楚。在赵堡镇经营生意的陈清平，显然属于心胸宽阔、光明磊落的中州豪杰，后来的赵堡镇各脉太极，几乎全是他的传人，本地的、外地的，不论姓氏，不问贫富，弟子众多，武家太极创始人武禹襄的出现，便是有力的注脚。

陈清平的高徒和兆元，于道光二十年（1840 年）左右，曾经到京师做过六品武职，但有些奇怪的是，并没有在北京留下太极拳的声名和传人，从而使太极拳在北京有露脸的机会，留给了二十七年后进京授拳的杨露禅父子。和家一脉在赵堡逐渐形成了“和氏太极拳”。而“忽雷架”的创始人李景延，是陈清平的另一个本地弟子。

1931 年，河南省政府、省国术馆曾经借国术兴盛之风，在开封举办过“华北五省国术擂台赛”，一直为中原武林津津乐道。据季培刚先生的《太极往事》转述郑锡爵传人的记述，擂台赛的最后冠军名叫郑锡爵，他击败的最后一个对手叫刘存温。郑锡爵的师父是和兆元之孙和庆喜。因生计、时局原因，郑锡爵、郑悟清后来远上西北，被称为“西北二郑”，二人在西安等地传播的拳路，称为“武当赵堡太极拳”。

2013 年，中国工人出版社出版了《太极名师》一书，作者王道奎、王俊峰，书中主人公王思恭，以温县比赛推手第一的身份，也参加了上述 1931 年的开封国术擂台赛，后入学黄埔军校，并在台儿庄战役中干掉过几个日本鬼子，1993 年被河南省体委授予“河南省武术老拳师”的称号。奇怪的是，《太极名师》书中记述，王思恭击败了一个叫董华的拳手，获得了“华北五省国术擂台赛”的冠军。

问题来了，郑锡爵和王思恭，到底谁才是开封国术擂台赛的冠军呢?

各有证词，但都是孤证，于是作者烦难了。读者诸君不妨猜猜看。

2. 陈鑫

如前所述，河南温县陈家沟引人注目，是因其头戴两顶桂冠，一是太极拳发源地，二是太极拳发明人陈王廷。当然，两顶桂冠也可以算作一顶，一回事。

这顶桂冠的编制者，一个叫陈鑫，一个叫唐豪。

陈鑫字品三，1849 年生，1929 年卒，陈氏家族第十六世。这陈鑫好有一比，堪称陈家沟里的曹雪芹。

殚精竭虑孤灯黄，十年辛苦不寻常。他是陈家沟少有的识文断字者，爱好文学写作，所以经济情况糟糕透顶，举家食粥，房屋雨天漏雨，旱天筛风，呕心沥血十三载，写出了一部书稿，直到死前尚在改来改去，在其死后的第四年，即 1933 年，书稿由开封开明书局出版，定名为《陈氏太极拳图说》。

全书二十余万字，绘图上百幅，陈鑫在自序中写道：

> 明洪武七年，始祖讳卜（陈卜）耕读之余，而以阴阳开合运转周身者，教子孙以消化饮食之法，理根太极，故名曰太极拳。

陈家沟的陈氏家族也是从山西迁来的，落地陈家沟的第一世名叫陈卜。从陈卜陈爷爷开始，到了清末民初的陈鑫，已经是第十六代了。陈鑫的自序明显告诉我们，是第一代的陈卜发明了太极拳。

翻开陈鑫先生的《陈氏太极拳图说》，开篇即是河图洛书、伏羲八卦、缠丝精图、经络图，时下年轻人即使是本科生，翻开此书也一定会脑袋变大，或许只有个别“有学问”的人笑道：“脑袋变大就对了，谁让你国学底子那么差。”

不过，国学底子不差的人也不都说好。有人挑刺指出陈鑫“食古不化”，惯用“改头换面法”，书中有关《周易》的内容，几乎全部来自《周易集注》，而书中有关中医、人体经络的文字，又几乎全部来自《内经注》。是借用、引用还是剽窃，看官自行下结论吧。

撰写《中国太极拳史》的于志钧甚至说，因为陈鑫并没有真正弄通易学和中医经络学，所以如果按照陈鑫的“缠丝精图”练拳，会十分危险，导致“逆经”“乱脉”。于志钧还说，陈鑫以“易理”代“拳理”，似乎合理，实则偷梁换柱。这倒是与南怀瑾先生的一个说法不谋而合。南怀瑾在《太极拳与道功》一书中有段话是这样的：

> 倘说张三丰创造太极拳，并无不可。但将那些《易经》理论上之事，加之于太极拳则不免多余。
>
> 《易》原为群经之首，放诸四海皆准，而弥纶天地之道，博大精深，永无止境。但若牵强，将精力虚掷在研究其与拳术的关系上，似有偏离武功实际之嫌。

如果说南怀瑾是“化复杂为简单”的高手，那么陈鑫则是“化简单为复杂”的典型。在于志钧看来，陈鑫一部皇皇大著，甚至抵不上王宗岳一篇几百字的小文。王宗岳的《太极拳论》在太极拳界确有公论，属太极门最早、最切、最精、最妙的权威论述。

于志钧的《中国太极拳史》一书，材料也丰富，论述也堪称缜密，唯一的不足是火药味太足，口吻之激烈，都快不像论著而像论战了，书中太多的“问号”和“感叹号”，便是火药味十足的生动体现。该书还认为陈鑫是听说了“太极拳”在北京形成气候、名声鹊起以后，才开始使用“太极拳”三字、并且围绕着“太极拳”三字对书稿进行修改，从而把太极拳连名称带发明人，都坐实在陈家祖宗上。

至少有一点是成立的，即在陈鑫之前，无论陈家沟内，还是陈家沟外，都从来没有出现过确凿史料或实物证据，把“太极拳”三字的出处指向陈家沟、指向陈卜。也就是说，太极拳三字是从陈鑫开始“突然”使用起来的。

既然提到了于志钧和他的《中国太极拳史》，不妨把话说完，该书给“太极拳”下的定义是：

> 太极拳是一种中国古代民间个体徒手技击术。理论基础是太极学说。技术特点是以静制动、以柔克刚、顺势借力、达到以弱胜强。练习步骤是由招熟而懂劲、阶及神明。强调避免双重。

既然该书否定陈家沟太极拳发源地的地位，那么它认为是谁发明了太极拳的呢，该书的结论是：

> 中国古代技击术引入易理、吐纳之法、导引之术，是太极拳的理论先驱；“翻”之少林拳的内家拳，是太极拳从理论走向实现的分水岭；王宗岳最早以太

极学说论，奠定了太极拳的理论基础和技击方法；综之，太极拳是历代先贤精心雕镌的结果，它的真正创造者是要归功于中华民族。

于志钧的《中国太极拳史》，把太极拳的发明者归了“中华民族”，这个结论特别有说服力，可惜跟没有结论差不多。

3. 唐豪

唐豪，1896 年生，1959 卒，江苏人。他最早做过南京中央国术馆编审处处长，1949 年以后曾在国家体委从事编撰工作。在国术馆的时候，唐豪对太极拳的起源发生了兴趣，曾随陈子明专程到陈家沟做实地考察。

陈子明出自陈家沟，他出沟比陈发科出得还要早几天，先是 1928 年在怀庆府成立中州粹武会，次年闯荡上海。陈子明独具风格的陈氏太极拳，被中央国术馆朱国富发现，便把他推荐给了张之江。所以同样在国术馆做理论工作的唐豪，认识陈子明也就不奇怪了，同事嘛。

在唐豪考察陈家沟的 1931 年前后，虽然信息不灵，但仍然可以零星听到或见到杨家、武家、吴家、孙家关于“太极拳祖师爷是谁”的言论的，他们全部推举张三丰为太极拳祖师爷。

比如杨澄甫所著的《太极拳体用全书》自序说：

> 先大父（杨露禅）更诏之曰：太极拳创自宋末张三丰，传之者，为王宗岳、陈州同、张松溪、蒋发诸人相承不绝。陈长兴师，乃蒋先生发唯一之弟子。

比如武禹襄外甥李亦畬的《太极拳小序》说：

> 太极拳始自宋张三丰，其精微巧妙，王宗岳论详且尽矣。后传至河南陈家沟陈姓，神而明者，代不数人。我郡南关杨某，爱而往学焉。

即使是赵堡镇陈清平的再传弟子杜育万，也有著述说陈家太极得自蒋发、王宗岳，他倒是没说张三丰，而是把发明太极拳的荣誉，上溯到了《道德经》的作者老子头上。

显然，被“新科学”武装起来的唐豪，对上述这批人缺乏明确证据的“师传之言”不予采信，作为国术馆的理论专家，他相信证据、相信眼见为实，于是决定去陈家沟实地考察。

唐豪到陈家沟的时候，陈鑫刚去世两年，可惜了，否则两位文人应该会有很好的交集。不过，也有可能两位文人会吵将起来，因为唐豪研究的结果，推翻了陈鑫“陈氏一世陈卜发明太极拳”的论断。

唐豪判定的太极拳创始人是陈王廷，陈氏第九世。

唐豪的考证并不复杂，他在陈家沟见到了一本《陈氏家谱》。家谱中陈氏第九世陈王廷正文旁注有：“陈氏拳手刀枪创始人也。”

在陈王廷之前的八世中，则没有类似的注释，这基本说明“武术”是在陈王廷以后开始或擅长的。所以唐豪据此推翻了陈鑫的“一世陈卜创拳”说。

《陈氏家谱》是唐豪发现的宝贝，据说是1931年得自陈槐三。《家谱》中的小字注释，也很有可能是民国初年的陈槐三所为。这里面也有疑问，一辈子生活在陈家沟的文人陈鑫，似乎没有见过这部家谱，或者见了——是在陈槐三加注之前见的，否则他必然关注到陈王廷“拳手刀枪创始人”的注释而有所阐发。

对家谱中“拳手刀枪创始人”的解读，也出现了争议。唐豪对此句的解读是陈家的拳、刀、枪都是陈王廷“发明创始”的。那么如此说来，如何证明这个“拳手”的拳就是“太极拳”呢？唐豪没找到其他可用的证据，缺乏“必要条件”，于是他用一个“充分条件”作为旁证。因为杨露禅和武禹襄的拳，是从陈家沟的陈长兴、赵堡的陈清平手里趸出去的，而杨、武的叫太极拳，那么陈长兴和陈清平的拳当然也叫太极拳，所以陈长兴的祖辈陈王廷的拳，自然也是太极拳了。

显然，唐豪犯了“有罪推理”的毛病。

陈长兴打的、传的是太极拳，并不能自然实证其祖辈陈王廷也是太极拳。

如果我们认同唐豪，顺其推断，继续推，陈王廷发明的拳是太极拳，那么他发明的刀又是什么？枪又是什么？

唐豪以“杨氏和武氏肇自陈氏”为旁证，倒着“顺藤摸瓜”，摸到了陈王廷头上。我们也如法炮制，倒着顺藤摸瓜的时候，路线突然不通了，为什么陈长兴和陈清平在传武授徒时，没有告诉杨露禅、武禹襄：你学的拳乃俺陈氏发明，祖师爷乃陈王廷（或陈卜）也？

又难道是他们告诉了杨露禅、武禹襄，而杨、武两家欺师灭祖，偏要另找个什么张三丰供而拜之？

说不通啊，须知那可是一个讲究伦理的年代，一个尊师若父的年代。这只能说明，陈长兴、陈清平两位顶级高手，并不认为该拳是他们陈家的专利，也不认为祖辈陈王廷是太极拳的祖师爷，所以他们也就不可能告诉弟子杨露禅、武禹襄太极拳的发明人是陈王廷。当然还可以理解为陈长兴、陈清平他们俩都不熟悉本家的历史。

至于家谱中的旁注是什么年代、什么人注释，也是没有定论，对“拳手刀枪创始人”的“创始人”本意理解，有人说可解为开始练武，而非新创武功类型。

关于陈王廷此人，留下来的史料相当匮乏，即使是有关的传说，也少之又少。联而想之,“文武兼备”的陈王廷，能“创造”出伟大的太极拳，却没有留下与之相对应的“拳论”，也是一个疑问。被陈氏后代推为陈王廷作品的一篇“拳经总歌”和一则“长短句”，完全承担不起太极拳的阐述重任，特别是与王宗岳的太极拳论相比，几可忽略不计。

王宗岳是怎么回事呢，他的底细也是一团迷雾。唐豪研究了一番，认定王宗岳的足迹曾到过河南，那么定然是从陈家沟学了太极拳，然后做出了《太极拳论》。这事就谈不上考证了，不过是推测而已。还有个名人蒋发，也是扑朔迷离的状况。

总之，没有一件真实古物、或者一宗确切史料，实证陈家沟是太极拳的发源地或陈王廷是太极拳的发明人。“太极拳”一拳，在理念、练法、拳式上，充满着对惯常思维、寻常拳术的翻转和超越，它非常另类，作为发明人也好，发明地也好，有足够的理由和骄傲大书特书，树碑立传也很正常，而它的奇异面貌，被“正史”上的县史县志,“野史”上的文人文章，记下个一星半点，当属正常。但是很遗憾，没有。

尽管如此，时至今日，可以说陈王廷仍然“有可能”是太极拳的发明者。关于陈家第九世陈王廷，唯一的物证史料是一块墓碑，不是指近年陈家沟重立的新碑，而是指老墓碑。遗憾的是，这块老墓碑现已不知身在何处，于志钧先生在 1984 年的《陈氏太极拳》录影带里，奇迹般找到了它的身影。老墓碑高不足一米，康熙五十八年（1719 年）立，可以想见，陈王廷很可能是 1719 年去世的。老墓碑上除了年月和立碑人，主体字迹是“清故显考庠生陈公讳王廷字奏庭原配王崔氏三位之墓”——只给出了一个陈王廷“庠生”的信息。这块墓碑吴图南在 1917 年考察陈家沟时也见过，还是当时尚健在的陈鑫带他去墓地见的呢。

太极拳候选发明人陈王廷，大约是明末清初人，陈长兴是道光年间人，杨露禅从陈长兴处学会的拳，竟似乎无以名之，或叫“绵拳”“化拳”“沾绵拳”。到了 1928 年陈发科出沟进京时，倔强的陈发科还坚持说自己打的拳叫“陈氏炮捶”。

“太极拳”的三字拳名，可确定出现在王宗岳的《太极拳论》出现以后，事实上王宗岳的拳论虽精，但拳论的题目是后加的，拳论中有“太极”二字，却也没有完整连在一起使用的“太极拳”三字。所以“太极拳”三字全名出现并使用，应该是从武禹襄开始。武家一用，杨家跟随，于是在北京迅速传播开来。

陈鑫先生也是听闻杨露禅太极拳在北京扬名的信息反馈后，对这个名字立刻一见倾心，并开始在自己的著作里舍炮捶而太极拳了——这不是推测，因为陈鑫在《图说》自序中提到了杨家太极拳播于北京之事，说明陈鑫确实掌握了某些信息。

想真正完全廓清太极拳的创始，似乎已是一件不可能完成的任务。须要说明的是，太极拳发源地陈家沟、发明人陈王廷，并非陈家沟人自己的“制造”，主要来自于唐豪之类“权威专家”的发言，某某“组织机构”的颁布，虽然中原人向来勤劳敦直，对别人送上门的“大礼”断然拒绝，似乎也不可思议。

常言道，做韶山很好，做井冈山也一点不差，在争议未平之前，退一步反而海阔天空——进退有余，这好像也是太极拳的诀窍之一。

如同江油的“李白故里”一样，陈家沟至少仍以“太极故里”身份光芒万丈。陈长兴、陈清平依旧可以端坐大师名人堂，接受太极后来人的景仰膜拜。

4. 麦宝婵

华人功夫巨星，先有李小龙、成龙，再有李连杰，又有甄子丹。不少人以为武星威严的甄子丹，比较清汤寡水，没什么可八卦的。其实如打破沙锅刨根问底，你会发现甄子丹不简单，这酒大有来头。

继续顺藤摸瓜的话，顺甄子丹这根藤能摸出不少瓜，而且个个硕大。

须知甄子丹的功夫不是石头缝里蹦出来的。别人顶多是童子功，他是胎里功。因为在娘肚子里时，其母便一刻不得闲，最喜欢配曲阳关三叠，挥舞三尺太极剑。生下甄子丹后，娘儿俩练功，每天基本上至少六小时，晨练四小时、晚练两小时。

这位甄母何许人也？她不是甄嬛，也不是甄宝玉，而是地道的巾帼英雄，还是国际级武林豪杰。此人不姓甄，甄子丹父亲才姓甄。甄母名叫麦宝婵，麦宝婵 1975 年创办中国武术研究所，1995 年创办麦宝婵太极协会，1984 年参加中国武汉第一届国际太极拳比赛，荣获太极拳金牌，1994、1995 年，国际武术刊物《内家功夫》《黑带》先后评选麦宝婵为年度武术家。

如何？名头够靓吧，甄子丹的母亲麦宝婵是一只不折不扣的“斑斓大瓜”呀。麦宝婵祖籍广东，1974 年移居美国，先后在波士顿大学、哈佛大学教授武术，出版有《综合太极拳》等十多种著作。儿童时代的麦宝婵，以少女式长拳、长剑、红绸舞，被傅永辉先生慧眼相中，言传身教五六年，成为傅永辉的衣钵弟子，尽得傅永辉太极、八卦、形意、武当剑真传。

傅永辉何许人也？想必大家没有忘记“自然门”杜心五，也没有忘记杜心五的高徒万籁声。想当年万籁声“五虎下江南”，组建两广国术馆，这事你一定记得。没错，五虎五虎，万籁声只能算一虎，另外还有四虎。四虎中有一名外号正好叫“老虎”的人，他的名字叫傅振嵩，反应快的应该反应过来了，傅振嵩是傅永辉他爹，也就是麦宝婵的师爷。

万籁声在广州没待多长时间，他的同行老弟河南沁阳马坡村人傅振嵩，却爱上了这块富庶繁荣的土地，并且把根留住、常驻广州了。傅振嵩 1881 年生，1953 年卒，字乾坤，号剑南。他被誉为北拳南传的带头人，曾任两广国术馆副馆长、总教练，太极拳、八卦掌的主要南传者，傅氏太极拳、傅氏太极剑的创编人。

那么，傅振嵩的武艺从哪里来？这一下问着了，要摸出新的大瓜来了。傅振嵩小时候在河南老家，他的武运极佳，村里大土豪张作仁不惜血本请来了陈延熙、贾凤鸣两位常驻马坡村，教授族里青年习武，所以傅振嵩有机会一开始便跟随名师学武，还不是一位名师，而是两位名师。

凭什么陈延熙、贾凤鸣就是名师呢？只提一点你就明白了，陈延熙是陈长兴之孙，陈发科之父，贾凤鸣则是董海川的得意弟子之一。

傅振嵩追随陈延熙、贾凤鸣习艺大约六七年，天赋造化，武技娴熟，还一不小心战胜了张土豪的亲生儿子，气得张土豪大骂儿子不成材：你爹我出血请教练，结果让外人得济，这不是替他人作嫁衣裳吗！

好奇害死猫，寂寞抓飞鸟。陈延熙、贾凤鸣两位名师，在村里的日子实在寂寞得紧，俩人便经常举行各种小考、中考、大考，从折磨弟子中获得快感。在一次捉雀比赛中，傅振嵩又夺得了冠军，季军选手捉住了一手麻雀尾巴毛，亚军选手捉住了一只飞雀，可惜麻雀已经死在手心里，这说明劲道控制不对，未到境界。显然，冠军贾凤鸣不但捉住了麻雀，而且麻雀毫发无伤。

后来傅振嵩带艺参军，成为张作霖手下李景林部的一名连长。惺惺相惜的李景林，当然喜欢傅振嵩了，当李景林挖掘到绝世高手——医巫闾山宋唯一时，便带上傅振嵩一起跟宋唯一学习武当剑。所以宋唯一的武当仙剑，不仅是李景林，傅振嵩也得到了真传。

跟着李景林辗转沈阳、天津、北京，后进入中央国术馆，傅振嵩又有机会同孙禄堂、霍殿阁、李书文、杨澄甫、万籁声等人互学互长，所以傅振嵩一人几乎把北方名拳都摸到了，身兼众长，多有心得，并将一身好武艺都悉心传与傅永辉。

傅永辉又传于麦宝婵，麦宝婵再传于甄子丹。不过，明星梦和武术梦毕竟有所区别，据说论起功夫来，甄子丹弄不好还不如他的妹妹甄子菁呢。

顺藤摸瓜，不要以为摸到傅振嵩这只大瓜就丰收了。还没完，麦宝婵的武术消化功能超乎寻常，否则你会很难理解一个女流之辈能把中国的武术推广到大洋彼岸，还能取得较大的成功，可惜同为《黑带》年度人物的李小龙不幸早逝，否则华人世界将双星闪耀，男有李小龙，女有麦宝婵。

1981 年，麦宝婵又求教李天骥，重新研修中国武术。李天骥是中国大陆“新派武术”的领袖人物之一，曾主管二十四式太极拳和三十二式太极剑的“全国统一”大业。

李天骥吨位已经不小，他的武艺从哪里来的呢？该不会也是父亲吧？巧了，李天骥的武艺还真是家传，他的父亲不是别人，正是李存义、郝恩光、孙禄堂、杨澄甫四位巨头共同的亲传弟子——李玉琳，李玉琳还得到过宋唯一、李景林、李书文等人的指点，这么多大人物的阳光雨露，李玉琳如果不成才，那才真叫奇迹。

李玉琳勇猛非凡，年轻时就曾让太极郝为真碰壁天津卫，也曾经仅凭八卦拳一招“老僧披衣”连败七名高手，多年被孙禄堂视为左膀右臂，带在身边，辗转南京、杭州、上海，因为武林中很少有人能抬动李玉琳一条胳膊，遂得江湖绰号“铁臂苍猿”。

后来李玉琳因故离开孙禄堂单飞，经历颇丰，最后北上东北，成为太极拳特别是孙氏太极拳的东北奠基人。李玉琳生儿子比较早，1915 年就有了李天骥，所以李天骥很小的时候，曾经吃过孙禄堂、李景林、张兆东送的糖豆，并在十五岁左右进入山东国术馆，最终以尖子学员毕业。

显然，麦宝婵看中李天骥，是因为孙禄堂、李玉琳、李天骥一脉“三派化一式”的太极拳，对上了麦宝婵“综合太极拳”的胃口。

提到“综合派”，忍不住啰唆几句，很多武林门派、武林豪杰都喜欢号称“综各家之长”，世间也确实有“二绝”“三绝”“三头六臂”式的模特出现，看上去很美，但天下道理无不辩证，集各家之长未必真长，西红柿之圆与黄瓜之长，杨玉环之肥与赵飞燕之瘦，皆不可兼得，有得必有舍，宁可有缺点不可没特点。这都告诉我们，综合派如想综合得好，至少要找到一个得多失少的最佳点。

废话少说，从甄子丹开始顺藤摸瓜，目前已摸到麦宝婵、傅永辉、傅振嵩、贾凤鸣、陈延熙、李天骥、李玉琳——“七喜”之数够了，停摸，摸瓜也好，练武也好，人生也好，都须节制、适度。

至于为何将麦宝婵一节放入本章陈氏太极拳旗下，原因很简单，麦宝婵的麦氏太极拳，虽名曰综合太极拳，但其中陈氏基因很强大。饮水思源，这当然要算上陈延熙的功劳。陈延熙这家传一脉，堪称陈家沟陈氏太极拳最强悍的太极龙脉：陈长兴——陈耕耘——陈延熙——陈发科……

5. 陈照丕

在北洋政府教育部任职的山东济南人许禹生，利用职务之便，对推广新式武术运动多有贡献，比如建立体育学校、推动大中小学设武术课、将武术列入考试科目等。

1912 年 11 月，许禹生邀集北京武术界著名人士吴鉴泉、赵鑫洲、耿诚信、郭志云、葛馨吾、纪子修、恒寿山等人，创办了北京体育研究社。社长由市长兼任，许任副社长。1916 年，研究社又组建了附属的北京体育讲习所，以培养大、中、小学校武术师资为主要目标。

到了 1928 年，国民党不断的北伐终于得遂所愿，让北洋政府控制下的北京成了旧都，改名北平。中国政治、经济、文化中心迅速南移新都南京。

许禹生听说南京武林内外，正大力推行武术改国术、并且要成立中央国术馆，精神大振，立刻专程赶赴南京申请。看来他的活动能力不错，北平国术馆不但被批准成立，而且可以以他主持的北平体育研究社为基础，这等于他们二次转正，名正言顺不说，还有经费支持呢。

许禹生马上面临无米之炊的困难，因为国术人才大批南下，北平界内的国术高人不太好寻了。这天许禹生刚上班，便有人递给他一张报纸："快瞧！"

报纸上有一则"交膀启事"：

> 太极拳发源于河南温县陈家沟，今有陈长兴公四世孙陈照丕，漫游到平，小做逗留，暂下榻于南门外打磨场杜盛兴号内，如有爱好，要交膀者，莫失良机。

"交膀"不过是比武的民间说法，这练武的一看见打擂，就如同乞丐看见热腾腾的肉包子，立马高度亢奋，比打鸡血管用。许禹生骑上自行车，飞奔杜盛兴商号。

这陈照丕缘何来到北平呢，原来他是以镖师身份来的，因为要负责保护一批药材押运。

河南同乡会的清末翰林李庆临，重视乡味乡情，与河南来的老乡进行了亲切友好的交谈，得知陈照丕系陈家沟来的拳师，兴趣陡增，便问起北平流行的杨家太极拳来，杨露禅杨无敌的老师真的是陈家沟陈长兴？陈照丕给予了肯定的答复，并告诉李庆临陈长兴正是自己的曾祖父。

李庆临大为兴奋："那你这身手一定不得了吧？"

陈照丕："还中吧。"

李庆临："太好了！北平都知道太极拳姓河北杨，这次要让他们知道太极拳本姓河南陈！"

李庆临"采访"完毕，笔下生花，立马写就介绍"太极拳之老家"的文章，还写了篇告示，在《时报》和《晚报》刊登。

那陈照丕一个朴实的镖师，当然不同意发告示这种张扬之事，但他拗不过"国家干部"李庆临，李庆临鼓励陈照丕："顶多不就是输吗，输就输呗，谁知道你是谁呀？相信自己，心有多大，世界就有多大。"

当许禹生来到打磨场杜盛兴号时，热闹已经开始了，四个练武的早已闻风来到。一听说真有"交膀"的来了，这河南会的、药店伙计等，全围了上来。

陈照丕三十五岁正当年，走南闯北不含糊，对四个练武的一笑："不好意思，那报纸不是俺发的，俺——"

四个练武的笑了，老大道："俺什么俺？小四，你跟大镖师先学两招。"

小四一抱拳："大镖师请。"

陈照丕："您请。"

啪啪啪啪，俩人出拳飞快，其实都是试拳，看对方几斤几两。试拳过后，陈照丕心里有了底。眼见对方飞拳挥舞，双手奋力一拍对方双拳，竟进手搂住了对方的后脑勺，一使劲，这小四就趴在地上了。

陈照丕连忙扶起小四："承让承让。"

小四竟然笑道："大哥，该你了！"

大哥很严肃地晃起了大膀子，左晃，右晃，前晃，后晃，晃动间围着陈照丕转圈，转了三圈，就是不见出手。陈照丕机警地盯着对方，也不出手。

三分钟不动手，围观的都急了："再不出手报警啦？"

大膀子："你出手？"

陈照丕："人不犯俺，俺不犯人，镖行规矩。"

大膀子耐不住了，大吼一声："阿斯巴拉弄！"

双臂抡甩，叫作双风连击，一高一低，横扫千钧。陈照丕并不退却，身形微侧，急起双手运个弧圈，把对方两个大膀子瞬间顺势兜起向上，末了一个旋转缠丝力，大膀子虽然受不了，但也没硬收，顺势滚了一滚，随即站立，稳稳当当，并不狼狈。

围观人群立刻鼓掌叫好。

陈照丕伸出大拇指："好！"

大膀子也伸出大拇指："好！"

一人叫了一个"好"以后，二人没有了继续动手的意思。围观人群越来越多，但大都抱着看热闹的心情，老想看别人打，最好是血肉横飞。

许禹生扒开人群，递给陈照丕一张名片："陈师傅，明天可不可到我那里坐坐？"

李庆临接过陈照丕手里的名片，一看大喜："中！许副馆长！明天几点见？"

陈照丕从此就加入了许禹生主持的体育学校，做起太极教练来。这北平太极拳界，十之八九出自杨氏，号称"杨拳之师"的陈家人一露头，果然引起了小小的轰动。当然，不要以为会太极拳的都来跟陈照丕交膀，没有的事。杨氏传人有两条不成文的规矩，一是不许与陈氏较技，二是不许说陈氏坏话，以表达对杨露禅恩师陈长兴的恩报。尽管如此，练杨家拳的谁不想见识见识陈家拳呢，不较技，交流总可以吧。

《江湖奇侠传》的作者平江不肖生向恺然，当时随湖南军队到了北平，听说有个陈照丕，就专程赶往体育学校，由许禹生介绍认识了陈照丕。向恺然记述：

> 在体育学院会面，并见他练了拳，推了手，还和他交谈了好一会。不会他倒也罢了，会过之后，使我更加疑惑起来。因为他这道地的太极拳，不仅和吴鉴泉传授的形式大不相同，就是和杨澄甫所传授的，比较也全不是那么一回事。连拳谱上的名目，也不一样。吴杨两家传授虽有分别，起势都是揽雀尾，就是孙禄堂同郝为真所学的，其手也是懒扎衣，而陈照丕的起手叫作金刚捣碓……我问他推手共有几个方式，他说就是这一个方式，我又问没有站定不动脚的推法吗？他说没有。我又问他没有四隅进退名叫大捋的推法吗？他也说没有。这就奇了，杨露禅是从陈家沟学来的，到此不过三传，何以与陈照丕的相差这么远？杨家练习的方式，倒比较的完备。杨家推手方式，由浅入深，共有四种。

如向恺然这般讨论拳术，虽然有趣，也能谈出若干道理，但与本书一样，往往陷入纸上谈兵的泥沼，到底难辨子丑寅卯、孰深孰浅、孰长孰短，虽然七嘴八舌总能说出若干道理，但道理又能怎样？韩寒在电影《后会无期》里说：

> 听过了很多做人的道理，却依然过不好这一生。

也就是说，因拳而异的道理，敌不过因人而异的结局。归根结底是人，人行，打王八拳也能练成神龟，人不行，如来神掌打成芥末鸭掌。陈氏太极拳能屹立北平，不是因为它姓陈，而是因为陈照丕特别是陈发科有真本事。

陈氏太极和杨氏面目不同，反倒增加了大家的谈资和兴趣，这一传十、十传百，南京方面也听说北平出了个陈照丕，便邀请他前往南京中央国术馆。陈照丕一看形势向好，便想把陈家沟的最高手给推出来，于是打电报请三叔陈发科火速来平。

也有个说法是，陈照丕在北平比武吃了败仗，害怕有损刚有起色的陈家沟名声，便决定邀请陈发科出山。

陈氏太极拳浮出水面的时候到了。

远在陈家沟的陈照丕三叔陈发科，收到电报就坐不住了。他的时运来了，国术振兴的天时，拳师南下北平空虚的地利，人和嘛，很快就会有的，条件便是陈发科的过硬实力和敦实为人。

先说陈照丕，很遗憾，在中央国术馆或杭州国术游艺大会的显要名单上，没有找到他的名字，也就是说没看见他在南方显山露水。不过，他辗转到南方教拳不会是假的。1938年南京沦陷，《温县志》有记载说陈照丕在当地抗日武装范庭兰的部队里教大刀。1948年，在西安黄河水利委员会担任保管员的他，随单位一起迁到开封，被红色政权接收，算是正式工——当时工农差别还是很大的。

《内家拳旧闻》载，在中央国术馆，摔跤名家杨法五虎背熊腰，想和陈照丕一试高低，陈照丕以托辞避之。某日在陈照丕教学生习拳时，杨法五又站在旁边观看，陈照丕特地走到杨法五面前，拱手说："您总得让我混碗饭吃吧？"

这则趣闻对陈照丕可真是不利，如果是真，一方面说明陈照丕谦让谨慎的为人方式，一方面说明他的功力确实不能跟陈发科相比。

1958年，陈照丕回陈家沟探亲，发现村里几乎没有人练拳了。生活太艰苦，老乡们肚子都吃不饱，打拳会挨老爹老娘骂的，要知道越练拳食量越大，谁管饭？陈照丕常年在外，见识自然远一些，陈家沟的宝贝不能断送在自己这代人手上，他心急如焚，竟然提前退休——亏大了，退休工资才拿十六块钱。

亏就亏吧，顾不得了，尽快教出一批徒弟，才是正题。陈照丕在家里成立了一个练拳点，免费教拳，仍然没几个人愿来，连拉带拽，总算先后召集到三十多个弟子。目前活跃在陈家沟的"四大金刚"朱天才、王西安、陈小旺、陈正雷，都在其中。

下雨偏有天漏，1966年"文革"开始，太极拳也成为"大毒草"中的一类。七十四岁的陈照丕被扣了好几顶黑帽子，有人翻他在国民党政府工作过的旧账，他主持的练拳点被批为"搞小集团"。1967年，倒霉升级，以"地主、国术教官、国民党、还乡团"四宗罪，他被抓到公社批斗数次，有功夫也顶不住了，陈照丕跳井自杀。

幸运的是，井大水浅，他被从井里救了出来，因此瘫了一年多。1969年，《人民日报》

登出一条毛主席语录：

> 凡能做到的，都要提倡。做体操，打球类，跑跑步，爬山，游泳，打太极拳及各种各样的体育运动。

“贼心不死”的陈照丕，仿佛拿到了尚方宝剑，他把报纸贴在墙上，又开始召集大家打拳。遗憾的是，他看不到太极拳复兴的好时光了，1972 年 12 月 30 日，八十岁的陈照丕在温县医院去世。

照丕先生千古。

6. 陈发科

话说陈发科应邀到了北平，别人急的是学拳，他急的是学自行车。许禹生慷慨地把公用自行车借给他用。于是陈发科把故宫、天坛、颐和园逛了个够。骑车不久，陈发科就骑出道道来了。他告诉许禹生骑自行车可以练气，深吸，慢放，一呼一吸之间，两百米出去了，还不累。

那时节北平的路虽然不怎样，自行车却可以畅行无阻，因为汽车很少——即使是唱戏发财的尚小云和马连良，买私家小汽车也是三四年以后的事。

陈发科能代表陈家沟来到北京，那是实力所致。

1925 年，红枪会围攻温县县城，温县城墙三门关闭，独开一门，门外护城桥头，陈发科手执白蜡杆迎敌。攻城为首一人手持红缨枪挺抢刺来，陈发科大杆子外拦拧转，打飞了他的枪，接着合把前刺，这一刺，证明传说的刀枪不入全是瞎话，因为他连这根不带枪头的大杆子也没能挡住，噗地一声，大杆子直透背后。这人一倒，后面那些人都跑了。

别拿村长不当干部，村长必须有村长的样子。陈发科是不是村长不见记录，但他在村里说话绝对一言九鼎。这样的人物是不能蔫不唧地偷偷离开的，走之前必须给家族、乡亲们交代交代。

陈家沟第十九代陈立清回忆，陈发科进去北平前在陈家祠堂与大家告别，当时陈立清还是个小姑娘，害怕大人不让她进祠堂，早早便爬墙入院，藏在供桌下。陈发科表演拳法时，一震脚，蜡烛直晃荡，一发劲，供桌乱哆嗦。

来到北平的陈发科，有传闻说又大摆擂台，十七天保持不败纪录。另一个说法，摆擂台的是陈照丕。到底是谁，追究不出来了，反正陈发科一来北平，便扎根生芽，来的时候刚过四十，直到 1957 年七十岁去世，三十年，实在可算是“资深北漂”了，漂到一定时间就不叫漂了，尽管河南口音没变，应该也算是北京人了。

在北平武术界，只要认识体育会会长许禹生，并且被他承认，名气和地位基本上就有了。最早，许禹生被陈发科一个“缠丝”动作疼得嗷嗷叫，马上就拜了师。一些练杨氏、吴氏的，按照杨、吴“越慢越好，越好越慢”的拳理，本来准备了足够的耐心看陈发科表演，结果陈发科打得很快，一套拳没用十分钟。

大家议论纷纷，学不学陈氏，莫衷一是。教吴氏的老师刘慕三说：“陈先生拳虽快，但是圆得旋转，虽有发力动作，却是松的，先学学吧，学一段试试，有进境就学，没进境就退。”

让人上当不容易，欺骗自己很简单。陈发科不着急，试玉要烧三日满，正常，等待是一种无奈，但比失望强得多。

刘慕三学了一路动作，忍不住与陈发科试手。一试惨了，一个有头有脸的大老爷们，被陈发科肆意玩弄于股掌之中。好在那种触电、欲唠般的痛苦感受，谁尝谁知道，旁观者是看不出来的。

陈发科比较注意给别人留面子，顶讨厌皇城根式的吹牛。有弟子可能是想讨他欢心，说江湖传闻陈长兴能用单掌把圆桌粘起来，陈发科偏不识趣，俺从来没听说过老祖宗有这么大本事。当听到有人说陈氏拳不行时，他也不生气，俺没说俺的拳行啊。

有个摔跤名手叫宋月，问陈发科：“听说太极拳用意不用力，碰到会拳击、擅摔跤的，一准歇菜。”

陈发科笑道：“看来你就是那个会拳击擅摔跤的。”

二人玩起了连连看，陈发科一个逆捋转身，二百余斤的宋月，咣当就撞到了墙，墙上挂的照片被震，纷纷落下，宋月当即不省人事。从那以后，陈发科就注意了——发人时，会施给对方一个缓劲，也就是让对方被发出去的同时不受伤——把人发走，扔出院墙外，那人在落地后，尚能跟墙里人对话。

不知不觉，陈发科定睛一看，自己突然成了北平太极拳界的大哥大。只是当大哥大以后的陈发科，同以前那个河南老农民没有任何差别。

北平城里有个洪均生，虽是禹县人，却自幼随父在平。常言道有什么不能有病，偏偏洪均生自小便是个多病之身，连累得他十七岁时不得不辍学。

怎么办，身体不行，根本不用过度劳累，仿佛身体被掏空，吃了不少肾宝之类的保健品，也不顶用，别说娶妻生子了，连干好糊口工作都不给力。1930 年左右，经人提议，洪均生开始随刘慕三学太极，杨传吴鉴泉一路。

有一天，洪均生在《小实报》上读到了一篇专访，是有关京剧武生杨小楼的，讲的是杨小楼因为唱戏过度劳累，身体吃不消，一度告别舞台，自从跟了陈家沟陈发科学拳，身体转健，不仅很快重登舞台，连重头的武生戏也应付裕如了。

洪均生把报道呈给刘慕三老师观看，刘慕三老师倒是干脆得很，带着自己所有的学生，一起来找陈发科拜师。

从1930年起，洪均生一学就是十三年，前三年对于陈氏太极拳中的震脚、发力都不敢练习，因为身体太弱。抗战期间，北平沦陷，洪均生穷困潦倒，不但学费长期交不起，还经常带着孩子去师父家里蹭饭。蹭饭归蹭饭，陈发科对洪均生还是很青睐的，据洪均生记述：

> 陈师对我说，我教的学生中，以杨小楼最为聪明，拳理一讲就明，拳法一学就会，可惜他年龄大了（五十二岁），不可能学得彻底。你和小龙（陈照旭）脑子身体都不笨，当深造下去。你好好地用功三年，等于别人练十年。

1944年为生活所迫，洪均生告别恩师，南下济南谋生。直到又一个十三年后，1956年，洪均生突然说什么也要放下家里的事情，坚持北上北京，看望老师。在此三年前，陈发科和胡耀真在骡马市大街创了个首都武术社，二人分别担任正副社长。

洪均生的感觉惊人地正确，此时不去，就再也不会有机会了。这次师徒相聚四个月之久，对洪均生太极拳技艺的升华，颇有画龙点睛的作用。洪均生回到济南不久，1957年传来了陈师驾鹤西归的噩耗。

不少围棋界老人，应该还锥心刺骨地记得，1965年，日本五段棋手伊藤友惠访问中国，一个五十四岁的老太太，泱泱中华竟无人抵挡，老太太谈笑间大陆棋手灰飞烟灭。而二十世纪七八十年代的中国武术，比围棋的状况好点，也好不了哪里去。包括太极拳在内，都已衰败凋零得不像模样了。

不过中国大陆地广人众，瘦死的骆驼仍比马大。何况中国武术骆驼未死，总会在某个角落显露峥嵘。这是基因决定的事，武术是群众自发自主的爱好，地球上只要有人，它就永远不会消亡。

宝刀在鞘里隐藏，也总有被人拔出来的时候。1980年，洪均生这把荒野里的宝刀，被人拔了出来，光芒尤烈。

5月份，沈阳举办全国武术观摩交流大会，一个叫李恩久的选手表演太极拳，圆如锦带团风，脆若珠落玉盘，气敛雄浑，风起逼人，太极气质精纯，一举震惊观众。

行家们没想到，济南府还有恁好的太极拳，便纷纷打探："当里个当，当里个当，闲言碎语不多讲，你的师承哪一桩？"

李恩久："当里个当，当里个当，俺恩师名叫洪均生，非是那武松武二郎。"

国人"山寨"功夫过硬，日人"偷师"伎俩也叫作源远流长。这日本人玩中国古传的好东西，一向玩得很地道，玩得地道自然眼光就毒，便有人立刻组团到济南找洪均生学拳探宝。

当时中国刚改革开放，一听东洋人来找洪老头，为了一个什么太极拳。吃惊之余，当地政府、单位，赶紧给洪均生安排了一套新两居室，然后自然是“好客山东欢迎您”。

日本人曾我忠弘在《济南学拳记》中记述：

观看了洪老师示范表演，真正看到了我们倾慕的东西。在他身上，有着令人难以置信的武术气质，而他就像一位杰出的哲人，蕴藏着人类的奥秘。

在我与洪老师门下弟子练习推手时，迎战的对手无论我使上什么招数都纹丝不动。洪老师见状走来，只轻轻地将其手放在我的手上，我的对手就被推走，令我惊奇不已。我这才体会到，内家拳的功夫是日积月累、不断努力得来的。

洪均生去世于 1996 年，九十岁。他的陈氏洪传太极拳，以济南为中心广为传播，弟子数量庞大。

在廖白先生的“大嘴评论”里，陈发科和洪均生都被提起过：

陈氏太极拳的陈发科先生是位令人神往的人物，虽然我没见过他，但他的拳照实在是漂亮。那劲势超过了杨澄甫先生早年的水平，与杨澄甫晚年拳照的水平相伯仲，确实是好。陈发科传人我见过一些，没一个能打出陈发科那股劲势。陈正雷、陈小旺、王西安、朱天才都比陈发科差远了。老一辈的田秀臣架子还不错，推手就不行。冯志强的推手靠力气，连摔带顶，散手几乎不懂。冯志强上了点岁数后也大谈养生了，结果现在他的身体还是很糟。天坛的李师傅、老刘，地坛的老邓，功夫也有一些，他们都不服冯志强。但是也没觉出他们比冯志强强在什么地方。话说回来，跟冯志强学的人还是要感谢他，因为他的东西好赚钱，这是一有陈氏太极拳这块招牌，二有冯志强的名人招牌，三有冯志强的推手中摔跤的玩意儿比较多，这也是陈氏的特点，掌握起来用起来都快。

其实真对陈氏有研究的还是济南洪均生的一支。洪均生自己的功夫并不高，但他真研究，教出来的学生水平比他高。像老刘、小李、小张、小蒋以及再小一辈的小黄等都不错。虽然都是俗手，不过功夫还是有的，推手尤其好。小蒋在《武林》上不断介绍太极拳的散手，其实那只能用来玩。真正的太极拳散手练法小蒋并不懂。洪派架子用来锻炼身体比陈家沟的架子要好。

陈照丕的功夫比陈发科差着一截，我在西单体育场见到陈照丕最后一次出来打拳，金鸡独立腿已经抬不起来了，身体很糟。练太极拳起码要做到活着的时候有精神，死的时候要快，不拖累人。长寿不在练不练拳，遗传和环境最主要。所以我从来不拿寿命长短论造诣。

陈照奎功夫是很一般的，推手也是喜欢使绊子，结果碰到个懂点摔跤的自己就栽了。他也是靠他父亲的名声吃饭。马虹、陈正雷只能表演，无论是推手还是散手都不行。陈小旺推手还马马虎虎，步太死，但马步扎的还比较结实。推一般人还是可以的。但他不懂散手。还有一个王西安本力不小，有些力气。他推手是跤劲、跤绊加力气，同样也不懂散手。

都说陈氏太极拳古朴，这种古朴体现在哪儿呢？体现在步上，陈氏太极拳的步不是用拳的步，而是用杆或用枪的步。拳脚相交，至少是两个拳头两只脚，可用来同时使用的武器至少是“四对四”，加上近身时的膝肘肩胯臀以及头，则可同时用来使用的武器就更多。所以拳步既要稳更要活。绝不能死，步一死就要挨打。但是两枪相对，是一对一，两条腿以及膝肘等一般够不着对方，用不上，所以对步的要求重点是稳固，在灵活上的要求不如拳脚那么高。陈氏步是杆步，陈拳原是作为用杆的基础功夫，所以陈氏步不很灵活。在这样基础上练散手是要吃亏的。或者说你练的东西与你用时的东西必然要脱节。说这话，练陈氏的一定不爱听，但是如果撇开门派，从道理上技术上分析分析，也许火气会小一些。练陈氏的特点是上功夫较快，但很少有人能以轻制重，哪怕是玩玩劲，他们也很难做到，在这点上他们不如杨、吴。从技术特点上说，陈氏推手可以称为柔跤。

7. 张志俊

陈发科出沟，让传说中的陈氏太极拳在北平上演重磅逆袭。陈照丕、陈照奎们的薪火传递，又保证了陈家沟太极拳后继有人，瓜瓞绵绵。

陈发科厉害不厉害，窥其弟子阵容，便能推断个八九不离十。许禹生之类的半师半友不提，刘慕三、杨益臣、牛亮、刘子诚、刘子元、杨小楼、赵炳南、李鹤年、田秀臣、雷慕尼、冯志强、李忠荫、肖庆林、孙枫秋、陈照丕、陈照奎、李剑华、沈家桢、洪均生、顾留馨、李经梧……都是常被搜索引擎搜一下的人物啊。陈发科去世后，龙虎弟子四面出击，八方开花，北京有田秀臣、雷慕尼、冯志强等，济南有洪均生，陈家沟有陈照丕等，北戴河有李经梧，陈照奎则忙碌奔波于全国各地。

即使只允许每个徒弟讲一个陈发科的故事，那也是一本厚书的规模，陈发科的奇闻逸事三天三夜说不完，说不完怎么办，不说了。

本书所记人事，重点在清末民初，1949 年以后的人事不在重点，但有必要选出一位“模板”介绍介绍，一斑窥豹也。

张志俊便是 1949 年以后习拳成才的模板人选。

中华人民共和国成立时，张志俊还不满四岁，他出生在焦作，后入郑州国棉四厂，算是郑州市民。年轻人早早知道爱惜身体的没有几个。二十刚出头，任性好年华，这个年龄的张志俊却一点也任性不起来，因为身体情况糟糕透顶，心脏病，胃溃疡，年轻老病号，全厂男女老少都知道，好在那时候国营工厂铁饭碗、大锅饭，很少有开除、辞退情况发生。

身体不行，成家吃力，工作也不利落，年纪轻轻不能坐以待毙，张志俊开始练太极拳。皮毛功夫也管用，两年下来身体状况大为改善，慢慢地，附近公园、树林里的太极老头、太极老太，包括个别太极中青年，都不是张志俊推手的对手了。

老弱病残全收拾，挥手四顾心惘然，张志俊开始恶性膨胀，以为人生要出彩，生命要闪光，便毅然报名太极拳比赛。1972 年，第二届河南省武术赛，张志俊被陈家沟代表队的陈照丕老头整了个七荤八素。他如遭当头棒喝，幡然醒悟，原来自己不过是井底之蛙。

于是，就发生了张志俊“六上陈家沟”的佳话。“六上”等于两个“三顾”，数量够多，一方面说明两地距离不远，另一方面说明张志俊痴狂，还有一方面，说明陈家沟无人哪。当时陈家沟也确实“无人”，人家自己也在青黄不接，比如著名的陈家沟四大金刚，当时也在青少年时期，跟张志俊一样东张西望、嗷嗷待哺呢。

六上陈家沟的张志俊，并没有挖到什么宝贝。你说陈家沟不是还有陈照丕吗？情况不妙，照丕先生 1972 年已经去世。1973 年，名师总算开始眷顾到了张志俊。陈家沟本村高手不好找，但陈家沟人还有在外地的呀，远在北京的陈发科虽然也早已去世，但他的儿子陈照奎还在呀，于是陈照奎应邀“反哺”家乡。听到信息的张志俊，赶紧厚着脸皮第六次凑了上去。

第二年，张志俊正式拜师陈照奎，成为陈氏太极拳第十一代传人。从此以后，陈照奎多次被请到郑州，有时候在张志俊家一住数月。至于请老师的学费、吃、住、行、消费等，都是张志俊伙同几个拳友，从贫瘠的口袋里硬挤出来的。

张志俊习拳，那是虐人虐己还虐拳，他有最大的心诚自不必说，他那个吃苦的劲头，简直到了令人吃惊的程度，每天打拳十个小时以上，不可思议的是常常一夜一夜打拳。俗话说，能吃苦一般不爱动脑，张志俊不，他手脑一起动，喜欢钻研学问，一招一式，原因是什么，目的是什么，方法是什么，理论是什么，缠丝？杠杆？切线？螺旋？

张志俊的功夫在同时代、同学者、同门师兄弟间，脱颖而出，鹤立鸡群，以至于同学们经常认为是师父偏心，一定是教了张志俊绝招、秘籍。据张志俊自言，完全没有那回事。他的技艺的提高，主要是两个笨功夫下准了，一个是在“沉肩坠肘”上下了笨功夫，这在很多太极拳手一辈子未必解决，二是在“顺逆缠丝”上下了笨功夫，笨着笨着，突然就找不到对手了。

不过，在外人眼中，张志俊最大的特点是“交手狂”，逮谁跟谁动手，不怕对方名气，不顾对方身份，不怕个人露怯，不怕自己丢脸。这就厉害了，因为“交手”不同于练功，与其说交手比的是实力，还不如说交手首先比的是心理素质，心理素质其实就是技击意识，交手胜利者无不属于心理素质和基本实力俱佳者。心理素质的提高，必须依赖实战的锻炼，张志俊四面八方求交手，绝对是练武的诀窍，虽然他起步晚，但练到三十多岁的时候，照样开始鸡窝里飞出凤凰，峰高于野、木秀于林了。

据其《高手》一书自述，七八十年代的十几年间，他走南闯北，公开求教切磋不下百次，击败无数江湖和庙堂高手，而且未尝败绩。看来，百晓生把张志俊排进当代高手第三名，也是颇有依据的。

1983 年 5 月，张志俊率河南代表队到南昌参加全国武术观摩交流赛，赛事刚结束，接到郑州体委急电，要他速回郑州。原来是全日本少林寺空手道练心馆代表团来访。这个练心馆据说是日本武术界的第二大组织，馆长宗家保勇，亲率二十五人代表团访问河南，表示要与太极高手切磋：表演的不要，交手的干活。

第一个与张志俊交手的是日本三段，张志俊小心翼翼、翻转推发，用了三个回合才把对方放翻在地。万事开头难，往后就利索了，基本上摸清了对方空手道的路数，后来的几个日方选手，都被张志俊一个照面出手即溃，那叫一个干净利索。宗家保勇馆长段位虽高，但因年纪关系，实力已经不如小段位的年轻选手，他没有上场动手，回国后连续四次发来邀请函电，请张志俊东渡日本传艺。张志俊没去。

打的差不多了，年龄也过了不惑，张志俊 1984 年后谢绝公关活动，号称“闭关十六年”，出山后推出了“梢节领劲，两头卷曲”等太极拳“新理论”。

早先笃信“说一天话、不如动一次手”的张志俊，更多地开始君子动手也动口了，以自己多年的经验积累和创新新理论为指导，广授弟子，一般认为，张志俊太极拳确实具有精炼实用、相对速成的效果。

2010 年，《高手——张志俊解密太极拳》一书出版，全书由张志俊口述，朱利尧、姚宇整理。绍兴人朱利尧以弘扬太极拳文化、推广青铜剑文化而闻名，姚宇则为央视导演。在记录张志俊口述《高手》一书的过程中，朱、姚二位还为央视《走进科学》《发现之旅》栏目拍摄了“科学解密太极拳”的专题片。

朱利尧此人，也是因为受不了四十岁时身体委顿，而辗转找上了太极拳。张志俊首先给了他一个“8 字圈”。8 字圈，很简单，一分钟就能学会。其实 8 字圈不过是太极云手的变化形式而已——两臂以“8”字轨迹在身前循环慢动，配合以两手的顺逆缠。其作用本为激发身体浑圆内力，意外疗效是对肩周炎、颈椎病有奇效。朱利尧比画 8 字圈几个月后，竟一举告别了骚扰他多年的肩周炎颈椎病，顿时觉得寻宝成功，兴趣大增，直至走上学习传播太极拳的光辉大道。

同时做节目的姚宇姚导演，见多识广，只相信实战散打，不相信中国武术传说中的那些“神奇”，直到当他的粗壮大手落进六十多岁的张志俊手中而不能自拔时，才不得不对太极拳刮目相看。姚导演在朱利尧的督促下，也练了几个月的 8 字圈，同样出现了“奇迹”，掰手腕竟然战胜了摄像师聂铁军！而聂铁军外号“大力士”，在他的老单位北影厂号称掰手腕天下无敌。

第十六章　文人太极拳

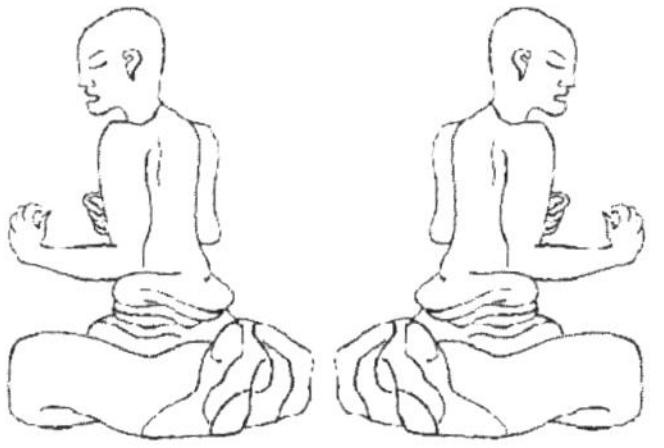

1. 大武生

在推出太极文人之前，先来点开场锣鼓。锣鼓一响，名角登场。武术是国粹，京剧也是国粹。京剧演员既然叫“文艺人才”，简称“文人”也说得通，所以先聊聊他们，也不算太跑题。

京剧“武生泰斗”杨小楼，在追随陈发科习陈氏太极之前，早已精通通臂拳、六合拳，更有家传的杂式武功。他的父亲杨月楼，演齐天大圣孙悟空，一上台能保质保量连续不停地翻筋斗，等一百零八个筋斗翻完，杨月楼呼吸均匀、浑若无事，而台下的个别观众，却已被台上转晕，赶紧回家睡觉，闭眼还是一只筋斗猴在眼前乱转。

陈毅元帅曾赞扬盖叫天：“燕北真好汉，江南活武松。”盖叫天在《飞云浦》剧中扮演武松，戴着手铐对阵刺客，用上了纯粹的武术套路“九节鞭进枪”“梢子棍进棍”；他在《恶虎村》戏中自行创编的一记“雄鹰展翅”，竟然被鹰爪门内拳师相中，并采入拳法。据说盖叫天的武功除了家传，陈传，还有镖师刘四爷。

京剧演员何月山，上台不用“道具刀枪”，喜欢用真刀真枪，搞得其他演员对戏时异常紧张，甚至拒绝与之对戏。而王金璐的《翠屏山》演出海报上，总是醒目地题注“加耍六合刀”，足见其刀法的魅力可以招徕观众。李万春演《翠屏山》的时候呢，又在六合刀里加入了八卦刀和七节鞭，看得观众那叫一个惊心动魄，大气不喘。

“伶界大王”谭鑫培，二十来岁曾做过富家大院的保镖、打手，现在叫保安、警卫，可见其武功不俗。谭鑫培自小学的老生和武生行当，上面提到的《翠屏山》，戏情演出的是“石秀杀嫂”的故事，其中在舞台上引入正宗的钢刀、表演正式的六合刀法，最早恐怕还是从谭鑫培这里滥觞并爆响的呢。

名角李洪春李洪爷，出身本是武术世家，祖父辈上带武从艺。李洪春成名之后不敢懈怠，仍精益求精，对主打的“红生”关羽戏一丝不苟，继续拜师孙文奎研修“青龙大刀”，也叫“关帝十三刀”。其人在舞台上那是真把自己当成关二爷，青龙偃月，威风八面，恰如武帝天神，撑堂压台。

因为李洪春，还能引出又一桩武林奇人。奇在哪里？“格格拳师”是也。原来李洪春

1949 年以后不久住在南小街新鲜胡同，对门住的是清代肃王府的格格金受之，这个格格不小了，已年过四十。

金受之也叫爱新觉罗·受之，正宗的皇太极嫡系。她 1914 年出生，自幼追随家中请来的大镖师沈辅臣习武七年之多，精通查拳、通臂拳、太极、八卦等，擅长春秋刀、雁翅镋、花枪，十二三岁以“格格拳师”扬名京华。可惜，格格一嫁出去，便被迫沉寂下来，不沉寂不行，这可是那年头做女人的“本分”。还好，虽然有婆婆和封建礼法左右拘着，但丈夫、公公倒还算开明，都不反对她练武，尽管多年没有抛头露面，武功却一直没丢。

漫长的沉寂，二十多年过去了，1955 年，对门邻居李洪春对武功不俗的金受之颇为知根知底，便请求格格教授自己两个儿子习武。金受之早就憋屈得慌了，有人请我当老师，太好了！既能挣些家用，又能有助社会，于是壮起胆子，抹黑蒙脸，趁夜帖出数张招生小广告。几天后，竟然有三十多人前来报名。金受之高兴极了，在李洪春等人鼓励下，当年五月初五，正式挂出了金受之武术社的牌子。

格格当社长了嘿！

踅回头来，再介绍四大名旦。程砚秋是其中之一。1943 年程曾独身打散四五个寻衅的特务，让他的武功也有了名气。程砚秋曾向拳师高紫云学习过太极拳和太极推手，更早还向“醉鬼张三”学习过“三皇功”。

提到“醉鬼张三”，忍不住又要跑两句题。这醉鬼张三生于 1862 年，卒于 1945 年，本名张长祯，河北束鹿人。此人虽然真真切切地存在过，但存在得又模模糊糊，是个谜一样的明星人物。张三早年在京城已经非常有名，因为他多次承担保护皇家钦差的“大活”，比如保护钦差去西藏宣旨。后来他不再想出头露面，要归隐于平凡，但盛名之下，诸如张勋、吴佩孚这样的军阀权贵，还是常来骚扰，于是张三就整天提着鸟笼子泡酒馆，装醉，谁也不知道他真醉还是假醉。

关于醉鬼张三的武功也是个谜。他本人从来不说自己的武功名目和师承，包括程砚秋跟他学了以后，也神神秘秘绝口不提。后来有人总算查出一星半点，比如张三的武功至少有张、赵、马三位明代祖师爷，比如张三拳法属内家拳，有叫“三皇功”的，也有叫“内八卦”的。

梅尚程荀中的尚小云，也是文武全才，他曾向“末代镖师”李尧臣学过猴拳。“末代镖师”怎么个意思呢，说的是李尧臣前半生曾做过近三十年的镖师，直到民国十年即 1921 年镖行业垮掉。曾经与他并肩战斗的同行们，有的呜呼，有的扯呼，有的伤退，有的跑转，能在镖师行常年屹立不倒，直到行业倒掉，李尧臣依靠的首先是绝世的武艺。1901 年，从保定押往天津的十万雪花官银，被化装成收税官的劫匪劫走，四名镖师被砍死，朝廷严令擒拿土匪。最后是李尧臣使用三皇炮捶中“夫子三拱手”一招，擒获了匪首“黑老宋”。

尚小云、梅兰芳演的是娇滴滴的女子，生活中却是急公好义的好男儿。众所周知，戏班和戏院是一对矛盾。有一次，广和楼戏院和某大牌戏班闹了矛盾，一边要撕毁合同，一边要坚持合同，两厢对垒，剑拔弩张。连尚小云和梅兰芳都赶来劝架了，两边的老板虽然给面子，但在走留的条件上，仍各不相让，戏班子的大武生突然说："吵到天明也炒不出个公母，这么着，你们出一个，我们出一个，试试手段，谁赢听谁的。"

众人无奈，好歹这也是个解决的办法，于是决定两边比武，并推举梅兰芳、尚小云做裁判，点到为止。看来，大家认为梅、尚是有资格做武术裁判的。

大武生敢提出比武，当然是他认为自己的武功整个戏院无人能敌。但他失算了。广和楼戏院派出的比武者，竟然是弱风扶柳、长袍眼镜的账房先生！结局就不用说了，账房先生轻取大武生，戏班子不得不履行原来的合同，在广和楼又唱了两年。

能把大武生击败，账房先生值得介绍一番。此人名叫单香陵，1905年生人，山东黄县人。他八岁从"山东第一棍"吕孟超习"六合枪棍术"，十六岁随姑父丁子成习"六合螳螂拳"，二十一岁时已经集两门绝技于一身，出门闯荡大连，一人打散过二十多名日本兵——不带枪的日本兵，其中还有六七个喝醉酒的。

惹了大事的单香陵跑出大连，入关进京，北京城有他家里的买卖，叫前门粮店。但单香陵不在自家的粮店做事，反而进戏院做了账房先生，这才引出了上面的故事。听说单香陵维护了广和楼的利益，另一座戏院"广德楼"也动了心，特地请他兼了账房先生，所以单香陵同时兼任广和楼、广德楼的账房先生，在梨园界得了个外号叫"两广总督"。

戏楼子消失以后，单香陵又为自己挣来了另一个外号，号称"闲事都管"，意思是爱管闲事。爱管闲事是好事，是现今社会都很需要的优秀品质，直到1949年以后乃至在"文革"中，单香陵仍刚直不阿，爱管闲事的毛病一直不改，却也保证了他在山东、北京等地大名不衰。

单香陵擅长螳螂拳，螳螂拳是中国拳术中一枝小小的奇葩，也有多种类型，六合螳螂、七星螳螂、梅花螳螂、光板螳螂、甩手螳螂等等，饰演过《少林寺》"昙宗大师"的前山东武术队总教练于海，赖以成名的绝技就是七星螳螂拳。1985年，八十岁的单香陵老人，以特点鲜明、有所发展的六合螳螂拳，在全国武术观摩交流大会上竟然夺得了一枚金牌。

却说四大名旦中的荀慧生，六岁被卖到戏团学梆子，从此算是"为艺术献了身"，长期饱受"折磨"，唱念做打，做打唱念。巧的是，梅兰芳也是六岁开始学艺，天天溜嗓子、举腿、跷功、武把子，梅兰芳最后尤以剑术和太极拳最为擅长，在梅老板"蓄须明志"的抗战年月，他每天的功课便是大门紧闭，默默温戏，书画消遣，规定项目是舞剑和太极拳，早晚各一遍。而指点过梅兰芳武艺的拳师名手多了去了，为防止名手嗬瑟，咱不提名了，戛然而止是也。

2. 宋书铭

读武侠小说，或观看武打影视剧，关键时刻冷不丁出来一个世外高人，或乞丐，或瞎子，或江湖老叟，或煎饼女侠，突然出手，神勇无敌，令人激动。虚构类作品情况如此，非虚构类的清末民初太极拳史上，有没有这种真实事件发生呢，还真有一例。

清末民初，袁世凯算是风云人物之一，有位长期追随其左右的幕僚班子成员，谨慎持重，少言寡语。此人名叫宋书铭，字硕亭，精通文辞、易理，小楷尤擅，所做公务，主要是帮袁世凯做些文案处理，或曰“机要秘书”类的工作。

袁世凯担任民国总统及短暂称帝期间，也就是 1913 年到 1916 年间，宋书铭年龄在七十岁上下。北京体育研究会的许禹生因供职教育部，所以与宋有了交往。闲暇健身，发现宋书铭长气鼓荡、大有蹊跷，似乎还蛮有章法，便遂趋前交谈。提起体育研究会里风行太极拳，宋书铭言语间竟不以为然，甚至略有轻视，许禹生便与宋书铭摩手推转，三十出头、年轻力壮的许禹生，竟然吃不住宋老头的牵拉拐带。

内行看门道，许禹生大为诧异，原来太极拳还有另类模样，便以为自己掘到了“民间国宝”。在体育会同人面前免不了大谈此节，几位武术教习如纪子修、吴鉴泉、刘彩臣、刘恩绶等人极不相信，又听许禹生说宋老头自称前代宋远桥后人，拳法是祖传“太极功”。

宋远桥者，正是金庸《倚天屠龙记》“武当七侠”之首的那位宋远桥，史上确有其人的。众人的胃口一下子被吊了起来。当时北京只有一种太极拳，那就是杨露禅杨家太极，这突然又冒出另一派，说起来比杨露禅还大有来历，能不振奋难耐吗？

六十老叟纪子修第一个喊：“瞧瞧去！”

于是，许禹生、吴鉴泉、刘彩臣、刘恩绶、姜殿臣几人，一起去造访宋书铭，造访的内容当然是试手。

与宋推手，皆随其所指而跌，奔腾其腕下，莫能自持，其最妙者，宋氏一举手，辄顺其腕与肩掷出皆寻丈以外。

几个打了半辈子拳的拳篓子们，登时大傻其眼，其中某某某带头跪地，然后某某某就都跟着叩头了，意思当然是要求拜师。宋书铭这种深藏不露之人，必须有怪癖才说得过去。果不其然，他慢条斯理地说了：“诸位欢喜斯技，倒也不妨，吾当可传一二，然传则传矣，必尊吾命，不许另传他人，不许讲拳出余处。”

纪子修想了想，不跪了：时下习拳者，一代不如一代，何也？你这学了又不让说，还不让传，难道让咱六十老叟去泉下教鬼嘛，算了！

纪子修老头气丢丢罢学走了，吴鉴泉、刘恩绶、刘彩臣、姜殿臣等人，则从宋书铭多有请益。纪子修可能太过实诚了，“不让传徒”又如何？先学了再说嘛，以后可以“改造”成自己的拳，再传也一样。

风闻体育研究会“大腕”集体输给了宋书铭，北京武术界一阵叽叽咕咕。许禹生曾约请宋书铭到体育会公开讲课授徒，宋自然不肯。宋氏秘藏家传老谱，被许禹生吴鉴泉等人抄出了一部分，后人称之《宋谱》。其中还有宋远桥的《宋氏太极功源流支派论》。

宋书铭的太极功，又名“三世七”“三十七”，有两个含义：一是三十七个动作，熟练后，三十七个动作可随意编排、往复循环；第二个意思，三世七，指人有三世——天前、地后、人今，拳分七品——门外、入门、阶及、当堂、入室、开窍、神化。

袁世凯1916年一死，许禹生以为宋老头下岗，或可一用，便又前往邀请。但七十多岁的宋书铭仍然没有兴趣出山入会，反而悄无声息地消失于公众视线，连带着一身绝艺，不知所终。

1949年以后的武术家顾留馨认为，“宋书铭事件”是许禹生们“编排”出来的，宋书铭的拳也是“新”的，理由是三十七式里一些动作或拳论与杨氏、武氏、吴氏相同或类似。

如果许禹生真的编造了宋书铭的神奇，动机何在？不可理喻呀，特别是他还拉了几个“垫背”的拳界大佬，并且说他们都输给了宋书铭，但并没有哪位大佬跳出来怒斥许禹生，连辩解的话都没听见。再说了，宋书铭的事迹，刘恩绶、向恺然、张虎臣等人都有叙述，内容大同小异，横竖不像空穴来风。

青山遮不住，毕竟东流去。

一层涟漪，竟成长谜。

3. 武侠小说

话说中国各地大小国术馆成立之初，漫说是武术教材，即使是武术类的专业书籍，都空空如也。某些武人手里倒是有些祖传秘籍、古老拳谱之类，有的残缺漫漶，有的文理粗糙，在这种情况下，也就难怪武林内外一致将已出版的孙禄堂的《形意拳学》《八卦拳学》《太极拳学》奉为神明了，因为它生逢其时、无出其右呀。

事实上各国术馆的不少学员、甚至拳师，都还处在目不识丁的文盲阶级，以至于各地国术馆不得不一边研武、一边扫盲。某些有文化的学员找不到专业书可读，也就只能拿来平江不肖生的《江湖奇侠传》之类消乏解闷、解渴充饥。

平江不肖生，1889年出生，本名向恺然，又名向逵，湖南平江人，他十四岁考入长沙高等实业学堂，不到一年，即因纪念《猛回头》《警世钟》作者——蹈海的陈天华，被开除学籍，旋即东渡留学。返国后，向恺然曾参与“倒袁运动”，任北伐军第一军法官。讨袁失利后，他再次赴日，先后进入华侨中学、法政大学。

打小喜欢武术的他，与日本柔术家、剑术家颇有交往。世事难料，青年人面对未知的人生，多有犹豫彷徨，文思敏感的向恺然正是如此，他的思想一直处在各种矛盾和选择之中，比如学文抑或学理，学政还是学技，比如从军抑或经商，做记者还是做律师，等等。

让家人和朋友大为失望的是，他最后的选择竟然是练武和写作，实在是太不高大上了。好在向恺然的喜欢文学不是书呆子型的，他爱好广泛，喜欢探索未知，说是读书念大学，最喜欢的反而是逃学，满大街小巷瞎转悠，码头、酒馆、贫民窟、菜市场是他经常光顾流连的地方，偶尔逛完日本小妓院，心有不安与悔恨，还屡屡如是安慰自己——我这不是堕落，是文学家体验生活。事实上在日本，他还确实写出了一部描述留日学生现状的谴责小说，叫《留东外史》。

1913年留学归国的向恺然和王润生，在长沙创办了国技会，政府委派徐特立为国技会顾问。国技会招聘了欧阳月庵、范庆禧、黄其昌等武林名人共同研武，并开班传授。湖南流行一种地方拳叫“八拳”，向恺然精通八拳，老师是王润生。

提到八拳，还能引出一位伟大人物。2013年5月4日,《湖南日报》刊登《怪人柳午亭》一文，文中讲的柳午亭可算是毛泽东的体育老师，在黄棠山庄楼上，柳午亭还教了毛泽东几招八拳呢。大家都知道毛泽东有位好朋友叫柳直荀，柳午亭是谁呢，柳直荀他爹。

众所周知，练武或写作都跟“发财”二字不对眼，所以向恺然为了吃好喝好，也经常担任一些这样那样的其他工作，所以他这个爱武的文人比较漂泊，也比较浪子。

1922年，应世界书局之约，向恺然发奋创作了处女作和处女后作《江湖奇侠传》《近代侠义英雄传》。双响炮的炸响，保证了他一段时间内过上了不错的富裕生活。于是他钻进喧嚣的上海滩的僻静角落，不交游，不应酬，一妾、一狗、一猴相伴，每到鸡不叫、狗不咬的半夜时分，便开始文思泉涌，动笔写作，一直写到天亮，吃罢早点倒头大睡，睡到自然醒，然后出门东西晃荡。

江湖与武林，民俗与文化，写实与演义，真人与神怪，都被他编织在故事的发展中。《江湖奇侠传》首开武林门户大战的新式气局，让“江湖”成为一个新型小社会，并跳出了以往唐宋传奇、明清公案小说的旧套路。新格局，新故事，让读者趋之若鹜，其实武侠小说的意义，从来都是能让读者暂时忘却烦恼，跟随作者进入快意恩仇的大童话世界。

被视为近代武侠小说先驱的《江湖奇侠传》，以畅销书的面目风靡一时，后来该小说被上海明星影业公司拍摄成电影《火烧红莲寺》，放映时观者如堵，一票难求。

1932年，应湖南省政府主席何健之聘，向恺然参与了湖南国术训练所和国术俱乐部的创办工作，可见他的武名和文名已非同小可。后来他还担任过第二十一集团军办公厅主任、安徽省政府顾问、安徽大学文科教授、省政府参议等职。

1947年冬，刘伯承、邓小平的刘邓大军进军大别山，身处国军系列的向恺然，在安徽立煌县做了共军的俘虏。后经审查甄别，向恺然因“经历清白”被释放。

浪荡游侠、国术名人、文坛名手向恺然，被刘邓大军释放后，返回老家湖南。在解放战争的关键时刻，他没有重新跌入被俘虏的大坑，而是做出了一个正确的选择，他果断地参与了湖南省政府主席程潜的和平起义，算是顺利地跳入了新社会，向恺然被安置在湖南省文史馆、省政协任职。

1957年，六十八岁的向恺然，脑子里正在构思盘算撰写一部《中国武术史话》，没想到大脑运转短路，脑溢血突发。

向恺然先生的著作计有十二部，应该是一笔很好的文化和文学财富、史料财富、武侠和武术财富，可惜这笔财富一直缺乏真正的研究者和研究成果。随着武侠小说的解禁，向恺然这帮老家伙被后来居上的金、梁、古抢光了风头，所以他和他的著作一直蒙尘如许年月，少人问津。向恺然的著作至少有两类，一类是小说虚构类，一类是纪实日记类。对研究武林信史的人来说，反而是后者更有价值。

关于“平江不肖生”这个笔名，其灵感据说来自老子《道德经》的“天下皆谓我道大；夫惟其大，故似不肖”。

向先生终归寂寞，但有人比他更寂寞。

当时有“南向北赵”之说，北赵指的是河北玉田人赵焕亭，著有《奇侠精忠全传》等。赵焕亭是个名义上的富人，因为很多北方报纸都欠他稿费。当时的小报，经常今天还大卖，明天就查无此报了。抗日战争中，赵焕亭干脆不写小说，靠写些书法作品维持生计了。

前浪倒在沙滩上，赵焕亭没有想到身后会后浪汹涌。二十世纪三十年代后，借国术馆、游艺大会的东风，武侠小说骤然升温。其创作中心逐渐由上海、南京转向天津和北京，出现了代表三四十年代武侠小说创作最高成就的“北派五大家”：李寿民、宫白羽、王度庐、郑证因、朱贞木。

还珠楼主李寿民，代表作是《蜀山剑侠传》，其《蜀山》系列自 1932 年开篇一直写到中华人民共和国成立，五百余万字——实在太过分了。

宫白羽曾受鲁迅的指导和影响，原本有志于新文学，受生活所迫，无奈才去写武侠小说。一部《十二金钱镖》无心插柳，声名鹊起。

王度庐是一位写情高手，善于描写侠客佳人的爱恨情仇、缠绵悱恻。李安电影《卧虎藏龙》便是改编自王度庐的作品，获奥斯卡最佳外语片奖。从影片中不难看出，作品极力表现的乃是“情”而非“武”，这与原著主旨吻合。

郑证因的代表作叫《鹰爪王》。作者在《我写鹰爪王的动机》中说：“我于国术深感兴趣，更因先伯与外祖父习国术有年，所述武林逸事、江湖中一切特殊的习俗，及有关于武林的奇闻逸事较多。”因此，郑证因写帮会活动、江湖规矩、切口、戒律等，常能亦假亦真，真实感强，有身临其境感，写到武功技击，能把南拳北腿、十八般兵器、轻功暗器等刻画细致入微、逼真传神。

朱贞木的小说则奇幻诡秘，讲究推理，喜用新名词。无论在思想内容，还是在体裁、创作手法上，几与港台的新武侠无异，因此也有人称他为新派武侠之祖的。

暨南大学罗立群的《中国武侠小说史》，给上述“北派五大家”分别起了派名：还珠楼主李寿民——奇幻仙侠派，宫白羽——社会反讽派，王度庐——悲剧侠情派，郑证因——帮会技击派，朱贞木——奇情推理派。

武侠小说的新与旧总是相对的。新人一来，曾经的新人便成旧人。梁羽生直言自己曾效法过宫白羽。金庸、古龙也都承认自己受到过还珠楼主、王度庐、朱贞木的影响。

宫白羽先生的事迹，值得大家多了解一点。

不会武术的宫白羽，却写出了上千万字的武侠小说。很可笑，他最早的武术素材，来自于郑证因送给他的一本小书——《武术汇宗》，这本小书的作者，正是杜心五的弟子万籁声。

宫白羽 1899 年出生于河北省青县马厂，原名万选，又名万竹心，幼年在天津、北京读书，十五六岁即开始文学创作。因受五四运动影响，思想追求进步，得到过周作人、鲁迅兄弟的帮助，《鲁迅全集》中收有七封鲁迅写给宫白羽的长信。

关于宫白羽与鲁迅先生的友谊大约是这样的：文学青年宫白羽崇拜大作家周作人，1921 年初夏找到周家地址，鼓足勇气写了一封信。想不到很快收到了回函。只不过回函人不是周作人，而是周树人——鲁迅先生。回函还寄来了《欧洲文学史》《杜威演讲集》等几本书。

鲁迅的书并不能当面包吃，在二十世纪三十年代，为一家七口人的生计，宫白羽不得不把自己的文学梦转移到他看不起的武侠小说上，因为武侠小说毕竟有一定的市场。他的第一部击技小说叫《黄花劫》，不久他与另一名武侠作家郑证因合写了《十二金钱镖》上半部，自己独立完成了下半部，然后便一部接一部——上了贼船便跟贼走，下笔如有神，搂也搂不住了。

直到二十世纪五十年代，宫白羽还曾在香港《大公报》写了《绿林豪侠传》。不过，这时候他已经有些江郎才尽的意思，并且兴趣也早转移了阵地。大约在 1942 年，宫白羽无师自通，开始了金文甲骨文的研究，并卓有成果，这对他 1949 年以后找到饭碗帮助很大，同向恺然一样，宫白羽也进了文史馆，是天津市文史馆。

1961 年秋，年轻的冯育楠先生慕名至天津河北二马路寓所，造访已逐渐为人淡忘的宫白羽。据冯育楠回忆，宫白羽先生的居室十平米左右，光线晦暗，陈设简陋，床上有张小炕桌。住在斗室里的宫白羽，身材不高，头发稀疏，面容憔悴。天气还不算冷，但他已穿起一件陈旧的老式对襟棉袄，人显得特别的苍老和衰弱。

在金庸、梁羽生功成名就、灯红酒绿时，同样身为武侠小说家的宫白羽，却贫病交加，于 1966 年寂寞辞世。

宫白羽知名度最大的作品，恐怕要属描写杨露禅的《偷拳》了。另外，不少人认为，“武林”这个词，也是出于宫白羽的衍创。武林原是杭州的别称，宋末周密所撰的《武林旧事》，即专记杭州的事迹。自然这个“武林”与武术、武术界并无干系。自从宫白羽创造性地使用了“武林”一词，后来竟似约定俗成，妇孺皆知、社会皆用了。

梁羽生笔名中的“羽生”，完全是因为崇拜宫白羽的缘故。

4. 吴图南

吴图南原籍喀喇沁左旗，原姓乌拉汗，名乌拉布，蒙古族人，光绪十年（1884 年）农历元月二十三生于北京。辛亥革命后改姓吴，名荣培，号图南。

虽出身武将之家，但吴图南先天不足，肝、脾、肺都有毛病，常咳嗽吐血，还癫痫抽风，两腿不一般长。幸亏生在富裕之家，否则恐早就小命休矣。宫廷御医李子峪建议家长不能让孩子光吃药，得学太极拳。于是，找了个名气较大的拳房——拜了全佑之子吴鉴泉，荣幸地成为吴鉴泉的第一个徒弟。学了八年，又由吴鉴泉介绍杨少侯为师，学了四年，其间李大夫的治疗一直也没停。

在学拳的第一天吴鉴泉就告诫吴图南：

> 气功所尚者，静定也，盖人心静定，未感物时，湛然一理，即太极之妙也。先学静，然后定，再学练，能静能悟，善练矣。

吴图南这一静定，十二年过去了。文人有文人的好处，至少能多记下一些东西，成为后世的宝贵资料。吴图南自述：

> 那时候练拳练的很苦。传统的太极拳有一种形式的练法叫定式。比如揽雀尾分六个动作，按每个动作去练定式。定着不动要多少时间呢，定六个呼吸，然后再换势。揽雀尾要用三十六个呼吸，差不多两分钟才能定完。正常人每分钟十八个呼吸，依此类推，全套拳有二百六十八个动作，你看要定多少时间？所以那时“定”的我筋疲力尽，汗流浃背。到冬天天气严寒，练完拳穿的鞋像趟过水一样，一脱掉可以倒出汗水。
>
> 练拳要练抻筋。提起抻筋好厉害，找一棵树，叫我背靠着树，身体扳直，老师在前面用脚把我的底腿勾住，树上有一滑车，有一皮兜兜住我一条腿的脚后跟，往上拉，把脚趾拉到脑门，再把拉绳拴住，定住不动。这样还好些，往

后抻筋要把脚心拉贴在后脑勺上，这个罪真够受的，那时我做梦都怕它。如此类推，什么下腰、踢腿、铁板桥等等，先折腾出来弄好了才开始练拳。过去练拳不像现在这样，一开始就去摸鱼。要把上面说的功夫练出来，其实人人都能练成，就看你练不练，如真练就能成功。

那时像我这么个病孩子，一折腾实在是受不了。我曾经想跳井自杀。有时老师看见我怕苦，责备我说："又想病好又怕吃苦，没出息。"后来我想一个人为什么叫人说没出息呢。我是蒙族人，我的祖先在元朝时曾经打到日耳曼。我怎么变成没出息的，定要有出息的。

与杨少侯的那四年，是怎么学的呢，吴图南自述道：

练功时老师怕我偷懒，由厨房抬来四张油桌，油案桌腿较高，是厨师专为站在那里切菜用的。把这四张油桌拼起来，叫我钻到桌子底下去练，差不多的老人都知道那时候我受的许多罪。总之我认为要把太极拳练好，除了要有真传之外，你必须要有万夫不挡的勇气，要有百折不回的毅力，否则必然是功败垂成。我和杨少侯先生学完四年，他说："你差不离了，我要走了。"

折腾了十二年，吴图南到底练到了什么程度呢，其自述云：

太极拳里边的气功，它的练法可分两个部分：一部分是运气，运气是把气运到周身，想叫它到那里它就到哪里。周身内外由五脏六腑到四肢百骸，无一处不能运气，身体也无一处不能打人的。你如不信可以试试，我用手指指你的手心，你会感觉有气的，你也可以随便往那里按我。我那里就能打你。另一部分是使气，既然能做到运气了，如果能使气处于你的身体之外，而又能达到对方的身体上去，然后要使你的气跟对方的气沟通，两个人变成一个，这个时候就可以运用自如了。你想叫他跪下他就跪下，你想叫他躺下他就躺下，他这个人就受你控制了。这个功夫很不好练，我前后练了十二年，十二年的时间很长了，我再愚鲁也不至于糊涂，为什么跟它干上没完呢？其中必然有它的兴趣与滋味。就如同吃橄榄一样，初食很涩，愈吃愈清香可口。这时我练出甜头来了，身体也强壮起来。

1928 年，吴图南随吴鉴泉到南京参加中央国术馆国考，没想到一到南京就病了，没有参加正式比赛。早年的吴图南，除了练拳、治病，还就读于京师大学堂，所以后来的他，精通考古、文史、心理学、经络学、医学，并通英、法语。有了这些资本，不久吴图南被聘入中央国术馆创办的体育专科学校，担任国术理论教授。

职务的便利和个人兴趣，让吴图南成为著名的武术学者，陆续撰有《科学化的国术太极拳》《国术概论》《弓矢概论》《中国武术史》《太极拳之研究》《长寿学》《太极枪法》以及《中国陶瓷史》等多部著作。

1984 年 2 月，吴图南百岁寿辰，武术界、太极拳界、北京市文史研究馆隆重为之庆贺，一时成为佳话。不过，也有人对吴图南的“年龄”持怀疑态度，说他虚报年龄。大千世界，真是无奇不有哇，一般都是想年轻一些，没想到也有想往老里走的。

“百岁老人”吴图南神采奕奕，鹤发童颜，头脑清醒，声音洪亮，耳聪目明，步履矫健，这个样子想不做“太极泰斗”群众都不会答应。吴图南的长寿不止是太极拳的功劳，还有豁达乐观的心态的功绩。当然，豁达乐观、心态静定、顺其自然，也都是太极拳本身的基本要求，“文革”中吴家被红卫兵抄家，事后吴图南翻腾半天，只找到一分钱作为夫妻的共同财产，老两口一人半分，于是他将自己的书房命名“半分堂”，并作诗云：

> 白云朝朝过，青天日日闲。
> 万安一老人，独坐半文轩。

撰写《中国太极拳史》的于志钧曾记述说，1950 年他入清华读书，当时清华大学的武术教师李剑秋，是“单刀”李存义形意拳的再传弟子。年方十九的大学新生于志钧也练形意拳，于志钧年轻气盛：“李老师，你也练形意啊，我师公是郭云深！你呢？”

这就是说，在形意门，于志钧比李剑秋还要高一辈。李剑秋当然不相信，因为那时候郭云深早已经过世近五十年，李剑秋指着于志钧：“胡说！不知深浅，我试试你。”

李剑秋可能没特别在意，伸手一试，于志钧当面就是一个辟拳，把李老师辟出一米多远。李剑秋愣了愣，并不生气，说：“我信了。”

大学生清闲，阳气过剩的于志钧以武会友，看了吴图南的太极拳著作，大起崇拜之心，于是前往寻访，于志钧记录：

> 1950 年秋，笔者到中山公园，大约是上午十点左右，有二十来位年纪较大的人打太极拳。我看不出来打的是哪一家的太极，问了一下，说是“郝派太极拳”，老师是从上海请来的。并介绍给我，见是一位中年人，四五十岁的模样。当时我对太极名家一位也不认识。今天回想，应该是郝少如先生。当时我手中有二本吴图南先生所著《科学化的国术太极拳》和《内家拳太极功玄玄刀》的书，所以我知道吴图南这个名字，看来是有缘，我随便问了一句：“您认识吴图

南先生吗?”他们马上告诉我说:“他刚走,明天你早点来,他准在。”第二天,我从学校赶到,很早,见到了吴图南先生。我说明想学习太极拳之意。他约我星期天上午到他家见面再谈,地点:西直门里晓安胡同八号。当时还有西直门城楼和城墙,今已拆掉了,太可惜!

星期天上午,我如约找到晓安胡同八号。院内很清静,一排五间瓦房,住两家,西面三间住的是大名鼎鼎的大成拳祖师爷王芗斋一家,吴老住东边二间,外间作客厅,摆着八仙桌、太师椅和一些古文物。吴老是考古学家和陶塑家、历史学家。我再说明想学太极拳。吴老问我学过拳没有,我说学过形意,他让我练练看,我练趟五行拳,劈崩钻炮横。吴老说有十年功夫,我说没有,练的东西很杂。吴老让我用最擅长的功夫打他。他当时有六十多岁,我才十九岁,我练形意有六七年的功夫,不是白给的,但我终不好意思,手软,我随便糊弄了一下。吴老说:“不行!要真打。你如果把我打了,我还不如你,你还向我学什么?”当时我也想试试他到底有多大功夫,反正打出去,我也就不学了。我一个劈拳打出去,打在吴老身上,觉得一股反弹力一下把我弹出一米多远,撞在一口大水缸上。这下我服了。从此,大学生活,三年如一日,往返清华园和西直门,从师吴图南先生学习太极拳。1953年,我们当时大三学生奉教育部命提前一年毕业,结束清华大学的学习生活。当时,吴图南先生仅我一个徒弟,没有其他人从学,可以说是手把手地教,推手都是亲身和我推,当靶子。吴图南先生的这种反弹力是太极的高层功夫,正是我所追求的。此后,我再也没拜他人为师,因为我觉得再没有必要。

一百零五岁的吴图南淡然自足地离开了人世,离开了他毕生提倡的太极拳运动。在《国术概论》中,他如是解释太极拳:

太极拳以内外兼修,心身交益为主,增强智慧,陶冶性情,均有莫大之裨益。且于养生之道,尤具优越之地位。唯有立足之地,即可以运动之能事。不过十分钟左右,练习者即可得美满之兴趣。

通过习练太极拳,身体有天然优美之发育,顺先天自然之能力,使全体得充分之发展,谋一生之永久之健康。

5. 陈微明

将欲翕之，必固张之。将欲弱之，必固强之。将欲废之，必固兴之。将欲夺之，必固与之。是谓微明。

以上老子之言，道出了“微明”一词的来历。陈微明字慎先，名曾则，号微明，湖北蕲水人，1881 年生于一个书香门第。光绪二十八年（1902 年），科举考试，陈家一门三兄弟陈仁先、陈慎先（微明）、陈诒先同时中举，轰动四里八乡。

1914 年，民国大总统袁世凯设立国史馆和清史馆，陈微明受聘担任清史馆纂修，是清史馆二十多位饱学之士之一。不得小瞧“举人”“纂修”之类的头衔，那时候这类头衔不够院士，也够专家，已足以让年轻的陈微明进入社会名流的行列。

不过，多年的寒窗苦读，给陈微明的副作用是少年老成、气虚体弱，不熟悉情况的人，还以为这位华发先生是退休老干部呢，其实他才三十出头。

1915 年的一天，陈微明发现清史馆的同人，正在热烈讨论一本新书，凑上去一瞧，大跌眼镜，出现在堂堂的清史馆里的竟然是一本《形意拳学》！轮到陈微明翻阅该书的时候，原来对拳书先入为主的印象和感觉完全变了。当书主将书拿走时，陈微明忍不住在人群中把那作者的名字多看了一眼——孙禄堂。

连清史馆这种地方都能惊动，《形意拳学》的威力可见一斑。事实上该书刚刚问世，立刻在京津武术界引起轰动，甚至还惊动了武术界以外的文人政客、贩夫走卒。

一本书的出版，让作者迅速成为当红炸子鸡，孙禄堂自己也吓了一跳。他的门前突然车水马龙，登门造访者络绎不绝。

造访大军中便有陈微明。简单的见面，初级的交流，陈微明吃惊不小，一个拳贩子，学理竟如此明晰，思路竟如此透彻？

乾坤大颠倒，文化人陈微明反过来被孙禄堂的渊博学识和精深的武学修养所折服，坚持要拜入孙先生门下。陈微明从一个两眼只读圣贤书的酸文腐儒，终于明白该给身体换气加油了。

当时孙禄堂也是刚开始学研郝为真的郝架武氏太极拳，所以孙禄堂教授陈微明的不是太极拳，而是形意、八卦。形意拳发劲刚猛，八卦掌变化无常，一不怕苦、二不怕累是必须的，更苦更累的桩功也是必须的。没有人能随随便便进宫，虽然理智格言说“要上天堂、先入地狱”，但年过而立的陈微明，下地狱的本钱实在欠缺，整日叫苦不迭。

子毋虑，凡学内家拳者，苟当有气，即可学。

孙禄堂这句话，意思是不要担心你已经三十多了，只要还能喘气呼吸，都可以练内家拳。两年坚持下来，陈微明的身体精神大有进境，有点三十多岁青壮年该有的感觉了，连走路都觉得自己高了十公分，通过比较、体验，他认定真正适合自己而个人又真心欢喜的，唯有太极拳。

孙禄堂的孙氏太极拳还没有研究出来，当时的京城太极拳首选当然是杨无敌杨家。1917 年，陈微明终于有机会拜入杨门。待要好，大拜小，三十四岁的陈微明拜师三十二岁的杨澄甫，也是当时北京武林的一件趣闻。另有资料说，陈微明首先拜的是杨少侯，其人性情暴烈，教拳时搭手即打，粘手即仆，弟子多惧怕挨打，不敢提问，陈微明学了几天，有些含糊。正逢杨少侯三弟杨澄甫回京，这杨澄甫的性格与大哥少侯正好相反，温和宽厚，人缘极佳。所以弟弟把哥哥的徒弟都给拐走了，其中也包括陈微明。

陈微明在《太极拳术》一书写道：

丁巳秋，访得杨露禅先生之孙澄甫，不介往见。问曰：“人言太极杨氏最精，而弗转传人，然乎？”

澄甫先生笑曰：“非不传人，愿得其人而传也。吾祖受之河南陈氏，今将归之陈，君如好之，吾不秘惜。”

看来，陈微明姓陈，也帮了他的忙，因为杨澄甫的爷爷杨露禅，是从陈家沟陈长兴处“偷拳”学到的拳法。杨澄甫此人大器晚成，虽则当时艺术未精，但教授陈微明已绰绰有余，所以陈微明可算是杨澄甫的开门大弟子。

年龄相仿的陈微明与杨澄甫亦师亦兄，从研七年，尽得所传。别人是七年之痒，陈微明是七年之变，白头发变回了黑头发。当然，陈微明本来就年轻，建议一般白发老年不要做此妄想。

太极拳能从北京南传上海、广州等地，陈微明大有开路先锋的首功模样。1925 年的时候，在民国“新气象”中，清史馆员或举人之类的招牌，已经没剩几点荣光、没有多少实际用处了。

还好，多亏学了太极拳，让陈微明成了“庙野两用人才”。南下上海的他，于武昌路创办了致柔拳社。文人就是能拽，“致柔”来自《老子》的“专气致柔，能如婴儿乎？”。

陈微明自任拳社会长，并集多年习拳心得，于同年出版了《太极拳术》一书，堪称杨氏太极拳诸书中最早、最权威的著作，书里有杨澄甫先生早年拳架的照片，弥足珍贵。

那时候出本书不容易，杨露禅、杨健侯、杨澄甫三代人，也没整出一本书来。陈微明一书既出、名声鹊起，从学者甚众，当然，随这本书名气大振的，还有杨式太极代言人杨澄甫。

百无一用的文人，偶尔也能掀起波澜，陈微明深知媒体传播的效能，他特地请《申报》对拳社给予报道：

> 太极拳之善者首推杨澄甫，八卦形意首推孙禄堂，陈微明独兼二家之长，融会贯通，实为当今内家拳拳术中难能可贵之人物。现在沪开创致柔拳社……沪上名人如王一亭、聂云台均就学。

太极南下，致柔先锋，影响波及十里洋场之外，后来还导致广州、苏州致柔拳社分社的设立。不过，根据《内家拳旧闻》记载，致柔拳社最早招收学员的广告上，本来是形意、八卦、太极全教的，开幕典礼上，应邀而来的孙禄堂之子孙存周，对陈微明说：“你这位老翰林都下山了，是想饿死我们孙家人吗？”

孙存周本是一句冷幽默，但陈微明产生了误会——孙存周的话，不就等于他父亲孙禄堂的话一样吗？看来孙家不让我教授孙家拳啊。陈微明不敢违背，于是致柔拳社去掉了八卦、形意，以后只教杨家太极拳了。

文人花花肠子多，1926 年，农历四月初九，陈微明还牵头举行了“张三丰祖师诞辰纪念日”。活动有一百多人参加，多家报纸报道，这可能是近代太极拳界第一次有组织的纪念张三丰的活动。

陈微明读书人出身，读书人根深蒂固的最大梦想，差不多都是著书。陈微明 1927 年又出版了一本《太极剑》，其中单剑之法采之杨澄甫，对剑之法采之李景林的武当对剑。

1929 年，致柔拳社迁到上海西藏路宁波同乡会一楼，这座商用楼商家不少，四楼上还有一家少林武馆，徐文甫、陈铎鸣二位任左右教头。这少林武馆的徐教头身材魁梧，能用足尖挑起百斤重石担并送到手里，单手抓举如玩。眼见一楼的致柔拳社挡了四楼武馆的生意，哼，呔！太不把咱爷们当回事了。

该出点什么事了。没错，徐文甫二人果然怒冲冲地闯到致柔拳社，看到拳社掌门陈微明时，两位教头笑了，写拳书骗钱的原来是你呀，看看您老这模样，长得也太软柿子了。

在徐文甫面前，身材矮小的陈微明，外表一派文弱书生，确实显得有些可怜巴巴。

徐教头双手抱在胸前，打量着陈微明："某姓徐，四楼武馆是某开的，特来请大师赐教！"

这挑战不接不行，除非把致柔拳社的牌子摘掉走人。

陈微明："请。"

徐教头连进三步，伴随着呼呼生风的钻拉拳。但见好一个陈微明，倒撵猴连退三步，右手粘住来拳，野马分鬃，徐教头腾空而出，跌倒于丈外。徐教头显然太轻视对手了，连胸前口袋里的怀表都没提前拿出来，结果怀表当啷啷弹出老远，表蒙子碎了。

武林规矩，赢了，要有赢了的样，输了，也要有输了的样。徐文甫、陈铎鸣样子不赖，当即鞠躬，请求加入致柔社学习太极拳。于是，四楼、一楼两家拳馆，结为共建单位。拳馆扎堆，生意倒也并不变坏，这跟现在饮食一条街的道理一样。

这陈铎鸣拳师，后来有一次还以英勇事迹上了报纸。原来是两个强盗到华德表行抢劫，在表行做经理的陈铎鸣，可算找到了用武之地，竟然一举夺下了歹徒的手枪，威风八面，押送歹徒至老闸巡捕房，英国警官为此奖赏陈铎鸣银洋三百元。

致柔拳社第一届第一名毕业生赵敌七，曾经踢翻上海所有的日本柔道馆，结果引起对方的黑手报复，被暗枪打死。

致柔拳社的甲级班采用三年学制。第一年学太极拳、定步推手、太极剑。第二年学太极长拳、动步推手。第三年学散手、对剑、太极枪。都属于杨家太极的路数。

正是由于与陈微明的师徒之谊，不仅杨澄甫南下多依托致柔拳社，便是孙禄堂到上海，也把致柔拳社当作自己的根据地。1931 年，致柔拳社举办六周年庆，孙禄堂在庆典上发言称赞陈微明：

> 四十年前，习太极拳者尚少。自许禹生设立北平体育会，北京学者渐多，自陈微明前来，乃大盛于南方。

陈微明还可能是最早亲临台湾演拳的太极名家。

1948 年，他接到两名台湾弟子谢镜湖和周敏益的来信。抗战胜利，台湾也从日本手里解放出来，谢镜湖在新竹当地办了个拳社，收有学生二十多人，特联名来信邀请陈微明去台湾访问，随信寄来了差旅费。

陈微明同年 6 月 24 日抵达台湾，多次表演太极拳、八卦掌，不少台湾当地人还是第一次亲眼目睹呢。据说在一次表演大会上，有个猛子冒出来凑兴。猛子拉住陈微明的胳膊不放，想看看他的笑话，陈微明一抖肩膀，猛子大叫一声，把就近的几个人撞了个东倒西歪，这年的陈微明已经六十七岁。

6. 乐奂之

独身参加1932年洛杉矶奥运会的中国奥运第一人刘长春，1935年左右曾在南京做过一段时间的公务员。1935年秋，刘长春得到消息，明日南京中央国术馆有一场“好戏”上演，温敬铭与唐金刚比武。

一听消息，刘长春脑瓜子腾地热了起来，很是亢奋：“真的！好！我一定要赶去观战，那唐金刚很是可恶，在大连就欺侮过我和不少同窗！”

温、唐何许人也？那温敬铭是国术馆学员中的佼佼者之一。唐金刚呢，大连弘道武馆教练，可惜这弘道武馆乃是日本人所开。

原来，刘长春系辽宁人氏，十五岁那年曾入日本人所办的沙河口公学就读。俄日战争结束后，大连转为日本殖民者势力范围，驻有日军重兵。城内共建立了七十余家规模不等的日本武道馆，也有不少中国青少年成为这些武道馆的学员。

小老百姓胳膊扭不过大腿，在日人旗帜下委屈过活，本来也不算什么十恶不赦，但唐金刚身为沈阳武术界高手，自从做上日本武道馆的主教练，不以为耻反以为荣，趾高气扬凶蛮霸道，常以殴辱同胞为乐。巧的是刘长春就曾受过他的欺侮。

所以这次在南京听到有人同唐金刚打擂台，刘长春分外关注。次日，他骑着自行车到达国术馆，又听说比武改在新街口宗老爷府国民体校内的练武场了。据说国术馆张之江馆长接到指令，严禁该馆师生和日方人员比武，以防扯出外交事端——既然被视作日方阵容，看来这唐金刚果然已经卖身求荣投靠日人了。

本来国术馆方面是温敬铭出场，没想到出场的却是另一个人，名叫乐奂之，三十六岁。原来得到上峰指令的国术馆，上上下下正对推掉比赛心有不甘，恰好自上海来国术馆看望老乡的乐奂之毛遂自荐。乐奂之还写下一纸保证书，表示若负伤乃至死亡，都与中央国术馆无关。

结果唐金刚这人可丢大了，三次被乐奂之重重击倒，一败涂地，狼狈不堪，全场为乐奂之的胜利欢声雷动。刘长春高兴坏了，跑上台去对乐奂之连鞠三躬，并邀请乐奂之去馆子吃饭，乐拒绝了。

说起乐奂之，台湾著名电影明星胡茵梦有本自传《生命的不可思议》，也提到了他。说如果没有乐奂之，就不会有胡茵梦的出生。

原来，胡母婚后一直不孕，两口子急得要命。胡父建议接受乐奂之的气功治疗，前后一共三次，每次四十分钟，治疗时胡母感觉腹部有气流通过，每次乐老师用功完毕，都是一头大汗，三次以后乐奂之告诉胡父胡母，输卵管已经打通，以后应该可以怀孕了。不久胡母果然怀孕。民国四十二年即 1953 年 4 月 21 日，生下了胡茵梦。所以说，没有乐奂之就没有胡茵梦的出生。这事如果是乐奂之讲述，值得怀疑一下，但出自胡茵梦的自传，可信度就大大提高了。

长大后的胡茵梦还听父亲讲过，乐奂之有次把一名荷兰拳击手打了个倒栽葱，结果荷兰人挫伤颈椎，乐奂之花了数月工夫才把荷兰人治好，那名荷兰人也成了乐的弟子。

一代名士、著名学者和诗词大家冒鹤亭的三子冒效鲁，曾被称为“太白楼诗人”，是近代著名的文化狂客。某年冒效鲁得了颈椎病，胳膊抬不起来，贸然找到乐奂之，被要求练了几天拳，症状消失。二人聊天，聊到了虚字语助词，乐奂之说了一句话“读通《论语》，虚字也通了！”冒效鲁听罢此言，竟然茅塞顿开，从此后经常表扬乐奂之：“斯人非徒以拳术鸣也！”

朋友们大为惊奇，原来眼里装不下任何人的冒效鲁，也有褒扬人的时候。

1978 年在美国创立长青文化公司，推动中美、台中文化交流的刘冰（号寒云）先生，著有《老沪台艺坛人物旧忆》一书，其中有篇小文《太极拳大师乐奂之》记录：大约是抗战胜利前一二年，刘冰的五姐说有位太极拳老师，住福履里路郎静山家三楼，技艺神乎其神，大家听了都不信。后来五姐请来了那位太极拳老师，不是别人，乐奂之是也。

当时的乐奂之还带来仨徒弟，弄堂里来了不少人围观。乐奂之坐在太师椅上，用拳，或用蒲扇，很轻松地把挥拳冲上的弟子打出去。大家怀疑是师徒“唱双簧”，都想亲自试试。乐奂之就叫院里的小孩子排成一队，后边的抓住前边的肩膀，问搭好手没有，孩子们说搭好了。乐奂之抬手敲了第一个孩子的肩膀，喊“第四个”，第四个孩子就“跳”了出去，如是，叫第几个，第几个孩子一定跳出去，屡试不爽，大家对乐奂之的“凌空劲”方才信服。

随后拜师学习的刘冰，说乐奂之的太极拳练法与众不同。打拳前先练三个月马步桩功，马步时双掌推在墙上，先坚持十五分钟，后延长到三十分钟。然后从起势开始慢慢教招式。练拳要求穿长袖中式短打，打拳须用力用劲，架子要低，一套拳下来至少四十分钟，总是满身大汗，衣服全湿。乐老师传拳因人而异，同时开学的五姐已经学第二套了，刘冰却没有进步，直到去台湾前还只能练第一套。

刘冰先生在同一本书里，还记录了乐奂之大弟子董世祚的几件事，说那天大家看了乐奂之的凌空劲表演，尚不满足。乐老师就让董世祚表演。董世祚随乐学太极前，练少林金钟罩、铁布衫。董就说谁拿把菜刀来？菜刀拿来后，董世祚说谁来砍我的脖子？大家都有些害怕，推让半天，刘冰大姊夫说我来试试，董世祚给他交代了几下禁忌手法，大姊夫连砍三刀，董竟然真的安然无恙。刘冰记录说，当时看得他冒了一身冷汗。

乐奂之原名乐幻智，1899 年生，1960 年卒，河南固始人。他先入厦门大学，后入复旦大学，毕业后曾在浙江大学教授英文两年，然后定居上海，在震旦大学、震旦附中教授国文十余年，还担任过江南大学副校长。

乐奂之毕生研究儒学、道学、佛学，造诣颇深，他的太极拳得自杨澄甫弟子董英杰。上海国术馆少林门主任佟忠义，在震旦大学附中与乐奂之比试，一接手即跌跪于地，于是两人结为至交，乐称佟为大哥，曾在江湾东亚体专共事。

追随王芗斋苦练多年形意拳的尤彭熙医师，与乐比试失利后，也投入乐氏门墙。抗战时期，上海徐朗西先生会客，请乐奂之坐首座，次席是一位称作“刘道人”的贵宾，刘道人对自己被安排在次席大为不悦——据说这华山刘道人已过百岁，他忽然从腰带间抽出纯钢宝剑，向乐胸口刺去，乐奂之执象牙筷接之，一碰，宝剑即脱手飞出，刘老道傻了一下，遂拱手作揖，连呼：“有眼不识泰山！有眼不识泰山！”

据说乐奂之从师董英杰学拳之时，每日黎明即起，在大厅内练大架子七遍，中间决不起桩休息。后来又在庐山隐居数年，研读王宗岳拳论，闭门谢客，苦练功夫。

> 乐氏练拳，身若圆球，往复滚动。陶冷月在抗日战争时期，曾见乐幻智练太极快拳，动作极快，宛若一团气雾，叹为观止。
>
> 乐幻智勤练单式抖劲，练到双足外沿均生老茧。乐幻智教门徒练太极拳推手时，反复叮咛：“左面五百下，右边五百下，专心找劲，且练腰腿，切勿拉拉扯扯，你偷我袭，徒乱精神，徒废光阴。”乐幻智门下人才辈出，乃苦练出真功之明证也。

乐奂之所谓的“凌空劲”，一直被武林中人热议，很多人认为是子虚乌有，但多有资料留存，出自众多亲身经历者，有武人，有文人，有病人，又让人不得不信。有人问乐奂之，何谓内劲发射？乐答了一句话，让听者无不大笑：

> 感冒病人喝了热姜汤，打出个痛快的大喷嚏，即是内劲。

近现代著名文字训诂学家、南社诗人胡朴安，在《病废闭门记》中记载：

> 我在病废以前，每日清晨六时，必练太极拳一遍，已有十七八年之久……

> 我往时与杨澄甫、孙禄堂、吴鉴泉推过手，虽一拈手即被打出，但是于有知觉之中，无法与之抵抗，不如奂之之如行云流水，若然无所事也。

胡朴安因病打了十几年太极拳，从他的记录看，乐奂之的功夫竟然要在武林中大名鼎鼎的杨澄甫、孙禄堂、吴鉴泉之上。

事实上，杨澄甫、孙禄堂、吴鉴泉，也包括乐奂之的老师董英杰，都没有留下什么“凌空劲”“隔山打牛”这种“魔术”功法的记载。追究起来，这可能与乐奂之练习过“藏密气功”有关。多年以后，乐氏传人沈其昭解密说，乐老师二十来岁时就参加了藏密团体“诺耶精舍”，他的藏密气功，是向当年年仅二十余岁的“王师母”学练的。王师母曾在杭州一座庙寺修行，与老和尚静坐三年而练成六神通，乐师与王师母练得藏密气功后，气功配合太极拳，练出了他特有的“凌空劲”，所以能以气功治病。

佛法就是活法。乐奂之六十一岁去世，有人分析其因盛名所累，面对百般访求、络绎不绝的病人，他菩萨心肠，不忍拒绝，发功治病——却又极其损耗自身精力，结果就阿弥陀佛，我不入地狱谁入地狱——损寿命而成功德了。

在近代治印名家陈巨来所著《安持人物琐忆》中，有《记太极形意八卦三个内家拳事》一文，对乐奂之也有颇多记述，正可与上文前后印证，摘抄如下：

> 乐奂之，别号幻智，据其自云：八岁时即由其父请形意拳教师授以武术，后至震旦大学任讲师，其间因佩服一太极名家董英杰者，即拜之为师专攻太极。太极最著名者为同光间之杨露禅，号称杨派，但董英杰第一老师名李香远，为另一派太极，后再拜露禅幼子杨润甫为师，故李派、杨派董氏一人兼而有之。据乐老师告人云：李派比杨派难得多，出手亦凶得多云云。乐氏亦一人身兼二派，他亦密宗信徒，以密宗法门创立了以空劲打人，能于五步之外把人打倒，在抗战时即曾以此法，将尤彭熙击倒在地。于是尤氏又尽心向之学习了。
>
> 所谓空劲，余曾目睹。尤与乐，本为同志（同学密宗之同志、因二人共争拜唐某某为师，尤富乐贫，尤遂胜利了，一日二人同席，乐出其不意，以空劲将尤肺部一击，尤回家即吐血不止。尤擅铁沙手，隔二月与乐闲谈时，突将乐胸一抓，乐亦伤烂近三月之久，由当时上海伤科佟忠义医愈者。
>
> 尤与乐从此成死敌矣。尤当年与余谈及乐时，总是说：乐太极中国第一手，但品行不佳云云。乐后谈至尤时，必嗤之以鼻云：尤乃董世祚手下败将云云（董英杰后至香港卖艺去了。临行时，特以最后一得意学生名董世祚，嘱乐特别为之完成任务，故目前以董为太极大名家了。此人与余同年，以金钟罩绝艺出名。此人最谦虚，从不以技自炫）。

初余于胜利前后，时至小曼家中，常睹贺天健（陆小曼学画之师）一再吹捧说：上海新来一大侠名乐奂之，能以空劲击人于十步之外，与剑客无异云云。小曼询以何以知之，贺云：乐与钱瘦铁同住一屋，乐居楼上的，因常去瘦铁家中闲谈，所以时时见到目睹其神技也。后瘦铁也至小曼处说乐公不但大侠，而且擅以气功为人治病，有如神仙一样，某日珊珊（铁妻，小曼家中丫头也）怀孕已八个月，突然将腰部跌伤，势将流产了，经乐氏只以一手轻轻按之，片刻即安然无事了云云。小曼多病之人也，遂由铁之介，偕之登门求治，据小曼云，比吃药灵得多多。因此，余对乐氏大名有了深刻印象。

至解放后，左高一同学复旦同班生沈某某为一弱不禁风之士也，经应成一之介拜了乐为师，亦居然能出手击人了。同时应成一亦向乐学习，二人互称老师，互相叩头（乐为封建头脑，凡学生，非向之叩头不可）。

……乐询余云：你形意学过什么呀？余云：除站桩外，未学一点其他呀。乐云：那么，我当教你学太极，可愿接受否？余漫允之。乐立即命中一教了我三个基本功（形意基本功为“站桩”，绝对不动者，太极基本功名“单姿势”，共有卅余种，有动有静者），均与站桩完全不同，余目的在一看而已，绝对不想学什么也。

及回家后，即刻了“乐幻智”三字一印，交与刘氏，告之云：乐如此般勤授以单姿势，故刻此印以报答之。闻人云他擅以气功医人病，我于六年以前在公共汽车中逢一山东大汉，想窃吾袋中钞票，被我处处防护，此人未获到手，余临下车时，这山东人抢在我先，有意以臂弯向余右肋猛击一下，当时受伤甚重，至今阴天必作隐痛不已，请兄代为一询能赐为诊疗否？

……至次日十一时，刘来舍下告以此况，硬把我拉去乐家了。乐一见即询余得病源由后，嘱余指出伤处后，他即命余坐下，他站立了，一右手中指轻按余发顶头上，以左手中指点于伤处，约二分钟，谓余云：确有重伤，幸只六七年，如逾廿年，必致命不治之症了。

说毕，即放手了，告余云：已愈了，如下次阴天再发，你当我放屁而已。

那时余一无感觉，以谓“天晓得”戏言耳，哪知直至今日觉其病若失了。

……他教拳与公园中者迥然不同，规定初学者练“单姿势”，根基有后即先授杨派太极，功深者始授以李派低桩拳，最后，在水门汀地上洒满冷水，即开始练跳练跌了。满地是水，初跳者稍一不当心即滑跌于地，伤皮，出血，结疤，在所不计，当时只有五个人练至能猛跳猛跌，其次子乐亶亦是一擅跌之人。

……乐有一特点，满身骨头都如橡皮一般，余尝以指力按其额，竟如皮球一样有弹力的，有一得意学生顾梅生私告余云：老师如遇人撞及其身时，软如棉花或硬如铁板，因人而异。一日，余要求撞一下，用尽平生之力撞之，真同跌在棉花上一般。……当时上海公园教授太极拳先后有田兆麟、褚桂亭等，俱比乐在杨家太极拳里的辈分高，按乐之习惯，见了面要叩首行礼的，故乐坚决不去公园一步。

既然功德不小，乐奂之死后一定要上天堂的。据说生活在天堂，不饿、不困、不思、不病、不欲、不事，漫长时光如何打发，是个大问题，思忖半天，乐奂之除了打太极拳，好像也没什么其他选择。

7. 郑曼青

郑曼青，名岳，字曼青，自号莲父，又号曼髯，别署玉井山人，1902年出生，永嘉人，属今浙江温州。病人多窍，幼儿时期的郑曼青便跟母亲识字念书，“过目成诵”，被誉为“神童”。

小神童九岁被天上掉下的板砖给拍成重伤，昏迷一昼夜，幸亏一拳师名周鸣岐的，亲自深山挖药，精心救治，神童一躺床上半年后，复能下地走路。不堪劳累，那就玩点文的吧，于是在十岁时从汪香禅老师习画。

文人画讲究诗书画印一窝烩，所以小神童诗书画齐头并进，十四岁有了小画家、小诗人的模样。十五岁时，诗人鲁縢北老先生带他游历杭州，结识了沈寐叟、马一浮、经子渊、楼辛壶这些当时或日后的大人物，相与研论诗、书、画，少年文艺功夫大进。

1920年，十八岁的郑曼青来到北京，因为在报章上发表作品，并与名士以诗唱和，受到了郁文大学的关注，进而做上了该大学的讲师，主讲诗学，其间又结交了郑苏戡、陈师曾、王梦白、姚茫父、陈半丁、齐白石等新的艺坛人物，五六年过去了，其诗其画其书已经有些“三绝”的个人面目了。

1926年，得蔡元培推荐，郑曼青执教于上海国立暨南大学，又得到吴昌硕、朱古微的推重，兼任上海美专国画科主任。郑主任很有眼光，把张善子、张大千兄弟，马公愚、马孟容兄弟，诸乐三、诸闻韵兄弟——三对双飞兄弟请到美专任课，不愧“话题党”的杰作，上海美专名声大噪。

1931年，郑曼青与黄宾虹等创办中国文艺学院，任副院长。1932年，而立之年的郑曼青回顾人生，突然醒悟，觉得自己艺术浮华、学问浮躁，不足以成就大学问，便痛下决心，辞去一切教职，专从阳湖国学大师钱名山攻读经学。

足不出庐，四年的闭关修炼，自感明心见性，得窥大道。

1949年郑曼青去台湾后，与于右任、陈含光等结诗社，又与马寿华、陶芸楼、陈方、张谷年、刘延涛、高逸鸿等成立“七友书画会”，并参与发起建立“中华民国画学会”，当选为理事兼国画委员会主委。曾在巴黎国家画廊、纽约世界博览会举行个人画展。其书其画别开生面，声名之重竟不亚于蜀人张大千，宋美龄晚年画画打发时间，也曾拜郑为师。

俗语道久病成医，郑曼青幼时多病，随母亲根据医书配制过一些中草药，再加上那次身负重伤，又对医药之学加以探究。当上老师后，有个副作用——吃粉笔灰，因此患上了肺结核。到上海后曾求治于安徽名中医宋幼庵，疗病兼学医，郑曼青慢慢掌握了医道，别忘了人家郑曼青“过目成诵”的神童之技，背个医书、药方什么的，容易得很。

郑曼青慢慢慢慢就敢给人望闻问切、施手段开药方了，治好了有经验，治不好找原因，神童、神医一担挑了。据说文艺学院的学生有病不去医院，直接找自己的郑老师，还送给老师一个“郑一帖”的美名。

郑曼青刚懂事时，也比画过几天的少林拳，但兴趣总在书画文艺上。1923 年，在北平美专兼课时，同事刘庸臣喜欢打太极拳，见他身子虚，劝他也学学，郑曼青学了几招，没学进去，感觉不到乐趣，没有乐趣自然便是负担，只能三天打鱼两天晒网。

南下上海创办中国文艺学院的一段时间，因操劳过度，郑曼青顶不住了，咳嗽出血，初谙医术的他，知道这类慢性病开刀吃药都不能斩草除根，所以一边治病，一边跟叶大密学武当太极拳。

1932 年，杨澄甫来到上海。真神到了，郑曼青和叶大密一起拜了杨澄甫，原来郑和叶的师徒关系，这一下变为杨门师兄弟关系了。这个时期的郑曼青，正在重新校正人生坐标，他知道再不对自己狠一点，把身体从海底捞起来，或许真的会像自己画的林黛玉那样——变成薄薄纸人一张了。

所以即使是钻研诸子百家的闭关研修那几年，太极拳也是他不舍的亲密伴侣。拳学并重，灵肉同行，“出关”后的郑曼青，脱胎换骨、面目一新。

郑曼青得到杨澄甫的真传还有另一个原因，他把杨澄甫的续弦——侯夫人的妇科病给治愈了，让杨澄甫心中大喜，便只要是郑曼青能接受的，均毫无保留悉数传之。

其实从开始专心练了三个月时，郑曼青就感觉胸膛里肺结核的“小风箱”逐渐消失，代之以让人微有膨胀感的所谓浩然之气，乐趣一得，郑曼青彻底爱上了太极拳，从此他的一生一天也没有离开过它。

不只是陈微明的太极拳著作涉及到杨澄甫，1933 年郑曼青也出了一本书，这本书是根据杨澄甫口述整理而成的《太极拳体用全书》，也一直是杨氏太极拳的权威著作。

有句笑话叫作以其昏昏使人昭昭，自己不明白能写得让别人明白——这似乎也不是完全不可能的。郑曼青说写完这部书后，他对太极拳的道理更加明了了，即使写的不叫完全正确，至少也叫自圆其说。

“十年不出门”的太极拳，确实真有相对速成的，郑曼青算是一例。不过练了三四年的工夫，1934年，他竟然可以出任中央军校国术教师了。1935年转往重庆后，也在中央训练团兼了拳术老师。1939年，他还担任了湖南省政府咨议兼省国术馆馆长，在湖南期间，为节省学员时间，郑曼青删减了杨氏太极拳老架的重复招式，精简为“三十七式简易太极拳”，后来被称为“郑子太极拳”。

学得好，教得好，不一定实战打人好。郑曼青实战如何呢，似乎也还不错。资料显示，他曾经击败过英国军舰上的军人拳击手，又曾在庆祝抗战胜利的大型招待会上，公开与各国领事馆武官比试，据说有十二人应声要比，当郑曼青击败第六个武官后，余下的不敢再上了。

1947年，郑曼青出版了《郑子太极拳十三篇》一书，正式打出“郑子太极拳”的招牌。

1949年郑去台湾后，在台北市中山堂顶楼创办时中拳社，推广三十七式郑子太极拳。由于郑曼青的盛名，以及政界、艺术界、文化界大人物的推波助澜，郑子太极在台湾比较普及。普及面大，必然结果子多，如果说郑的弟子遍布全球，大约也不算一句狂言。除了从台湾出去的弟子，郑曼青自己也于1965年客居美国，并在纽约创办太极拳环球拳社。

或许真是天妒奇才，1975年3月26日，刚返回台湾的郑曼青在参加一场晚宴后，竟一睡不醒，终年七十三岁。

国民党元老林森曾赠送匾额，上书“郑氏五绝”，指的是郑曼青的诗、书、画、拳、医。顾毓琇还赠诗赞叹郑曼青“六通”，六通者，五绝以外多了个棋艺——据说郑曼青还常与象棋国手谢侠逊对弈呢。

宋美龄求师学画时，曾问郑曼青：“为什么在艺术创作顶峰时期转向行医之路？”

郑曼青答：“只有在不以艺术为生存之道的时候，才能抵达最佳创作状态。”

其实郑曼青还有一绝——喝酒。他七八岁时就喜欢喝酒，十八岁时酒量在一斤以上，在日本与张大千比酒，一连三大碗，照样谈笑风生。郑曼青的书画上常盖有自拟闲章“醉乡侯”“酒后尚称老画师”。

艺多不压身的郑曼青，有没有喜欢之最呢，且看他的一篇《谈心得》文章：

> 十数年前，有从游者问余曰：“先生身兼五艺之长，生平究以教何艺为乐也？”
>
> 曰：“以教太极为最乐。”
>
> 闻之者甚以为疑。
>
> 曰：“非尔所知也。太极为人生哲学之结晶者，以其精微而论，较习一切文艺之难，且有过之，决非一般武事可比。”

问："愿闻其详。"

曰："以医糊其口，日与愁眉苦脸相对。唯教太极拳，不独可以祛病延年，心神愉快而已，少长咸集，善与人同，效老莱子（春秋人氏）之儿嬉，耄年不倦，胜华元化（华佗）之禽戏，专气致柔，真可谓康乐无疆。"

8. 门惠丰

陈、杨、武、吴、孙，太极拳流派除了这铁打的“老五家”，一直都有“新派”出现。新派们无不梦想加入名流俱乐部，特别是站在前列第一排。可惜大众都不怎么爱玩数学游戏，一二三四五已经够老百姓记的了，六七八九十老百姓拒绝费脑筋了。

太极大厦，简似一张图，繁如百层楼。

有理由在“老五家”门外站住脚的新式太极拳，确实不少。比较早年的，赵堡和家的“和式”，李瑞东的“李式”、郝为真的“郝式”，董英杰的“董式”、郑曼青的“郑子式”等，甚至还有一些更老的“老拳”冒出来，比如俞莲舟的“先天拳”，张翠山的“十三势”，白云观的“道家太极拳”，武当山、西安、浙江等地的“原始太极拳”“玄门太极拳”等。这些拳，有的说了一阵偃旗息鼓，有的一直在说，但终究没有进入寻常人家的公众视线。

如果同学们现在有机会进书店，站在“太极拳”书架前，那些五花八门的新式太极拳，或许会把你惊出一身汗。不信？随便录几本书名吧——《侯氏太极拳》《书法太极拳》《武当三丰太极拳》《健骨养血太极拳》《禅门太极拳》《自然太极拳》《如意太极拳》《龙形太极拳》《南太极拳》《混元太极拳》《养生太极拳》《心身太极拳》《心意太极拳》《办公室太极拳》《多元循环太极拳》《轮椅太极拳》……等等。

开宗立派者是为宗师。进入书店，你会发现太极拳新的一代宗师，够组成一个加强连了。且慢，让我们提高一下门槛，请宗师们回答三个问题：

一、贵拳与其他太极拳，有何不同之处？如无不同，必归重复；

二、贵拳比其他太极拳，好在哪里？如没有好处，便失去存在的意义；

三、贵拳如何传播？如传播不出去，好也等于零。

如三个问题都能解决得好，恭喜你，请三日内找本书作者申领“一代宗师证”，呵呵，造次了，不可肆意贬低创新人才。

突然记起一则资料，说江苏国术馆教练队伍“八大金刚”之一的马承智，一日拳打得有些累了，便慢慢比画着披挂拳。比画来比画去，灵光一闪，便问孙禄堂：“孙师，你说——如果我将这披挂拳——速度放慢，圆转柔练，是否也可称之为太极拳？”

旁边几个教练、学员闻言大笑，孙禄堂也笑道：“荒唐！”

不过，事有曲折，几天后，孙禄堂竟特地给马承智写了一个纸条：

> 天下拳术，技众式繁，设若君将披挂之拳，使出缓慢圆柔，固其特性曰专心致内、攻气为要，则称太极拳亦未尝不可也。
>
> 又曰，速缓柔刚者，实乃表象也，莫可胶柱鼓瑟。而太极之里，只在一气伸缩之道，专诸此间，速缓柔刚皆入自然而然矣。

关于新式太极拳，试举一例“东岳太极拳”，无意褒贬，意在斑窥其貌也。

话说公元2000年，千禧之年，世界各国莫不隆重庆祝。元旦，1月1日晨七时，新世纪第一缕阳光出东海而耀泰山。在泰山之巅“尧关顶”，门惠丰教授演练了一路太极拳。

请注意，这不是一般的晨练，当时还有中央电视台全程航拍，并向全世界实况转播，上亿人见证了这一盛举。

事实上，这次活动从1999年就开始运作，中央电视台经过中宣部、国务院批准，准备在千禧年到来之际，在泰山顶上做一期《东方时空》节目，内容名为《泰山舞拳》。

舞什么拳，太极拳荣幸入选。这一点大家没有异议，产生异议的是到底让谁去打拳，编导人员为难了。陈、杨、武、吴、孙，选这个吧，那个会不会有意见？选那个吧，这个会不会不高兴？有意见或不高兴并不重要，好事办成争议事，这一点真正重要。

再找找，研究研究。有消息证实，北京体育大学门惠丰教授有一套新编“健康太极拳”，其中十五个动作，陈、杨、武、吴、孙各式俱有。太好了！此人是学院教授，可代表“官方”或“公众”，此拳又整合了“太极老五门”精华，不狭不独不偏，妙哉，和谐一堂。

据说门惠丰教授这套拳的缘起与日本人有关。1982年，横滨人铃木康弘遭飞来车祸，进入浅残疾行列。有病思良方，铃木康弘感觉太极拳或许对自己恢复有所帮助，于是在家人陪同下来到北京。

借问太极何处有，众人遥指北体大。

门惠丰和夫人阚桂香，根据铃木的身体条件，特地为他汇编了一套太极拳。几个月过后，铃木康弘奇迹般地恢复了直立行走和四肢能力！这下不得了，门惠丰、阚桂香成了铃木康弘的救命恩人，太极拳成了他的“救命拳”。铃木康弘回国后，不再干别的营生，专心一意伺候太极拳，并成立了惠香会，到处推广门惠丰夫妇编给他的太极拳。

这次成功的“试验”，让门惠丰相信自己真的可以编创一套新太极拳。于是在“救命拳”的基础上，两口子又研究了两年，定型出一套十五式太极拳。其中的动作大都取自老五门，以杨、陈为主，杨氏的舒展大方、陈氏的松活抖弹，吴氏的柔化灵活，孙氏的进退开合，武氏的小巧紧凑，都有体现。

有了套路，也有了几批学生。特别是有幸登临泰山、上了电视，这名声资源浪费掉也不好，于是开始给这套拳取名。候选名字多了——“门式太极拳”“十五式太极拳”“谐和太极拳”“五合太极拳”“长生太极拳”都有。门教授两口子最后确定选“东岳太极拳”之名。

门惠丰算是新一代的武术文化人，大学教授，国际级武术裁判员，中国武术九段。他生于 1937 年 6 月，天津静海县人。据说在日本侵略时期，一度讨饭为生，父亲在鞍山铁矿做劳工被活活累死。门家一直有些拳脚传承，母亲参加过“红灯照”，二哥在地主家做长工时偷学偷练过迷踪拳、红拳。

中华人民共和国建立后，门惠丰来到了北京。1952 年，十五岁的门惠丰进入北京四十一中，开始接受正规的武术训练。他的武术并不是在学校里学的，而是拜了四民武术社的拳师戴玉斌。戴师两年后去世，门又拜了戴的师弟王世勋，习形意拳、八卦拳等，另外，门惠丰还先后得到过师爷吴子珍、天津名家郝家俊、山西名家“王师爷”、长剑名家“胡老道”、“花鞭”名家吴斌楼、太极名家吴图南、马礼堂的指点或传授。

1959 年，门惠丰参加第一届全运会，获武术对练第一名，被保送入中央体育学院（后来的北京体育学院、北京体育大学）武术系。进了武术系，前后左右全是武术家，门惠丰如鱼得水，并以优秀成绩毕业后留校任教。

所谓夫唱妇随，比门惠丰小三岁的妻子阚桂香，也是武术教授，擅陈氏太极。

第十七章　孙氏太极拳

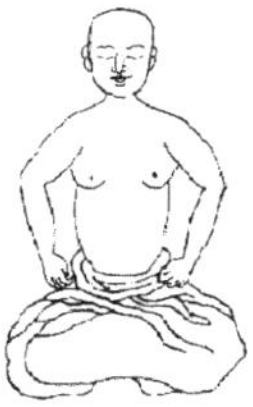

1. 南行

咸丰十年，即 1860 年，按老百姓的说法，叫作“闹太平天国”“闹英法联军”，是年 12 月 22 日，孙禄堂出生。

因为已经有了乡间武师的童子启蒙，形意门李奎垣的三年入门和郭云深的八年精炼，孙禄堂在京城八卦名手程廷华处，只习练到三年，八卦拳已精髓尽得。

程廷华手里没了可传之物，也不想再耽误孙禄堂的时间，但他几次欲言又止，不知道怎么跟孙禄堂说，最关键的是，他舍不得让徒儿走，而潜意识里却又认定必须让他走。

烛光摇曳，程廷华闷在眼镜店里，写下了《与禄堂弟书》：

吾授徒达数百人，其天资聪慧、专心潜学未有如弟者，吾与弟意气相投，故将余技尽传之于弟。

然吾门拳手皆与易理相合，弟欲登圣域，尚需寻本求源，通晓易理。吾闻蜀中有精通此道者，故弟可远行矣！汝生有宿慧，始克臻此。余意，汝之技黄河南北已无敌手。

禄堂前途珍重，可去矣！行矣！

孙禄堂对郭云深感情至深，属于对长辈那种敬畏和礼拜。而与程廷华，程称孙弟，孙称程师，不伦不类的称呼方式，正说明二人关系的亲密无间。程廷华洒落放脱的皇城市井风格，慢慢启开了孙禄堂稍显闭塞沉郁的乡野性情，渐次心智放射，视野大开。

一说要分手，彼此才发现意难离、情难舍、话难言，二人见面，仍是谈笑风生、浑若无事，但孙禄堂私下里也是大哭一场。

那时正值清末浑浊，世道不昌，天下人心不古，纷争不断，交通音信俱不方便，须知即使是家人至亲，一旦分别，也经常是形影阻隔，重逢遥遥无期。

程廷华见闻广博，做学问却有些浅尝辄止，他与孙禄堂讨论八卦拳，总觉得欲要更上层楼，须从《易经》源头廓清其理，觅其迷道，远交近攻，但自己又无力攀登科学新高峰，所以建议孙禄堂去蜀地访求某易学大师。

二十五岁正年轻，已不复乡间小儿的孙禄堂，此时的心情颇为跃跃欲试，世界如此广阔，民间藏龙卧虎，不上路何以历练，正合了中央国术馆编审处处长姜容樵的话，姜先生曾感叹孙禄堂云：

> 这人也真奇怪，愈是本领高强，求学的心愈是真切。凡同门的武师，不管是师爷、师叔、师伯、师兄、师弟，不管千里万里山州川县，问着讯，就要去拜访，有一手专长，他便不肯放过。

1885 年，孙禄堂启程。此次南方游历，历时三年，足迹所至凡十一省——河北，河南，湖北，四川，湖南，广东，江西，浙江，安徽，江苏，山东。

从目前看，孙禄堂的形象大致还属于温、良、恭、俭、让五好青年型，或许不同角度有不同的风景。事实上与五好青年大有出入的记述也有，瀛人先生曾在《内家拳旧闻》中记述孙禄堂年轻气盛、到处“踢场子”的事情：

> 孙禄堂先生独步武林五十年，平生未遇敌手。这在当时已是定论。用李玉琳的话讲：形意拳主要是靠郭云深、李存义、孙禄堂三个人立住的。而八卦拳在董海川以后主要就是靠程廷华、尹福和孙禄堂三个人，才在武林中立稳。至于太极，在陈微明广传以前，其传播范围并不广。孙家的太极从不轻传，也没听说有谁只练孙氏太极拳而不涉及形意、八卦。好像孙氏拳就必然包括孙氏形意八卦太极三家。我不是练孙氏拳的，深点儿的说不好。
>
> 孙先生年轻时到处踢别人的场子，只要听说谁有功夫，不管对方辈分大小，孙先生就一定要找到对方比试，一见高低。仅在保定、北京、天津一带被他踢倒的场子就有五六十间，加上冀南燕北约有数百间。以后，孙先生名气超过了所有的人，于是又变得非常谦逊了。由于孙先生成名很早，人们往往仅知道孙先生成名后待人接物的情况。而对于孙先生早年的情况，反而有意无意地淡忘了。

上述瀛人记述孙禄堂踢了京津冀数百间场子的事，或许真是有的。只是“踢场子”一词，听起来有些蛮横无理。正能量的说法，应该把此类行为理解为孙禄堂不甘平庸，见贤思齐，四处访求高手，切磋问道。看来世界上很多事情的褒贬流传，靠的竟是语言艺术。

却说孙禄堂一路南行，问山访水。凡听闻有艺者，必辗转访至。这江湖武林高手的世界，一般只要找到一个，便能找到一窝，串出一串。孙禄堂并不以击败对方为目的，真意在于寻索对方有无自己没见过的东西，若有，便要问个究竟。当然人家不会白给，孙禄堂的办法是“换艺”，可以把我有的给你。

显而易见的是，若非感觉有便宜可占，鬼才愿意跟你换艺。

孙禄堂到了青岩山，娲皇山，太行山，云台山，黄河，嵩山，少林寺……那少林寺竟然十分荒索，让孙禄堂大失所望，基本上没找见一个想找的人。温县陈家沟也去了，时闹蝗旱之灾，一村的老弱病残，年轻力壮的都去要饭了。

在名闻遐迩的武当山，终于找到了一批隐居的道人，交手，换艺，总算把一条大鱼给钓了出来。“大鱼”是一位云游先生，俗姓张，张道人一见孙禄堂，芳心大动。何言“芳心”？原来此人虽破衣烂衫，却体具仙气花香，盖因长年吞花、食气、饮矿泉所致。

孙禄堂随张道人“辟谷”两月，磨炼修心养气大法。辟谷就是不吃饭，只喝水，打坐呼吸，运转周天。这事并不荒唐，包括印度在内，至今不少人仍坚持“辟谷”习惯，意在清除腹内杂物，俗称“洗肠”。辟谷期间不能干力气活，因为摄入热量不够。老年孙禄堂曾对家人讲述，随张师辟谷打坐，常在山上遇到老虎、豹子陪伴，有时候群蛇逶迤，有时候蝴蝶满身，与狼共舞，彼此相安，这种情况流行叫法是人兽和谐。

张道士一人独处高山之上，一般人若是如此，恐怕早被“静”死掉了。但张道士却在这空前绝后的“静”中，思考和感悟人生，其漫不经心的家常闲话，像汩汩清泉，淌过孙禄堂饥渴的心灵。

一棵树，一朵花，一只蘑菇，一粒种子，都是在静的状态中生长、斑斓、壮大的。

人的“生长”，大约也是在睡眠和静修中完成的多。

老子云：“夫物芸芸，各复归其根，归根曰静，是谓复命。”又云：“静为躁之君。”

“静”坐之时，又可更加清晰地感觉到“动”——脉搏的跳动，血液的流动，气息的吐纳，思想的存在。

于是，绝对的静和动都不存在。外静时，心念动，气息动，串行经络，摩挲脏腑。而外动时呢，最好的状况是心神平静，头脑清晰。

外静，内动，外动，内静，太极拳在这个动静内外的平衡点上，围绕“阀值”而运作，得以内外兼修、动静交替。

中国医学和道家的方术，包括印度的瑜珈，都认为人体内部潜藏着无限的气机、真气，这“气机”“真气”并不等于大家所理解的“呼吸之气”，举个例子，胎儿后期应该是有呼吸的，叫“胎息”，它或许就是一种真气。

气机的流行依循了昼夜十二个时辰，与宇宙日月运行规则相通，周流人身气脉、脏腑一遍。人身气脉分为正经十二脉和奇经八脉。正经十二脉具体分手三阴经、手三阳经、足三阴经、足三阳经各三条，计十二经脉。奇经八脉，含督、任、冲、带、阳维、阴维、阳乔、阴乔八根脉腺。其中的督脉大家都很熟，后脊椎骨就是，督脉与前胸腹的任脉连接，叫小周天，打通小周天，是气功登堂入室的第一座驿站。

打通了小周天，也算是打通了局部气机，终于可以切实体会得到“气脉”的状况了，只有体会到了气脉，你才会相信气脉真的存在。因为气脉这个东西，至今仍是看不见、摸不着、有人信、有人不信的。

经脉看不见，分布在经脉上的“穴位”自然也看不见、摸不着。问题出在有人偏要坚持能看见、能摸着，比如针灸能、中医能、中国武术也能。

实际上，佛家、瑜伽家也都说“能”。佛教“密宗”一派的修炼方法，以及瑜伽术的高级内运，叫“三脉四轮”，也有叫“三脉七轮”的，其中三脉、七轮与中国式的经脉丹穴，都致力探求人体“小宇宙”的和谐和爆发，就效果而言殊途同归，大同小异，只是练习对象和运求方式有异而已。

孙禄堂在武当山随张道士做真气游戏，阴阳合璧，河车运转，气通八脉，璇玑停轮，醍醐灌顶，圆陀陀，光烁烁……据说“静中动的最高境界”，叫“三花聚顶”“五气朝元”。

“三花”者，精、气、神也。

“五气”者，金、木、水、火、土，心、肝、脾、肺、肾也。

终于，多次醍醐灌顶后，孙禄堂觉得自己像个“真人”了，他飘飘悠悠地离开了武当山，离开了张道士。

2. 游方

进入川地之前，孙禄堂经过施南，施南即现在的湖北恩施地界。

此地大山拱连，典型的野乡僻壤。没错，该出土匪了，而且剽悍异常。老百姓都道土匪了得，官军已败过几回。或许是行侠仗义之心作祟，或许是对土匪形状好奇，反正孙禄堂跃跃欲试地钻进了大山深处，深入虎穴狼窝，号称实地侦查。

土匪也是人，是本地土苗，群聚在一个巨大的山洞里。那山洞厉害，冬暖夏凉不缺水，甚至旖旎之间，还通往一处世外桃源似的无人仙境。土匪们果然是地理学专家，官军如围而剿之，只有一条路，必须攻击山洞，而洞口早被土匪拾掇成坚固的堡垒，大部队施展不开。

孙禄堂上下左右十八摸，摸清了山川的形势。胸有成竹地找到当地的军头，献策道："洞内有天孔，可备炸药，炸药投入天孔，不难一鼓而平。"

正苦无良策、被上司骂、被百姓骂、被匪贼骂的"三骂"军头，闻言狂喜。但马上又发起愁来，这峭壁悬崖，陡峭通天，谁能把炸药整到上面，并塞进天孔里去呢？

当然是通天教主孙禄堂。

炸药一响，天崩地裂，土匪吓得肝胆俱裂。官兵大呼小叫，抢功夺财，一举将包括匪首在内的一伙土匪杀的杀、抓的抓。还好，此地官兵尚属朴实，没有卸磨杀驴的意思，众人仰望孙禄堂像飞鸟一般自天而降，万众欢呼，差点喊了万岁。

当地首脑大摆庆功宴，其实就是聚众野餐。有个军中秀才，翻开一本《吴越春秋》，口中念念有词，摇头晃脑地赞美孙禄堂道："筋骨果劲，万人莫当。走追奔兽，手接飞鸟，骨腾肉飞，拊膝数百里……"

可惜，秀才没使好典故，这段话赞美的是"庆忌"，而武功高强的"庆忌"，最后被"要离"借顺风之力杀了。

当地军政官员表示一定要给孙禄堂上表荐功，孙禄堂一笑置之，官员以为孙禄堂不信，又说："我们还要给你上表请仕！"

孙禄堂吃饱喝足，抹抹嘴，一走了之。

有土匪的地方，往往不是一窝。离开恩施不久，路过一个叫周家坪的地界，住宿在荒庙里的孙禄堂，半夜又被一群匪人团团围住。这次收拾土匪，孙禄堂大有收获，竟然缴获一口宝剑，剑柄镶有“朝虹”两字。

美酒宝剑，天下英雄无有不爱。朝虹宝剑让孙禄堂爱不释手，在后来的岁月里，这把宝剑几乎一直被他携带在身边，还经常踟蹰月下，仗剑吟诗呢：

我有一宝剑，出自昆吾溪。
照人如照水，切玉如切泥。
锷边霜凛凛，匣上风凄凄。
寄语张公子，何当来见携？

这首《咏宝剑》诗出自南朝梁的吴均，诗中“张公子”指晋人张华，张华曾派雷焕寻找“夜光冲天”的宝剑，结果雷焕在丰城县寻光挖到了“龙泉”“太阿”两把宝剑。

孙禄堂抱着朝虹剑，在破庙燃起火堆，翻看军中秀才赠送的《吴越春秋》，在其中《勾践阴谋外传》里读到了“越女之剑”，拍手称奇：“没想到啊，古人技理进境若斯！”

越女之剑，说的是古越国有山野少女，剑术超群，范蠡将她挖掘出来，果然以一敌百，所向披靡，于是越女有机会被越王勾践接见，一起讨论剑道。

越王问曰：“夫剑之道则如之何？”

越女曰：“妾生深林之中，长于无人之野，无道不习，不达诸侯。窃好击之道，诵之不休。妾非受于人也，而忽自有之。”

越王曰：“其道如何？”

越女曰：“其道甚微而易，其意甚幽而深。道有门户，亦有阴阳。开门闭户，阴衰阳兴。凡手战之道，内实精神，外示安仪，见之似好妇，夺之似惧虎，布形候气，与神俱往，杳之若日，偏如滕兔，追形逐影，光若仿佛，呼吸往来，不及法禁，纵横逆顺，直复不闻。斯道者，一人当百,百人当万。王欲试之，其验即见。”

越王大悦，即加女号，号曰“越女”。乃命五校之队长、高才习之，以教军士。当此之时，皆称“越女之剑”。

公元前四百多年的越女论剑，实在恐怖，已涉及呼吸、顺逆、虚实、往复、内外、形神、纵横、远近之理，读到此书，孙禄堂能不惊呼称奇？

继续前进，孙禄堂好似一超级驴友，当然也属于绿色出行。

刚入蜀地，孙禄堂还曾撞见过河北老乡。可惜这老乡做的也是那“打家劫舍”的无本生意。此人自称连岳成，双方也是在古刹里不期而遇。

孙禄堂一进古刹，就发现里面这伙人不地道，一不僧，二不道，贼光外露，孙禄堂转身欲走，被中年壮汉连岳成喊住。看来连岳成非要自触霉头不可，连头领大喊一声：“小儿休走！留下盘缠！”

孙禄堂面露微笑，睥睨众匪。中年壮汉由囊中取出小刀五把：“看你小子是有艺之人，要试试我的飞刀之技吗？”

孙禄堂点头。

壮汉扬手掷刀，刀锋光芒，飞如流星。被孙禄堂一一躲过，正发愣间，孙已窜到他身后，脖子上一拍，连岳成就扑出去了。

哪里跌倒哪里爬起，连岳成不好意思地爬起来，继续觍着脸皮聊天，一聊，嘿，发现还是老乡。

老乡也没用，不是一路人，于是分手告别。

程廷华提到的蜀地“易学大师”是一名高僧，行踪不定。他属于孙禄堂南行比较明确的目标之一。前后找了二十余日，方在嘉州觅见行踪。高僧的法名大约是“虚竹”，还有说是“九拙”的。

另有一说，高僧就是杜心五的“自然门”师父徐矮师，但没有确切的证据。

高僧考察了孙禄堂，表示满意，便带他一起驻锡去了峨眉山。在山根密林，一老一小，一传一受，八个月之久，差不多把老僧的易学精华掏光了。据说每天老僧只讲一炷香工夫，然后让孙禄堂自个揣摩。

峨眉山上猴子多，让孙禄堂分外亲切，因为他有“孙猴子”的外号。所以孙禄堂经常找猴子朋友玩耍。其实跟猴子交朋友也不麻烦，一是要讨好老母猴，二是要有瓜果礼物。孙猴子除了当猴子王，还日夜兼习武当山上刚学到的修心养气大法，时时有凌空欲脱、慧光射神的快感。

其实猴子的寻常本领，对于人便已是了不得的轻功，形意拳的“仿生拳法”可谓深得此中三昧。

浩浩乎，如凭虚御风而不知其所止，飘飘乎，如遗世独立，羽化而登仙。

原来的孙禄堂，对轻功已下过数次苦功，比如纵坑越墙，上树跃梁，最开始还在身上绑了几十斤沙袋，提水桶，绑铁球，蹿蹦跳跃，一求高远，二求轻灵，三求安稳。

为何孙禄堂如此嗜好轻功之艺？这与他的武学思想有密切的关系，应该说孙禄堂的武术哲学很不英雄。他学艺的第一诉求是“安然自保”，有了安然自保，便可立于不败之地。

轻功主旨腾挪闪传、轻捷远速，轻功佳，便可确保立于不败，临万击而无虞。不败，万全之境也；求胜，功利所求也。打人，伤人，多不得已而为之，然终究非“道”也。

实际上，不少拳种都是以先求自保、再求出击为顺序的，太极、八卦莫不如此，即使是像“花”一样火爆漂亮的“戳脚翻子”，也是这种要求。北京戳脚翻子的开山拳师花鞭吴斌楼，在公开课上曾讲到：“咱戳脚翻子属“闭门”拳种，“掩”字当先，打人先护己。”

当然，技击层面与理念层面不在同级。打人先护己与修道自臻，也不在一个层次。

峨眉群山环抱，异鸟成群。孙禄堂已可轻易捉之。他在郭云深处时，曾玩过一段时间的“弹弓”。弹弓曾是武林的一件重要兵器，可能是因为“格调”太低，慢慢遭到唾弃。孙禄堂进了北京城，也因为这个原因，把弹弓给扔掉了。弹弓打鸟，那是最为方便的，孙禄堂能用弹弓把喜鹊打晕但不致死。

现在，再也用不着那玩意了。现在他只要迅雷一纵，便能轻易俘羽在握。捉鸟不仅好玩，而且是赚钱的便捷之法，特别是某些名贵的斑斓之鸟，下山去卖的话，在峨眉早市，一只好鸟有时能卖两块鹰洋，一块鹰洋等于一千铜板，一千铜板能买二百多个大馒头。

易学大师九拙让孙禄堂初学精通了易学。中华易学至今昌盛，解读者无穷无尽。一般来说，无人无资料确定关于易学，孙禄堂到底接受得怎么样，因为后来的孙禄堂并没有专门的易学论述，也没有在拳书中大摆易学来故弄玄虚。

顺江漂流，北方人孙禄堂甚感过瘾。

在江西境内，他访到了一位在江边凹湖结庐而居的钓者。此人能在小船上“入定”，随湖水轻荡，几个时辰一动不动，看来钓丝上有没有鱼钩是个问题。

孙禄堂跟“钓鱼哥”学会了如何吃鱼。作为北方人，孙禄堂还真不怎么“会”吃鱼。吃鱼归吃鱼，钓鱼哥确实是个真隐士，横竖不说出自己的名字，或许他真的已经忘了自己叫什么名字。

因为遇见二十多岁的孙禄堂，钓鱼哥的生趣似乎被重新激发出来。他带着孙禄堂东游西转，龙虎山、三清山、武功山，点将台、仙人洞、滕王阁，还笑嘻嘻地逼迫孙禄堂带他下馆子吃鱼，把孙禄堂的大洋花了个精光——不久前有个湖南大款，曾慷慨地赠送孙禄堂三十块银洋。除了吃喝巡游，钓鱼哥和孙禄堂两人也曾大呼痛快，因为他们联手把一船的江洋大盗，全部打入江水，又曾一起将一干山林土匪，打到树倒猢狲散。

最后，钓鱼哥送孙禄堂一套“神秘丹功”，说练好了能看见“另一个世界”。巧合的是，这套丹功与孙禄堂从白西园处学得的内功几乎一样。但孙禄堂没说破，还有模有样地学过谢过。所谓的“另一个世界”，孙禄堂和白西园早就共同探讨过，断定那不过是“炼丹”进入佳境时的那种醍醐灌顶、三花聚顶之类的顶天立地、奇妙旖旎的感觉而已，当然也可能是一种幻觉。据说，“吸毒”追求的也是这种感觉，其中的云泥之别，在于吸毒伤身，醍醐养神。

分手时，隐士钓鱼哥神秘地一笑，说：“禄堂兄，送你八个字：独持偏见，一意孤行。”

二人大笑。

1888年秋，二十八岁的孙禄堂回到了保定，老母亲眼见儿子回来，感到快慰，不再留恋人世。孙禄堂将母亲葬入了老家的枣树林。

记性好的人应该记得“枣树林”。枣树林是十二岁的小禄堂曾经“上吊”的地方。现在坐在那棵老枣树下的他，已经长大成人，艺学大成，“万里路”也走过了，他的下一步人生，该指向何方？

人一开始思考人生，便有无尽的烦恼。

3. 蒲阳拳社

行脚游方已罢，身负绝艺归家，似乎也没有“拯救地球”的使命降临，倒是隐约传来“立业成家”的声声呼唤。

孙禄堂决定在保定开始他的事业。保定不是有师父李奎垣吗？事实上李师父心有余而力不足了，老年的他已经动了去乡下养老的念头。

“事业”到底是什么呢，从政无路，从军无门，从商无钱，这练武时间一长，容易与外面的世界产生隔阂。纠结中的孙禄堂，初步设想是寻个有学问的人，合作建个“文武私塾”。这一实际开始运作，处处漠然，遍地冷眼。看中了一个可做私塾的场地，结果人家地主一派不屑：“会打拳了不起呀，滚开，别脏了我这地儿！”

孙禄堂不由得有了一些愤怒，凭什么你们都有事业？你们都红红火火、挺胸凸肚？这一心气不顺，看谁谁不顺眼，孙禄堂带着他的愤怒，把保定两家大武馆、三家大镖局打了个二加三得五，没费什么大气力。

你想啊，南行十一省都找不到对手，一个保定当然更不在话下了。

胆大妄为，得罪某些人物是必然的，私下里倒也吸引来若干拜师求教的。说起当时的保定武林，要以平敬一为魁首。平敬一得到孙禄堂踢馆的消息，又听说自己的一些弟子竟然转拜孙禄堂了，难免要约见孙禄堂，并以老大的身份怒叱孙禄堂：“小子没有规矩！”

孙禄堂表示开馆授徒，全凭自愿，跟规矩无关。

一般来说，如果不亲自碰壁，每个人都会觉得，碰壁是别人的事，自己例外。平敬一恰好也是这么想，所以他对孙禄堂提出比试摔跤。

原来这平老大最擅摔跤，出手一个大背跨，就把孙禄堂给背起来了。

平敬一心中大喜。

可惜，他喜早了。背到背上的下一步，是将对方摔出去，包括狠狠地摔死在地上。只是这下一步怎么也走不动了。孙禄堂贴在平敬一的后背上，任凭平敬一如何使招数，跟块狗皮膏药一般，就是不下来。

平敬一终于相信了眼前的事实，不禁大为沮丧："兄弟，咱认输不行吗？"

作为老大的平敬一，真的遵守规矩，说既然你赢了，爱干啥干啥，本人绝不干涉。但平敬一的弟子有人恼火，私下里纠集了一帮人，想把这个乡下小子赶走。探得孙禄堂从南方带回了"品茶"习惯，二十余人就埋伏在茶馆内外，试图前后左右夹击，非把小子揍个半死不可。

孙禄堂在茶馆里小展身手，为什么是"小"展身手呢，因为他不想损坏人家的桌椅茶具，轻拿近击，寸不留情，十几个人有的托着下巴，有的捂着胸口，有的抱着腕子，要死要活，其他人就再也不敢动作了。

此事迅速传遍保定，越传越神，茶馆顿时兴旺起来，大家都想亲眼目睹一下孙禄堂是哪吒下凡还是张飞重生。

名声倒是有了，孙禄堂反而更加烦恼，走在大街上，感觉到处都是红眼郎，到处都有暗箭哥。算了吧，人挪活，树挪死，保定是人家的，不是我的，跟平敬一地头蛇们纠缠不清，一时半会不会有好结果，我还是走农村包围城市之路吧。

于是他离开保定，回故乡办起了蒲阳拳社。拳社位于完县北关村蒲阳河畔，现在属河北顺平县。

好酒不怕巷子深，蜜蜂不怕花朵小。一传二，二传三，竟然也陆续招来了一打徒弟。其中有富家子弟，真心服了孙禄堂后，陆续出钱把蒲阳拳社修建得像模像样了。十里八乡的高手、术师不断蜿蜒来访，访完后都成了孙禄堂的义务宣传员。

一时间，蒲阳拳社的孙禄堂俨然被吹成了当地"卧龙"。

完县县令听说本县出了"卧龙"，顿时觉得自己有可能成为"刘备"，于是带着"张飞、关羽"前去访问，为了凑足"三顾茅庐"，前两次只是骑马远望，第三次才正式上门。

一经交往，县令大喜过望，孙禄堂让他见识了什么叫文武昆乱不挡，一介武夫，竟然文史学问、庄老之道、易学医学，若探囊取物，无不远超己见。县令想起刘皇叔礼贤下士的模范，顿时一躬到地，坚决要拜师学艺。

知县要拜孙禄堂，轰动全县，传及全省。

除了拜师，县令还将孙禄堂请入县衙，大宴宾客，表示咱完县穷则穷矣，但是人才不缺。在县衙盘桓几日，被深入了解的孙禄堂，更让县令欣赏了。县令不好意思开口给孙禄堂安排在县衙内工作，担心孙禄堂不给面子。他突然想到保定府里的至交张瑞。

保定府里的张瑞张大人，举人出身，家有一女，长得像崔莺莺，但不是崔莺莺，而是张昭贤。张昭贤贤惠持重，才貌双全。

县令神秘兮兮地来到张瑞张举人家："兄台，你不是一直苦寻佳婿吗？有了，咱完县刚冒出一位，此人大才，以后要做"丞相"的。"

所谓“以后要做丞相”，并不见得是认准了孙禄堂，主要是县令认准了自己要当刘备。

关于孙、张之姻，另有一说，是张瑞张举人在保定自己看中孙禄堂而托人说定亲事的。甭管是怎样牵上的红线，总之，孙禄堂一见姑娘张昭贤，便十分中意，无限欢喜，二人谈了谈，虽称不上志同道合，倒也互相欣赏、倾慕，遂择吉日良辰，由县令主持婚礼。

二十九岁结婚，在当时绝对已属晚婚。张姑娘多少岁呢？保密。反正，那时候女孩子正常的谈婚论嫁年龄，十三四岁也叫正常。

果然是“人挪活”，孙禄堂实在没想到，挪出保定才一年出头，事业有了，家庭有了，老婆肚子里也有了。那位可爱的县令大人，后来终于明白，自己不是刘备，刘备最终蜀汉称帝，而自己能执掌完县平安无事，就已经很了不起了。多年以后，孙禄堂的岳父大人张瑞张举人，临死前也骂了一顿县令：你不说我家女婿是丞相之才吗？屁话，他不就是进了个中央国术馆吗？名儿好听，不还是个武馆吗？骗子！

1890 年，三十岁的孙禄堂有了儿子。

那年月，科举还在进行时。刚当了爹的孙禄堂也去参加科举了，莫非他是要考取什么武状元？非也，他是被举荐去做武术考官的。

大家知道，科举分文科、武科，最早的武科考出现在武则天时代。清代可称武科举的鼎盛时期。清代武科同文科一样分多级别考试：童生、乡试、会试、殿试。县、府考试通过叫武生或武庠生，武庠生大约等于武秀才——虽然老百姓习惯把县、府的读书人一般都叫秀才，实际上清代秀才还要通过府院的严格考试。武庠生如能通过乡试，升级了，叫武举人，武举人通过会试叫武贡士，武贡士通过殿试叫武进士，殿试第一，那就是武状元。

孙禄堂担任武考官的地点是丰润。丰润称县，依此分析，他参加的大约是武庠生、武秀才一类的选拔考试。

首席考官的姓名很厉害，堪称先进，其名叫“武林志”。

孙禄堂初出茅庐，干点事的心思正像小火山喷发，就在考试进行中与武林志发生了口角。孙禄堂拒不签名认可几名“走后门”的劣质生员入选。他倒是一片为国家选拔人才的真心，那武林志却气急败坏：“看把你能的，你以为你谁呀！兔崽子学过什么鸟玩意儿，演出来老子给你指点指点。”

其实武林志师傅的意思很简单，就是想把孙禄堂打得自动离职了事。

可惜了，武林志完完全全没料到，眼前这个不识趣的“兔崽子”，这个来自小小完县的乡巴佬孙禄堂，恰巧是传说中那个百年不遇的武学奇才，而且一奇到顶，到达了“拳圣”级别。

武林志一身无敌横练，在孙眼中跟葛朗台熟悉自己钱柜里那些个金子银币一般，全须全尾，透悉无余。于是，不显山不露水、谦虚有加的孙禄堂，随随便便、轻轻易易便将首席武考官武林志先生打了三个倒、一个疙瘩包，还告诉武林志："你不是问兔崽子学过什么鸟玩意吗？告诉你老子学过什么鸟玩意：第一倒，是形意拳送你的；第二倒，是八卦拳送你的；第三倒，是俺自创孙家拳送你的。"

1893 年，张昭贤又为孙禄堂生了一个儿子。

再次做了新爹的孙禄堂，被定兴亲戚兼朋友孙绍亭约去帮忙。到了定兴才晓得，原来是孙绍亭一个仇家要来砸他的面粉厂，并且嚣张地通知什么时间准时来砸，敬请观看。

来者不善呀，孙禄堂好奇心顿起，拿了根齐眉棍，跟了孙绍亭上路迎候。

时辰一到，仇家如约而至。出乎二人预料，对方阵容过于庞大，人员超过二百！

孙绍亭扭身就跑，孙禄堂也想跑来着，愣了一下没跑。

他站在原地，对方已经来到了近前。孙禄堂企图跟人家"说合说合"，对方却没有一点说合的意思。大概是仇家有许诺，打死孙禄堂有大奖，几个缺钱、缺心眼的主儿，抡着斧头、高举大棍，瞪着眼珠子扑将上来，他们的勇气主要来自人多势众。

孙禄堂轻拉齐眉棍，独力迎战，三分钟不到，已点伤十二人。其余人见势不妙，早把大奖什么的抛在脑后，顿作鸟兽散。

仇家受了损失，打架又打不赢，便把孙绍亭告了官。只要不挨揍，说啥都好，孙绍亭不惧打官司，他有钱，也很有趣，见了孙禄堂笑道："骂俺临阵脱逃是吧，我留下就是个死，能跑则跑，能打则打，我能跑，你能打，各得其所。"

从此，孙禄堂留了个"平定兴"的美誉。

1894 年，孙禄堂应京城的肃王邀请，进肃王府教艺。也就是在此期间，鼻子李李瑞东找上门来。这李瑞东也是好武成癖，专访高手，战无不胜，时任清宫四品带刀侍卫兼侍卫教头，搁现在也是师级以上干部。

肃王告诫李瑞东："孙禄堂玲珑透体，鬼神难测，可私访不可明试。"

李瑞东是个磊落之人："瞧王爷您说的，输赢算个什么啊。"

孙禄堂见是宫里高干，很是尊敬，谦逊退让，反而让李瑞东颇不耐烦。最后孙禄堂无奈，只得二人对垒。太极李瑞东与人交手，都是将对手一发而出。李瑞东过于自信，并不抢占什么先机，反而让王爷喊一二，单等他"二"字一出口，便发力飞孙某。

二字喊了，力也发了。

李瑞东最后发现，弹出去的是自己。而孙禄堂已经窜到了自己身后，友善地解释是防止李瑞东跌倒。

李瑞东哈哈大笑，说这下练功总算又有了动力。

大约是 1898 年，郭云深托信给孙禄堂。孙火速赶往深县，原来是郭云深师爷自感时日不多，想再见徒弟一面，并将自己的手稿《解说形意拳经》托付给孙禄堂，师徒洒泪而别。孙禄堂悲痛万分，无人诉说，便跑到北京城找师父程廷华。二人话匣大开，东拉西扯，程廷华天生乐观，让孙禄堂情绪大为好转。孙禄堂将几年前闯荡南方的见闻包括私密一一报告，程廷华只是听，并不褒贬。在他看来，好坏都是经历，经历自然宝贵。

程廷华带着孙禄堂吃喝玩乐一个多礼拜，然后孙禄堂回了蒲阳拳社。禄堂一走，从学于程门的弟子张玉奎问程廷华："禄堂师兄之技究竟如何？"

程廷华眯缝了眼，露出悠然神往的神情，太息道："神乎哉！神乎哉！独步绝尘矣！"

两年后的1900年，八国联军侵入北京城，孙禄堂惦记师父程廷华，再次前往北京，可惜这次还是迟了，他只能在坟头哭拜了。

程师突然丧命离去，孙禄堂不胜悲戚，伤心欲绝。返回拳社，或许是为了化解郁闷，四十岁的孙禄堂开始研究起"学问"来，对儒、释、道、国学产生了兴趣。师父程廷华的牺牲，让他也第一次以新的眼光重新审视武术，对武术在"枪弹"面前的地位和意义进行重估。

不过，孙禄堂思考后的结论一点"革命性"也没有，甚至非常的落伍。他认为要实现为程师报仇、杀尽洋鬼子的愿望，靠自己不行，靠拳社也不行，最后恐怕还是得指望朝廷的振作和强大。在他眼里，曾国藩、李鸿章之类的个人奋斗，都是正途。

不久，光绪、慈禧从西安返回北京，虽则危机四伏，却也妄图重振清廷威望。招数之一，便是拉拢天下武林人士，为清廷建功立业。1904年左右，清廷在西郊养马场举办了盛大的"天下英雄会"。

孙禄堂认为是个机会。虽然此时孙禄堂事业家庭都有了着落，但他显然不满足，甚至很不满足，他觉得自己的烟花还没有开放，他觉得自己只过了充电的前半生，放电的后半生还未到来。

是的，精神出世，事业入世。宁可出门碰壁，不能老是面壁。

天下英雄会，我来了。

一时间，西郊跑马场尘土飞扬，热闹异常，啸聚天下各路好手，东西南北中，雨雪雷电风。四天后，最后一个站在台上的是孙禄堂。

光绪皇帝钦赐"虎头少保"金牌，大会颁发"天下第一手"绣锦。

虎头少保孙禄堂，在北京上流社会转了一大圈，皇宫卫队、王府教师这些招牌，都没有吸引他。某日，军机大臣鹿传霖举办生日寿庆，喜欢武术的鹿公子，邀请了孙禄堂前往。

席间，突然有几个官二代、贵二代、富二代互相不顺眼，打将起来，鹿公子害怕坏了老爹的祝寿好事，连忙请孙禄堂帮着"拉架"。

孙禄堂一手一个，叮咣五四，将几个打架之人捏得筋骨酥软，唯命是从，乖乖出府滚蛋。寿星鹿传霖大悦，亲自为孙禄堂斟酒感谢，并朗声介绍：“此人系当今皇上钦赐的天下第一手！”

天下第一手，姿态拉风，光焰射日，当徐世昌郑重邀请孙禄堂的时候，孙禄堂答应了。

4. 北渡南归

徐世昌何许人？其人当时的地位排在直隶总督袁世凯之前，很有些集军政大权于一身的架势，钦差大臣、东三省总督、兼管东三省将军事务。

答应了做徐世昌的“幕宾”，孙禄堂试图在官场上寻求某种可能性。当然，也不能太高看孙禄堂，说难听点，他不过是做了徐世昌的“保镖”而已，再好听点，也就是“教师爷”什么的。

跟上比不怎样，跟下比大不同，对很多武林高手或社会基层来说，孙禄堂的位置已经是类似一步登天的美差了。跟了徐世昌，督府在沈阳。一到沈阳就风闻沈阳出了个飞天大盗，除惦记大户人家财宝，还喜欢惦记人家姑娘。

老百姓对谁是总督谁是督总，其实兴趣不大，却把个飞天大盗整日挂在嘴边，吹得跟天兵天将一般。身为东三省总督，徐世昌在其位谋其政，当然要为民除害。在得到线人的情报后，担心派警察去抓会让贼人逃脱，于是决定派孙禄堂出手。

孙禄堂带了二十多个人，围住了一家大院。安排好围堵队伍，孙禄堂独自持棍，跳墙而入。飞天大盗眼见打不过孙禄堂，跳房要跑，早被孙禄堂一棍点中，委顿在地。

把犯人送到徐世昌面前，犯人不能说话，经孙禄堂解穴后，犯人方能行动自如、开口说话。

木棍点穴，堪称武林绝学。孙禄堂后来的徒弟陈健侯曾回忆，孙师教授他乾坤日月剑、七星棍时，曾嘱咐他练过几年，便可再从师习练“以棍点穴”的高级功夫，可惜时局动荡，等陈健侯找到空闲时，孙师已逝，绝学无继。

黑龙江那地方有个牡丹江，牡丹江有个大人物，不叫“座山雕”，而叫“盖三省”。盖三省也是个“一听胡琴响，嗓子便发痒”的发烧友，不过让他发烧的不是戏剧，而是武功。听说总督府来了个“天下第一手”，觉得有必要考证一下“天下第一手”大还是“盖三省”大。

这盖三省看来并非鲁莽之人，只是技痒发作而已。他托了一个皮毛商人宴请孙禄堂，自己做陪客。席间，盖三省提出想试试手。孙禄堂没有拒绝。

结果盖三省先是拳被扣住，后使出死里逃生的绝活“窝心脚”，脚腕子又被孙挟住。东北人老幽默了，盖三省复归酒席，不以为羞，还开心大嚷：“以后甭再叫俺盖三省，叫天下第二手！”

1908年，俄国公使找到徐世昌，说公使馆来了个“欧洲重量级技击家”彼得罗夫，此人先是在俄国得了格斗冠军，又在欧洲得了格斗冠军，烦请总督大人接见一下。于是徐世昌亲切地接见了彼得罗夫。上卫生间的时候，徐世昌叫来孙禄堂问，要不要与对方见见面。

徐世昌这么做也有点激人，因为孙禄堂似乎只有一个选择，那就是见。

好在孙禄堂正是高手“寂寞”之时，听说来个了高手，还是洋人，太好了，早腻歪中式了，开开洋荤当然好！

于是彼得罗夫和孙禄堂在会客厅的大羊毛毯上对上了手。眨眼间，咣叽，咣叽，咣叽，身高体重的彼得罗夫冠军，竟然被孙禄堂轻描淡写地四次放倒于地，一次拉倒，一次推倒，一次击倒，一次对方自己倒。彼得罗夫最后一次扑空，自行趴在毛毯上，竟然咧开大嘴，哭将起来。奇耻大辱啊，在一个瘦削的中国黄脸汉子面前，自己竟然被戏弄如婴儿。

俄国公使不停地对彼得罗夫用俄语嘟噜：“别难过，这位可不是一般人，是中国的第一名啊。”

百闻不如一见，徐世昌竟然也很受震动。感慨之余，觉得留文武兼备的孙禄堂在府里做个“拳师”名声不够好听，就安排了一个“县长”职务给他，孙禄堂拒绝了。徐世昌还以为孙禄堂嫌小呢，狠狠心又给了个“知州”的位置，孙禄堂笑道：“我不会当官。”

孙禄堂官场上见得一多，反而有些气馁，“经天纬地”很遥远，“救国为民”从未见，谁也不知道怎么办，我还是先研究好我的武学再说。

何以忘忧，唯有拳道。

1909年，孙禄堂随徐世昌返回北京。徐世昌获封“体仁阁大学士”，这已经是清廷文官的最高荣誉。孙禄堂也并不需要总是跟在徐大学士身边，因此多了大把空闲，从此他活跃于京津武术界。

1910年，孙禄堂在东城牛圈胡同购下了一个小四合院——也有说租的，举家迁住北京城。拥有了自己皇城根的“家”，谁敢说不是一个不小的成就，谁就是在装大尾巴狼。孙禄堂自然很是高兴，坐在新书房高兴了好几天，房是自己的，墙是自己的，爱挂啥挂啥，于是挂上了自己的字，今天挂的还是“转弱为强积健为雄”，明天已经挂“外修极身内修进阶”了。

与“津门大侠”霍元甲有所交往，便发生在这个期间。霍元甲欲南下上海应战奥皮音，特邀孙前往为其压阵，孙禄堂并没有跟着去，只是预言元甲必胜。另一个说法是，孙禄堂跟着去了上海，但擂台比武被对方无限期推迟，孙便返回了。

这时候的孙禄堂已经有些局面了。他与人合伙在干面胡同、宣武门内和天津开了三家武馆，自己巡回授徒。其时孙禄堂年龄、技艺俱在巅峰时刻，既有绝世战绩，又有傲人名誉，还有“武馆”事业，另有高官“靠山”，所以其威望日重。重到什么程度呢，江湖上高手见高手，谈到最后必谈到孙禄堂身上，谁要是亲身见过孙禄堂，那是特有面子的事。不过，很多高手见孙禄堂一次，就不想再见了——因为接触得越多，高手越是自卑。

平江不肖生向恺然记述说：

> 京城为全国首善之区，各派高手云集，孙禄堂先生于内外家功夫无所不精，谦逊好友，闻异而喜，每日来访者络绎不绝，然而无论是交手或是演示手法，来访者莫不惊服而去。

大学士徐世昌这人有自己的世道逻辑，在帮助袁世凯做上大总统以后，突然觉得事情做得太猛，该退退了。他决定去青岛“隐居”，找孙禄堂说你还得陪我几天，教我点修性养气之法。

事实上，徐世昌对孙禄堂是称兄道弟的，二人在东北已结拜过兄弟。徐有个号叫“弢斋”，他还因此为孙禄堂取了个号为“涵斋”呢。当然，世道逻辑告诉我们，高官可以称呼你“兄弟”，但你千万不要轻易顺竿爬，稳妥的做法是永远保持对人家官衔的敬称。

鉴于徐世昌的“知遇之恩”，孙禄堂陪徐世昌在青岛待了差不多一年左右的时间。其间老孙参加了一次“世界大力士格斗大赛”，勇夺冠军，地点可能是日本，也可能是青岛。据说外国人非常惊奇，《泰晤士报》头版还刊登了“中国人夺得世界格斗冠军”的消息，这事没有留下太多的资料。

孙禄堂晚年虽撰写了若干拳书，也为师爷、师伯、师叔、师兄弟们留下不少小传，却唯独不写自传，真是可惜极了。

当你红得让人流口水，关于你的口水便会多起来。时至今日，武林内外对孙禄堂“传奇成绩”的质疑，仍然丝丝未绝。

5. 四门合一

由于在京津地区有了事业，孙禄堂开始广泛接触两地武林人士。最令他兴奋的，莫过于与张策、杨澄甫结拜为兄弟。杨家太极拳拳三代杨澄甫，已成为太极拳后起的翘楚，张策张秀林也是拳界成名大人物，素以“臂圣”美名执通臂门的牛耳。

禄堂老大，小六岁的张策老二，小二十多岁的杨澄甫做了小弟。这兄弟拜堂，多少也有点“门当户对”的“武林联盟”之意，三人之盟如真正连成一体，绝对好似京城的武魁拳霸江湖老大。

拉帮结派不容易，兄弟好称事难做。

孙禄堂虽然在三人中称大哥，但由于其他方面的错综关系，他还是被习惯性地称为“二哥”。大哥也未必包打天下，孙二哥更是如此。后来的日子里，二弟、三弟都让他碰过一鼻子灰。孙二哥先事形意，后习八卦，一直没有深究太极拳，对太极一道，却也是心慕已久。谁都知道孙二哥嗜艺非常，他对杨家太极有所垂涎，也不是一天两天的事，现在机缘来了，于是他迫不及待地对三弟提出了“换艺”的要求：“小老弟，你可是一点不亏，我用形意八卦几十年的心得跟你换艺。”

说者有心，听者无意，那杨澄甫想都没想，张嘴就来：“否。”

否就是不，不就是否，莫非杨澄甫此人吝啬？非也，实在是因为杨澄甫此人缺乏贪心，这一辈子就认定打太极拳，有太极拳就足够了，别的拳他觉得别扭。当然，礼貌他也会，便对孙禄堂笑嘻嘻道：“二哥，你要想研究俺这太极拳，没问题啊，你想知道什么？”

孙禄堂：“那我得先拜了你为师。”

杨澄甫：“万万不可。”

行家看门道。其实孙禄堂对太极拳一道，看也看得差不多了，但他深知，差不多不行，不上手不行，高手定有高手不轻易告人之处。

杨家拳从拳二代起，已经分出了大架、小架甚至中架，还有盘功架什么的，而且因人而异，因亲疏而异，因门外、门内而异。从学之人都经常含糊其辞，不亲自上手，而满足于外围看看，不仅是忒不严肃、太慢待太极拳的事，主要是取不到真经的事。

事实上，在大多数形意拳手眼中，太极拳甚至包括太极推手，都不是“技击术”。孙禄堂虽然没这么偏见，但他对各拳长短多有体会，碍于交往分寸，不便直接对别人指手画脚。比如他也认为当时的杨澄甫算得上“武术名家”，但未必可称“技击名家”。

当然，形意拳手狂妄地认为形意拳就等于技击拳，多少也有点妄自尊大、自恋自摸的意思。技击不是拳术，是拳术的实战应用术。好拳术和好技击之间没有等号，如同倒背《孙子兵法》未必能战场打赢一般道理。

“技击名家”当然是练出来的，更重要的是打出来的。硬条件至少有二,一是擂台上名列过前茅，二是擂台下赢过著名练家子。单论技击，形意拳考究发力之道，而发力之道实乃技击之基础，所以形意拳用于技击，显然更为直接，这是形意拳不同于太极拳和八卦掌的特点之一。是故近百年来善技击者，形意一门著名者多。

从历届国术考试、国术擂台赛情况看，也印证了这点。其成绩突出者，多属博采众长、内外兼修之人，这些人大多是先练少林、形意、查拳、通背、摔跤甚至拳击的，然后也兼修武当、太极、八卦的。孙禄堂教授的弟子，大多走的都是这个合成的路子，他们也大都与孙师一样，技击出手很杂，很难说哪一手是谁的，哪一手不是谁的。

道理太多，说了白说。

一根筋、认死理的，偏偏还多有成事者。

时事诡谲，魅力颠翻。孙禄堂合拳至大，杨澄甫单极造峰，都叫成者为王。

却说孙禄堂碰了杨澄甫拒绝“换艺”的一鼻子灰，却没有记住教训，结果是继续碰灰。原来这孙二哥早有预谋，并通过戚继光整合武术为军用的《纪效新书》得到验证，坚持认为武术可以合并同类项。比如若将京城武术四大门派——形意、通臂、太极、八卦“合四为一”，武术整合大业便能成功一半，甚至是一多半。

孙禄堂的四门合一至少有两层意思，一是组织体制上的，叫作门派合一,二是内容技术上的，比如拳术合体、拳种合练。

人都是这样，想到一个题目，往往会为题目想理由。孙禄堂越想越觉得理由充足，越想越兴奋，越兴奋越想：集四门优势于一派，那将是武术史上极重大的事件，又将是造福武林的大功德，融优合长，去掉重复、低劣、繁冗，用之于教学传艺，大可事半功倍，堪称捷径。

孙禄堂逢人鼓吹，广大听众很可能还没听清楚他的两层意思，就已经脱口叫好了，然后免不了一阵热烈谈论，谈论着谈论着，该遛鸟遛鸟、该接孩子接孩子去了。

老孙并不气馁，郑重地写了个“四门合一”的行动总纲，拿给张策和杨澄甫看。杨澄甫一脸的真诚，说：“二哥建议甚是！”

张策突然提出了一个奇怪的提议：“二哥，你若胜了小弟，小弟就跟你干这个。”

孙禄堂想了想:“好啊，比什么?”

通臂拳，说起来也挺复杂，它的起源应该是一种象形拳，据说灵感来自于“通臂猿猴”。通臂拳继续分流，便有了白猿通臂拳、石猴通臂拳、猕猴通臂拳、马猴通臂拳。四派通臂拳中，又各自发展出另外一些名目，比如六合通臂、披挂通臂、少林通臂、如意通臂等。

事实上，猿形猴意在多类拳术中多见采撷，比如形意拳中有“猴形”，八卦拳中有“猿臂”，查拳中也有“猴把”。这倒是反证“多拳合一”的必要性，但也请不要忘记还有另一句话叫分久必合、合久必分。

通臂拳“臂圣”张策，曾经践行过一个著名的词语，叫“踏破铁鞋”，说的是他为练出真功，自小便穿了几十斤重的铁鞋，而且不止磨穿了一双。据说为练习臂力，张策还打死过一抱粗的大树，其通臂刀、通臂枪，俱有万夫不当之神勇。

张策虽说跟孙禄堂交了兄弟，却并没有“真正”对过手。张策恃艺自重，自视极高，私心里他并不认为假如要是来真格的，孙禄堂或杨澄甫能轻易打倒自己。

张策想了想:“刀怎么样?我就使这把木刀。”

孙禄堂拿起一把竹剑。

张策:“二哥，混八刀来了。”

迅若疾风骤雨，木刀携带了功力，竟然有金石掣风之声。孙禄堂此时武技、功力、心智，都在人生巅峰时分，但见他轻舒猿臂，妙展九宫，顺界抬转，还不忘赞一声:“好刀!”

张策又叫了声:“鬼八刀来了!”

孙禄堂以为混八刀使完，就该收手了，见盟弟又推出更加凶险的鬼八刀，心中陡然窜升胜负烈焰，全神凝聚，电光石火间，竹剑点中张策腕子，木刀当啷落地。

万籁俱寂。

张策顿觉呼吸停止，心念全灰，愣了愣，突然血撞顶梁，怒不可遏，转身大步离去。第二天，他就不声不响地悄然出关，去了东北。

后来在1931年9月，远在东北的张策，还曾应张学良之邀，担任过东三省国术考试裁判长呢。那次考试的目的，是选拔东北选手参加南京全国国术比赛，可惜被张策判为最终优胜的东北选手们高兴得早了一点，因为同月便爆发了九一八事变，东北进关道路中断。

另有一说，张策与孙禄堂的二人对战，使的是大枪，张策大枪脱手而败。总之，张策一怒而去，四门合一的美梦遂告破灭。

这事也成了孙禄堂人生中一个笑不出来的笑话。

有人说，孙禄堂提出四门合一，春秋大梦是想当“武林盟主”。这话成立不成立呢，很难说，因事情中途夭折，也就无法验明正身了。不过，即使是孙禄堂真的做上了盟主，那也同样会产生正反两种解释，可见管住嘴难，管好嘴更难。

按照武侠小说或影视编剧法，此时此刻，孙禄堂应该学习左冷禅或岳不群，不择手段，顺我昌，逆我亡，这才叫金牌编剧，这才叫把握看点、节点和爆点。反正谁若是坚持讨论四门合一的必要性和充分性，坚持讨论其对中华武林、中国武术的益处意义，你这个编剧就等着赔本跳楼吧。

呵呵，管住嘴确实很难，支持有事说事！

6. 四民社

却说至今犹存的北京四民武术社，简直就是一部小小国术史。

它是北京第一家民间武术社，又是第一家武术的百年老店，还是京城第一家“什么拳都不拒绝”的开放式武术社。创社人“粉面金刚耿大枪”，名耿继善，是形意门李洛能的徒孙，刘奇兰的弟子。老耿是位有思想、有担当的武林豪杰，眼见八国联军闯进中国如入无人之境，气得肝疼心痛，便在1900年当年就成立了四民武术社。四民者，士农工商也，从中即可看到耿先生不凡的志向、胸怀和魄力。社址位于地安门外、鼓楼南火神庙。

四民社“文革”期间被迫停办，练武的人只能在景山、紫竹院、土城等散落的拳点聚集，1994年正式复社至今。四民社前后已有五任社长，分别是耿继善、邓云峰、吴子珍、杨沫、牛宝贵。

当年，尹福、程廷华、刘德宽、张占魁、李存义、程有信、刘凤春、刘彩臣、尚云祥、吴鉴泉、吴图南等，都是四民社的常客，孙禄堂由于形意同门，来得也比较勤。有一天，孙禄堂来到四民社，当时社长已经不是耿继善而是邓云峰了，邓云峰招呼道：“福全兄，正好，来见见郝师傅。”

能称呼孙禄堂“福全”的，都是比较亲近的人，实际上孙禄堂晚年也喜欢用孙福全署名，这或许隐隐昭示着孙先生在“禄”“福”二字之间的倾向性选择。

郝师傅？社里来新人了？一听说郝为真郝师傅是武禹襄的再传弟子，孙禄堂大感兴趣，他老早就风闻永年还有一派武家太极，这还是第一次见。

显然，郝为真来北京是有“事业”梦想的，刚才试了几把，已让武术社大腕们感到了郝师傅实力超凡，大大不俗。

交谈中，孙禄堂对郝为真发表见解，说太极其实与形意、八卦深层都是一样的道理。郝为真初出永年，视野欠宽，并不同意这个说法，坚持说太极拳别有妙处，形意不及，八卦亦差强。

孙禄堂说：“那我用形意八卦试试你的太极拳。”

于是二人试手。孙禄堂鼓力试了试对方轻重，便不再对抗，只想看看对方的妙用。郝为真突然发现孙禄堂柔若无骨，力去无着，就改用巧劲，却仍然捉不住对方半点关窍。这攻击一方，没有办法收到成效，已然算输了。

据《内家拳旧闻》纯阳叙述，郝为真来北京并不是先来的四民武术社，而是先去了北京体育研究社，那里有他认识的永年老乡杨健侯，但杨健侯听说郝为真要来“开创事业”，并没有表现出应有的热心，相当于受到了杨家冷遇。许禹生碍于杨健侯的态度，不便收留，就告诉郝为真：“你去四民武术社吧，那地儿更大。”

在四民武术社第一个与郝为真“较技”的是社长邓云峰。提到邓云峰，突然想起了著名小说《青春之歌》的作者杨沫。杨沫还是十多岁的漂亮小姑娘时，因为受到武侠小说的影响，莽撞地闯进四民社，结果拜了邓云峰为师。受了姐姐杨沫的影响，三妹白杨也喜欢上了武术，这对后来成名的明星姐妹，习武内容主要是形意和太极。

关于孙、郝较技，《内家拳旧闻》如此讲述：

> 送走了郝先生，邓先生就赶到孙先生家，告诉孙先生遇到了一位好手，并请孙先生第二天去四民与郝先生会会。第二天孙郝见面，相互倾慕，谈得很投机，于是两人搭手，未想一搭手，孙先生即将郝先生放出。郝维祯（即郝为真）大惊失色，孙先生忙说：“这是按照您的说法走的劲。”算是为郝先生打个圆场，找个台阶。郝维祯很吃惊，说：“真是奇了，怎么就几句话，你就胜过了我这几十年的功夫。”于是郝先生也就知道孙先生的功夫在自己之上，所以以后也就不到四民来了。

郝为真折戟四民社，失望地去了天津，结果运气还是不好，在李存义门内没有占得便宜。据《内家拳旧闻录》说，让郝为真没占到便宜的对象，是形意门的年轻奇才李玉琳。

二次受到打击，或因饮食不当，郝为真肠胃出了毛病，病倒在北京的一家小旅店里。郝为真还带了一个小徒，小徒弟到处借钱为师治病，消息传到了孙禄堂处，他立刻前往。

其实郝为真的功力已进入为数不多的高手行列，只是他期望似乎太高了点。孙禄堂已试出郝师傅有真东西，所以亲自把郝为真接到家中，请医问药，细加照顾，一月有余，方告病愈。

杨澄甫不愿意传太极之秘，不妨试试郝为真。

郝为真终于明白了孙禄堂求拳若渴、真心请教之意，感其诚，解其意，谢其情，便把自己获得的武家太极拳的精秘，倾囊而出。大庭广众时，孙禄堂对郝为真严执弟子之礼，郝为真心里的阴影终于一扫而空。

已过五十岁的孙禄堂，几十年的武术积累，理解和体用起郝架太极拳来，那是相当容易，还能举一反三，触类旁通，仿佛抽水机插进郝为真的太极池塘，几下就有抽干的架势，郝为真都有点害怕了：

异哉！吾一言而子通悟，胜专习数十年者。

7. 创拳

也就两三个月的功夫，郝为真已经无可指点了。至此，郝为真也理解、也赞同了孙禄堂的道理——太极、八卦、形意，内里相通。

内里相通的“内里”，主要指的是三拳在理论基础“太极阴阳”方面一致；三拳习练的目的去向——祛病、健身、技击，一致；三拳的男女老幼适众性，一致；三拳在技击上强调用巧不用强，用意不用力，舍己从人，以柔克刚方面，一致；三拳在习练时对身体姿态、内外形神等方面的要求，一致，等等。

后来孙禄堂在国术馆授课，通俗地解释这“三通”的含义，说过一个比喻：形意拳是钢球，八卦拳是弹簧球，太极拳是皮球，都皆修混圆内力，一气贯通，大道神行，形异而神同，仅是外用形式不同而已。

郝为真晚年也对徒弟做比喻说：太极、八卦、形意，好比几条道爬山，到山顶高处，大家一见面，才发现爬的原来是同一座山；爬的方式也大同小异，只是起初互相看不见而已。

讲的是概念，指导的是武术修炼。理解到哪一层，修炼到哪一步，则是另一回事。即使是同爬一座山，仍然有人爱走大路，有人爱走小路，有人爱走阳路，有人爱走阴路，有人爱走花路，有人爱走水路，甚至有人非要自己修路呢。

“三拳合一”其实就是想修新路，也可以叫修索道，显然孙禄堂还没有修出真正的东西来。联想到当初推行“四门合一”碰灰，他深刻地感悟到，很多东西或许也只能走到“概念”这个层次，于是他自慰的想法是——概念自有概念的价值和意义。

孙禄堂创编的“孙氏太极拳”，绝不只是停留在“概念”上的“三拳合一”，它直接移植了形意拳、八卦拳的大量精华。比如孙氏太极拳的身形，移植的是形意拳的三体式，一些招式的名称虽然与别的太极拳相同或相似，但手法步法却大不一样，而是形意拳和八卦掌的手法步法，难怪有人说练孙氏太极的人学八卦，比寻常人要容易得多。

但有人如果因此说：我学了三拳合一的孙氏太极，是不是就可以拳打形意、脚踢八卦、纵横四海了呢？

那我们只能拊掌赞叹：你的天真好可爱哟。

三拳集于一身皆臻化境的孙禄堂，再打形意时已经不是原来的形意，再打八卦时也非原来的八卦。可见，三拳合一最大的价值，在于几种优秀拳种的融合内化，旨意当然是公约至佳、互参问捷、舍表及里、通曲向大。

形已脱迹，神游众拳。

或许，孙禄堂的“合成式新拳”可以叫作“自然拳”的，这倒是有个例子。1929 年出生的北京武术家马全福，身怀四门武功，从学于梁海如的如意通臂拳，从学于宋兰坡的八卦拳，从学于李瑞东再传弟子陈月舫的李派少林和李派太极。马全福最后的四拳四美，练法就是信手拈来、随意而发，没有规定动作，没有规定程序。别人问你这是打的什么拳？马全福笑道：“四拳合一自然拳。”

不过，这个“自然拳”恐怕没法学，因为从本质上讲，它是“拳境”，而非“拳种”。若学这个自然拳，恐怕还要从单独的通臂、少林、八卦、太极开始。

是的，“三拳合一”并没有，或许也不可能出来一种新拳，孙氏太极拳也不能叫严格的“三合一拳”。三拳合一，或许只是个理念而已。譬如数理化合称“理科”，但并没有出现一本叫“理科”的书，而理科的意义，在于计理统筹，分出数理化在于分类致知，一个数学出不来原子弹，原子弹必然来自于理科的集成统御。

如果说天生丽质、美妙颠翻的八卦掌，是一座武术峻岭。那么仿生集长、内外浑成的形意拳，则是一座武术巅峰。而太极拳，仿佛是巅峰后的武学大游戏、身心逍遥游。

如果你又说了，那么我还是只打太极拳做逍遥之游吧，但你必须注意“巅峰后”三字，不经历巅峰，逍遥游基本是低层次巡回。没完没了你又说了，如此说来，打太极拳之前，我必须先打形意、再打八卦？又错了，没有必须，只有取舍。

反正天上有馅饼，地上有大坑……此中有真意，欲辩已忘言。

无论如何，孙禄堂自己对内家三拳形意、八卦、太极已豁然贯通，并且决定把自己的研究成果悉数公诸于众。从 1915 年公开出版《形意拳学》开始，又陆续出版了《八卦拳学》《太极拳学》《拳意述真》《八卦剑学》，一次次刮起孙旋风，影响开始跨界蔓延。

宣统皇帝的老师、翰林陈微明，便是得见《形意拳学》一书后顿起拜访之心。一见不要紧，陈微明就成了孙老师的粉丝，成粉丝不要紧，便拜师学起了太极拳，学太极拳不要紧，便成了又一位太极名人，有点那种——在学界打太极拳最好、在太极拳界学问最好的意思。

1916 年，北京民间习武风气日盛。主持北京体育研究会的许禹生，就是一个推波助澜的大推手。孙禄堂少不了在研究会的体育讲习所，鼓吹他的拳术合一思想。

许禹生有一次办了个太极拳“高端论坛”，杨少侯、杨澄甫、纪子修、刘恩绶、刘彩臣、张忠元、佟瑞浦、吴鉴泉、兴石如、姜登撰、许禹生等太极名家荟萃一堂。孙禄堂不再以形意、八卦出手，告诉大家——我老孙也整出了一套太极拳法，于是，江湖上第一次正式出现了“孙氏太极”。

在追随孙禄堂学习孙氏太极的人中，有位河北故城的柳印虎，在首届国考上获过中等奖，此人也是练习了多年的形意、八卦，从学孙氏太极三四个月后，终于把形意、八卦给化了，遂进境神速，以竹剑击败了老朋友马玉甫，把马玉甫气得嗷嗷叫，因为马玉甫是首届国考的优等，曾击败过柳印虎。柳印虎学孙氏太极，尝到了甜头，心无旁骛，潜心修炼三年余，连雷声震天的杭州、上海国术擂台赛都置若罔闻，后来柳印虎被黄元秀认为属中央国术馆“后来居上”的奇才。再后来，柳印虎在镇江教拳，创出了自己的一方天地。

要了解孙氏太极拳的详细，因有孙禄堂《太极拳学》存世，看官自己可以去看。

以下不妨节录书中孙禄堂的《自序》：

乾坤肇造，元气流行，动静分合，遂生万物。

六气所侵，七情所感，古人忧之，于是尝药以祛其病，静坐以养其心。更发明拳术，以求复其虚灵之气。

元顺帝时，张三丰先生作太极拳术，阐明养身之妙。此拳在假后天之形，不用后天之力，一动一静，纯任自然，不尚血气，意在练气化神耳。

其中本一理、二气、三才、四象、五行、六合、七星、八卦、九宫等奥义。始于一，终于九，九又还于一之数也。一理者，即太极拳术起点，腹内中和之气，太极是也；二气者，身体一动一静之式，两仪是也；三才者，头、手、足，即上、中、下也；四象者，即前进、后退、左顾、右盼也；五行者，即进、退、顾、盼、定也；六合者，即精合其神，神合其气，气合其精，是内三合也；肩与胯合，肘与膝合，手与足合，是外三合也。内外如一，是成为六合；七星者，头、手、肩、肘、胯、膝、足，共七拳，是七星也；八卦者，掤、捋、挤、按、採、挒、肘、靠，即八卦也；九宫者，以八手加中定，是九宫也。

先生以河图、洛书为之经，以八卦、九宫为之纬；又以五行为之体，以七星八卦为之用，创此太极拳术。其精微奥妙，山右王宗岳先生论之详矣。

余受教于为真先生，朝夕习练数年之久。略明拳中大概之理，又深思体验，将夙昔所练之形意拳、八卦拳与太极拳三家，会合而为一体，一体又分为三派之形式，三派之姿式虽不同，其理则一也。

惟前人只凭口授，无有专书，偶著论说，亦无实练入手之法。余自维浅陋，不揣冒昧，将形意拳、八卦拳、太极拳三派，各编辑成书。书中各式之图，均有电照本像，又加以图解，庶有志于此者，可按图模仿，实力作去，久之不难得拳中之妙用。书中皆述诸先生之实理，并无文法可观，其间有舛错不合者，尚祈海内明达随时指示为感。

孙禄堂的《太极拳学》分上下两编，下编讲的是打手（推手）技法，凡十八章，上编讲的是拳式，凡九十八章——即孙氏太极拳的九十八式，其九十八式名曰：

无极，太极，懒扎衣，开手，合手，单鞭，提手上式，白鹤亮翅，开手，合手，搂膝拗步，手挥琵琶，进步搬拦捶，如封似闭，抱虎推山，开手，合手，搂膝拗步，手挥琵琶，懒扎衣，开手，合手，单鞭，肘下看捶，倒撵猴左式，倒撵猴右式，手挥琵琶，白鹤亮翅，

开手，合手，搂膝拗步，手挥琵琶，三通背，开手，合手，单鞭，云手，高探马，右起脚，左起脚，转身踢脚，践步打捶，翻身二起，披身伏虎，左踢脚，右蹬脚，上步搬拦捶，如封似闭，抱虎推山，右转开手，合手，搂膝拗步，手挥琵琶，懒扎衣，开手，合手，斜单鞭，野马分鬃，开手，合手，单鞭，右通背，玉女穿梭，手挥琵琶，懒扎衣，开手，合手，单鞭，

云手，云手下式，金鸡独立，倒撵猴，手挥琵琶，白鹤亮翅，开手，合手，搂膝拗步，手挥琵琶，三通背，开手，合手，单鞭，云手，高探马，十字摆莲，进步指裆捶，退步懒扎衣，开手，合手，单鞭，单鞭下式，上步七星，下步跨虎，转角摆莲，弯弓射虎，双撞捶，阴阳混一，无极还原。

第十八章　拳圣

1. 板垣一雄

攻心为上，舆论先行。民国初建，不少有识之士喜欢办班、开演讲会，宣讲各种“救国”道理。百家讲坛中，少不了武术一席。所以，孙禄堂又有了“孙教授”的外号，可惜没有教授证。在北研会、四民社、天津武士会，也包括一些知名大学，孙禄堂都讲过不止一次大课。

但他似乎并不怎么开心，曾感慨道：“吾虽论拳不倦，然百人之中，难遇一二略明其拳意者。”

虽知音难觅，孙禄堂的大课还是受到了盛赞。因为他拳理讲得简约而不简单，说到的还能随手比画出来，特别是旁征博引，兼能讲解易理、医道和儒释道。

北京师范大学的前身，当时叫北京高等师范学校，校长陈宝泉，听到一批刚听罢孙禄堂大课的学生叽叽喳喳，摩拳擦掌，尤其对孙禄堂大加吹捧，不禁起了好奇之心，一个打拳的家伙有什么了不起?

陈宝泉校长也去亲自听了一课，一听不要紧，竟然心情激动，当场要了地址，连夜拜访孙禄堂。二人从《周易》谈到老庄，从修炼谈到修身，从强种谈到强国，一谈而到天亮。

后来，陈宝泉赞叹道：

> 孙先生之学识，修养，见解，不仅武人中可谓绝无仅有，即于文人学者之中亦属罕见。

保定有个“刘二彪子”，是形意拳同门，叫刘纬祥，不知道用了什么手段借了辆小汽车，专门把孙禄堂拉到了保定小察院。这位刘师叔其实比孙禄堂小四岁。到了刘师叔大院，孙禄堂才知道师叔说的“有大事”，其实就是要切磋。三次试手，刘二彪子三次败北，黯然感喟说：“明白了，怪不得郭师祖把拳经传给你。”

1918 年孙禄堂的“老东家”徐世昌，做上了民国大总统。总统先生自然会大放其利，沾过边的，特别是有点势力或有些影响的，俱封官晋爵。给孙禄堂封的官职叫总统府“武承宣官”兼武术总教头。孙禄堂并没有立刻上任，而是带了一千多大洋，回完县老家赈灾去了。没有资料说明这“千余大洋”，是自筹的还是总统襄助的。

孙禄堂虽然没有拒绝徐世昌的“荣誉性”任命，但基本上不去“上班”，徐总统当然也顾不上这等小事，再说，总统府卫队都已经配了洋枪洋炮。

1920 年，日本大正天皇钦命大武士、全日本柔术冠军板垣一雄，专程来中国向“天下第一手”孙禄堂挑战。这次是通过了官方批准的“切磋”，但官方要求切磋保持在私人范围内。双方各有监护人，孙方监护人是北洋政府财政总长王克敏，日方监护人是天皇书记官龟田英夫。地点选在了孙禄堂家中。

有茶有烟有水果，孙禄堂好生招待，表示愿意按板垣一雄的方式比试。板垣一雄让翻译官告诉孙禄堂：“小心了，今天我要搓碎你一条胳膊。”

孙禄堂笑而点头，板垣一雄便使出日式柔道绝技，穿甩搓提，但他不发劲的时候一点事没有，只要捉住孙禄堂一发劲，那劲便会被弹回自身，全身发麻，臂不能持。如此三番五次，板垣一雄懊丧泄气，鞠躬拜师，表示愿出两万大洋拜师费。孙禄堂拒绝。

先后击败彼得罗夫、板垣一雄，在武林人士以及普罗大众的心目中，孙禄堂开始从肉身凡胎走向鬼神附体，从江湖田野四合院走向神坛，走向拳帝庙。

神仙也好，俗人也好，都得过日子。而且所谓光鲜的日子总是少数，大部分日子普通平凡甚至无聊。1922 年，徐世昌下野，孙禄堂也就彻底跟总统府没有了关系，终日著书立说，授课教拳，访朋问友，行走于京津等地。

将军武友李景林也是那时候结交上的，八极高手李书文同样是那个阶段开始交往的。傲视八方的李书文，如果不是亲手领教了一番孙禄堂的术艺，恐怕他绝难相信同时代还真有人拥有如此高妙的武功造诣，为此他啧啧惊异多日，摇着脑袋，喃喃自语。

倒也不是李书文嫉贤妒能，而是对武术的可能性有了一些新的理解。后来，李书文前往李将军府邸，正好见李景林处有孙禄堂的第三本新著《太极拳学》，李书文问李景林：“将军识得此书作者否？”

李书文试探道：“哈哈，管他是谁，反正依你李兄之技，当今已无敌手。”

李书文郑重地对李景林说：“近来结识蒲阳孙禄堂，此人确可称当今第一手。”

李景林瞪大眼：“不会吧，这话不像你说的呀。”

李书文：“将军真以为俺目中无人啊！”

二人抚掌大笑。

也正是有了与李景林的剑法交流，孙禄堂后来还出版了《八卦剑学》，孙李相互磨砺，对李景林的武当剑法，以及理论方面的阐述和整理大有裨益，为此李还赠送孙禄堂一份重金。

有资料证明，1924年，孙禄堂还去山西看望过形意门师叔宋世荣。七十多岁的宋师叔，当时住在离太谷不远的介休。孙禄堂在《拳意述真》中对宋世荣一辈子悟到的形意拳技艺和道理多有记述，燕子抄水、狸猫上树、散手技击等，都有白纸黑字。

1926年，一位多年不见的“道友”访上门来，道友还是孙禄堂在二十年前游历南方时结交的呢。原来是这位道友有了些功法新心得，惦记着来找孙禄堂交流。

二人同住一室，还插了门，嘱咐家人不要告诉别人，不要打扰，无须送饭。如此“闭关”共计二十一天。搞得孙禄堂老婆孩子一大家人十分紧张，心事忡忡的，却又听不见任何动静。孙剑云后来回忆说：“此道人姓关，后来再没见过，每次家人提到他，孙禄堂说此人已走。”

走的意思，或许是指修成正果罢。

2. 孙存周

打不赢，不是对手强大，必是你哪里打错了。

孙存周几乎到死，都一直记得父亲孙禄堂的这句告诫。作为堂堂孙禄堂的儿子，孙存周的成就虽不辱孙门，未坠父名，客观地讲却未能做到将孙家绝学发扬光大。

或曰性格造就，或曰志趣使然，或曰时运不济。

孙禄堂、张昭贤夫妻共有子女五人，三男二女。老大孙星一早年被过继给别人了，老三孙务兹年轻时意外过世。大女也不幸早夭。所以，大家比较熟悉的是老二孙存周和1914 年孙禄堂晚年所得的小女孙剑云。

国术馆期间，孙剑云一直跟随在父亲身边，给孙禄堂带来莫大的天伦之乐。孙剑云少女成才，十三四岁已经是江苏国术馆有模有样的女子小教练了。

单表这孙家老二孙存周，名焕文，号二可，乃孙禄堂三十三岁那年即 1893 年所生。

孙存周拳二代的生活无忧无虑，六岁跟着比画拳脚，也出去玩弹弓。孙禄堂常年走南闯北，见存周十六岁了还不上道，有些着急。其实孙存周天赋还是超厉害的，尤其不乏技击高手不可或缺的灵活和冷静，但孙禄堂不满意——你不是自我感觉挺厉害吗？打我试试。

一试便得了一个嘴啃泥，然后一顿呵斥，孙存周虽然骄傲，但打不过老爹，也自感羞愧，于是偷偷用功，没日没夜，一通苦练，“一冬天衣服没干过”，三年后不是更厉害了，反而感觉练武遇到“瓶颈”，其实就是练烦了。

想起父亲青年时代的“万里远游”，孙存周不免心驰神往，有了想法便坐不住了，非要自己走一遭不可。去就去呗，可见孙禄堂教育子女也缺乏好招。按照孙禄堂夫妇的安排，孙存周先与钱姓姑娘结了婚，然后上道出发。

在家里是孩子，一出门便是成人。孙存周一路南下，混得竟然不错，交了不少把兄弟，也比孙禄堂年轻时洋气有派，比起老爹当年多在名山大川里打转，小子更喜欢上海、苏杭，还经常跟人聊天时问话：“当今武技谁最为高妙呀？”

对方如说孙禄堂，孙存周必大喜，但并不表明自己是谁，如对方轻视孙禄堂，那麻烦来了，收拾了对方，然后告之："打你用的这些手段，都是孙师父教我的，我只学了他十之二三！"

六年后回京探亲，老孙考了考他，小孙满以为会得到表扬，结果又是一顿训斥。孙存周心下不满，过了一段时间又去了南方。1921 年曾用八卦掌打倒了湖南名手谢铁夫。

抗战胜利后因"汉奸罪"死在狱中的军阀、武术家马良，1923 年 4 月在上海组织了一场"全国武术运动大会"。会前曾邀请北京的孙禄堂前往表演，孙禄堂因反感这个河北老乡没去。在上海的孙存周却前往大会观摩，还遇见了早就认识的名家张凤岩，试手中竟将张凤岩发弹于桌下，旁边的程海亭打哈哈说："二可现在的能耐不得了了！"

拳二代确实比拳一代过得潇洒，孙存周的书、画、英语都有两手，还赶时髦打起了"台球"。1924 年，他戴着水晶眼镜，坐在台球桌旁看报纸，哥们李霄禾打球时发力过猛，竟然把球竿飞出，怎么那么巧，正击中孙存周的眼镜，结果导致孙存周左目失明。

其实水晶眼镜是李霄禾的，孙存周戴上图个新鲜而已。孙存周痛不欲生，哭丧着脸，对李霄禾道："你这一竿，打退了我五百年道行。"

"独眼龙"不是荣耀，心灰意冷的孙存周一度极度消沉，大批朋友劝来劝去，更有郑佐平三天两头来开导他，拉他起来练功，自愿充当对手。失去一眼，对练武的影响当然巨大，但孙存周心情平复后，练武反而更加专心和发狠了。两年过后，技艺愈加精纯，技击更加狠辣，心理障碍也慢慢得以克服，再次公开游走武林，视力也真正做到了一目了然。

杭州国术游艺大会期间，李书文、张策、杜心五、刘百川这些老油条，都对后生孙存周的技艺表示惊叹，并推举他担任了大会首席监察委员。

孙存周失去一眼，却开发了潜能，对周围环境的感觉异常敏锐，反应奇快，所以他教授徒弟有个规矩——随时随地可以偷袭他。当然，若偷袭不成蚀把米，只好自作自受了。以至于朋友们经常笑谈孙存周脸上的眼睛转移到后背上了。

孙存周以实力赢得了名气，隐隐已独立于老爹孙禄堂的光环之外。杨氏太极田兆麟弟子叶大密，在上海成立了武当太极拳社，宣称自己得到的是三家汇合——田兆麟杨家太极拳、孙存周孙家内劲、李景林武当剑法。

1928 年 4 月，孙禄堂孙存周父子会合于上海，一起去了南京中央国术馆，一个月后又一起去了江苏国术馆。孙存周跟随父亲光干活不任职，目的是为了避嫌，防止外人说近水楼台。

据传有一次切磋剑法，孙存周以一对三,三个都是国术馆的青年才俊——于化龙、柳印虎、李庆澜，他们都被孙存周的竹剑以八卦剑法击中要害，后来练达摩剑法的陈一虎也加入进来，八只眼睛对一只眼睛，还是无奈孙存周何。国术馆的一些年轻人，见拳击术挺厉害，都嚷嚷着要学西洋拳击，孙存周不高兴，就把形意拳中的一些招法选择出来，编出一套类似拳击的路数，告诉学生——形意拳里有拳击啊，你们何必舍近求远？

孙存周与李玉琳虽为师兄弟，却素来不睦。有一次孙存周同时与李玉琳、褚桂亭两人交手，两大孙门杰出弟子，仍然没占得便宜。褚桂亭许多年后每当提起此事，仍旧赞赏不已。鹰爪拳名手陈子正，最喜欢抓住人等人求饶，一旦反抗，弄不好会被抓下一块肉来。某次宴会上用鹰爪手扣住了孙的脉门，孙存周一个旋沉提翻，把陈子正甩了出去。

孙存周有风雅爱好，比乃父似乎有过之而无不及。晚清翰林陈夔龙、大学问家马一浮、朴学大师胡朴安、音乐家汪孟叔等，都与孙存周有互相传学之谊。

上海滩的花花世界，让不少拳师拳手陷入黑、黄、赌、毒的泥淖而不能自拔。还好，孙存周没有给孙禄堂丢脸，他虽好新奇，但界限还是划得很清。大世界俱乐部的演出，每天都变幻花样，引诱人们大把花钱，其中出现过一个大力士，能举八百斤杠铃，俱乐部的岳老板知道孙存周的手段，就开玩笑道："你能举不？"

孙存周："不能，但他能举起八百斤，却未必能撅动我这一指。"

大力士确实对孙存周一根指头无可奈何，岳老板高兴了："你现在就可以搬到我洋房里住，另有美女伺候，但得把绝招教我几个有用的。"

孙存周："绝招是有，但你使没用，因为你得先下十年苦功。"

孙存周不缺小钱，也没有父亲弘扬国术事业的雄图伟志，一段时间他与杭州灵隐寺住持成为好友，还住进寺里做了几天吃素的和尚。所以他的武艺自有与"万能手"父亲的不同之处，刚烈和空灵并存，也算拳术界一个小小的奇观。

1929 年的杭州国术游艺大会，风云际会，挑战成名高手也是一大时髦。孙存周担心老爹受到打扰，放出风去——谁要挑战我爹，必先过我这一关，否则绝不客气。

似乎没有传出挑战孙禄堂的新闻。孙禄堂时年六十九岁，青年人不傻，挑战"老同志"实在是太不知趣。据说孙存周以及杜心五的弟子万籁声等人，本来一开始都报名参加擂台赛，后来被"大人们"制止了。作为首席监察委员，大部分比赛的胜负都是孙存周主持评定的。有一天比赛完毕，孙存周得意地吹牛皮道："甭管天南地北，只要一交手，老子一眼定胜负。"

旁边有老家伙说："你两眼定胜负做不到吧？"

听得大伙一起哄堂大笑。

有个佳话，李景林的女儿李书琴，随孙禄堂习八卦剑，而孙禄堂的儿子女儿孙存周、孙剑云则随李景林习武当剑。据说在上海有次杜月笙请李景林吃饭，在座的有孙存周，杜月笙吹捧李景林"天下第一剑"，李景林立刻说："不！眼前这位存周先生孙二可，剑法便不在鄙人之下。"

孙存周自负，也多有固执，比如与李玉琳的矛盾，虽则孙禄堂几次训斥，孙存周就是不搭理李玉琳。甚至以李玉琳在孙禄堂身边为借口离开。这位李玉琳是郝恩光、李存义的高徒，曾让初到天津的郝为真大为沮丧。李存义告老还乡，告诉李玉琳："我的东西你都有了，如还想有所进境，只有找孙禄堂了。"

所以李玉琳追随了孙禄堂，被孙禄堂长期带在左右。李玉琳不善言辞，却也自有主张，对不搭理自己的孙存周，同样做视而不见状。或许是应了那句话，一山不容二虎。孙存周以孙门二公子自居，李玉琳以带头大弟子自居，孙存周有次对父亲说："你不让李玉琳走，我就走。"

李玉琳在孙存周走了以后，也觉得不甚自在，后来去了山东国术馆任教务主任。李玉琳和孙存周都是有可能继承孙禄堂绝学的合适人选，却双双远离，耽误着耽误着，也就影响了孙门绝学的传承。李玉琳有"铁臂苍猿"的绰号，时已跻身一流。他一走，孙存周果然又回到了江苏国术馆，代父教拳。

1931 年 9 月 18 日，"九一八"日本侵占东北。孙禄堂心情不好，或许还有年龄的问题，便留下孙存周在江苏国术馆，自己于 10 月返回北京。1932 年 1 月 28 日，日军轰炸上海闸北，江南大乱，人心惶惶，国术馆因资金问题，于 1932 年 3 月停办。

通过支燮堂的介绍，孙存周去了上海铁路局、消防队等处教拳。1933 年 11 月，孙存周接到父亲来信，便立即返回河北老家。原来孙禄堂预知自己的驾鹤之日，故催儿返乡。送走了父亲，母亲也病了，翌年他又送走了母亲。

1935 年 10 月，上海举行第六届全国运动会，孙存周担任评委。其间冒出一个彪悍的蒙古跤王，八面威风，获五连胜。有人撺掇跤王挑战孙存周，孙存周牛大了，站立场中，让跤王和他的三个徒弟一起按住自己，旁边叶大密喊号，吴鉴泉挥旗，一声令下，孙存周劲发四梢，将四位蒙古跤手全部震扑滚开。老翰林陈微明"汉族"意识强烈，竟一下子兴奋地跃起来，说道："真功夫还是在神州哇！"

1937 年 7 月 7 日卢沟桥事变，孙存周赶回北平，幸好家人无恙。战争年代，孙存周隐居在乡下，教授乡人武技。其长子黄埔军校生孙保和，以代理营长职务参加 1944 年的洛阳战役，在日军炸弹下壮烈牺牲。

孙存周与陈氏大师陈发科也有过交集。据瀛人先生叙述，1946 年，北平武术界赫寿岩过七十大寿，陈发科、孙存周都在座。沈家祯、雷慕尼等人讨论起"缠丝劲"，陈发科略作讲解，众皆称善，只有孙存周睥睨众人，不发一言。赫寿岩趁着兴头问孙存周："你们孙家拳里有缠丝劲没"？孙存周说："什么缠丝劲？我只知道里裹外翻就够用了。"雷慕尼后来讲，孙存周与陈发科曾有过接触，陈发科说我缠不上他，就是缠上了也没用。

1949 年以后，孙存周因为不少师兄弟被政府"镇压"而不满，拒绝出任任何公职，还拒绝参与拍摄形意拳影像资料，孙直言："我就是要把拳带到棺材里去。"遂终日写字作画，练拳教徒，常去的地方是北海团城。

在团城公园，孙存周也是目无旁人，独自演拳。如碰到熟人如雷师墨、秦奉之、汪孟书几个，也显得很高兴。在团城，孙存周只打太极拳。尚云祥的弟子陈子江常去团城习练形意拳，有一次对孙存周半开玩笑半认真说：“你把咱们形意、八卦忘得快光了吧？”

孙存周用白鹤亮翅把陈子江提了起来，笑道：“忘了如何，不忘又如何？”

听说孙存周常去团城，有武术界人士闻风而至，某些不熟的，也想看个好奇，见识一下传说中的孙二可、孙门绝艺。据传陈发科、唐凤亭、王芗斋、吴图南、吴子珍、李敦素、胡耀真等各路名手都去过。王芗斋、吴图南、胡耀真等，都在与孙存周的交手中败下阵来。

当时的国务院副总理、秘书长习仲勋、齐心夫妇，从中南海后门出来散步，经常到团城走走。习副总理发现孙存周老头其人其拳、派度与他人迥然不同，颇感兴趣，竟然一连几天都来观看，后来终于交谈起来，习仲勋便请孙存周到家里做客，彼此成了朋友。

孙存周偶尔也去父亲当年常去的四民武术社，吴子珍弟子还留下了记录，很是生动形象：

> 孙存周先生是位传奇人物，寡言孤傲，不易接近，与我师子珍先生迥然不同。我见过存周先生几次，但够不到跟前去。存周先生的打扮与一般拳师不同，第一次见到存周先生来四民时，身穿米色风衣，头戴鸭舌帽，眼睛上还戴着副大墨镜，嘴上留着长长的花白胡须，身板瘦高笔直，元阳贯顶，神采傲然。按当时的穿戴习惯，他简直就像个老特务。
>
> 以后，又见孙存周来过一次，穿件长衫，在我师力邀下，示范了一个虎形，孙存周连长衫也没脱，双脚向前一跃，身形暴涨，疾如灵猿，确实跃出很远。吴师让我用脚量量，这一跃足足有十大步，至于凌空走八步，我没见过。

大约是 1960 年后，孙存周回上海看望故旧，被上海体育宫的顾留馨探得消息，马上发了个海报：“明日武术大师孙存周先生在本宫演武。”

孙存周一听到消息，立马买了张车票离开上海，据说顾留馨很生气，嫌孙存周不识抬举。

1963 年 8 月，经常一人独酌的孙存周，因心肌梗死猝然去世，时年七十。

孙禄堂之子孙存周，很容易让人联想起杨门的那位杨少侯。二人的性情似乎有些类似，人生的结局俱略显萧索。只是杨门少了杨少侯，尚有小三杨澄甫负责光大杨门，而孙门的孙存周却无心扮演杨澄甫的角色，孙家广收学员弟子的，竟然是孙禄堂的女儿孙剑云——武功纯正、剑法一流的孙剑云。

传武授业、弘扬孙门的武学事业，孙剑云虽然做得同样很是优秀，但毋庸讳言，武术一道毕竟是男人领衔的世界。

浩博雄烈，赫奕英绝。

这八个字来自 1932 年孙存周四十岁庆生时收到的一块牌匾，系沪上心意拳名家卢嵩高所赠。

3. 郑怀贤

语文老师告诉我们，作文的秘诀之一叫“前后呼应”。现在我们如法炮制一下，前文曾提到傅淑云参加 1936 年的柏林奥运会，当时的中国武术表演队还有另一位队员，他或许比傅淑云更受欢迎。

他就是“飞叉王”郑怀贤。郑怀贤是孙禄堂弟子中的杰出人物之一。

刀枪剑戟、斧钺钩叉，十八般兵器中排名第八位的叫作“叉”。叉是好玩意儿。它可不止是兵器，它可能是地球上最早的多用途工具，叉兽，叉人，叉粪，叉田，叉果，叉瓜，叉鱼，西方人到现在还用它叉饭。

既然用处特大，当然广受欢迎。随身携带久了，便有人用它来表演。于是，叉子又成了舞台上颇受欢迎的明星道具。武术、马戏、杂技、把式表演，都喜欢用它。这玩意耍将起来厉害得很，见过牛魔王耍叉子的都知道。

分析起来，叉子因为有三个齿——当然不一定都是三个齿，还能涂颜色、贴佩饰、挂铃铛响环，所以比齐天大圣耍金箍棒还要眼花缭乱，还要悦耳动听。当然，耍叉子的自伤系数，也比耍棒子高得多。

河北中部有个白洋淀，当年绝对是好水、好鱼、好风光。1897 年生于斯的郑怀贤，或许是因为常喝鱼汤的缘故，格外天资聪颖，还上了两年私塾，会识文断字，十一岁时去看热闹——正月十五花会。

花会上打头的是飞叉队，飞叉队的表演深深吸引了郑怀贤，简直把他的小魂给勾走了。确实不能小看一把小小的飞叉，表演起来那叫一个花样繁多。这古老的耍叉术，至今竟然未曾灭绝，各位看官可网搜“白洋淀火云飞叉视频”，一定能大开眼界。据说视频里做表演的还是郑怀贤的后人呢。

其实玩飞叉不只是用手，反而很少用手，主要用胳臂，然后才是用手、腿、脚、胸、肩、背，弹踢掷甩。飞叉如同带线风筝，总能回到人体，有时滚到后背，有时穿过裤裆，有时闪光，有时喷火，俩字，绝了！

郑怀贤醉心于飞叉绝活，还真就毅然决然地去学了。学到十八岁，小伙子的耍叉术已经青出于蓝，比师父李洱庆有过之而无不及，在观众群中，徒弟竟然比师父受欢迎得多。

师徒俩边卖鱼、边耍叉、兼卖跌打损伤药。看耍叉不要钱，你要不好意思白看呢，那就买点鱼、买点药。靠着这手艺，师徒俩虽没大富大贵，但个人吃吃喝喝、外带养活家里几口人，一点问题都没有。

1918 年，路过市场的武术家魏昌义，登时被郑怀贤的叉子所吸引，盯了半晌，找李洱庆商量说："孩子这么好的素质，耍叉子有些可惜呀。"

于是，郑怀贤开始跟魏昌义学习戳脚翻子。三年多以后，魏昌义说："只跟学我这戳脚翻子有些可惜呀。"

于是，他推荐郑怀贤去北京找魏金山，学鹰爪翻子。1923 年，魏金山说："只学我这鹰爪翻子有些可惜呀。"

于是，他推荐郑怀贤去找孙禄堂，学形意、八卦、太极。郑怀贤最喜欢八卦拳。四年后，孙禄堂说："你这叉子、翻子、戳脚、鹰爪、擒拿、八卦、大力丸、跌伤药、正骨手，这么多东西，不用可惜呀，你已经三十岁了，扬名立万去吧。"

不扬名立万，怎么买洋楼、买马车、买孩子用的笔记本、买老婆戴的珊瑚坠？郑怀贤虽然对江湖充满憧憬，但师父手里的好东西还有很多没学呢，实在有些舍不得离开。孙禄堂瞧出了他的心思："贪多嚼不烂，再说了，上海有你师兄孙存周，还想学艺，可以跟他学。"

于是白洋淀的郑怀贤，南下大上海。

1926 年后，他先后在上海交通大学、中华体育会、西江体育师范等地教授武术，并且在孙存周的点拨下，实战技击能力大进，还被沪上大亨杜月笙看中，做了一段时间杜氏的贴身保镖。杜月笙发家，其中一条是"豪爽义气"，或者说很会笼络人，他不仅给郑怀贤很高的工资，二人还义结金兰。

1936 年为参加奥运会组建国术表演队，郑怀贤以总分第三名的成绩入选——第一是张文广，第二是温敬铭。少年江湖、转益多师的郑怀贤，在整个中国奥运队中堪称散手第一，张文广摔跤第一，温敬铭大枪第一。

代表团出征前，受到了蒋介石、宋美龄夫妇在南京行政院的隆重接见，并一起合影留念。一到德国，郑怀贤就火了。一般的武术不好看，郑氏飞叉不一样，强烈的表演性让它出足风头。待到奥运归来，因为报纸电台多方报道，郑怀贤名声大振。火借风势，龙借浪行，郑怀贤顺利地进入了黄埔军校担任国术教官。

抗战爆发后，他也随国民政府撤退到大西南，并在中央军官学校教授实战技击术。其间郑怀贤与朱国福、朱国祯、张英振、张英健、周剑南、李雅轩等青壮才俊，呼啸成群，称兄道弟。朱国祯、张英健、周剑南、洪懋中等人，都向郑怀贤学习过孙氏太极和八卦，后来台湾的孙氏太极拳，主要来源便是郑怀贤传下的这一脉流。

1944 年，郑怀贤进入成都体育专科学校任教。这时候，他已经被称为大西南地区“八卦拳第一人”了。其八卦拳的过人之处，在于三拳合一的味道，这种味道其实是“超越单种拳法”的味道，看似八卦，又有太极、形意之意。这高人一筹的技艺，当然来自追随孙禄堂父子十来年的修炼和淬火。

大家知道，1958 年乃至以后，中国大陆的社会情况比较“复杂”，耍叉子不行，搞技击不行，开武馆不行，郑怀贤该何去何从？

别人不好办，郑怀贤很好办，因为他不止单会武术。所以他适时地、聪明地、坚定地改行了。1958 年，他创建了成都体育学院附属医院，自任院长。那位说了，在社会主义计划经济下，郑怀贤凭什么能开医院、还能当院长？必须说明，医院是国家的，不是郑怀贤私人的，虽然他是创办人和领导人。

大家知道，郑怀贤十多岁就跟着师父耍飞叉，卖跌打损伤药。不要以为江湖卖药的都是假药，郑师的药大部分都是真药。郑怀贤第三位师父魏金山，不仅擅长形意拳，更是骨伤科的绝对专家，特别持有祖传秘方“铁弹丸”。该弹丸老奇怪了，平时极硬，能当暗器伤人，却又入口即化，治疗跌打损伤，大有奇效。

这么好的东西，魏金山只传给儿子。对郑怀贤来说，学拳可以，要秘方没门。但魏金山小瞧郑怀贤了。郑怀贤把师父配丸前的药柜子全部清查、过秤，等师父配完药后，再次清查、过秤，慢慢就掌握了铁弹丸的配方秘密。

第四位师父孙禄堂，那也是武医方面的行家呀。所以郑怀贤一到西南，基本上就不跟拳友抢拳场的生意了，主要做些骨伤治疗工作。众所周知，拳可以不学，伤病不可不治，所以郑怀贤从医，有个原因是行医比行拳的收入要多得多。

看来，如果有可能，每个人一定要多准备几把刷子，多几个金刚钻。比如放羊倌兼持兽医证，补胎的先学会扎胎，都是事半功倍的名堂啊。断骨能接骨，打伤对方还能治疗，这才叫真正的全套服务。

当然，郑怀贤能开医院当院长，与贺龙元帅的支持也分不开。贺元帅的手，因为战争年代受伤，老病根时常发作。四川省委书记李井泉把郑怀贤介绍给贺龙，几次推拿、贴药后，竟然好了。“两把菜刀闹革命”的武术爱好者贺龙元帅，当时说话还是很管用的，他对郑怀贤发挥技艺、造福社会鼎力支持。

另外，郑怀贤还曾经治疗过周恩来总理的伤，并同周总理结下友谊。“文革”开始后，郑怀贤因为是教授，所以被定为“反动学术权威”，因为参加过柏林奥运会，所以被定为“特务”，因为做过国民党军校武术教官，所以被打成“历史反革命分子”。在生死攸关的危急时刻，一个来自国务院办公室的救命电话，直接打给了四川省军管会负责人：“总理指示，郑怀贤医生年纪大，是国家有用之才，要好好照顾，不要让他受委屈！”

其实，由于社会需要，武人拳师里精通骨伤一科者，并不在少数，但是只有郑怀贤做到了将传统武术中的骨伤医治方法建设成一门学科，发展为一套完整的新式医疗体系。"郑氏中医骨科"现已成为四川省的非物质文化遗产。

1979 年，郑怀贤被选为第三届中国武术协会主席。

关于中国武协，不妨说说 1958 年的第一届班子的组成。那一届的武协主席是李梦华，副主席是王子平，委员有柏坪、毛伯浩、唐豪、徐致一、郑怀贤、张登魁、张文广、郝家俊、顾留馨、蔡龙云、陈盛甫、吴图南、徐良骥、吴桐、孙文滨、王新泉、薛仪衡、王树田、李殿立、李元超、施鸿义、李宗本、卜文德、周明德、刘杞荣、周公勇、曹文斌、李天骥、佟忠义。

有句话基本正确：高手不一定都进了名单，进了名单的都是高手。

1958 年的郑怀贤，名列第一届委员之一。到了 1979 年，郑怀贤以大西南代表的身份被选为第三届武协主席，当上了新一届的"武林盟主"，这是很不容易的事，足见其传奇资历、过人技艺、高超造诣以及综合成就，已经让郑怀贤德高望重、众望所归。

有些奇怪的是，孙剑云编录的《孙禄堂武学录》中，孙门嫡传弟子名单里却没有郑怀贤的名字，不晓得是因为郑怀贤师门较多，还是因为郑怀贤是武协主席的缘故。

4. 孙氏嫡传

孙禄堂门下的弟子，除家传孙存周、孙剑云外，他人不计其数，其中不乏王公贵胄、高官名将，当然更多的是文人名士、士农工商一类人。

这“弟子”一词，说来也是大有花活。嫡传弟子、记名弟子、挂名弟子、代传弟子、课堂弟子、寄名弟子，名堂多了去了。有的明明是弟子，偏偏嫌弃师父低贱，拼命隐瞒。有的或许只是听过一次课，偏要拼命说自己是某某的弟子。这些情况国人应大有体会，不信你去瞧那些熙熙攘攘的“文化骗子”们，他们第一面拿给你看的肯定是——瞧！我跟哪个领导握过手、我跟哪个大师合过影、我跟哪个明星用过膳……

民国时期，全国性武术比赛共举行过七次，分别是中央国术馆第一届、第二届国术国考，浙江国术游艺大会，上海国术大赛，第五届、第六届、第七届民国运动会。其中有对抗性的武术比赛五次。

首届国术考试最优等的十五人中，朱国福、朱国祯、张长义三人在考前已拜入孙禄堂门下，尤以朱国福从学时间最长，已有十余年。十五人中考试后拜入孙门下的有窦来庚、顾汝章、马承智等。

浙江杭州国术游艺大会国术擂台赛前十名中，曹晏海、胡凤山、马承智三人赛前已拜入孙门，赛后拜入的有王子庆、朱国禄、章殿卿等。这次游艺大会还拍成了纪录片，纪录片片名据说叫《李景林之剑、孙禄堂之拳》。

在杭州国术游艺大会后，紧接着举办了上海国术大赛，时间是 1929 年 12 月。虽然前文没有细述此次大赛，但上海国术大赛的激烈程度不亚于杭州赛，甚至有所超过。上海赛取消了表演，十五天全是擂台比武，而且自始至终允许击打头部。上海赛最终取前十二名为获奖者，比赛名次为：

第一名　曹晏海
第二名　马承智
第三名　张熙堂

第四名　章殿卿

第五名　李树桐

第六名　张英振

第七名　高守武

第八名　袁伟

第九名　韩其昌

第十名　张长信

第十一名　郭世铨

第十二名　李成希

其中获得第一、二、三名的曹晏海、马承智、张熙堂，和第八名的袁伟，都是赛前就已拜在孙禄堂门下的学艺弟子。

上海赛第一名曹晏海很有意思，杭州赛上他是第四名，看来是对名次不满意，并从失利中找到了原因和窍门，终于在上海赛中勇拔头筹。据《内家拳旧闻》载，曹晏海拜师孙禄堂后，演示了自己的通臂、劈挂、滑拳，孙禄堂说："汝之技，只需再换一付腿。"

原来，孙认定曹晏海的弱点是步拙腿僵，于是传授了"飞九宫"之术，主要就是在九杆插成的桩阵中练习原有功夫。

数月，经孙老悉心教授，曹之步法由拙渐活。于是，孙老又授曹散腿之用。所授散腿皆由八卦暗腿演化而出，因曹已有飞九宫之基础，故能得此散腿之用。……孙老之用腿与众不同，教授时，孙老将双手背于身后，对曹说："我不用手，只用腿，你随意攻守，注意，三秒之内我必起腿。"言罢，孙老潜步走近，曹刚要出拳或出脚，孙老的脚已抵在曹的心窝处。如此反复多次，总是如此。曹总是夺不着先机，又挡不住、化不开、躲不及，而孙老的腿法很简单，就是一抬腿而已。

原来，凡人用腿必先移重心，否则无法平衡，故腿动必先肩动。所以，只要集中注意力，在对手出腿时，一般还是可以做出反应的。然而，孙老出腿时，却无这种迹象，故使人防不胜防。

于是曹晏海问："孙老师，您出腿时，怎么全身竟无一丝迹象，好像凭空出来了一腿？"孙老曰："这是因为我周身各处都能作为重心，故能出腿时与出腿前一个样。所谓暗腿、第三条腿就是指这种功夫。此需有一定内功基础，才能做到。"

于是，曹又得孙老内功修养之传。从此曹只食素，不食荤，以后练成轻功，有"草上飞"之美誉。

在 2001 年出版的《孙禄堂武学录》中，孙禄堂“嫡传弟子”第一代名单如下（需要注意的是，这个名单应该出自孙剑云女士）：

于化行，马兰，马承智，方成一，支燮堂，齐公博，叶梦侠，孙少江，孙如兰，孙伯英，孙国屏，孙振川，孙振岱，朱国祯，任彦芝，刘淑芳，阳铁生，李书琴，李庆澜，李老丹，李芙初，李世戬，李敦素，张小菘，张子衡，张文义、张玉山，张玉峰，张旭光，张仲谋，张景琪，张锡君，张熙堂，张荪玖，陈一虎，陈文伯，陈守礼，陈发可，陈敬承，陈微明，吴楷之，沈玉林，肖汉卿，肖洛清，宋长喜，汪宗海，汪孟舒，金一明，金仕明，金淑英，杨世垣，杨奎山，杨复春，杨德垣，周仲英，周作孚，周明叙，周锡琛，郑佐平，顾汝章，顾梦慈，单启骞，单启鹄，郎敦甫，胡凤山，胡俭珍，姜怀素，俞亮臣，柳印虎，闻善益，侯殿元，袁伟，奚在溪，徐克延，徐梦华，徐铸仁，徐慧舫，海桂元，贯绶卿，黄凤池，黄竹铭，崔老玉，龚剑堂，曹晏海，童文华，童麟珠，靳云亭，雷师墨，蒯晋德，鹿宏世，鹿季子，裴德元，潘子芳，潘赞化。

年轻时代的孙禄堂，因忙于各种公职私务和提高个人技艺，并未特别留意择人授徒之事。有点来者不拒、有求必应的意思。而在后来的讲习所、国术馆期间，又以新式教授的态度普及国术、有教无类。

1931 年，七十一岁的孙禄堂突发奇想，时间不等人，人也别等时间了，趁老年未死，选个聪颖娃娃做个关门弟子吧，让一个娃娃传我的“三门合一”恐怕不行，那就选三个吧。于是他主动出击，竟然在南京的报纸上发出一则广告，广告中“招徒条件”列了三条：

一、本人酷爱武术，三年之内不准备从事其他事业者。

二、最好是大学文化程度。

三、面试合格。

一周之内，报名者三百余人，孙禄堂从中择出三人，认为条件尚可。决定对此三人分别授以太极、八卦、形意，各继承一门拳学。这事刚有眉目，9 月 18 日“九一八事变”爆发。国难当头，人心惶惶，谁也不知道中国将面临什么，国术馆事业已无人关注，似乎摇摇欲坠，而三个孩子的家长也开始三心二意、心猿意马。

天意如此莫强求，孙禄堂带着对家国的忧虑、对事业的无奈、对死亡的预测，中断了收徒设想，北上返平。

5. 太极之门

谚曰：一开一合，拳术尽矣。

正巧，孙氏太极拳有个外号叫“开合活步太极拳”。

开合互变，互存互生，开为阳，合则阴，所以更酷的话应该叫：一阴一阳，万物尽矣。

不过，这些形而上的普遍道理，虽然貌似日月高悬，却也笼统乏味得紧。而在天长日久的行拳习武过程中，诸多具体问题，尚需具体问题具体分析，举轻若重，各个击破。

如同老子庄子把哲学问题文学化导致注解多多、众论纷纭一样，许许多多的太极拳理论，在数百年后的今天，武林内外仍然是鸡一嘴、鸭一嘴、猫发个言、狗表个态的混乱景象。即使是最基本的问题，往往也没有斩钉截铁的唯一论。

比如太极拳“入门”的问题，拜了大师算入门吗？学会几个招式算入门吗？公园里把太极拳打成健身操的老头老太太算入门吗？有人讲，要说入门，至少应该盘活一套拳架子吧？都不对。如何算太极拳真正入门，比较科学和先进的说法是只有“气机发动”，才算太极入门。

气机并不神秘，它是一种内气、内力、气血、经络的动感和知觉。十指发麻、肿胀、有气感，便是手上的气机。因为有了气机的存在，行拳便有了逆水、划沙之感。如此，直至气机贯通经络。初学太极拳，没有气机、无感，是必须经过的阶段。无感必须坚持，坚持就是胜利，曙光在前头。年轻人打几个月，累计一百小时左右，一定会发动气机。年纪大的人打出气机的时间，恐怕要因人而异了。

有了气机，乐趣就来了。如雨中漫步——只有漫步者方自知其浪漫，其美妙。如排山倒海——当然只有气机强大、贯通全身者，才能体验游龙闹海的至尊享受。

气机一般首先感应在双手十指，或许张志俊老拳师的“稍节领劲”也是从此处来的。继续习练，或许应该是脚部气机了，脚趾头退化，感受气机的大都是腿。再然后，气机发生在胸背，再到内脏，了不起了。

当然，如果以桩功、坐功等方式打通气机，再进入太极拳，则相当的容易了。总之，把“打出气机”作为太极拳入门的标志，还是比较有说服力的。

有人非常不理解学太极拳为什么必须“沉肩坠肘”？为什么必须虚灵顶劲？其实这些都是内气贯通后的必然要求。内气贯通会阴就是开胯，贯通命门就是塌腰，贯通大椎就是拔背，贯通手臂就是沉肩坠肘，内气贯通百会就是虚灵顶劲，贯通周身，掤劲就有了。

再比如，一个“太极拳手型”的最初级问题，也有不同的说法。一般叫作五指张开的自然手型，偏有人说不如合拢后三指，只留食指拇指开八字，如此容易找劲、领劲、出劲，事实上习练初期感觉确乎如此。

这是开八字指，还有开三指的，开“剑诀指”的，各有体会。另有拳师要求运拳过程中，从小拇指开始内旋，依次无名指、中指、食指，呈内旋运行模式，如此容易出螺旋或缠丝劲。这些巧妙之处，自然知道得越多越好，然后明察秋毫，熟练选用。

还比如，一个“膝盖疼痛”的问题，简直是习练太极拳唯一的一个负面反应较多的现实问题。无论如何含胸拔背、沉肩坠肘、气沉丹田、松静圆柔，地心引力造成的人体重量总需要下肢的支撑，而“屈膝”的太极常态，显然赋予了膝关节“交通环岛”的重要职责，越是圆柔缓慢，越是要求膝盖坚强持久。所以一些习太极之人为膝盖疼痛所扰，是颇有来由的。

一般来说，初练太极，膝盖有恙属于正常现象。经过循序渐进的强化训练，膝盖适应了新的运动状态，问题也就解决了。但若是长练长痛，那就须要从思想到体重、到姿势、到法度以及其他方面仔细找找原因了。张志俊老师对付膝盖问题的对策是“五趾抓地”，动七老师的对策是常抖常伸，都是办法，还有的经验是“注意热身”“方向顺着脚指头”“膝盖不过脚尖”等等。其实，只要能避免膝盖不疼，规避“规范动作”也好，“拒听师言”也罢，都未尝不可。至于左之右之、横之竖之、膝盖都疼的顽固分子，最好的选择是放弃太极拳又有何妨呢，须知世人个个不同，即使情圣先生亲自出马，也有老姑娘心如枯井始终如一的。

再比如一个“放松”问题，何其壮老师非要跟一般的太极拳老师顶着干。何老师的理论叫“放松兼持劲”，要求打太极拳者像“虚灵顶劲”一样，虽则放松，却要持劲，身体放松，双手指尖却要坚持“领劲、持劲、运劲”。除了这种锻炼方式，何老师还要求身心放松练一遍，再身心持劲练一遍，美其名曰：放松才能体会持劲，持劲才能领略放松。

又有人把太极拳打得时快时慢，快者动作快而不乱、呼吸快而不慌，自是极好的；慢者动作柔慢，配了自身由内而外的气机、力息，方能享受其妙，否则只是徒有其表，只有外在动作的慢吞吞、迟钝钝，岂非可笑得紧？

各人有各悟，金山老师便有个比较稀奇的领悟，美其名曰“二级火箭式”：在练太极每一式规范动作或习惯动作的最后，梢节领劲者，再“努一努”，时间延长一秒，手脚续长两寸，长期如此，也有利于挖潜、出劲和长劲。

更有胆大妄为、奇思遐想的练武者，太极、形意、少林、武当间花串练，当然这也没有什么不妥，个人觉得好，那就是好。要紧的不是大家好才是真的好，而且每个学拳的人必须知道其好，好在哪里，不能光指望借别人一双慧眼。

实践是检验真理的唯一标准。最最要紧的一条是，无论怎样学怎样练，必须是精神见旺、气力有增、技艺有长方好。也就是说，在每个人原有的基础上积累积累再积累、体悟体悟再体悟、进步进步再进步——呵呵，重要的话说了三遍。

比较不妙的是，甭说说三遍，即使说三百遍，争论恐怕也子子孙孙无穷尽。这还只是讨论太极拳的一些“小儿科”基本问题呢。当然，这也不能成为悲观的充分理由，所谓真正有魅力者——无可言传也。

武术，太极拳，都拥有无可言传的无上魅力，即使雾里看花，也不妨碍它们的迷人之美。

6. 镇馆之宝

宇宙，即使不是圆，也是圆组成的。星星，太阳，月亮，地球，自转，公转，小周天，大周天……人这个宇宙精灵，难道不是地球转出来的？宇宙在活动，它选择了转圈。全息反映宇宙的人，也在活动，也在转圈。或许是人转得不够出色吧，所以寿命有限。在有限的寿命中，人类从来没有停止过努力。太极拳便是人挖掘身心潜力的尝试，它企图扩展和延绵生命的质量和长度。显然，它几乎找到了一种最好的方式，使圆，画弧。

宇宙，转动，飞旋。

人生，圆润，圆满。

这不就是活生生的天人合一吗？谁见过哪位太极高手不使圆不画弧，而是画三角画四方？太极拳实现天人合一的方式，是用手，手创自己的小宇宙。

话说自从武术改国术，武术和武术家登上了大雅之堂，武林中的个人低级奋斗式变成了集体的水涨船高式，以中华武学为最高追求的孙禄堂，自然更是心花怒放。

虽然年龄老了一点，但毕竟赶上了，毕竟参与了，毕竟经历了。

国术馆的天，是蓝蓝的天。

鸟儿对他叫，花儿对他笑。

从 1927 年到 1937 年，并不仅仅是国术的“黄金十年”，称其为中国历史上的“黄金十年”之一，也不算违背事实。这十年逢的是千年封建被推翻，新政体、新国体被建立，世界工业革命大爆炸，西学东渐，先进思想大开花，各种救国理论、思想、学说、方案，各类图强言论、行为、姿势、气度，百花齐放、百家争鸣。

是的，国术很得意，老孙很得意。

武谚云：得意时分须退步。

所以，同学们需要冷静。那么我们不妨“反面”看看孙禄堂——作为国术馆镇馆之宝，国术界众望之所归，独立潮头，春风拂面，想不拉风很难。无疑这也是比较招人嫌的处境和架势。孙禄堂在很多时候确实也有些招人讨厌，其招讨厌之处很奇怪，怪就怪在这个人“没毛病”。

没毛病，不好玩，不可爱，不文学，不传奇。既不大奸，又不大恶；既不刘邦，也不项羽；既不程咬金，又不徐茂公；既不吸毒，也不绯闻；既热心国术之内，又超然纷争之外，以出世的态度，做入世的事业……

这一切本来也没有什么，关键是他左手持“天下第一手”，右手擎“武林一支笔”，武林不能忽视他，文学又不能随意发挥他。即使是私密生活，也是一夫一妻，道德囫囵，完人一个，不给我们留置喙余地。

唉，既然孙先生我行我素，不按文学典型形象生，不按戏剧化冲突活，我们还是继续尊重史实，有一说一。

1928 年至 1931 年，应张之江、李景林之邀，孙禄堂进入中央国术馆、江苏国术馆，其间事迹前文已多有涉及，故不再重复。在此期间，年高望重的他已很少与人交手。对于人事纷争、武人邀斗之类的热闹，他依然故我，俱无兴趣。

有一件事情，前文好像没有提到过。大家都记得流产的孙禄堂“四门合一”事件吧，虽然它早已夭折，但作为武术发展的先进理念，是不应该夭折的。随着国术的兴盛，结合国术发展的新形势，孙禄堂于 1929 年元旦撰写了一篇《江苏全省国术运动的趋势》，进一步提出了国术普及与国术统一的方略，这表明对于拳术的合纵连横，他一直情不甘、心不死，一有机会，便跳出来唠叨几句。

也不能说他的唠叨没起一点作用，1933 年中央国术馆第二届国术国考结束后，终于成立了全国性的“统一国术委员会”。如你所料，这个委员会咯咯嗒咯咯嗒了一阵，最后也没有下蛋。也就是说，从程廷华的“三门合一”的“灵感”开始，经过了孙禄堂的长期折腾，太极、形意、八卦的“三门合一”梦，只在孙禄堂自己身上实现了。

国术“教授”孙禄堂，晚年虽然退出了“打斗”第一线，兴之所至也偶尔露露峥嵘。凑热闹的情况也有。1930 年江浙大水，上海举办募捐义演，七十岁的孙禄堂登台表演。为追求表演效果，他不演孙家太极，而是化柔为刚，表演了一路形意拳杂势捶，势势明劲，雄浑顿挫，白胡子、白头发，随着拳节一落一振，全场掌声雷动，叫好不绝。主办方忍不住还是送了他锦旗一面，上面绣了“龙马精神，热忱匡助”八个字。

闹水灾的这年秋天，孙禄堂应邀在上海储蓄俭德会讲课，住在弟子支燮棠家。支燮棠家比较阔气。在这个阔气之家，孙禄堂留下了他人生最后一次惊心动魄的“出手案例”。

有一天，支家来了六名日本“技击家”，翻译说这几名日人晓得孙禄堂曾战胜过板垣一雄，所以特地来找孙禄堂。

看来，光绪帝钦赐“虎头少保”战胜天皇钦命大武士的事情，尽管已经过去了十年，还依然让某些人耿耿于怀。支燮棠说师父不在，也不与人较技，并表示自己愿意与之较技，但日本人坚持要找孙禄堂。没过几天，孙禄堂还是被堵在了支燮棠家。

日本技击家当然也不会以战胜一个中国老头为荣，但巨大的好奇心，以及很难说不存在的民族功利心，让他们被猪油蒙了心，那颗心是一颗不想退却的心。

孙禄堂问：“你们要怎么比？”

翻译：“不比技巧、只比功力。”

孙禄堂：“那好，我躺在地上，你们按住我，只要我能起来，你们就算输？”

翻译一嘀咕，日本人同意了。

孙禄堂躺在地毯上，一个日本人——可能是六人中功力最强的上来，欲按孙禄堂时，孙禄堂又对翻译说：“告诉他们，不是一个，全上来。”

六个日本人不信，以为是玩笑，大笑起来，觉得孙禄堂这个老头好幽默。得到证实后，六个人极为恼火，最后还是围了上来，竟发现按住孙禄堂六个人太多，围不下，便留下五个人，孙禄堂的四肢加脑袋分别被按住。

翻译喊了一二三,三字刚出口的刹那间，五个日本人被震弹脱手，孙禄堂一跃而起。

六个日本人面面相觑，一言不发，走掉。

支燮棠大喜，以为事情就此完结。没承想不到两个时辰，又有人敲门，一开门，八个人站在外边。

支燮棠顿感形势不妙，翻译却介绍另外两个人说：“这是日本领事馆官员，特来邀请孙先生赴日参观。”

孙禄堂说容我想两天，打发走日人，把推辞日本人的事安排给了支燮棠，自己一走了之。就是在那些孙禄堂老师借住的时日里，支燮棠有机会听孙禄堂讲一些拳理，比如“动静虚实”“以柔克刚”这些被常人挂在嘴边的入门道理。入门道理其实马虎不得：

> 动静虚实，相洽相济。推手时，妙在以己之虚，探彼之实，人不知我，我却知人，故人为我制也。同理，以我之柔，探彼之刚，故能以柔克刚也。
>
> 虚厚则实大，柔深则刚强，静极则动速，俱阴阳两仪也，执两端合混圆，太极拳之修炼也，故虚柔无止境，实刚亦无止境，各人各境，故太极拳手自有高低也。

1931年初春，孙禄堂领衔的江苏国术馆，还出了件比较轰动的小新闻——组建了一个六十人的国术女子班。南京中央国术馆虽然也有女学员，但专门的女子班，可能这是第一宗。女子班是新闻，女子教练更难找，为此孙禄堂特地将女儿孙剑云安排做了女教习。

同年5月，致柔拳社举行四周年庆典。若干太极名家汇集上海，太极童子表演完毕，孙禄堂情绪被调动起来，对几个孩子大加鼓励。有几个“兴奋型”的高手，不想放过

“老子跟孙禄堂交过手”的巨大诱惑。

第一个“请益”的，便被“腾然而起”，只是弹起，并无放倒之意，所以并不难堪，“而起”者还面露喜色，个中滋味只有他自己知道。如此三番，又连上五六位，都收到了“腾然而起”的大礼包。

陈微明、杨澄甫等人在旁看得哈哈大笑。陈微明得意地对拳社弟子说：“如何？明白致柔拳社之意乎？都道是老而弥坚，怎敌他老而弥柔？”

“九一八事变”后孙禄堂返回北平，住太仆寺街新建胡同甲十号。听说孙先生回北平了，北平国术馆馆长许禹生很高兴，赶紧敦请出山。孙禄堂早不想什么国术馆了，便以年老推辞，但碍于盛情，偶尔他也去国术馆看看。因为他的回归，孙家重新热闹起来，留在北平的老相识、新武友，如尚云祥、邓云峰、刘彩臣、马贵、恒寿山、刘斌、马步周等，常登门拜访。

孙禄堂 1931 年北返，除了年龄大以及“九一八”之类的时局外因，还有一个说法，这个说法是——孙禄堂在南方中了某人的暗算。

所谓“暗算”，说的是在上海乘坐电梯时，孙禄堂背部被点中“肺腧穴”，该穴被认为是死穴。谁点的呢？一说是电梯人挤，不知是谁，一说是孙禄堂当年击败的一个高手之子报复来了。此事查无确证，姑妄听之。

7. 吾欲一游耳

昔我往矣，杨柳依依。今我来思，雨雪霏霏。

天下没有不散的宴席。

时光如梭。回到北平已一年有余，1933 年新年过后，孙禄堂突然对老伴张昭贤说："某月某日是个吉日，到时将有仙佛接引，吾欲一游耳。"

孙夫人大惊，强行安排孙禄堂去北平的德办医院做全面检查。德籍大夫史蒂夫博士说："孙先生身体无任何不良迹象，比年轻人的身体还要好。"

西医说没问题，张昭贤不死心，又请来中医孔伯华，孔大夫把脉后说："孙先生六脉调和，无一丝微瑕，这么好的脉象，我还是第一次遇到。"

中西医都说没问题，张昭贤这才安心，原来是老头子说胡话吓唬我。

远在上海的杨澄甫、陈微明等人，春节期间竟然收到了孙禄堂问候新春的明信片。杨澄甫有些纳闷："孙二哥也玩起新鲜玩意儿来了，会发明信片了。"

直到年底北方传来孙禄堂去世的消息，他们才恍然明白，原来孙二哥是用这种方式与他的告别。

杨澄甫、陈微明等人闻听死讯，立刻开始筹办悼念活动。南京中央国术馆方面，也正想有所行动，正好与上海方面联手，一起公祭。

于是，孙死后一个月余，时间已跨入第二年——1934 年 1 月 28 日，中央国术馆、上海国术馆、江苏国术馆、浙江国术馆、精武体育会等二十余家团体，数百名武林内外人士，在上海功德林举行孙禄堂公祭大会。翁国勋司仪，褚民谊、杨澄甫主祭。

北平、江苏、浙江、天津、河北、山东等地的国术团体，也相继举行了公祭活动。各地报刊，如《大公报》《申报》《世界日报》《京报》等，大量发表了武术名家的回忆和评介文章，如陈微明评价"先生武技出神入化、无一定法，道德极高，虚心广大"，金一明评介先生为"千秋金鉴"，张占魁评价他为"登峰造极独一人"，董子英评价他"技合于道，遥不可望"，许禹生评价他"功力弥深，未有其匹"，黄元秀评价他"三家合一，皆臻化境"，杨明漪认为孙禄堂对中国武术的贡献是"守先开后，功与禹侔"，连经常发表文章对孙氏武学进行“质疑”“商榷”的山东国术馆教务长田振锋，也惺惺相惜地叹道：“孙先生这一去，把形意拳的真谛带走了……”

在上海公祭前的两个月，1933 年 11 月，李星阶刚好在一篇《拳术初阶序》中提到孙禄堂：

拳术以气为贵，短兵以剑为贵，长兵以枪为贵。世人言近日善者，拳术以孙禄堂先生为绝，剑术以李景林将军为绝，枪术以李书文先生为绝。余与孙、李、李三位先生皆相识，时相过从。余虽不才，研究国术亦数十年矣，深知拳术为各门法术之基。孙、李、李三位先生之武艺于近代各占一绝，然究其根底，尤以孙禄堂先生为最。

作为李存义得意门生的李星阶，没必要舍师崇外，其评介当近客观。李星阶是在 1919 年李存义告老还乡时，被招回中华武士会担任会长的，李星阶主持武士会长达小十年，直到 1928 年武士会被国术馆合并。

不过，李星阶这篇《拳术初阶序》，孙禄堂并没有机会看到，因为他此时也在告老还乡，并且时日无多。

叶落归根，孙禄堂是在 1933 年 9 月由夏入秋时节，坚持要回到乡下老家的。

离开了北平的喧闹，家乡也并不完全消停。完县教育局长刘如桐立刻拜望，并提议成立蒲阳国术研究社，孙禄堂不忍拒绝桑梓，于是由县里选拔出十八名优秀青年，拜入孙禄堂门下，这十八人后来被当地誉为“完县十八侠”。

阴阳两界之门似乎已经敞开。孙禄堂倒也一如既往，耐心教授，白天传徒，晚上觉少，尚坚持撰写《八卦枪学》。

有时候他也走神，处在短暂的自我念叨之中，仔细听，或许能从他的念叨中听出一些拳谱歌诀什么的，比如立如平准，活似车轮，静如山岳，动若江河……

有时候他想起一生所学，特别是各式各样的武艺、功法、招式，它们像石榴里的石榴仔，或者像核桃里的核桃仁，真切、清晰、鲜明、拥挤地出现在孙禄堂眼前，孙禄堂恍惚良久，长叹一声：“全都是错误啊！”

这话，非历经沧海的绝顶高手，不能得其奥妙。“全都是错误”，其实是相对论，也就是说天下没有十全十美的武功、功法、招式和打法，任何人只要一动，便有错误。绝顶高手为何能够战无不胜？

因为，他不过是知道利用对方的错误而已。

倏忽到了 11 月底，孙禄堂突然拒绝进食，连续二十天只喝少量饮水——连茶也戒了，但每日仍清装简白、淡淡悠悠地习拳、练字。

回首一生，恍如白驹过隙，又似渊远流长，几许欣慰，几多惆怅，无所遣怀，便随口改陆游诗曰：

六十年来妄称痴，功夫何如拳自知。
夜来一笑枯灯下，尤忆金丹换骨时。

1933年12月16日，夏历十月二十九日一早，七十三岁的孙禄堂把一纸遗嘱交到了张昭贤手里，深情而温暖地握住了妻子之手："仙佛来接引了。"

尽管已有心理准备，张夫人、孙存周、孙剑云等至亲家人，仍不免泪流满面，却又不敢放声。

孙禄堂依旧慈祥平和，对大家说："勿哭，吾视生死如游戏。"

卯时，六时五分，禄堂端坐于光滑素椅之上，面向东南，背靠西北，微微朝家人点了点头，合闭双目，一笑而逝。

拳圣遗音，空谷绝响。

参考文献

孙禄堂著、孙剑云编：孙禄堂武学录，人民体育出版社出版。
南怀瑾著：静坐修道与长生不老，复旦大学出版社出版。
朱天才著：朱天才解读太极拳，中原出版传媒集团出版。
杨祥全著：津门武术，山西科学技术出版社出版。
陈巨来著：安持人物琐忆，上海书画出版社出版。
郭书民等著：中国形心意拳发展知录，中国文史出版社出版。
李仲轩口述、徐皓峰整理：逝去的武林，南海出版公司出版。
王宗岳等著：太极拳谱，人民体育出版社出版。
庄士敦著：紫禁城的黄昏，山东画报出版社出版。
布立赛著：1860 圆明园大劫案，浙江古籍出版社出版。
梅墨生编著：大道显隐李经梧太极人生，当代中国出版社出版。
窦应泰著：梁羽生与古龙，中国国际广播出版社出版。
于志钧著：中国太极拳史，中国人民大学出版社出版。
吴安宁著：乱世之侠客——民国武林往事，华中师范大学出版社出版。
陈鑫著：陈氏太极拳图说，山西科学技术出版社出版。
季培刚著：太极往事——晚清以来太极拳的传承谱系，中国商业出版社出版。
张大为著：武林掌故，当代中国出版社出版。
瀛人等著：内家拳旧闻。
温县政协编：太极拳史料。

后记

笔者热衷传统优秀文化，也业余修习国粹太极拳。因长期兴趣所致，奋力多年撰成此书，或可借此奉献广大读者一点谈资，聊供休闲解闷。如能多少有益于弘扬中华武术文化，激发读者习武健身的兴趣，自当感到欣慰。

本书记叙的人物事迹，多赖前人资料，除文中提到、书末所附的参考文献外，有些资料因作者佚名，无法一一列名致谢，谨表歉意。毋庸置疑，书中错讹谬误之处自当不少，敬请方家不吝赐教。

借此机会，我要特别感谢陈广灿、马江喜、张新宇、徐韬、王乃一、王冉、崔如瑶、韩卫锋、雪上、咕咕百胜、寒儒偏住在炎方、天际之雷、四平烟火、夜黑了夜、静思斋、天丫一锅、大唐婆罗门、东营望者、洪福隆、易海寻贝、小烟土狱、陈少的剑、红尘修道、醉仙、我爱的人、文马有玉、咪咕吧、张定纲、盛吉刚、汪波、摩帖处者等亲朋网友，对撰写本书的大力支持。

作　者

2016年7月18日